O PUNHAL

Jorge Fernández Díaz

O PUNHAL

Tradução: Ryta Vinagre

GLOBO LIVROS

Texto fixado conforme as regras do Acordo Ortográfico da Língua Portuguesa
(Decreto Legislativo nº 54, de 1995).

Título original: *El puñal*

Editora responsável: Amanda Orlando
Editora assistente: Elisa Martins
Preparação de texto: Jane Pessoa
Revisão: Erika Nogueira e Huendel Viana
Capa e diagramação: Gisele Baptista de Oliveira
Imagem de capa: Evdokimov Maxim/Shutterstock

1ª edição, 2016

CIP-BRASIL. CATALOGAÇÃO-NA-FONTE
SINDICATO NACIONAL DOS EDITORES DE LIVROS, RJ

F413p
Fernández Díaz, Jorge
O punhal / Jorge Fernández Díaz ; tradução Ryta Vinagre. - 1. ed. - São Paulo : Globo, 2016.

Tradução de: El puñal
ISBN 978-85-250-6218-5

1. Ficção policial argentina. I. Vinagre, Ryta. II. Título.

16-35044 CDD: 868.99323
CDU: 821.134.2(82)-3

Direitos de edição em língua portuguesa para o Brasil
adquiridos por Editora Globo S. A.
Av. Nove de Julho, 5229 — 01407-907 — São Paulo — SP
www.globolivros.com.br

Para Verónica,
que é tudo.

Sumário

Messalina

Primeiro pôs algumas folhas de jornal na tábua de corte, depois deu início à operação: levantou a vítima pela cauda e começou a raspar as escamas com uma faquinha. Terminou a tarefa na pia, sob o jato da torneira. Quando estava limpa e praticamente lisa, jogou o jornal no lixo, passou um pano na tábua e deitou a criatura para ser dissecada. Abriu um corte no ventre, das brânquias à cauda, com a faca de legumes, e retirou as tripas. Submeteu o corpo à água fria, esfregando delicadamente para limpar a pele preta, em seguida passou à extração dos olhos e ao corte das nadadeiras laterais e das guelras. Estava disposta a cozinhar com a pele, porque parecia um incômodo retirá-la e porque tinha certeza de que seu sabor ficaria melhor. Ainda assim, mais tarde teria inevitavelmente de cortá-la, isto é: retirar a cabeça e fazer uma incisão funda pelo dorso. Desse momento em diante, deveria ter muito cuidado. Separar lentamente a carne da espinha, abrir e cortar os filés. E esconder, sem que ninguém percebesse, a faca. Mais tarde, debaixo do chuveiro, precisaria apunhalar o peito e cortar as veias.

1. O herói infame

Aquele sábado foi um dia muito difícil: depois de ter furado cinco ou seis na retirada, um franco-atirador inglês com uma mira infravermelha me parou de repente e me abriu um buraco na barriga. Foi no combate de Monte Longdon. E quando despertei, estava todo remendado em uma barraca de campanha: tínhamos nos rendido. Ao voltar, deram-me três medalhas e me trancaram na ala psiquiátrica do Hospital Militar. Mais tarde me obrigaram a assinar alguns documentos confidenciais e, com outros desamparados e loucos, fizeram-me subir secretamente em um caminhão e me colocaram por dois anos no Campo de Mayo em cursos de comando sob as ordens de Leandro Cálgaris.

Desde então, Cálgaris trabalha em uma agência do serviço secreto do Estado. Nós o chamamos de "coronel", mesmo que tecnicamente seja reservista do Exército e tenha reaparecido como nosso chefe de operações nas sombras desde 1984: todos os presidentes e ministros trataram com ele em algum momento, e agora é conhecido no mundo da política como "o cara que ajeita os problemas". O velho me ensinou a ler e estudar, e a praticar todos os verbos proibidos. Salvou-me de dar cabo de minha própria vida, como fizeram tantos camaradas de trincheira. Devo muito a ele. Apesar de tudo, confesso, às vezes gostaria de meter uma bala no sujeito.

A mulher que estou seguindo não é um problema de Estado. Mas pagamos as contas com negócios desse tipo. Estou na cola dela desde sexta-feira e sei que chegou a hora. Estamos em uma boate na Costanera. A mulher tem um garoto que pensa que é grande e que Chapo Guzmán lhe deve um favor. Roda em um Porsche e porta uma Parabellum de nove milímetros, mas nunca disparou em um cristão e não sabe como se sente alguém depois desse procedimento.

Um louro musculoso bloqueia a entrada e me faz lembrar, com sua expressão, que ainda sou um pé-rapado de merda, mas há algo em meus olhos que o convence de que também sou bem capaz de arrebentar sua fuça. Assim que me dá passagem, entro na fumaça, nas luzes e no barulho. Abro caminho a cotoveladas e peço uma cerveja no balcão. A mulher tem cabelo vermelho e vestido amarelo, e anda pela pista com os olhos vagos, perto, porém não muito, do garoto, que dança sozinho, gesticulando, à espreita, como se estivesse cercado de possíveis clientes ou inimigos.

Depois de um tempo, é cercado por sete anoréxicos, e juntos vão aos abraços, gritos e beijos até um canto distante. Acampam ali por duas horas com cocaína pura, até que um deles fica duro e outros dois se confundem num emaranhado de corpos. Estive em muitas noitadas, mas poucas vezes vi uma mulher tão morta. O amarelo subiu ao rosto e não sabe se vomita ou se compra um gato. O namorado, um tremendo idiota, levanta-se com um baseado na boca e a leva ao banheiro dos homens. Quer injetar algo em seu braço para ressuscitá-la. Tudo isso não passa de pavoneamento de falso traficante, falso influente e falso pervertido. Achato seu nariz com uma cotovelada e arranco sua pistola no banheiro.

A mulher não sabe onde está: cantarola uma música do Sumo, pede explicações ao espelho e noto que perdeu um sapato. Pego-a pela cintura, passamos por cima do impostor caído e a arrasto para a rua. Pesa e pensa menos que um manequim. Recosto-a no banco traseiro do 4×4, pego a Libertador e subo a Panamericana.

Estou cantarolando a mesma música quando chego a La Horqueta. O segurança sai da guarita, me reconhece e chama o patrão pelo rádio. Acendo um cigarro, algumas lâmpadas se iluminam nas janelas. A mulher não sabe nem em que ano estamos. A mãe vem buscá-la de roupão e às lágrimas, seguida por empregadas vestidas de cor-de-rosa. Levam-na para a cama, chamam o médico. O pai, com as mãos nos bolsos, olha a procissão e se apoia no 4×4.

— São cinco dias seguidos — digo.

— Não durmo há dez dias. Os filhos são tão parecidos conosco, mas tanto, que ficam diferentes.

Recebo o pagamento e me mando. Perco-me na noite.

Lali tem trinta e oito anos, mas parece ter cinquenta. É viciada em cocaína há seis, mas não perdeu a estampa. Seu nome é María Laura: olhos castanhos, loura de cabelo comprido e trançado, pinta de roqueira. Ganhou uma grana preta nos anos 1990 quando trabalhava como paparazzo para revistas internacionais. Agora está na lona e precisou vender a alma ao diabo para não torrar a coleção de Nikons, Canons, teleobjetivas, câmeras digitais de alta resolução e, sobretudo, sua Yamaha FZ16. Livramos sua pele numa acusação de tráfico ilegal de entorpecentes e hoje segue os outros a mando nosso. É muito eficaz como motoqueira, e Cálgaris lhe paga com provisões apreendidas que ela guarda no cofre. Dessa vez, levo para ela um bloco bem puro: se não se viciar e cortar bem, pode render uma boa grana em Palermo Hollywood. A polícia já sabe e não se mete com ela. Lali fornece ao pessoal do *showbiz*. Gente sensível que precisa de analgésicos contra a angústia dos deuses.

Bato na porta de latão porque não adianta usar a voz. São cinco horas da tarde, mas depois de ficar acordada por quatro dias, imagino que esteja em coma. Abrem a porta para mim depois de um tempo. Uma fresta por onde um vampiro remelento pergunta com uma voz rouca:

— Tá querendo o quê, Remil?

Tenho muitos nomes, mas aqui me conhecem como Remil. É uma piada de caserna que ficou popular em Puerto Argentino. Eu era um dragão cruel da infantaria. *Hijo de remil putas* — filho de mil putas —, dizia meu sargento-mor todas as manhãs, durante os exercícios. Era um elogio. Remil pegou.

— Estou com fome — digo a Lali, empurrando a porta. A loura cambaleia, está completamente nua, o cabelo comprido e solto chega às nádegas. Mora em uma casa térrea na rua Honduras. A porta dá para uma garagem convertida em loft. A sala de estar é uma oficina mecânica com uma Yamaha estacionada no meio. Tem ferramentas e fotos clicadas sem autorização de estrelas menores do cinema e da TV. A poucos passos, fica o cômodo principal, com uma cama redonda à esquerda e um laboratório com uma ilha de edição à direita: aqui estão todos os instrumentos. Só de olhar para eles, percebo que são meio escassos. Lali levou a leilão algumas coisas para manter a si e o vício. De um banheiro, sai um zumbi nu em pelo: no peito, traz tatuados Evita e Mick Jagger. Abro os botões de meu casaco e mostro o cinto. O magrela não sabe que é uma Glock, mas intui que se não der o fora, vou enchê-lo de balas. Pega como pode a roupa e foge como um ladrão. Abro a geladeira, pego presunto e pão de forma; preparo um sanduíche para mim. Não preocupa Lali que eu ainda a veja nua; senta-se em uma banqueta alta para processar a ressaca e fica calada. Certa vez, tivemos um lance. Na cama, não passou muito disso, e a verdade é que tenho carinho por ela. Não me agrada que seja drogada, mas ela já me gritou muitas vezes que isso não é da minha conta. Assim, retiro do bolso o bagulho embrulhado em papel-alumínio, mostro a ela por um segundo e o coloco no freezer.

— Vamos ver se recupera o equipamento — digo-lhe, dando uma mordida no sanduíche. Parece isopor. Abro uma cerveja para ajudar a descer. — O coronel disse que se você fizer festinha com este, vai me mandar quebrar a casa.

Ela dá de ombros. Ficamos em silêncio. Olho mais uma vez a sequência de fotos que ela fez da duquesa. São dois quadros sem moldura. Dois momentos maravilhosos do jornalismo e da aristocracia ibérica. Na primeira, vemos a duquesa passeando por Buenos Aires, fazendo topless numa varanda em José Ignacio, dando em cima de um jogador de polo em uma fazenda em San Antonio de Areco. Esse trabalho local colocou Lali na boca de toda imprensa marrom da Europa. Dois anos depois, ofereceram-lhe uma grana preta para seguir a condessa dia e noite pelo Brasil. Não lhe deram informação nenhuma; Lali teve de se virar sozinha para seguir a pista, subornar um porteiro e conseguir uma moto para não perdê-la no trânsito intenso do Rio de Janeiro. Enfim, conseguiu as fotos em Rio das Pedras: a duquesa sentada sobre um plebeu negro, a duquesa com os peitos pontiagudos rolando pela areia, a duquesa pagando um boquete. Exceto por esta última imagem, as revistas e os tabloides publicaram tudo e fizeram uma farra. No canto inferior da segunda foto, há um cartão da duquesa e uma frase escrita por ela de próprio punho. É dirigida a Lali: "Você destruiu a minha vida". Há outras fotos emolduradas e muitas outras presas nessa parede, mas essas duas sequências são os troféus mais valiosos da caçadora.

— Uma advogada espanhola — informo a ela. Lali não ergue os olhos. — É dez anos mais velha do que você, mas aparenta menos. É bonita, embora pareça mais alta do que na realidade é. Seu nome é Nuria Menéndez Lugo. Toma.

Deixo um envelope pardo na bancada. Lali dá uma olhada, depois passa a mão no rosto. Sirvo-lhe um copo de água gelada. Toma de um gole só. Seu pulso treme um pouco. Pode ser que esteja meio em choque. Vou pegar uma camiseta em uma cômoda. Quando a alcanço, já está examinando a ficha e as fotos que baixamos do Google. Menéndez é uma morena que agora tem o cabelo tingido de vermelho. Maçãs do rosto salientes, olhos pretos, boca carnuda. Baixa, porém com boas proporções. Muito rímel e batom. Casacos justos de lapelas amplas; blusas e saias combinando. Às vezes, cinto de couro largo para destacar a cintura. Uma tendência ao preto e aos colares de pérolas.

— Advogada — sussurra. Lali ainda está sem voz.

— Alugou um apartamento no Barrio Norte.

— Quanto isso vai durar?

— Você vai levar três semanas — calculo.

Lali veste a blusa pelo avesso e olha mais atentamente uma das fotos. Depois a afasta para ter uma perspectiva melhor.

— É fodida — decreta. Ergue enfim os olhos castanhos, cravando-os em mim. Já não me parecem baços, de súbito estão despertos. — Uma mulher muito fodida, Remil. E ninguém entende mais de mulheres fodidas do que eu.

Lali não se deixa impressionar com quase nada, mas de repente está assustada como nunca. Tem um mau presságio. Termino a cerveja. Também compartilho seu sentimento.

Não afirmo que sou um atleta, mas o trabalho me obriga a me manter em forma. Levanto pesos e corro uma hora todo dia, pratico boxe às terças e quintas-feiras em Saavedra, e atiro com armas curtas e longas em um estande subterrâneo da Marinha. Nado vários quilômetros em alguns domingos no rio da Prata e jogo todos os sábados que posso no campeonato ilegal da Villa Costal. Sou canhoto, mas me destaco por armar bem a defesa. São jogos por dinheiro, com apostas e tudo, e os confrontos começam às oito da manhã e terminam às oito da noite. Todos contra todos, em partidas de quarenta e cinco minutos, e temos um time de traficantes, outro de policiais, um de ladrões e outro de pedreiros, um de caminhoneiros e outro misto. As regras são frouxas e sempre tem porrada. Com o cansaço e a ambição, as semifinais ficam sangrentas. O dono do armazém faz às vezes de ortopedista e veterinário, e é raro que não interfira para consertar uma fratura antes que venham buscar o infeliz com uma ambulância do SAME e o levem à emergência do Piñero. A final é feroz. Cai a noite e a patada mais leve que dão é nos dentes.

Quando tudo acaba, tomamos um vinho barato no armazém e comemos umas milanesas. Ali se ouvem boatos, façanhas delituosas, novidades do submundo. Neste sábado, minha equipe ficou pelo caminho, assim espero em meio ao público, enquanto fumo um cigarrinho e coço o sovaco. Depois digo ao patrão para chamar o Serralheiro e a Velha. Espero afastado pelos dois, em uma mesa de fórmica com duas cadeiras meio podres. Primeiro chega a Velha com três crianças de focinho queimado.

— Cuidado com a grana, Velha, que a qualquer momento esses aí te metem uma faca para te arrancar duas pratas — alerto. As crianças dão uma gargalhada, a lata quente deforma seus lábios.

— Fora daqui — ordena a Velha com um grito seco.

Elas partem, mas uma delas põe a mão no saco e o balança para mim. Sirvo um copo para a Velha. É uma mulher bem morena e atarracada, tem cara de rato e passa do frio ao calor em um segundo. É inexpressiva e nunca olha ninguém de frente. Até te olhar, solta uma saraivada de palavrões e te ameaça com um revólver. É uma catadora de papelão esperta. Sai às segundas-feiras com as crianças, que acompanham seu passo o quanto podem, e na hora da sesta vão tocando as campainhas e pedindo roupas em bairros chiques. Doam pouco, mas ela não se preocupa muito: tem um mapa dessas construções na cabeça, memoriza os hábitos dos empregados, as movimentações e as ausências, depois vende a informação aos delinquentes ou à polícia.

Depois chega o Serralheiro, um veterano do crime. Baixinho e magro, mas de braços musculosos. Ri de qualquer coisa, mas leva os negócios muito a sério. Não é drogado e nunca em sua vida de merda portou uma arma; mesmo assim, esteve várias vezes na cadeia graças a delações. Nunca foi apanhado com a mão na massa. É um artista com um único ponto fraco: os cavalos. Cálgaris se valeu disso para recrutá-lo e amarrá-lo. Levo a eles dois maços de cem e dois mapas com o endereço: rua Juncal, 14 B, prédio alto e antigo, sem câmeras nem segurança, mas com um porteiro que foi policial em Buenos Aires e que não faz a sesta.

— Qual é o nome da mulher? — pergunta a Velha.

— Nuria Menéndez Lugo — respondo rapidamente, depois divido em sílabas. — Nuria, Velha. É galega. Não sei se tem empregada.

— Nuria. — A rata ri sem os molares.

— Aluga o imóvel, então as contas não chegam em seu nome. Mas talvez encontre alguma coisa.

— Faremos para você — diz o Serralheiro, mais esclarecido. — Não terá problema.

A Velha esconde o pacote na calcinha; o Serralheiro beija o dele e o mete no bolso, olhando para os lados. Depois toma um trago do vinho, estala a língua e pergunta:

— Quando quer que a gente arrombe o cafofo?

— Deixa passar umas semanas. A Velha precisa averiguar como anda a vizinha de Nuria. É algum tipo de curandeira. Menéndez passa o dia fora, e a tal mulher não tem tantos pacientes assim. Pelo que sabemos é cinesióloga. Precisamos estar certos de que nenhuma das duas estará em casa quando entrarmos. Porque vamos fazer isso juntos.

— Vamos fazer por bem ou por mal? — o serralheiro quer saber.

— Mal — respondo. — Nada de chaves nem gazuas. Usaremos um pé de cabra. Entramos nos dois apartamentos para que Menéndez não desconfie. É muito esperta e vai perceber se as coisas forem reviradas por ali. Por outro lado, se roubarmos o andar todo, o caso vai acabar na delegacia e vão dizer que existem quadrilhas de colombianos dedicados ao roubo.

— Conheço vários, são novatos. — Ele sorri. — Mas se aguentam. E a polícia recebe deles.

— A polícia leva de todo mundo — acrescenta a Velha.

Pego outro papel, é um mapa de Flores. Informo aos dois que o coronel ajeitou tudo com um delegado. Podem roubar em seis ruas em torno.

— Não saiam do perímetro, porque não tem proteção e pipoca tiro — digo a eles inutilmente, e me espreguiço para trás. Sinto dor na cintura. — A paga é boa, nessa área mora gente de grana.

— Quem fica com o ganho da Juncal? — pergunta a rata.

— *Fifty-fifty* — diz a raposa, sem olhar para ela. — Pelo risco de roubo.

— Não precisa ser tão ambicioso, Serralheiro. — Eu o acalmo e olho pela janela.

Agora é noite fechada. É sempre arriscado sair a pé a essa hora. Os cheiradores podem querer te liquidar para arrancar de você três notas sujas de dinheiro. E mesmo que no bairro saibam que ando armado, à noite todos os gatos são pardos. O normal é sair em grupo, mas essas instruções me detiveram mais do que o aconselhável. Despeço-me da rata e da raposa, pago a conta ao patrão no balcão e vou para a rua de terra. Por via das dúvidas, tiro a Glock do bolso e a destravo. Ando com ela por um tempo, escutando cumbias, me apoio em um muro que tem uma pintura de Gauchito Gil para dar a volta numa esquina que não devia, depois sigo à direita para o asfalto, sempre pelo lado da sombra. Atravesso uma avenida e olho por cima do ombro e, comprovando que não sou seguido por ninguém, travo e guardo o ferro. Vou a um estacionamento aberto vinte e quatro horas, pago e me acomodo no 4×4. Coloco D'Arienzo. Em cinquenta minutos chego ao subúrbio. Moro em um apartamento de cinco cômodos na Belgrano R.

A porta é blindada e tenho dois alarmes especiais. Depois desses rituais, deixo a pistola à mão, tiro a roupa e verifico a secretária eletrônica enquanto abro o chuveiro. Vão surgindo vozes conhecidas. A mais importante é de Rosita: convida-me para comer um churrasco de domingo em La Plata e diz para levar duas garrafas de vinho. O último exame médico não deixou ninguém tranquilo: o sargento não evolui e agora há alguns "probleminhas". Resmungo. A segunda voz interessante pertence à gorda Maca: "Lembre que marcamos uma sessão para segunda-feira. O coronel me disse também que você tem material para mim. Traga. Te espero às onze". Maca é psiquiatra. Por determinação judicial, tenho sessões de acompanhamento com ela uma vez por mês. Maca também é empregada de Cálgaris e trabalha no perfil psicológico de Nuria Menéndez. A terceira voz é metálica: Palma me avisa que ficará na Caverna até tarde e pede que telefone para ele. "Esse garoto não tem vida nenhuma", penso durante o banho. Eu também não. Uso o kit de primeiros socorros para tratar os arranhões da tarde. Depois me olho no espelho de corpo inteiro. Músculos ainda firmes, cicatrizes antigas, tatuagens da prisão. Um velho que luta, mas ainda assim um velho. Sirvo-me de uma vodca, atiro-me no sofá e ligo a TV de plasma, mas baixo o volume. Digito o número da Caverna enquanto zapeio. Palma atende de imediato.

— Fala aí.

— Trabalho — digo, vendo cenas de guerra na CNN.

— Quem paga, a Casa ou a Casinha?

— A Casinha, ora essa — respondo, irritado.

A Casa é o serviço secreto. A Casinha é a base Chacabuco, que Cálgaris dirige e não aparece em mapa nenhum. Estrutura paralela, a nau dos insensatos. A Casa tem os próprios técnicos e equipamento oficial para espionagem eletrônica. Nós terceirizamos. A Caverna é um escritório de hackers que opera por encomenda. Pagamos com orçamento secreto, mas essa verba também não figura em planilha nenhuma. Os garotos são donos de um negocinho muito próspero, com clientes particulares de bolso generoso. Seguradoras que pedem um acompanhamento eletrônico da mulher infiel de um cliente. Diretores de recursos humanos que contratam uma perseguição silenciosa de um determinado empregado desonesto. Acionistas que encomendam grampos nos computadores de seus gerentes mais leais. Políticos, sindicalistas, jornalistas. Todos contra todos, em busca de seus segredos. Porém, a parte mais divertida é penetrar a intimidade das estrelas do *showbiz*. Os casos e pecados logo estouram nos programas de fofoca da tarde e os caras da Caverna morrem de rir. Palma é o mais hábil e mais obsessivo de todos: invade qualquer servidor, intromete-se em dados criptografados, intercepta mensagens pelo mecanismo *man-in-the-middle*. E tem um equipamento de primeira: microfones direcionais e a laser, maletas e escutas de telefonia celular analógico-digital. Não quero aborrecê-los. Não existe mais intimidade.

— Quem é e o que faz? — pergunta Palma.

— Não é uma atriz de novela — eu o decepciono. — É uma mulher das leis. Antes de ir dormir, passo os dados por e-mail. Tem dois celulares, um telefone fixo no escritório e outro no apartamento. Anda sempre com um tablet e às vezes com um netbook.

— E estamos procurando o quê?

— Não tenho ideia.

— Isso encarece muito.

— Não acredito que você queira pechinchar com o coronel.

— Não precisa me mandar o dossiê de Nuria Menéndez Lugo. Já peguei em seu computador. Sua senha é muito fácil: R7I. Remil. Todo mundo sabe que você estava no Regimento 7 de Infantaria quando Puerto Argentino caiu.

— Foi a unidade com as maiores baixas — digo, distraído. Agora a transmissão da CNN mostra ruas em convulsão na Síria. — Tivemos trinta e sete mortos e cento e trinta e sete feridos.

— Sua melancolia é uma chatice, Remil. Até amanhã.

Imagino-o sentado diante de sua mesa, cercado de telas, vendo meus arquivos. Um adolescente sem idade, com uma camiseta de algum filme do George Romero, boné de beisebol e um pirulito na boca babada. Nunca deixo o que é verdadeiramente importante em meu PC; guardo em alguns pen drives que escondo em um rodapé falso. Também tenho alguns discos de *backup* em um cofre de segurança do Banco Francés, junto com uma Magnum 357 de valor sentimental. Para os arquivos confidenciais da máquina de minha casa, tenho um vírus arrasador e, para os documentos, um fragmentador que reduz tudo a lascas brancas. Acho graça que Palma nade em meu aquário, procurando inutilmente seu alimento.

Por mais cansado que eu esteja, não consigo pregar o olho quando não leio um pouco. É um hábito que me foi introduzido por Cálgaris, fanático pela história, especificamente do Império Romano. Desde que eu era novo, me obrigava a devorar um livro por semana e me interrogava depois sobre seu conteúdo. Filho da puta com delírios de grandeza. "Somos a Guarda Pretoriana", dizia o velho pinguço de uísque. "E cada um de nós deve alcançar a temperança dos centuriões." Vinte e cinco anos depois, Leandro Cálgaris continua bebendo uísque, mas não toma mais minhas lições: só recomenda um escritor ou fala tranquilamente de alguma biografia romanceada. Uma vez ou outra mete na conversa uma cena ou um personagem histórico, usando para exemplificar alguma situação do presente. Sabe que não precisa mais me incentivar, que a droga histórica não me abandonará nunca.

Na mesa de cabeceira, me reconcilio com uma reportagem sobre os elementos básicos da Al-Qaeda. Levo quarenta páginas para adormecer. Sonho com a favela: estou numa partida interminável, exausto, mas sei que, se parar para tomar fôlego, o jogador vai me dar uma facada e depois outros cairão em cima de mim para me matar. Assim, tiro forças do desespero e continuo correndo e correndo enquanto sinto que morro. Acordo muito cansado e preparo um rápido desjejum: café expresso, suco de laranja e biscoitos com queijo branco. Leio os jornais lentamente, com um marcador amarelo, e algumas vezes destaco uma frase ou um parágrafo. Recorto artigos políticos ou policiais e faço anotações à margem com uma esferográfica. É um ato reflexo. "Quase tudo está nos jornais", dizia-me Cálgaris, nos primórdios. "Só é preciso aprender a ler."

Faço quarenta e cinco minutos de pesos e abdominais em minha academia particular. Volto para o chuveiro. Visto-me de preto, ponho o casaco e uso a Glock para não sair nu. Pego dois vinhos malbec no armário e saio com o 4×4 por Virrey del Pino até a Libertador. Estou a caminho de La Plata, com o sol nas têmporas. É um dia frio. Penso em Maca, que me espera amanhã para me revirar as tripas. Sorrio ao me lembrar de que Palma hackeou seu computador e interceptou as mensagens. Isso deve fazer um ano, mas de vez em quando clico ali por diversão. Maca é lésbica e tem um caso à distância com a srta. Flores, uma agente disfarçada que Cálgaris infiltrou no Palacio de las Cortes, na Espanha. Luciana Flores, ex-policial federal, loura oxigenada, nariguda e bunduda, rápida na obediência às ordens, mas propensa à astrologia. Maca cometeu o erro terrível de comentar com ela, entre promessas eróticas e frases de amor, a pesquisa psiquiátrica que estava fazendo sobre mim a pedido de um juiz. Não vou entrar nesse assunto agora, porque é longo e indecoroso. Basta dizer que Cálgaris me infiltrou em uma quadrilha de ladrões de carro-forte e depois arranjou tudo para que eu fosse preso e processado, e me meteram em um presídio de segurança máxima com o objetivo de desbaratar uma quadrilha que agia dentro do serviço penitenciário. A brincadeira durou cinco meses e jamais tive de lutar tanto para continuar vivo. Nem mesmo em Monte Longdon. Houve épocas em que lutava com as próprias mãos ou uma faca duas ou três vezes por dia. Contarei isso em outra ocasião, porque agora estou saindo da via expressa e o trânsito fica complicado. A questão é que me tiraram de lá a tempo e limparam minha ficha. Declarei-me testemunha protegida, mas um advogado do comandante da guarda costeira pressionou para que a Justiça me obrigasse a um exame psiquiátrico. Não me saí muito bem nessa prova, e assim o juiz ordenou que eu fosse submetido a um acompanhamento periódico. Cálgaris conseguiu que o procedimento permanecesse nos limites da Casinha. Preciso falar a verdade: filmamos o juiz com uma menor em um puteiro na rua Tucumán. Ele não opôs muita resistência.

Estou dando toda essa volta só para explicar que os e-mails de Buenos Aires a Madri e vice-versa eram de fato deliciosos. Depois de quinze sessões, Maca revelou à amante que tive "experiências de choque" e "neurose de guerra" e, por conseguinte, tinha um forte distúrbio pós-traumático. Era órfão de pai e mãe antes de entrar para o Exército e dragão condecorado ao sair. Porém, ter me mantido na estrutura do serviço secreto, ter sido treinado como agente e soldado, resultou em um "fator de proteção". Mas tanto as sequelas como as novas atividades dessa profissão me transformaram, escreveu Maca: "Tem adaptação rápida para sobreviver a qualquer coisa e é capaz de se desumanizar. Às vezes penso que é incapaz de sentir".

Com certa lógica, Flores assinalava que eu me considerava "acima das regras". E perguntava qual era meu signo. Aquário. "Encaixa perfeitamente numa de suas variantes", a loura oxigenada se entusiasmou. "Nunca revela seus sentimentos, mas gosta de fuçar os sentimentos dos outros. É um investigador nato, tem motivações complexas, gosta de experiências estranhas. Usa por instinto um código moral próprio." Maca respondeu: "Pode ser impessoal, mas ao mesmo tempo tem o emocional enrustido". Foi incrível ver como a psiquiatria e o zodíaco tentavam me entender. No fim, Luciana perguntou à namorada se tinha tesão por mim. Discutiram. Destrataram-se. Despediram-se para sempre. Voltaram a se escrever. Recomeçaram fogosamente essa besteira inútil. Deixaram-me em paz.

Estou chegando a Tolosa. É um bairro de construções térreas. O chalé decrépito do sargento fica numa esquina. Subo com o 4×4 pela entrada e toco a campainha. Vem um cheiro de carne assada que excitaria até um vegetariano ortodoxo. Rosita é ótima churrasqueira e abre a porta para mim com um sorriso triste e autoritário. Em certa época foi dançarina de strip-tease e prostituta. Está mais maltratada, mas ainda assim é um pedaço de mulher. Trocamos um abraço breve, ela manda que eu entre e me adverte que a comida vai esfriar.

O interior do chalé sempre me parece sombrio, porém os fundos são iluminados: tem churrasqueira, parreira e jardim. O sargento e sua cadeira de rodas estão acomodados ao sol. Rosa o vestiu com um poncho e pôs um chapéu para que ele não se enregelasse com o frio, nem sofresse insolação. Desde que teve o acidente vascular cerebral, ele não se levanta desse trono; consegue apenas girar a cabeça e mexer um pouco o braço esquerdo. Não tem sido muito obediente aos médicos: nega-se a fazer a reabilitação e a dieta, e Rosita se mata de preocupação.

— Me dê um cigarro — ele ordena a mim.

— Não nos cumprimentamos mais, meu sargento?

— Sargento-mor para você, recruta.

Olho para Rosita, que está atiçando as brasas. Mostro o maço de Parisienne. Ela faz que não com a cabeça, mas aceita, resignada, dá de ombros e continua com sua tarefa. Acendo dois cigarros e ponho um deles nos lábios do sargento. Mesmo podendo mexer a mão, não a move, só tira um trago e solta a fumaça pelo nariz. Fumamos os dois olhando a laranjeira e os jasmineiros. Arrasto uma cadeira e me sento a seu lado. Rosita nos dá a notícia de que abriram um açougue no bairro e que conseguiu umas vísceras muito gostosas.

— Sabia que Santiago morreu? — pergunta o sargento.

De perto, noto que em trinta dias ele envelheceu um ano. De nada o ajudam a pele ressecada e o corpo combalido. E, além disso, tem os olhos mortos. E isso não aconteceu nem mesmo quando nos trouxeram prisioneiros e derrotados no Canberra. Sua amargura tem décadas, e há três anos o AVC adiou os pregos do caixão, mas, de qualquer forma, até agora seu olhar se manteve ileso e luminoso. Este olhar vazio é completamente novo.

— Que Santiago?

— O Santiaguito, idiota. O menino da metralhadora Mag que emperrou quando caiu aquela nevasca forte.

— Coração?

— Não, coração nada. Caiu do trem.

Ficamos calados. Rosita coloca música na angústia. A música de sua conversa. Fala do jardim, dos vizinhos, do tempo, da política municipal. O sargento e eu ouvimos a música, mas não escutamos a letra. Cospe a guimba do cigarro e eu jogo a minha nas brasas. Abro o primeiro malbec. Rosita espana as cinzas do peito do sargento, aproxima o copo de sua boca, enxuga os cantos. Empurro a cadeira para que ele possa abocanhar a primeira víscera. Comemos. A carne está deliciosa. Rosita corta bem fino os manjares de seu prato e dá a ele como se fosse mingau. O sargento pede que completem o segundo copo. Não começo a conversa porque sei que ele vai me cortar. Espero o inevitável. Há trinta anos acontece exatamente o mesmo. O sargento encontrará um jeito de fazer um comentário sobre o 11 de junho. Começará pelos disparos dos navios, ou pelo inglês que pisou em uma mina nos "campos da morte", a noroeste do Monte. O ataque surpresa do regimento de paraquedistas, o céu atravessado por labaredas, os morteiros, o matraquear das metralhadoras, a noite lenta de heroísmos e covardias. O modo como enlouqueci. "*Hijo de remil putas*, recua! Recua, é uma ordem!" As recordações acabarão nos camaradas da Companhia de Engenheiros e no Esquadrão de Exploração da Cavalaria Blindada. Os fuzilamentos que o inimigo executou no campo de batalha. Aquele gurkha que arrancou de uma rajada rápida o olho esquerdo e a massa encefálica de um companheiro. Que depois sobreviveu porque Deus é grande. Coisas vistas, entrevistas, ouvidas, verdadeiras e falsas, aumentadas e diminuídas pelo tempo. O sargento me levando no ombro por quilômetros e mais quilômetros para me salvar da morte. O hospital de mutilados, a rendição, a volta. Dezenas de nomes. Que foi feito deste soldado e daquele oficial. Soube que fulano se matou, sabia que beltrano teve um filho? "Dessa garotada toda, o único que saiu torto foi você", sempre diz nos epílogos, e desta vez não é uma exceção. "A maçã podre." Rimos um pouco. Quatro horas depois, Rosita já dorme a sesta em uma rede paraguaia e o sargento faz uma pausa, tem um cansaço animal. Nesse tempo todo, acabamos com as duas garrafas e um maço de cigarros. Os olhos mortos ressuscitaram um pouco e voltaram a morrer. Estamos muito próximos, falamos aos sussurros. A tarde cai espantosamente rápido. As brasas mantêm certo calor, mas logo o sargento sentirá frio e sono e me pedirá que o leve para o quarto e o acomode na cama. Rosita, ao ouvir o barulho da cadeira de rodas, virá atrás, dará a ele os quatro comprimidos com um copo de água, um beijo na boca, apagará a luz e fechará amorosamente a porta. Antes que tudo isso aconteça, desta vez o sargento me dirá num leve sussurro: "Não quero que falte nada a Rosita, Remil". Gostaria de contradizer seu pessimismo ou mesmo abraçá-lo, mas sei que seria bem capaz de me delatar. Ajeito melhor seu chapéu. "Os médicos avisaram que pioro a cada dia", acrescenta, e sorri sem graça. "Não deixe que me enfiem debaixo da terra, sempre tive claustrofobia." Rosita já lhe prometeu cem vezes uma cremação, mas o chefe só confia em seu recruta. Faço que sim sem parar, mexo a cabeça como aqueles cachorros de brinquedo que antigamente eram colocados no vidro traseiro dos carros. Empurro a cadeira, Rosita responde a seu chamado e cumpre o ritual. Limpo a churrasqueira enquanto ela lava os pratos. Não trocamos uma palavra. Não podemos.

Depois trepamos silenciosamente no galpão.

Maca é uma gordinha de feições agradáveis e peitos imensos. Usa óculos bifocais de armação colorida que combinam com o batom, o cinto, a caneta e os sapatos. Está lendo o arquivo confidencial de seis páginas que lhe trouxe: ali está quase tudo que por enquanto sabemos sobre Nuria Menéndez Lugo. Há pouco, ao examinar por uns segundos a foto da morena, desenhou com a boca uma careta estranha, como se estivesse se esforçando para não rir. Dou-me conta de que está pensando na namorada. A loura oxigenada corre em Madri para chegar a tempo com uma investigação a fundo sobre nossa misteriosa advogada. À noite, Maca e Luciana Flores devem estar trocando opiniões maldosas sobre a galega. Certamente já saberão o que eu apenas adivinho. Que Nuria não é lésbica. Mas quem sabe que conclusões astrológicas Flores terá delineado a respeito dessa mulher elegante?

Olho em volta e acendo um cigarro. Estamos nos fundos do térreo da Casinha. O consultório de Maca dá para o pátio interno com gerânios. É uma paisagem deprimente. Todo o edifício é assim. O coronel ocupa, no andar mais alto, um gabinete com vista para a rua Chacabuco, uma paisagem que tampouco dá muita vontade de viver. Na recepção, antes de entregar a arma e passar pelo detector de metais, comunicam-me agora que o coronel me espera ao meio-dia. Estou uma hora adiantado. Maca deixará de uma hora para a outra o dossiê Menéndez, se jogará para trás, olhará em meus olhos e me surpreenderá com uma pergunta íntima ou um golpe baixo. É seu *modus operandi*. Poderia inventar completamente os relatórios para o tribunal, e de fato redige uma minuta repleta de lugares-comuns, onde apareço como um paciente que faz grandes progressos. Mas o coronel lhe pediu que escrevesse, paralelamente, um relatório verídico "somente para seus olhos". Cálgaris monitora minha cabeça, acredita que posso ter algum desvio e virar um pé no saco. "Ao contrário", falou-me certa vez quando eu disse isso na cara dele, "fazemos isso para o seu bem." Quanta consideração, o filho da puta.

Já passamos por minha infância e pelos traumas da guerra, também pelos efeitos colaterais deste trabalho. Já tivemos alguns lances incômodos, por exemplo, quando me perguntou sobre a morte. Nessa época, eu havia recebido uma ordem que não poderia ser cumprida. Respondi com a mesma brusquidão com que rebati o coronel: "Não sou um matador de aluguel". Cálgaris fez vista grossa para a insubordinação e esqueceu o assunto, mas Maca quase deu um pulo da cadeira. Esta semana, escreveu um e-mail à Espanha com uma frase memorável: "Curioso, consigo mesmo sente-se um soldado, talvez mercenário, às vezes um guarda-costas, espião ou detetive, embora nunca entre nessas fantasias literárias baratas. Mas por esses dias o imbecil descobriu que bem no fundo se considera uma espécie de herói". Na mensagem de resposta, Luciana Flores acrescentava um conceito irônico: "Sim, um herói infame". É assim que somos, amigos. Nem heróis de coração puro, nem heróis cansados. Somos apenas heróis infames. Aventureiros sem moral nos esgotos deste país cheio de gente honesta e desinteressada.

— Há séculos não falamos de sua vida sentimental — diz Maca, largando o dossiê, jogando-se para trás e olhando minha boca. — Como vão as coisas? Tem alguma mulher?

— Muitos de nós, aquarianos, somos meio racionais com nossos sentimentos — respondo e solto uma baforada de fumaça. É evidente na cara dela que agora o golpe baixo quem deu fui eu: de repente ela se retesa, como se desconfiasse ter sido espionada por mim.

— Não sabia que você lia o horóscopo — diz ela a meia-voz, meio desligada. — Que surpresa.

— Tem uns rolos. — Dou de ombros. Estou prestes a dizer alguma coisa, mas me contenho.

— Não se reprima. — Ela me atiça, porém com prudência excessiva. Depois força mais um pouco. — O que é?

— Não sou profundo no amor, nem fiel por muito tempo.

— Nunca se apaixonou? — Ela recupera certa serenidade profissional. Acho graça.

— Sou meio dispersivo e não gosto das complicações.

— Insisto: nunca?

— Em algum momento da pré-história. — Sorrio. — Algumas velhinhas me seguem agora, mas não deixo entrar.

— O que mais?

— Nada, quanto é?

— O que mais, Remil?

— O amor não é imprescindível.

Esmago a guimba no cinzeiro e olho a parede. Maca morde a caneta e anota uma palavra no bloco.

— E o que sente quando se intromete na intimidade das pessoas? — pergunta, e esclarece. — Quando abre seus segredos e vê que essas pessoas sofrem, enganam-se, têm esperanças.

— Quando têm esperanças, me dão certa pena.

— Vejamos isso.

— Nunca tenha esperança. Assim nunca terá desilusões.

— O que é isso?

— Uma frase para a posteridade.

— Falemos de nosso chefe supremo.

— O que Cálgaris quer saber?

— Não é ele que quer saber, sou eu que quero saber, Remil.

— Neste caso, dá mais ou menos no mesmo.

— No ano passado você confessou aqui que às vezes fantasiava dar um tiro nele.

— Não era uma fantasia.

— E o que era então?

— Um desejo — digo como quem saboreia a palavra. — Matar o pai.

— E o que vai acontecer se um dia o coronel for aposentado?

— Não há ninguém neste país com poder suficiente para fazer isso.

— Bom, digamos que o coronel morra de um câncer fulminante.

— O que está havendo?

— Me diga você. O que está havendo?

Fico um minuto inteiro procurando uma resposta correta. Maca já está completamente relaxada. Me pegou no laço. Sua boca forma de novo aquela careta estranha, como se ela se esforçasse para não rir. Vagabunda.

— Dou baixa no serviço — digo, por fim. — E vou ajudar a Missing Children.

— Missing Children? — Ela se surpreende.

— Busca de crianças desaparecidas. Mas não porque tenha um grande coração. Porque é divertido.

— O quê?

— Continuar.

— Continuar a caça?

Pestanejo um pouco. A gorda é boa. Tenho de admitir. Muito boa. Sim, trata-se da caça. Toda a história humana fala de caçadores e presas. Está no nosso sangue, não? Maca anota outra palavra.

— Você choraria, Remil? — pergunta de repente. — Quero dizer: choraria ao saber que o coronel morreu? Seguraria a alça de seu caixão, falaria em seu enterro? Teria saudade? Se mataria?

Respiro com certa agitação, como quem chega de uma corrida leve. Maca percebe pelo olhar que estou ficando um pouquinho perigoso. Pisca muito, sei que sua boca ficou seca. Não é para menos.

— Isso me lembra um preso — digo lentamente. — Passou da cortesia do refeitório a me dar uma facada na barriga, outra no braço e, quando me virei, duas mais rápidas nos rins e na nádega. Aqui, está vendo? E aqui. Uma atrás da outra, como punhaladas de um louco. Fiquei seis semanas no Hospital Churruca.

O silêncio é tão prolongado que Maca olha a hora. Depois passa a língua pelos lábios pintados e escreve uma frase completa.

— Entraria no duplex dele na Recoleta e roubaria as quatro caixas de Blue Label escondidas nos armários secretos que ele tem embaixo da escada — digo, detendo-me; não reconheço minha voz. — E tomaria uma garrafa por dia em honra à sua infinita bondade. Anote bem este detalhe: embaixo da escada. E diga que mandei lembranças.

Recuo até a saída e me contenho para não bater a porta. Vagabunda. Gorda vagabunda. Depois pego o elevador e desemboco na salinha das duas secretárias. São incrivelmente feias e lacônicas. Fazem-me esperar quinze minutos; na mesa de centro acumulam-se revistas de turismo. Tem uma dedicada à Escócia. Aparecem a ilha de Skye, as montanhas de Cuillin e um marcador recente destaca a frase "exuberante aroma e sabor peculiar de turfa, defumado e salobro, com notas de algas marinhas". Vejo aonde vai o chefe: direto a uma garrafa de Talisker. Talvez, afinal, em seu apartamento impenetrável e enigmático de dois andares, o coronel não guarde mais embaixo da escada uma provisão de Johnny Walker, mas esse dourado-avermelhado que deve dar água na boca. Quantos anos tem Cálgaris? Como pode ser que continue mamando como se não fosse nada, fumando cinquenta cachimbos por dia, praticando esse sedentarismo mortal? O que vai acontecer realmente se uma manhã me acordarem com a notícia de que ele bateu as botas? Gorda filha de uma puta.

Uma das duas secretárias me chama por um de meus três nomes falsos e informa que já posso entrar. Talisker. Preciso memorizar esse dado.

O coronel está falando com alguém pelo Skype; não se preocupa que eu ouça os detalhes. Faz sinal para que eu me aproxime e me sente em uma poltrona. Está atrás de sua imponente mesa de carvalho; ouve bem baixo um álbum de Thelonious Monk. Flutua no ar o odor de seu tabaco, uma rara mistura de cereja. "Uma combinação de Virgínia suave com um toque de Burley", explicou ele uma vez a um ministro da Suprema Corte, enquanto tomávamos café em seu gabinete. Sua Excelência tinha um problema que não o deixava dormir: um legislador revirava uma falência fraudulenta do passado com a intenção de trazê-la à tona, contar como tudo foi encoberto, e queria sua exoneração. "Não gostamos das campanhas sujas", disse Cálgaris. E ao sair desse templo da justiça, pediu-me que procurasse toda a sujeira que conseguisse do legislador. Tinha sujeira, como qualquer um: pegava a mulher de seu chefe político. Cálgaris lhe enviou uma foto íntima por e-mail, depois mandou o recado de que ele não enchesse o saco. Santo remédio, não encheu mais.

O peixe graúdo da Casinha tem olhos claros e um cabelo louro quase grisalho, bigodes amarelados e voz rouca. É um ancião indefinível de porte mediano. Não deixa de usar gravata nem que o fuzilem. Usa camisas brancas e abotoaduras verdes. Jamais encontrei os sapatos descuidados, sempre brilham como novos. E, na maioria das vezes, são. Teve uma esposa, mas enviuvou em 1993. Sei que tem dois filhos radicados na Europa e que leva uma vida solitária em Buenos Aires, cercado por livros de história, mapas, bússolas e armas antigas que coleciona. Sei também que tem um veleiro, com o qual escapa em alguns fins de semana para o litoral uruguaio. E uma mulher com quem se alivia no centro histórico de Colonia.

Pelo rumo da conversa, adivinho que fala com um agente que é traficante de escravas brancas. Um cafetão que mexe com prostituição de alta classe e tem uma quantidade impressionante de informações sobre políticos, empresários, atores e jogadores de futebol. Ganha uma grana tão preta que às vezes o coronel precisa recordar a missão original e baixar sua bola um pouco. "Câmbio e desligo", diz ele e desativa a comunicação. Leva as mãos à nuca e olha o teto por uns segundos. Não o interrompo. Logo diz "Bom", endireita-se, apalpa a mesa e escolhe um de seus dez cachimbos.

— Estamos cercados — diz, como que para si mesmo. Abre o tabaco e começa a encher o fornilho. — Como vai a operação?

— Tudo em andamento — respondo.

— Lembre-se de que preciso de tudo em vinte dias. — Ele me ameaça, apontando para mim com o cachimbo. Depois o leva à boca e acende com um isqueiro especial.

— Podemos instalar escutas — digo com ironia. — Ou usar um equipamento remoto de trezentos metros.

— Não precisa tanto — descarta a ideia, coçando o bigode amarelo. Lança a primeira baforada e enche o ar de aromas. Sorve a piteira por um momento, pensativo. Depois ergue os olhos. — Vou te envolver também em mais duas confusões. Porque este mês estamos cercados! Mas veja bem: é *touch and go*. Não vá se distrair, que Menéndez é a mais importante. *Touch and go*.

Acendo meu cigarro. Há uma competição de fumaça. O coronel tem o rubor de um hipertenso e os olhos úmidos de um alcoólatra. E se o velho for pelos ares?, pergunto a mim mesmo. Vagabunda. Conseguiu me meter uma pulga atrás da orelha. Vejo que ele abre uma caixa e pega um recorte de jornal e um disco. Mostra o recorte na mesa sempre imaculada e bate nele com o indicador.

— Não vá se esquecer de Holguín. — Ele ri.

Um barão veterano da Grande Buenos Aires. Foi reeleito seis vezes, nunca perdeu uma eleição, está em todas e, apesar de ser um corrupto famoso, os vizinhos o idolatram. Talvez por isso mesmo; as pessoas são muito estranhas. Fizemos um favor a ele seis meses atrás. Suspeitava de que a segunda mulher, vinte anos mais nova, estava lhe botando chifres. Como todos esses imbecis, não queria se envolver com a polícia, nem com os órgãos de segurança. Seguimos a mulher por dois dias e por acaso ela o corneava com o personal trainer. Palma gravou para ele várias conversas telefônicas: ela estava muito apaixonada, mas ele tinha duas amantes na mesma academia, fazia kick boxing e às vezes dava o rabo. Nada fora do comum: um metrossexual com um quê de gigolô e de garoto de programa. Gostava de experimentar os limites do próprio corpo.

— O que Holguín fez com o material que passamos a ele?

— Não disse nada a ela, eu a teria tocado para fora com um pé na bunda — declara lorde Cálgaris. — Mas o babaca quis reconquistá-la. Meu Deus do céu!

— É preciso tirar o professor da parada.

— Veja só que original.

— Está bem, vamos ao seguinte.

— O seguinte é um pouco mais espinhoso. — Agora coloca um disco sobre o recorte. Sei que ali vou encontrar todas as informações. — Existe uma senadora cordobesa. Elena Parisi. É amiga. Ou algo assim. Soubemos que Fierrito a extorque com um dossiê.

— De novo?

— Desde que o desligaram da "corrente da felicidade", anda fazendo essas pesquisas.

— Diz que tem um ás na manga, mas é blefe, coronel — reclamo.

— Já disse isso, já falei. — Ele assente. — Mas ela ainda está inquieta. E não temos a completa certeza de que é um blefe. Quem sabe, talvez agora tenha algo mais palpável.

— Se me permite — interrompo, meio irritado. — Isso se arranja com um telefonema seu. Fierrito trabalhou vários anos para a Casa.

— Ele não atende, está sumido. — O coronel volta a acender o cachimbo. Vê-se que raciocina. — Era um bom jornalista, mas ficou viciado na moleza. Parte da culpa é nossa.

— Há três anos, pegou um adiantamento de uma editora — relembro. Uma biografia não autorizada de um ilustre membro do governo. — Gastou em uma viagem ao Egito, fingiu que havia uma investigação, deu a entender que tinha uma bomba, depois cobrou do otário uma grana alta para abortar o projeto. A editora entrou com um processo que não vai ganhar nunca. Não dá para cobrar de Fierrito, é inadimplente inveterado. É o maior picareta que tivemos por aqui.

— Dessa vez, taque fogo na casa dele — diz ele com alguma aflição. — Mas queima pra valer. Um dia desses aparece querendo contar tudo sobre nós e vamos em cana.

— Não vai acontecer nada, coronel. Esse cara sempre foi um idiota periférico.

— Tem o suficiente para ir para o *Noticias* — diz ele e olha a parede. Há três pinturas náuticas e uma primeira página de jornal emoldurada onde se promete em uma manchete enigmática a história do "homem que ajeita os problemas" dos políticos argentinos.

No começo, Cálgaris teve um princípio de úlcera. Tinha vergonha de ser trazido à tona por uma revista. Desde então, duas comissões de deputados pediram explicações sobre ele aos superiores, mas no fim o escândalo foi se apagando e entrou num beco sem saída graças a três fatores: tivemos alguma sorte, operamos em outros níveis e ficou comprovado que no fim das contas nossos clientes de toda a vida tinham muito a perder se o caso não fosse esquecido. Desde sempre aquilo não passou de um mero quadro, quase uma condecoração, uma piada interna.

— "Fala Fierrito, o primeiro arrependido do serviço secreto" — recita o coronel, rindo e tossindo. Tem também um catarro crônico e aquoso.

— Quem é Nuria Menéndez? — pergunto à queima-roupa.

Ele fica sério. Estou acostumado a saber que existem muitas coisas fora de minha alçada e que nesta agência investigamos as pessoas para terceiros sem fazer perguntas demais, quase sempre às cegas, com indiferença e má-fé. Executivos com grandes responsabilidades, funcionários públicos em áreas delicadas, candidatos a cargos legislativos, astros do rock e atrizes, criminosos fichados, delinquentes da política e os falsos bonzinhos do *show business*. Mas sinto até a medula que Menéndez é assunto especial e que me deram a ordem de abrir sem anestesia e com bisturi sem me dizer o que vou encontrar por dentro. Penso também naquele mau pressentimento de Lali: "Essa mulher é muito fodida, Remil". E agora mesmo confesso uma inquietude, uma estranha curiosidade, que não me deixa dormir tranquilo. Eu, que consigo apagar como um bebê no pavilhão de assassinos em série de Sierra Chica.

Como o cachimbo se apagou há um bom tempo, Cálgaris se estica e amarra um cadarço. Separa as cinzas com uma colherinha, mete a vareta para lhe dar mais oxigênio, coloca o tabaco, aperta dentro do fornilho e volta a acender. Age com lentidão e com a cabeça em outro lugar. Estou prestes a pegar outro cigarro, mas mudo de ideia. Vou fumar essas longas baforadas que ele me atirar na cara. Monk terminou seu álbum e recomeçou. Pode tocar o dia todo, por uma semana inteira. Ou pode também ser que uma das duas secretárias troque por uma sessão de improviso com Stan Getz. O coronel conseguiu inculcar em mim a história, mas não conseguiu nada com o jazz. Um pé-rapado de merda como eu sempre vai preferir o tango.

— Já sei que você não leu Ovídio — diz ele por fim, de testa franzida. — Mas não deve ter se esquecido de como caiu em desgraça com César Augusto.

— Foi mandado ao exílio — confirmo. Eu o tenho mais como personagem de uma conspiração do que como poeta. É o seguinte: poesia não é a minha.

— Sabe o que Ovídio dizia? — pergunta o coronel com uma suavidade de dar calafrios, e ele próprio responde. — "Uma mulher sempre está comprando algo."

II. O GUARDIÃO DA MONA LISA

ESTACIONO O 4×4 A CINQUENTA METROS da academia e vejo pelo binóculo os alvos por trás das vidraças e depois a placa dos poucos carros estacionados no quarteirão. Não vejo nem o Mini Cooper da mulher, nem o cupê Megane do homem. Deixo o binóculo e saio para dar uma volta. A manhã é cinzenta em San Isidro. Em uma transversal, na sombra, encontro o cupê amarelo. Dentro de um estacionamento, ao fundo e à direita, detecto o Mini Cooper. Há seis meses nós os seguimos por três semanas; na maioria das vezes, usavam o carro dela. Mas, numa manhã de chuva, o cavalheiro retirou o Megane e não nos deu tempo de raciocinar. Perdemos o homem. A rotina era sempre a mesma: Panamericana, ramal Tigre, pedágio e um motel na avenida Uruguay. Tenho certeza de que não mudaram o hábito. Volto ao 4×4 e ao binóculo, e fico à espreita.

É por esse tipo de besteira que somos motivo de riso no 25 de Mayo. A base Chacabuco foi aberta por pressão política. A Casa foi se convertendo no serviço secreto e exclusivo do presidente e os outros reclamavam. Os outros, devo esclarecer, têm poder e influência territorial e econômica, enchem o saco, votam projetos de lei. Sentem-se também parte do Estado. Por isso, na Secretaria decidiram financiar, fora do organograma, uma agência que se mantivesse ligada à Casa, como um *sidecar* em uma moto, para que não fosse contaminada por essas calúnias e biscates menores. O coronel é um personagem exótico e não representa perigo político nenhum para os funcionários públicos de carreira: sempre que a chefia lhe ofereceu promoções, ele as rejeitou, sempre se manteve fiel ao diretor-geral de operações e ao diretor de contrainteligência, e tudo, ou quase todas as informações, é reportado à Casa. Quero dizer: cada atividade nossa, cada caso em que nos envolvemos, forma uma ficha e sua cópia vai parar no escritório de Antecedentes, que fica no térreo da Central. O coronel guarda alguns arquivos especiais, não se sabe onde. Por via das dúvidas. Para ter algo contra os amigos e aliados, se por acaso um dia, Deus nos livre, todos enlouquecerem. Eles fazem exatamente o mesmo. Eu te seguro pelo pau e você por meus bagos, e ficamos todos tranquilos e nos amamos como irmãos.

A Casinha se sustenta em parte com fundos secretos, mas há dez anos tem direito de autogestão. As regras são abertas. Às vezes interferimos sem cobrar em moeda sonante, embora no fim os clientes sempre acabem pagando com algum favor. Em outras ocasiões, que Cálgaris chama "bicos", agimos diretamente como uma empresa de segurança privada. Uma pequena empresa no fundo de despesas. Mas os favores de nossos clientes mais poderosos não são de pouca monta: a Casinha tem investimentos legais e ilegais, e o dinheiro lubrifica a engrenagem e a mantém rodando. Só o coronel sabe a quem cobramos e como.

Minha relação com a Central não é ruim. Pediram-me emprestado muitas vezes. Sobretudo para que me infiltrasse em quadrilhas de sequestradores, para substituir alguém na segurança presidencial e para o serviço de campo, espionando piqueteiros ou sindicalistas, armando tumulto em manifestações. Em troca, mandaram-me ao exterior duas vezes em vinte anos para fazer cursos de inteligência e criminologia. "Não quer se mudar para o 25 de Mayo e deixar de uma vez por todas esse galinheiro, Remil?", perguntou-me um dia um mandachuva da Sala Patria. "Sou o escudeiro do coronel, senhor", respondi com cara de mordomo. "E estou preso a esse destino." Na Casa, valorizam um pé-rapado de merda que leu Massimo Valerio Manfredi.

Vejo uma Julieta e um Romeu. Ela é um produto da academia e do silicone; ele parece o Jean Claude Van Damme depois de uma gripe. Acompanho os dois pelo binóculo, seguem pela calçada como dois amigos inocentes, sem se tocar, nem se olhar com devoção demais. Os infiéis sempre andam assim, juntos mas separados, bancando os bobos. Ligo o motor e engreno a marcha. Pela direção que tomaram, acredito que hoje rodamos no Mini Cooper. Alcanço os dois sem esforço nenhum quando estão pegando a Panamericana. O carrinho vermelho entra costurando no trânsito e fica na pista da esquerda: a mulher pisa fundo e me obriga a correr. Só que é uma correria inútil, porque terminamos no lugar de sempre, mas não quero equívocos. Vai que nestes meses descobriram outro motel e tenho de ficar duas horas esperando no final da rua Uruguay. Enquanto avançamos, meu celular toca, ligo o viva-voz e atendo. Palma me cumprimenta:

— Nuria é uma chata.

— Nada? — Estranho.

— Estou mandando algumas gravações para seu e-mail. Não sei. Talvez empolguem você.

— E o e-mail?

— Trabalho puro e simples. Nem uma frase carinhosa. E nem mesmo parece uma terrorista islâmica.

— Está no Facebook, tem conta no Twitter?

— Nem sonhando. É supercalada. Invisível.

— Usou o Spyware?

— Ainda não.

— E está esperando o quê?

Encerro a ligação para pôr o cara um pouco na linha. O Spyware é um programa que permite acompanhar em tempo real toda a movimentação na internet. Preciso saber em que sites entra, quais palavras digita no Google. Agrada-me pensar que esse babão de boné e pirulito está se remexendo na cadeira, porque acredita que sabe de tudo e eu flagrei um erro dele.

Agora estamos na fila do pedágio. Não teremos surpresas. Tem lugar para estacionar em frente ao motel. Comprovo que o Mini Cooper de fato para ali e freio um pouco antes, em cima da grama. Pego o notebook na mochila, ligo, entro em meu e-mail e baixo quatro arquivos de som. Conecto o iPod e toco. Depois de um tempo, conecto o iPod no MP3 do carro e coloco o primeiro arquivo num volume médio. A voz de Nuria Menéndez Lugo de imediato enche o ambiente. É uma voz executiva, grave e meio áspera. Mas de uma aspereza sensual. Com sotaque de Madri e um vocabulário muito espanhol, embora mesclado com palavras em inglês e francês. Tem uma convicção absoluta. Está falando de expedientes e de procedimentos de exportação. Pede algo para almoçar no restaurante da esquina: salada e água mineral, e de sobremesa iogurte desnatado de baunilha. Exige de uma assistente um café curto e forte, sem açúcar nem adoçante. Descubro que fuma Camel. Baixo o vidro um centímetro e acendo um Parisienne. Nuria recebe uma ligação da Espanha. É um sócio, conversam sobre um negócio que deu merda na Bélgica. O sujeito pergunta sobre Buenos Aires. Nuria está enjoada de comer carne e diz que aqui os peixes não têm gosto. Ela passeou bastante. Foi ao caminho de San Telmo e comprou uma faca de prata. Explica que se trata da faca dos gaúchos, mas fabricada especialmente para turistas ignorantes. Não usa a palavra *turistas*, usa *gringos*. Ri um pouco. Tem um riso cínico e erótico. Deram-lhe um ingresso para o Colón: apresentam *A viúva alegre*. Explica ao sócio que é uma opereta muito divertida. O sócio não se atreve a se meter em sua intimidade; ela muda de assunto e volta aos negócios. Não entendo porra nenhuma, mas a voz é tão fascinante que o cigarro queima meus dedos. Jogo a guimba fora e acendo outro. Talvez, no fim das contas, Palma tenha razão. Essa voz pode me excitar, mas é incapaz de transmitir alguma merda que interesse. Quem é esta mulher, veio fazer o quê, por que estamos revirando o armário. "Uma mulher está sempre comprando algo." O que ela veio comprar?

Entretenho-me na hora seguinte escutando os outros arquivos de som enquanto lá dentro Jean Claude revira o estofado da mulher de Holguín. Nuria está em casa, explica a assistente que contratou uma empregada paraguaia de segunda a sexta-feira. Parece muito eficiente e confiável. Foi recomendada pela esposa de um advogado argentino com quem ela jantou outra noite. Pauso o arquivo e ligo para o Serralheiro pelo celular. Demora a atender. Enfim atende, está em um lugar muito barulhento.

— Tem empregada, mas vai embora ao meio-dia nas sextas-feiras — informo. — Como está indo com o lixo?

O Serralheiro diz que não consegue me ouvir, preciso gritar para que ele entenda.

— Perfeito, garoto, então na próxima sexta na hora da sesta — confirma ele. — Porque a cinesióloga do apartamento B também não está. O consultório fica fechado.

— E o lixo? — insisto.

— Vai bem, demoramos um pouco para identificar, mas já vamos separar tudinho. — Ele ri.

— Tem certeza de que não vou encontrar o lixo da vizinha, não?

— Tem restos e papéis amassados em nome de Nuria não sei de quê.

— Fuma Camel?

— Importado. E bebe licor Anís del Mono. Não é qualquer um que bebe Anís del Mono, fuma Camel e se chama Nuria, né?

— Como foi a coisa?

— A Velha jogou todo o lixo do prédio na carroça e depois, na praça, revistamos saco por saco. Os idiotas sempre comem e bebem igual, Remil. São tão...

— Previsíveis.

— Isso. — Ele volta a rir.

— Você também — digo. — Está no hipódromo perdendo tempo e jogando dinheiro fora.

— Desde que eu não te deixe na mão...

— Não me deixe na mão, Serralheiro, ou te desço o cacete. E trate de preparar tudo para mim na favela bem cedo na sexta-feira.

— Assim será. — O Serralheiro para de rir. — E dali saímos juntos e arrombamos o cafofo, beleza?

Não respondo para que ele sinta a pressão e o asco. Ele me diz que o crédito está acabando e precisa desligar. Ao fundo, por um alto-falante, dá para ouvir o anúncio da próxima corrida. Desligo o celular e volto à gravação. Nuria pergunta a um funcionário sobre um trâmite comercial. Licor e Camel, penso. Como será que essa morena passa as noites? Vê pornografia, masturba-se na banheira? Em quem ela pensará? Figura como divorciada no passaporte, e é uma mulher atraente: é estranho que não tenha namorado ou amante, nem vontade de tê-lo. Ou terá, e Palma não conseguiu descobrir ainda? Quem sabe?

Fico um pouco surpreso ao ver que o Mini Cooper reaparece e pega de novo a saída da Panamericana. Faço uma manobra completa e imprudente, sigo os dois e os alcanço sob a ponte de acesso. O carrinho reduz para virar e subir, eu o ultrapasso da direita para a esquerda. Num segundo, manobro em sentido contrário e dou uma fechada na traseira, jogo o 4×4 em cima deles e a mulher dá um golpe no volante para escapar de mim. Segue em linha reta ainda por alguns metros pela transversal e para no acostamento: com o susto, o motor morreu. Foi uma manobra rápida e estranha, e os dois se encontram em estado de choque. Freio atrás deles, ponho o gorro e saio do carro com a Glock na mão, apontada. A jaqueta e o gorro são azuis e trazem as iniciais PFA, Polícia Federal Argentina. Aponto para eles e grito. Ela baixa a janela, tem os olhos verdes arregalados de pânico.

— Polícia Federal, coloque as mãos no volante, senhora! — ordeno.

Às vezes tenho um vozeirão que paralisa. A mulher de Holguín está com o cabelo molhado e a boca seca. Vejo pelo decote as sardas que sobem pelos peitos siliconados e as lágrimas. Só falta fazer beicinho. Também vejo que o professor se curva sobre ela para falar comigo. Tem a testa franzida de preocupação, porém nada além disso. É um homem do mundo, já foi fisiculturista e no ano passado ganhou o torneio de kick boxing do bairro. Chamo o homem pelo nome e o intimo a sair do carro. A mulher faz um gesto de quem vai acompanhá-lo no infortúnio e grito que ela não o faça, que fique sentadinha e me dê a chave. Ela obedece como um robô. Guardo o chaveiro e explico grosseiramente que se trata de um procedimento determinado por um juiz e tenho ordem de interrogar seu namorado no tribunal. A mulher diz, como uma garotinha, que o homem não é namorado dela. E o bonitão se faz de bobo. Puxo a trava da Glock e grito o ultimato. Noto que Jean Claude fica impressionado. Contorno o Mini Cooper pela traseira e espero por ele do outro lado, de pés plantados, segurando a arma com as duas mãos. Ele é quase da minha altura, veste uma camiseta apertada e exibe bíceps volumosos, porém sem orgulho. O cagão fecha a cara e a verdade é que não dá para brincar com esse monte de músculos, com essa montanha de carne e autoestima.

— Deve haver algum engano — queixa-se ele. Nessas circunstâncias, as pessoas soltam clichês.

— Vire-se — ordeno, empurrando o homem no automóvel. — Me dê suas mãos. — Ele obedece, enquanto jura que eu o confundi com outra pessoa. Coloco as algemas. Só então meto a pistola no cinto, seguro o homem pela nuca e o puxo pelo braço. Estamos contornando o Mini Cooper em sentido contrário. A mulher, aflita, sentindo-se culpada pela falta de solidariedade, aparece e me interroga. Quem sou eu, quer ver minhas credenciais, que acusações existem contra este pobre homem. Diz até uma frase original: "Meu marido é muito amigo do chefe de polícia". Rio um pouco, não consigo evitar. Encosto-me de leve na janela aberta e mostro a ela o chaveiro.

— Diga a seu marido que você estava em um motel em San Fernando com seu personal trainer — estimulo. — E que a polícia o levou para interrogatório por delitos contra a integridade sexual.

— Delitos sexuais? — O carateca se escandaliza e faz um movimento instintivo. Na dúvida, pressiono a cabeça dele no teto do Mini Cooper e o prendo ali à força, enquanto falo com sua amável benfeitora.

— É loucura. — Ela nega. Não chora mais e passa a língua pelos lábios de colágeno. Também passa a mão sardenta na testa. Tem no pulso um relógio diminuto de diamantes. — É uma completa loucura.

— Vou lhe dar um conselho — digo. — Pegue a chave e vá para casa.

— Não, não. Vou acompanhar vocês até o tribunal. Não posso deixá-lo assim.

— Pegue a chave e vá para casa, senhora. Haverá jornalistas.

— Mas isto é um absurdo! — Ela se desespera.

— Vou prometer uma coisa. Você pega a chave, vai para casa e o imbecil aqui telefona para você em duas horas para contar onde está e como a coisa vai. E tenha em mente que será um grande favor. Porque ele ficará incomunicável enquanto estiver no tribunal. Isso eu garanto.

Ela mexe a cabeça, tentando decidir se pode seguir minha sugestão. Está pensando em todas as implicações dessa catástrofe.

— Não acredito que o sr. Holguín tenha muita vontade de mover um dedo que seja por seu amigo, senhora — eu a ajudo.

A mulher me olha e morde o lábio. É uma mulher recauchutada, mas atraente. Todo o escândalo passa diante de seus olhos neste exato momento.

— Diz a ela que vai ficar tudo bem — recomendo ao vagabundo, aproximando-me de sua orelha de repolho.

— Vai ficar tudo bem, meu amor — obedece o bobalhão. — Eu não fiz nada.

— Diz a ela que você vai telefonar daqui a duas horas — digo.

— Te ligo daqui a duas horas, meu amor. Não se preocupe. Tudo vai se esclarecer.

Não espero nem um segundo, devolvo o chaveiro para a mulher, agarro de novo o bonitão pelo cangote e pelo braço e o levo ao 4×4. A mulher de Holguín não me segue, nem se abaixa: está me olhando pelo retrovisor, porém mordendo o lábio grosso e com a chave fechada no punho. Abro a porta do 4×4 e acomodo o professor na traseira. Ando com correntes para imobilizar as pernas dos detidos. Certa vez tive uma surpresa desagradável com um deles, e este particularmente sabe usar os pés, assim eu os prendo e me sento ao volante. A mulher não decide ligar o motor. Espero em silêncio, sustentando o olhar pelo espelho, como se fosse um duelo. Por fim ouço a ignição e vejo que ela liga a seta e arranca. Passa do nosso lado e sobe a rua. Enquanto isso, Jean Claude não parou de me falar de sua inocência. Mando que ele se cale, como se me desse dor de cabeça. Ele se cala. Vamos para perto dali, a um cemitério de trens que faz esquina com um cemitério de almas. Estaciono o carro entre vagões enferrujados e mato alto. Não há nada além de cachorros sarnentos e magros.

— O que foi, por que paramos? — pergunta, mais inquieto. O volume de sua vozinha não combina em nada com a sua caixa torácica.

— Vamos ver um filme — explico, deixando o gorro e a pistola, e tirando com dificuldade a jaqueta. — Depois vamos fazer um treinamento. O que acha de uma sessão de *full-contact*?

Agora não ouvimos nem mesmo os cães. Abro o notebook e procuro alguns ícones.

— Quem é você? — pergunta. O tom é de alguém que espera o resultado de uma biópsia e que tem um mau pressentimento.

— Olha só como você ficou bem nesta cena — falo e aproximo a tela do focinho dele. Depois de segui-lo por três semanas, há seis meses instalamos duas minicâmeras em seu apartamento na Martínez. Em particular no quarto, onde o professor dá e toma de um babaca que também é musculoso: dezesseis anos completos e faixa preta em taekwondo. Muito futuro. O professor se afasta da tela como se pudesse queimar os beiços. Ouço sua respiração agitada. Parece um pobre camponês que foi empalado.

— Filho da puta — resmunga.

— Quer que eu aumente o volume? — pergunto.

— Filho da puta.

Fecho a gravação e baixo a tela do notebook. Deixo o computador de lado e mostro umas folhas de papel que trago amarradas. Vejo que ele está chorando, com a cara virada para a esquerda, olhando sem ver uma velha locomotiva. Seu peito sobe e desce. Eu o seguro pelo maxilar e o obrigo a ler a lista.

— Reconhece os nomes? — pergunto.

Ele lê por alto, com a visão anuviada. São os nomes, telefones e endereços de e-mail de todos os parentes e amigos, de todos os clientes da academia e de toda a comunidade de kick boxing. Seria tão fácil enviar a eles pelo correio eletrônico essa pornografia barata.

— Vou te falar a verdade — confesso, em voz baixa. — Sou a favor do casamento gay. Por mim, qualquer um pode fazer de seu cu o que bem entender. Mas as pessoas são muito más, meu irmão. Muito más. Além disso, com um menor, cara. Isso é imperdoável. Ainda assim, já que estou nesse assunto, vou falar outra coisa. Isto não serve como prova porque foi obtido de forma ilegal. Mas garanto que se os tribunais receberem, ou se eu mandar a algum canal de televisão, seu pescoço vai para a guilhotina. Você vai se dar mal, entendeu?

Ficamos por um bom tempo sem dar um pio. Até que de repente o professor grunhe de raiva. Guincha como um porco sendo agarrado. Contorce-se, puxa as correntes, fica vermelho com o esforço, uma veia no pescoço salta. Espero sinceramente que ele não bata as botas, seria uma cagada. Suspiro e proponho:

— Vamos fazer um pouco de exercício.

Saio do carro, tiro a camisa e, com tédio, penduro em um galho. Abro a porta traseira e solto as amarras dos seus pés. Faço com muito cuidado, para evitar qualquer surpresa. Depois o arrasto para fora, dou uma chave de braço por trás e digo em seu ouvido:

— Vou te soltar, garoto. E vamos trocar uns socos, o que acha?

Ele não entende, fica calado. Alerta e incrédulo. Pensa que posso lhe meter uma bala na nuca, e ele tem certa razão.

— O que significa tudo isso? — pergunta por fim.

Solto as algemas e o empurro. Ele cambaleia por alguns metros, tropeça e me olha, primeiro como um carneiro degolado, depois furioso. Confirma que estamos sozinhos, que sou um veterano e que estou convidando-o para uma luta. Quase sorri, mas o sorriso não sai, então fica sério e frio, e de repente tira a camiseta. Fico admirado com a velocidade com que o faz. Luto boxe duas vezes por semana, mas uma coisa é lutar de luva e no máximo arrebentar um nariz, outra muito diferente é lutar pela própria vida. Nunca deixo passar uma oportunidade dessas. Em meu trabalho, nunca se deve perder o toque mágico.

Quando levanta os braços, sei nas entranhas que de uma hora para outra me dará um chute e que quando tiver esse atrevimento terei de usar do logro e castigar seus ovos. É um movimento proibido, e os lutadores de salão não se dispõem a abandonar as regras. Dançamos juntos, como pugilistas profissionais ao sol, olhando nos olhos e sacudindo os punhos. De imediato noto que ele não quer tomar a iniciativa, prefere esperar por mim e dar um contragolpe eficaz. Ameaço e dou um soco, faço uma finta e volto a socar. Nem mesmo roço nele e o professor enfim me lança a perna pesada, porém para baixo, obliquamente, e eu a rechaço com o antebraço e o acerto no queixo com uma cotovelada ilegal que o surpreende. Enquanto recua, trabalho na cara dele. Um, dois, três. E ele devolve golpe por golpe. Nem os dele nem os meus machucam muito. De novo somos pugilistas convencionais, experimentando jabs e ganchos, dançando e tentando intimidar o outro com fintas e gestos ferozes. De repente ele me lança um cruzado no maxilar e eu me esquivo por um centímetro, pegando-o abaixo da linha da cintura, dou um clinch e ficamos agarrados por uns instantes, sem fôlego, enquanto ele me dá pontapés tailandeses sem mira. Até que me empurra e me solta uma patada elétrica. Caio no chão e giro, porque ele já vem para cima de mim. Atinge-me com três ou quatro marretadas no ombro e nas costas. Levanto-me até onde posso, avanço de cabeça baixa em seu corpo e o obrigo a cambalear enquanto tento me pôr de pé. Sei que preciso acertá-lo onde ele não espera: meto um golpe de canhota em seu quadril com toda a minha força e arranco um grito de dentro dele. Agora estamos mais uma vez cara a cara, trocando murros. Os ossos de minha mão esquerda doem, mas ainda a uso. É um combate sem assaltos, sem tréguas, nem educação. O professor está tão quente que já se esqueceu das próprias instruções. Porém sei que cedo ou tarde tentará me dar um chute na cabeça e que, se eu permitir que me surpreenda, me deixará rendido para o nocaute. Estamos sangrando porque aqui não trocamos carinhos, mas acredito que nós dois pensamos o mesmo. Ganhou muitas lutas de academia com esse chute clássico e tenta me levar a uma lógica de luta de rua ou de boxe comum e selvagem para me abalar, e quando eu menos esperar virá o pontapé penetrante de carateca. Faço de conta que entro no jogo dele, que é muito duro, e levo um cruzado. Pim, pom, pam. Então por fim entrevejo, como que em câmera lenta, que ele levanta a perna direita e gira de fora para dentro, muito alta e perigosa, querendo me pegar na têmpora. A meio caminho, encolho-me um pouco e meto a direita de baixo para cima, um murro que faria um cavalo rodar. Tenho sorte, porque pego nos testículos, como atingiria o saco de pancada na academia. Juro para vocês que enterro o punho até o braço onde não devo. E o bonitão solta um gemido e parece ter sido derrubado sobre meu corpo dobrado, agarro sua outra perna e o levanto como um animal ferido, seguro-o por alguns segundos no ar e o pressiono contra o mato queimado. Ele se vira enquanto sente a base das costas, com o que resta de suas energias, e assim bato com toda minha alma, usando todos os truques sujos do mundo, atingindo seu joelho e acabando com o cara a socos. Quando paro de bater, seu rosto está desfigurado. Paro com dificuldade, cuspo sangue e seguro a mão esquerda, que parece ter sido quebrada. Não vou mentir para vocês: não quebrei, nem o mago do kick boxing é tão bom assim. Uns torneiozinhos, qualquer um ganha.

Agora ele está derrubado no chão, ofegando em decúbito dorsal, como se fosse um bebê gigante. Vou até o 4×4, pego a Glock e uma toalha que levo na mochila. Olho-me no espelho, enxugo o suor e limpo meu sangue. Não fui eu que levei a pior. E parece que estou vivo. Aproximo-me do homem caído e lhe dou um tapinha amistoso, como se quisesse acordá-lo. Ele me olha através do choro, da transpiração, do sangue e da baba. Jogo a toalha para ele.

— Deixa de ser frouxo, professor — digo.

Armo-me de paciência, espero fumando um Parisienne. Ofereço um cigarro quando ele consegue se sentar. Já vesti a camisa e estou apoiado no estribo da locomotiva. Fumamos em silêncio. Os cães estão longe, mas voltam a latir. Vendo-o de perfil, Jean Claude não está assim tão mal: terão de colocar o septo no lugar e ele vai passar vários dias com hematomas na cara, mas o pior ficará para o dentista, porque quebrei alguns de seus dentes.

— Espero que tenha um bom plano de saúde — digo.

— O que eu preciso fazer? — pergunta com o olhar perdido.

— Antes de tudo, ligar para a mulher de seu telefone e lhe dizer que você está ótimo, que deu uma declaração convincente e que esta noite vai dormir em casa.

— E depois?

— Depois você some da academia por uma semana e não retorna nem as mensagens.

— E você vai fazer o quê?

— Vou te mandar por e-mail seu filme pornô. Amanhã ou depois de amanhã. O amor não resiste a esses desgostos.

Ficamos em tal silêncio que até os cachorros se atrevem a nos farejar. Uma ave dá um voo rasante, trinando.

— Grampeamos seu e-mail — minto para ele. — Também o e-mail de suas outras namoradas. Vamos te monitorar por alguns meses.

— Nunca mais eu vou vê-la — promete ele com a voz opaca.

— Se você vir essa mulher só mais uma vez, vai sair no Crónica TV* — alerto. — Vão pixelar seus olhos para que você depois não alegue invasão de privacidade. Mas a verdade é que até a sua tia Alberta vai te reconhecer. Aquela que te dá uma mesada e vai muito à igreja, não é?

Ele assente e volta a passar a toalha na cara. Andamos até o carro. Jogo a toalha na grade e volto a usar as algemas. Sei que ele não tem vontade de me aborrecer, assim deixo seus pés soltos. Levo-o ao Hospital de Tigre e o abandono na guarita. Vou diretamente para o Hospital Fernández para tirar uma radiografia de minha mão esquerda, receber curativos e para que me tratem um pouco. Ao chegar em casa, sirvo-me de uma vodca e ligo no History Channel. Está passando um documentário sobre a ascensão e a queda do Império Otomano. É sempre bom lembrar que somos simplesmente um instrumento da história.

* Canal de notícias argentino. (N. E.)

Aos domingos, bem cedo, quando o sol está despontando, volto ao norte. Atravesso a cidade vazia e procuro um píer em uma praia municipal de livre acesso, bem na desembocadura de um canal. A esta hora, porém, não há ninguém além de um pescador sonolento, mas até o meio-dia o gramado estará cheio de guarda-sóis, isopor e cadeiras de praia. Ainda não há sinais da polícia, que logo andará por aqui com um bote e vários salva-vidas em jet skis tentando evitar que os bons cidadãos entrem na água contaminada por zinco, chumbo e merda. Deixo sempre o 4×4 embaixo de um arvoredo, fico completamente despido e visto o traje de neoprene. Depois pego nadadeiras, luvas, touca, óculos, snorkel e faca, e coloco o chaveiro imantado embaixo da carroceria, perto de um compartimento invisível com abertura de pressão, que contém uma pequena Walther P99. Por precaução. Um sujeito como eu nunca sabe quando precisará de uma segunda opção. Só sabe que deve estar preparado quando isso acontecer.

Hoje o rio está um pouco cheio e violento, e sei que terá muitas marolas, uma atrás da outra, e uma conjunção de correntes de baixo e de cima. Talvez redemoinhos. Não será tão difícil como nos piores dias, mas dará trabalho. Em 1987, Cálgaris nos obrigou a fazer um curso rápido de mergulho tático na base naval de Mar del Plata. Foram oito meses divertidos e intensos. Desde então, procuro não perder o hábito de nadar em água aberta, um desafio sobretudo emocional. Enquanto nado, reflito sobre muitas coisas que me vêm à cabeça e se tornam claras, depois se apagam e desaparecem. São como relâmpagos. Mas quando já estou a salvo em casa, algumas horas depois, as endorfinas acendem a luz, as peças se encaixam e sempre sai algo interessante.

Entro rapidamente e começo a nadar de peito, em seguida passo a um crawl compassado. Esta manhã tenho muito no que pensar, mas me sinto confiante, de moral elevado. Quando me encontro neste estado, fantasio uma proeza: um dia sair com meus três velhos camaradas do Clube Náutico de San Isidro e nadar sessenta quilômetros em vinte horas ininterruptas até o balneário Brisas del Plata, em Colonia del Sacramento. O maior problema é que meus velhos companheiros ficaram pelo caminho. Um morreu em um confronto policial, o outro se enforcou em casa, em Temperley. O terceiro teve uma "crise de consciência", renunciou a tudo e foi morar na Suécia. Dos loucos do Campo de Mayo recrutados pelo coronel, só sobrou o desencaminhado do Remil. Os demais são fantasmas de Tumbledown, Monte Kent e Dos Hermanas.

Nado rio adentro, fujo de troncos e boio um pouco, vendo de perto a passagem de lanchas e veleiros. Continuo por um bom trecho, depois me viro e dou braçadas para o sul, mais em paralelo com a margem. Nado sem parar e penso em Nuria Menéndez. Venho escutando sua voz há três dias: está no iPod quando corro, no carro quando dirijo, em casa quando cozinho. Fala, como todos, de detalhes. Mas no escritório parece muito concentrada em trâmites alfandegários. Vai a um despachante da alfândega e ao voltar comenta com o sócio espanhol que ele ainda tem algumas dúvidas, embora não tenha explicado por quê, nem quais são. Seu sócio se chama Claudio García Roldán e não faz perguntas: entre eles, há entendimento e todo cuidado do mundo. Como se soubessem que estamos gravando. Nossa garota em Madri revira as cuecas de Roldán, sua firma de advocacia e sua empresa de importação, mas ainda assim o coronel não me passou seus relatórios parciais. É uma tática antiga de Cálgaris: compartimentalizar a investigação e no fim reunir os pedaços, de forma que só ele conheça o quadro como um todo. É evidente que Nuria é sócia de uma firma oportunista: pescam oportunidades nas águas turbulentas das importações e exportações. E parece interessada, principalmente, em um negócio clássico: o vinho argentino. Palma me mandou alguns resultados do Spyware e por acaso ela vai diariamente às sedes de vinícolas grandes e médias. Inclusive pediu a seu assistente para organizar uma viagem a Mendoza. Quer ver o processo do malbec e fazer o circuito de enoturismo. Prepara uma lista de contatos nesse mundo: gerentes, proprietários, especialistas. Pergunta quais são as principais distribuidoras do país. Fala de Luján de Cuyo, de marcas e vinhas. Janta em Palermo Hollywood, a poucas ruas da casa de Lali. Que já me mandou algumas fotos por e-mail. Nuria faz compras duas vezes por semana, primeiro no Paseo Alcorta, em seguida no Patio Bullrich. Gasta muito com seu cartão de crédito black. Palma analisa em tempo real seu extrato e entra nas suas contas bancárias: tem vinte mil dólares em uma conta de poupança e cento e setenta mil pesos em outra. As compras não variam: roupas, joias, perfumes. Palma jura que em dois meses ela levou vinte pares de sapatos. "É uma compradora compulsiva?", eu me pergunto enquanto nado. As fotos de Lali mostram-na muito sorridente, avaliadora e mais verborrágica do que de costume: os olhos pretos brilham nas lojas. Dois dias depois, Lali faz algo muito perigoso: tira umas fotos em uma milonga da rua Cabrera. Nuria está com seu assistente bebendo de uma taça e vendo como os dançarinos veteranos de tango escolhem cuidadosamente as companheiras da noite. Depois a fotografa em Puerto Madero: come com vista para o dique, acompanhada de um homem alto e elegante, que tem o cabelo precocemente branco penteado para trás e firmado com gel. Lali se esmera e o pega de ângulos diferentes. Segundo Palma, tanto pode ser um dono de adega arruinado da província de San Juan como um mero burocrata da Secretaria de Comércio. Descubro que ela fala nele ao dar um nome a García Roldán: Pico. Procuro nas listas do funcionalismo público: existem muitos de nome Pico, mas tem um em especial que é subdiretor da Alfândega. Não é a Secretaria de Comércio, mas chega perto. Procuramos fotos oficiais, pensando que não tem página no Facebook. Mas ele tem. E confirmamos: é Javier Pico, funcionário público de carreira, mas com bom acesso político. Subiu fotos dele na internet em reuniões de partido e festas de luxo, abraçado com atores e dizendo gracinhas a dois ministros de gabinete federais. Solicito formalmente seu dossiê à Casa. Pico é influente e presta favores. Não deve ser nada fácil ser uma galega recém-chegada e ter acesso a Pico de uma hora para a outra, penso enquanto boio de costas e recupero um pouco o fôlego. Sei lá, tem alguma coisa aqui.

Neste momento passa uma lancha veloz e as ondas me balançam. Giro sobre o corpo e começo a voltar. Dou-me conta de que agora a parte mais difícil me aguarda. Eu me afastei demais. Preciso me concentrar e usar toda minha capacidade mental. Não posso desanimar, mas a verdade é que dou braçadas sem concentração, pensando novamente em Nuria. E se estivermos investigando a mulher, mas na realidade quem queremos é ele?, pergunto. Não seria a primeira vez que Cálgaris faria este jogo conosco. Javier Pico. Há pouca coisa em seu dossiê, como que confirmando que ele é um chefão e que tem o rabo sujo. Não é nada estranho neste país, amigos. Nada raro. Mas, sei lá, talvez o coronel tenha cismado com Pico por alguma rasteira, e então o verso de Ovídio deve ser lido de outra maneira. Palma me mandou também a lista completa de buscas no Google. Por que Nuria não procurou por Pico no Google? A única explicação é que veio da Espanha com todas as informações. "A doutora passeia um pouco pela pornografia", Palma me confirma e imagino seus lábios vermelhos e úmidos, o pirulito trocando de lado na boca. Quer me fazer acreditar que é importante saber um detalhe mórbido, porém inofensivo: só visita três categorias no Pornhub.com: "Maduro", "Anal" e "Brinquedos". Parece-me muito mais relevante que jogue pôquer a dinheiro na internet, apostando firme. O sol nasce inteiramente e continuo atravessando as marolas, evitando galhos e gosmas podres que flutuam, batendo as pernas contra a correnteza e às vezes me beneficiando dela, pegando um atalho na diagonal, intimamente lutando contra o cansaço e a dor na mão esquerda. Em terra, a consequência daquela cotovelada no quadril de Jean Claude é uma enfermidade leve; na água, é uma tremenda agulhada. Assim mesmo, não dá para comparar essa bobagem com uma cãibra. E em muitas ocasiões nadei quilômetros com cãibra nas pernas ou na barriga. Da mesma forma, em alguns momentos parece impossível chegar à margem. Procuro tirar da cabeça esse mau presságio, que afunda qualquer banhista no desespero e nos mares, e dou braçadas regulares, com um bom ritmo. Eu me conheço: estarei esgotado em quinze minutos. Ainda assim, faltam outros quinze para alcançar a praia.

Estes últimos são os piores. Termino com uma espécie de penoso estilo *over*, arrastando-me no barro, até que me levanto, saio e tiro o snorkel e o visor. Tem mais gente na praia, as crianças correm daqui para lá e todos me olham como se eu fosse um astronauta. Tiro os pés de pato e o gorro, ando até o 4×4 e faço alongamento por algum tempo. Em seguida pego a chave e dentro do carro termino de me despir e começo a me enxugar. Tenho muita sede: tomo um litro e meio de água, enquanto recupero o fôlego e a sensatez. Ligo o MP3 e ouço um breve monólogo de Nuria. Estou nu e despenteado, com o banco reclinado, e respiro pela barriga como um cachorro exausto enquanto a escuto cecear em seu inglês magnífico. É uma ligação de longa distância. Fala com alguém do bairro do Queens, em Nova York. Está tudo arranjado para uma viagem, só falta marcar a data. Noto que o sujeito tem sotaque latino, e então me concentro e presto mais atenção. Um tapado que sabe falar espanhol, mas não quer usá-lo por telefone, e a morena que não o contraria: não é um ato de diplomacia, é pura segurança;

falam em outra língua para se proteger um pouco das escutas. Em nenhum momento mencionam para onde ela viajará, nem com quem se encontrará. Nem qual é a natureza desse encontro. Menéndez despede-se em um tom amável, mas falso. Me dá arrepios. Vejo a hora e percebo que devo me apressar se quiser chegar a tempo. Visto-me com rapidez, enfio na mala a roupa de mergulho, sento-me ao volante e saio do arvoredo. O trânsito do meio-dia é lento nas duas pistas. Demoro muito para chegar ao centro. Estaciono a duas quadras da rua Arroyo. Fierrito está tomando o café da manhã no bar do Sofitel.

É um baixinho careca e pretensioso, que se veste de branco e usa anéis nos dedos mínimos; lê jornais estrangeiros e come croissants grandes em um dos lugares mais caros de Buenos Aires. Não há um só dia em sua vida adulta que Fierrito não tenha vivido acima de suas posses. Deve uma vela a cada santo, deixou rastros, trapaceou sem remorsos e só não foi preso porque Deus, apesar de tudo, ainda é argentino. Nos anos 1980, Fierro cobrava dos políticos, linha por linha, as menções em suas longas colunas dominicais. Nos anos 1990, faturava passando informações e delações de pouca importância à contrainteligência. Nos últimos dez anos, agiu no rádio e na TV a cabo a favor de qualquer dirigente que molhasse sua mão. Ficou incontrolável e lhe deram baixa da "corrente da felicidade". Como autônomo foi um desastre e se meteu em muitas outras confusões. Se aparecer morto, certamente a fila de suspeitos será tão grande que dará a volta três vezes pela Plaza de Mayo. A mim, particularmente, suas picaretagens não afetam em nada, mas confesso que me enoja o jeitão de barata perfumada.

— Então agora trabalha para Tana — diz ele sem baixar o exemplar do *Washington Post*. — Paga bem?

Vem o garçom e peço um café puro. A essa hora eu comeria um bezerro, mas não vim aqui para comer. Estendo-me nessa poltrona elegante, esfrego os olhos e bocejo. Fierrito olha mais detidamente.

— A senadora está meio preocupada — solto por fim.

— Já te falei que eu também, Remil? Que tudo que encontrei me preocupa? Me preocupo com o país, Remil. Entenda bem isso.

Dobra o jornal e come outro croissant. Nós dois parecemos profundamente entediados. Mas só o meu tédio é autêntico.

— Era uma biografia política — acrescenta ele, simulando falar consigo mesmo. — Mas me pareceu um livro denuncista.

— Dizem que aqui não ganha o Pulitzer.

— De fato. Uma pena.

Trazem o café, está delicioso. Peço outro.

— No que você pensou? — pergunto.

— Hmm... Pelo menos duzentos e cinquenta mil. São oito meses dando meu couro. A vida do jornalista investigativo é muito dura.

— Imagino que sim.

— Então, estamos de acordo?

— Quer ver antes.

— Como é? — Ele se encrespa.

— Parisi quer ver antes de pagar.

— Ficou louca?

— Sabe que da última vez foi um engano.

— Eu não enganei ninguém.

— Não tinha livro nenhum, Fierrito. Apenas uma pasta com arquivos de revistas.

— E quem foi que contou essa merda a ela?

— Eu.

Fierro fica me olhando por um instante, depois tira os óculos e os guarda no bolso da camisa, põe dinheiro na mesa e age como quem vai se levantar. Finge estar ofendido.

— Sente-se — ordeno com suavidade, olhando-o de frente pela primeira vez.

— Não temos mais nada para conversar.

— Sente-se, Fierrito — digo num tom paternal —, ou eu extraio suas amígdalas com um garfo.

A barata já esteve em muitas fraudes e enrascadas e sabe quando não vai se foder. E por acaso hoje não vai. É por isso que de repente fica branco e obediente. Trazem um segundo café para mim. Fierrito se senta logo, como se afundasse numa montanha de diarreia. Tomo o segundo café com lentidão, gole a gole.

— Posso te dar um ou dois capítulos — diz ele por fim, com extrema cautela.

Faço que não com a cabeça. Vejo que ele tem na mão uma cigarreira de metal e um Zippo de ouro.

— Com dois capítulos, não vai dar — aviso.

— Garanto que sim. — Ele se aflige. Põe a mão no meu ombro. — Desta vez não estou de trapaça, cara. Você vai ver, vai me dar razão.

Observo também que Fierrito nem pestaneja. Pego meu maço de cigarros.

— Vamos fumar lá fora — proponho.

A barata perfumada solta um suspiro e volta a se levantar. Às mesas, há turistas e clientes. Descubro, entre eles, um juiz famoso em transações com um advogado criminalista no fundo, junto da lareira apagada. Vamos para a calçada. Ele fuma Benson. Acende meu Parisienne com sua pequena joia. Fumamos ao sol. Ele reclama que o ambiente está cheio de espiões, jornalistas e políticos que o odeiam e o caluniam.

— A metade do que dizem é besteira — reforça. A metade do que dizem corresponde a dez por cento das merdas que Fierrito fez.

— Vamos para a sua casa — proponho. Ele me olha como se eu tivesse feito uma proposta sexual ou o convidasse para passar o dia no Parque de la Costa.

— Está de sacanagem? — pergunta, começando a transpirar.

— Eu te levo em meu 4×4 — acrescento. — Leio o manuscrito enquanto você me oferece uma taça de vinho, e esta noite terá a resposta.

— Na minha casa, não — diz ele, meio tenso. — Na minha casa não entra ninguém. Qual é o problema? Por que essa pressa toda?

— Porque eu sou um táxi — respondo, batendo o dedo no relógio. — Cobro por minuto.

— Não está na minha casa — diz ele e fuma o Benson, exasperado.

— Não enche meu saco, Fierrito — falo, agora numa voz rouca e ameaçadora. Ele toma um susto, percebe tudo. — Vamos a esse chalé vagabundo que você tem em Floresta e você me convence de que não é o mesmo malandro de sempre.

— Juro pelo que há de mais sagrado que desta vez tenho coisa de peso. — Quando quer, ele é muito histriônico. Ou quando pressente que pisa em terreno minado.

— Veremos — digo, pegando-o pelo braço com energia e o empurrando pela Arroyo até a Nueve de Julio. Ele bate na minha clavícula e sinto que poderia andar de cavalinho em meu ombro. Como tenho passadas largas e Fierrito um passo curtinho, vai flutuando, como se ele fosse o boneco e eu o ventríloquo. Só lhe dirijo a palavra quando estamos sentados. Em duzentos metros, Fierro tentou me explicar por duas vezes que era sincero e não estava mentindo.

— Coloque o cinto — ordeno. — Não quero que sofra um acidente. — Ele obedece, mas com a resignação trágica do preso que avança ao paredão sob a ponta de uma baioneta. Pego rapidamente a Rivadavia e vou para o oeste.

— Posso explicar já o que consegui — diz a barata, dando a última cartada.

Não respondo. Fierro se remexe no banco como se tivesse formiga na bunda. De pronto faz um esforço e toma fôlego:

— Ainda está de conchavo com Cálgaris, não é? Ele te contou que Tana quer ser presidente? Leu as pesquisas? É peronista, tem suas chances.

— Você está me propondo um negócio? — Sorrio.

— Não pode ter um escândalo agora. O trem vai descarrilar antes de sair da estação.

— Sei.

— Pelo que sei, isso vale mais de duzentos e cinquenta. — Seu tom recupera certa segurança quando fala de dinheiro. — Vale um milhão.

— Então, por que não pediu um milhão?

— É preciso agir aos poucos. Não podemos ser impulsivos.

— Não vou te contradizer, o especialista é você.

— Sim, sei como tirar as rédeas dele, Remil. Não há ninguém melhor do que eu em toda esta cidade para isso.

— E podemos ser sócios.

— É claro, cara. Trinta por cento.

— Aviso a ele que a merda vai até as tampas e fico com trinta por cento.

— De um milhão. E não precisará mentir para ele.

Entro em um posto de gasolina. Abro o porta-luvas, pego o coldre com a Glock e encaixo no cinto, mas bem atrás, coberto pelo casaco. A barata está abatida.

— Trinta por cento — digo, assentindo, e saio do carro com a chave na mão. Peço ao garoto que encha o tanque e dois galões que tenho na mala. De um rádio, ouço uma cumbia popular e acompanho o ritmo batucando no teto do 4×4 como se fosse um tambor. Sei que Fierrito ouve a percussão e pensa se precisa abrir a porta e desatar a correr. Avalia suas possibilidades. Percebe que são muito poucas. Depois pensa que talvez possa me convencer a participar da extorsão. Sabe que tenho estômago de aço e que poderia aceitar sem nem mesmo pestanejar. "Se está ficando velho, talvez tente obter uma aposentadoria decente." Tenho certeza absoluta de que Fierrito trama tudo isso enquanto flerta com a ideia de fugir. Mas fugir para onde? "Esse energúmeno me encontraria rapidamente e me daria uma sova", raciocina a barata perfumada. *Bailen cumbia, cumbiancheros, que llegó el fumanchero*, berra a música. *Fumanchando de la cabeza, empinando una cerveza. Nos pinta el indio cumbianchero: estamos hechos unos pistoleros.* Pago em dinheiro e sigo pelas ruas laterais, procurando o chalé detonado que fica perto da ferrovia.

— Vai poder ler tudo — anuncia Fierrito como se fosse uma grande novidade. — Ficará tudo à sua disposição, Remil.

— Que bom.

É um quarteirão bucólico. Ao chalé faltam telhas, pintura e reboco. Fierro não tem carro porque não dirige. Entro com o 4×4 e vejo o jardim malcuidado. A barata se transformou em um anfitrião bajulador e servil. Entramos em uma sala de jantar desarrumada e coberta de livros. Em cima de um móvel, a fragata de Bouchard dentro de uma garrafa. Há reproduções de grandes pinturas naquelas pranchas perfeitas que alguns anos atrás eram vendidas como encartes de uma revista. É de péssimo gosto pendurar *As meninas* na sala de estar e um Goya ou Van Gogh no corredor. Mas Fierrito não é um sujeito refinado, apenas um esbanjador. E jamais gasta em tesouros do lar. Só em viagens, restaurantes e bagatelas. Na casca. Como esses advogados de luxo que se vestem de Armani para dar a entender a seus possíveis clientes que são importantes e que ganharam casos grandes. Dinheiro atrai dinheiro, o luxo tranquiliza, e um pobre-diabo pode ganhar uma boa grana se conseguir circular na alta-roda como se fosse um deles. Fierrito não poupa para o futuro: é do tipo de pessoa que vive em hotéis de luxo até que mexe com a polícia, aí se refugia em seu covil para pensar na próxima picaretagem.

Pede que eu fique à vontade, que já me trará a mercadoria, e grita que eu me sirva de uma bebida. Espero por ele de pé, sem copo, nem cerimônia.

Traz, de um cômodo nos fundos, uma pasta e um pen drive. E também uma expressão falsamente cordial. Ponho o material na mesa sem olhar e lhe dou um empurrão de surpresa. Fierro parece feito de algodão. É lançado na parede e cai de bunda. Agacho-me sem lhe dar tempo de balbuciar e fecho uma algema em seu punho e outra no pé de um guarda-louças que deve pesar pelo menos duas toneladas e meia. Pego o isqueiro de ouro e o celular em seus bolsos e vou até os fundos: o cômodo é um escritório pulguento, com uma mesa e um computador portátil, mas meio antiquado. Ouço-o implorando baixinho que não o mate, garantindo que é tudo verdade e que, se eu quiser, posso avisar à senadora Parisi que ela não tem com o que se preocupar. Que se esquecerá de tudo, jura por seus ancestrais, também por sua filha que mora nos Estados Unidos, com quem não fala desde 1995. Fecho o computador e o coloco numa maleta. Jogo o celular dentro dela, mas fico com o Zippo dourado. Depois atravesso a sala de jantar sem responder aos apelos do prisioneiro, saio por um momento e abro o porta-malas do carro, onde estão o traje de neoprene ainda úmido e os galões. Retiro os galões com gasolina Premium e acomodo a maleta. Quando me vê entrar novamente, Fierrito cai aos prantos. Abro um galão e começo a espalhar gasolina pela sala de jantar, corredor e quartos. Depois abro o outro e molho a cozinha e o banheiro. Com o que resta, ensopo Fierrito de cima a baixo. Agora Fierro dá um grito. Pego na mesa a pasta e o pen drive e me sento lentamente em uma poltrona. Folheio o tijolaço e brinco com a tampa do isqueiro: abro e fecho, e o barulho metálico parece uma detonação neste oceano de combustível. A barata me olha, apavorada. Estamos em silêncio. No silêncio do fim.

— Me pediram que queimasse sua casa — digo, tentando ser sincero e didático. — Você cansou muito os homens. Muito. Muito mesmo. Além disso, não posso confiar que você não fez cópias de segurança, ou que algum amigo seu não ficou com outra pasta. Nem podemos estar certos de que você não voltará a procurar informações e, acima de tudo, que não cairá na tentação de voltar ao vício quando o susto passar. Entendeu bem? Estamos fodidos.

Fierro arqueja como se tivesse chegado agora à margem depois de nadar durante horas nas águas agitadas do rio. Não consegue articular uma frase inteira. Cospe palavras soltas, parece hiperventilar. Depois se cala. Engole um litro de saliva e pergunta com um fio de voz, olhando os próprios sapatos molhados:

— Tenho alguma alternativa?

Brinco um pouco mais com o Zippo. E com o desespero dele. Depois me levanto e me apoio no encosto da poltrona. Estou pensativo. Levanto um dedo.

— Vai fazer o que eu mandar? — pergunto. Ele assente, uma lágrima escorre pelo rosto e resvala no queixo. Agacho-me e retiro as algemas. Levanto-me e dou um chute em suas costelas: tenho cuidado para que não seja forte demais. Porém, para Fierrito, é como se o metessem num torno sem anestesia. Ele se contorce e chora em voz alta, com a mão nas costelas. Volto a levantar o dedo.

— Você vai se esquecer de Parisi — começo. — Não vai apenas abandonar o livro. Vai fazer com que ninguém publique nada. Vai velar por essas informações. Se alguém a usar numa campanha suja, venho aqui e queimo sua casa. Se você continuar no trabalho jornalístico, venho aqui e queimo sua casa. Se passar pela sua cabeça se meter comigo ou com ela de alguma forma criativa, venho aqui e queimo sua casa. Se Tana pegar uma gripe, vou culpar você. Se for publicada uma linha que seja contra mim, vou te culpar e atear fogo em você, imbecil. Em você e na merda da sua casa, e vou me sentar na frente e curtir o espetáculo. Adoro as chamas. E o cheiro de carne assada.

A barata está feito uma bola. Pergunto se ele me entendeu bem. Mexe a cabeça. Não basta para mim, dou outro chute. Volto a perguntar se ele realmente entendeu. Agora levanta a cabeça e jura por Jesus e Maria que entendeu tudo e que será melhor que Marcelino Pão e Vinho. Ainda fico um tempinho ponderando a situação, como se me perguntasse se não estou sendo benevolente e crédulo demais. Depois deixo o Zippo junto da fragata de Bouchard, vou para o jardim, limpo a sola dos sapatos na grama amarelada, devolvo os galões vazios ao porta-malas do carro, enfio a papelada na maleta e dou a ré com o 4×4 até a rua, avançando a toda velocidade pela paralela. Detenho-me às ruas secundárias, que estão vazias e ainda ensolaradas. Passo pelo edifício da Chacabuco e deixo na guarita, após assinar um protocolo, a maleta com a ordem expressa de que seja entregue no dia seguinte ao coronel Leandro Cálgaris. Mando uma mensagem de texto para lhe contar as novidades e sigo para a Costanera Sur. Tem uma churrascaria abjeta que faz uns chouriços extraordinários. Recomendo. A cozinha do Sofitel é incapaz de um manjar semelhante. Como três chouriços olhando o rio e tomando um tinto popular. O rio parece uma piscina depois de ter sido tão injusto comigo. Vejo quatro veleiros que voltam ao porto no final de um domingo agradável. Apalpo o bolso para comprovar que o pen drive de Fierrito não se perdeu. Dou uma mijada longa e espumante em uma árvore e volto feliz, ouvindo uns tangos de Pugliese. "Recuerdo", "La Besa", "Negracha", "Malandraca", "La Yumba". De vez em quando só tenho vontade de dormir.

É cedo e entro a pé pela rua da morte. Em frente à igreja, um grupo de pessoas conversa animadamente com o padre. Preparam uma procissão em agradecimento à Virgem de Caacupé. A maioria dos moradores da favela é de gente honrada, pedreiros e domésticas, muitos trabalhadores informais e vendedores ambulantes. Só cinco por cento se dedica aos negócios do crime. Mas cinco por cento de quarenta e cinco mil significa um exército. E a rata e a raposa que verei são membros destacados dessa imensa minoria. Cumprimento o dono do armazém e me sento a uma mesa. Serve sem que eu peça uma cerveja com amendoim. Para matar o tempo, comenta as partidas do sábado. Tem um garoto muito bom que vão testar no San Lorenzo, mas que outro dia chegou "mancando". Tem um zagueiro que joga na reserva do Boca e à tarde caçaram as pernas dele. Finalmente foi quebrado por um que é pirata do asfalto e tiveram de levar o garoto ao Hospital Piñero. Mas demoraram uma barbaridade, porque a ambulância do SAME não queria entrar sem o apoio de um patrulheiro, e o zagueiro estava aos urros. O dono do armazém teve de anestesiá-lo com um pouco de cocaína diluída, ou ele teria um infarto.

Um dos filhos da Velha afasta as tiras da cortina de plástico e se aproxima da mesa de fórmica com os olhos diabólicos. Rouba meus amendoins do pratinho, diz algo em um idioma gutural que nem o dono do armazém nem eu entendemos, e fica parado de lado, como se fosse me dar uma facada. Quando me levanto, o anão passa a mão no copo de cerveja; toma de um gole só e arrota. Em qualquer outro caso, o patrão teria dado uma bronca nele, mas desta vez nem se mexe: não quer problemas com a Velha. Acredita que a Velha é bruxa e que faz macumba. Pago com oito moedas e vou para a rua com o garoto. O negócio é o seguinte: tenho de segui-lo por um labirinto de corredores onde qualquer um pode te fazer em pedacinhos para roubar o seu relógio. E onde todos me olham, na melhor das hipóteses, como um ladrão velho ou um cana corrupto. Digo isso porque o pior que pode acontecer nesse curral é que você seja confundido simplesmente com um pateta. Um pateta não dura meia hora nas vielas da Villa Costal. É por isso que abro o casaco e mostro a pistola. Para que não haja confusão nenhuma.

Depois de várias voltas aceleradas, damos em uma mansão de folha de flandres e madeira. Na porta, montam guarda outros irmãos e companheiros do idiotinha. Todos parecem zumbis a ponto de dormir e a ponto de acordar. Piranhas. Piranhas famintas. A Velha sai para me receber com sua cara inexpressiva de sovina. Entro, sinto um cheiro podre mais para os fundos e uma lâmpada miserável que deixa enxergar muito pouco. De um lado, o Serralheiro faz um mate em um fogareiro e joga cartas com um compadre a quem falta um olho e meia orelha. O Serralheiro, que não tem o menor glamour, parece Fred Astaire nesta casinha. Aproxima-se de mim, tentando ganhar minha confiança.

— Arranja uma lanterna, Velha, que não enxergamos nada aqui — ordena ele.

Traz luvas de borracha, que eu ponho e me agacho sobre a lona que abriram no chão de terra. Parecem quinquilharias de um camelô da Flórida. Mas não passa de uma coleção irregular de papéis, lixo e papelão. A Velha me dá uma lanterna pesada de metal. Examino o manual de uma bicicleta ergométrica magnética e outro de uma plataforma vibratória. É assim que a dra. Menéndez Lugo mantém as cadeiras no lugar e as pernas bem torneadas: montou uma pequena academia em seu apartamento na rua Juncal. É daquele tipo de mulher que tem as calorias acumuladas nas partes baixas. Vejo também que toma vitamina e antioxidantes. E Neuryl 0,5, clonazepam. A morena é ansiosa e tem insônia. Há vários papéis escritos à mão em um bloco de folhas quadriculadas. Nada me parece importante. Fico com um deles porque talvez a gorda Maca queira fazer um estudo grafológico. É uma lista de supermercado: vinho, maçã, morango, merluza, camarão, farmácia. Depois encaro as faturas. São muitas. É incrível a quantidade de casacos sob medida, blusas, saias, cintos, bolsas, jaquetas de couro e sapatos. O Serralheiro aponta que o melhor está num canto da lona: recibos amassados de relógios, anéis, pulseiras, gargantilhas, alianças, um broche de ametista e, sobretudo, pérolas. Vários colares de pérolas. O tesouro de Nuria.

A Velha me chama de outro canto. Aponta um montinho de papel picado. Seguro um punhado e deixo cair entre os dedos.

— Quase todo dia, picota e picota — informa a Velha em sua língua mal falada, batendo no braço com o canto da mão. Menéndez tem, como eu, uma fragmentadora, talvez uma Dasa, uma guilhotina média para colocar na mesa, junto da CPU. Esse objeto sempre entrega: seu dono sem dúvida tem algo a esconder. Se não usasse a fragmentadora poderíamos reconstituir inteiramente seu quebra-cabeça. Tenho certeza. Outros mais cautelosos já caíram no descuido e a lixeira os traiu. Nós somos o que guardamos e o que jogamos no lixo. É assim.

Encontro evidências de que comprou livros sobre comércio exterior, direito alfandegário, um código civil e outro penal, e que cedeu a alguns caprichos turísticos: letras de tango, contos de Borges, uma biografia de Evita. Fico boquiaberto ao ver os cosméticos: frascos, potes, vidros, tubos, estojos. Máscara para cílios, corretivo de olheiras, base para o rosto, um delineador para os olhos e outro para os lábios num tom rosa paixão, batons hidratantes de longa duração L9 rosa e L27 marrom, creme para pálpebras, creme antienvelhecimento, fluido reparador, creme redutor e contra a flacidez dos braços, ampolas contra celulite, soro para atenuar as rugas, soro contra manchas, esfoliante para o corpo e dezenas de substâncias indecifráveis. Um kit gigantesco que inclui toda sorte de perfumes, mas essencialmente dois: 3 Aguas Perfumadas e Chance Chanel.

Percorro a lona com a lanterna, mas não encontro muito mais. Desligo a lanterna e rejeito um mate. No olhar do delinquente, descubro um ponto de interrogação. Quer saber o que eu acho.

— Pouco — digo. Aponto a lona.

— Essa mulher não deixa rastros, amigo.

A Velha vem em seu auxílio com o braço e o canto da mão:

— Picota e picota tudo. — Devolvo a lanterna e olho o relógio.

— Não temos muito tempo, espero os dois na esquina da Juncal.

Dou as costas a eles, saio e tiro as luvas. Ouço a voz da raposa:

— Não vamos falhar com você, amigo.

E a voz da rata:

— Mulher esperta, picota tudinho.

Na soleira, o bobão tagarela sem parar. Um dos irmãos me leva pelas vielas. Saio na rua da morte e passo de novo na frente da igreja. O padre é jovem e barbudo. Parece o Che. Está falando com um paroquiano, mas me acompanha com os olhos. Como se estivesse me sondando. Abro o casaco e o olho fixamente. Procuro não ser muito durão. E então de imediato o padreco abre um sorriso para mim. Como se me perdoasse. Nessa igreja, Deus perdoa os assassinos. O que mais pode fazer?

Atravesso a avenida, entro em um bar e como um prato de lentilha. Pergunto-me quantas horas do dia madame Menéndez dedica à sua aparência física. Três, quatro? E é uma compradora compulsiva, como parece? O que isso quer dizer, Maca? Que no fundo tem baixa autoestima? Parece bem o contrário, gorda. Parece que vive atropelando o mundo. Por que não aparecem lugares relevantes ou específicos em sua busca no Google? Por que não escreve na ferramenta de busca uma só palavra que preste? Alguém faz isso por ela? Talvez, se implantássemos uma escuta ou se Palma instalasse o Spyware no PC de seu assistente, saberíamos a verdade. Saberíamos o que veio comprar e que merda está fazendo em Buenos Aires. Imagino a mulher pedindo para seu assistente imprimir materiais de diversos assuntos. E depois levando para casa a fim de estudá-los enquanto fuma um Camel e toma um copinho de Anís del Mono. Eu a imagino na madrugada metendo um por um desses impressos na fragmentadora. Sabe que estamos vigiando e não dá um passo em falso. Nunca vi ninguém tão sigiloso. Com exceção de alguns agentes do serviço secreto que conheci nesses trinta anos, mas duvido muito que Nuria pertença a essa comunidade.

Tiro o 4×4 do estacionamento e entro no Bajo. Sei que o Serralheiro está com a Velha e dois de seus filhos em sua picape amassada na mesma hora e pelo mesmo caminho. Deixarão o veículo a quatro quadras do alvo e caminharão por calçadas opostas até a rua Juncal. A Velha posicionará um garoto em cada esquina e fingirá que pede roupa nas imediações. Tem um celular simples que o meliante lhe deu e a ordem de dar o toque de retirada se cair a noite. O porteiro não faz a sesta, mas a Velha o manteve sob vigilância: depois de almoçar, dá uma volta pelo quarteirão e se diverte por uma hora ou mais jogando conversa mole com uma dona de banca de jornal na Arenales.

Chego ao edifício à uma e meia em ponto. O Serralheiro vem com uma bolsa de viagem. Não tem a aparência ruim. Parece exatamente o que é: um apostador mediano que perde tudo que ganha. Há uma semana, como é de praxe, pôs várias gotas de parafina na fechadura e esperou que alguém metesse a chave e entrasse. De imediato, retirou seu protótipo e fez o molde. Com esse molde, fabricou sua própria chave em casa. E com essa chave nova e reluzente entramos rapidinho. Há um silêncio de sesta no hall. Volto a vestir as luvas de borracha. O Serralheiro não toma nem mesmo essa precaução. Sabe que a perícia policial deste país não consegue levantar nem a pegada de um elefante em uma poça de farinha. Subimos no elevador até o décimo quarto andar. Sinto palpitações, como se tivesse medo. Mas fiz isso tantas vezes que não tenho nada além de curiosidade e pressa. O coração acelera por outros motivos.

O Serralheiro deixa a bolsa no chão por um momento, examina com o olho clínico a porta chapeada e as fechaduras do apartamento B e pega o ponteiro. Usa um pedaço de pano para abafar o barulho. É um veterano baixinho e fraco, mas tem músculos de marinheiro. Mete a ponta do ponteiro e alavanca. Conhece todos os pontos fracos das portas, trabalha nelas com paciência e muita habilidade. Para trás e para a frente, para trás e para a frente, ganhando centímetro por centímetro, curvando a madeira e torcendo o aço grosso dos dentes das fechaduras. Eu o ajudo na última arremetida. A porta cede e se abre de chofre. Sempre parece que explodiu uma bomba em todo o prédio. Mas não é assim. Foi um ruído razoável que os vizinhos mais próximos não perceberão e que, se perceberem, pensarão que é fruto de um acidente doméstico ou de alguma mudança malfeita. O Serralheiro enxuga o suor da testa e entra no apartamento vazio. Cumpre sua rotina com rapidez. Não o interrompo. Examina os armários, mete a mão no café e no açúcar. Passa aos banheiros e aperta os potes. Deita abaixo os livros na sala de jantar e nos quartos. Tira a roupa do armário embutido principal e joga na cama. Isto é, finge que procura às cegas joias e dólares. O veterano, na realidade, tem certeza de que as joias da dona da casa estão num cofre e seu cálculo está correto. O cofre é embutido na parede do fundo do segundo armário. O Serralheiro usa três gazuas e abre como se fosse uma lata de feijão. Começa a soltar suas risadinhas de louco. Todas as compras e muitas outras estão escondidas nesse cofre. Sei bem o que é: o Serralheiro ficará com a metade e dividirá o resto com a Velha, que não tem como saber quanto é o butim. Antes que ele assim o faça, mando que me entregue um dos colares de pérolas, o mais imponente. Está dentro de um estojo de veludo bordô e a raposa resiste por uns segundos. Seus olhos estão me dizendo: "O trato não era esse". Mas meus olhos lhe dizem: "Me dá ou não chegará vivo à noitinha, Serralheiro". Por fim desiste e o estende para mim. Ri como quem tosse. Continua com suas coisas e passa ao 14 A, o apartamento da cinesióloga. Deixa-me sozinho neste apartamento silencioso onde flutua o fantasma de Nuria Menéndez.

A primeira coisa que vejo são seus discos. Norah Jones, Diana Krall, Amy Winehouse, Whitney Houston, James Blunt. Depois dou uma olhada na pequena biblioteca derrubada: tem livros de ciência política e de economia. Krugman, Rifkin, Lipovetsky. Também relatos jornalísticos de sucessos políticos modernos da Argentina. Pelo menos cinco obras relacionadas com a história do peronismo. Que pena que não costuma marcar as páginas, nem fazer anotações a lápis nas margens. Há quatro armários embutidos e três comuns. É um guarda-roupa descomunal. Os sapatos e as bolsas podiam equipar vinte mulheres ricas. Meto a mão nos bolsos, mas não encontro nada. A não ser em um casaco de pele, pendurado no cabide. Em um bolso interno, dobrado em quatro, ficou esquecido um panfleto da fazenda Siete Alazanes. Suponho que não poderia perder um dia no campo em uma autêntica fazenda *criolla* em seu périplo pelas rotas turísticas. Passo para o terceiro quarto e toco os aparelhos: a bicicleta, a esteira e, dentro de uma caixa, um consolo. Detenho-me em sua mesa de escritório. Sorrio ao descobrir a fragmentadora. Eu me enganei. Não é uma Dasa, é uma Securio B22. Em uma mesa, guarda vários relatórios da Cepal. Às vezes, Nuria não parece nada além de uma tecnocrata. As gavetas e prateleiras contêm papéis que não entendo, ou que estão além de minha compreensão. Em um aparador, descubro um tríptico de fotos dela. A primeira foi tirada há uns vinte anos: tem o cabelo comprido e encaracolado; parece uma mulher livre. A segunda não deve ter mais de dez: tem um penteado rígido, muito mais curto e preso por grampos; parece uma mulher disciplinada. A terceira é atual: Nuria Menéndez Lugo não é uma hippie, nem uma reprimida; é uma mulher altiva, despachada e segura, fria e ambiciosa, que chegou aonde queria. No banheiro, toco as toalhas, abro os perfumes e cheiro para tentar entendê-la. O Serralheiro me arranca desse devaneio.

— A médica piranha é uma dura, não tem porcaria nenhuma, só bijuteria — diz ele, aproximando-se. — Vamos?

— Não deve ser tão ambicioso, Serralheiro.

Saímos sem cruzar com ninguém e vamos para a rua sem que ninguém nos intercepte. Não há despedidas. A Velha assovia com os dois dedos para que os filhos abandonem os postos de observação, e vão os quatro quase juntos, andando rapidamente pela Juncal. Quando me sento ao volante, preciso respirar fundo e esperar um pouco que as palpitações se acalmem. O que está acontecendo comigo? Volto para a Belgrano R com a cabeça meio confusa. Começa a chover, e quando entro e desligo os alarmes, livro-me de tudo. Tiro a roupa e vou para o chuveiro. Esfrego-me com a esponja como se tivesse crostas e sarna. Depois me jogo na cama e adormeço instantaneamente. Acordo à meia-noite, no escuro, e por um momento não sei onde estou. Olho pela janela da sala de jantar; o temporal não diminuiu. Sinto um pouco de frio: visto uma camiseta velha e um short, sirvo-me de uma vodca e verifico que não tenho mensagens na secretária eletrônica, nem e-mails em minha caixa de entrada. Acendo um Parisienne e me pergunto por onde começar. Abro um arquivo do Word e escrevo tudo que sei sobre a personalidade e os gostos íntimos de Nuria. Para minha surpresa, o relatório me consome quase uma hora. É impressionante o quanto acredito conhecê-la. Ao mesmo tempo, tenho consciência de que não passam de indícios e que por baixo desta vida à mostra há outra, oculta, à qual não tenho acesso. Por mais que eu a vigie, que tire fotos, que a escute durante dias, grampeie o computador, revire seu lixo. Quando fico sem palavras e ideias, mando o texto por e-mail a Maca e me sirvo de outro copo, levando à minha mesa uma tigela de frutos secos. Agora a tela parece a folha em branco de um escritor. Fico uns minutos mastigando incessantemente, sem saber que palavra tenho de jogar no Google. Junto do chaveiro, da carteira e da Glock, há duas folhas de papel: o panfleto dobrado da fazenda e a lista de supermercado. Escrevo Siete Alazanes e pressiono Enter. Enquanto isso, estendo a mão para o controle remoto do sistema de som e o ligo. Toca bem baixo Troilo y Sus Muchachos quando chegam os primeiros resultados. Quase caio da cadeira. Siete Alazanes é uma fazenda de dois mil hectares situada no sul de Córdoba. Sua proprietária deu uma entrevista exclusiva de "seu lugar no mundo". Elena Parisi fala de tudo em *La voz del interior* e posa ao lado de um busto romano. Insinuam-se por trás um castelo no estilo espanhol e uma lagoa. Depois encontro uma nota da revista *Hola*, onde explicam que os avós da senadora construíram a fazenda em três etapas, que trouxeram matéria-prima e mobiliário da Itália e da Inglaterra, e que ampliaram a sede com toques *criollos* e coloniais. Há várias gerações de argentinos envolvidos nessa fazenda, e Parisi, quando fala da família, parece falar do país. Não fica constrangida em mostrar seus cavalos dourados e pardos. Ri dos críticos, que a chamam de "aristocrata peronista" ou "a rainha do peronismo caviar". É uma mulher alta e madura, de cabelo curto e olhos claros, e o jornalista diz ser parecida com Vanessa Redgrave.

Abaixo-me junto do rodapé falso e pego o pen drive de Fierrito. Conecto-o em meu PC e baixo os arquivos de seu livro inacabado, enquanto me faço todo tipo de perguntas. O que descobri sobre Parisi? Que relação tem a senadora com Nuria? Em que tipo de tramoia Cálgaris está me metendo? "Há uma senadora cordobesa. Elena Parisi. É amiga. Ou algo assim." Leio em diagonal, procurando os capítulos que convenceriam Tana a soltar toda a grana e comprar o silêncio. Por meia hora, leio de forma errática, tentando localizar alguma conexão. Até que encontro. A rainha do peronismo caviar era sócia minoritária de uma empresa offshore que certa vez foi vigiada pela DEA. Suspeitava-se de que essa empresa lavava dinheiro sujo da política latino-americana e certos ganhos inexplicáveis de um fazendeiro do sudoeste colombiano, oriundo do norte do Valle del Cauca. O sujeito se chamava Belisario Ruiz Moreno, acusado duas vezes de contrabando com agravantes nos Estados Unidos e presumivelmente um ex-capitão do Cartel de Cali, agora desmontado. Segundo Fierrito, o interesse dos ianques nunca chegou a Parisi, a empresa foi dissolvida em 2002 e as acusações contra Belisario prescreveram ou foram retiradas. Ninguém sabia de seu paradeiro.

Digito o nome completo do colombiano no Google e não encontro nenhuma referência. Escrevo a razão social da empresa offshore e também não consigo nada. Vou à estante e procuro o livro de um jornalista do *Los Angeles Times*: William Rempel. Cálgaris o comprou em Miami e devorou numa noite. Rempel conseguiu convencer o chefe de segurança do cartel a contar a intimidade dos patronos. Na realidade, é uma história falaciosa. O chefe de segurança se entregou à justiça norte-americana, revelou toda a trama da organização, contou tim-tim por tim-tim onde estavam seus bens e quem os administrava, e conseguiu que apagassem a identidade dele e de sua família, lhes dessem asilo nos Estados Unidos e metessem todos em um programa de proteção a testemunhas. No epílogo, Rempel mostra como o cartel é derrubado e os generais dão lugar a coronéis da droga, que matam uns aos outros. Como o assunto me interessou, pedi mais informações à base Coronel Díaz, dedicada ao serviço secreto no exterior. Os arquivos se concentram no cartel do Norte del Valle, chefiado por Los Comba, e nos vínculos ainda incertos com a Argentina, país de passagem, uma rota aberta para chegar à Europa e quintuplicar os ganhos em seu avanço para o Oriente. Um embarque de quatrocentos e quarenta e quatro quilos de cocaína a bordo de um veleiro atracado no rio, um avião que leva novecentos e noventa e quatro quilos a Barcelona. Tudo em pacotes coloridos e inconfundíveis.

No fim das contas, Fierrito, mesmo no escuro, achou um veio de ouro. Algo que pode cair muito mal na mídia, mas não pode causar danos judiciais concretos: muito barulho por quase nada. Barulho suficiente, porém, para arruinar uma carreira política. Nem Belisario nem a empresa offshore são conhecidos ou importantes, o assunto não passou de uma suspeita fugaz, a DEA continuou com sua vida e esqueceu a possível lavagem de dinheiro, e esse livro é assinado por um jornalista de má reputação a quem não se pode dar muito crédito. De todo modo, Cálgaris não quis que ficasse nem essa ponta solta. Por quê? Foi uma encomenda ou um presente? E que papel tem a advogada espanhola em toda essa historinha?

Levanto-me para fazer um café e volto a olhar a tempestade. Só agora percebo os relâmpagos e trovões. A cidade está se inundando e receio, meio paranoico, que falte luz. E que isso me desconecte da caçada. Estou excitado, quase eufórico, enfim sinto que chego perto. Um orgulho íntimo me leva a descobrir tudo e esfregar na cara do coronel. Se é que o coronel não está a par. Vamos em outra direção: Nuria veio comprar alguma coisa. O quê? Ela lava dinheiro? Quer lavar a grana preta da corporação política? Foi contratada por Elena Parisi? Aproximo-me da mesa com a xícara fumegante e de repente me detenho na palavra *camarão*. Em seguida na palavra *merluza*. Lembro-me neste mesmo instante de sua conversa com Roldán. Sua voz dura e peculiar. "Estou cansada de comer carne e aqui os peixes não têm gosto." Idiota, digo a mim mesmo, atirando-me ao teclado. Uma gota de café mancha a lista de papel quadriculado, mas tenho olhos apenas para a ferramenta de busca. Operação Camarão: 12 de julho de 1988, Buenos Aires e Avellaneda, quase seis toneladas de cocaína pura em caixas de crustáceos congelados para exportação, com o selo secreto do Cartel de Medellín. Operação Merluza Branca: quinhentos e oitenta e nove quilos em duas operações, a primeira em um depósito de contêineres em Retiro, a segunda alguns meses depois em Barcelona, quando, por ordem de um juiz de Mar del Plata, foi feita uma busca no porão de um navio de bandeira liberiana que havia zarpado do porto de Buenos Aires. O pó dos deuses disfarçado entre filés de merluza e do peixe inteiro. Fevereiro e março de 2006. Vinte e nove milhões de dólares.

Olho novamente a lista escrita à mão. O jogo de adivinhação ficou tão fácil. Como não compreender agora tanto interesse pela rota do vinho e pela produção do malbec? Não é o paladar que manda, é o bolso. Viñas Blancas: maio de 2004, depósito em Munro, duas toneladas em tijolos de um quilo e dez mil garrafas de vinho tinto embaladas em caixas de seis, destinadas ao mercado europeu. Cocaína diluída. Seria recuperada na Espanha por um processo de "cozimento" que não exige mecanismos sofisticados: o vinho tinto é aquecido para que evapore e depois filtrado, obtendo-se o pó com a mesma pureza. A fachada era uma operação de exportação, mas havia iugoslavos encarregados de joalherias, restaurantes e compra de propriedades para lavar os ganhos, e gente de muito poder na República Dominicana para facilitar os trâmites iniciais.

Passemos ao morango. Bem antes. Em 1º de maio de 1997. Da Operação Strawberry eu participei, embora como pessoal de apoio. Quinze batidas, dois mil e duzentos quilos escondidos em porões carregados de polpa congelada de morango. Um galpão em General Pacheco, destino Alemanha. Foram dezesseis detidos e nenhum culpado.

A palavra *farmácia* me freia um pouco. O que significa? Faço combinações no Google com *narcotráfico*. Rapidamente surge o conceito de "precursores químicos". E a efedrina, utilizada pelos cartéis do Golfo e de Sinaloa para a produção de drogas sintéticas. A Comissão Federal para a Proteção de Riscos Sanitários do México tornou sua comercialização ilegal, a Argentina foi convertida no país ideal para sua triangulação: aqui, a efedrina é livremente fabricada em laboratórios e vendida em farmácias. Existem quadrilhas que a exportam pelos mesmos métodos da cocaína. Em 8 de abril de 2008 abriram no México um contêiner que vinha do rio da Prata; transportava duzentos e noventa e quatro quilos de efedrina, escondida em doze mil quilos de açúcar. Lembro-me de tudo que aconteceu depois, não preciso ler novamente: outro caso naquele mesmo ano, o fuzilamento de três homens, o escândalo na imprensa, a rota da efedrina e muito depois as audiências em tribunal. Foi um ano fatídico: em julho, quatro matadores de aluguel haviam abatido também a tiros dois colombianos quando saíam do Unicenter.

Fumo sem parar e navego por artigos, relatórios, curiosidades. Refresco a memória. Já não tento vincular Nuria Menéndez Lugo a nada. Sei que ela faz parte de tudo isso. Falta Luciana Flores confirmar de Madri que Claudio García Roldán é advogado criminalista e defendeu traficantes dentro e fora da Espanha. Melhor ainda, na Flórida e em Nova York, ou em Cali e Bogotá. Talvez na própria Buenos Aires. Uma empresa de importação e exportação com dois escritórios, um em Buenos Aires, outro em Madri. Um contato na alfândega e uma senadora nacional. Estou inteiramente desperto e lúcido, avanço pela madrugada com uma fé renovada. Nessa fazenda cheia de cavalinhos podem pousar aviões à noite. Quem terá a coragem de incomodar a senadora com um mandado de busca ou uma investigação? Tenho outro pensamento revelador. Escrevo na ferramenta de busca "Conselho da Magistratura". É claro. Elena Parisi integra o corpo que decide os julgamentos e a carreira dos juízes. É claro. Já parou de chover. Tomo mais duas vodcas. Sinto falta de um clonazepam de Nuria para conciliar o sono. Não estou alegre nem triste, nem mesmo surpreso. Mas sei que não vou parar de rolar na cama, e que só conseguirei um cochilo de duas horas antes que tudo recomece. Quando isso efetivamente ocorre, encontro um e-mail urgente e criptografado do coronel. Fala no programa de cooperação entre agências. Querem minha presença no Grupamento de Segurança e Inteligência da Casa Militar. É uma missão de vinte e quatro horas. Tenho de proteger a presidente.

* * *

Um grupo de produtores rurais invade a pista de uma unidade da Força Aérea onde acaba de aterrissar o *Tango 01*, e quer entregar de improviso uma petição à mulher. Cinquenta ambientalistas pretendem acabar com ela durante uma visita a uma escola do interior. Os relatórios da inteligência avisam que vinte ou trinta piqueteiros trotskistas preparam uma emboscada na saída de outra cerimônia. O clima vem esquentando por esses dias e a Casa Militar solicita pessoal designado para reforçar a comitiva que viajará à província de Santa Fé. Vários camaradas da Casa, dos Granadeiros e da Polícia Federal devem voar na noite anterior para examinar o epicentro, infiltrar-se nas manifestações e preparar as rotas de entrada e saída. Não é a primeira vez que colaboro com operações de proteção. De fato, Cálgaris quis que eu passasse uma temporada na Divisão de Segurança Especial, encarregada da segurança de ex-presidentes, juízes e embaixadores. Eu estava presente naquela tarde de fevereiro de 1991 em San Nicolás, quando um ex-policial transtornado saiu da multidão durante um ato político e tentou matar Raúl Alfonsín com seu revólver calibre 32. Também fui eu o sujeito que tentou convencer os radicais a suspender a operação depois de um jantar partidário em um clube local, porque tínhamos informações de que iam executar aquele galego cabeça-dura se insistisse em desafiar a morte. Alfonsín não deu importância: "Mentira, mentira, querem nos foder", dizia ele a nosso chefe operacional. "Vamos comer assim mesmo." Entrei antes com a brigada de explosivos e logo fechamos todos os acessos. Não houve um segundo atentado no clube, mas eu andava de um lado para o outro com os maxilares tensos e a mão na culatra do 357, que agora guardo em um cofre do Banco Francés.

Sete ou oito anos depois, o coronel me colocou no corpo de segurança presidencial que acompanhava uma missão diplomática à França e confraternizei uma noite no bar daquele hotel cinco estrelas com um espanhol transplantado que trabalhava no Louvre. Ainda me lembro dos tragos que tomamos no balcão usando minha conta de despesas, enquanto um francês tocava melodias deprimentes em um piano de cauda.

— Sou o guardião da Mona Lisa — disse ele com certo orgulho. — E de quebra ainda conheci o lendário León Mekusa na casa de meus tios.

— Não tive o prazer — respondi, para decepção dele.

— Olha só, nos anos 1970 Mekusa era um famoso segurança da Mona Lisa. — Entusiasmou-se, tagarelando num castelhano que poucas vezes podia utilizar. — A mulher dele se afeiçoou ao pincel e às cores, e pintava o cavalheiro junto da dama de sorriso misterioso uma vez ou outra. Fez arte com a arte.

— E você seguiu seus passos.

— Fiz carreira na polícia francesa, quando meu pai morreu e minha mãe nos trouxe definitivamente para Paris. Mas vi que esse negócio não era para minha sensibilidade. Fui segurança em bancos e supermercados e acabei onde havia começado Mekusa. Protegendo a Mona Lisa e a Vênus de Milo. Veja só a ironia. E que bela história.

— E como é a experiência?

— Não é uma tarefa fácil — disse ele, e os olhos ficaram velados. — Oito milhões de pessoas passam por ali para vê-la. E tentaram destruí-la muitas vezes. Muitas. Há alguns meses, sem dar em nada, uma turista russa quis estragá-la atirando nela uma xícara de porcelana que trazia no bolso. Felizmente, temos o quadro coberto por um vidro blindado. Mas ela produz uma estranha obsessão em algumas pessoas. Uma obsessão destrutiva. Além disso, já leu sobre a doença da beleza?

— Confesso que não — lembro de lhe ter dito, meio ressentido.

— É muito popular no Louvre. Chama-se "síndrome de Stendhal".

Por acaso eu tinha onde me agarrar: o coronel havia me obrigado séculos antes a ler *A cartuxa de Parma*, que lhe parecia fundamental para entender o período napoleônico e para depois entrarmos de sola nos verdadeiros livros de história. Assim, a referência mudou meu humor.

— Conheço Stendhal — eu disse.

— Depois de visitar um museu em Florença, Stendhal disse em algum lugar — começou meu companheiro, erguendo o olhar e tentando citar de memória. Pigarreou um pouco e recitou com voz de cavaleiro das cruzadas. — "Chegara àquele ponto de emoção no qual se encontram as celestiais sensações dadas pelas belas-artes e pelos sentimentos apaixonados. O coração disparava, a vida em mim esgotara-se, andava com medo de cair."

— Estava drogado?

— O amor é uma droga psicossomática — respondeu ele, sorrindo. Falava depressa. — Taquicardia, vertigem, confusão, alucinações. Imagine ter sessenta e cinco mil pessoas expostas a essa radiação em um domingo de entrada franca? E você ser responsável para que ninguém enlouqueça e destrua esse tesouro? É um estresse, rapaz. Um grande estresse.

O piano começava, naquela madrugada em Paris, uma canção famosa que eu não conseguia reconhecer.

— Piaf *for export* — ele esclareceu, erguendo a taça.

— Mas, então, por que é um emprego tão bom? — parti para o ataque.

— Já viu a Mona Lisa?

— Uma gorda feia.

— Pelo amor de Deus, não diga isso. É uma mulher belíssima. A mais bonita da história da arte. E eu sou seu guardião. Você também é, à sua maneira. Todos nós, que nos dedicamos a proteger pessoas importantes e pedras preciosas, somos guardiões da Mona Lisa. Saúde! Saúde, colega, por este trabalho arriscado que escolhemos e que vão todos tomar no cu!

Sempre me vem à lembrança esses diálogos de soldados cansados, de guarda-costas embriagados e anônimos que procuram uma desculpa para seu destino de sombra e de merda. Aqui estou em Santa Fé, protegendo a Mona Lisa, falando com dois delegados da polícia provincial, com um funcionário do cerimonial da Presidência e com um assessor do Ministério de Governo. Verificamos o itinerário, do pouso até a rota que leva ao ginásio coberto, onde o ato será realizado. Verificamos o percurso de ida e volta: regressaremos com a Mona Lisa a Buenos Aires no *Tango 01*, quando a festa acabar. Dividiremos as tarefas entre nós. Os dois agentes da Casa e um dos oficiais federais vestirão camisa, calça de brim e chinelo e se misturarão com as colunas de militantes. Não aposto minhas fichas nesses sujeitos. Em localidades tão pequenas, as caras desconhecidas se destacam como espantalhos cobertos de tinta fluorescente. Não poderão pedir muitas informações: quem se abre para eles fede a deduragem. Os informantes civis da polícia provincial já são outra coisa: juram que uma célula de Quebracho pensou em se fazer passar por uma facção dos peronistas com a intenção de entrar e armar confusão. Mas não estão certos de que vão se atrever ou conseguirão. De todo modo, nenhum idiota viu nada que parecesse nem remotamente a ameaça de um atentado. Então é um assunto de rotina e vou me entediar revistando o ginásio junto com um especialista em bombas e, na hora marcada, montando guarda, de traje a rigor e gravata, de um lado do palco, onde falará ao país a presidente dos quarenta milhões de argentinos. A única diversão será revistar os bolsos e equipamentos dos cinegrafistas e apalpar de cima a baixo os irritados repórteres que transmitirão o evento ao vivo e não poderão fazer nenhuma pergunta direta. Já estou por perto para impedir que inventem alguma coisa. E para deter algum louco que queira jogar uma xícara de porcelana na Mona Lisa. Porém, não muito mais do que isso. Se eu vir alguém no meio do público sacando uma arma para disparar, tenho ordem de lhe abrir o crânio com uma bala. Mas isso não vai acontecer, amigos, e assim esta será seguramente uma viagem mais ou menos tediosa, com o único atrativo de voltar a ver de perto essa celebridade da política, ouvir os cantos folclóricos e ler os cartuns do Nestornauta.

Trazem para nós pães com presunto e queijo e Cocas, e aproveito a folga para entrar na internet pelo notebook de um técnico. As novidades não são muitas. Pelo menos, não há novidades que eu possa visualizar desta máquina estranha sem cometer uma imprudência. Na primeira hora de ontem, o coronel me enviou as fotocópias escaneadas das denúncias feitas por Nuria e a cinesióloga a dois policiais cansados e analfabetos na delegacia do bairro. Li enquanto tomava o café da manhã e ri bastante. A vizinha aparentou indignação, fez um inventário falso com os vultosos valores em dinheiro e os objetos caros que supostamente foram levados pelos criminosos. Tem o apartamento no seguro e supõe, embora obviamente não o declare, que os delinquentes jamais serão presos e, portanto, pode mentir sem medo. Da advogada, por sua vez, não roubaram nem um vaso de barro. No cofre só tinha documentos, que encontrou jogados pelo chão, e assim não se sente particularmente prejudicada, exceto pelo infortúnio, pela invasão à privacidade e pelo estrago na porta, senhor policial. Nesse momento, telefonei para Palma e perguntei se Menéndez havia conversado com seu assistente e com o sócio espanhol sobre o roubo na rua Juncal. Ela comentou algo com o assistente por telefone e mandou um e-mail a Roldán assim que pôde. Mas tanto na forma oral como por escrito a mulher se mostrou assombrosamente serena, como se fosse uma apostadora acostumada a perder milhões sem pestanejar.

— Até nisso ela é uma chata — acrescentou o babujento da Caverna.

— Você vai ter uma surpresa — eu disse e desliguei.

Naquele mesmo instante me dei conta de que Lali acabara de enviar mais seis fotografias. Baixei no computador de mesa para vê-las bem. As duas primeiras fotos foram tiradas em movimento, da Yamaha FZ16: Nuria anda em um ônibus amarelo aberto, ouvindo atentamente as palavras de uma guia e olhando os prédios e monumentos históricos. As outras duas fotos flagram-na nas grades do campo de polo de Palermo, acompanhando as jogadas de uma partida. As duas últimas me dão arrepios: a morena fala em uma sacada com um gordo achinesado que conheço muito bem. Bragoni. Ignacio Bragoni, Nacho, ex-comissário de polícia, ex-membro da Divisão Antinarcóticos de Buenos Aires, processado por tráfico de substâncias ilícitas, preso por quatro anos na Unidade Penitenciária 63, libertado por bom comportamento e redução de pena. Trabalho atual: desconhecido. Busquei seu nome no Google. Não havia nada posterior a esses acontecimentos. Pedi sua ficha à Casa e me informaram que demoraria dois dias. Um funcionário do arquivo, com quem tenho uma espécie de amizade, quebrou meu galho e deu uma lida rápida. Bragoni trabalha em uma empresa de segurança particular com sede em La Matanza. De imediato liguei para o celular de Lali e olhei o relógio. Nesse momento ainda me restavam algumas horas antes de embarcar na viagenzinha noturna a Santa Fé. Como a motoqueira não atendia, vesti minha roupa, preparei a bolsa de viagem, juntei as armas e fui para a Casa Rosada, mas pensando em fazer uma escala em Palermo Hollywood. As últimas notícias e a noite em claro converteram minha mente em um liquidificador de pessimismo, satisfação, temor, esperança, resignação, inquietude e, sobretudo, intriga. Não conseguia deixar de pensar em Nuria nem de imaginá-la nua, andando por seu apartamento. Ainda sentia o cheiro de Chance Chanel. Como seria seu corpo de verdade? Será que ainda estaria com tudo em cima sem as roupas sob medida e seus cintos? Essa morena que não se rende à maturidade nem à mediocridade é forte, bonita e tirânica, e evidentemente topa tudo. Não me envergonho de admitir que tenho fantasias sexuais com ela de madrugada. Domar a fera, domá-la com o pau. É com esse tipo de besteira que fantasia um homem que bebeu três doses de vodca.

Toquei a campainha na casa da rua Honduras, mas Lali não atendeu. Tive de amassar de novo a porta aos chutes para que ela saísse. Saiu, como da última vez, um desastre, sonolenta e nua em pelo. Cortara o cabelo louro e colocara piercings novos. Parecia um garotinho andrógino e emaciado.

— O que houve? — perguntei. Não me respondeu. Atravessamos a sala de estar e fomos ao cômodo principal. Notei que a cama estava ocupada. Dois galãzinhos de TV dormiam profundamente. Estavam abraçados como marido e mulher. — Estou interessado no gordo da sacada — digo a Lali, apontando para a ilha de edição. Lali pareceu despertar um pouco.

— Por quê? — perguntou. — Quem é esse cara? — Ela acende um cigarro.

— Um policial da Narcóticos — respondi. — Você o filmou também, não? — A loura abriu a geladeira, pegou uma jarra de café com leite e o esquentou no micro-ondas. Isso pode realmente ser chamado de café, meus amigos? Bebeu um pouco, queimando os lábios rachados, e se sentou em uma banqueta, de frente para sua ilha de edição. Havia filmado Bragoni com uma pequena câmera digital de alta definição. Pôs o filme e continuou tomando a bebida, segurando o copo com as duas mãos e inclinando a cabeça para a esquerda. Na realidade, a sacada é o segundo andar da Fundação Proa. Especificamente, o restaurante que dá para a Riachuelo. Nuria fuma Camel e olha para a Caminito. Fala sem olhar para seu interlocutor. Ele a contempla com as mãos nos bolsos da calça bege: a barriga chega quase um metro antes de Bragoni, de todos os lados. O ex-comissário tem um anel de sinete. A mulher parece uma atriz francesa dos anos 1960; o policial parece um açougueiro dos tempos de Tita Merello. Corta, e estão andando pela Caminito. Bragoni tagarela, ela finge ouvir e olha as bugigangas das barracas. Na Casa, há um agente que decifra a linguagem dos surdos-mudos e que consegue traduzir essa conversa desapaixonada. Despedem-se na entrada de uma escola pública. O comissário quer lhe dar um beijo no rosto, mas Nuria rejeita o gesto, estende a mão e ele a aperta. Depois entra no prédio.

— É o Museu de Quinquela — disse Lali e tirou um cigarro de entre meus dedos; deu um trago longo e acrescentou: — Ficou uma hora vendo quadros. — A câmera, porém, segue Bragoni, flagra-o entrando em um Renault Fluence 2.0 preto e brilhante como sua alma. Entra pelo lado do carona, porque espera por ele um rottweiler fazendo as vezes de motorista particular. Há um zoom muito oportuno: o rottweiler tem uma cicatriz na testa e cabelo à escovinha.

— Vende drogas? — perguntou-me Lali.

Apertei o botão Eject, peguei o disco, enfiei dentro de uma capa e guardei no bolso. Recuperei meu Parisienne e me virei para a saída. Os dois atores mudaram de posição, mas continuaram dormindo: agora estavam de conchinha.

— Deixa de ser grosso, vende drogas? — insistiu Lali de longe.

Voltei-me e falei, olhando-a nos olhos.

— Isso não é da sua conta.

Fechei a porta rapidamente e segui meu caminho. E agora estou aqui, neste ginásio abarrotado de Santa Fé, esperando a chegada da Mona Lisa, a gritaria do público e a chuva de papeizinhos prateados. Estou aqui, parado como boneco de bolo de noiva, ouvindo os cânticos fervorosos e vigiando as caras, as expressões, os movimentos. Entretanto não estou aqui, penso em Bragoni. Nesse sujeito sinistro que conheci no refeitório da prisão.

Logo nos dão o código de pré-aviso. Em dez minutos entrarão os chefes da operação e a escolta principal se posicionará discretamente. Ministros, intendentes e dirigentes da "cápsula" vão subindo ao palco e ocupando as cadeiras segundo o mapa cuidadosamente planejado pela Secretaria Geral. As paredes já vibram. As organizações sociais e juvenis entoam: "Não toquem em Cristina! Vamos arrebentar!". É o prelúdio da marcha peronista. Cantam com vontade os meninos de La Cámpora e do Movimento Evita, e os fiéis companheiros da Frente Transversal. Há um clima de arena de esportes e de show de música popular, mas hoje não haverá outros jogadores nem artistas. Somente ela falará. E o fará durante exatos quarenta e cinco minutos. Já estão acesas todas as luzes e vejo movimentos nervosos. A Mona Lisa surge dos flashes e dos abraços e saúda a multidão. O público urra. Só consigo vê-la de relance. Usa, como Nuria, roupas escuras sob medida e um cinto grande, mas de perto é visível um esgotamento e uma espécie de amargura velada que Menéndez Lugo ainda não conhece. As coisas se acalmam um pouco e então a presidente avança para os microfones do púlpito enquanto recebe gritos de amor. Pede silêncio e obedecem na terceira tentativa, e então começa com um sorriso:

— Obrigada a todos e a todas.

Uma das obrigações de um segurança é se abstrair dos discursos e se concentrar nos olhos e nas mãos da massa, identificar prontamente os suspeitos e detectar qualquer anomalia nesse oceano de espectadores. Posso fazer isso mecanicamente e ao mesmo tempo me dividir. Ir às nuvens enquanto estou em terra firme. Vem-me à cabeça a última imagem de Bragoni. Está sentado em um sofá do cassino de oficiais da UP 63. Toma champanhe, fuma um charuto, tem no colo uma puta. Há uma festa na prisão, o diretor faz aniversário e os presos VIPs compartilham de sua alegria de sábado à noite. Estou aqui porque houve um problema no banheiro: feri um presidiário com uma facada.

O assunto exige uma explicação, meus amigos. Isso aconteceu há cerca de dez anos e, embora eu tenha sido premiado e promovido graças a essa operação secreta, e às vezes meu amor-próprio seja alimentado por saber que sobrevivi ao inferno, não me agrada nada tê-lo tão presente. Infiltra-se em meus sonhos e salta na minha cara quando baixo um pouco a guarda. Sua lembrança é quase tão amarga como a guerra do sul. Para mim, que me esquivo de tudo, aqueles dois combates me perseguem pela noite como cães raivosos.

O caso é o seguinte. Havia a certeza de que funcionava dentro do serviço penitenciário uma quadrilha que vendia drogas em quase todos os presídios e que, além disso, à noite retirava os presos mais perigosos para roubar carros. As suspeitas recaíam sobre a UP 63, e então precisavam infiltrar alguém diretamente nos pavilhões porque os caras tinham cúmplices na Direção-Geral de Recursos Humanos e não era possível enganá-los com um policial honesto, nem com um agente de outro serviço. Também não poderiam infiltrar um policial entre os presos, porque Bragoni conhecia todos os policiais corruptos deste país de merda, e a verdade é que os bostas que mandam nos refeitórios sentem o cheiro de um cana a cem metros. O ministério precisava de um desconhecido de colhões bem grandes.

O coronel me levou para jantar e me contou todo o plano. Voltei para a Belgrano R totalmente bêbado. Teria de raspar a cabeça e fazer duas tatuagens de presidiário em um dos braços e no peito. Eu receberia novos documentos com o nome de Miguel Bruguera, assaltante de bancos que passara por presídios federais em Mendoza e San Juan, e havia fugido para o Chile. Cálgaris me jurou que tinham analisado ficha por ficha e que ninguém o conhecia pessoalmente na UP 63. Embora fosse famoso, um bom ladrão que havia enganado dois patrulheiros, "Brugo" ou "O Pássaro", como o chamavam, não tinha nenhum camarada naquela população de malandros, era praticamente um estrangeiro naquele cárcere de Buenos Aires. Eu devia memorizar todo seu histórico. Depois, foi guardar minha pistola e levar uma Browning 9 milímetros com a numeração raspada, preparar uma mala com roupa modesta e pagar um quarto em uma pensão na Once. Um X9 da polícia me recomendaria a uns pesos-pesados que frequentavam um salão de sinuca na Constitución: entre as cervejas, eu teria de lhes contar meu currículo e conquistar sua confiança. O X9 impunha como condição um golpe que iam dar no distrito financeiro; tinha a informação de que numa determinada quinta-feira de julho, às cinco e meia da manhã, um carro-forte estacionaria na frente do prédio de um sindicato. No térreo, tinham instalado havia pouco um caixa automático para os afiliados e os canas transportariam quatrocentos e cinquenta mil pesos em sacos. Trouxe para nós o mapa das ruas e nos mostrou como era o movimento. Neste mesmo dia a fita seria cortada e haveria a inauguração.

Roubamos dois carros e estacionamos por perto: um de frente para o outro na esquina. Examinei a Browning quando ainda não havia amanhecido e me perguntei seriamente se os seguranças estariam inteirados da questão. Percebi, enquanto esperava naquele carro sem aquecimento, que essas boas intenções só funcionam nos filmes. O mundo real é muito mais cruel. Nem o ministério, nem o coronel, nem o X9 disseram uma só palavra: aqueles seguranças andavam armados e com colete à prova de balas, mas não tinham a menor ideia de que estavam prestes a ser assaltados por quatro imbecis e que, se não liberassem a grana, encheríamos o couro deles de buracos. São esses momentos arrepiantes da vida real em que todos os riscos são assumidos e brincamos com a sorte.

O carro-forte chegou com três minutos de atraso. Abriram a porta e primeiro saiu um segurança de apoio que se postou na calçada. Em seguida, como exige o regulamento, saíram dois fantoches com os sacos e as escopetas. O primeiro foi surpreendido por trás pelo energúmeno escondido no vestíbulo do prédio, que pôs o cano em suas costas. Os dois restantes nós enfrentamos com pistola e metralhadora. Foi uma ação rápida e aos gritos. Naquele que era de minha responsabilidade, dei três golpes inesperados e preventivos com a culatra que o deixaram fora de combate e arranquei os sacos de sua mão. Não quis lhe dar a menor chance de reagir, nem me ver obrigado a disparar. O outro agiu melhor: soltou os sacos e levantou as mãos sem que precisasse de um carinho que fosse. Não queria confusão. Existem alguns assim. Apontei para a porta blindada e disparei. As balas batiam, marcavam, ricocheteavam, aturdiam. Essa não estava nos planos. Já estávamos de posse da grana e meus camaradas apostavam que dariam o fora sem precisar disparar um tiro, mas agora estavam dispostos a matar o motorista se por acaso ele saísse para se fazer de valente. Como eu também não queria correr esse risco, esvaziei o pente sem tocar em um fio do cabelo dele. Entusiasmado, histérico, o barra-pesada que me acompanhava disparou uma longa rajada de metralhadora nos pneus do carro-forte.

— Vambora, idiotas, vambora! — gritava o que havia rendido o segurança de apoio. Levava o homem como refém.

A essa hora, não apareceu nem um vizinho, mas começamos a ouvir umas sirenes ao longe. Metemos os sacos em nosso carro, manobramos com o sangue fervendo e saímos pela Carlos Pellegrini para entrar na Libertador. Abandonamos o carro na avenida Montes de Oca e entramos numa Trafic que havíamos levantado em Morón. Os outros soltaram o refém em uma favela do oeste e também trocaram de veículo. Voltamos todos a nos encontrar em uma churrascaria em Isidro Casanova. A polícia esperava por nós. Foi um tiroteio breve e intenso. Dois dos nossos caíram um depois do outro. Escondido atrás de uma coluna, no meio da saraivada, disparei um tiro superficial na minha coxa, joguei longe a Browning e me deixei ser capturado com vida. O companheiro da metralhadora ficou sem projéteis. Quando viu de longe que eu não respondia mais, também largou a arma e se entregou. Fui mandado algemado e incomunicável a um hospital interzonas; dali, diretamente à cadeia. Fomos reunidos, propositalmente, em uma cela até que nos transferiram para a UP 63. Interrogaram-nos e decretaram nossa prisão preventiva.

— Fica tranquilo, Pássaro, nesta prisão tenho muitos amigos — dizia-me para levantar meu moral.

Foi importante que o sujeito me apresentasse naquela ratoeira. Fez isso com prazer, enquanto cumprimentava velhos conhecidos e contava, com certo exagero, como a polícia provincial se cagou toda com nossos tiros. Esse feito, saído dos jornais, e meu ferimento recente a bala eram medalhas no submundo dos condenados. Um merda qualquer desconfiado me disse naquele primeiro dia:

— O Pássaro de que meu compadre de Mendoza me falou tinha uma águia no coração e uma espada com caveira.

Tive de tirar a camisa para que todos vissem as duas tatuagens. E depois calar a boca de um preso com um chute nos dentes. Rituais de boas-vindas.

O presídio era menor do que Olmos, porém muito parecido. Tinha um corredor úmido e escuro que levava ao panóptico. Dali, os carcereiros vigiavam os presos e conseguiam controlar os corredores que davam nas celas dos cinco andares: quatro por pavilhão, capacidade para seis pessoas em cada uma. No primeiro andar ficavam os evangélicos. No segundo, os traficantes. No terceiro e no quarto, os que agiram à mão armada. E no último, os homossexuais passivos e ativos. Não havia iluminação nem aquecimento, assim usávamos náilon, lençóis e cobertores para tapar os buracos e fugir do frio de agosto. Também não havia aquecedores, nem água quente. Só o fedor de mijo e fritura.

Deram-nos duas camas de beliche e dois colchões gastos que eram um verdadeiro luxo. E enquanto comíamos e nos exercitávamos, foram nos contando como funcionava o setor VIP, isolado e perto dos escritórios do diretor. Nesse lugar, quem mandava era Nacho Bragoni, que tinha um "quarto" com televisão, computador, celulares e armas. Cocaína, maconha, pasta base e Rivotril dependiam de sua boa vontade. Era preciso pagar a ele. Bragoni atendia a telefonemas e pedidos o dia todo: gente de outros presídios fazia encomendas, e o ex-comissário conseguia do lado de fora o que era necessário. O comandante ficava com uma porcentagem; eram amigos íntimos. Mas os prisioneiros não se metiam nesses negócios. Para eles, para alguns especialmente escolhidos, havia outras paradas.

Em todo aquele tempo, ninguém de fora se comunicou comigo. Eu não recebia visitas e não dava telefonemas. Não podia pisar na bola. A parte mais difícil, como acontecia quando eu nadava horas e horas no rio, era controlar as emoções e não perder a fé. Ficar pianinho, invisível, não me meter em tretas nem fazer perguntas, e por nada deste mundo dar com a língua nos dentes. Boiar em meio a tubarões.

Como eu não queria despertar a menor suspeita, rejeitava a possibilidade de ler os livros da gasta biblioteca do presídio e passava por iletrado. Quando as luzes eram apagadas, tentava pensar na história e me reconfortava imaginar que eu fazia parte da retirada dos Dez Mil, aquele exército perdido de mercenários gregos comandado por Xenofonte que voltava à pátria através de um país perigoso e sangrento.

Tive a sorte de me inscrever no time de futebol do pavilhão e de participar com algum sucesso do campeonato selvagem jogado às terças e quintas-feiras nos pátios dos fundos. Apostas eram feitas e depois cobradas nos refeitórios. Isso não me impediu de levar uns esbarrões nos chuveiros, nas celas, na academia e nas oficinas, porque o encarceramento, o tédio e a cocaína empurravam os imbecis para duelos permanentes. Brigava-se por um travesseiro, por um maço de cigarros, por uma "mulher", por uma rixa, por uma palavra infeliz. Eu também não me saía mal no corpo a corpo, tinha treinamento de comando militar. Ainda assim, precisei aprender os truques do combate na prisão, fabricar uma faca e entrar para o clube dos facões. Quase sem que eu percebesse, participava das internas, forjava alianças e me metia em refregas diárias. O único jeito de salvar o rabo era se converter em um gladiador. E a penitenciária, por dentro dos muros, era um coliseu romano onde dávamos espetáculo e ficávamos sempre a um passo da enfermaria ou do necrotério.

Certa tarde, um suboficial que estivera me observando ofereceu-me cigarros e tentou saber se eu queria ganhar mil pesos. Não caía bem confraternizar com carcereiros, e assim dei de ombros e o deixei falando sozinho. O condenado à prisão perpétua que trabalhava na padaria me confirmou que existiam "saídas especiais". Era de conhecimento público que funcionava um desmanche no setor das oficinas da unidade. Discretamente, travei relações com um evangélico que era mecânico e tinha suas contradições. O sistema era simples e eficiente: os diretores escolhiam presos com colhões e lhes ofereciam escapadas noturnas. Forneciam uniformes do Serviço Penitenciário, uma pistola e um celular com o número de um taxista, e as marcas e os modelos cujas peças tinham melhor cotação em diferentes oficinas da Grande Buenos Aires. Na maioria das vezes, proporcionavam também alvos marcados, para que não se perdesse tempo. A empresa de táxi agia de conluio e cobrava uma comissão pelo transporte. O ladrão saía, roubava à noite na rua, avisava pelo celular, entrava com o carro pelos fundos, devolvia o uniforme, a arma e o telefone, e de madrugada estava dormindo novamente em sua cela com dez notas de cem nos bolsos.

O irmão do evangélico, que também dormia no primeiro andar, conhecia o caso de um vizinho da favela que se negara a trabalhar para o serviço e um preso do terceiro andar o esfaqueou no chuveiro. Um velho que trabalhava na cozinha me contou que três prisioneiros resistiram, ou chegaram tarde, ou falharam e suas mulheres e seus filhos foram violados e incendiaram suas casas. Um travesti doidão me contou que o "marido" de uma "amiga" tinha aproveitado a ocasião para fugir e retiraram dois matadores do meu pavilhão e lhes deram armas de fogo. Os matadores balearam o pai do cara e ameaçaram, na frente de vários parentes, a voltar toda noite e executar todos os membros da família, um por um, se o fugitivo não se entregasse, o que ele fez logo em seguida. Torturaram o cara afogando-o na privada e dispararam várias vezes a arma descarregada contra ele nos escritórios do subdiretor enquanto o interrogavam e, em seguida, nas celas, ele foi cercado por quatro presos que o esmurraram, e com uma vareta fina castigaram seus testículos e gritaram "dedo-duro e cana". Terminou esfaqueado, duas semanas depois, pela própria "mulher". O travesti dizia que a "companheira" o amava, mas que não podia perdoar o abandono e que, além disso, o chefe do turno o havia advertido de que ele seria castrado se não desse uma "prova de confiança".

Meu perfil não se encaixava. Não tinha família que pudesse servir de garantia e era novato. Por que, então, esse suboficial me fez essa proposta? Comecei a pensar que tinham suspeitas e me colocaram sob vigilância. Imaginei que talvez Bragoni e o comandante tivessem recebido minha ficha, e que talvez houvessem telefonado a algum amigo da polícia de San Juan. Se continuassem interessados, logo descobririam que o verdadeiro Pássaro havia voado e que eu era um impostor. Porém logo me acalmei. Eles tinham presos demais com que se ocupar e estavam ocupados com vários negócios e outras atividades. "Não sou importante", dizia a mim mesmo. "Se fosse, estaria morto."

Apesar disso, a paranoia aumentou. Quase não conseguia dormir uma hora seguida, e sempre o fazia agarrado à faca. Sonhava que Cálgaris tinha se esquecido de mim e que houvera um mal-entendido. E que ficaria para sempre naquelas masmorras imundas. Enfim um dia decidi fazer uma ligação do telefone público. Disquei um número seguro e deixei um recado na secretária eletrônica:

— Já estou pronto.

Três dias depois, o sargento me empurrou contra um gigante. Na prisão, não dá para pedir desculpas. Dei uma trombada no gigante que teria derrubado um cavalo. Mas não surtiu muito efeito. Trocamos socos, numa luta digna do campeonato mundial de pesos médios. Como nos separaram a tempo, o gigante gritou que eu era um bundão e um merda, e que os soldados preparassem as facas porque aquele assunto só podia ser resolvido na marra. Segui a corrente. Por várias vezes, havia feito esgrima *criolla* com outros presos, mas sempre no calor do momento, de forma que a coisa toda terminava no máximo com cortes ou ferimentos superficiais. Um duelo com aquela fera era outra história.

O pessoal de serviço não se meteu, e à medida que se aproximava a hora do confronto, eu ia me convencendo de que o acaso não podia fazer parte de tudo isso. Chegamos ao encontro com aliados, que estavam ali como padrinhos e nada mais. Lutamos com facões e com o braço esquerdo enrolado em um cobertor. Alguém filmou com um celular. Depois, ao ver os movimentos, tive a impressão de que eram mais gritos e fintas do que uma luta concreta. O gigante era melhor com os punhos. Tirei-o do pátio com uma facada na perna, muito perto da femoral. Foi nessa noite de sábado que me levaram ao cassino dos oficiais. E ali vi como Bragoni e seus sócios festejavam com putas e champanhe o aniversário do comandante. Bragoni se aproximou de mim com um charuto entre os dentes e me olhou de suas frestas pretas.

— Mais vale um pássaro na mão do que dois voando — disse ele de forma enigmática.

O subdiretor me convidou a cheirar umas carreiras de cocaína num prato. Na prisão, também não dá para rejeitar um manjar. O pó nunca me fez bem e sempre fiquei longe dele. Mas, naquela noite, não rejeitei. Deram tapinhas nas minhas costas, entregaram-me um copo e avisaram que iam me confinar por uma semana em uma solitária, mas que depois tinham grandes planos para mim. Bragoni balançava a cabeça, como se não estivesse de acordo, e continuava acariciando uma peituda vulgar que ainda assim esquentava meu sangue. Fiquei uma semana sem luz em um buraco de dois por dois, e ao voltar ao terceiro andar, enquanto comia com alegria um ensopado repugnante, um dissimulado de repente me meteu a faca na barriga. Usou uma lâmina pequena e eu, ainda enfraquecido pela reclusão, tive um último reflexo: dei-lhe uma cotovelada na cara enquanto o preso me furava o braço. Na dor da surpresa, não consegui nada além de me virar: a lâmina entrou rapidamente em meus rins e na nádega. Caí em uma poça e ouvi palavrões e gente brigando, e desmaiei. Depois soube que tentaram me remendar na enfermaria, mas que o comandante decidiu me transferir para um hospital público. Alguém do Ministério do Interior interveio de imediato e ordenou uma internação de urgência no Churruca. Fiquei em terapia intensiva por cento e vinte horas e depois em uma névoa de anestésicos, soros e remédios, urinando sangue e engolindo bile, até que uma noite acordei de um sonho e vi que Cálgaris dormia em uma cadeira junto de minha cama. Juro para vocês que chorei. Mas fui incapaz de acordá-lo e me mostrar um maricas. Quando enfim abriu um olho, eu já havia me recomposto.

— A boceta da senhora sua mãe, coronel — eu disse. Cálgaris riu.

— *Hijo de remil putas*, não vai morrer nunca?

Dei um depoimento como testemunha protegida e apontei os presos que saíam para roubar: era possível fazer um bom trato com eles. Também dei nomes e sobrenomes do evangélico e de seu irmão, do velho da cozinha e do travesti. Podiam reduzir a pena e melhorar a ficha deles em troca de cooperação. Toda a cúpula da UP 63 foi relevada e processada, e ao fim de um ano fecharam a penitenciária. A maioria da população foi distribuída, mas Bragoni se defendeu com astúcia e na hora da verdade ninguém conseguiu apresentar provas contra ele. Saiu livre sem um arranhão e, até onde sei, o radar nunca mais o pegou.

Seu corpo de lutador de catch, a cara achinesada, as frestas pretas que ainda me olham, aquele último gesto de ceticismo, sua voz dizendo: "Mais vale um pássaro na mão do que dois voando". Essas imagens me vêm neste ginásio coberto onde a presidente desperta amores e delírio. "Cristina, Cristina, coração, somos nós os meninos da libertação." Somos avisados pelo rádio de que em um minuto e meio ela encerrará com chave de ouro, se aproximará do meio do palco, abrirá os braços e levantará as mãos com o sinal da vitória peronista, depois sairá pela direita. Temos ordens de ainda permanecer na frente do palco, protegendo da maré humana o resto da comitiva. Quando metade do ginásio estiver desocupado, tomaremos novas posições nos fundos. E, a uma ordem, entraremos nos carros e nos juntaremos à caravana. Informam que o caminho está liberado. O Quebracho não se atreveu a dar as caras.

Não falta muito para acabar a operação. Detecto entre os convidados ao *Tango 01* Holguín, o barão da Grande Buenos Aires cujo casamento salvamos. Holguín se rebola todo, mas a presidente não lhe dá muita atenção. O clima é relaxado, o perigo já passou. A Mona Lisa parece cansada, como se a adrenalina lhe tivesse sido retirada de repente e agora precisasse se deitar com urgência. Nós nos adiantamos. Entramos antes de todos e examinamos o interior do Boeing 727 que já havia sido revistado. Fico com a área presidencial: a área de jantar com revestimento de mogno, o escritório com mesas e cadeiras, as duas suítes. A cama de casal com guarda de couro e o emblema nacional onde a presidente se deitará para recuperar o fôlego. O banheiro com a torneira dourada. Tudo parece em ordem. Olho o relógio. Em duas horas estarei em Belgrano, me servirei uma vodca e tentarei me esquecer de Nacho Bragoni. A presidente passa por nós, séria e concentrada. O secretário particular anda a seu lado sussurrando-lhe notícias preocupantes. Os demais convidados ocupam as trinta poltronas privilegiadas. Não consigo evitar uma saudação a Holguín. O vereador tenta se levantar, mas o cinto não deixa, e vou para o fundo sem lhe dar tempo de agradecer. Um granadeiro me diz que atravessaremos uma frente de tempestade.

III. A LEALDADE DOS SAMURAIS

CHEGO TARDE À REUNIÃO. As secretárias do coronel parecem duas professoras severas e escandalizadas com minha falta de disciplina. Sem perda de tempo, fazem-me entrar no gabinete que dá para a rua Chacabuco. Cheira a tabaco mesclado com cereja e ouço em seguida a voz metálica de Luciana Flores. A loura nariguda, por videoconferência, fala com entusiasmo e usa as mãos para se expressar. Parece uma correspondente da Al Jazeera. Sua namorada, a gorda Maca, ouve arrebatada, sentada em uma cadeira desconfortável de encosto alto: tem as pernas unidas e um caderno de notas no colo. O coronel não abandonou sua mesa, mas está apoiado no cotovelo, envolto em fumaça e fazendo desenhos incompreensíveis em um bloco com um lápis preto. Bem por baixo da tagarelice, toca Chet Baker. Cálgaris nem mesmo levanta a cabeça, apenas diz:

— Nos acompanha o excelentíssimo duque de Remil.

Cumprimento com a mão e me sento em uma poltrona vermelha que entra no campo de visão.

— Volte um pouco — ordena o coronel sem erguer os olhos. — García Roldán.

A srta. Flores se vê obrigada a parar a gravação, retribuir minha saudação e retomar. Sei que irá direto ao que interessa. Não quer brilhar comigo, mas com seu chefe.

— Provém de uma família de advogados de prestígio — diz ela, e é perceptível que o sotaque espanhol vai substituindo lentamente o portenho.

— Ganhou muito dinheiro defendendo corporações multinacionais. Dentro e fora da Espanha. Seu escritório atende a assuntos civis e comerciais, mas a verdadeira especialidade é o direito penal.

— Defendeu traficantes? — pergunto, e Cálgaris me lança um olhar gélido.

— Algumas dessas corporações eram investigadas por lavagem de dinheiro — diz com cautela a loura oxigenada. — Não sei se especificamente do narcotráfico. Trabalhou muito nos Estados Unidos, mas não temos informações concretas.

— Seu passaporte traz alguma viagem à Colômbia ou ao México?

— Não.

— Conseguiu sua carteira de clientes?

— Está comigo — responde, mostrando alguns papéis com um ar de desafio. — Quer saber de alguém em especial?

— Belisario Ruiz Moreno — sondo.

— Francamente, não tenho a menor ideia, coronel — interrompe Flores, e olha claramente o fumante de cachimbo, que retribui com uma baforada de indiferença.

— Não quis interromper — digo.

— Não há certeza de nada — diz o coronel. — Continue, Flores.

Maca olha para mim com rancor; a namorada passa a mão na testa.

— Há quatro anos associou-se com um corretor e vem desenvolvendo negócios de importação e exportação. Todo tipo de negócio. Nada ilegal. Enviei a papelada por via confidencial, e é complexa e extensa. Talvez deva ser examinada por um perito, coronel.

— O que sabemos do corretor? — pergunto.

— Um falcão de Wall Street. Chama-se Osvaldo Balduin. Espanhol radicado na América há trinta anos, mas com raízes familiares em Valência.

— Mora no Queens? — Quero saber.

— Em uma área residencial. É fanático pelos Mets. Mas tem um apartamento em Manhattan. Insisto, coronel, que deveríamos pedir a ajuda da Casa para obter mais informações sobre Balduin e sobre as atividades profissionais de García Roldán nos Estados Unidos.

— Roldán negocia com que países? — pergunta o coronel como se não a tivesse ouvido.

— De preferência com o Leste Europeu. Esteve dizendo que tem interesse em ampliar os negócios para a América Latina. É fascinado por Buenos Aires e pelo Rio de Janeiro.

— Sua vida particular? — pressiona o coronel, que hoje tem um limiar de tolerância baixo.

— Casado, três filhos, uma amante. — Neste assunto, Flores parece mais à vontade. — Joga tênis três vezes por semana e vai à missa aos domingos. Um clássico testa de ferro. Decidido, vigoroso e atrevido. Roldán tem muita tenacidade e prudência, é um grande planejador. Embora seja lento, metódico, talvez um pouco rígido.

— Voltemos ao Ocidente — diz Cálgaris, e não consigo evitar uma risadinha. — Como é a ligação com Menéndez Lugo?

Luciana Flores de novo está aflita; Maca, enfurecida. Posso imaginar as frases que dedicarão a nós mais tarde em conversa particular.

— Foram colegas na universidade — informa com evidente tédio, mexendo nos papéis que tem na mesa. — Namoraram quando tinham vinte anos, depois ficaram amigos. Nuria é madrinha da filha mais velha dele. Trabalharam juntos em várias causas nos últimos vinte e cinco anos. Roldán e Balduin a convidaram para ser sua sócia na incursão latino-americana.

— Agora vamos concentrar as informações na dra. Menéndez — ordena o coronel.

— A mãe morreu no parto, exatamente como a avó — informa ela sem muito entusiasmo. — O pai era um pequeno comerciante, muito ausente. Deixou-a órfã aos quinze anos. Gente de classe média baixa de Madri.

— Se me permite — interrompe Maca —, essa árvore genealógica, essas privações materiais e espirituais têm alguma relação com sua personalidade. Assim como sua compulsão por compras.

— Ela é uma compradora compulsiva? — Cálgaris estranha e limpa o cachimbo com a vareta.

— Não em termos absolutos, embora tenha uma tendência — começa a psicóloga, colocando os óculos bifocais e mordendo a caneta. — Nuria é dura e bem-sucedida, mas no íntimo menospreza a si mesma. Tem o contrário do que aparenta: autoestima baixa, insegurança, sensação de vazio. Combate a ansiedade e a depressão comprando joias, que simbolizam a ascensão social, e casacos de pele, que substituem a pele dos pais e dos avós que não puderam acariciá-la. Não pensem que é alguma extravagância. É comportamento padrão para os especialistas no assunto. Menéndez é incrivelmente controlada. E de vez em quando se descontrola em um shopping. Depois se arrepende.

Por um instante o coronel deixa as manobras com o cachimbo e anota uma palavra em seu bloco. Gorda vagabunda. Enfim deu uma dentro. Nuria e eu temos duas coisas em comum: nossa força e nossa orfandade. Cada um de nós se arranja à sua maneira para combater esse maldito defeito de origem. A galega não comunicou à polícia as perdas reais do roubo de seu apartamento na rua Juncal. Também não entrou em detalhes com o sócio naquele e-mail do dia seguinte. Não foi por questões de segurança nem de discrição, mas por pura vergonha.

— Ao contrário de seu amigo Roldán, que nasceu em berço de ouro, para ela a vida foi cheia de sacrifícios e privações — intervém Flores. — Da mesma forma, quinze anos atrás decolou e a partir daí sua situação econômica melhorou sensivelmente. Tem um apartamento no Paseo de la Castellana. Foi casada por três anos com um médico de Avilés e teve namorados, como qualquer uma. Nada de especial. É uma mulher divorciada e solitária, sem filhos, como tantas mulheres das cidades grandes. Posso explicar como pensa uma pisciana com ascendente em touro?

— Ai, Zeus — diz Cálgaris.

— Garanto que tudo isso coincide com minhas avaliações psicológicas, coronel — atalha a gorda, tentando salvar a namorada do ridículo.

O velho cretino olha novamente para mim, mas dessa vez com ironia e um gesto teatral de interrogação. Dou de ombros. Maca ataca novamente e nos lembra da importância que a astrologia teve na Grécia Antiga, no Império Romano, na Idade Média, no Renascimento, em toda a história contemporânea. Também a ligação dos grandes estadistas dos séculos XIX e XX com astrólogos. O velho a fita com seus olhos aquosos e coça o bigode amarelado. Pensa em vários clientes nossos, pensa nos chefes de Estado a quem teve de servir. Suspira longamente.

— Bom — diz. O que significa, na língua calgarisiana: "Vamos ver o que a astróloga tem a dizer".

Luciana Flores entende que recebeu a bola do estúdio central. Altera novamente a ordem de seus papéis e faz uma síntese. Enquanto fala, Maca concorda com a cabeça. De vez em quando introduz um pouco de psicanálise, uma frase do jargão, uma citação de Freud. Nuria Menéndez é de peixes com ascendente em touro e serpente de água no horóscopo chinês. Teimosa, sensível, mimada, ciumenta. Precisa aprender diariamente a controlar as paixões para não cair em excessos. Costuma submeter os outros a seus caprichos, usando até a chantagem emocional, se for necessário. Mais sorte no dinheiro do que no amor. Tendência ao materialismo. Gosta de apostar. E de se enfeitar e se cercar de elegância e beleza. Instinto evasivo, enorme astúcia, grande capacidade de análise. É calculista e, se tem um objetivo, age com frieza e de forma metódica e implacável. Quer manipular todas as cordinhas. Quando se aborrece, pode ser rancorosa e mortífera.

— Muito bem, muito bem — diz o coronel, apertando entre os dentes o cachimbo e abrindo as abotoaduras verdes e douradas. Percebo que fará o que nunca faz: arregaçar a manga da camisa branca impecável, como se o calor tivesse entrado. — Vamos ver, Remil, mostre suas cartas.

Abro minha pasta e retiro a primeira foto. Seguro com as duas mãos diante da tela e dos olhos perscrutadores de Cálgaris.

— Elena Parisi, Tana, senadora nacional — digo. — Fierrito descobriu que a DEA teve a mulher na mira por algum tempo devido a uma empresa offshore dedicada à lavagem de dinheiro. Com a mesma metodologia, lavava a roupa suja um fazendeiro colombiano que havia participado dos estertores do Cartel de Cali e que em 2002 ainda andava com os caras do Norte del Valle.

— Belisario Ruiz Moreno — completa o coronel e puxa o catarro.

— A Casa não tem informações atualizadas.

— Para a Interpol, saiu de circulação há dez anos. Tecnicamente, está morto.

— É preciso ver se o corretor não arma sua engenharia financeira e se García Roldán não está legalizando seus negócios.

— Deixemos de especulações, vamos às informações concretas.

— Nuria passou alguns dias na fazenda da senadora. Palma me informou esta manhã que na página do Facebook de Parisi aparecem os convidados à sua festa de sessenta anos. Foi na Siete Alazanes, e algumas imagens foram inclusive publicadas nos jornais de Córdoba. Palma encontrou, entre juízes e políticos, este senhor.

Troco a imagem da senadora por outras duas fotos. Exibo à amável plateia.

— Javier Pico, um dos subdiretores da Alfândega. Aqui, é visto com Nuria em Puerto Madero. Aqui, na fazenda de Parisi. Posso especular um pouco mais, coronel?

— Sim, mas não exagere.

— Nuria pediu um contato a ele, Elena deu um telefonema a Javier. E Javier recomendou Nacho.

O coronel sorri. Dois dias atrás, enviei o filme mudo da Boca e tenho certeza de que ele mandou traduzir. Maca e Flores acompanham o diálogo mexendo a cabeça como em uma partida de tênis. Cálgaris desenha linhas verticais em seu bloco.

— E daí? — pergunta.

— Menéndez Lugo vem aqui com a intenção de detectar negócios de exportação. Estuda bem de perto todos os sistemas já utilizados para traficar cocaína para a Espanha e efedrina para o México. Merluza e camarões, morango e açúcar. E, sobretudo, o malbec. Tem fixação pelo vinho, sendo que é o processo mais complicado porque é preciso diluir a coca em Buenos Aires e recuperá-la em Vigo e Barcelona. Estuda os negócios que deram errado para ver as falhas e pensar em como melhorar o método.

— Seus sócios têm capacidade para fazer um investimento de porte, Flores? — pergunta o coronel, sem abandonar o desenho. Agora traça linhas horizontais. Flores e Maca parecem mortas. A loura passa a língua pelos lábios, dá uma olhada nos papéis e suspira.

— Tenho seus balancetes, coronel.

— Só estou interessado nos ganhos antes dos impostos e no índice de crédito bancário.

— Eu me sentiria mais segura se consultássemos um perito e se fizéssemos uma investigação das operações de Balduin na bolsa.

Cai um enorme silêncio. Creio que o coronel tem vontade de matá-la. Joga o lápis na mesa e cruza os braços. Tem o olhar no teto, deixou o cachimbo fumegando e adivinho que precisa de um uísque para que a irritação passe. Maca fecha a caneta e tira os bifocais, que caem sobre seus peitos enormes. Luciana Flores olha hesitante para ela. Guardo as fotos na pasta e acendo um cigarro. O coronel volta o olhar para mim por um momento. Por fim, empertiga-se e fala, sem se dirigir a ninguém em particular:

— Por enquanto não vamos fazer mais nada. Desativem as vigilâncias e os grampos. Não faremos mais perguntas. Silêncio total de rádio. Entendido?

Nós, os três vassalos, entendemos perfeitamente a ordem. O monarca se despede de Flores e a desliga. Lembra a Maca que tem uma reunião na tarde de terça-feira no comando do Exército e a dispensa. Maca passa por mim com um olhar de apreciação e ao mesmo tempo venenoso. Faço menção de me levantar, mas o coronel pede que eu fique na sala. Quando Maca fecha a porta e nos deixa a sós, Cálgaris atravessa o escritório e vai a seu banheiro privativo.

— Trouxe roupa para o fim de semana? — Ouço ele me perguntar.

— Tenho uma bolsa de viagem no 4×4.

— Quero crer que tenha escolhido uma roupa decente.

— Soube que não ia ser chique.

— Vamos passar dois dias em Colonia. Mas temos um jantar no sábado com alguém importante no Club de Yachting y Pesca. Não quero que você pareça um matuto.

— Sou um pé-rapado de merda e isso não tem jeito, coronel.

— Você não fez um trabalho ruim. Mas passou dos limites nas conjecturas.

— Por que tenho a impressão de que o senhor não está surpreso com nada disso?

— Minha capacidade de me surpreender está meio gasta.

— Sério que Parisi é sua amiga?

— Não existem amigos neste negócio, Remil, você já deveria saber disso. Só troca de favores.

— Preciso levar armamento especial a Colonia?

Cálgaris sai do banheiro transformado em um marinheiro de água doce: calça preta, camisa esporte branca, um lenço no pescoço, casaco de linho, tênis náuticos. Não traz bolsa de viagem, mas uma maleta e um nécessaire, mas pega na mesa seus apetrechos de fumante e um revólver 38 Special antiquado, mas prático, que foi presente em 1983 de um colega de Langley.

— Só vai precisar da Glock e da escova de dentes — diz, atravessando o escritório a passos largos. Fala ainda por um minuto inteiro com suas duas secretárias feias e lacônicas na antessala e descemos juntos no elevador. Tento voltar às descobertas de Fierrito e sobre Nuria Menéndez quando nos acomodamos no 4×4 e saímos do subsolo nessa manhã primaveril de sexta-feira. Mas o coronel foge do assunto e começa a me contar relatos históricos sobre os Bórgia. Tem relação com a admiração que Maquiavel professava por César. Por meio desses entusiasmos, sempre chegamos ao diário romanceado de Joan Francesc Mira. Evocamos aquelas maldades e traições e conversamos sobre aqueles personagens familiares como outros falam da guerra de vedetes da rua Corrientes.

O iate do coronel já está preparado quando chegamos ao porto de Olivos. É um veleiro de catorze metros de extensão e quatro metros e quarenta centímetros de largura, feito de aço naval, com motor Perkins a diesel. Um gerador eólico, um radar Raytheon e um bote de borracha para o desembarque. Suíte na popa e camarote com duas camas, banheiros com chuveiro de água fria e quente. Partiremos logo. Cálgaris será seu próprio piloto. Recebo dele instruções para que o ajude ou pegue objetos: anda a bordo com uma confiança e uma alegria que sempre me deixam assombrado. Veste um casaco acolchoado, consulta mapas, faz uma comunicação por VHF, examina os instrumentos, calça luvas e liga o motor. Manobra um pouco sem fumar, enquanto saímos lentamente em rio aberto. Depois, solta e levanta a vela principal, manipula os cabos e os laços, e deixa que o vento faça seu trabalho. O sol está alto e a água parece dourada. Sinto um pouco de frio, mas aguento firme ao lado dele, contemplando a paisagem. Ele veste um gorro de marinheiro e me passa um gorro de lã preto que me cobre até as orelhas. Ele parece um milionário de Long Island e eu, um assaltante do Bronx. Pega novamente o cachimbo e se ajeita para acendê-lo, apesar do vento forte. Fala de uma aquarela de Turner. Chama-se *O castelo de Bamborough*. Viu em um catálogo de leilão.

— Fica no mar do Norte, Remil. — Ele fala sem tirar os olhos alternadamente dos instrumentos e do horizonte: passam por nós iates e lanchas; vemos ao longe os catamarãs. — Toda a paisagem é dominada por um castelo fantasmagórico, sobre uma rocha, e abaixo, em um canto da direita, tem uma mulher com seu filho lutando contra as ondas. E um barco que encalhou e, mais além, um grupo de náufragos em um bote tentando se salvar das pedras e do mar bravio. É de tirar o fôlego.

A navegação, o jazz e a pintura são as únicas três manias que não me contagiaram. Mas o velho não se rende. Explica-me seus prazeres como se tivessem importância para mim. Põe tanta paixão e tanta arte em sua transmissão que, mesmo que às vezes eu não compreenda, acabo involuntariamente interessado por elas.

— Dizem que certa vez Turner estava desenhando uns barcos ao entardecer e na contraluz — continua. — E que mostrou o que fazia a um navegador experiente, um oficial da Marinha inglesa, que fez uma objeção: os barcos não tinham vigias e este era um problema técnico grave. Turner respondeu que de onde estava e com essa luz não era possível distinguir nenhuma vigia. Está bem, respondeu o navegador, mas você sabe que os barcos têm vigias, cavalheiro. Turner respondeu: é claro, mas meu trabalho consiste em pintar o que vejo, não o que sei.

As gaivotas e os patos desapareceram e o vento aumentou. Olho a vela principal inflada e ouço o coronel dizer que logo o vento terá mais de vinte nós. Avançamos a uma velocidade considerável.

— Não me faria mal tomar um mate — diz ele, sem soltar o leme.

Desço para prepará-lo na cozinha estreita. No caminho, dou uma olhada em sua pequena biblioteca marítima. Patrick O'Brian, Scott Forester, Alexander Kent e Dudley Pope. Também *Cabo Trafalgar* e *Los barcos se pierden en tierra*, de Pérez-Reverte, *A linha de sombra* de Conrad e um pequeno romance uruguaio: *La cacería*, de Alejandro Paternain. Preparo o mate e subo ao convés: sou um bom grumete. Cálgaris navega de memória, com uma tranquilidade eficiente e completa. Conhece cada boia, cada embarcação que passa por nós, cada sinal do rio e do vento, cada luz, cada som e cada cor. Na hora seguinte, falamos com maldade da política nacional e da economia, e mencionamos o destino de alguns de nossos velhos clientes. Depois passamos uma hora inteira em completo silêncio, ouvindo apenas os sons da natureza. As rajadas são de vinte e cinco nós. Chegaremos a Colonia em pleno entardecer; será um poente magnífico para observar do desembarcadouro.

— Estive lendo também sobre os samurais — diz ele, relaxado, voltando a encher o cachimbo. — Baixei da internet um ensaio e mandei traduzir. É interessante porque havia muita prática de homossexualidade entre guerreiros e discípulos.

— Está me fazendo uma proposta indecente, coronel?

— Que você não poderia rejeitar. — Ele ri com suas tosses catarrentas. — Estamos na metade do rio e você não tem a menor ideia de como pilotar este pedaço de barco.

— O senhor se esquece de que sou muito capaz de atravessá-lo a nado numa hora de desespero.

— Tinham um sistema moral que promovia as relações entre os senhores e os aprendizes. Essa filosofia se chamava *wakashudo* e garantia refinamentos e educação, e acima de tudo: lealdade absoluta no campo de batalha. Muitos xoguns tinham esse tipo de vínculo e seus jovens amantes davam a vida por eles quando era necessário.

— Vi alguns fenômenos assim na prisão.

— Não precisamos dessa filosofia do xogum para praticar a lealdade completa — diz ele com um sarcasmo enigmático.

— Por sorte, não.

Cálgaris ainda ri e balança a cabeça. Colocou óculos escuros e, com o reflexo do sol, não consigo ver bem o que seus olhos estão dizendo. Intuo que a lealdade dos samurais é algo que, tirando as brincadeiras e alusões sexuais, diz respeito a nós de forma pessoal. Neste lugar e neste momento concreto que estamos vivendo. Mas não abro a boca.

— Estou com fome — diz ele depois de um tempo.

Na geladeira, encontro salmão defumado e queijo Philadelphia, e no armário tem pão caseiro. Preparo quatro sanduíches e abro duas Coronas geladas. Levo tudo em uma bandeja e comemos sem trocar uma palavra, desfrutando do sol, que se põe, e do novo espetáculo da água, que a essa hora brilha e lamenta. Vemos de longe o *Eladia Isabel*, arrastando-se lentamente, com sua indolência de mastodonte.

— Teremos uma noite cheia de lua e estrelas — diz o velho, estudando o céu. — Fiquei pensando em nossas astrólogas e nos Bórgia.

— As mulheres às vezes são um pouco esotéricas.

— Hoje não se saíram tão mal. Lembra-se de Simón de Pavía?

— Não, coronel. Era um conselheiro de San Martín?

— Era o astrólogo do rei da França. Convenceu Carlos de que os astros o haviam destinado a ser o líder das cruzadas contra os infiéis. E também de que a certa altura poderia invadir Roma. Bórgia, aquele grandessíssimo filho da puta, já era o papa Alexandre. Subornou o astrólogo com uma fortuna e conseguiu que Simón de Pavía manipulasse o rei. Se Bórgia não o tivesse feito, as tropas francesas teriam arrasado o Vaticano. O rei da França, mal aconselhado, pensou na possibilidade de se apoderar de Roma, que julgava fácil, curvou-se perante o vigário de Cristo e chegou a um acordo. Subornar o astrólogo. Genial, não acha?

— Está tentando me dizer alguma coisa?

— Não me diga que você não vê uma relação entre o Império Romano, a Itália dos Bórgia e a máfia siciliana.

— Sim, vejo uma tradição da política argentina.

Ele pega o binóculo e percorre a margem oriental.

— Falta pouco — resmunga e continua pilotando.

As gaivotas voltam, nos acompanham outros veleiros e lanchas e chegam a bordo novos odores. Por esta tarde, não haverá mais aulas de história.

Desço e faço dois cafés instantâneos em xícaras de aço. Leio no convés o romance de Paternain e fumo, enquanto o perfil da cidade vai se definindo à distância. O sol está se pondo, prestes a derramar aquele laranja sobrenatural na água e na terra, quando o velho mete a proa no porto desportivo. Diviso o farol com sua baliza vermelha e me divirto como voyeur, olhando pelo binóculo os domingueiros em barcos a motor e a vela e os turistas na margem. No fim, o coronel pega as amarras, prende bem a embarcação, acende algumas luzes, anda de um lado a outro atarefado, dando novas ordens. Seu fiel grumete colabora pesadamente. Quando tudo parece preparado até para resistir a um vendaval, Cálgaris desce, coloca um disco de Marsalis e pega no armário uma garrafa de Talisker. Serve dois copos com gelo e tira o lenço de seda do pescoço. Saboreamos "a turfa, defumada e salobra, com notas de algas marinhas". Não sou um grande degustador, mas percebo que é especial.

— "Uma mulher está sempre comprando algo" — cito.

Colocamos os cotovelos na mesa, dentro daquela caixa reduzida de metal e madeira e sobre o suave balanço das ondas do porto. Enfim estamos a salvo do vento e dos olhares. Verdadeiramente a sós, cara a cara. E o coronel parece acusar certa fadiga. Sei que depois de um curto descanso tomará uma ducha, voltará a trocar de roupa e sairá para jantar com a amante. Sei que se hospedará em sua mansão no centro histórico e que me deixará nesta suíte claustrofóbica e com este romance de Paternain. Mas, antes, teremos um acerto de contas.

— Também há uma relação entre a política, a máfia siciliana e os cartéis de droga — diz ele e se desculpa. — Veja bem, essa gente não precisa só de proteção política, Remil. Também vem comprar segurança operacional. Fazem uma licitação e a Bonaerense os corteja.

— Bragoni.

— E não será o único.

— Sem o apoio da polícia, não vai dar.

— Pois bem. — Ele dá de ombros e termina o copo. — Onde você viu que temos uma máfia mais organizada que a polícia?

Serve-se de outro uísque duplo e volta a olhá-lo contra a luz. Roda um pouco o copo, cheira o Talisker, toma um golinho.

— Todas essas remessas famosas foram apanhadas por acaso, ou porque não pagaram suborno. Ou porque pagaram às pessoas erradas.

— Bragoni manobra por fora, mas com ordens de dentro.

Ele concorda com a cabeça e roda com o dedo o pouco gelo que resta no copo. Acendo outro cigarro. Pergunto:

— E que jogo nós fazemos?

— Nós? — pergunta ele, como se tivesse encontrado por acaso o próprio cadáver. Sorri para mim, com pena. — Nós entramos na licitação.

Agora estamos nos encarando, calibrando as reações. Se neste momento o coronel solta uma gargalhada, eu me desarmo e o mando sonoramente à merda. Mas o coronel se mantém absolutamente sério.

— Por quê? — Quero saber.

Ele apenas pisca. Tem um pequeno derrame no olho esquerdo. Toma outro golinho e pega o cachimbo.

— O governo está nos estrangulando, quer fechar a base Chacabuco — diz ele, fazendo as contas com os dedos. — A Casa pede que nos autofinanciemos, mas faz isso para nos foder. Tem inveja e desconfiança de nós. E, o mais importante, eu virei um velho fraco e substituível. Precisa de mais motivos?

— Sim, preciso.

— Se não fizermos, outro fará. E se deixarmos passar, somos uns imbecis e estamos liquidados.

Tomo o que me resta de um gole só e volto a me servir. Só se ouve o ruído dos copos, os rangidos do barco e os arranhões da vareta de limpeza. Cálgaris retira as cinzas com a colherinha, mete a vareta, coloca o tabaco, comprime e volta a acender. Faz com a lentidão de sempre Mas desta vez a mente não vaga por aí. Está concentrada na gravidade dos argumentos.

— Só oferecemos nosso serviço para a primeira fase — acrescenta ele, como quem se desculpa. Ouvimos no silêncio o estalido do isqueiro, a cabine se enche de fumaça. — E depois eles que decidam se querem continuar conosco, ficar com Bragoni ou combinar as forças. A primeira fase é a construção dos trilhos. Mais tarde veremos quem vai pilotar o trem.

— Vamos traficar cocaína, coronel?

— Não, vamos apenas proteger a Mona Lisa.

Não me surpreende que ele se lembre da anedota: tem uma memória prodigiosa. Apago a guimba, cruzo os braços.

— Não entendo bem qual é a diferença — digo.

— Estes não são pistoleiros, são gerentes. Querem fazer uso da gestão empresarial e precisam de um chefe de segurança. Nesta fase, é só isso. Você terá de confiar em mim. — Ele sorri.

— A lealdade dos samurais — ironizo.

Ele abre os braços, como quem se exime de responsabilidade. Não pronunciamos nem meia sílaba ao longo de três minutos e meio. Depois disso eu me levanto, subo a escada meio trôpego e me esparramo no convés. O ar fresco me livra um pouco do álcool, da fumaça e da verdade. Não tenho dor na consciência, nem sou moralista. Não acreditem que seja isso. Trata-se de algo mais complexo, uma mistura de contrariedade, uma sensação de estar encurralado. Não foi apenas Cálgaris que entrou em decadência.

A decadência é esse tobogã dirigido pelos jovens: a partir de agora as coisas são assim, vovô. E a velhice consiste precisamente em não poder escolher e em ter de se assimilar à força a esse bando de ignorantes modernos que metem na sua nuca um revólver do futuro. Acabou-se o que era doce. Ou gosta ou vai embora, ou se adapta ou morre.

O velho reaparece de roupa trocada e penteado, e com um lenço novo. Veste o casaco acolchoado e joga um sobretudo para mim. Apoia-se em um cabo, olhando a lua cheia e as constelações.

— Perdemos, Remil — diz ele. — Perdemos, como na guerra.

Depois salta para o embarcadouro e anda pelo píer de mãos nos bolsos, fumando as preocupações. Cubro-me por uns minutos com o sobretudo e olho a lua. Depois desço e me sirvo de outro copo, e ainda outro. Leio sobre a perseguição da goleta corsária e o veleiro português. Adormeço com o vaivém do rio e com uma profunda tristeza no coração. Quando acordo, sinto dor até nos dentes. Preparo três cafés seguidos, tomo um banho de água fria e saio para andar pela cidade. É um domingo radiante de baixa temperatura e, ao me voltar para trás, vejo com outros olhos o barco que nos trouxe. Pela primeira vez, descubro que se chama *Aubrey*.

Há grupos de turistas o dia todo em todos os pontos cardeais. Alguns são insuportáveis, me dão vontade de praticar tiro ao alvo com eles. Atravesso a avenida e ando pelo calçamento colonial de pedra, paro pela enésima vez na igreja, caminho pelas praças e ouço os tambores de uma murga. Atravesso a porta da cidadela, demoro-me na ruazinha dos suspiros e visito os museus. Especialmente a casa doada por Brown. Subo a escada e me entretenho com a grande coleção de mariposas, o gliptodonte e o grande tigre-dentes-de-sabre. "Maus e filhos da uma puta, passamos a vida limpando a bunda deles e agora nos deixam de lado", penso por uma estranha associação. Estou muito aborrecido. É preciso ter muito cuidado comigo quando chego a esse nível de cabeça quente.

Almoço em um restaurante onde dois guitarristas flamencos tocam com sotaque charrúa. Tiro a sesta ao sol no pasto, perto da muralha. E retorno ao *Aubrey* com um enorme desânimo. "Vou embora daqui, mas levarei muitos comigo", penso em voz alta, enquanto desmonto a Glock, limpo e volto a montar. Para homens como eu, o problema não é o que deve ser feito (fazemos o necessário), mas o motivo que nos obriga. E acreditem em mim: no clima da política, não há muita gente agradecida, mas o mundo dos serviços é cheio de traíras.

Ao final do novo entardecer, não me resta nada além do desenlace da caçada e um copo tímido de Talisker. Não posso evitar a pontualidade britânica: às oito e meia, tomo um banho e visto uma camisa e um casaco preto. Encontro graxa e passo quinze minutos dando brilho nos sapatos. Estou parado no píer quando Cálgaris se aproxima num elegante paletó esporte e dá uma olhada em mim.

— Bom, bom — aprova e me dá um tapa nas costas.

Também me pede que pegue sua maleta. Deixou perto da cama, trancada com um sistema digital sofisticado de três combinações. Já voltou a ser noite em Colonia. Há música e vozes por todo lado. A lua está oculta: nuvens densas avançam do rio. A iluminação do restaurante do Yatch Club de Pescadores confere ao lugar a impressão de um transatlântico no escuro. O coronel reservou uma mesa na lateral. Sentamo-nos lado a lado de forma que nosso convidado ocupe, de frente para nós, a cadeira junto da janela.

O velho aceita a carta de vinhos e começa a examiná-la com espírito crítico. Desanimado como estou, pergunto a ele quem estamos esperando.

— Nuria — diz o coronel sem erguer os olhos. — Nuria Menéndez Lugo. Não sei se a conhece.

Juro que fiquei menos nervoso em alguns tiroteios. De novo meu coração bate forte, como se minha vida estivesse em jogo. Até agora, Nuria era uma figura abstrata feita de vozes gravadas, fotos furtivas e objetos perdidos. Às vezes nem parecia real. Mas neste momento entra pela porta com uma saia de antílope que chega até o peito do pé, combinada com botas e casaco de couro. Olho para ela como se fosse um fantasma ou uma celebridade distante. Ela tira o gorro e faz uma pergunta a um garçom. Quando os dois se voltam para olhar o salão, já estamos de pé e Cálgaris lhe faz um sinal. Ela sorri, assente, e começa a caminhar por entre as mesas. Descubro que é um pouco mais alta do que eu imaginava, e está muito maquiada. Não consigo evitar certa comoção íntima. Chamem, se quiserem, de excitação. Mas não acredito que seja algo mais do que isso. Sinto sem cheirar, com a memória, Chanel Chance.

A mulher e o coronel seguram-se pelos braços e trocam dois beijos no rosto. De cara, Cálgaris decide chamá-la pelo nome. É estranho ouvir da boca desta mulher o nome "Leandro", que não é pronunciado na Casinha. Quando o velho me apresenta, diz que sou Remil, sem esclarecer se isso se trata de um apelido, nome ou sobrenome, e sem explicar que diabos estou fazendo ali. Ela então estende a mão para mim, me olhando de cima a baixo, fazendo um exame visual rápido e prático, sem sentimentos, e de imediato conclui que não sou ninguém; assim, tira a jaqueta de couro, pendura em um cabideiro, senta-se junto da janela e se dispõe a jantar com o dono do circo.

Veste uma blusa de seda branca e um colar de pérolas. Não me esqueço de que tenho em meu apartamento, dentro de um estojo de veludo bordô, um colar idêntico. Cálgaris já está lhe contando a história da uva tannat, aquela viagem a partir do sudeste da França aos vinhedos do leste. Sugere que experimentemos uma combinação com o cabernet sauvignon. Ela, naturalmente, aceita a proposta e não deixa de comentar o quanto aprendeu sobre os vinhos da região nas últimas semanas. É evidente que gosta de ouvir a própria voz.

Para não estragar o tannat, Cálgaris também sugere um espaguete com um molho forte, ou uma carne assada. Ela prefere a massa e o coronel a imita. Peço um churrasco malpassado que não importa a ninguém. A conversa não se desvia do vinho e me enche de impaciência. Vejo que ela come sem apetite e aceita que Cálgaris leve o diálogo para o que chama de "a situação argentina". E dá a impressão de que nunca entraremos no assunto, porque ela faz um longo desvio sobre o que viu e leu a respeito da política e dos negócios. O coronel tampouco toca no prato, mas isso não parece importar para ele. Eu, por minha vez, faço um grande esforço para não devorar a carne toda durante o monólogo. De repente, Nuria pega a bolsa e pergunta ao coronel se ele se importaria de acompanhá-la ao píer. Quer fumar. O convite não é extensivo, assim fico sozinho com esta carne gelada extraordinária, vendo pela janela como a espanhola fuma um Camel e passa frio, e como o velho enche o cachimbo e fuma cheio de si, sob a luz da lua. O monólogo agora é do coronel. A espanhola está de braços cruzados e faz desenhos imaginários com a ponta da bota no chão. De vez em quando ergue os olhos e fita o rio escuro, fuma, solta uma baforada e pronuncia uma frase. Cálgaris definitivamente tem as rédeas ali. Demoram tanto que o garçom se aproxima e me oferece esquentar os pratos em um micro-ondas. Não resta nada do meu. Digo que já pode retirar, que nem a senhora nem o cavalheiro vão reclamar o espaguete.

— Será que chove esta noite? — pergunto.

O serviço de meteorologia afirma o contrário, mas essas nuvens de última hora não são um presságio nada bom. Saboreio com rancor outras duas taças do tinto e espero que voltem. Eles retornaram e não perguntam por seus pratos, nem me dão nenhuma desculpa pela demora. Não têm por quê. São dois imperadores selando um pacto na torre de um castelo e eu, um centurião anônimo que monta guarda nas portas. Não percebo, à primeira vista, ter mudado alguma coisa no olhar, nem na atitude da rainha. Mas noto que Cálgaris está menos diplomático, como se tivessem ganhado intimidade ali fora.

— Remil conhece muito bem o amigo Bragoni — diz ele de pronto.

Ela faz um esforço para me olhar. Vejo que a seda às vezes fica transparente e tento adivinhar sua lingerie. Provavelmente usa um corpete branco. Nossos olhos se encontram francamente pela primeira vez. Cálgaris, à sua maneira, está contando a operação secreta da UP 63. Nuria não se abala, nem para o bem, nem para o mal, mas agora não deixa de observar o rosto e as mãos do centurião. Percebo que não está desacostumada a ouvir histórias truculentas, nem façanhas policiais.

— Defina-o em duas palavras — fala comigo de chofre, e demoro um pouco para entender que se dirige a mim, referindo-se a Bragoni.

Dou um pigarro e digo:

— Traiçoeiro e negligente.

Pela primeira vez, aparece-lhe um sorriso.

— Essa impressão eu tive. — Ela balança a cabeça. — Negligente. Como é possível confiar em um homem que fez tamanha besteira? Como entregar sua Ferrari a um vilão que se deixou ser preso?

— Pode ser que nesta fase você não precise de Bragoni — intervém o coronel. Usa um tom filosófico que em geral tem por objetivo esconder sua sagacidade. — Mais à frente, porém, você se verá obrigada a dar uma fatia do butim a seus chefes. Os autônomos não prosperam na Argentina.

— Se devo dividir os ganhos, por que não fazer o negócio integralmente com eles? — Nuria não morde a isca de Cálgaris e devolve na mesma moeda.

A resposta é tão óbvia que o coronel a deixa flutuando no ar. Limita-se a abrir e fechar os braços. Os dedos das mãos se cruzam.

— Estamos andando em círculos. — Ela olha as próprias mãos. Tem vários anéis e um Rolex Presidente no pulso. — Em uma coisa você tem razão, Leandro. Não é hora de força bruta, e sim de criatividade.

O garçom traz o cardápio de sobremesas. Ela o rejeita sem abrir e pede um cafezinho. Não podemos pedir outra coisa. Nuria não ergue os olhos da toalha; brinca com um saleiro que ficou para trás, mas é como se estivesse pesando que destino dar a uma peça de xadrez. O coronel não interrompe seus pensamentos. A galega gosta tanto de ouvir a própria voz que desaparece em seu silêncio. Muda de posição quando chegam as xicrinhas. Cálgaris termina rapidamente o café e me pede a maleta, que tenho escondida entre a minha perna e a da mesa. O velho põe a maleta nos joelhos, entra com o código digital e a estende, destrancada, porém fechada. Age de maneira discreta, deixando a maleta em uma cadeira vazia, junto da bolsa de couro. Nuria pergunta com seus olhos negros do que se trata.

— Há uma antiga tradição em nosso serviço — explica o coronel, acariciando o bigode amarelado. — Sempre que um presidente novo chega à Casa Rosada, seu dossiê lhe é entregue.

— Seu dossiê?

— Tudo que foi investigado sobre ele, a família e os amigos.

— Que cortesia estranha. Mais parece uma ameaça.

— Tenho certeza de que achará esses relatórios da inteligência muito ilustrativos. — O coronel coça os olhos. — Apenas tenha em mente que é material bruto e que algumas transcrições são malfeitas. Nós a investigamos porque também nos preocupamos com a qualidade de nossos sócios, doutora.

— Sei — diz ela, mas não parece verdadeiramente surpresa nem ofendida. — Invadiram minha privacidade.

— Não tivemos alternativa — digo, e ela me olha de banda. Há um toque de ira e outro de curiosidade neste dardo envenenado.

— Talvez possa avaliar melhor nossa capacidade operacional, doutora — acrescenta o velho, que lhe mostra um pouco os dentes. — Remil a acompanhará até seu hotel.

— Não é necessário, fica aqui perto.

— Eu insisto.

O coronel paga a conta com dinheiro uruguaio e nos levantamos todos juntos. Ajuda Nuria a vestir a jaqueta de couro, e quando vou pegar a maleta na cadeira vaga, a mão de Nuria chega antes.

— Obrigada pelo jantar, Leandro — diz ela, voltando a me ignorar. — Prefiro andar sozinha. Pelo menos enquanto me decido. Ou enquanto assim posso fazer sem correr riscos.

— Como quiser, madame — diz inesperadamente Cálgaris e aperta sua mão. Ela não dedica a mim nem este último olhar. Vemos que ela bate os saltos no escuro, até o movimento do centro histórico. Cai um chuvisco. O velho reacende o tabaco e eu, um Parisienne.

— O que acha? — Ele me pergunta.

— Aqueles relatórios vão dar insônia — digo, encostando-me em um corrimão. — É orgulhosa e desconfiada, e talvez não nos perdoe por isso.

— Vai ficar muito cabreira. — Ele ri. — Mas, veja bem, não coloquei na maleta apenas nossos relatórios. Também pus as fichas de Pico e Parisi. Para que ela veja que boi puxa o arado.

— Sim, mas está se esquecendo, coronel: ela vai ficar roxa de raiva com a parte das astrólogas. A compradora compulsiva, os complexos e toda aquela besteira. E vai se enfurecer quando perceber que tivemos algo a ver com o roubo na Juncal. E vai reagir, isso eu garanto. É muito inteligente.

— Uma vez conheci uma mulher que era obcecada pelas mãos dos escultores. Deixavam-na cheia de tesão. Sabe por quê? Porque pensava: "Se esse sujeito é capaz de fazer essas obras de arte com essas mãos, o que não faria com meu corpo".

— A natureza feminina?

— E a arte da guerra.

Ele me dá um último tapinha e anda com as mãos nos bolsos do casaco.

— Um ataque surpresa — diz enquanto se afasta.

— Que seja total — respondo.

Ele não se vira, continua andando, mas ainda ouço sua voz no escuro:

— Total.

Jogo a guimba no rio e volto ao *Aubrey*. Ainda passo duas horas lendo um romance de Dudley Pope. Ao acordar, o chuvisco continua. Preparo um café e o tomo ouvindo rádio e olhando pelo binóculo o horizonte enevoado. Depois visto um moletom e saio para correr. Preciso vestir o capuz porque a chuva fina é fria e penetrante. Corro quinze quilômetros pela margem e pela calçada, e ao chegar ao veleiro encontro a maleta encostada no convés. Saco a Glock e a empunho, pego a maleta e desço com extremo cuidado. Menéndez bebe o próprio café. Está sentada à mesa com o livro de Pope aberto no glossário de termos navais. Veste a mesma roupa da noite anterior, como se não tivesse pregado o olho, ou como se dormisse vestida. Ou como se não tivesse tido tempo, esta manhã, de dedicar nem um minuto que fosse a seu esmerado vestuário. Parece um pouco mais pálida e cansada, apesar da maquiagem em ordem. Porém, seu cabelo sutilmente arruivado não sofreu danos. Nuria não se assusta quando me vê descer encapuzado, com a pistola na mão. Outro sinal de que esses olhos escuros e brilhantes têm milhagem e presenciaram a violência mais de uma vez.

— Creio que lhe devo um pedido de desculpas — diz ela em um tom apenas irônico, e vejo que sua voz se mantém controlada. — Ontem à noite não sabia com quem estava jantando. Nenhum de meus maridos me conheceu tão fundo.

Às vezes a uma frase mortal pode se seguir um tiro na fuça, mas não me parece que hoje estamos nesses limites; assim, travo a arma, deixo a Glock a meu alcance, baixo o capuz de Unabomber e tiro o casaco. Ela continua tão controlada e elegante que faz com que me sinta suado e maltrapilho. Ofereço-lhe um suco de laranja. Ela não agradece. Preparo um copo gelado e tomo. Agora Nuria não para de me olhar, como se estivesse compensando a grande indiferença noturna. Faz um gesto para a maleta e me diz:

— Seu chefe é muito hábil, sabia que, me entregando seu dossiê, compensaria um pouco o tremendo ódio que você me provoca, soldadinho, por andar fuçando minha vida.

Então o velho filho da puta entregou a ela meu dossiê secreto. Não se pode confiar em ninguém.

— De qualquer forma, a informação é útil — diz ela, tranquila, e toma o resto do café. Uma careta prenuncia um bocejo, seus olhos estão caídos. — É sempre conveniente conhecer os pontos fracos de um candidato.

— Fracos? — pergunto como se não soubesse.

— O relatório psiquiátrico o desqualifica. Você tem um parafuso a menos, soldado. Ou algo menor.

Gorda vagabunda. E como é possível que eu tenha deixado passar esse texto fundamental? Nuria pega um Camel e acende. Coloca um cotovelo na mesa, com o cigarro aceso no alto.

— Eu não confiaria tanto nessa psiquiatra — digo. — Não consigo acreditar que você tenha autoestima baixa, insegurança e sensação de vazio.

Nuria dá uma gargalhada. Assente como se eu tivesse acertado na mosca e dá outro trago no Camel. Depois fecha o livro e bate a cinza no cinzeiro de metal. Quando levanta o queixo e o cabelo se acomoda, sinto uma onda de admiração. Uma onda erótica.

— E suponho que não pode me devolver as bijuterias e joias que comprei com meu dinheiro. Porque, sabe de uma coisa, soldadinho? Gosto muito do dinheiro e faço o que quero com ele.

Balanço a cabeça em negativa. Não posso devolver nem mesmo o colar de pérolas do estojo bordô. Termino o suco e entendo que a mulher veio desabafar e que para ela o assunto não está encerrado. Se assim fosse, não teria nem mesmo o trabalho de me encarar. Talvez Cálgaris estivesse certo ao pensar que a mulher sentiria o início de uma bronca irreprimível e depois a tentação de usar essa arma poderosa a favor dela. Se são capazes de cometer essa violência, quanta violência poderiam cometer por mim?

— Mas o que mais o desqualifica são essas medalhas por heroísmo — diz ela, mordendo um lábio, como se uma grande dúvida a entristecesse. — E que no íntimo você pense ser um herói.

— Infame — acrescento num tom acre. — Um herói infame.

— Ainda assim, um herói. — Ela toma ar, como se precisasse. Dormir mal tira o fôlego. — Pelo que li, você dedicou todos esses anos ao lado sujo da política. E a essa altura deve ter mais calombo na pele que uma tartaruga das Galápagos. Mas este negócio é outra coisa, soldadinho. E gostaria de saber verdadeiramente o que você pensa.

Estou meio surpreso. A moral nunca foi o meu forte.

— Para sua informação — diz ela, agressiva. — Não produzo, não consumo e nem julgo aqueles que o fazem. Eu transporto o produto, soldadinho. Sou uma empresa de transporte com seguro. Nada mais do que isso.

— E eu sou aquele que protege a rainha do transporte — replico e dou de ombros. — Sou eu quem cuida do seu rabo, rainha.

Nós nos olhamos com gravidade por seis segundos completos, depois ela se joga para trás e dá uma gargalhada. Aponta para mim os dedos que seguram o cigarro e dá a entender que voltei a acertar.

— *Me han traído hasta aquí tus caderas, no tu corazón* — canta baixinho. Depois é ela que dá de ombros. — E o que faria se começasse amanhã mesmo? — pergunta.

— Colocaria um escudo protetor em seu correio eletrônico e lhe daria linhas fixas e móveis novas e seguras. Instalaria um sistema de alarme e outro de câmeras de circuito interno em seu escritório e em seu apartamento. Sugeriria que alugasse um Audi A7 com blindagem de nível cinco. Eu seria seu motorista e teria de me dizer todas as manhãs qual seria nossa rotina.

— Muito barulho por nada — diz ela, pensativa. — É tudo muito prematuro.

— Neste meio, a concorrência gosta de cortar o mal pela raiz.

Agora a dra. Menéndez Lugo fica sem fala. E isso já é muito. Especialmente considerando seu amor pelos monólogos. Vejo seus cílios subindo e descendo, no ritmo das ideias. Descarto que seja por medo. Acredito adivinhar que sente uma espécie de nostalgia. Como se as férias tivessem terminado.

Ela joga a bituca no cinzeiro e se empenha muito em amassá-la no fundo. Depois pega a bolsa e o gorro e se levanta. Acompanho-a ao convés e a ajudo a saltar. Antes de partir, ela para de olhos fechados sob a chuva fina e veste o gorro. Não olha para mim quando fala.

— Volto esta tarde no *Eladia Isabel*. Diga a seu chefe que enviarei a ele uma mensagem de texto com minha decisão quando chegar a Buenos Aires. — Não espera resposta e não se vira para uma despedida. Anda lentamente pelo píer como se a chuva não a molhasse.

Tomo um banho e almoço a bordo uma salada de atum e ovos com uma Corona, lendo os relatórios da inteligência. Sinto certa vergonha das idiotices que Maca escreve sobre minha concepção muito pessoal da ética e sobre o "emocional reprimido". Surpreende-me que eu não tenha conseguido uma aposentadoria precoce. O dossiê de Javier Pico é muito mais interessante. Há dez anos, era um funcionário público menor. Hoje tem uma ilha no Tigre no nome de um testa de ferro. É um hotel cinco estrelas, com spa, quadras de tênis e um parque de vinte mil metros quadrados junto do rio Carapachay. E está construindo no terreno dos fundos outras vinte cabanas. Na Casa, garantem que foi aliado político de um dos suspeitos no caso da alfândega paralela, embora seu sobrenome não tenha chegado ao processo judicial. Lembro-me de um brigadeiro que se suicidou misteriosamente, de um comissário baleado em um trem, de outro policial que levou uma bala na cabeça. Pico continua vivo, e na riqueza. Tem talento.

Quando menos espero, o coronel chega. Estou lendo o relatório da senadora Parisi. É apaixonante. Um manual do poder. Uma conjunção de todos os trabalhos da política com as maracutaias mais obscuras das corporações. Entretanto, Tana tem boas intenções e muitas vezes as realiza. Dá vontade de votar nela.

— Estou meio atrasado e temos vento contra — diz Cálgaris, de novo imperativo. Tem bafo de Talisker e outro derrame no olho.

Ajudo-o a preparar o veleiro e a largar as amarras. O chuvisco se esvaiu, mas a névoa persiste. O coronel me pede o binóculo e consulta os instrumentos. Zarpamos há alguns minutos, seguimos a mais de cinco nós, e a vela principal e a genoa estão a meio mastro. O vento nos inclina para estibordo e as ondas balançam o *Aubrey*. Faço mais café, visto o gorro de mendigo e tento começar uma conversa com o velho. Mas ele não responde: parece preocupado com a navegação e com o tempo. Talvez esteja meio bêbado e não queira distrações. Abandono-me ao passeio e ao tédio. Consigo uma manta e durmo um pouco na intempérie. Cálgaris me acorda para pegar a garrafa térmica.

— Vinte e cinco nós — anuncia com um sorriso.

Parece mais desperto, mais sóbrio e mais otimista. Enquanto tomamos um mate, comprovo que a névoa se dissipou e que um sol tardio atreve-se a lançar os últimos raios.

— Do que vocês falaram? — pergunta, embora imagine tudo.

— Minha saúde mental a diverte muito — respondo.

Ele ri sem vontade. Conto a visita de Nuria em quatro frases. Parece não importar nada a ele. A não ser pela notícia de que encontrará uma resposta definitiva quando estiver pisando no porto de Olivos e abrir seu celular.

— Fui dormir tarde, quase de madrugada, e sonhei com um quadro enorme, no estilo de Velázquez, mas talvez durante seu período italiano — diz ele como se eu conhecesse história da arte. Sinto também uma espécie de calafrio: nunca, em trinta anos, Leandro Cálgaris me confessou um sonho. — Nesta fase, tinha deixado para trás o tenebrismo de suas obras anteriores e os corpos saíam precisos, e não como meras extensões das sombras. Em sua viagem iniciática à Itália, Velázquez ficou fascinado por Rubens. Mas, então, aquele quadro tinha uma visão particular, aquele mesmo pulso. Chegou a enganar um especialista. Em primeiro plano, havia uma dama branca. Uma mulher feita de giz. Tinha uma presença imponente e ao mesmo tempo sinuosa. Como eu imagino Lívia, a mulher de Augusto e mãe de Tibério.

— A envenenadora — digo.

— Repito: não foi pintada como a retrataram os informantes do Império, nem tendo como modelo as imagens que criaram depois de convertida em deusa. É algo inteiramente subjetivo: não era Lívia, mas em meu sonho eu sabia que se tratava dela. E que aquela brancura radiante não era giz. Em segundo plano, de perfil e entre cortinas, insinuava-se a sua cara, Remil, e a espada romana que empunhava na mão direita. Estava protegendo a imperatriz, mas também é possível interpretar que estava a ponto de degolá-la. Era uma postura ambígua. E perigosa.

— E que lugar o senhor ocupava nesta pintura, coronel?

Cálgaris recorre de novo ao binóculo e avista por fim a margem e os edifícios de Buenos Aires. Ainda estão distantes, mas já passamos da boca do canal Mitre. Vira suavemente o leme para bombordo. Joga o gorro para trás e tira por um instante os óculos para esfregar os olhos. Parece exausto.

— Que lugar? — responde sem sorrir e recoloca os óculos. — Era eu que estava pintando.

Chegamos a terra com as últimas luzes da tardinha, e Cálgaris toma um banho antes de desembarcar. Ofereço-me para levá-lo a seu duplex na Recoleta, mas ele me anuncia que vai esticar as pernas, jantar em Olivos e dormirá no *Aubrey*. Sente falta do balanço e da solidão. Pego o celular para ele, que dorme apagado junto de seu nécessaire e do revólver 38 Special de Langley. Ainda estamos no convés quando ele o liga: com vários toques, o telefone acusa as chamadas que chegaram e as mensagens de texto. O coronel passa por alto quase todas e se detém na última. Agora sorri como um lobo, levanta a cabeça e o devolve a mim. A mensagem de Nuria é muito curta e brilha nas sombras do porto: "Quero Remil".

IV. Recordações do paiol

Na penúltima terça-feira de dezembro, dois meses se passaram e acabo de trocar socos com um veterano sparring de campeões. Já estou limpo e troquei de roupa no vestiário da academia de Saavedra quando Rosita telefona. Faz um esforço para aparentar serenidade, mas em seguida cai em prantos:

— Eu o deixei dormindo e fui ao supermercado. Ao voltar, estava na mesma posição, mas não respirava.

Além de prostituta e dançarina de striptease, em suas outras vidas Rosa foi enfermeira: sabe que ele está morto.

— Não faça nada, vou já para aí — digo e encerro a chamada.

Subo com o 4×4 pela General Paz e acelero sem me importar com radares e multas. Estive com o sargento quinze dias atrás, num domingo quente em Tolosa. Não tinha apetite, nem energia. Fracassei quando aproximei a comida de sua boca e também quando pretendi dar corda para que tivesse suas recordações. Tentei substituí-lo e narrar em voz alta, como numa missa, aqueles primeiros tiroteios de 11 de junho em Monte Longdon, mas ele me interrompeu com um sussurro: queria ser levado para a cama. Eu e Rosa passamos o resto da tarde sozinhos, comendo e batendo papo. Reguei o jardim e lhe dei dois orgasmos emocionados, e voltei para a Belgrano R com dor no peito. Parei no Hospital Rivadavia para saber se não estava enfartando, mas depois de fazer um eletro e alguns exames, disseram-me que tinha apenas uma inflamação na cartilagem junto do esterno. O que eu tinha era uma tremenda amargura. O sargento partia. E essa certeza me jogava no tobogã pelo qual também Cálgaris e eu escorregávamos sem freios. Obrigados a obedecer a terceiros, a entrar aos tropeços em novos tempos, a esperar o ocaso.

Enquanto costuro pelas pistas e corro como se estivesse numa perseguição de cinema, agradeço que a galega esteja fora do país. Foi passar o Natal na Europa. Queria ficar duas semanas em Madri com García Roldán e outras duas no norte, sozinha, e se possível cercada de neve. Nossa relação evoluiu com muita lentidão nesses sessenta dias. No início, ainda se negava a aceitar que instalássemos uma rede de proteção tecnológica. Aos poucos, mudou de opinião: esses negócios avançam no mesmo ritmo do martírio. Cálgaris prometeu aos sócios da Caverna um cheque mensal para que Palma trabalhasse em tempo integral na operação. E-mails, telefones, câmeras. A isso acrescentamos criptografia, blindagem, vigilância. Palma está acostumado a não fazer perguntas. Porém, uma tarde, ao sair do apartamento na Juncal, ofereceu-me, por camaradagem, um pirulito.

— A doutora se dedica a quê? — quis saber. Nesse dia, usava um gorro de Wes Craven e uma camiseta do Metallica. — Nós a estamos salvando do quê?

— Do Hezbollah.

— Por favor, não ponha minha patologia à prova.

Sua patologia é formada de intriga e curiosidade. Experimentei o pirulito, que tinha gosto de Coca-Cola e era enjoativo. Joguei no esgoto.

— Drogas? — tentou.

— Armas — respondi.

Palma me olhou mais detidamente para saber se eu estava dizendo a verdade. Decidiu que por enquanto acreditava em mim, mas não cem por cento. Para distraí-lo, pedi que verificasse a assistente de Nuria, de nome Guillermina López. Acontece que Wila, como a chama Menéndez Lugo, antes foi secretária executiva da família Roldán. Argentina, trinta e sete anos, dupla cidadania, separada de um comerciante sevilhano, visitou a Espanha e morou vários anos lá. Agora mora em Palermo Soho. Tem um filho de sete anos aos cuidados da mãe. Palma tenta encontrar um podre dela, mas não consegue.

Nuria resolveu, a conselho de Cálgaris, que eu me instalaria em um escritório vago de frente para o gabinete de Wila. Para disfarçar, o coronel mandou que a gorda Maca escrevesse um novo relatório psicológico: aconselha uma licença de seis meses por doença. O coronel comunicou o ato administrativo à Central e fez correr o boato de que eu, tirando proveito do descanso obrigatório, estou fazendo uns bicos por minha conta. É só uma questão de ganhar algum tempo. De uma hora para a outra, Bragoni e seus chefes saberão o que está acontecendo. E embora o coronel e a dama branca tenham previsto compensar a angústia deles, pretendem atrasar o pagamento ao máximo. Como é de hábito na Casa, ninguém se preocupa demais com que porra faz o mandachuva da Casinha e seus agentes. Desde que não lhes crie problemas, nem os políticos encham o saco deles com suas aporrinhações. Não deixei de me ocupar com os assuntos menores que nos cabiam. Por sorte, não foram complicados. Procurei o filho desaparecido de um juiz federal. Tinha fugido com uma adolescente para Junín de los Andes. Levamos quinze horas para encontrá-lo. Também fiz a segurança de um deputado provincial que queria fechar um acordo secreto com os caciques políticos de um bairro popular de Esteban Echeverría: a noite transcorreu em paz. Houve um pouco mais de ação quando tive de interferir porque uns barras-pesadas ameaçaram de morte um sindicalista que queria defender a causa em um clube de futebol. Mas nada de muito importante: quebrei umas costelas e dei um recado; depois os ânimos se acalmaram.

A armação da estrutura comercial, o planeta Menéndez Lugo, foi muito mais enfadonha. Trâmites e mais trâmites, assinatura de contratos, reuniões intermináveis, almoços de negócios. No início, Nuria não queria comprar o Audi blindado, nem deixar que eu fosse seu motorista. Mas aos poucos foi se acostumando comigo, levando-a a quase todo lado no 4×4. Também rejeitava que usássemos um segurança a mais de apoio e a reserva de uma segunda mesa nos lugares onde comia: o protocolo mínimo é de uma inspeção anterior, um homem do lado de dentro, em uma cadeira com visão permanente do alvo, e outro postado à porta. Ela ainda não assumia o risco possível. Continuava uma inocente advogada espanhola, dedicada aos produtos de exportação. Entretanto, aceitou que eu a acompanhasse em um fim de semana prolongado a San Juan e Mendoza. Ficamos hospedados numa pousada temática e depois em um hotel para turistas enólogos, e Menéndez visitou bodegas, degustou vinhos, ouviu histórias, conversou com gerentes. Jamais consegui vê-la sem maquiagem em todos esses dias de convivência forçada.

Nem consigo me lembrar de uma conversa que fosse além do estritamente prático. Sua relação comigo era distante, de senhora com escravo, e jamais saía dessa linha. A essa altura, aquela conversa no *Aubrey* me parecia a primeira e última demonstração de certa confiança. Eu andava sempre cinco ou seis passos atrás dela e ouvia em silêncio seus monólogos e suas transações.

Cálgaris a convidou para jantar três vezes. Foi em seu duplex na Recoleta. Raras vezes tive o privilégio de entrar naquele santuário cheio de estantes, enfeites navais e arte clássica. Cada oportunidade foi idêntica à anterior. Comemos os três a uma mesa servida por uma empregada rápida e discreta, e ao fundo tocou o tempo todo Ella Fitzgerald, Chet Baker ou Coleman Hawkins. A mulher e o coronel conversaram, ignorando-me por completo, e no fim degustaram uma garrafa de Blue Label nas poltronas brancas. O uísque vinha dos armários secretos metidos embaixo da escada. Os diálogos giravam em torno de estratégias empresariais e logística, jamais se mencionava a mercadoria, ou o tráfico em questão. Ainda assim, Cálgaris informou que deveriam investir em um juiz para tentar a soltura de um químico. O maior especialista no processo de diluição da cocaína e do tratamento do vinho continuava preso, em um caso relacionado, embora ainda sem condenação. O coronel havia entrado em contato com o secretário do tribunal e fizeram um acordo verbal de uma troca do julgamento. O procedimento tinha um preço. Nuria não perguntou se havia uma opção mais barata. No dia seguinte, mandou que Wila depositasse cem mil dólares em uma conta na Suíça. Uma semana depois, Rossi saía da prisão de Ezeiza pela porta da frente e eu ia pegá-lo com meu 4×4 para levá-lo a um quarto de um hotel familiar que alugamos em Liniers. A ideia era que não voltasse a San Luis, onde tinha três esposas e dez filhos. Na verdade, Rossi não demonstrava muita vontade de voltar a lidar com suas mulheres, nem com aquele bando de pentelhos exigentes. Preferia passar um tempo nas boates e se dedicar plenamente à sua tarefa. Adiantei parte de seu ordenado e o ameacei: se quisesse continuar respirando, tinha de evitar confusão e a tentação de se distrair com outros trabalhos. Ficou claro para ele que era conveniente continuar entocado e invisível até que nós o acordássemos da sesta. Ainda assim, uma noite, enquanto ele estava de sacanagem, instalei uma escuta no quarto para vigiar qualquer desvio.

A segunda contribuição feita por Cálgaris foi a descoberta de uma engarrafadora quase falida. Ficava no segundo anel da Grande Buenos Aires e já havíamos livrado o rabo do intendente dessas plagas várias vezes. O homem foi um amor: ordenou a seu comissário que não metesse o bedelho naquela pequena empresa. E o comissário de polícia entendeu rapidamente que o senhor magistrado tinha negócios com a dona da fábrica e que, portanto, não devia nem passar pela calçada. Jamais se deve tocar no grupo pessoal do patrão. E assim Nuria, com o vento a favor e zona franca, foi ao lugar, falou com a proprietária, visitou os depósitos, examinou a maquinaria e os documentos. Por acaso a proprietária era uma mulher demolida moral e fisicamente, e Nuria se apoderou dela, de sua alma e de suas instalações com apenas um cheque ao portador. Mandou-a para casa e indenizou seus empregados raquíticos. Pediu a Wila que se encarregasse dos balancetes e das dívidas, que colocasse o empreendimento em marcha, e eu acordei o químico, mostrei a ele o laboratório para que se familiarizasse com seu novo lar e o apresentei à galega, que o levou a um escritório e explicou o que pretendia. Rossi, nos termos dela, é um homem mediano: nem muito gordo, nem muito magro, nem muito esperto, nem muito bobo, nem muito bonito, nem muito feio. Durante um bom tempo, só o que ele fez foi olhar os peitos dela. Depois, quando Nuria mencionou a questão central e o verdadeiro porte do procedimento, abriu os olhos como se começassem a apertar seus bagos com um torno.

Wila e Rossi trabalharam em equipe no último mês e começaram a selecionar os possíveis empregados. Precisam de dez para trabalhar em turnos duplos.

— Gente carente, de baixa capacidade de conflito e pouco esclarecimento — ditou Cálgaris, e falou com o intendente.

Tinha esse tipo de mão de obra de sobra, respondeu ele.

— Mais cedo ou mais tarde ele também vai querer seu cheque — advertiu o coronel à morena.

Ela soltou um suspiro ruidoso, como se tivesse uma vertigem. Nessa noite, levei-a para jantar com um despachante da Alfândega. O encontro seria em um restaurante chique que funciona dentro de um vagão de trem, no centro de Villa Devoto. O despachante lhe deu um bolo e ela ligou para meu celular para que fosse jantar com ela. Eu estava a cinquenta metros, tomando um café e vigiando a movimentação da rua.

Não me recebeu com bons modos. Estava de mau humor.

— Escolha você, estou morta de fome. — Ela me apressou.

Escolhi um linguado. Encheu minha taça com um rosé frio e doce, e me perguntou quando havia começado a merda do sistema de cobrança política. Há muitos anos, expliquei. Quando o orçamento das delegacias dava apenas para cobrir os salários do pessoal. E esses salários, como sempre, eram de fome. O resto dos gastos, como o combustível dos patrulheiros, a comida, o armamento, a munição, a manutenção e o papel higiênico ficavam à própria sorte dos funcionários. "O que faço com esses gastos?", perguntavam os comissários aos intendentes da região, que eram seus verdadeiros chefes políticos. "Ah, não sei, dê um jeito", respondiam. Alguns começaram a "dar um jeito" e a "se ajeitar": foram controlar o jogo clandestino e a prostituição, mais tarde passaram ao negócio do desmanche de carros e em certo momento às zonas liberadas para o crime. Por fim, chegaram ao negócio mais pujante: a coca. Como na política, primeiro o comissário "roubava para a coroa", quer dizer, para seu pessoal e sua delegacia, depois ia ficando com propinas e transformando-se em um bom burguês e, em alguns casos, até num potentado. O governador exigia dos intendentes dinheiro para fazer política. E os intendentes perguntavam ao governador: "E eu, faço o quê?". O governador invariavelmente respondia: "Ah, não sei, dê um jeito". O intendente dava um "jeito" com licitações e outros trabalhos, em seguida pedia ao comissário próspero que cooperasse. O comissário tinha de obedecer porque o intendente podia pedir sua transferência daquela delegacia e assim fazer com que perdesse muito dinheiro. A grana do jogo, da prostituição, do roubo e da droga subia em notas amassadas até a política. E o político não perguntava de onde vinha. Uma vez nomearam um "honesto", que se sentou no ministério e começou a investigar os negócios da chefatura de polícia. Descobriu então que os chefões também davam um jeito nas licitações com as motos, os patrulheiros e os uniformes. Troco. Mas troco milionário. Interrompeu de imediato o fluxo e em pouco tempo começaram a estourar sequestros extorsivos para todo lado. A onda de insegurança era tão violenta que o próprio governo começou a cambalear. Foi então que o funcionário honesto foi exonerado e um político profissional ocupou seu lugar e ajeitou tudo. Devolveu o controle aos chefões e estes passaram a notícia de que os sequestros extorsivos deviam acabar. O negócio político estava ameaçado. A ordem seguiu dos intendentes até os comissários. Os comissários instruíram os mensageiros, e nos refeitórios das prisões dizia-se claramente que podiam fazer de tudo, menos um sequestro, porque o sistema ia cair. E foi assim que de um dia para o outro acabaram-se os grandes sequestros e a calma retornou.

Ela me fitava. Não havia ternura em seus olhos.

— Mas quanto ceticismo — ironizou. — Você faz um mau conceito de seus clientes, Remil. Parece ressentido com eles.

— Posso estar enganado — reconheci, dando de ombros. — E existem exceções. Nem todos são iguais. De vez em quando, há expurgos e alguém toma água benta. Mas a planta carnívora se regenera, cresce e continua mordendo.

Eu não queria que ela acreditasse que eu julgava meus clientes. Mas penso que o sistema é como o rio largo em um dia bravo: inevitável, cruel, sem sentimentos. O segredo é que sei nadar nessas águas turbulentas e aprendi a não me afogar. Mas ultimamente estou me afogando.

— Vamos, estou sem apetite — disse-me ela quando nos trouxeram a comida. Seu caráter estava meio volúvel naquela noite frustrada. Pôs o dinheiro sem contar embaixo da taça de rosé e se levantou. — Quero dar um passeio.

Tive de abandonar o linguado, limpar-me com um guardanapo e acompanhá-la apressadamente. Não sabia aonde ela queria ir. Abriu a janela, acendeu um Camel e deixou que o vento revolvesse seu cabelo. Pediu-me que ligasse o rádio. Havia uma maratona de Leopoldo Federico. De Julio Sosa a "Capricho otoñal", "Preludio nochero" e "Diagonal gris". Foi um longo percurso sem vozes, só com a música e a fumaça. Terminamos em San Isidro. Quis tomar uma bebida em um pub irlandês onde tocava um trompetista. Ela ocupou uma mesa e deixou que eu me acomodasse ao balcão. Bebeu quatro gins-tônicas enquanto ouvia versões improvisadas de Armstrong, Gillespie e Piazzolla. "Precisa aprender diariamente a controlar suas paixões para não cair em excessos", dizia o relatório da astróloga. Tive de pegá-la pelo braço e segurá-la com firmeza: estava mole e com uma sonolência melancólica. Ainda assim, tropeçou na calçada e se pôs a rir como uma louca. Lembrei-me do diagnóstico de Lali: "Uma mulher muito fodida, Remil". Acomodei-a como pude no 4×4 e a levei à rua Juncal. Durante todo o trajeto, a dra. Menéndez Lugo dormiu. Não me restou alternativa senão acordá-la e dar-lhe a mão e o braço para levá-la à porta do elevador. Foi nesse momento que pareceu notar onde estava. Soltou-me bruscamente e me encarou com severidade. Pela primeira vez, tinha o rímel escorrido e a maquiagem borrada, mas isso não fazia nada além de torná-la sensual e vulnerável. Baixei os olhos para que não lesse meus pensamentos, ela deu uma gargalhada e pôs a mão em meu ombro.

— *Hay caprichos de amor que una dama no debe tener* — cantou desafinada. E continuou rindo.

Creio que foi um erro de cálculo tentar abraçá-la. Esta mulher não me perdoou a insolência de desejá-la. Entrou no elevador e eu voltei por onde vim.

Chegou sozinha e por sua própria conta ao trabalho depois do meio-dia, e nem sequer me cumprimentou ao entrar. Estava sob uma nuvem terrível de ódio e intolerância: rosnou com várias pessoas por telefone e tomou quatro aspirinas. Começou a organizar suas férias.

Um dia antes de ela subir a bordo do avião da Iberia, Wila voltou de San Juan com a notícia de que o vinho do primeiro embarque estava garantido. Era uma operação complicada e confusa, e ficaram envolvidas nos detalhes por toda a tarde. Despediram-se por volta das oito da noite com dois beijos no rosto e Nuria mandou que eu a levasse a seu apartamento: ia carregada de dossiês e documentação que devia analisar calmamente em Madri com García Roldán e seu pessoal. Antes de descer, deu-me um folheto e apontou a figura de um Audi A7.

— Já encomendei — disse-me. — Quando Wila avisar que está pronto, você vai retirar, e faça uma blindagem como deve ser.

Não teve controle de seu gênio compulsivo: simplesmente o comprou. E estava me mostrando como se fosse um sinal de afeto. Não falei nada, não mexi nem um músculo. Ela desceu e no dia seguinte eu a deixei no aeroporto internacional. Também não houve cumprimentos. Quando faltavam dez minutos para a decolagem, recebi uma mensagem de texto. Dizia somente:

— Feliz Natal.

Não sei se já contei a vocês: detesto o Natal, o Ano-Novo e todo esse sentimentalismo barato. Nunca fico bem nessa época. Mas desta vez será muito pior. Muito pior. Desta vez não terei sequer o consolo de conversar um pouco com o homem que me levou no ombro por quilômetros a fio para me salvar da morte naquela ocasião nas Malvinas. Estou chegando a La Plata e sei que devo enfrentar com frieza a ideia de que a maré o levou para sempre. E também de que talvez seja isto o melhor que poderia lhe acontecer: morrer na cama, partir com a maior dignidade e o maior sigilo. Estaciono na calçada e encontro Rosita sentada em um pilar do jardim. Tem uma palidez cadavérica, está meio desgastada e enferma. Me abraça como se eu fosse o último ser humano da Terra.

— Vamos entrar — proponho em seguida.

Ela acende a luz para atravessar as salas de estar e de jantar, que estão escuras, e eu entro no quarto e abro as persianas. O sol revela a cadeira de rodas, o chapéu no gancho e o ventilador de pé que mantém o morto fresco.

O sargento está completamente nu, virado para a parede. Sento-me a seu lado e o colchão range com meu peso. Observo de perto a careta concentrada do fim: parece que ainda estava sonhando. Com o que sonhava, velho soldado? Faço um carinho em sua cabeça, penteio o cabelo branco com a mão, tiro do pulso o relógio Omega que herdou do pai. Percebo que o relógio está parado.

— Parou de funcionar há um ano, mas ele não quis que levasse para o conserto — ouço Rosita dizer da porta. — Ele o usava sempre. Não me deixava tirar nem mesmo quando eu lhe dava banho.

O relógio parou nas doze horas em ponto, sabe-se lá de que dia ou de que noite distante. Deixo-o respeitosamente na mesa de cabeceira. Pego o retrato dos anos felizes: o sargento abraçado a Rosita, em um piquenique bobo no parque Pereyra Iraola. Nesta foto, está irreconhecível, nunca mais seus olhos tiveram aquele brilho.

— Dê uma olhada na gaveta pequena — diz Rosa sem firmeza. — Tem uma caderneta preta. Ele me ditou não sei quantas bobagens.

Abro a gaveta. Não são bobagens, são suas últimas vontades. A letra infantil de Rosita descreve como listas de compras seus conselhos práticos e desejos mais íntimos: é como se eu ouvisse pela última vez a voz grave daquele ancião rabugento da malfadada infantaria. As considerações vão do modo como lidar com a poupança e venda de um terreno em Gonet, aos cuidados do Peugeot 504 e a necessidade de que sua viúva supere o luto rapidamente e reconstrua de imediato sua vida amorosa. Há uma lista de cinco possíveis candidatos, com seus respectivos pontos fortes e fracos. São todos veteranos da guerra e devem ser convidados ao velório, que convém ser realizado nesta mesma casa. Os demais convidados estão mais adiante. Conheço muitos, surpreende-me que alguns continuem neste mundo. Por fim dá ordens que não podem ser cumpridas e deixa um parágrafo sobre seu pior discípulo. Foi um homem simples e disse palavras simples: "Remil é o melhor candidato de todos, se ele se corrigir. Mas não vai se corrigir nunca".

Nas últimas páginas, mandou anotar todos os seus números: plano de saúde, médicos, conta bancária, telefone de amigos. Estão ali também os dados da funerária. Ligo de meu celular e falo com o encarregado: foi primeiro-tenente da cavalaria, lamenta o falecimento, comenta que o sargento deixou-lhe instruções e que um médico assinará o atestado de óbito para que não haja intervenção da polícia. Encomendo uma coroa em nome de Rosita. Ela ouve absorta, sentada na cadeira de enfermeira que tem junto à cama. Será uma tarde longa e uma noite interminável. Na cozinha, preparo um copo de vinho com soda. Coloco alguns cubos e estendo a ela.

— Vamos dividir os telefonemas — proponho.

Não faz gesto nenhum, mas de repente bebe o copo todo e a ouço telefonar a um sujeito. Eu telefono a outro. Levamos uma hora e meia para nos livrar dessa chateação. Vão chegando vizinhos, Rosita arruma a cama e o quarto; entram os vampiros da funerária, preparam o cadáver, colocam velas, deixam a coroa e estendem papéis que assinamos sem olhar. Recebemos ex-combatentes ou simples suboficiais da reserva. As horas vão passando. Rosita veste uma blusa escura, oferece biscoitos e pão de ló, mete-se nas conversas. Continua aturdida. O chalé de Tolosa se enche de fumaça e vozes. Há antigos companheiros do regimento que, é claro, me evitam: não sou popular entre as pessoas decentes. Não dou a mínima para isso. Cai a noite e vamos ficando sozinhos. Convenço Rosa a se recostar no sofá, debaixo do ventilador de teto, e tentar descansar. Ela toma um Valium e fecha os olhos. Eu durmo sentado numa poltrona que não presta nem para um mercado das pulgas. Às três da manhã, percebo que Rosa está acordada e vai para a porta do quarto. Fica ali parada, olhando para dentro. Chora em silêncio, apoia-se no batente para não cair, recompõe-se, vai à cozinha, bebe outro vinho com soda e volta ao sofá. Creio que volta a dormir. Às quatro, vou ao quintal, arranco uma laranja, tento comê-la, mas me parece meio azeda, cochilo na rede paraguaia. Às sete ouço o telefone. Lavo a cara e os dentes. Tomamos café puro como desjejum, sem falarmos nada. Chegam dois veteranos de Puerto Argentino; mais tarde, a padaria da esquina, e às oito em ponto o carro fúnebre que transportará o sargento para seu forno crematório. Os vampiros são rápidos: transferem-no da cama para o féretro e nos permitem uma despedida de dois minutos. Rosa o abraça e o beija, fala bem baixinho, diz palavras de amor. Eu só penso em tirá-la desse choro inútil. Vamos atrás do carro com o 4×4 cheio de parentes indigentes que conversam sobre o medo do fogo. Rosita, trespassada pela dor, participa também, contando de sua aversão e evocando os milhares de vezes em que tentou dissuadir o sargento dessa loucura.

O cemitério tem uma capela. Vieram por conta própria seis companheiros de armas. O padre diz algumas palavras batidas que não emocionam ninguém. Um ex-soldado barrigudo, que está meio bebum, bate o salto no chão e grita um lema patriótico, e os outros se colocam em posição de sentido e fazem uma saudação. Os veteranos de Puerto Argentino os imitam. Ficam assim por tempo demais, tesos e petrificados, na paródia de um exército verdadeiro que não existe mais. Parecem ter saído de um museu de cera. "Dois", grito para que a cerimônia termine logo de uma vez, e então eles murcham.

Esperamos em uma salinha que o forno industrial alcance os oitocentos graus centígrados e converta o homem em cinzas gris e brancas. A caderneta preta do sargento também contém uma ordem taxativa: "Nada de urnas. Peguem o pó e o joguem no lixo". Um funcionário nos avisa que o processo terminou com sucesso, e Rosita não consegue segurar o pranto. Abre as mãos para comprovar, incrédula, que dele não resta nada para levar deste inferno. Andamos um pouco pelo cemitério para desanuviar, o calor ainda não incomoda tanto. Depois voltamos sozinhos ao chalé descascado e passamos o dia inteiro sem falar nada. Saio um pouco no meio da tarde apenas para jogar o colchão em um terreno baldio e comprar um novo em uma loja de La Plata. Ajudo Rosita a esvaziar as gavetas e o armário: preparamos vários pacotes e deixamos na calçada para que sejam levados pelos catadores. Dormimos juntos e abraçados, sem fantasmas, até o domingo. Leio os jornais, mas não consigo me concentrar e muito menos sublinhar as linhas importantes. Vou até a sala de jantar e, com o ombro, empurro a cristaleira com o aparelho de jantar: pesa uma tonelada. Sob ela, há um alçapão com uma tranca prateada. Puxo e abro, e me agacho para acender a luz da porta do porão. A escada está podre, mas aguenta meu peso. Tem um forte cheiro de mofo. Ouço correr água de um cano por perto. Acendo outra luz e um sol noturno surge pendurado de uma viga. O sargento o chamava de seu "bunker secreto". Eu dizia simplesmente que era "o paiol". Um espaço com ferramentas e recordações: uma farda de combate roída pelas traças, um capacete inglês amassado, medalhas e fotos, um diploma. Sobretudo, armamento leve e pesado. O coronel tinha apenas sua Fal e uma pistola 45. Eu, por minha vez, escondi o produto de uma batida clandestina que demos há dois anos em uma quadrilha de piratas do asfalto. Fiquei com armas que não estão registradas em lugar nenhum e que jamais serão reclamadas: um AK-47S com dez carregadores curvos e três mil cartuchos em caixas de madeira, um fuzil M24 com mira telescópica, um rifle de cano serrado calibre 12, três revólveres Smith & Wesson, duas facas de paraquedista, pacotes de explosivo plástico e várias granadas de mão. Também caixas com balas e uma maleta com maços de dólares e euros. Separo cinco mil dólares e fico olhando os três passaportes falsos que a Casinha preparou para que eu usasse em viagens extraoficiais e missões sob disfarce. Causa certa impressão ter três sobrenomes e uma cara só. Meu nome preferido ainda é Conde. É interessante ter um título de nobreza impresso em sua identidade. Cálgaris preparou três identidades diferentes para variadas contingências, e Conde é um professor de história com credenciais acadêmicas que já entrou em ação algumas vezes. Fecho tudo, apago as lâmpadas, subo a escada, baixo o alçapão e empurro a cristaleira. Os cinco mil dólares são para Rosita: enfio na carteira e durante o jantar proponho que amanhã passemos o dia no campo. Estamos no quintal, onde não sopra nem uma brisa, comendo macarrão, e ela me olha sem abrir a boca. Sabe o que isso significa. Por várias vezes levamos o coronel a descampados que ficam a trinta quilômetros, e eu passei duas horas atirando em alvos. Rosita nunca achou graça nesse esporte, mas topou com a mansidão de uma boa mulher. Desta vez também não criará obstáculos.

Pelo resto do jantar, não surge nenhum assunto a abordar, ultimamente só sabemos fazer silêncio. Nenhum dos dois tem vontade de tirar a roupa, assim vemos um pouco de televisão e dormimos sem nos tocar. A segunda-feira amanhece nublada e coloco no porta-malas do 4×4 o AK-47 e vários pentes para a Glock. Rosa leva uma mochila com sanduíches de salame e queijo no pão francês. Pegamos a estrada e andamos um bom pedaço. Nem mesmo ligo o rádio. Depois pego um caminho secundário e outro além, atravesso uma porteira velha e estaciono debaixo de uma árvore. Rosa estende uma manta na sombra e eu pego umas cervejas em um isopor. Tiro a camisa e digo que esta noite voltarei a Buenos Aires. Ela assente. Mastiga sem fome, bebe sem sede. Ando duzentos metros com a pistola na cintura e o fuzil no ombro, levo a munição numa bolsa. Estou suando em bicas. Escolho arbitrariamente umas pedras para que façam as vezes de alvos distantes. Procuro minha posição, acomodo-me, coloco os protetores auriculares, encaixo o pente e puxo a trava. Em um segundo tenho a culatra dobrável do AK-47 na axila e a cara inclinada sobre essa arma. Disparo trinta vezes. As lascas saltam uma atrás da outra, as pedras dançam e levantam pequenas colunas de poeira. Recarrego e volto a apertar o gatilho. Faço isso mais duas vezes, e ao terminar saco a Glock e disparo, recarrego e volto a disparar nas pedras. Logo deixo cair os braços e me ponho a chorar.

V. A DAMA BRANCA

O CALOR NÃO DEU TRÉGUA EM TODO FEVEREIRO e parece que março será de temporais. De fato, agora mesmo caem umas pancadas a cada duas ou três horas e o sol volta a sair. Ainda assim, não há cancelamentos pelo mau tempo neste fim de semana prolongado no Delta. Somos apanhados no porto de Tigre por uma lancha veloz e depois de um tempo entramos no rio Carapachay. Nuria se deleita observando embaixo da lona a rotina dos vizinhos da margem. Não faz comentários, tem no rosto óculos escuros Versace que endurecem as feições. Mas de vez em quando noto que sorri como quem dá uma pincelada mínima, quase imperceptível. Voltou inexpressiva de Madri e, imagino, com a tarefa de me pôr em meu lugar e não dar margem a intimidades. Às vezes fico tentado a pedir a Palma que volte a grampear os telefones para ver o que diz, para não ficar tão no ar. Mas me contenho: isso seria passar dos limites com ela. Cálgaris prometeu que nunca mais usaríamos nosso equipamento para espioná-la. Sei que ninguém acreditou de todo nessa promessa, mas também sei que não sou eu que a quebrará sem permissão.

A questão é que a advogada se fechou em copas e não quer mais confraternizar com seu cão policial. Aceitou que eu a buscasse no Ezeiza com o Audi blindado, mas não fez nenhum comentário de alegria ou admiração ao ver essa bala prateada: só quis dirigir ela mesma até a rua Juncal para saber como se sentia. E também guardou para si sua opinião. A partir desse dia, todo o verão quente evoluiu para uma frieza absoluta.

Wila e Rossi se mantiveram ocupados com os trabalhos na engarrafadora, e nós cuidamos da seleção do pessoal. Um dos candidatos por acaso era um velho X9: o intendente recriminou o comissário por essa operação vagabunda e o chefe se desfez em desculpas. Jurou que não sabia. Cálgaris me pediu que varresse também o círculo íntimo do intendente. Palma agiu com rapidez e nos apontou uma suspeita. Uma mulher que ganhara a confiança do cacique, primeiro militando nos bairros, depois lhe fazendo companhia nos atos, finalmente convertendo-se em sua assessora mais fiel: até levava seus filhos à escola. A questão é que mandava informações secretas de seu Hotmail. Era uma agente infiltrada na Federal. Palma descobriu que ainda aparecia com nome e sobrenome no plano de saúde da polícia. Cálgaris mostrou as provas: o sujeito não conseguiu acreditar, armou um rebu com choro e gritos e a despediu, fazendo com que o escândalo não chegasse à imprensa nacional. A imprensa local é inteiramente comprada por publicidade da prefeitura.

Alheia a essas investidas, Menéndez ocupou-se durante toda a viagem com a detecção de novos nichos. "Mesas bambas", como ela mesma chama. Pico recomendou que contratasse uma consultora específica, e esta passou a ele informações de pequenas e médias empresas com mercados reais ou potenciais na área de exportação. Todas compartilham o mesmo destino: estão na lona. Nessas oito semanas, a galega assumiu o trabalho de sobrevoá-las como uma ave de rapina. Mais insolventes, mais notificações judiciais, mais balancetes no vermelho. Falou com empresários modestos com problemas financeiros ou simplesmente quebrados. Procurou examinar os antecedentes de cada um deles para ver se entravam na categoria "não importa o que vier, desde que seja agora". E quando registrou um tico de falta de escrúpulos, mandou que analisássemos a fundo, até a medula. Isso aconteceu pelo menos duas vezes. Tivemos que instalar o Spyware e armar vigilância fotográfica e perseguições de moto a um fabricante de móveis industriais e aos sócios de uma exportadora de carvão vegetal com depósitos em Buenos Aires. Utilizei o Serralheiro para entrar com gazuas em um apartamento de um deles, que por acaso era viciado em crack e zoofilia. Esses pecados menores importavam menos a Nuria do que a mim. Bem diferentes foram os resultados que obtivemos com uma varredura completa de dois novos candidatos a assistentes em tempo integral. Nos dois casos, a falha em questão garantiu-lhes o emprego: surgiram problemas judiciais vinculados a empresas fantasmas. Os rapazes haviam escapado por um triz, mas não aprenderam a lição. Os colaboradores perfeitos de sua nova empregadora. Cálgaris supervisionou as pesquisas, mas não me deixou recorrer aos arquivos da Casa, como era de costume.

— É preciso fechar tudo que pudermos, Remil.

Esses dois meses intensos e imperativos só tiveram uma espécie de impasse quando acompanhei Nuria à Costa Galana. O formigueiro humano das praias de Mar del Plata assombrou a Mona Lisa. Ela se hospedou na suíte presidencial para estabelecer negociações, sem testemunhas incômodas, com o principal acionista de uma empresa de pesca que possui vinte barcos e opera nesses portos e também na Patagônia. E pediu que o Audi dormisse no estacionamento do hotel e eu em uma pousada mediana a dez quadras dali. Pude nadar no mar e correr como quis, e até dormir na areia. O resto do tempo, passei no saguão, vendo a cara de quem entrava e saía e relendo um velho livro do Preston sobre a Guerra Civil espanhola. A morena nadava na piscina, comia no La Bourgogne, conversava com García Roldán por telefone e tinha seus debates com o capitão Ahab a portas fechadas, longe da multidão insolente que depredava a cidade. Nas três noites, pediu-me que a acompanhasse ao cassino. Por um bom tempo, jogou blackjack e bacará. No último dia, perdeu muito dinheiro na roleta e nos caça-níqueis, mas com elegância, sem a menor careta de contrariedade.

Só abandonou seu papel na estrada, quando voltávamos a duzentos por hora. Estava lendo o jornal, largou-o de lado por um instante e perguntou a mim:

— Acredita realmente que estou em perigo, soldado?

Fiquei sem fala, de emoção: a rainha pedia a opinião profissional de seu súdito.

— Ainda não senti nada — respondi, sem desviar os olhos da estrada.

Tive a impressão de que ela sorria.

— Os sensores não registram movimentos sísmicos?

Fiz que não com a cabeça. Ela pensou em alguma coisa e voltou a levantar o jornal.

— Mas não falta muito — acrescentou num tom despreocupado.

— Com toda certeza não.

Esse foi o diálogo mais íntimo que tivemos desde 15 de janeiro. Agora, como sempre, estamos em silêncio ao avançar pelo rio Carapachay até o quilômetro 11 ou 12. Até o hotel que Javier Pico mandou construir, com seu salário de funcionário público, em um terreno gigantesco, cercado de juncos e coberto de bosques. O piloto do táxi aquático avisa pelo rádio que estamos chegando e Nuria olha atentamente o píer, a praia pequena, o prédio que assoma atrás das árvores densas. Sai primeiro e é interceptada por uma recepcionista que lhe dá as boas-vindas. Um mensageiro entusiasmado se encarrega de sua volumosa mala de rodinhas e de minha bolsa de viagem Adidas. O piso de madeira do cais estende-se terra adentro, atravessa um parque com árvores anãs e termina no grande saguão. Há cartazes dizendo que é proibido fumar, mas Nuria acende um Camel e preenche sua ficha. Olho pelas janelas e diviso uma área de bangalôs em construção. O hotel está vazio, duvido que já tenha sido inaugurado. Ainda assim, os camareiros andam como se estivessem fazendo um ensaio geral e passando por algum tipo de prova. Desmancham-se em cortesias exageradas. Há uma música ambiente *new age*, e nos convidam na entrada para tomar uma taça de champanhe, que eu rejeito e a patroa a leva erguida pelo corredor. Entro com ela em um quarto com vista para um córrego interior e revisto brevemente as instalações para saber se está tudo em ordem. Depois o mensageiro me mostra meu quarto, claramente menor, com vista para uma varanda cuja pintura ainda estão terminando.

Guardo a roupa no armário e passo a mão pelas cadeiras, olhando pela janela as quadras de tênis e a piscina. Em seguida, desço uma escada e passeio por esses lugares com as mãos nos bolsos, fingindo tédio. Vejo em seguida Javier Pico correndo de um lado para o outro e ajudando a cobrir a rede. Está vestido de branco e tem uma munhequeira Nike e uma raquete Wilson. Sua mulher é alta, magra, elegante e canhota: tem o cabelo louro natural preso num rabo de cavalo, e é visível que tem dentes muito brancos e feições clássicas. Olho seus peitos, as coxas elásticas e douradas, a cintura; parece de fato o que é: uma modelo quarentona que se retirou das passarelas não faz muito tempo. Noto que os dois estão muito concentrados e nenhum dos dois abre grande vantagem. Também noto que jogam a sério, como se ganhar ou perder fosse algo muito importante.

Na beira da piscina, esparramado nas espreguiçadeiras, cada um envolvido com sua música e isolado do universo, os dois filhos estão comendo batata frita e bebendo refrigerante gelado. Embora sejam de sexos distintos e devam ter quatro ou cinco anos de diferença, parecem gêmeos. Dois adolescentes estranhos, obesos e saturados que dormem ao sol, aproveitando esses raios fracos entre uma chuva e outra. Dois atletas geraram duas focas. Tenho certeza de que a gorda Maca tiraria muitas conclusões sobre esta família exemplar.

Ainda espero um pouco no hall pela patroa, que por fim chega de short e bandana. Enchem-na de sugestões na recepção: drenagem linfática, massagem com pedras quentes, redutoras e modeladoras, ducha escocesa. Nuria marca hora em tudo isso, mas declara o desejo de antes fazer uma caminhada. Dão a ela um folheto com um mapa; é um circuito pelo parque. Não faz objeções a que eu a acompanhe. Os tênis ficam cheios de barro, mas o ar é cheio de fragrâncias e o passeio, agradável. Vejo que na primeira volta une-se a nós um cachorro abandonado e, na segunda, dois labradores da casa. Na quinta volta, ela se senta na margem do Carapachay e faz carinho nos três sem muito entusiasmo.

— Os cachorros sempre me seguem — diz. — E quando estou menstruada e passo perto deles, latem para mim, como se ficassem furiosos ou excitados, ou como se tivessem medo. — Curvo-me para passar a mão na cabeça do órfão. Sinto que os olhos de Nuria recaem sobre mim. — Qual é sua opinião, Remil? — pergunta ela com ironia. — Fúria, desejo ou terror?

Olho para ela por uns segundos, mas guardo para mim o que penso. Ela espanta do rosto uma abelha que também a está rondando e me pede um cigarro. Acendo um Parisienne e ela tira quatro tragos. Não fuma nem a metade, joga o cigarro no rio e se levanta. Damos mais duas voltas e entramos no prédio. Os cachorros ficam do lado de fora, desconcertados, depois se dispersam. Os Pico vão almoçar. Os quatro vestem roupão branco com chinelos, e é evidente que vieram de um mergulho. Javier faz as apresentações. A mulher, de cabelo solto, é incrivelmente bonita. Calculo que para o gosto feminino seu marido metrossexual deva ser um tremendo galã e que também nessa partida secreta da beleza, nem ele nem ela querem abrir grande vantagem. Os gorduchos observam os adultos como figuras inchadas enquanto devoram as empanadas. Percebo uma leve tensão na Mona Lisa.

— Remil é meu chefe de segurança — esclarece e faz uma pausa como se fosse acrescentar alguma coisa. Mas, no fim, não fala e Pico diz que jantaremos todos juntos e deixaremos os negócios para o dia seguinte. Nuria concorda com a cabeça, mas não deixa de olhar fixamente a mulher esplêndida, que lhe demonstra um desdém sutil. Ora, ora. É um embate entre duas mulheres. Mas não disputam um macho, trata-se apenas de rivalidade. Rio comigo mesmo e imagino que Nuria agradeceria se eu a pegasse pela mão e a tirasse deste ambiente, fingindo que somos amantes. Imagino que esteve tentada a dizer que eu era algo além de seu chefe de segurança. Mas como voltaria atrás desse ridículo? Não poderia. Uma mulher extremamente frágil e suscetível por trás de uma armadura de guerreira. Que perigo para todos. Volta até a recepção, meio mal-humorada, e pede à encarregada que a leve para uma tarde de relaxamento e tratamentos de beleza. Uma tarde solitária. Não me dirige a palavra, e assim me considero livre das responsabilidades.

Os salões do spa não têm comunicação com o exterior, são uma espécie de labirinto fechado, desembocando em uma piscina coberta com jacuzzi. Entretanto, não quero ficar muito longe. Entro no mesmo corredor e à direita encontro a academia, que possui um bom equipamento. Corro na esteira, pedalo numa ergométrica, uso os pesos e faço abdominais por duas horas sem que ninguém me incomode, mas no final aparece Javier Pico com vontade de queimar calorias e puxar papo comigo. As endorfinas o deixam muito loquaz, e assim a conversa resvala rapidamente para um monólogo. Tem poder e imunidade, e isso faz dele um arrogante. Ninguém gosta dos arrogantes. Muito menos eu. Mas também é certo que habitualmente o pessoal da política, como os bêbados com o barman, abrem-se comigo. Pico é outro sujeito que queria mudar o mundo. Um amigo na faculdade o pôs em contato com um centro estudantil e o envolveu em uma campanha. Agiu com vontade e ganhou em uma tarde histórica. Depois se deu conta de que precisava de fundos para manter a posição e então entrou no negócio de escrituração e fotocópias, em seguida mexeu os pauzinhos para colocar o pai de um colega no arrendamento do refeitório. Os cartazes foram caros, mas a arrecadação lhe permitiu um bom desempenho. Era trabalhador e teve sucesso. Muito sucesso: apareceu gente do partido que lhe propôs jogar na primeira divisão. Como queria mudar o mundo, foi galgando posições e acabou aceitando uma candidatura. Para ganhar em seu próprio distrito, pediu emprestado a lojistas e donos de supermercado. Mais tarde, a empresas pequenas e médias, que beneficiou em licitações quando teve acesso a cargos mais importantes na administração pública da cidade. Como queria mudar o mundo e era economista, seus chefes de partido conseguiram para ele o cargo na Alfândega e pediram que ele militasse pela causa. Pico fez o que pediram: arrecadou sem parar. Não se pode fazer política sem dinheiro. Não é possível tirar o país da mediocridade sem arriscar o próprio rabo. Não dá para mudar o mundo sem sujar as mãos. Não dá para fazer uma omelete sem quebrar alguns ovos. Mas nos últimos tempos, a verdade é que a ilusão cresceu. Javier Pico tem o mesmo entusiasmo que tinha na faculdade, quando era um crente. Neste país, não há lugar para ninguém além de crentes ou céticos. Pico me garante que, visto de longe, ele pode parecer um cético, mas no íntimo bate o coração de um homem verdadeiramente devoto. Todo idealista precisa de uma religião. Um líder, uma ideia ou uma missão transcendental acaba com as vicissitudes. Quando se tem alguém como Elena Parisi, uma mulher perfeita com um projeto de nação, o resto são detalhes, letras miúdas. A vida se organiza numa direção e fazemos o que é preciso fazer.

— Conhece Elena? — pergunta-me por fim.

— Vi na televisão — respondo.

Balança a cabeça, passa a mão no cabelo branco.

— Uma coisa é o crescimento, outra é o desenvolvimento — explica. — Acredite em mim, essa mulher é coisa séria. Tem um verdadeiro plano nacional de desenvolvimento e coragem para torná-lo realidade. E eu participarei disso. — A quem terá de matar? Quando a fé é tão elevada, todo preço é baixo.

Ele me propõe ir ao spa. Espera por nós um massagista com copos de limonada e toalhas brancas. Passamos da sauna seca a outra a vapor. Uma, duas, três, quatro vezes. Por sorte, Pico perde a vontade de tagarelar. Depois se despede e vou tomar uma ducha preventiva na beira da piscina coberta e fico um tempo na hidromassagem pensando nos meios e nos fins. Dou a impressão de estar dormindo, mas não é verdade. Sinto que Nuria empurra a porta de vidro e hesita. Abro os olhos e vejo que está parada a três metros, enrolada em um roupão, com as bochechas vermelhas. Não por vergonha, mas por calor, e não está olhando para mim, e sim para essa água borbulhante e tentadora. Adivinho seu pensamento. Estou aprendendo a decifrar sua mente e nem sempre essa aptidão me deixa feliz. Posso sair e ceder o lugar, mas não será assim tão fácil. Quero que ela me diga: "Preciso da hidromassagem e preciso que você saia e me deixe sozinha". Nem mais, nem menos. Assim, fico em minha banheira e ela passa um minuto inteiro ali fora, empacada na dúvida, tentando montar a frase. De repente, tira o roupão e fica de biquíni. Duas peças azuis e apertadas. Vejo primeiro a nudez de seu corpo, que ainda é harmonioso e juvenil. Não tem músculos trabalhados, nem cirurgia; não é notável, nem perfeito, mas de repente me sufoca essa brancura flexível e natural.

Ambos tentamos fingir que a situação não nos afeta. Ela fica olhando as vidraças por onde o sol se põe e eu a espero de braços recostados e abertos, fazendo um esforço enorme para não encarar cada centímetro de sua pele. Por fim, desce um pé para experimentar a água e vai entrando lentamente até os quadris. Estamos tão perto, a cena é tão íntima e ardente, que não consigo evitar uma ereção.

Para não ceder a uma visão que possa descobri-la, Nuria mantém o olhar perdido. A vontade que tenho de comê-la ali mesmo me faz tremer. Apalpá-la, sem lhe dar tempo, e acariciá-la debaixo da água, devorar sua boca, penetrá-la junto da borda. Mas fico em meu canto, olhando-a sem descaramento, embora talvez com certo regozijo. Ao fundo, só se ouvem o motor suave e a água agitada, e uma bobagem hiponga tocada com violões e flauta transversal. Desta vez, fecho os olhos de verdade e tento vencer a excitação e a ironia. Estou nadando no rio, suspenso nesse limbo que alcanço quando contenho a vontade.

— E o que é isso? — Ouço-a perguntar de repente. Abro as pálpebras. Sua voz produz um eco de caverna e ao ver seu rosto fresco percebo que recuperou a segurança e que está apontando minha tatuagem de coração.

Toco, meio surpreso, a águia.

— A prisão — respondo.

E sigo o impulso, fico de pé para que ela veja o tronco cheio de cicatrizes, dou a volta para que aprecie a espada e a caveira. Também para que me veja quase nu e saiba com quem está falando. Ela não diz nada, mas agora sinto seus olhos em meu corpo. Saio da banheira e vou ao chuveiro, e deixo a água gelada cair sobre mim. Quando acabo de me enxugar com uma toalha úmida, continuo com a impressão de que a dama branca não desviou os olhos nem por um minuto. Olha agora, que eu retribuo o olhar. Recosto-me em uma espreguiçadeira e vejo que acendem as luzes do parque. Nuria enfim sai da hidromassagem e se protege com um roupão. Faz tudo com muita rapidez, como se estivesse trocando de roupa na janela. Quando empurra a porta para sair, dá um meio giro de corpo.

— Não precisarei de você esta noite — declara num tom neutro e sai. Fico muito sério por um momento, olhando meus pés enrugados. Depois, dou uma gargalhada.

Do quarto, peço um sanduíche de frango e uma vodca, e leio um livro sobre a guerra das Gálias. Lá pelas onze, vou ao parque e dou uma longa volta no escuro para verificar se está tudo tranquilo. Os cachorros não se dão ao trabalho de me seguir. De uma árvore, nas sombras, vejo que Menéndez e Pico discutem, sem que eu possa ouvir, atrás das vidraças do restaurante. Ela fuma seu Camel, ele brinca com o celular e passa a mão mecanicamente no cabelo branco. Procuro um ângulo melhor para ver se a loura está com eles. Encontro-a em segundo plano: esplêndida, cabisbaixa e entediada, passando o dedo na borda de sua taça de champanhe. Os gorduchos foram dormir, estão na internet ou assistem ao canal pornô. Começa a chover de novo, atravesso os jardins da frente e me sento um pouco na escada de madeira para sentir o cheiro da umidade recente. Estou acendendo um Parisienne quando percebo o barulho da porta e passos no deque. É a loura, que vem de jeans e blusa, botas de cano alto e um lenço de seda para proteger o pescoço e os ombros.

— Que porcaria de tempo pegamos — comenta, mas não estou certo se fala do clima. Encosta-se na balaustrada da varanda e olha a natureza. As gotas que caem cortam os refletores e dão uma dimensão real da garoa. Ouvimos as rãs e os grilos, e o leve açoite da chuva.

— Sua chefe disse que você não se sentia bem, que passou mal por tantas horas no vapor — observa ela, tirando uma mecha de cabelo do rosto.

— Tenho cara de um sujeito fresco e sensível ao vapor?

Ela ri com os dentes e os olhos. É uma mulher radiante e ainda assim tem um brilho opaco. Carrega dentro de si um certo tédio e um sofrimento que não consegue dissimular nem com todo aquele incrível arsenal de top model. Mas lhe falta algo que Nuria tem de sobra. Algo que não consigo definir. Só o que me ocorre é que se a Mona Lisa estivesse encostada nesta balaustrada, já estaria cercada por todos os cachorros da propriedade.

— Me lembra uma amiga do secundário — fala, para minha surpresa, e sorri. — Uma ex-amiga. Jogávamos tênis desde os treze anos. O tênis nos trouxe muitos problemas pessoais. Nunca fui indiferente a ganhar ou perder. Mas, para ela, era um drama quando eu ganhava. E estou falando de algo muito grave, sabe? Um transtorno, uma patologia. No início, acabava comigo, mas depois fui melhorando muito o saque e ficamos em pé de igualdade. Ela não suportava. Sempre me agredia. Criticava minha casa, minhas roupas, meu marido, os meninos. Ao mesmo tempo, não deixava de ser carinhosa. Era tudo misturado e, embora discutíssemos, nunca chegávamos ao cerne da questão.

Agora ela me olha fixamente para saber se estou entendendo. Solto dois ou três anéis de fumaça. Ela se ajeita e cruza os braços, olha o céu nublado.

— Piorou quando comecei a ganhar. Às vezes sem fazer esforço. Eu lhe dava uma surra e isso me envergonhava. Ao mesmo tempo, eu queria lhe dar uma boa lição por ser tão cretina, tão competitiva. Mas duvidava. E havia dias que eu simplesmente a deixava ganhar. Fazia com sutileza, para não passar recibo. Meus outros amigos me contavam que ela andava dizendo por aí que Javier era um corrupto e que eu era uma louca frígida que não ligava para nada. Jamais consegui confrontá-la. Só que um dia permiti que a coisa se agravasse. Para ela perceber que eu era infinitamente melhor e que pegava leve para não humilhá-la. E justo isso foi tão humilhante que ela jogou a raquete longe, pegou a bolsa, atravessou o clube, entrou no carro e deu no pé. Não respondeu a meus e-mails, nem aos telefonemas. Nunca mais a vi. Só para você ter uma ideia, isso já faz dois anos. Três meses depois denunciaram Javier por improbidade administrativa e enriquecimento ilícito. Ele era um deputado da oposição, mas havia informações sobre nós que não eram do conhecimento de ninguém. Ninguém exceto ela.

Chove forte e um vento frio agita as árvores e as plantas, trazendo respingos de água ao deque. A loura, entretanto, não se mexe. Jogo a guimba fora e aguento o aguaceiro. Depois de um dia de calor, as gotas geladas não incomodam.

— Por sorte, Nuria não joga tênis muito bem — digo.

A loura parece despertar de um sono profundo. Olha para mim com certo estranhamento. Como se não tivesse tomado champanhe, mas pentotal, e como se o soro da verdade a tivesse obrigado a cometer alguma estupidez.

— O juiz rejeitou o processo — diz ela por via das dúvidas, e volta à porta do vestíbulo. — Está tarde e sinto frio. Durma bem.

Parisi controla o Conselho da Magistratura, penso. A lealdade eterna de Javier Pico saiu de graça. É curioso como às vezes as convicções políticas alinham os planetas: você luta por um ideal, esta fé o protege, o poder blinda e além de tudo você fica rico.

— Boa noite — respondo, e fico ensopado e sozinho na escada.

Depois de um tempo entro, pergunto na recepção se a srta. Menéndez já está em seu quarto, e quando confirmam, vou diretamente ao meu, me deito e leio ainda por uma hora antes de dormir. Tenho sonhos eróticos, mas não consigo me lembrar deles ao acordar. A tempestade se afastou, fica uma neblina londrina que cobre toda a ilha. Entro no salão para tomar o café da manhã numa hora em que ninguém se levantou. Cálgaris molha um croissant no café e lê os jornais com um marcador de texto. Veio na primeira lancha da manhã. Não somos muito efusivos. Sirvo-me de um prato de frutas e um suco de laranja, e me sento à sua mesa. Trazem para mim um expresso médio sem leite. Ele pergunta pelas novidades, que não são muitas. Traço um perfil de Pico e sua mulher. Nem por um segundo Cálgaris desvia os olhos das notícias, de vez em quando destaca um parágrafo ou circula um artigo. Em pouco tempo, fico sem ter o que falar. O coronel então se joga para trás, larga os óculos bifocais sobre o jornal e procura o cachimbo.

— Sua patroa me veio com a ideia de aumentar as operações e abri-las simultaneamente — diz ele, acendendo o tabaco. — Sabe o que isso significa? Um volume jamais visto. Uma mangueira de dinheiro e um aspirador de pó. Estamos impressionados. Balduin vem de Nova York e García Roldán de Madri. Chegam no mesmo dia. É uma visita rápida, vão andar pelo circuito financeiro. Mas ainda assim teremos de protegê-los.

Os irmãos Pico aparecem no salão. Não cumprimentam, vão diretamente ao café da manhã continental. Mas não gostam das frutas. Enchem os pratos com presunto, salsicha, bacon frito, ovos mexidos. Servem-se de milk-shake, comem com voracidade.

— Hoje vamos explicar tudo isso a Pico — diz o coronel e pede à garçonete que traga outro café. — E veremos se ele tem fibra.

— Quer que eu fique à distância?

— Sim, pode ser que ele fique nervoso e vamos ter de falar bem baixo. Mas tenho uma boa notícia para você: a sra. Holguín teve alta.

Uns dias atrás, Cálgaris me telefonou à uma da manhã. O patriarca estava alterado, chorava aos gritos. Peguei o carro e saí da cidade. Holguín tem duas casas: a residência oficial e uma mansão em Acassuso. Nessa noite, tinham dado folga às duas empregadas domésticas: sua mulher o esperava com uma cena romântica. O guarda-costas mais próximo tem a mesma idade e é um velho policial de Buenos Aires com problemas de lombalgia. A pistola costuma cair do cinto. Encontrei-o branco e petrificado no sofá da sala de estar, como se tivesse sofrido uma síncope. No térreo, não havia mais ninguém. Subi a escada com a Glock em punho e avancei pelo corredor até o fundo, à suíte. Havia sangue e coisas rasgadas pelo chão, e a cama estava desarrumada. Meti o pé na porta do banheiro e me agachei para disparar. Mas não havia nenhum inimigo à vista. Somente aquele ancião acabado e virado para a banheira; o pijama tinha manchas de suor e sangue. Holguín ainda estava enroscado e descalço e, quando me aproximei, vi que havia colocado a mulher nua sob a torneira. Deitou-a na banheira como uma boneca e molhava sua cabeça, tentando reanimá-la. Virou-se para mim com um olhar estranho. Parecia um velho de noventa anos. Guardei a Glock e pedi que ele saísse. Holguín não entendia nada. Eu o suspendi pelas axilas e o arrastei para a cama. Tirei a camisa do pijama, subi suas pernas e os pés. Ele me disse que queria ajudar, que a amava mais do que tudo neste mundo. Só faltou cantar um bolero. Depois eu mesmo me agachei diante da sereia desmaiada. Tinha pulsação e também sinais de ter sido espancada. O patriarca bateu com o punho fechado, três ou quatro vezes. Mas o galo na testa era outra coisa: possivelmente, esbarrou na ponta de um móvel ou algo semelhante. Esse golpe na queda a deixara fora de combate. Os silicones boiavam na água, os lábios estavam num tom de violeta e a pele tão pálida que as sardas pareciam desbotadas e sombrias. Tirei o casaco e a camisa e levantei seu corpo com muito cuidado. Sentei-me na tampa da privada com ela no colo, como se fosse uma menina e ela estivesse adormecida em meu peito, e a enxuguei com uma toalha. Fiz o que pude. Depois a enrolei em um robe de seda e a levei para a sala de estar. Quando me viu chegar com a patroa, o enfartado pareceu recuperar alguma vitalidade. Levantou-se trôpego e me ajudou a recostar a Cinderela no sofá, onde ele mesmo se deixara cair. Não trocamos nem um gesto. Procurei a cozinha, acendi a luz, abri os armários e encontrei um uísque. Servi uma dose dupla com gelo e despejei detergente e produtos de limpeza em um balde de plástico. Subi de novo a escada e voltei ao banheiro, limpei as manchas e as impressões digitais. Antes de fazer a mesma coisa no quarto, levei o telefone para Holguín.

— Sente-se — mandei.

Como o velho continuava em estado catatônico, falei com mais intensidade. Ele quase caiu da cama. Ajudei-o a se sentar e lhe dei o uísque. Tomou um gole longo e cauterizante, o pulso tremia. Pus seu próprio celular em sua mão.

— Me dê dez minutos para terminar o serviço no quarto — disse a ele. — Depois ligue para seu comissário, conte que sua esposa teve um acidente horrível e que precisa dele imediatamente em Acassuso. Não dê nenhum detalhe. Entendeu?

Holguín demorou a assentir. Entendeu? Desta vez precisei gritar para ele se mexer. Respondeu que sim, mas aos espasmos. Recolhi os cacos de vidro, os objetos quebrados e o pijama ensanguentado e enfiei tudo dentro de um saco de lixo. Arrumei a bagunça e removi as manchas e os respingos. Tenho jeito com essas tarefas, embora claramente neste caso a maquiagem ficasse forçosamente superficial: não passaria pelo exame profundo de um perito independente. Mas aqui não haveria perito nenhum, no máximo policiais e paramédicos. Ninguém notaria nada de estranho, caso contrário teríamos de subornar todo mundo. Enxuguei meu suor e lembrei a Holguín que estava na hora de dar a merda do telefonema. Vigiei para que o fizesse exatamente como havíamos combinado. Apesar de aturdido, cumpriu a tarefa com perfeição. O comissário estava a caminho. E o quarto tinha uma boa aparência. Vesti a camisa e o casaco e levei o saco de lixo e o balde para a cozinha. A dona da casa, que nesse momento não era minha prioridade, ainda respirava. O veterano a velava como uma gárgula, sentado em uma cadeira Luís xv. Liguei de meu celular para um médico da Casa, um pau pra toda obra que mantemos sempre de prontidão. Expliquei, em código, a urgência em que nos achávamos. E o médico entrou em ação: conseguiu uma ambulância particular e acordou o dono de uma clínica para que preparasse leitos, sala de cirurgia e pessoal. Antes que a dança começasse, subi pela última vez ao segundo andar, sentei-me em uma cadeira e acendi um cigarro.

— Por que está acontecendo tudo isso comigo? — perguntou Holguín; o resto do copo tinha virado na colcha. O homem tinha a cabeça pendida de lado e os olhos abatidos. — Quando não é a academia, é a boate ou a galeria. Por quê?

— Porque gosta de trepar — respondo. — E gosta de trepar com muitos. Igual a você.

Agora ergueu os olhos, como se os tivesse desobstruídos pela primeira vez.

— Só que cada um fode onde pode — acrescentei.

Deu a impressão de que ia sorrir, mas não o fez. Os dirigentes eternos só amam a si mesmos, e suas carreiras costumam ser uma longa sucessão absorvente de cópulas políticas e administrativas. Maca fora mais científica. Dissera que o patriarca pusera toda a libido no poder e que a mulher comprava em outro mercado, mas com a mesma moeda. A amante, de Madri, tinha escrito que na realidade ela não o amava ou que o velho já não a satisfazia sexualmente. No mundo da política, conheci muitos casos como aquele casamento desfeito, e não estava tão certo de que se tratava de vingança, abandono, impotência, interesse pecuniário ou falta de amor. Tantos anos de cautela e de intimidade violada me faziam duvidar um pouco desses diagnósticos breves.

O comissário subiu a escada ofegando. Era um gordo seboso e sujo que devia a vida e o cargo ao excelentíssimo. Fiz um relato superficial: a baronesa escorregou e teve uma concussão cerebral e o barão sofreu uma descompensação por amargura. Precisamos de patrulheiros e motociclistas para abrir caminho; estão nos esperando no hospital com as luzes acesas. O comissário recorreu a seu rádio. Começou a distribuir ordens enquanto andava pelo quarto e observava dissimuladamente a cena do crime. Depois se sentou na cama e começou a consolar Holguín como se fosse um filho. Percebi que tudo ia sair bem. E assim foi. Acabamos todos no hospital. A mulher em terapia intensiva e o marido em um quarto particular. O comissário, é claro, cuidou para que não houvesse nenhuma denúncia policial. O dono do hospital deixou que nosso médico fizesse e desfizesse, e depois dos exames e tomografias, um neurologista insone me explicou que não havia dano importante e que a paciente recuperara a lucidez, embora estivesse sedada. No momento, não podia falar com ninguém. Garanti que pusessem para mim uma cadeira junto a seu leito, para passar com ela o que restava daquela noite.

Sentei-me, cruzei os braços e cochilei. As enfermeiras vinham de hora em hora para controlar o soro e a evolução. Os médicos se revezavam para verificar seus reflexos e dar uma olhada nela. Ela continuava dopada, de boca para cima, sem saber onde estava e o que acontecera. Por volta do meio-dia, levaram-na para outros exames. Ao voltar, parecia mais desperta. Ofereceram uma sopa e a sentaram para lhe dar algumas colheradas. Na terceira, olhou para mim como se me reconhecesse. Havia se formado um enorme galo na testa, que avançava pela maçã esquerda do rosto.

— Foi um acidente doméstico, que pode acontecer com qualquer um — disse lentamente, sustentando o olhar.

Ela ficou uns instantes em silêncio, olhando-me de boca aberta. Acompanhava muito lentamente, mas tenho certeza de que se encontrava em pleno uso de suas faculdades.

— Seu marido está muito preocupado com a senhora, ele a ama muito.

Ela não se mexia. Apenas piscava. Dei a ela a última colherada da sopa e limpei os cantos de sua boca com um guardanapo. Em seguida, segurei sua mão e a acariciei com intensidade, como se eu fosse um bom amigo. Agora ela estava retraída e triste.

Na parte da tarde, empurrei a cadeira de rodas aonde Holguín exagerava sua convalescença e levei o velho patriarca até a terapia semi-intensiva. Ele se levantou com facilidade e lhe deu um leve beijo na boca, começou a falar aos sussurros e se inclinar sobre ela. Terminou encostando a bochecha no colchão, a seu lado, envolto em lágrimas e convulsões de amor e arrependimento. Ela passou a mão por seu cabelo e olhou por cima. Por cima de seu homem caído. Eu não poderia descrever o que havia naqueles olhos. Medo, zombaria, rancor, surpresa, aceitação. Não sei. Talvez tudo isso junto. Fechei a porta com suavidade e deixei os dois a sós. No corredor, o comissário me perguntou se eu conhecia a piada do bêbado e da feia.

VI. O PIOR DE TODOS

ESTAMOS NA SALA VIP DO AEROPORTO EZEIZA, tomando café e água gelada com um homem que Nuria chama de Claudio ou Clau, e cuja mão aperta de vez em quando. O carinho não passa disso, e não detecto sinais reais de uma relação amorosa ou sexual. Trata-se apenas de um carinho amistoso e de uma confiança total que remonta ao princípio dos tempos. É também um gesto de enorme alegria, quase de alívio, eu diria. Ser a número um e tomar todas as decisões, viver com essa responsabilidade, deve ser sensacional e ao mesmo tempo uma agonia. García Roldán é seu sócio, mas visivelmente ocupa um escalão acima de Nuria. E, pelo visto, estamos esperando alguém que está acima desses dois: Osvaldo Balduin chega em trinta minutos. Temos sorte, porque o avião da American Airlines chegou adiantado e o Boeing da Iberia chegou com um atraso de três horas e quinze minutos por culpa da cinza vulcânica. Esse contratempo permitiu que esperássemos no Ezeiza e evitássemos duas viagens ao hotel Alvear, onde os ilustres estrangeiros se hospedarão durante essas semanas. Para protegê-los, o coronel me deu carta branca: estou usando dois motoqueiros da Casinha com equipamento de comunicação, que irão à frente, abrindo caminho e vigiando qualquer movimento suspeito, e tenho um carro blindado com motorista e segurança fechando a caravana. Nuria se comprometeu a dirigir o Audi. García Roldán irá com ela. Eu seguirei os dois de perto no 4×4 com Balduin no banco traseiro. Vamos fazer tudo com muita discrição e velocidade.

García Roldán é alto e muito magro, tem braços e dedos compridos, cara de cavalo jovem, nariz longo e queixo proeminente, entretanto imagino que as mulheres não fiquem indiferentes a ele. Usa um tom encantador e refinado e o uniforme de um advogado corporativo: terno Gucci, gravata vermelha com prendedor de ouro, abotoaduras e um relógio Cartier. Não parece ter viajado doze horas sobre o Atlântico. Está bem-disposto e atento, e com energia suficiente para muitas outras horas. Veio lendo um romance de Scott Turrow. Quando me viu um momento atrás, tentou fingir certa simpatia.

— O famoso Remil — disse com um sorriso falso.

Apertei sua mão. Depois sentamos os três em volta de uma mesa baixa e ele não me olhou nem uma única vez; tampouco Nuria.

Vinte minutos antes do pouso do avião da American, ela olha seu Rolex President e me sugere ver se Balduin vai chegar antes do horário. Na realidade, quer que eu fique fora da conversa. Então desço a escada e caminho pelo aeroporto lotado. Ligo para os motoqueiros e os seguranças e peço que fiquem atentos. Falta pouco. Examino rostos, expressões, movimentos. Nada faz supor que somos vigiados. O Boeing aterrissa com pontualidade. Aviso Nuria com uma mensagem de texto e me posto na primeira fila. Não conheço o corretor, mas Cálgaris certa vez me mostrou três fotos: é um gay elegante, com uma careca reluzente, óculos redondos, anéis de metal em vários dedos, visual metido a moderno. Sai entre os primeiros, confirmando em cada detalhe sua aparência e arrastando uma mala de rodinhas. Veste um terno claro de linho e uma camiseta preta. Anda como um gato, olha ao redor com desconfiança. Tem lábios muito vermelhos e usa uma barba meticulosamente planejada para aparentar que não vê uma lâmina há três dias. Deixo que Nuria vá a seu encontro e encarrego-me da bagagem depois dos abraços. O corretor lança-lhe um olhar derramado e a pega pela cintura; a mim, me apunhala com os olhos. No saguão, encontramos García Roldán. Há saudações, beijos, piadas e bajulações, mas não posso me distrair com esses gestos. Giro, procurando o menor sinal de ameaça. Não encontro nenhum e vamos até o estacionamento, onde deixamos o Audi e o 4×4. Balduin não se distrai com os gracejos do advogado: observa com atenção o modo como lido com a operação. Já estão do nosso lado o carro com motorista e segurança e um dos motociclistas. O outro espera na saída do aeroporto. Colocamos as malas no 4×4 e Balduin aceita o banco de trás sem reclamar.

— Vamos — digo com a janela aberta quando Nuria dá a ré no Audi.

Seguimos o plano sem contratempos. Junta-se a nós uma segunda moto e pegamos a via expressa. Ficamos na pista da esquerda e avançamos com o trânsito leve. Balduin não faz o menor comentário, fica concentrado na paisagem. Espio pelo retrovisor e às vezes me deparo com seus olhos felinos.

— Conhece Buenos Aires? — pergunto. Não responde; olha para mim com um sorrisinho de superioridade. Tenho tempo suficiente neste negócio para adivinhar que o sujeito é uma bomba ambulante. Se tiver de matar a todos, se me vier essa obrigação abominável, tratarei de fazer com que Balduin seja o primeiro a cair.

Ao pegar a entrada do hotel, um segundo antes de sair para lhe abrir a porta e pegar sua mala, ele toca meu ombro e me dá um cartão branco e pequeno.

— Uns amigos — aponta, e sua voz é baixa, clara e maliciosa. — Que sejam dois e venham depois do jantar.

Guardo o cartão sem responder com uma frase sequer. Enquanto fazem o check in, coloco o segurança em uma poltrona do saguão e monto os turnos. Vigilância vinte e quatro horas. Tato e sensatez. É uma operação de baixa periculosidade. Nenhum dos três sócios corre um risco que vá além do potencial e, além disso, não querem chamar a atenção. Nuria e eu subimos com eles. Inspeciono os quartos que já examinei pela manhã. Palma e o técnico da Caverna procuraram microfones localizados, puseram escudos nos telefones e deixaram dois aparelhos Blackberry invulneráveis para que o advogado e o corretor se entendam tranquilamente em terras argentinas.

Verificamos a agenda com eles, as reuniões e os lugares aonde irão. Também os poucos passeios que farão pela cidade. Não vão ficar mais de duas semanas, mas serão intensas. Bancos, homens de negócios, despachantes da alfândega, um almoço com Pico, um café da manhã com o capitão Ahab, uma visita ao depósito de vinho, uma tarde inteira no escritório com nossos especialistas em empresas fantasmas. E pelo menos dois jantares de negócios com Cálgaris, o primeiro no Happening, o seguinte no Tomo I. Usaremos as motos e o carro de apoio em cada saída. Na terceira jornada, os irmãos siameses se desdobrarão: García Roldán pegará uma rota e Balduin, outra. Nesse dia, precisaremos dobrar a vigilância. Prometem não improvisar. Não há tempo. É uma visita relâmpago e é preciso escolher rotas comerciais, descartar alternativas contábeis, tomar decisões delicadas e assinar muita papelada. Sobretudo, é preciso verificar se Nuria fez bem seu trabalho e se pode continuar sendo manejada por controle remoto, pelo menos na primeira fase. Ela, apesar do que se julga, não parece nervosa, mas satisfeita. Lembra a eles que passaremos um sábado e um domingo na Siete Alazanes. Eu me distancio por uns minutos, pego o cartão que Balduin me entregou e falo com uma madame educada. Digo o nome de Balduin, peço dois rapazes.

— Os melhores — promete.

O jantar no Happening dura quatro horas. Sugiro que é mais seguro lá dentro, no salão, mas eles insistem em comer do lado de fora, debaixo do toldo, junto do rio. Não faz calor. E acaba com García Roldán fumando cigarrilhas de caixa de metal, Cálgaris acendendo vários cachimbos depois da sobremesa e Balduin aceitando dois ou três Camel de Nuria, partindo os cigarros ao meio e os consumindo com uma frieza notável. O coronel faz a exposição, a mulher explica, o advogado interrompe e o corretor fica em silêncio. A reunião noturna é dedicada a repassar os negócios de exportação de cocaína que foram montados no país e terminaram em escândalo. Camarões, morangos, vinhos, móveis, carne, soja, conservas. Cálgaris é muito preciso sobre como foram as falhas de segurança e os equívocos cometidos em cada caso. Também na descrição dos antídotos de proteção que teriam evitado a descoberta daquelas redes. Até agora, ninguém contou com um funcionário de alto escalão na Alfândega, uma senadora com imunidade e influência na justiça federal e uma pequena agência local do serviço secreto à disposição da operação. Tampouco cumplicidade no governo espanhol e no porto de Vigo. Nem com um fundo de injeção financeira de envergadura semelhante. Não estão formando um cartel, mas uma gigantesca holding de exportação, integrada por empresas pequenas e médias, sem contato entre elas, e com um sistema de lavagem de dinheiro através de obras públicas elaborado pelos administradores de Parisi.

Todos comemos miolo de alcatra e salada com um cabernet de Mendoza, mas Balduin revelou-se vegetariano, frugal e abstêmio. Depois da sobremesa, quando já fica claro que ele não fala nada, Nuria pergunta pelos investimentos. Fala de maneira direta, como se não tivesse medo. Mas sinto que é uma atuação cuidadosa: Balduin a intimida. O corretor reclina-se na cadeira e leva todo o tempo do mundo para responder. Parece um homem com graves problemas de expressão. Bebe a água a goles largos, limpa desnecessariamente os lábios vermelhos, depois se expressa num tom tão baixo que é difícil ouvi-lo. Usa, para piorar, um linguajar técnico e denso. Dá uma aula magistral sem pausa, passando os dedos pelos anéis, e eu não entendo patavina. Nunca fui bom em economia, nem nos negócios, nem na matemática. Fica apenas a sensação de que haverá créditos, transferências, trapaças, embolsos, compra e venda, triangulações e empresas offshore. É tarde quando ele se cala. Então, García Roldán pergunta a Cálgaris quando começará o pé no saco com a polícia. O coronel livra-se das cinzas frias do cachimbo e recarrega com parcimônia antes de responder. Roldán quer saber se, além de pagar em espécie, terá de subornar outros grupos hostis. Cálgaris acende o tabaco e fala com franqueza: haverá sobressaltos quando a corrida começar.

— Eu teria um fundo anticíclico para solucionar os problemas pelo caminho — fala a Balduin.

O corretor coça a maçã do rosto, olhando o rio. Acompanho seu olhar. Não há vivalma na noite temperada de segunda-feira, mas não consigo deixar de pensar que esse capricho pode nos custar muito caro e que mais tarde seria inteiramente suicida: um idiota com um microfone direcional pode gravar a conversa de dentro de um iate ou sentado em um escritório a duzentos metros enquanto come um sanduíche de milanesa. Por sorte, Nuria boceja e García Roldán concorda que seria conveniente ir embora.

Na chegada ao hotel, Balduin é indiferente às despedidas e me pergunta por sua encomenda num fio de voz. Confirmo que está tudo em andamento. Pede-me quinze minutos para tomar um banho de banheira. Sobe à sua suíte e combinam na recepção que o motorista acompanhará de perto o Audi na volta à Juncal, e lembro Nuria, como sempre, que deve me escrever uma mensagem de rotina quando chegar sã e salva. Para que Roldán veja, ela faz uma careta de má vontade e cobre de beijos castos e exagerados seu amigo da alma como se fossem se separar por um ano inteiro. Está uma dose acima. Espera que Roldán pegue seu próprio elevador e então o coronel a acompanha até a entrada. Cálgaris a cumprimenta com um aceno, acende o último cachimbo da noite e vai caminhando sozinho pela avenida. Pergunto-me o que estará pensando.

Nesse momento, entro no bar fechado. Dois efebos esperam junto do segurança, sentados a uma mesinha vazia, mascando chiclete e abulia. Digo que me acompanhem até o banheiro e ordeno que tirem a roupa. Mostro a eles, por via das dúvidas, minha Glock, mas sem sacar a arma. Não opõem resistência: são profissionais e estão acostumados a essas eventualidades. Tiram toda a roupa, inclusive as meias e a cueca. Têm virilha funda e barriga de tanquinho talhada numa academia. Proponho que se curvem e mostrem os buracos. Não se negam também. É incrível que armas letais podem ser escondidas no reto. Mas esses garotos não parecem capazes de colocar a carroceria em risco. Vivem dela. Espero que se vistam e os levo aos elevadores, depois subo com os dois até o andar correto e bato na porta. Balduin os recebe com um sorriso desconhecido e largo, dando-lhes dois beijos no rosto e conduzindo-os para dentro. O SMS de Nuria chega tarde, justo quando me posiciono ao volante para voltar à Belgrano. "Ligue para mim." Antes de telefonar, vejo que o motorista deixou uma mensagem: "Pacote entregue". Coloco no viva-voz e encaro, sonolento, o Bajo.

— Esteve muito calado a noite toda. — Ela me surpreende.

Ainda mais essa, penso: depois de tirar a roupa e a maquiagem, serviu-se de um copinho de Anís del Mono para comemorar o recesso, esses dias prévios em que não há angústia, durante os quais sente-se acompanhada. Esse instante único em que ainda é uma pessoa livre e protegida, legalmente inocente. Muito em breve estará sozinha de novo e começarão os grandes sobressaltos e desgostos.

— Os peões não falam, a não ser que a imperatriz peça sua opinião — respondo. Ouço seu riso, que sai pelos alto-falantes e enche toda a cabine.

— O que você achou de Clau?

— Não fede, nem cheira.

— Vamos lá, sei bem que você é muito mais inteligente do que aparenta.

— Não me superestime.

Há uma longa pausa. Fico tentado a rompê-la, mas aperto os maxilares e continuo dirigindo. Trata-se de uma conversa espinhosa e García Roldán me parece indecifrável.

— Sabia que quando eu era nova, fui muito apaixonada por ele? — pergunta ela.

— Não — minto.

— E você acredita sinceramente que os primeiros amores são esquecidos, Remil? — pergunta Nuria, sem me ouvir.

— Não sou especialista no assunto.

Agora o silêncio é mais compacto. Já estou na altura de Palermo quando ouço sua voz novamente.

— Quero que venha para cá. — O tom é sedutor e ao mesmo tempo autoritário. — Quero que venha agora mesmo — completa e encerra a ligação.

É mais uma ordem do que um convite, e meu coração bate a cento e cinquenta por minuto. Dou a volta na Dorrego queimando pneu e retomo como se estivéssemos numa emergência. Minha mente fica em branco. Estaciono a setenta metros, entro no edifício com minha chave e subo ao décimo quarto andar. Toco várias vezes a campainha, mas, como ninguém atende, abro a porta e a corrente me trava. Fico desconcertado e disposto a deitar a porta abaixo com um chute. Mas nesse segundo Nuria aparece pela fresta, de olhos arregalados e completamente nua. Ficamos calados. Eu a encaro, ela fixa em minha boca. Ninguém fala nada, porque não há o que dizer. E não consigo calcular o tempo. Os relógios não funcionam quando sua vida depende de um pequeno gesto. No fim desse tortuoso parêntese, Nuria pisca pela primeira vez, segura a maçaneta, fecha lentamente a porta como se fosse abri-la e gira a chave de cima e de baixo. Não saio do capacho. Fico parado nesse intervalo triste e incompreensível, sem poder tocar a campainha, nem destruir a porta, nem dar meia-volta e ir para casa. Também não sei calcular o quanto demoro para chegar ao saguão. Uso a escada e meu celular vibra quando piso naquela calçada deserta da Juncal. "Desculpe", diz sua mensagem de texto. "Foi um falso alarme. Vou tomar um clonazepam."

Quando chego à Belgrano, não consigo dormir, e então leio durante três horas *A descrição do mundo*, de Marco Polo. Depois me levanto, entro no quarto dos aparelhos e me castigo até o amanhecer. Pela manhã, ligo para Rosita para saber como está a vida em Tolosa. Rosita me conta em detalhes tudo que está fazendo no jardim e também os roubos que aconteceram no bairro.

— Você me abandonou — ela me recrimina.

Não posso lhe prometer uma visita: o trabalho não me deixa uma folga. Ela sabe que não se trata disso, mas não insiste. Quando revejo Nuria, no escritório, não detecto nela nem carinho, nem remorsos, nem ironia, nem dúvidas. Mais uma vez, não aconteceu nada aqui. Existem caprichos de amor que uma dama não pode ter.

A semana avança com intensidade. O triunvirato analisa a montagem das empresas fantasmas e trabalha principalmente nas linhas de crédito. Acontecem reuniões em bancos no centro financeiro e refeições em restaurantes de andares altos, de onde se vê toda Buenos Aires à noite e de dia. Um empreiteiro do Estado, indicado por Parisi, impõe suas condições econômicas para se associar e ampliar o negócio da construtora. Há o envolvimento de um sindicalista chamado Rada, que certa vez Cálgaris e eu tivemos de ajudar. Rada milita com a senadora e tem assento no conselho diretor da CGT. Não terá lucro direto, mas receberá bonificações por tarefas distintas. Uma delas será fornecer caminhoneiros confiáveis e decididos. Pelo menos quatro, para começar. Que Palma deverá fuçar para ficarmos tranquilos. Rada também cuidará dos problemas sindicais que aparecerem nas obras. É sempre bom ter a favor da causa um membro da coluna vertebral do movimento, um representante autêntico da classe trabalhadora.

Passo um dia inteiro com García Roldán, que de manhã faz contas com Pico e à tarde examina a engarrafadora dirigida por Wila López. Ambos se conhecem de Madri e se tratam com amizade e muita confiança. Wila o leva ao depósito, que está bem transformado. Percorremos as instalações, cumprimentando operários malvestidos que limpam e tomam mate, à espera de instruções. Homens e mulheres jovens e desgastados, que a Casinha aceitou depois de uma seleção criteriosa. No escritório, reunimo-nos com Rossi, que assiste a uma partida do Lanús do ano passado. Quando vê aparecer aquele chefão, o químico desliga a televisão, levanta-se e estende a mão. Depois oferece café requentado e começa a mostrar, com planos e desenhos, as etapas do procedimento. García Roldán interrompe para fazer todo tipo de perguntas. Algumas quem responde é Wila. O advogado oferece a Rossi um cigarro e ele o cheira antes de acender como se fosse um Montecristo.

Já no 4×4, de volta a Buenos Aires, o advogado quebra o gelo e pede minha opinião profissional. Digo-lhe que tomamos todas as precauções de segurança e que eu mesmo acompanharei passo a passo a primeira remessa.

— Não sei — diz ele, olhando os quarteirões cobertos de mato. — O vinho exige muito esforço. Existem outras exportações mais fáceis e baratas, que não exigem tanta logística prévia. Eu disse isso a Nuria, mas de vez em quando ela é teimosa. E não dá a mínima.

— O malbec ficou tão famoso no exterior, são tantos exportando vinho argentino, que um entre muitos não dá bandeira — respondo, dando de ombros. Fico calado e como o advogado não devolve a bola, eu falo, meio ansioso: — É preciso confiar em Nuria, que conhece o terreno.

García Roldán olha detidamente para mim. Não dou a ele o gosto de desviar os olhos da rua. Pensativo e calado, ele pega outra cigarrilha e começa a batê-la na lata. Não pede permissão para fumar ali dentro, abre um pouco a janela e a acende com um Dupont que combina com seu Cartier.

— Vamos falar com franqueza — começa. E agora não posso deixar de olhar para ele por duas ou três frações de segundo. Curiosamente, quando ele assume um ar de seriedade, fica menos comprido e mais redondo; vejo, porém, em sua perna os dedos intermináveis da mão. Uma garra com cinco cilindros que nem a manicure é capaz de embelezar. — Nuria ficará muito sozinha e você terá que lhe dar apoio nesta primeira remessa. É a conquista do deserto, Remil. E nós, por muitos motivos, não podemos fazer nada além de dar conselhos à distância. Você sabe que ela é durona. E nem imagina o quanto pode ser assim. Mas tem seus pontos fracos. Como qualquer um.

A palavra *fracos*, que certa vez Nuria usou contra mim, fica flutuando como um eco entre nós. O cheiro da cigarrilha me desagrada. Espero que ele continue a falar.

— O coronel é um bom *consigliere* — prossegue ele. — Mas ela confia em você mais do que em qualquer um.

— Bom — digo depois de um silêncio, sinto dor no estômago —, não posso fazer nada além de protegê-la.

— Não é o bastante.

Demoro quatrocentos metros para entender a que ele se refere. O advogado espera, fumando a cigarrilha e elaborando intimamente um argumento.

— Não sou um matador de aluguel — digo antes que ele comece. — Sou o chefe de segurança de uma holding de exportação.

García Roldán dá uma gargalhada.

— E o que acontecerá se os concorrentes toparem com os negócios de Nuria? — pergunta num tom lúgubre.

— Que concorrentes?

— Colombianos, mexicanos, peruanos, paraguaios, argentinos — enumera com seus dedos monstruosos.

— Pensei que éramos uma empresa transportadora.

— E somos. Mas não podemos nos enganar: mais cedo ou mais tarde, alguém lutará pelas rotas. E então não só Nuria estará em perigo. Todos nós estaremos. Cálgaris também. Ninguém ficará a salvo dessa contingência, posso lhe garantir.

Duvido um pouco. Estamos entrando na cidade pelo sudoeste e começo a me irritar.

— Acho que Cálgaris terá a resposta que o senhor precisa, doutor — digo de maneira decisiva. Como quem afasta com o braço um cadáver que boia no mar.

O advogado balança a cabeça, dando a entender que há algo de errado em todo esse raciocínio e que eu não consigo entender meu papel. Depois, parece relaxar e sorri um pouco. Não falamos nada até chegar ao hotel, e então Claudio García Roldán desce, e antes de fechar a porta e deixar que eu vá embora, prenuncia algo inesquecível:

— Não se preocupe, rapaz. Quando chegar a hora, você fará o que ela precisar. Todos nós sempre acabamos fazendo o que Nuria precisa.

A irritação me leva até Puente Saavedra. Há um ex-campeão da província que quer baixar minha bola. Se estivéssemos na rua e fosse um vale-tudo, eu não aguentaria nem um assalto. Mas estamos no ringue e para mim é como lutar com um braço amarrado, e assim ele me castiga, aproveitando que estou envelhecendo e fumo vários cigarros por dia. Exige tanto de mim que no final solto como que por mágica todo o azar e o ressentimento que o doutorzinho meteu nas minhas tripas. Baixo os braços por um momento como se o duelo estivesse encerrado e de imediato dou uma porrada ilegal que sacode seus neurônios. É um truque infantil, mas me deixa de bom humor. Quando ele quer devolver o golpe, eu me meto pelas cordas, cuspo o protetor e saio agradecendo. Depois vou aos chuveiros e penso mais uma vez na dama branca. O que sei e aprendi dela ao longo de todos esses meses não basta para ter uma imagem definitiva da mulher: ela muda, volta a mudar, às vezes parece determinada personagem histórica e às vezes é idêntica a outra, e a mais outra, o que acaba sendo antagônico e contraditório. Há muitas Nurias dentro de Nuria. Num minuto é uma mulher dominadora e, no instante seguinte, é fácil. Dá toda a impressão do mundo de se subordinar a Balduin e a García Roldán, depois age sutilmente, como se manipulasse os dois. O alerta de seu amigo mais próximo me sugere que forma o poder a partir de sua fraqueza e que depois, quando se sente forte, o usa de maneira impiedosa. Existem mulheres que passam a ideia de fragilidade para obter superproteção. "É de peixes com ascendente em touro e serpente de água no horóscopo chinês", disse a gorda Maca. "Precisa aprender diariamente a controlar as paixões para não cair em excessos. Costuma submeter os outros a seus caprichos, usando até a chantagem emocional, se for necessário. É calculista e, se tem um objetivo, age com frieza e de forma metódica e implacável. Quer manipular todas as cordinhas. Quando se aborrece, pode ser rancorosa e mortífera."

Enquanto me enxugo no vestiário, lembro que preciso ver Maca. A licença psiquiátrica vem me liberando desses encontros mensais, mas a prorrogação de um ano que a Casinha vai pedir exige novos relatórios. Ou pelo menos foi o que Cálgaris me informou. Não estou muito certo de ele ter me falado toda a verdade, mas aproveito a ocasião para telefonar para a gorda e marcar uma hora. Marca para amanhã mesmo. Olho a agenda: a essa hora os três sócios estarão no escritório, a portas trancadas com o empresário da pesca, combinando porcentagens e acertando a logística. Para esse tipo de atividade, disponho de dois seguranças: um na recepção, outro na porta da rua. Marco uma sessão de tortura com Maca e volto ao centro. Palma espera por mim em um bar, bebendo leite e devorando cinco muffins de baunilha e chocolate enquanto controla dois tablets ao mesmo tempo e ouve música eletrônica em um iPod. Veste uma camiseta com uma cena de *Jogos mortais IV* e me diz "oi" sem tirar os olhos das telas. Peço um café e ele me pergunta como vai a Gioconda. Seu desligamento é tanto que eu poderia falar por vinte minutos sobre os negócios muito perigosos de Menéndez Lugo sem arrancá-lo da indiferença. Às vezes tenho a sensação de que ele vive apenas na realidade virtual. Que só nesse outro mundo ele é perspicaz e interessante; quase um ser humano.

Colocamos em dia as últimas diligências que lhe encomendamos e dou uma nova lista de objetivos. A lista está escrita em papel e Palma o aceita com cautela, como se a celulose contivesse veneno. A conversa se esgota rapidamente, assim bebo o resto do café e, quando vou me levantar, ele ergue a mão e me pede para esperar. Agora tem a expressão mais séria e obscura. Tira do bolso outros fones de ouvido e conecta em um tablet. Pede que eu os coloque. Espero que não seja música eletrônica. Obedeço. Procura então no diretório um arquivo e, antes de clicar, esclarece:

— Não quis te mandar por e-mail.

É uma atitude grave, porque tanto ele quanto eu temos certeza de que nossa comunicação está limpa e é à prova de qualquer invasão. E o tema de fundo deve ser alarmante para haver tanta reserva. Por fim, clica e sou surpreendido por uma conversa telefônica entre dois homens. Uma voz é bruta e arrastada; a outra é rouca e cadenciada. As duas vozes me parecem vagamente conhecidas. Os caras estão falando de um processo por tráfico de efedrina. Olho para Palma e pergunto com a cabeça quem são eles. Pronuncia dois sobrenomes: Rada e Bragoni. Desde que o sindicalista entrou no planeta Nuria, a Caverna o vigia dia e noite, grampeia os telefones, e-mails, e até ouve as conversas que tem em seu escritório graças a uma escuta instalada por um técnico da Casinha.

— O mais importante vem agora — alerta Palma e come o último pedaço do último muffin.

Logo Bragoni começa a falar de García Roldán e de Balduin, e menciona a engarrafadora. É apenas um comentário feito por alto, depois continua falando do processo judicial, mas sinto minhas veias enrijecerem.

Procuro uma resposta nos olhos do hacker. Não há nada ali além de uma convicção:

— Um dedo-duro lá dentro. Não podem ter nos grampeado. É impossível.

— Tem certeza?

— No círculo vermelho, nem Cristo entra. Garantia total.

Penso no intendente. Também em Rossi, que não deixa de ser um rato de esgoto. Imagino Bragoni impaciente, eriçando as antenas. E aquele intendente pouco confiável, e aquele químico em liberdade condicional. Bragoni quer seu osso, ainda não sabe que Nuria lhe dará participação. Ronda como um cachorro faminto. Um cão raivoso.

Pergunto a ele quanto tempo tem a gravação. Palma me responde que é novinha em folha. Simplesmente de ontem.

— Podemos hackear Bragoni? — Quero saber.

Ele sorri com presunção.

— Perfeitamente.

— Mas nada de microfones. — Penso em voz alta.

Palma me olha com mais atenção do que nunca.

— É tão ruim assim? — pergunta.

— É o pior de todos.

Por um lapso muito breve, o hacker parece fazer parte da raça humana. É inteiramente diferente quando se transforma em gente. Mas isso dura muito pouco. Com muita rapidez, tira os fones de ouvido de mim e escapa para o universo virtual, como um golfinho que dá o ar da graça de relance, volta a mergulhar e foge a toda velocidade embaixo da água.

Na manhã seguinte, depois de uma noite ruim, entro no prédio da rua Chacabuco, entrego a arma e passo pelo detector de metais. Subo até o último andar e as duas simpáticas secretárias de Cálgaris me obrigam a um longo chá de cadeira na poltrona da antessala. Vasculho as revistas de turismo amontoadas na mesa de centro e escolho uma sobre os "circuitos imperdíveis porém pouco procurados dos Estados Unidos". Acabo lendo, sem muito interesse, um artigo sobre Sarah Vaughan: "Vibrato e cocaína". Depois de uma longa espera, mandam-me entrar.

— Chegou tarde — diz o coronel de sua mesa. Está trabalhando em algumas planilhas do Excel. Sorrio como um lobo, com vontade de morder e matar. Miles Davis toca baixinho. Acendo o primeiro cigarro do dia e sento-me perto dele.

— Como estão os hóspedes? — pergunta sem abandonar as planilhas.

— Negociam com o capitão Ahab a merluza e o camarão — informo.

— Quando levantarem voo, teremos de fazer alguns recrutamentos — raciocina. — Motoqueiros e vigias. Não podemos continuar usando gente da Casinha. Precisamos de cobertura.

— Também vamos precisar daqueles caminhoneiros.

— Rada — diz ele, chegando para trás e passando os dedos no bigode amarelado. Está pensando em voz alta. — Dois ou três sujeitos de confiança com caminhões regularizados. Isso não vai ser difícil. Da mesma forma, quando forem escolhidos, vamos examinar até a próstata.

— E depois tem os matadores — solto, sem alterar o tom de voz.

Ele crava o olhar em mim; um gancho. Agora passa a mão pela abotoadura verde da manga esquerda. Nossos pensamentos jogam uma partida inteira de xadrez antes que ele volte a abrir a boca.

— Essa área do negócio será entregue, se for o caso, à Bonaerense — diz, abandonando a partida e escolhendo um cachimbo. Passam-se trinta segundos intermináveis. — Trabalham com os peruanos, que não têm qualificação. Têm à disposição um exército de matadores.

— E vão querer os peruanos metidos com os colombianos? — espicaço. — Porque Nuria vai pisar nos calos dos amigos do Valle del Cauca e eles não vão ficar olhando as pernas dela.

Ele escolhe um cachimbo pequeno e produz um enorme fumacê.

— Não vamos colocar o carro na frente dos bois — relativiza. — Os hóspedes vão conosco até Siete Alazanes, dali voltam num jato particular ao Ezeiza e retornam de avião de carreira a Assunção. Roldán depois volta a Madri, mas Balduin ainda faz uma escala em Bogotá e outra em Buenos Aires.

— Parece uma turnê dos Rolling Stones.

De novo, jogamos uma partida mental sem nos olhar nos olhos.

— Qual é o problema, Remil? — Ele dá um pigarro.

— Bragoni sabe que avançamos com a engarrafadora.

Passa do pigarro ao catarro rouco. Entretanto, não ignora o cachimbo. Penso em seus pulmões e no câncer de laringe.

— Palma? — sonda ele.

— Bragoni está muito ansioso — concordo com a cabeça. — Não vai demorar a botar as manguinhas de fora.

— Sim — concorda ele com um gesto, como quem afasta a ideia da cabeça. — E quando está ansioso, parece um javali ferido.

— É o que eu sei.

O coronel sorri inesperadamente.

— Mas não fique tão agitado — aconselha. — "O pior inimigo é o que está oculto."

— Ovídio?

— Sêneca.

Mostra-me um Power Point que prepara para os espanhóis. Arrasto meu corpo até a mesa para examinar seu Mac de perto. É um quadro completo das rotas, dos cartéis e dos pequenos empreendimentos do narcotráfico que operam em território argentino. Também contém as características dos chefes e seus protetores. A coca que é consumida, a coca que passa pelo país. Demoramos uma hora vendo e ajustando dados, nomes e números. Ao sair, repito às duas secretárias a frase de Sêneca. O pior inimigo é o que está oculto. São duas cacatuas rabugentas e ficam meio confusas. Desço ao consultório de Maca. Encontro-a regando os gerânios. Voltou meio transformada: perdeu vários quilos, fez reflexo no cabelo, está queimada pelo sol espanhol. Tirou férias. Calculo que fez uma viagem romântica e paradisíaca.

— Marbella. — Ela confirma. Em seguida, pega seu bloco e me joga logo de cara: — Já se apaixonou por aquela bruxa?

Olho os peitos imensos. Lembro da nariguda do Palácio do Congresso da Espanha. Maca ri.

— A síndrome do guarda-costas — implica comigo. — Muitos dias e muitas noites, muita intimidade forçada. A convivência no trabalho excita. Ela se sente a donzela em perigo, começa a ver o homem como o cavaleiro andante e protetor. Passa a ter carinho por ele, precisa dele, um dia fantasia em trepar com ele. Stephanie de Mônaco. E não foi só uma vez, mas duas.

— Tem gente que adora companhias assim.

— Mas a sua não é uma princesa, é uma bruxa. E não sou eu que digo isso. É a astrologia.

Maca não ri. Reflete por um instante, dá voltas no assunto mordendo a caneta vermelha e anota alguma coisa no bloco.

— Também tem a síndrome do guardião. — Ela tira os óculos de armação vermelha. Quer fazer a descrição da síndrome, mas eu bloqueio a largada.

— O amor não é imprescindível — recordo. — Nem para os heróis infames.

Ela fica meio perdida, feito um tomate. Gorda vagabunda. Agora vai ligar para Madri e contar à namorada que eu estive espionando as duas, que provavelmente li toda sua correspondência digital e que não pode me denunciar a ninguém. Nem mesmo ao chefe. Porque o chefe vai se mijar de rir na cara dela, vagabunda gorda.

Vejo que tenta se recuperar e manter a serenidade profissional. Acendo outro cigarro.

— Soube que em dezembro morreu um parente seu muito querido — diz.

— Não era um parente, era meu sargento.

— E o que você sentiu? — pergunta com secura, como se estivesse irritada e distraída. — Além da dor, o que sentiu?

— Nada — respondo, mas penso um pouco melhor. — Nada. Só confirmou que todos nós envelhecemos.

— O medo da velhice — anota. Por dentro sente raiva, por fora é um iceberg.

— Medo nenhum — corrijo. — Só surpresa.

— Em que outros aspectos você sente que está velho?

— Não sei — falo com sinceridade. — Não tenho problemas de ereção.

Não sei se posso dizer o que penso. Mas, no fim das contas, falo.

— No serviço, começam a pensar que somos velhos, que estamos fora de moda.

Ela coloca novamente os óculos, rói outra vez a caneta. Parece ter se surpreendido. Imagino que também gostaria de saber como consegui essa avaliação secreta, mas se contém.

— E isso o aborrece? — pergunta.

— Sim, me dá ódio — confesso.

— O ódio me parece algo meio perigoso em um homem violento como você.

— Então agora você tem dados para o seu relatório. — Eu me levanto. — "Agente com alto nível de estresse e ressentimento. Sugiro licença da terapia."

— Ainda não terminamos. — Ela me adverte. Vagabunda.

Volto a me sentar, dou os últimos tragos no cigarro e o apago no grande cinzeiro. Maca me observa sem saber se deve interferir. Finalmente, toma a decisão. Fecha o bloco e fala. Sua voz é neutra e ela tem as pálpebras caídas:

— Cálgaris quer saber como você está sendo afetado. Supõe-se que você deveria ser afastado para terapia, mas não tenho forças, nem tempo, nem humor para os joguinhos de palavras e as tramoias. Você sabe como isso funciona. O relatório vai por um lado e o coronel por outro.

Agradeço muito que desista do combate e da masturbação. Decido corresponder a essa sinceridade, embora com moderação. Não sei quanta informação o coronel lhe passou sobre as verdadeiras atividades da dama branca.

— Quase todos os domingos visto um traje de neoprene e vou nadar em rio aberto — revelo, por impulso. — Sempre entro rapidamente e nado de peito. Depois passo ao crawl. Continuo por um bom tempo e a certa altura eu viro e começo a dar braçadas para o sul, em paralelo com a margem. Muitas vezes, noto que me afastei demais e preciso botar os bofes pra fora para não perder o moral e não me afogar. Termino nadando no estilo *over* e me arrastando no barro. Muitas vezes penso que um dia desses vou me enganar. Que vou passar do limite e quando quiser voltar, será tarde demais.

Maca fica boquiaberta. Quando paro, ela pestaneja e toma um gole de água mineral. Deixa uma mancha de batom no copo.

— Entendo. — Ela suspira e anota todo um parágrafo no bloco.

Depois dessa metáfora aquática, ela não me prende mais. Chego atrasado a um almoço de trabalho. Nuria me puxa de lado e mostra, em seu tablet, o cronograma modificado do resto da semana, em particular o que faremos durante três dias na Siete Alazanes. A senadora conta com o próprio sistema de segurança, mas Cálgaris quer que seja reforçado com nosso pessoal. Nuria está tão perto de mim que percebo uma mudança no perfume. Não usa Chanel Chance, mas 3 Aguas Perfumadas. Inevitavelmente, imagino se tratar da "síndrome do guardião".

* * *

A semana é monótona, sem tréguas. Mais reuniões, mais procedimentos, acordos, burocracia. Não resta a García Roldán e Balduin muita força para envolver-se em passeios turísticos. Dia sim, dia não, o advogado joga tênis e o financista organiza orgias. Mas pelo menos fogem das casas de tango e dos clichês da cidade. A turnê vai terminar na fazenda de Parisi e a visita é uma corrida contra o relógio. Uma tarde, enquanto bocejo na antessala de um banco na rua Reconquista, recebo uma mensagem de texto cautelosa: Lali. E diz "sos". Vou para a calçada e telefono para seu celular, mas ela não atende. Peço reforço à Casinha e me mandam um saltenho que combateu em Goose Green. Demoro vinte minutos para chegar à rua Honduras. A porta de metal está amassada e entreaberta. Empurro-a com um dos ombros, de pistola em punho.

— Lali — chamo.

Ninguém responde. Ouço nos fundos uma música de Janis Joplin. Ou algo parecido. Vejo que a Yamaha não está em seu lugar e avanço pelo loft como se alguém fosse me dar uma cotovelada. Encontro a cama redonda vazia e o laboratório revirado. Volto até a ilha de edição. Não tenho tempo de perceber o que descobrirei mais tarde: faltam as CPUs dos computadores, os discos, os arquivos em papel, os cadernos e coisas do tipo. Escondo-me atrás do console e digito o número para que o toque do celular me oriente. Chama sem parar na quietude da casa, mas não ouço nem um zumbido.

— Lali! — grito. — Lali! — volto a gritar.

Demoro vários segundos para sair desse canto e andar acocorado, como um pato, até a área da cozinha. Quando chego lá, tudo é esclarecido de repente. Atrás da bancada, Lali está de barriga para baixo, pra lá de fria: congelada. Está morta há muito tempo. Alguém lhe meteu o joelho nas costas e cingiu seu pescoço com um cabo de metal: foi estrangulada, mas provavelmente levou um safanão e quebrou o pescoço. O cabo arrancou a pele, penetrou na carne, tirou sangue e foi retirado. Não está no piso de cerâmica. De imediato imagino os cabos com tarugos de madeira que usávamos no curso de comando. No fim, o filho da puta o guardou no bolso. Antes de encerrado o serviço, ela foi espancada: vejo hematomas e feridas em seu corpo despido, que contorno para examinar por um minuto. Ela nem mesmo pôde se defender, não tem vestígios sob as unhas. Lembro-me dela viva em um lampejo: os olhos castanhos, o cabelo curto e louro, os piercings. Lembro-me do antiquíssimo sabor de sua boca, o que é insólito. Agora está de olhos fechados e tem a boca escancarada.

Giro sobre o corpo e paro com precaução, mas já tenho a certeza de que desta vez mataram, saquearam e foram embora. Não vou encontrar ninguém, e é exatamente o que acontece: percorro o loft, entro no banheiro, constato que a porta que dá para o pátio e a varanda está trancada, e sento-me por um momento na cama redonda, temporariamente abatido. É então que descarto as possibilidades: Lali teve uma vida perigosa e certamente muitos inimigos, mas não pode ser um ladrão qualquer, nem um viciado em pó desesperado de Palermo Hollywood. Levou as fotos em papel e, sobretudo, as digitais, mas não tocou na escassa coleção de Nikons, Canons, teleobjetivas e câmeras digitais de alta definição. Várias horas depois, o sujeito me mandou um sos para que eu viesse buscá-la. Por que fez isso? Não foi para me pegar de tocaia, isso é evidente.

Pego o celular e ligo para Palma.

— Roubaram o celular de Lali — digo. — Dá pra localizar? — Palma me responde que vai cuidar do assunto e encerra a ligação. Ligo para Cálgaris, conto brevemente o que está havendo. Ficamos em silêncio. Nós dois sabemos o que significa essa tragédia. Depois o coronel me explica, sem vacilar, que é melhor não avisar à Casa. Que vai me mandar um "delegado amigo" da Federal para se encarregar da bagunça.

— Fica aí e orienta o cara — ele me ordena.

Guardo a Glock e espero. De vez em quando, ouço as músicas de Janis. Em dez minutos o comissário me liga e garante que chegará em quinze. Tem a voz anasalada. Enquanto isso, olho a geladeira. Não encontro o bagulho no congelador, nem comida nas prateleiras, só um pão de forma da década de 1990. Com uma nostalgia repugnante, repasso seus troféus fotográficos, que ainda estão na parede. Detenho-me na duquesa. José Ignacio, San Antonio de Areco, Rio das Pedras, e seu cartão escrito à mão: "Você destruiu minha vida". Volto a olhar Lali pela última vez. Imagino que essa despedida me seja dolorosa, embora pense que gente como Lali ou como eu tem cartas marcadas e mais cedo ou mais tarde receberá a dona da foice.

O comissário aparece com um colega da seccional e com três patrulheiros barulhentos. Conto que Lali era uma traficante local e que certamente foi atacada por algum drogado do bairro. Os canas sabem muito bem que é uma mentira, mas agem como se fosse a verdade revelada. Vem a perícia. Palma me avisa que o celular de Lali está desligado e que o último sinal corresponde a La Boca. Está usando um software com GPS para localizar telefones celulares. Peço a ele um local exato. Sou prontamente atendido. Sorrio com amargura. Pergunto aos policiais se precisam de mim. É claro que não. Eu jamais estive nesta casa da rua Honduras. Vou para La Boca. Cálgaris me liga para me passar uma informação: a Yamaha FZ16 foi abandonada na calçada do apartamento da rua Juncal, encostada numa árvore. Antes, um rolo compressor a reduziu a uma obra de arte de quinze centímetros.

Estaciono perto da Riachuelo e vou para a confeitaria de Proa. Nenhum comensal me parece conhecido, nem suspeito. Digo ali que uns amigos esqueceram um celular. Duvidam um pouco. Faço uma descrição: um barrigudo de calça bege e anel com sinete: um companheiro alto e forte, com uma cicatriz na testa e o cabelo cortado à escovinha. O gordo tem um Renault Fluence preto. Não reconhecem nem o bege, nem o Renault, mas percebem que os conheço bem. Entregam-me o celular de Lali, que está mais morto que ela: ficou sem bateria. Ao voltar, Cálgaris me anuncia que convocou uma reunião geral no hotel Alvear. Demoro-me em La Biela e peço uma vodca. Faço o possível para separar o ressentimento do raciocínio. Como não consigo, peço outra dose e esvazio de um gole só. Mais uma vez, chego atrasado à suíte de Balduin. O financista e o advogado estão muito sérios, sentados no sofá da sala de estar. Bebem água com gás aos golinhos. Cálgaris trouxe para perto uma cadeira de estilo clássico e fuma um cachimbo novo de cedro. Nuria ocupa uma poltrona meio afastada. Parece estar concentrada na aranha de bronze e cristal, mas na realidade pensa em seu destino. Ninguém fala nada, nem muda de posição quando entro e paro de frente para a janela, junto das cortinas douradas e da mesa de escritório. Noto que quando Cálgaris fala de Bragoni, Nuria baixa a cabeça e olha as próprias mãos. Traja um vestido de renda em tom cru com estampado azul e saia pregueada. A roupa parece muito leve, como se flutuasse em seu corpo. Ergue os olhos e nos encaramos longamente.

— E, então, o que sugere, coronel? — García Roldán, que tem cara de cavalo arrependido, fica impaciente.

O coronel faz um silêncio teatral. Passa o dedo levemente pelo lóbulo da orelha, observando Balduin, que por sua vez olha o perfil de Nuria e corre a língua sedenta pelos lábios vermelhos. Quando Cálgaris retoma a palavra, faz como se fosse um contador público. Ou um bispo.

— Sugiro dizermos a eles que entendemos o recado e que os aceitamos como sócios. Mas não podemos fazer isso de uma posição fraca.

— E o que isso quer dizer? — pergunta Balduin, procurando uma cigarrilha na lata: está vazia. Nuria estende um Camel e o corretor o parte ao meio, acendendo com o Dupont do advogado.

— Não se preocupe com esse detalhe — responde Cálgaris e faz um gesto de cabeça para o meu lado. — Remil vai se encarregar de tudo. Ele sabe muito bem como entregar uma carta.

Agora ninguém olha para mim. A não ser Nuria, que se levanta e informa ao grupo que está cansada e vai dormir cedo.

— Leve-me para casa — ordena a mim.

Ela é interceptada na saída para combinar as reuniões da manhã; propõem a Cálgaris um jantar para três nessa mesma noite e na mesma suíte. Nuria me olha pelo espelho do elevador. Depois, senta-se a meu lado no Audi e se deixa ser levada até a Juncal. Não desgruda os lábios nem para fumar um Camel. Quando estaciono, já não há mais vestígios da moto amassada, mas o saltenho que combateu em Goose Green monta guarda no saguão. Estou descendo para abrir a porta para ela quando Nuria coloca a mão na minha, que ainda tenho no volante. O contato inesperado me revira por dentro; estou muito sensível.

— É verdade que ela foi sua amante? — quer saber. Não há insinuação nenhuma em sua voz, mas é uma pergunta audaciosa e pessoal.

— Há muito tempo — digo e solto o ar. Não posso olhar para ela, estamos muito próximos e talvez agora eu é que tenha ido longe demais.

Não sei o que passa pela cabeça dela. Só sei que depois de quarenta ou cinquenta segundos, tira a mão e não me deixa alternativa senão sair, contornar o carro e abrir-lhe a porta.

— Lamento muito, que ela descanse em paz — acrescenta, passando a meu lado. O saltenho abre a portaria e me cumprimenta; ela se perde no elevador.

Já na Belgrano R, telefono para o homem que não tem vida e pergunto se conseguiu grampear os telefones de Bragoni.

— Com quem você pensa que está falando? — retruca Palma. Mas em seguida baixa o topete e confessa que não é assim tão simples: usa alternativamente doze telefones móveis diferentes.

— Me passa um número do celular mais usado — peço a ele. Ele me envia por e-mail. — Quero que amanhã cedo, quando você começar, rastreie com esse software de GPS, como fez hoje com o celular de Lali — explico.

— Tudo bem — confirma ele.

— Vai estar acordado a essa hora? — pressiono.

— Eu não durmo nunca, mano — ele se gaba.

Antes de ir para cama, telefono para Bragoni: cai na secretária eletrônica. "Minha patroa quer falar com você", deixo o recado. Se eu fosse Bragoni, organizaria um encontro em um território dele e onde nenhum dos dois pudesse se antecipar ao outro. Quando saio do banheiro, encontro um SMS: amanhã, às oito da noite, na praça de alimentação do San Justo Shopping. Aceito e vou dormir. Mas não durmo. Penso em Lali e imagino o rottweiler de cabelo à escovinha pressionando um joelho em suas costas, ajustando o cabo e apertando até matá-la. Acendo a luz e pego um livro ao acaso: *La última legión*, de Manfredi. "Acabou, meu filho, meu rei. Ninguém se atreve a tocar em você porque já passou pelo gelo, pelo fogo e pelo sangue, como essa espada que penetrou a rocha, filho do dragão." Às oito em ponto telefono para Palma. Demora alguns minutos para encontrar as coordenadas: Bragoni está em uma esquina da rua Sargento Cabral, em Ramos Mejía. Vou sem muita pressa, ouvindo o noticiário, com a mente em branco. Olho o Google Maps no notebook e procuro intencionalmente uma praça, que fica a uns trezentos metros. É uma manhã de sol, mas o serviço de meteorologia prevê uma frente fria. Quando estou chegando a esse cruzamento, peço a Palma que faça outra sondagem.

— Não saiu do lugar — garante-me ele. E um instante depois manda outra frase escrita em maiúsculas: — Mataram Lali?

Depois da pergunta, vêm quatro pontos de exclamação. Fecho o celular, estaciono perto da praça e pego o binóculo. Saio e caminho rapidamente; tem gente passeando e crianças passando de bicicleta. O local indicado é um bar moderno, de esquina. Fico na sombra e examino com o binóculo as mesas que se estendem pela calçada ensolarada. Estão todas vagas, exceto uma. Detecto em um ângulo perfeito Nacho Bragoni, que fala ao telefone e desenha, com uma Pilot preta, em um guardanapo de papel. Seu rottweiler toma café em uma cadeira perto do meio-fio. Detenho-me na cicatriz e em suas feições. Tem pinta de cana imbecil. Volto ao 4×4, deixo o binóculo e escondo a Glock no porta-luvas. Como faz um cavaleiro em uma visita protocolar.

Chego a eles vestindo camisa e calça de brim, de mãos limpas e a expressão neutra. Justo nesse momento Bragoni está a ponto de se levantar, mas fica tenso quando me reconhece. As mãos se mexem. O lutador de catch estende a mão para se proteger do sol e seu rottweiler baixa a mão e a passa na culatra de um berro que tem embaixo da mesa. A mesa está cheia de celulares, cafés, cinzas e guimbas amassadas.

— Pássaro. — Bragoni me cumprimenta com sua rouquidão e reabre a boca. É de supor que seja um sorriso, mas pelas frestas pretas saem raios de ódio e de alarme. Está mais gordo do que na UP 63, porém bem vestido e com o cabelo tingido. Esse detalhe de asseio e vaidade me deixa um pouco desconcertado.

— Não gosto muito dos shoppings — digo a ele.

— E eu não gosto de surpresas — responde.

Como não me convida para sentar, fico de pé e espero que ele mova sua carta. Sem tirar os olhos de mim, faz um gesto a seu rottweiler e me conta:

— Eu ia ao banheiro, mas agora a prioridade é sua.

O rottweiler é dez centímetros mais alto do que eu. Ele não se importa que vejam a Browning de nova geração que empunha, embora abaixe o braço quando entramos no bar, atravessamos o lugar deserto e vamos para a área dos mictórios. Quando me ordena que coloque as mãos na cabeça e abra as pernas, descubro que tem uma voz insignificante de bicha que não combina com sua cara. Faz o mesmo que eu à noite com os amigos de Balduin: apalpa-me procurando armas, obriga-me a abrir a camisa para ver se estou grampeado. Imagino o sujeito de novo nas costas de Lali, cercando-a com o cabo e dando um puxão. Quando vamos para a rua, Bragoni passa a mão na cara achinesada como se quisesse saber se esta manhã ele se barbeou bem, mas age sem alarde, nem exagero. Está longe daquele gângster de puta, coca e charuto que conheci no cassino dos oficiais. É como se tivesse amadurecido. Tira o paletó bege da terceira cadeira para que eu me sente a seu lado e vejo o anel de sinete no anular da mão esquerda. Chama o garçom pelo nome e pede um café para mim, sem perguntar se quero. Dois ou três celulares tocam, outro vibra, mas Bragoni não atende. O rottweiler ocupa sua tocaia, na beira da calçada, a pistola escondida no colo. Parece um juiz de tênis.

— Não pense que tenho rancor de você — diz Bragoni, mostrando suas cartas. Mas logo muda de rumo. — Você tem família, Pássaro?

— Não — respondo.

O tom volta a me desconcertar: não foi uma pergunta cínica, nem ameaçadora, como fora feita anos atrás. Não tenta alardear superioridade, nem ironia; fala como um homem racional. Quem sabe, talvez como alguns presos, tenha representado um papel no teatro da prisão e depois, na vida real, por acaso, é outra coisa.

— Eu também não — acrescenta ele e parece se lamentar. — Sei lá, não aconteceu. Mas, se pensar bem, todos nós trabalhamos para uma família.

Trazem um café e um copo de água com gás. Bebo primeiro a água. Bragoni me dá sede.

— Meu pai e todos os meus tios foram policiais — conta, olhando os carros que passam. — É uma tradição que tenho no sangue. E digo a você que a instituição me deu muita coisa. Sabe onde estão meus amigos do bairro? Se eu não tivesse entrado de gaiato, hoje seria como eles. Um desastre.

Pego, com a permissão do rottweiler, um Parisienne. E Bragoni acende para mim. Parecemos homens lógicos e civilizados. O café é nauseante.

— Mas agora somos bucha de canhão — continua o gordo, esfregando o sinete na manga da camisa. — Nos matam de fome e a tiros. Depois somos atraiçoados. São muito filhos da puta, Pássaro. Todos eles. Um bando de filhos da puta.

Este é o país onde nós, todos os criminosos, os corruptos e os espertos temos um bom motivo para ser assim, penso. E tento adivinhar de onde veio o rottweiler antes de ser o guardião do tzar. Imagino que talvez tenha vindo do Grupo Falcão.

— Bom, eu cobro para a família — fala por fim Bragoni, como se estivéssemos em uma despedida. — Ganho dinheiro para as cooperativas, para os parentes. Sou como uma entidade financeira. Veja esses telefones. Trabalho dia e noite, meu irmão. Se não abro o boliche, se não me mexo, meu pessoal não come. Simples assim. Tenho muita responsabilidade nas costas. Muita.

Bate nelas como se doesse. Pega um telefone e lê uma mensagem de texto. Responde rapidamente e volta a colocá-lo na mesa. Olha para mim de frente, as frestas pretas.

— E para ir ao que interessa: a família está muito irritada com sua patroa — diz com suavidade e com uma piscadela. — Aquela lourinha tirava fotos minhas. E eu, como deve saber, não gosto de fotos, sempre saio gordo. Aquele zé-ninguém pançudo não sou eu. E depois vem a Lourinha e quer negociar. Me pressiona para que eu a coloque vendendo em Palermo. Em consignação. Esse não é meu alvo, lourinha. Mas ela me enche o saco. Manda uma foto. Idiota e além de tudo viciada no pó. Além do mais, vou te contar, sua patroa me deixa no ar. Nem atende a meus telefonemas. Você a aconselha muito mal.

— Não sou conselheiro dela.

Ele dá de ombros, passa a mão na boca.

— Não pense que guardo rancor de você por aquela deduragem — completa ele e pela primeira vez percebo certo ressentimento. — Perdemos por lá, depois a família arranjou tudo com os chefes. Porque, senão, você seria churrasco de passarinho.

Ele ri com a barriga e com as bochechas, e o rottweiler o acompanha. Os dois ficam rindo. Vejo os dentes deles. Apago o cigarro no cinzeiro de metal. Bragoni respira fundo, como se tivesse ficado sem ar.

— E aqui estamos nós dois, as voltas que a vida dá — diz e as frestas brilham. Pega a Pilot e desenha bigodes no guardanapo. — Quero que sua patroa telefone para mim e diga: sim ou não. Para saber em que pé estamos. Sim ou não. Só isso. Se houver negócio, não tem problema, depois acertamos os detalhes sem pressa. Mas eu preciso adiantar à família como as coisas estão indo. É a minha obrigação.

Fica pensativo. Parece errático, fala como quem volta atrás:

— Aqueles que nos acusam são os mesmos que puseram os garotos na lama. Foram eles que meteram no cu dos caras, torturaram, condenaram à merda. E agora a culpa é nossa. Nossa, entendeu? Nós damos aspirina a eles e somos o problema. Filhos da puta.

Joga-se para trás, coça a barriga. Depois levanta o dedo indicador e o mexe, apontando para mim.

— Sim ou não, Pássaro. Para acertar direitinho as contas.

Olho o rottweiler e depois Bragoni. Não despertam sentimento nenhum em mim. Levanto-me e digo a eles que logo terão novidades. Caminho cem metros sem me virar e outros duzentos até meu carro. Entro e ligo o motor, resgato a Glock do porta-luvas, ligo o celular e ponho a mão no binóculo. Avanço rapidamente até a última sombra e dali observo a esquina e as mesas. Bragoni fala de novo ao telefone, seu guarda-costas corta as unhas com um alicate. Espero com o motor ligado até que o gordo larga um telefone, pega outro e se levanta com dificuldade, como se tivesse cãibra. Atravessa mancando e falando ao celular o trecho que leva ao lugar vazio e ao banheiro masculino. Quando desaparece no interior, solto o binóculo e piso no acelerador. O 4×4 sai como um tiro de canhão, atravessa a rua, sobe na calçada e vira a esquina. Não dou ao rottweiler tempo para nada além de tomar pé do caso. Atropelo-o de frente. E sinto o golpe contra a carne e o osso, e contra a madeira: o corpo, a mesa, os copos, as xícaras e os celulares voam pelos ares, como se explodissem. Levo tudo por vários metros, um celular bate no vidro dianteiro e quase o trinca, e vejo pelo retrovisor que o sujeito foi ejetado, que cai, roda e fica estendido no asfalto. Viro cantando pneu e escapo, cruzo a Ramos Mejía e me meto em uma avenida tranquila que leva ao centro da capital. Só então vejo o relógio: por incrível que pareça, não se passaram mais de dez minutos. Ligo para o telefone de Bragoni, mas ele não atende. Peço a Palma para me passar os outros números. Ele me passa três; quer falar de Lali, mas eu não deixo. Experimento esses números: o primeiro está desligado, o segundo toca sem parar. No terceiro ouço a respiração ofegante de Bragoni. Parece ter corrido uma maratona. Está exausto. Não me cumprimenta, não me xinga. Apenas respira com o esforço de quem está a ponto de arrebentar.

— A patroa diz que sim — informo.

Encerro a ligação e ponho música. Toca no rádio "Si no me engaña el corazón". É Julio Sosa. Passo a manga da camisa no rosto. Aflito, descubro que tenho as faces molhadas. Quero acreditar que é apenas suor, mas ainda assim é uma péssima notícia.

VII. A RAINHA DO PERONISMO CAVIAR

EMBORA A SENADORA TENHA DONS NATURAIS, uma atriz de telenovelas fracassada a instrui há dois anos na arte da atuação e da retórica. Dizem os frequentadores da Siete Alazanes que Tana, depois do jantar esplêndido, não deixa de presenteá-los com um stand up no salão de jantar com lareira e vista para os jardins. Para o general, são monólogos políticos de Tato Bores, atualizados e modificados com habilidade por ela mesma, ou textos famosos de Seinfeld e Woody Allen. O relatório da Secretaria sobre Elena Parisi é longo e colorido. Ela foi investigada várias vezes, e o fizeram a fundo. A gorda Maca participou com um surpreendente artigo em que detalha que ela não teve filhos e que "seu marido é um pusilânime invisível com bons ancestrais e fins decorativos. Nem mesmo dorme com ela. No início, acreditava-se que era lésbica, mas se trata apenas de uma pessoa assexuada". Em seguida, Maca explica que mulheres como ela manifestam indiferença pelo sexo, apesar de poderem sentir atração amorosa. "Não estamos diante de um transtorno mental, mas de uma opção", acrescenta Maca. "O que na medicina é chamado de um desejo sexual hipoativo. Podem sentir atração por outros homens ou mulheres, podem até se apaixonar, mas não precisam responder sexualmente a esse desejo." Um especialista em linguagem não verbal, que viu por horas a fio seus discursos gravados, sustenta que Elena Parisi é "narcisista e rígida", mas que ao mesmo tempo consegue transmitir emoções e a sensação de que seus motivos são sempre desinteressados.

Diante do microfone, mantém o corpo inclinado para a frente, como se estivesse pronta para correr. Faz uso do que se chama tecnicamente "batutas", gestos que marcam o ritmo do enunciado, e com o tempo soube limar dois sinais reveladores: o sorriso torto, que expressa arrogância, e os movimentos descendentes do dedo indicador, que representam seu caráter autoritário. Como Nuria, a senadora apoia os cotovelos na mesa, em uma clássica "postura dominadora", e as duas mãos com as palmas para baixo, uma por cima da outra, que revelam "autocontrole".

Depois de horas de viagem e de leitura, surpreende-me pouco vê-la sair de seu helicóptero com suas botas de couro, o casaco de pele e o chapéu australiano de palha. Talvez o mais significativo sejam seus olhos azuis, porque os fotógrafos não fazem justiça a eles, e também as rugas debaixo das maçãs do rosto e em volta da boca, que ela não consegue esconder nem mesmo por trás dessa maquiagem pesada e ao mesmo tempo sutil. É acompanhada de seu assistente e de uma barata perfumada que apresenta como "Fierro, meu assessor de imprensa e de comunicação". O encontro da "rainha do peronismo caviar" com seus convidados se dá a poucos metros do helicóptero, na parte dos fundos do castelo, junto do lago, e antes de passar para a varanda coberta. É uma sexta-feira quase de outono, fruto de uma tempestade que encheu os campos de barro e baixou bruscamente a temperatura, e os convidados vestem roupas informais, embora um pouco quentes. Nuria tem um casaco de couro, botas altas, um lenço vermelho no pescoço e um chapéu preto, com cinto e óculos Gucci, estilo aviador. Cálgaris, por sua vez, parece um autêntico civil: calças, com cardigã verde e um chapéu de palha do tipo caçador. Os outros estão mais esportivos; alguns saem para recebê-la de jeans e boné de algodão, camurça ou poliéster. A exceção, naturalmente, é a mulher de Javier Pico, que parece uma modelo de um anúncio de serviços turísticos rurais. A senadora e a dama branca são mulheres interessantes, mas, por simples comparação, a loura baixa metade da pontuação das duas. Tornam-se senhoras comuns.

Pico está arrebatado pelo sol e age como apresentador oficial, mas Elena se adianta e abraça Osvaldo Balduin.

— Há quanto tempo! — exclama com um sorriso. — Está cada dia mais jovem e bonito.

Balduin responde com timidez, enquanto os outros formulam brincadeiras educadas. Cálgaris também não precisa de apresentações, tira o chapéu e faz uma mesura, como se fosse um cavaleiro do século de ouro espanhol. Pico volta à carga com Nuria e é propositalmente inflamado. A Mona Lisa avança de braços abertos e Parisi a examina como se a estivesse pesando, depois lhe dá dois beijos no rosto. Nuria apresenta García Roldán, que beija a mão da rainha, e nesse instante de vacilação o advogado sente a necessidade de sair da berlinda. E aponta para mim. Pico não dá meu nome, afirma apenas que sou o chefe de segurança da dra. Menéndez. Fierro preenche o vazio:

— Remil — fala ele. Agora Tana me olha de novo e estreita um pouco mais os olhos azuis.

— É um prazer — diz no automático, e sinto sua mão macia na minha. Sinto sua pele apenas por um segundo, porque ela retira de imediato, pega Nuria pelo braço e anda na frente da manada rumo ao interior do castelo.

Fico na varanda, recostado na balaustrada. E Fierro faz o mesmo. Como sempre, o baixinho está de branco e tira sua cigarreira de metal, oferecendo-me um Benson. Aceito e ele o acende com seu Zippo dourado. Se não pode tê-lo como inimigo, junte-se a ele. Fierro apoia metade do quadril na balaustrada e balança uma das pernas. Fumamos em silêncio, para não estragar o momento. Por aqui, não dão o prêmio Pulitzer, mas Fierrito bem que o merecia.

Primeiro há um chá com bolinhos, geleia e doces em uma sala de estar cheia de sofás, poltronas e armas antigas. Falam só generalidades. O andamento da economia, a crise europeia, o modelo de acumulação de matriz produtiva diversificada. A dona da casa tem a voz cantarolada, embora Pico não fique para trás. Elena pergunta a Balduin sobre o sistema financeiro e este passa a mão pela careca e balbucia algumas certezas técnicas. As perspectivas não são boas. Cálgaris fica ensimesmado, fumando seu cachimbo em um canto. A loura acompanha a conversa com uma apatia lânguida.

Mais tarde, Tana nos leva a uma visita guiada pelo castelo. Tem trinta e cinco quartos, seis salas especiais, nove banheiros, duas cozinhas, pátios e escritório. Um dos salões é um museu gauchesco, com peças da guerra da independência, das lutas federais e das batalhas contra os povos autóctones. Outro é dedicado à Austrália, sua cultura e política, documentos históricos, reproduções de seu folclore, objetos aborígenes, um livro de poemas de Henry Lawson, uma primeira edição de um livro de Adam Lindsay Gordon, uma maquete que reproduz o Royal Exhibition Building em Melbourne, e várias pinturas impressionistas. Cálgaris fica particularmente maravilhado com alguns originais da escola de Heidelberg: paisagens do rio Yarra e bandidos ao ar livre. O relatório da Casa garante que algumas dessas obras foram compradas no mercado negro e que valem muito dinheiro.

— Sou devota da idiossincrasia e do projeto desenvolvimentista da Austrália — confessa Elena a sua plateia. — Os australianos têm muito a nos ensinar. Eles também se veem como o celeiro do mundo. Mas, ao contrário de nós, conseguem se sair bem. — Sua voz é grave e alta, e ela faz o possível para que o sotaque cordobês saia suave e sensual, quase imperceptível.

— Uma coisa é o crescimento, outra, o desenvolvimento — acrescenta o funcionário da Alfândega, fazendo-lhe eco.

Terminamos a visita no terraço e no mirante. O entardecer dura um tempo. Servem bebidas para criar um clima. A fazenda tem campos cultivados, vacas e cavalos, e cento e vinte espécies de árvores. O pai da senadora, quarenta anos atrás, trouxe de Paris um paisagista para que fizesse a base do paraíso. Depois Elena foi acrescentando espécies de sua escolha. Ela nos libera para que nos preparemos em nossos quartos. O jantar será às dez da noite no salão principal. Quem tiver vontade de ler, é convidado a pegar livros na biblioteca. Só vamos ao local Cálgaris e eu, e passamos quarenta minutos vendo as estantes do chão ao teto, subindo e descendo a escada, comentando alguns títulos históricos e nos surpreendendo ao ver que esta é uma coleção incompleta e caprichosa. Cálgaris escolhe reler *As vidas paralelas* de Plutarco, e eu, *A taça de ouro*, de Steinbeck. Não podemos evitar alguns comentários maldosos e ameaçadores sobre Fierrito. Aproveito o tempo para dar uma volta nos arredores, mais para respirar o perigo do que por outra coisa: a senadora tem um pequeno exército de seguranças e um sistema de alarme muito sofisticado. Enquanto Nuria estiver junto de Elena, ficará completamente protegida.

Parisi conta também com um chef espanhol que parece Arguiñano e serve pomba flambada com cogumelos na chapa. Elena faz com que ele venha dar sua aula sobre a quantidade de bacon, os dentes de alho e a preparação do molho. Fala da caça de pombas de asa manchada, picazuro e pomba-rola. Um caçador, com um chamariz e um rifle calibre 12, pode matar cem pombas por dia. Como são uma praga, não existe limite legal.

— Nosso amigo Rada — diz a senadora com outro sorriso — é fanático por esse esporte. Está em uma fazenda do norte da província e há pouco me disse que está cansado e passará a noite por lá. Pede desculpas, mas amanhã sem falta se juntará a nós para as atividades. — É um trabalhador muito esforçado, podia ter dito. Mas não diz. Não há ironia nem surpresa em suas palavras.

Todos trocaram de roupa e, embora o banho e o perfume sejam patentes, é possível ver também que a viagem os cansou. Nuria não olha para mim nem por um momento em todo o jantar. Está sentada à direita da rainha e participa com sobriedade da conversa, que inclui a política nacional, as anedotas e traições que surgem na Casa Rosada, a história de Córdoba, os verdadeiros costumes dos camponeses, o valor da arte, a família Parisi, o *locro* e as bebidas locais. A sobremesa é servida na sala de estar com uísque e cafés, e pela primeira vez Parisi se permite aceitar um cigarro. Ninguém tem o mau gosto de falar em cocaína, matadores de aluguel, tráfico e lavagem de dinheiro. Esses assuntos prejudicam a digestão.

Vejo que Cálgaris leva Fierrito pelo braço até a varanda e ficam lá um bom tempo a sós. Parisi, García Roldán, Pico e sua mulher combinam uma partida de tênis para a manhã seguinte. Balduin fica enviando e recebendo mensagens com seu Blackberry. O assistente, o chef e os criados de Elena foram dormir. Nuria diz que está cansada e inesperadamente me pede que a acompanhe até seu quarto. Os homens continuam seu jogo, mas a senadora e a loura não perdem essa subida precoce pela escada para o segundo andar. Ao chegar ao corredor, Nuria se vira e me pergunta se revistei o quarto. O que ela quer? Dar a entender a esses babacas que tem um caso ou verdadeiramente quer tê-lo?

— Revistei esta tarde — respondo. — Mas posso ver se tem alguém embaixo da cama.

Ela sorri para mim.

— Nem sonhando — fala e aponta meu quarto com a cabeça. — Não desça, cão fiel. Fique por perto. Isto parece um romance de Agatha Christie. Um convidado pode amanhecer com uma faca nas costas.

Fingir um caso, para que as mulheres sofram um pouco. Mas à toa, porque a anfitriã não está nem aí se a nova sócia trepa ou não com seu guarda-costas, e não falta diversão para a loura: o metrossexual deve se jogar em seu corpo com a mesma precisão e frieza com que saca na quadra. Mas talvez as duas não sintam nada e tenham algum êxtase secreto por essa falsa possibilidade amorosa. Não dá para saber. Dou de ombros e vou para meu quarto. Tranco-me ali, lendo Steinbeck, e logo durmo.

Tenho imagens nítidas de piratas e barulho de abordagens quando os galos me acordam. Visto moletom e tênis, percorro o castelo na ponta dos pés, desço a escada e vou para a varanda. Há camponeses silenciosos e um movimento lento, porém abafado. Também quatro seguranças com fuzis e rádios, postados em diferentes ângulos. Corro em volta da mansão e depois da laguna, e tomo caminhos laterais, armando um circuito que não me afaste, mas exija bastante de mim. Depois de uma hora e meia indo e vindo entre araucárias, pinheiros e eucaliptos, e de dar voltas e mais voltas sob o olhar de meus colegas, entro no castelo pela porta dos fundos, subo a escada sem encontrar ninguém e no quarto me dedico ao alongamento, a abdominais e flexões de braço. Depois tomo uma ducha e desço para o café da manhã. Ao me aproximar da sala, ouço cochichos da rainha com a dama branca. Estão sozinhas, tomando café e comendo torradas com marmelada. É visível que flutua entre as duas mulheres um ar de cautela e uma falsa cumplicidade. São parecidas e diferentes. As duas usam roupas esportivas, mas nem por isso renunciam à maquiagem. Parisi dá bom-dia e me convida à mesa.

— Posso tomar o café na cozinha — digo.

Nuria me lança um olhar homicida. A senadora faz uma expressão de leve confusão; olha rapidamente para sua convidada.

— De forma alguma, querido — diz a espanhola e aponta uma cadeira. Uma morena simples de uniforme azul me serve o café puro e pergunta se desejo tomar um suco fresco.

— Pode trazer dois — digo com um sorriso.

Não me meto na conversa das mulheres, só ouço enquanto tomo o café, como pão caseiro com queijo de cabra e me distraio com os jardins. Logo se junta a nós o coronel, que parece ter saído de um sarcófago, e os Pico, prontos para Wimbledon. García Roldán desce fazendo piada com o match point. Só quando todos terminam e estão prontos para a ação, chega desalinhado e de olhos caídos Osvaldo Balduin, que gosta muito de dormir: tem a marca do travesseiro no rosto que não barbeou. Não responde às brincadeiras que lhe fazem, fica na cabeceira da mesa, como um menino de rua diante de sua caneca de café com leite. Desperta em mim uma mistura de pena e alerta, como se fosse um doce garotinho do inferno.

Nesse momento, Ernesto Rada chega em um furgão preto de vidros polarizados, seguido por dois carros de apoio. E Parisi sai para lhe dar as boas-vindas e fazer as apresentações. É um gordo analfabeto e grosseiro, de rosto quadrado e corpo redondo. Veste um ridículo traje de caçador africano, bermudas cáqui e calçados de golfe. Transpira até quando sente frio, e sua mão está sempre úmida. O grupo se detém para ouvir uma história dos pombos, enquanto seus criados retiram a bagagem, os rifles e alguns exemplares mortos para o chef. É uma conversa floreada e meio insolente, há gargalhadas e réplicas, e no fim Rada declina de acompanhá-los às quadras. Fica tomando o café da manhã com o coronel, que de imediato o monopoliza. São os únicos que ficaram à sombra do castelo. Os outros, como turistas desembestados, estão ansiosos para aproveitar as instalações e o dia de sol.

— E não precisamos de Remil? — pergunta Rada a Cálgaris. Fica repentinamente sério. Olha para mim como se eu fosse um guerreiro tútsi.

Cálgaris passa a mão por seus ombros e o acompanha para dentro, explicando por que minha falta não será sentida. Acompanho Nuria Menéndez às quadras, que ficam embaixo de imponentes plátanos e casuarinas. Há também um solário com uma piscina aquecida de raia olímpica. Balduin tira a camiseta e, com os óculos pretos de homem mosca, vai direto para a borda da piscina com teto de vidro. O tronco e as pernas brancas são depilados e na omoplata direita tem tatuado um dragão estranho. Vejo que uma assistente lhe oferece protetor solar. Essa brancura exige meio quilo de Dermaglós com fator de proteção oitenta.

Nuria e eu nos sentamos na arquibancada enquanto os quatro tenistas experimentam raquetes e começam a bater bola. A senadora e o advogado contra o funcionário público e sua mulher. Parisi ainda tem pernas boas e reflexos rápidos. Cede o saque ao sócio e se agacha junto à rede. Parece uma fêmea de guepardo em postura de caça. São quatro pessoas muito competitivas, e esta não será uma partida amistosa.

Quando o jogo começa, Nuria se levanta e anuncia que quer caminhar. Eu gostaria de acompanhar o desenrolar deste combate, porque é possível aprender muito sobre as pessoas vendo como lutam por cada ponto e como lidam com a resignação, mas não tenho alternativa senão acompanhá-la. A galega vai na frente. Seu passo é acelerado, quase um trote. Andamos por trilhas de terra junto a lavouras, subimos morros e penetramos em bosques frescos, repletos de aves, borboletas e perfumes.

— Como é Rada? — pergunta ela de repente, limpando o suor acumulado em uma ruga que divide o nariz do lábio superior.

— Um peronista de terceira geração — respondo.

— E o que isso significa?

— Os da primeira geração foram heroicos, os da segunda, revolucionários, e os da terceira são tremendamente ricos.

— Está generalizando, não é? — pergunta. — Está usando seu maldito cinismo comigo?

— Estou tentando não te chatear.

— Deve ser muito hábil: ganha todas as eleições do sindicato.

— São sistemas fechados — explico. — Não tem como perder. Esses caciques só são derrubados por juízes ou pela doença. Ninguém mais. E posso lhe dizer que os juízes são menos eficazes do que as coronárias.

— Parece que você o conhece bem.

— Em meados dos anos 1990, teve graves problemas com a lista Laranja.

— Laranja? — Ela se surpreende. — O que é isso?

— Trotskistas.

— O que quer dizer com "graves problemas"?

— De vez em quando os trotskistas dão um susto nos burocratas.

— E vocês, tocam que apito nessa confusão?

— O de sempre — digo e baixo inutilmente a voz: estamos no meio do campo, observados pelo gado que pasta e seguidos por sabiás e perdizes. — O coronel pediu que eu me infiltrasse em um grupo de terceirizados. O problema durou um mês em meio. Ou dois. Houve uma passeata e eu fiquei encarregado de que as coisas desandassem. Acidentes, correria, pau comendo, gás lacrimogêneo. Quinze acabaram presos, entre chefes e militantes. Saíram rapidamente, mas Rada manipulou os fatos a seu favor, houve intervenção do Ministério do Trabalho e de um tribunal do trabalho, e os caras da Laranja ficaram com ódio outra vez.

— E o que você sabe de trotskistas, Remil? — Nuria se curva, rindo.

— São pessoas interessantes — digo. — O coronel me obrigou a ler várias biografias de Trótski nos anos 1980. "As massas revolucionárias em ascensão jamais perdoam a covardia e a traição."

— Ora, ora, você é um imbecil letrado. — Ela se espanta, como se só tivesse descoberto isso agora. Recupera a seriedade e fica me olhando. É uma avaliação geral, com um sorriso suspenso. — E agora, o que vou fazer com você, Remil?

Como não gosto de tropeçar duas vezes na mesma pedra, fico calado e parado, perto de uma cornija. Com uma vertigem daquelas. Ela balança a cabeça e pisca por um instante, depois suspira e continua caminhando. Anda com energia, mexendo os braços para trabalhar a flacidez. Nós nos afastamos muito do castelo, e assim a volta leva quase uma hora. Nuria não fala nada até chegarmos. Elena Parisi a espera com um gesto de avaliação, como se estivesse vendo se nós só nos dedicamos a um passeio. Os Pico venceram com tranquilidade a primeira partida e depois houve uma troca de pares, e o resultado foi mais apertado. Javier ganhou junto com sua mulher e voltou a ganhar com a chefe. García Roldán parece contrariado, como um amador que de repente topa com um profissional. Duas pickups nos levam a uma segunda casa, que fica a dez mil metros dali, no limite externo mais próximo da sede. Somos recebidos com um churrasco *criollo*. Carne crucificada em ferros e gaúchos servindo aqui e ali chouriço e frios. Muito vinho e champanhe gelado. Ao fundo, dois camponeses tocam chacareras, zampas e vidalas.

Parisi, Cálgaris e Rada estão afastados, conversando. Balduin ouve as contas que os Pico estão fazendo com Nuria. Fierrito anda sozinho, respirando o ar da planície com uma taça de Dom Perignon na mão. García Roldán se aproxima de mim e me fala dos embutidos. Em um segundo, deixa essa banalidade e me afasta um pouco dos outros.

— Em minha ausência, quero que você não deixe de vigiar Javier — diz ele. — Não podemos confiar em um sujeito com esses antecedentes.

Acho que foi doloroso demais para ele perder na quadra e não perdoa a humilhação.

— Dependemos de alguém que só está unido a nós pela grana — acrescenta. E tem o extremo cuidado de que sua voz continue fleumática para não despertar suspeitas. Dá as costas aos companheiros e mordisca o chouriço em pão francês, mas tenho certeza de que não consegue saborear. — Sua verdadeira lealdade é para com Elena. Todo o resto pode ser corrompido. É mais perigoso que um mercenário e um idealista juntos. É um cruzamento entre essas duas espécies. Não estamos convencidos de que exista lealdade para com os outros e que as ligações de Nuria sejam unicamente utilitárias. Se estamos ligados só pelo negócio, os laços são frágeis. Precisamos de muito mais do que isso.

— Não cabem também a Cálgaris as questões gerais da lei? — observo.

— Cálgaris tem recomendação de Miami — responde ele, sorrindo com todos os dentes, e toma um gole de Rutini. — Acredita sinceramente que teríamos feito um acordo sem ter garantias? Esse velho não tem outra saída senão a nossa. É isso, ou a aposentadoria. Está unido a nós por algo além do dinheiro. Demos a ele a oportunidade de lutar pela sobrevivência.

Pressinto que chegou minha vez. Deixo minha taça na bandeja de um garçom mestiço que passa oferecendo salsicha na brasa.

— Ficamos muito impressionados ao ver como você pôs Bragoni no lugar dele — diz Roldán, limpando os cantos da boca.

— Foi uma questão pessoal.

— E é exatamente isso que nos tranquiliza. Não acreditávamos que você fosse capaz de sentimentalismo, mas com o tempo verá que nesse ofício não existem "questões profissionais". — Ele faz aspas no ar com os dedos. — Que todos nós estamos envolvidos por motivos pessoais de ordens diferentes.

Nós nos encaramos. Uma tradução livre dos pensamentos dele poderia ser: "Nuria precisa de lealdade que vá além dos negócios". A pergunta é até onde Nuria vai chegar para criar esse tipo de fidelidade. Lembro-me da filosofia *wakashudo*, os grandes xoguns e seus jovens amantes dispostos a dar a vida por eles no campo de batalha.

Nenhum dos dois prova a carne durante o churrasco. No máximo, acompanhamos Balduin com as saladas. Elena Parisi ainda conta histórias da política e do campo, que são festejadas por todos. Mais tarde, somos levados a um estábulo e apresentados ao encarregado, um gaúcho gringo de cara avermelhada, boina basca, colete de vicunha e rebenque. Preparou e selou para nós onze ou doze cavalos ligeiros de pelagem distinta. Cinco deles são marrons e avermelhados. Há também um baio, um tordo, um ruano, um palomino e um zaino. Eu fico com o palomino, que tem uma mancha branca da testa ao focinho e que é de sangue-frio. O guia monta um alazão e se coloca à frente do grupo. Marchamos a galope leve por um vale. E fazemos uma parada para que o gringo mostre os mais recentes trabalhos dos peões, que ainda estão dando um banho contra carrapatos. Mais adiante, a rainha dá uma aula de botânica junto a uma lagoa minguante. Tem flores de todas as cores. A mulher de Pico vê que estou para trás e mente para mim que sente falta dos filhos.

— Há um ano, participamos com Elena de uma longa cavalgada por Capilla del Monte, visitamos um cemitério de comechingones e subimos até os ninhos de condor — diz ela como se eu tivesse interesse. — Ver os ninhos, e ver com os próprios olhos um condor sobrevoando você de perto é uma experiência única. Pode acreditar. O silêncio parece especial. É um deus majestoso.

— Mas para seus filhos foi uma chatice — adivinho.

— Ficaram muito entediados. — Ela confirma com pena, acariciando a crina do cavalo baio que monta.

Pela segunda vez desde que nos conhecemos, tenho a sensação de que ela quer me dizer alguma coisa e não consegue. Faço um esforço para imaginar do que se trata. Ela não é boba e sabe quem somos, o que estamos fazendo. Imponho um silêncio desconfortável para que ela não tenha mais a oportunidade de preenchê-lo, mas de imediato a valquíria puxa as rédeas e esporeia para que o baio saia desse canto.

Continuamos galopando sem vontade pelo entardecer. Nuria e Elena vão na frente, conversando aos murmúrios e risos falsos. Fierrito segue atrás delas, solitário e distraído. Rada, Roldán e Cálgaris não se separam e não param de falar de operações imobiliárias e obras públicas. Agora os Pico marcham juntos e absortos, como que irritados. Balduin e eu encerramos a coluna. O financista tem dificuldade para dominar o zaino, que é extremamente calmo. É visível que Balduin está tenso e pouco à vontade fora do ambiente urbano. Porém, quer dissimular sua inépcia e dar a entender a todos que é um cavaleiro experiente e um amante da natureza. Intuo que se apoia em mim para que possa socorrê-lo ao menor percalço. Por isso mesmo inicia comigo uma conversa à toa. Aponta a rainha e diz que admira seu instinto materno.

— E nunca teve filhos — respondo.

— Não importa, age como a grande mãe de todos nós — diz ele de maneira frívola. E franze a testa. — É estranho que nem mesmo tenha adotado, agora que você fala no assunto.

Como é uma conversa à toa e sem rumo, calo a boca.

— Mas entendo que as mulheres não queiram ter que enfrentar o parto — continua, passando os dedos cheios de anéis pelo nariz. É um gesto de cocainômano, mas penso que Balduin não prova necessariamente a mercadoria que vende. — Deve ser horrível. Tenho um limiar muito baixo para a dor física. Nisso eu sou muito covarde. Minha mãe morreu no parto. E a sua?

— Quando eu era um molequinho, não tenho quase nenhuma lembrança dela.

— Um órfão — diz Balduin, assentindo. — Era o que dizia seu perfil psicológico. Um relatório muito profundo.

— E, pelo que vejo, muito popular. Por que não postam logo no Facebook?

Balduin abre um sorriso tímido. Sua timidez é ao mesmo tempo comovente e sinistra.

— E seu pai? — contra-ataco.

O sorriso desaparece. Ele leva algum tempo para responder.

— Um grande ausente, sempre esteve presente como uma sombra — responde por fim, meio na evasiva. — Rigoroso. Muito rigoroso. Exigindo tudo de mim. Olha só, ainda me esforço para que ele goste de mim. E o seu?

Sem poder evitar, olho as costas de Cálgaris. Balduin segue a direção desse olhar fugaz.

— Meu pai verdadeiro morreu de cirrose quando eu tinha catorze anos, mas outras pessoas exerceram a paternidade. Uma em especial. E às vezes também tenho vontade de matá-lo.

A gargalhada de Balduin também é tímida, feito um tiro com silenciador.

Paramos para beber água em um riacho e contemplar o crepúsculo da vida. Nuria troca impressões com os espanhóis e Pico conta, com afobação, uma fofoca à sua rainha. Com essa luz, Elena mais do que nunca fica parecida com Vanessa Redgrave naquele filme delirante de espionagem. Joga a cabeça para trás e ri de forma elegante, mas com uma sensualidade inofensiva. De longe, é possível ver que existe afeto e cumplicidade naquela dupla; qualquer um poderia acreditar que a senadora e o funcionário são amantes.

Como se lesse meus pensamentos, a loura passa atrás de mim, puxando as rédeas do cavalo, e sussurra:

— Sim, meu marido ama essa mulher. Mas não do jeito que parece.

Pego as rédeas do meu cavalo e ando alguns metros junto da esposa de Pico. Sinto os olhos de Nuria na têmpora.

— Mas o fato de ele amá-la já parece bem grave, não? — digo.

A loura balança a cabeça, dando-me razão. De repente sente um forte cansaço e inclusive acredito que seria capaz de cair em prantos, a não ser pelo fato de estar acostumada a manter as aparências e porque não se permitiria semelhante vergonha. Uma mulher tão linda. Ajudo-a a montar e começamos o retorno. Percebo que estivemos cavalgando em círculos e que chegaremos ao estábulo em plena escuridão.

O chef espanhol brilha com um bufê argentino. Salames, mortadela, queijos, petiscos à milanesa, almôndegas, grão-de-bico, tortilhas, ovos de codorna, berinjela, croquetes, salmão e patês. Abre garrafas variadas de Catena Zapata. Elena Parisi senta-se ao piano e experimenta algumas melodias de Ariel Ramírez. É um ambiente relaxado. Onde ninguém espera nada. Vou fumar na varanda, lugar preferido de Fierrito. Nós dois nos acomodamos na balaustrada e olhamos pela janela. De dentro, vem a música, interrompida de tempos em tempos, e o murmúrio do encontro.

— Contratou um especialista em imagem no Brasil — ouço Fierro falar, observando-a com a distância de quem avalia um quadro. — Há três ou quatro anos. E o diagnóstico foi tremendo. Elena tinha um grave problema de comunicação.

— Ora, vejam só.

— O pai dela, que era um italiano meio mafioso, mandara a filha aos melhores colégios ingleses. E a transformara em uma dama refinada.

— E fria.

— Ele a estragou. Porque o eleitor argentino, embora não admita, quer líderes mafiosos e calorosos, transgressores, capazes de ser duros e até implacáveis. Sabe o que o sujeito disse? Se quer chegar a presidente, precisa fazer as pazes com seu lado italiano. Foi o que ele disse.

— Mais chouriço e menos caviar.

— De fato. — Agora é Fierro que brinca com a tampa do Zippo. Abre e fecha, enquanto solta baforadas azuladas do Benson. Quando volta a falar, não desperdiça um gesto a sua ama e senhora. — Tenho um telegrama de Tana para você, Remil.

— Para mim? — Levanto as sobrancelhas. — Mas que honra. E o que o telegrama diz?

— Que a relação com ela jamais será cara a cara. Que sempre terá de passar por mim.

— E por quê?

— Por uma questão de higiene.

— Ora, veja você.

— Mas não precisa se preocupar. Não sou rancoroso.

— Mas você me conhece, Fierrito. — Jogo a guimba na grama. — Eu sou rancoroso, e é você que precisa se preocupar.

Entro na sala quando estão servindo um sorvete de champanhe e limão. Junto da lareira, a rainha improvisa um monólogo.

— A vida é dividida entre o horrível e o miserável. O horrível seriam as doenças incuráveis, as grandes tragédias e desgraças. Depois vem o miserável, que inclui todo o resto. Assim, temos de dar graças por nos sentirmos miseráveis, uma vez que a alternativa é pior.

Fala tudo isso com graça e precisão, brilhando com desenvoltura e distinção. Talvez não seja mais uma inglesa, mas ainda é uma italiana refinada do norte. A morena olha para ela com condescendência e a loura com tédio. Pico e Balduin a observam arrebatados. Os outros acompanham com atenção e aplausos.

Quando subo para dormir, Cálgaris me alcança no corredor e me informa que passarão para nos buscar às cinco da manhã. Que eu esteja acordado e vestido. Nunca precisei de um despertador. Às quatro e meia, saio da cama, visto a roupa e vejo a Glock. Uma leve batida na porta me põe em movimento. Desço com o coronel. Rada espera por nós na sala de estar silenciosa. É visível que o sindicalista está insatisfeito e dormiu mal. O gringo que nos guiou durante a cavalgada nos leva para um Land Rover branco. Saímos antes do amanhecer. O gringo dirige, mas não fala nada. Cálgaris e Rada comentam o plano operacional. Meia hora de asfalto, estrada de terra e trilha nos colocam em outro limite da fazenda. Desta vez parece o canto mais distante. O gringo para junto de uma porteira e aponta no mapa exatamente onde estamos: passando deste portão e tomando o rumo sul, virando à direita e logo depois à esquerda, saímos em uma estrada de terra e, mais adiante, em uma rodovia provincial. Rada mete o dedo para nos mostrar a conexão e o possível traçado. Depois o Land Rover circula um bosque, sobe uma ladeira e desemboca de repente em uma planície pequena. No meio do nada, tem uma pista de dois mil metros com luzes de pouso. As luzes estão apagadas, mas podemos vê-las bem porque o sol saiu e o dia logo chegou. O gringo nos avisa que o voo está atrasado e nos oferece mate. Bebemos por uma hora, assinalando os pontos fortes e fracos do plano. Rada sai para urinar quando o avião aparece no céu azul, um Cessna Citation 500. Um jato moderno que desce rapidamente, toca a pista, corre e freia a uma curta distância. Nós nos aproximamos com o Land Rover e cumprimentamos o piloto. É um argentino bigodudo de pele morena. Um tenente que deu baixa na Força Aérea e agora pilota aviões comerciais. Mostra o Cessna por dentro: os bancos foram retirados e a aeronave está especialmente preparada para uma carga importante. Afirma ter também um Hércules antigo do Exército, à disposição e em bom estado. A *Chancha*, como dizíamos nas Malvinas. Cálgaris o interroga a respeito dos problemas de captação pelo radar. Sobre a vulnerabilidade do Escudo Norte. O piloto surpreende com sua brevidade e didatismo: é perfeitamente possível escapar dos radares e das patrulhas. Tem a localização, as patrulhas, os horários e as falhas do sistema. Não existe inimigo pior do que um amigo.

Voltamos no Land Rover até a sede da fazenda. Prepararam uma pequena festa gaúcha com rodeio e corrida de cavalos. O piloto é apresentado em sociedade, embora sem muitas explicações. Nuria ainda está junto de sua sócia, como xadrezistas amáveis que procuram dar xeque-mate dia e noite.

Os homens assistem ao espetáculo camponês e fazem piada. E a loura fica sozinha e separada. Aceito uma empanada de milho e ouço o que ela me diz.

— É bom apreciar o zoológico humano. Especialmente quando te consideram burra, não? — Sua amargura começa a me dar no saco. — Javier disse que política é crueldade e que ele é filho da crueldade — conta como se fosse muito importante. Sustento novamente seu olhar.

— Há algo que eu possa fazer pela senhora? — pergunto.

Ela fica toda vermelha e baixa os olhos. Se eu fosse um comissário de Drogas Perigosas e quisesse quebrar essa quadrilha, começaria por essa loura neurótica. É um problema em potencial. Um grande problema.

Depois do almoço, concretiza-se enfim uma reunião de negócios. Pico abre as conversações. O gringo, o piloto, Fierrito e a loura ficam de fora. Monto guarda na varanda e vejo que o chef, convertido em um camponês de trajes civis, coloca seus instrumentos em um Peugeot e abandona o barco. Quando estou preparando minha bolsa, Cálgaris entra em meu quarto com o livro de Plutarco e mostra o prólogo, assinado por um catedrático. Lê em voz alta uma frase do historiador grego: "Um exército de cervos comandado por um leão é muito mais temível que um exército de leões comandado por um cervo".

VIII. O punhal de Nuria

Passaram-se seis semanas e um dia e aqui estamos de novo, dentro do Land Rover, bebendo mate e esperando que o Cessna Citation volte a pousar na pista iluminada. Foi uma longa noite. Há oito horas, quando o avião pousou pela primeira vez, o caminhoneiro, os dois motoqueiros e o saltenho de Goose Green fizeram uma corrente humana e puseram quatrocentos pães coloridos no caminhão. Trouxemos um Volkswagen climatizado, pintado de branco e com um reforço conveniente de rebites novos. O piloto do jato estava com ótima disposição, trocou piadas em voz baixa com o gringo e aceitou um amargo. Examinei os pacotes na luz. Todos tinham impresso, para sua identificação, um nome cifrado com uma grafia estranha: Dragão. Quando o avião levantou voo, o gringo apagou as luzes e o caminhoneiro abriu algumas marmitas, nos convidou para uns sanduíches e dividiu a cerveja que mantinha em uma geladeira na cabine. Comemos todos em silêncio, ao redor dos faróis, ouvindo as aves do morro.

O caminhoneiro é sobrinho de Rada: cabelo preto de capivara e corpo de meio-médio. Não tem dois dedos da mão esquerda, mas ainda assim não perdeu a carteira de motorista profissional. Foi acusado de "homicídio numa briga", porém, por influência do sindicalista, o processo foi arquivado. Se o pararem em um pedágio ou em uma blitz e entrarem com seu nome no computador da Gendarmaria, não encontrarão nada além dos registros particulares de um cidadão inocente. Os outros dois são ex-metalúrgicos:

fazem entregas e segurança em passeatas. Os barras-pesadas do caçador de pombos. Investiguei um por um e em seguida tive de instruir os três, antes desta longa madrugada no campo.

Todos temos rádios e uma rota estrita. Cálgaris se encarregou do saltenho. É mais calado que uma pedra e deve lealdade sem fazer perguntas ao mandachuva da Casinha. O homem era suboficial da artilharia e ao voltar da guerra tentou seguir sua carreira normalmente. Certa noite, já em casa, em Llavallol, sacou a pistola e deu um tiro em si mesmo. Vê-se que também teve pouca sorte nisso. O coitado ficou três meses em terapia intensiva e depois mais dois anos no Hospital Militar, em recuperação física e psicológica. Enfim lhe deram alta e Cálgaris o recrutou de imediato. O saltenho é a pessoa mais introvertida que conhecemos, um sujeito literal, um robô. Perfeito para realizar missões de alto risco e muito rigor. O coronel quer que ele lidere sempre a equipe de transporte e que os homens de Rada lhe obedeçam sem reclamar. Mas nesta primeira incursão quem deve cantar de galo sou eu: estamos abrindo caminho e vendo como é a questão, passo a passo. Depois as coisas ficarão mais rotineiras. Se é que existe rotina possível nesse negócio turbulento.

Antes da meia-noite, o caminhoneiro liberou alguns colchonetes para que os motoqueiros pudessem tirar uma soneca, e neles estão de madrugada, quando cai a temperatura e uma densa neblina do céu. O gringo, o saltenho e eu cochilamos no Land Rover, cercados pela escuridão. A ordem é de não fumar e de ficar calado. Ao gringo e ao saltenho, não custa nada fechar a boca. Sei que não dormem e também estão nervosos. Alguns soldados tem uma fé cega nas ordens que recebem e se entregam a elas sem dúvidas ou medos. Cumprir a missão e agradar ao chefe são prioridades que estão muito acima de se manter vivos e íntegros.

Às quinze para as seis recebo uma mensagem de texto: "A tachã está na área". Repito em voz alta para que o gringo saia do carro e ligue de novo as balizas da pista e para que o saltenho vá até o Volkswagen e acorde seu grupo. Quinze minutos depois, estamos tomando mate e olhando a neblina através de binóculos. Mando uma pergunta de meu celular: "A névoa dificulta a visão?". Não tenho resposta. O mate fica mais amargo do que antes. Olhamos os relógios: já se passaram mais de quarenta minutos da hora combinada. A merda da neblina. No total, são oitocentos e cinco pães prensados de cocaína pura. Pesam 841.699 quilos. Custam vinte e um milhões de dólares no mercado local. Postos em qualquer país da Europa Central, valem o dobro. E a tachã não aparece. Se em trinta minutos não baixar, nem eu receber uma mensagem, tenho ordem de levantar acampamento. Levaremos a metade por uma rota alternativa. Não podemos correr riscos.

Mijo em uma árvore e vejo como a luz do amanhecer se demora pelo céu nublado. Volto rapidamente, ponho as mãos nas costas e me estico para trás. Minhas costas doem. De repente sinto uma vibração no bolso. Pego o celular e leio a mensagem: "Começa a descer". Pego o binóculo, olho o firmamento e não desvio os olhos até perceber ao longe uma sombra e uma luz. Em seguida o Cessna vai se definindo contra a névoa branca e cinza, cresce cada vez mais sobre a pista iluminada. O barulho dos motores troa e manda para o espaço toda a nossa discrição. A tachã bate no asfalto, continua rodando e gira, parando junto do caminhão.

O gringo apaga rapidamente as luzes e o piloto desce pela escada: desta vez, parece exausto.

— Dois seguidos é demais — reclama e aceita um mate morno. Tem os olhos vermelhos e sopra o hálito nas mãos fechadas. O gringo já tem preparada comida e cama quente em uma cabana para que ele reponha a energia. Em dez horas, terá de devolver o Cessna a seu verdadeiro dono.

O caminhoneiro organiza a corrente humana, enquanto abrimos a porteira. O resto dos pães passa do Cessna Citation ao Volkswagen climatizado. Os motoqueiros pegam suas motos, que esconderam em um charco. Não quero ficar nem mais um minuto na Siete Alazanes. Cumprimento os que ficam e salto para a cabine do caminhão. O saltenho vem atrás de mim. Os motoqueiros esquentam os motores e o caminhoneiro faz o mesmo. Quando estamos todos prontos, aperto o botão do rádio e dou a ordem:

— Vamos.

O primeiro motoqueiro acelera e sai pela trilha. O segundo espera que o caminhão arranque. Quando o faz, coloca-se na retaguarda. É uma operação sui generis, percebo que no futuro trocaremos essa moto por um carro com dois homens. O saltenho tem de ir atrás, controlando o comboio e preparado para defendê-lo, se for atacado, e para fugir a tempo, se for detido. Mas desta vez fará como mandaram.

Sem tropeços nem surpresas, pegamos a estrada provincial e atravessamos o amanhecer. Não vamos a Buenos Aires, mas à Patagônia. É uma volta muito longa, porém, para a polícia, os caminhões que vêm do Norte são mais suspeitos do que aqueles que sobem do Sul. Os documentos dizem que carregamos produtos do Alto Valle, e não queremos problemas. O dia nasce, mas o sol não sai, e pelo caminho enfrentamos uma chuva forte. É melhor assim. Quando tem tempestade, os policiais e os gendarmes se entocam e são mais permissivos. O primeiro motoqueiro se adianta bastante e vai nos informando das novidades. Vejo pelo retrovisor que o motoqueiro da retaguarda veste capa com capuz. Há trechos em que praticamente não topamos com nenhum carro e momentos de aguaceiro em que o perco de vista.

Fazemos uma parada em um posto de gasolina para abastecer e nos revezamos no almoço em uma churrascaria. Praticamente não falamos. O caminhoneiro conhece muito bem a estrada, mas eu o obrigo a olhar o mapa de vez em quando. Nem uma vez o rádio toca para nos avisar de algum perigo. Parece que estamos sozinhos no mundo. A chuva nos persegue pelo resto da travessia e ainda cai ao anoitecer, quando atravessamos Neuquén e deixamos o Volkswagen em um depósito. Outro afilhado de Rada nos dá as boas-vindas e tranca a carga com uma chave. O saltenho e um dos motoqueiros podem montar guarda e ir dormir um pouco em um quarto imundo com duas camas de campanha. Nós outros nos hospedamos em uma pousada que fica em frente, onde nos dão uma comida gordurosa. Telefono para Cálgaris e explico, sem dar detalhes, que a operação não teve revezes nem novidades dignas de nota. Antes de dormir, dou uma volta pelo depósito e converso com o saltenho. Fumamos um pouco debaixo de uma chapa de metal onde a garoa ressoa, eu mexendo os braços e ele ouvindo frugalmente minhas ordens. São conselhos técnicos para os transportes seguintes, quando o guerreiro de Goose Green terá de ser o chefe do procedimento. Cuido para que o caminhoneiro e o motoqueiro não bebam demais e durmam o quanto antes. Programo o despertador para as seis da manhã e os obrigo a tomar um banho e fazer a barba, e a se servirem de um café da manhã leve. Enchemos várias garrafas térmicas com café quente e levamos croissants. Por enquanto, a chuva parou. Saímos cedo e pegamos o caminho mais direto. Não convém passar por Bahía Blanca: é um porto marítimo, e isso sempre levanta suspeitas. Vamos por dentro, atravessando La Pampa e entrando na província pelo noroeste. Primeiro por estradas retas e monótonas, aridez pura, depois General Acha, e mais adiante Santa Rosa. O motoqueiro nos avisa que há uma blitz em um cruzamento de estradas. Alerta vermelho. Estão parando caminhões no acostamento; revistam a carga e a carroceria de alguns. Examino o mapa e as anotações: há um desvio para o leste, por uma trilha sem uso, e uma estrada esburacada que nos permite retomar mais adiante, embora represente um atraso de duas horas. Não teremos outra chance. Ordeno ao motoqueiro que volte e nos metemos naquele lamaçal. Marcha lenta e tortuosa, com chuviscos isolados, mas sem problemas à vista.

Um motoqueiro corre para a saída, que é uma bifurcação, e canta que não há perigo. Saímos na superfície com os nervos à flor da pele e metemos o pé no acelerador por horas a fio, sem ligar para a fome, nem as tentações. Pellegrini, Trenque Lauquen, Bragado. O caminhoneiro reclama, não dá para continuar sem relaxar um pouco. Os motoqueiros avançam um quilômetro até uma lanchonete e nós paramos por meia hora para comer em um boteco.

Em uma mesa, quatro policiais da Bonaerense jogam truco. O saltenho e eu nos olhamos. Sabemos que se eles resolverem tomar uma atitude e quiserem fazer uma revista, vamos terminar todos em um tiroteio. Comemos um misto-quente sem olhar para os policiais, mas esbarro em um deles no banheiro e peço desculpas. É um veterano e me observa com atenção enquanto lavo o rosto. Muitas vezes o olfato é uma maldição profissional. Quando pego o papel para me enxugar, pergunto a ele se este é um povoado tranquilo. Luta com o fecho da calça, mas não deixa de me observar. Não sei como, mas ele e eu sabemos, neste instante dramático, que a vida dele depende de que ele vire a cara. Ficamos assim por alguns segundos, suspensos no ar, e então o veterano pisca, coça a têmpora e se adianta para abrir a torneira e lavar o rosto. Lava-se como se fosse com água benta. Eu mesmo ofereço o papel e ele o aceita sem dizer se este povoado é ou não tranquilo. Sai por onde entramos e piso em sua sombra dois segundos depois. O veterano olha por um momento nossa mesa e em seguida passa ao largo, senta-se e pega as cartas que o companheiro deixou viradas para baixo. Estão falando de futebol. O veterano não voltará a erguer os olhos até que tenhamos ido embora. Disso eu estou certo.

Mais cem quilômetros e, em um pedágio, um policial solitário e inesperado sai de uma guarita e pede nossos documentos. Imagino que o veterano comunicou por rádio que uns sujeitos estranhos rodavam em um caminhão Volkswagen branco com rebites novos. Mas o sujeito não passa da papelada. E até chega a ponto de sair para se despedir de nós. Chegamos à engarrafadora à noite. Aviso pelo celular a Wila e ela me garante que está tudo pronto. Rossi vem abrir as portas. Tem cinco empregados preparados para retirar os pacotes e guardá-los. Enquanto fazem o trabalho, Wila paga o caminhoneiro, os motoqueiros e o saltenho, que me pergunta com os olhos se tem de aceitar o dinheiro. Concordo com a cabeça e ordeno aos recrutas de Rada que se retirem e procurem não chamar a atenção.

— Só o que queremos, chefe, é dormir um pouco — diz o caminhoneiro.

Guardam as motos no caminhão e desaparecem. Ligo para Rada e sugiro que ele aperte seus rapazes. Não podemos vigiar cada um deles, e se um dos homens criar confusão, tomar um porre e falar demais, estamos ferrados. Rada me pede que não o subestime e encerra a ligação.

Wila está magra e emaciada, mas não perdeu a postura. Dá algumas ordens breves, e no escritório, a portas fechadas, oferece-me café requentado e me faz sete ou oito perguntas. É uma mulher estritamente profissional, que jamais pronuncia um comentário emotivo, nem uma linha que fuja do manual meticuloso da assistente perfeita. Em seu último relatório da Espanha, Flores contou que Guillermina López, depois de se separar do comerciante sevilhano, ocasionalmente foi amante de García Roldán, embora suas fontes não fossem de todo seguras e confiáveis. Quando estiveram juntos, aqui mesmo e há pouco tempo, a assistente e o advogado se trataram com muita confiança, embora eu não tenha percebido nenhum gesto de cumplicidade erótica entre eles. É verdade que, depois de algumas trepadas seguidas da rotina do trabalho e passado algum tempo, não ficam sequer restos visíveis do antigo ardor. Talvez Roldán tenha lhe dado um emprego em sua firma quando ela se separou, e eles foram para a cama algumas vezes. Talvez até ela, agradecida e deslumbrada, tenha se apaixonado pelo sujeito, mas se impôs o espírito prático e a coisa evoluiu para uma longa amizade profissional, sem direito à cama. A conjectura se encaixa perfeitamente na lógica de Roldán: nesse negócio, os empregados devem estar ligados aos chefes por vínculos mais fortes do que os simples interesses comerciais.

Quando terminam as histórias da estrada, Wila pergunta pelo círculo de segurança que colocaremos no depósito. O saltenho disponibilizará quatro vigias rotativos que a Casinha escolheu no universo das agências de segurança e das comunidades de inteligência. Quando o processo se completar, ficarão apenas dois. A engarrafadora continuará ativa, porque conseguiu contratos legais com cadeias de hotéis e restaurantes da zona metropolitana. Garrafas a serem lavadas, enchidas, tampadas, lacradas e etiquetadas. Caminhões que entram e saem; empregados que batem ponto com o cartão magnético. Aparência de uma pequena empresa normal e ativa.

— Mas a principal medida de segurança vamos tomar esta noite — esclareço e ela me olha com expectativa. — Bragoni.

Envio a ele uma mensagem de texto enquanto Wila telefona para Nuria e confirma que os cosméticos chegaram. É uma ligação curta e Bragoni demora mais a atender do que se encerra a chamada com a dra. Menéndez Lugo, que está em seu apartamento na Juncal, correndo na esteira, com champanhe no freezer. Imagino que escreve, sem sair da esteira, dois SMS idênticos: um para Madri e outro para Nova York. "Adorei os cosméticos e chegaram intactos. Bjs." Bragoni é mais direto: "Em uma fábrica de canos em Isidro Casanova, às três em ponto". O saltenho bate na porta de vidro e se aproxima: metade de sua equipe está na rua, vai posicioná-los na frente e na rampa traseira.

— Não pode dar muito na vista — sugere Wila.

Peço que mande o químico até mim. Rossi está animado, como se os pacotes do Dragão tivessem alterado seu caráter.

— Leve cinquenta para o 4×4 e nada de cheirar — digo a ele.

— À suas ordens, meu general — responde.

Enquanto carregam o carro, ligo para o coronel e o coloco a par das novidades. Sei que Palma blindou nossos telefones, mas não consigo resistir a uma conversa em código. Cálgaris tosse e pigarreia, parece que vai morrer. Não transmite nem tristeza nem alegria; ouço ao fundo algo parecido com o saxofone de Charlie Parker.

Digito o endereço de Isidro Casanova no GPS e dirijo devagar. Não há pressa. É melhor inclusive chegar um pouco tarde. Penso por um momento que Bragoni pode querer vingar a sorte de seu rottweiler, mas descarto a ideia de imediato: seria o mesmo que matar a galinha dos ovos de ouro por uma mera questão sentimental. E Bragoni é um empresário com uma família para sustentar. Uma família grande. Sou intocável, pelo menos esta noite, com este presente e essa companhia. A fábrica de canos fica em uma avenida cheia de terrenos baldios. Toco a buzina e abrem o portão para mim. Entro com o carro e os faróis acesos em um lugar mal iluminado. Deixo a Glock no porta-luvas antes de descer. Bragoni sai para me receber com três peruanos que fazem sua segurança. Todos estão armados. Nem mesmo nos cumprimentamos. Mostro a mercadoria e me afasto para acender um cigarro e deixar que a examinem, provem e descarreguem. Bragoni me olha como se eu fosse um cadáver bem conservado. Quando o porta-malas do 4×4 se esvazia, comunico que vamos precisar de um patrulheiro que abra caminho em algumas regiões.

— Não creio que haja algum problema, não? — comento ao me sentar ao volante. Vejo que Bragoni move a cabeça sem abrir os lábios. Não, problema nenhum. Abrem novamente o portão para mim e saio por onde entrei. Agora sim piso no acelerador e vou voando para a capital. Quando chego à Belgrano R, tenho sede e me sinto esgotado. Tomo uma vodca, depois outra, e me jogo vestido na cama. Durmo dez horas seguidas e quando acordo não sei qual é meu nome, nem por que me chamam de Remil.

Nuria manda que eu a leve no Audi ao Patio Bullrich e mais tarde ao Unicenter. Está de excelente humor e, enquanto vamos de um shopping a outro, obriga-me a contar como foi a travessia. Tento fazer suspense, mas ela leva várias vezes a mão à boca, como uma menina que ouve aventuras emocionantes e até solta umas risadinhas nervosas. Arrasa as lojas de roupas e joalherias. Esta tarde, compra coisas que nem mesmo usará, entre elas sapatos inacreditáveis com salto agulha de um rosa fosforescente que não combinam com seu estilo, mas são de um tal Christian Louboutin, um sapateiro de celebridades. Figurinhas para um álbum. Caprichos para alguém que tem cartão diamante e está comemorando uma boa notícia.

O engarrafamento da cocaína diluída dura um mês inteiro. Nesse intervalo, mando instalar câmeras, sensores e alarmes no depósito, e supervisiono o trabalho do saltenho, que é obsessivo e conduz tudo com um rigor militar. A empresa montada por Wila e desenvolvida por Rossi é admirável e funciona com uma eficiência muda. Não precisa de elementos muito sofisticados, mas de muita experiência humana. O químico está em seu meio: dilui duzentos gramas em garrafas de setecentos e cinquenta centímetros cúbicos e dirige o minucioso processo de recolocar o lacre. As dez mil primeiras garrafas são embaladas em caixas de seis e unidades destinadas a um contêiner, cujo transporte Wila ordena ao porto de Buenos Aires. Vão cem garrafas de vinho sem lacre para que o pessoal de Pico faça a "coleta de amostras" e análise de laboratório.

Enquanto Rossi segue com outras dez mil, o empresário da pesca envia de Mar del Plata um caminhão com segurança particular para retirar duzentos e setenta quilos de pó: serão despachados em barco próprio até um porto do norte da África, camuflados em um lote de merluzas. Nosso malbec viaja a dois pontos cruciais: Cádiz e Vigo, onde García Roldán tem um trato com funcionários da Alfândega e armou em zonas rurais "cozinhas" clandestinas dentro de pequenas empresas que são meras fachadas. Ali será feito o aquecimento para que o vinho evapore e mais tarde a filtragem, que permite resgatar a cocaína em sua pureza máxima. Uma parte fica na Espanha, outra segue caminho por toda a Europa. Quanto mais avança, mais cara fica. Pode chegar até a Rússia.

Durante esse mês, não deixo de praticar boxe em Saavedra, nem de esvaziar vários pentes da Glock no estande de tiro subterrâneo do serviço naval. Nem de nadar todos os domingos no rio da Prata com o traje de neoprene. Também não deixo de acompanhar Nuria, que passa da alegria à preocupação e se encontra várias vezes com Javier Pico. O cachorrinho de Parisi também não está feliz: chegou a hora zero, e embora tudo tenha sido planejado detalhadamente, pode descer pelo ralo graças a qualquer pequeno equívoco. Só quem permanece calmo e se diverte é Cálgaris, que observa o carnaval com um prazer íntimo. Como de hábito, guardo minhas dúvidas e contradições em uma caixinha em meu cérebro e dou duas voltas na chave.

Os últimos dias são muito longos. Wila fica o tempo todo na Alfândega, grudada nos trâmites de exportação. E numa sexta-feira o químico, que dormiu todas as noite em uma cama pequena no depósito, passa por mim tirando o jaleco e limpando as mãos:

— Não dá mais, cara. Quero tirar o fim de semana.

Está em frangalhos, embora o estresse não o tenha obrigado a emagrecer, mas o contrário: só o que pôde fazer nesta nova penitenciária foi comer sem parar, e o fez sem freio nenhum. Eu o levo no 4×4 até a sua pensão em Liniers e o espero no pátio enquanto ele troca de roupa. Os resultados na escuta que instalamos nos primeiros dias não nos revelaram muitas surpresas.

— Só o que tem de interessante é a obsessão dele pelas putas — disse-me Palma. — Uma por noite, e às vezes até parece que quer regenerá-las. Dá pra acreditar? Fala de seus dez filhos. Chora. Diz que sente falta de San Luis. Quer que as putas gozem ao mesmo tempo que ele. Diz que se apaixonou por elas e chora sem parar.

Quando o químico sai feito um galã e com a carteira abarrotada, pergunto onde fica a boate. Vamos à rua Ventura Bosch: parece um lugar luxuoso demais para esse vagabundo.

— Não pira, cara — alerto, e ele percebe que não estou de brincadeira. — Xota é que nem soro da verdade. Se amolecer com as garotas, se pagar algum mico, juro que não chegará vivo à segunda-feira. Vou ficar te vigiando. Não faça nenhuma cagada.

Ele jura pelos dez filhos que não fará. Quando sai do carro, aviso para reativarem a escuta e para ficarem em alerta por mais quarenta e oito horas.

Mas ele não faz nenhuma cagada. Ninguém faz. E na quarta-feira Wila entra triunfante no escritório e anuncia que os contêineres passaram na prova e já estão em alto-mar. Nuria a convida a uma milonga em San Telmo, para comemorar a façanha. Wila fica animada para dançar e o faz razoavelmente bem. Nuria e eu a olhamos da mesa, como pais orgulhosos. Três dias depois, a galega me informa que iremos juntos em um voo da Iberia.

— Querem nossa presença lá quando o carregamento chegar — diz Nuria.

Não me atrevo a perguntar por que ela não viaja sozinha, porque a questão me deixa intrigado o suficiente para informar a Cálgaris, que dá de ombros:

— Querem te conhecer.

— Quem quer?

O velho filho da puta carrega o cachimbo e me mantém por uns segundos em suspense. Acende-o com um fósforo, tira-o da boca e solta uma enorme baforada.

— Os chefes de Nuria — responde.

— Sou tão importante assim? — pergunto com sarcasmo.

— Parece que sim.

Nuria mostra uma passagem da primeira classe e me confina em um lugar na classe econômica. É um voo calmo e eu me entrego à leitura da longa reportagem de David Stafford sobre o desembarque da Normandia. No Barajas, espera por nós García Roldán, vestido num traje esporte elegante e com uma BMW Essential Edition Serie 1 preta. Só quando estamos a bordo, o advogado me dá os parabéns pelo trabalho. Mas é um cumprimento frio, como quem se nega a aumentar demais o preço de um subordinado. Tampouco responde ao otimismo de Nuria. Não vai cantar vitória antes do tempo. Deixa-a em seu apartamento no Paseo de la Castellana e me leva a um albergue no bairro de Chueca. Do quarto, telefono para o escritório do Palacio de las Cortes e deixo um recado e um número para a srta. Luciana Flores. Sou acordado no meio de uma sesta. Sua voz é gentil e forçada. Combinamos de nos encontrar na Librería del Prado. Ela chega tarde e me permite ver aquelas gravuras e livros antigos. A ex-policial federal também parece mais arrumada e reluzente do que da última vez. Ainda é uma loura oxigenada, nariguda e bunduda, mas agora tem um penteado moderno e roupa da Corte Inglés. Dá dois beijos em meu rosto, à maneira espanhola, e sugere que tomemos uma cerveja a três ruas dali. Quando vamos para a calçada, ela tira um pacote da bolsa de couro que usa atravessada no peito e entrega a mim. Coloco debaixo do braço como se fosse o pão daquele dia e andamos juntos pela tarde tépida.

— O coronel me pediu para abortar toda a investigação sobre essas pessoas — ela me diz quando nos servem a bebida. — Mas você já sabe como a coisa funciona: quando você lança os anzóis, os peixes vão chegando, mesmo que não tenham fome. — A cerveja está gelada; trazem uns espetinhos e pedimos outra. — Encontrei algumas informações sobre a mãe de Balduin — acrescenta. — Foi uma mulher muito bonita, gerente de um banco de porte médio que não existe mais. De repente viaja para uma convenção internacional e ao voltar explica que se apaixonou. Um homem muito bem de vida, ela diz aos amigos íntimos. Mas não dá detalhes. Muda-se para Barranquilla e dois anos depois para os Estados Unidos, já grávida.

— Morreu no parto — concluo. — Balduin vem muito à Espanha?

— Quatro vezes por ano, fica em hotéis. Desaparece. Aparece por aqui em Barcelona, ou em Cádiz. Anda livremente.

— Tem um amante fixo?

— Não faço a menor ideia. Se Cálgaris quiser que eu entre com tudo, será um prazer. Mas insisto: ele mandou que esperasse até segunda ordem.

— Quais são os outros peixes?

— Quem tem amante fixa é Roldán. — Ela baixa a voz, os olhos brilham. — É uma geminiana clássica, tradutora do alemão. Uma alemã bonitona.

— Essa informação não é nova.

— A novidade é que ele comprou para ela um apartamento em Chamberí que é de cair o queixo. Ela deve encher os ouvidos dele. Quer saber como são as geminianas clássicas?

— Preciso ir ao banheiro.

Dentro de um reservado, sento-me, tranco-me por dentro e abro o pacote. É uma Glock gêmea. Vejo os dois pentes. Vem com um coldre para prender na cintura. Tiro da caixa, jogo o papel no cesto e volto ao balcão.

— E soube também que Roldán tem um processo em aberto na Venezuela — diz Flores, que está pagando a conta provisória. — Por obstrução à justiça. No dia que em Cálgaris der carta branca, vamos fazer uma festinha.

Ficamos um tempo fumando e bebendo outras cervejas, comendo novos espetinhos. Ela me fala de astrologia. Faz boas tentativas com Roldán, entra no signo do boi de metal e em suas zonas obscuras. A conta final quem paga sou eu. Volto a pé para o albergue, em uma Madri quente que, entretanto, se apaga e refresca.

Roldán monopoliza inteiramente Nuria, que não me telefona nem uma vez. Nenhum dos dois precisa de proteção, então não sei muito bem o que estou fazendo na mãe pátria. Organizo-me para correr pela cidade, levanto peso e nado na piscina de uma academia, e leio *Cartago*, de Franco Forte. Passo uma tarde inteira no Reina Sofía, tentando ver aquelas imagens com os olhos de Cálgaris. Mas não consigo grande coisa. Naquela noite, quando chego ao albergue, a garota da recepção me avisa que tenho um recado e me dá um pedaço de papel. Ligo para Roldán antes de me deitar para ler. Amanhã vão me buscar, vamos passear. Anuncia isso de forma cordial, com ruído de fundo. Está em um restaurante e parece que bebeu demais. Nuria também: tira o telefone da mão dele e me pergunta se já consegui uma namorada em Madri. Divertem-se muito. Estão em casa.

Às sete da manhã, não parecem tão joviais. Os dois estão de óculos escuros e têm cara de múmia. Entro na BMW preta pela porta traseira e descubro então que vamos a Vigo. São quinhentos e noventa quilômetros e me chama a atenção o nome de uma rua: La Virgen de los Peligros. A noitada os mantém em silêncio, mas Nuria coloca uns discos de Amy Winehouse e Diana Krall e contemplamos a paisagem enquanto ouvimos essas vozes melodiosas que não me dizem nada. Quando o sol sai inteiramente e são nove da manhã, o advogado me pede que explique as pontas soltas da operação. Detalho, mas também conto que Bragoni nos dará respaldo em alguns percursos. De repente a conversa ganha intensidade e passamos o tempo com questões de logística. Nuria interfere pouco, mas não deixa de me olhar pelo retrovisor. Chegamos a Vigo depois do meio-dia. O céu e o mar são de um azul intenso, há um leve vento seco e um navio de cruzeiro gigantesco acaba de desembarcar duzentos japoneses. Ficamos hospedados em um hotel pequeno de La Alameda e esticamos as pernas pelos calçadões e pelos jardins lotados da Plaza de Compostela. Sinto calor e Nuria também, mas Roldán atravessa a jornada sem transpirar. Temos um encontro em um restaurante perto do Ayuntamiento. É um lugar com reservados e ali se come um ótimo polvo. Na dúvida, sento-me a uma mesa próxima, de onde é possível ver todos os movimentos. Os advogados pedem vinho e água gelada e olham constantemente para fora. Passam mais de quinze minutos esperando seus sócios, que por fim chegam. São dois brutamontes de barba cerrada e corpo robusto. Bastou uma olhada neles para eu perceber que não são espanhóis e que estão armados. Por acaso são sérvios, e é muito custoso para eles manter uma conversa amena. Nenhum dos dois consegue deixar de olhar o decote da mulher. Falam entre murmúrios e com meias palavras, mas estou a um metro e meio e entendo tudo. O contêiner passou sem incidentes pela Alfândega, só foi necessário um pagamento extra a um funcionário. As garrafas estão em uma fábrica trancada em Puentecaldelas, perto do parque industrial de O Campiño. Começaram na quinta o aquecimento e a filtragem.

Dividem o polvo e falam de preços e entregas. O restaurante não para de encher e parece uma reunião de negociantes de vinhos. Os sérvios se dirigem a Roldán com respeito, quase com temor. Sempre que Nuria pergunta alguma coisa, os sérvios respondem como podem, porém sem olhar para ela, com os olhos fixos em seu verdadeiro chefe. Quando trazem os cafés, o advogado sai por um instante para atender a um telefonema no celular. Nuria junta as migalhas na toalha de mesa e os sérvios se viram para sustentar meu olhar. Só de ver o tom dessa encarada, qualquer cliente ou turista paga a conta e vai embora assoviando baixo. Roldán volta e lhes confirma que irá à Puentecaldelas nesta mesma noite. Combinam uma hora para ir juntos em sua BMW. Despedem-se na calçada e eu fico de pé, vigiando os sérvios, que em nenhum momento tiraram as jaquetas de couro, apesar da temperatura. Andam juntos, roçando os cotovelos, e viram uma esquina.

No saguão pequeno do hotelzinho de La Alameda, Roldán explica a Nuria que em algumas horas virão nos buscar e que faremos uma viagem curta. Não falam com liberdade, porque estou presente, mas dois pontos ficam claros para mim: Nuria sabe do que se trata e eu estou de saída. Separamo-nos nos três quartos dos fundos, que revisto antes para ver se não esconderam algum presentinho para nós. Depois continuo a ler, incapaz de dormir a sesta, e tomo dois banhos por puro tédio. "Derrotara o grande Aníbal, fora o primeiro e único comandante romano a conseguir a façanha depois de dezesseis anos de guerra, e sua realização se deu em solo africano, não muito longe de Cartago." Quando fecho o livro, tenho uma crise de sono; acredito até que cochilo um pouco enquanto ouço o rumor distante da cidade de Vigo, já iluminada e escura. As batidas na porta me tiram da cama. Pela fresta, vejo que Menéndez Lugo, renovada e recauchutada, diz que já recebeu o aviso. Acabo de me vestir e vou ao corredor. No saguão, Nuria conversa com um negro com dobras na barriga e cabelo esponjoso, com pinta de lutador. Apresenta-se como "Manolo" e noto o sotaque da América Central e a desconfiança. Também as joias de ouro que usa, como os ciganos, nos pulsos e no pescoço de touro. É um personagem que só passaria despercebido em uma favela ou em um bairro pobre de Medellín. Uma imprudência ambulante.

Somos levados para uma Kombi branca com vidros polarizados que Manolo chama de "o furgão". Abre para nós as portas traseiras para que entremos e sobe atrás, sentando-se em uma das três cadeiras de braços: a Kombi foi adaptada para fazer as vezes de uma sala de estar, com mesinha e frigobar. Não há comunicação entre a carroceria e a cabine, e todas as janelas estão pintadas de preto. É um calabouço confortável, pensado para transportar gente amiga que não pode saber aonde vai.

— Se eu te dissesse, teria de matá-lo. — Manolo exige que entreguemos os telefones e relógios: sem tempo, não dá para calcular a distância. Depois pede a minha Glock e eu obedeço porque sei que não partirá antes que as regras sejam cumpridas. Diz para ficarmos à vontade, sai dali com dificuldade, fecha as portas e tranca. Não demora nada para ligar o motor e deslizarmos por essa rua.

— Tomara que eu não tenha vontade de fazer xixi — ouço Nuria reclamar entredentes. Não dou muita atenção, procuro identificar que rumo tomamos. É difícil, dá tantas voltas que me obriga a desistir. Depois, toma um caminho reto, talvez paralelo à costa do Cantábrico. Quando estou resignado e relaxo, descubro que Nuria não parou de olhar para mim com a cabeça inclinada e um sorriso lânguido. Encontro ao lado uma garrafa de uísque e outra de vodca: um Chivas Premium e uma Absolut Level. E, na geladeira, champanhe Cristal, que sem dúvida é da preferência da senhora. Sirvo a vodca e a champanhe, e ela abre uma lata de caviar e um pacote com salmão defumado. Em uma caixa de uma pequena despensa, encontramos toalha de mesa, talheres, saquinhos de frutos secos e, embrulhado em papel roxo, um pão redondo. Nuria ri.

— Parece que fomos sequestrados, mas são verdadeiros cavalheiros — ela levanta a taça e propõe um brinde sem palavras. Comemos em silêncio, nessa intimidade a meia-luz, simpática e forçada, que ela rega com mais algumas taças. Não saio do primeiro copo, depois pego com cuidado duas águas, esperando que a patroa se renda.

— Estou acabada — por fim ela suspira e repousa as pernas na terceira cadeira. Apago a luz interna e lhe estendo uma almofada. É divertido ver que não custam nada a dormir as pessoas de consciência limpa ou aquelas que simplesmente não têm consciência.

Permaneço inutilmente acordado pelo resto da viagem, com vontade de fumar, mas sem me atrever a acender um cigarro dentro desse caixão de metal. Perco completamente a noção do tempo e do espaço e, o que é estranho, repasso essa questão desde o começo. Desde que ativei Lali e Palma para verificar quem era aquela galega recém-chegada que interessava tanto a Cálgaris. Até que a conheci pessoalmente, no Club de Yatching y Pesca de Colonia. "Quero Remil." E as vezes em que se insinuara a síndrome do guarda-costas. Aqueles quatro gins-tônicas em San Isidro, aqueles desencontros na hidromassagem do Tigre, aquela ordem e contraordem em seu apartamento na Juncal. Sempre que me aparece, no escuro de um sono leve, Nuria usa roupa e óculos pretos e um batom violentamente vermelho. Nessa foto pessoal e imaginária, a dama branca veste-se de preto e tem as feições duras e ao mesmo tempo sensuais. Parece uma assassina de aluguel, mas na realidade é uma imperatriz que tem um punhal. E por acaso esse punhal vem a ser eu.

Por algum motivo que não consigo entender, sinto que estamos perto de nosso objetivo. Há trechos em que saímos do asfalto e sacudimos pela terra. Em seguida voltamos ao asfalto e rodamos. No fim, as manobras são tão marcadas que a imperatriz acorda e acende a luz.

— Chegamos? — pergunta, desorientada.

Dez minutos depois a Kombi para e ouvimos que o motorista desce no cascalho e se aproxima caminhando. Volta rapidamente e o furgão parece entrar em uma garagem. Ouvimos que desliga o motor. Abre as portas e diz que podemos sair. Descemos do carro como se fôssemos prisioneiros de uma solitária, atingidos pelas luzes de um lugar que parece uma oficina. Tem todo tipo de ferramentas e noto que também tem um motor de popa para conserto. Não se vê nada pela claraboia, que também é pintada de preto. Mas adivinho que ainda não amanheceu e que estamos perto do mar.

Por uma escada interior, subimos ao térreo, que é amplo e sólido. Um salão com lareira, sofás e poltronas, e mais adiante uma mesa longa com seis cadeiras estilosas. Móveis de castanheira e carvalho. Não tem objetos de decoração, nem quadros. É tudo perfeito, porém impessoal. As persianas também são automáticas e estão hermeticamente fechadas. Ficaremos o tempo todo com luz elétrica e ouviremos, ao longe, o murmúrio do mar.

É tudo. Penso que no segundo andar deve haver quatro ou cinco quartos e pelo menos um banheiro. Alguns desses quartos estarão trancados e cheios de objetos que os convidados ocasionais, como nós, são proibidos de ver. Estamos, portanto, em um lugar sem sinais de identidade, que não pode ser reconhecido. Um chalé de pedra, cimento e madeira, a uns cem metros de uma praia solitária e à mercê de um negro irritado que porta uma Uzi. Porque Manolo, agora a salvo de olhares indiscretos, tem pendurada no ombro uma carabina Uzi de trinta cartuchos, culatra fixa e cano longo. Ele também não se importa que eu veja minha Glock metida naquela cintura cósmica. Aponta o banheiro para mim para que nos aliviemos e depois a cozinha: me dá permissão para preparar um café. Mais do que permissão, parece uma ordem. E percebo uma espécie de prazer em seu tom de superioridade. O escravo dá ordens ao escravo. Enquanto preparo o café coado, Nuria se penteia e se maquia, e volta a passar o batom furioso. Só o que me chama a atenção é um chaveiro vazio pendurado em um prego. Custo a entender o que são essas duas figuras. Parecem dois tamancos pequenos de prata, com uma letra A microscópica entalhada dentro deles. Sirvo o café e esperamos. Nuria não puxa assunto com Manolo, mantém-se altiva e pintada, de pernas cruzadas, na expectativa. Sua roupa parece ter acabado de sair da lavanderia; é uma morena de parar o trânsito bebendo aos golinhos um café medíocre, esperando uma pessoa importante. A mais importante de todas.

A primeira coisa que interrompe a espera é uma chamada no celular de Manolo, que para de passar a mão no cabelo e atende como se estivesse levando uma agulhada. Não consigo decifrar o que ele responde, porque ele baixa a voz. Mas vejo que se levanta, cambaleia e se dirige à porta. Espera junto dela, como um cachorro aguardando seu dono, ouvindo de longe. Por fim abre a porta e lhe dá passagem. Nós também nos levantamos. É um homem de estatura mediana, cabelos brancos e bochechudo, com camiseta de gola redonda e casaco marrom listrado, anel de ouro e titânio, um Girard Perregaux Opera Three de quinhentos mil dólares e sapatos italianos. Vem com um chapéu na mão e o olhar atento.

— Meu amor — ouço Nuria exclamar, e a vejo atirando-se nos braços dele. O homem não se altera com essa repentina demonstração de afeto; não deixa de me examinar como se eu fosse a origem de seus males. Há uma única foto no arquivo da Casa e corresponde ao início dos anos 1990. Belisario Ruiz Moreno tinha mais cabelo e menos bochecha. Ainda não era independente do Cartel de Cali, mas já nessa época tinha problemas com a DEA. Na Argentina, não há nenhuma outra imagem do velho fazendeiro do norte do Valle del Cauca. Para a comunidade do serviço secreto ligada ao narcotráfico, este é o homem invisível. O desaparecido, talvez o esquecido.

Belisario pisca e se separa de Nuria para olhar em seu rosto. Só então sorri com todos os implantes e a beija com ardor. A cena parece um pouco arrebatada e me envergonho de testemunhar. E este não é o único sentimento que desperta em mim. Nuria parece uma desconhecida: afasta-se dele por uns segundos e enche de beijos todo seu rosto, como se estivesse morta de saudade. Fala:

— Meu amor, meu amor, senti tanto a sua falta. — Belisario volta a abraçá-la, como se quisesse que ela sentisse o coração em seu peito. Francamente. É uma novela venezuelana.

Mesmo beirando o ridículo, ela de imediato se recupera e fala.

— Preciso lhe apresentar a pessoa que cuida de mim.

Belisario assente e de repente os dois estão me olhando. Nuria, como se o fizesse pela primeira vez, metida na pele da amante dele. Belisario, assentindo e ostentando poder para ver o que há por dentro desse pé-rapado argentino de braços longos e queixo quadrado. O velho então avança, balançando a cabeça, sem se desvencilhar completamente da amada, pega um braço meu, depois o outro. Agarra-me pelos bíceps, como se os estivesse avaliando, mas não deixa de me penetrar com os olhos.

— Remil — pronuncia. Está provando o sabor desse nome na boca. — Me contaram coisas interessantes sobre seu escritório, soldado — acrescenta. A palavra *soldado* parece uma ironia. Um soldadinho. Uma das mãos solta meu braço e me dá um tapinha na cara. — Você sabe que nesse negócio é preciso ter colhões, mas não pinto. Ou, como vocês dizem, che? — Tenta imitar o sotaque argentino e Manolo acha graça.

Belisario não para de me olhar de perto, como se procurasse um gesto mínimo que me delatasse. Algo que permitisse se virar e pedir a Manolo para disparar cinco ou seis tiros em mim com sua carabina.

— Bagos sim, pica não — digo, olhando para Nuria, que baixa os olhos. — Imagino que esta seria uma boa tradução.

Por uns segundos, ficamos ainda cara a cara, até que Belisario dá uma gargalhada e ergue um dedo para mim.

— Presta atenção, não confio muito em quem é instruído. Quem lê demais tem ideias próprias. E aqui só quem pensa é um servidor, para sua informação.

Tudo quase parece uma grande piada. A piada hospitaleira de um bom anfitrião. Mas preciso recuar, não o ofender com minha inteligência e entender que não passo de um de seus humildes legionários.

— Como o senhor quiser — digo e recuo literalmente dois passos. Agora Ruiz Moreno sorri, aprovando o gesto de submissão, e diz a Nuria:

— Você escolheu bem. Vamos a meu quarto, quero mostrar o que trouxe para você. — Passa um braço em torno dela e sobem os dois juntos a escada, trocando palavras aos sussurros e rindo.

Manolo e eu nos sentamos nas poltronas, junto da lareira, como dois anciãos que precisam matar o tempo. Quando se esparrama, ele parece um rematado obeso. Uma das mãos está sobre a arma e a outra não para de empurrar a cabeleira preta e gordurosa para trás. Tem as pálpebras caídas, como se não se importasse com absolutamente nada.

— Pôquer, bisca, damas, xadrez? — proponho. Faz que não com os cachos. Vê-se que é um sujeito com muita vida interior.

Dez minutos depois, começamos a ouvir os gemidos de Belisario e os rangidos da cama. Deixou a porta aberta para que eu escutasse. Belisario gosta de falar e que sua mulher lhe conte o prazer em primeira mão. Nuria pronuncia frases inesquecíveis. Mas como é grande, mete mais fundo, você é um cavalo e essas coisas. Ouço que Belisario a chupa, e Nuria confessa que nunca ninguém a chupou melhor. Caem objetos e há mais risos, e o homem forte solta um grito e esclarece para nós que está gozando na boca da mulher.

Manolo nem mesmo sorri. Há um intervalo, depois voltam à carga. Ela está por cima e, segundo declara, sente a ponta da pica na boca do estômago. Mais tarde, ele a come pelo rabo e volta a gritar um orgasmo como se estivessem extirpando seus testículos com um alicate. A batalha dura duas horas, talvez três. Porque Belisario volta a lançar seu sêmen, desta vez bem lá dentro, enquanto obriga Nuria a gritar: "Quero um filho seu!". É o fim. Percebo pelo silêncio prolongado que chega e pelos barulhos do chuveiro. Só então constato que tenho dor no maxilar, como se estivesse apertando os molares. Passo o dedo pelas gengivas doloridas. E quando o tiro, vejo que se soltou um pedaço do esmalte do dente. Uma lasca pequena e branca. Uma prova penosa.

Lá em cima, toca um telefone. O toque é um bolero de Luis Miguel. Belisario atende, mas trata de fechar a porta. Precisa de privacidade. Em seguida desce sozinho, vestindo o casaco listrado.

— Sabia que tinha pouco tempo, mas surgiu um inconveniente e preciso ir embora antes e depressa, soldado — diz ele a mim, atravessando o salão rapidamente. Vai para a porta, mas pensa por um instante e se desvia para pôr a mão no meu ombro: — Já sabe o que significa para mim. Será responsável por sua vida, entendeu? — É claro que entendo, dom Belisario. E como eu gostaria de meter um tiro na sua boca. Um no senhor e outro na sua cadela.

Ele põe o chapéu e a fera do cabelo crespo o acompanha à porta e a fecha com duas trancas e taramela. Avisa-me que descerá para recarregar o frigobar e que devemos nos preparar para a volta. Sirvo-me outro café, encostado na cozinha. Acendo o único cigarro que me resta. Agora também sinto dor em todos os músculos do corpo, como se tivesse nadado no rio da Prata. Nuria chega cabisbaixa, impecável como sempre. Não consigo nem olhar para ela. Por sorte, o irritadinho vem nos buscar. Sentados nas cadeias, trancados sozinhos, Nuria tenta bater papo comigo. Mas não faço nada além de tomar vodca com gelo, sem experimentar a comida e sem responder às perguntas. Bebo quatro copos seguidos. Na metade do caminho, Manolo encosta para encher o tanque e nessa hora me dou conta de que Nuria nem consegue dormir. Está pálida, quase chorosa, encolhida. Olha para mim como a um carneiro degolado. Eu a ignoro pelo resto da viagem e também quando chegamos ao hotelzinho de La Alameda. São cinco horas da tarde. Manolo sobe no furgão para nos devolver os relógios, os celulares e a Glock. Não é uma despedida muito afetuosa. No saguão, García Roldán usa freneticamente o wi-fi e fala com Madri. Ao ver Nuria, anuncia que a carga também chegou perfeita a Cádiz e que tem muito que contar.

— Não estou me sentindo bem. — Nuria pede licença com a voz trêmula e sobe a seu quarto.

Roldán me pergunta com os olhos como foi.

— Maravilhoso — respondo. Sinto-me meio instável, com cinco vodcas no sangue. Mesmo assim, cochilo, acordo e cochilo pelo resto da tarde e toda a noite. Tinha acabado de pegar no sono profundamente quando me chamam da recepção para fazer o check out.

A bordo da BMW, os dois advogados colocam-se a par das novidades. Nuria explica que Belisario está muito bem e teve uma impressão muito boa de Remil. Roldán conta como os sérvios organizaram a recuperação química e já têm a distribuição armada. Falam dos gastos extras, em Vigo e Cádiz, e passam as quatro horas seguintes avaliando os custos e benefícios de lidar com o pescador da Patagônia. Nuria parece recuperada, eu fico à margem da conversa. Tomo conhecimento de que partiremos amanhã mesmo num voo da Aerolíneas. Telefono para Luciana Flores para que vá buscar seu pacote no albergue do bairro de Chueca. Ao chegar, telefono também a Cálgaris para informar que a operação foi concluída com sucesso e que chego ao Ezeiza, se não houver tempestade nem greve aeroportuária, em dezoito horas.

Para minha surpresa, desta vez vou na primeira classe e compartilho o banco com a imperatriz, a quem procuro não dirigir a palavra. Depois do jantar, com os bancos reclinados e cobertos por uma manta, tentamos dormir quando as comissárias de bordo apagam as luzes. Mas ainda não consigo. Fico acordado, acossado por imagens violentas, e de repente sinto a mão de Nuria. Pousa o dorso da mão em minha face. Estou virado para o corredor e finjo que não notei. Mas até meu apêndice late. Durante um tempo incalculável, ela mantém a mão ali, que é um carinho passivo ou talvez um chamado, em meu rosto. Depois retira. E eu aperto os olhos, como se fosse chorar. Mas não choro, apenas afundo no sono. Mesmo que de uma forma inquieta, porque sou atacado pelas mesmas cenas, de novo partidas de futebol onde tentam me matar, fazendas onde se escondem perigos, uma multidão de mulheres, e todas são Nuria, e em dado momento, no meio da confusão e da raiva, aquela palavra estranha e a grafia tão peculiar: Dragão. O nome da cocaína. A razão social de Belisario Ruiz Moreno que vem desenhada nos tijolos. "Balduin", penso e dou um pulo no assento. Não estou sonhando mais.

O avião voa a dez mil metros de altitude sobre o Atlântico e Nuria está desmaiada junto à janela. “Balduin”, repito com completa lucidez. Naquela vez, na fazenda de Elena Parisi, quando tirou a camiseta para tomar sol na beira da piscina com teto de vidro. O tronco e as pernas brancas e depiladas, e a omoplata direita, aquela tatuagem de um estranho dragão. A mesma grafia. A marca do diabo. Lembrei-me da voz de Roldán: “Se ficamos ligados apenas pelos negócios, os laços são frágeis. Precisamos de muito mais”. Lembrei-me de Nuria dizendo “meu amor” a um ator pornô. Meu doce amor. Quem são essas pessoas, na verdade?

IX. O CARTEL DE BUENOS AIRES

O SERVIÇO DE METEOROLOGIA ANUNCIA que este sol de sexta-feira é temporário, que no sábado o tempo ficará instável com pancadas isoladas e que no domingo choverá sem parar na capital e nas áreas adjacentes. Colonia não estará a salvo da água, embora talvez a alcance só na noite de domingo, quando o coronel estará voltando ao porto de Olivos. Na dúvida, fala com um camarada por rádio e troca informações. Mais tarde anda de um lado a outro do convés do *Aubrey*, preparando tudo para zarpar.

— E então? — pergunta a mim quando subo e lhe estendo uma xícara de café. Dou de ombros e vejo os reflexos e os iates que flutuam à nossa volta.

— A mesma pessoa dá início ao circuito e o encerra — respondo. — Produz, transporta e distribui.

Cálgaris se queima com o café e o sopra. Tem a xícara entre as mãos e não me olha.

— É o que parece — limita-se a dizer. Como quem diz: "Que pena, vai chover". Escolho me queimar por vontade própria.

— Não somos uma holding de exportação — explico, embora ninguém tenha me pedido explicação nenhuma. — Somos um cartel. Uma quadrilha. Ela mentiu para nós.

Cálgaris bebe um pouco mais do café e o deixa de lado.

— Isso não tem importância — diz ele e começa a manipular uns cabos.

— E por que não? — quero saber.

— Uma coisa é o que eles são, outra muito diferente é o que nós somos. — Ele avança para estibordo. — Nós somos prestadores de serviço. Sem chances de deixar passar o negócio, e eu já te falei o porquê. Fazemos o de sempre, o que precisa ser feito.

Acendo um Parisienne, dando as costas ao vento, e solto uma baforada.

— Não é uma questão de escrúpulos — solto —, mas de confiança.

Agora Cálgaris se vira e me examina para saber se entendeu bem. Está irritado. E o sol faz brilhar seus olhos aquosos.

— Me irrita que você use a palavra *escrúpulos* — diz ele. — Desde o começo eu sabia que Ruiz Moreno produzia a mercadoria à distância e que Nuria trabalhava para ele. Não importa o que ela disse a você. Nuria tinha medo de que o herói das medalhinhas lhe fizesse um sermão ético. Ela não te conhecia.

— O problema não é esse — protesto.

— E qual é o problema, Remil? — ele pergunta, colocando os polegares no cinto e se balançando sobre os calcanhares.

Lembro de Nuria no *Aubrey*; também naquele fim de semana havia previsão de chuva. "Não produzo, não consumo e não julgo quem o faz. Eu transporto o produto, soldadinho. Sou uma empresa de transporte com seguro. É só isso."

— O problema é que mentiram para mim — digo por fim.

Cálgaris dá uma gargalhada cheia de catarro. Solta um polegar e bate na própria perna. Depois vai até a popa, cospe o catarro na água e guarda umas ferramentas. Quando vem para a proa passa junto de mim, para e bate o indicador em meu peito.

— Operamos no mercado das mentiras. É disso que vivemos. Não vamos fazer uma tempestade em copo d'água porque quiseram nos enganar. Vou te dar um conselho extraprofissional, Remil. Não torne sua relação com Nuria pessoal. Nem pense em trepar com ela. Essas besteiras não dão retorno.

— Nunca estive mais longe disso. — Eu rio.

Cálgaris levanta o dedo e o coloca abaixo de meu olho esquerdo. Não há ninguém no mundo a quem eu permita essas familiaridades ameaçadoras.

— Essa resposta me irrita mais do que a palavra *escrúpulos* — diz ele. Depois retira o dedo e aponta para o píer. — Saia, que eu vou embora.

Vejo que ele solta as amarras e manobra lentamente para sair em rio aberto. Quando atravesso a General Paz, Nuria conta, com a voz nasalada e retraída, que está gripada e passará todo o fim de semana na Juncal.

— Melhoras — digo quando encerro a ligação. Em seguida, faço duas ou três ligações para que quatro seguranças se revezem na vigilância do edifício. Nesta mesma quarta veio a notícia de que a carga por barco chegou em ótimas condições a seus destinos na África do Norte. Mas, em vez de lhe despertar euforia, a boa notícia não fez nada além de afundar a dama branca. Como se tivessem lhe retirado a energia de repente e todo o cansaço e nervosismo cobrassem seu preço. Em seguida ao abatimento, veio a febre, depois a congestão. Agora teria de ficar obrigatoriamente na cama.

Chego à Belgrano e ouço os recados. Rosita me conta que vai ficar duas semanas no campo, de férias com umas amigas. Pede que eu me cuide. Palma me garante que eu estava com o celular fora da área de cobertura e por isso deixa este recado em minha casa: Bragoni instalou um escudo e não é mais acessível. "Contratou outro Palma, só que menos inteligente", acrescenta. "Se você quiser, podemos invadir. Mas vai custar tempo e dinheiro." Envio uma mensagem de texto a ele ordenando que abandone a operação. Se Bragoni tem um hacker e este avisa que insistimos na vigilância, teremos outra dor de cabeça. Vamos ter da mesma forma, cedo ou tarde, mas Cálgaris não quer que Bragoni se sinta perseguido, e sim associado. Não estou de acordo, mas ordens de superiores não podem ser questionadas.

No History Channel está passando uma maratona de uma antiga minissérie sobre Napoleão Bonaparte. Depardieu é Fouché e Malkovich faz Talleyrand. Preparo salame e queijo para mim, com várias vodcas, e atravesso a noite com a Revolução Francesa, as batalhas, os trajes e os castelos da Áustria, Hungria e do Marrocos, e a pele branca de Isabella Rossellini. A imperatriz. O que Nuria sente verdadeiramente por Belisario? Quando foi que se conheceram? "Mais sorte no dinheiro do que no amor", dizia o diagnóstico astral de Maca. Como é grande, mais fundo, você é um cavalo, nunca ninguém me comeu melhor. Durmo no sofá e acordo de madrugada. Desligo a televisão e programo o despertador para as sete. É curioso, volto a dormir sem sonhar até que o toque do relógio me sacode. Não me dou ao trabalho de um banho: tomo um chá, visto um moletom e preparo a bolsa com a camiseta, a toalha e as chuteiras. Deixo o 4×4 no estacionamento, percorro seis quadras e entro a pé na favela. Vejo que o padre barbudo conversa com os vizinhos enquanto tocam os sinos da igreja: não chamam para a missa, mas para uma coleta. Uns garotos destruídos pela pasta base e pela noite dormem esparramados na esquina da rua da morte. No armazém, há muito movimento. Os organizadores discutem os horários e as partidas. Cumprimento o patrão, entrego o dinheiro do pool, me inscrevo nas apostas e sento-me a uma mesa de fórmica, enquanto vejo entrar alguns ônibus escolares que trazem os rapazes de fábricas e de outras comunidades. Os canas, os traficantes, os ladrões e os pedreiros que preparam suas equipes são todos vizinhos do lugar e jogam no time local. Eu jogo com o trio na defesa de um grupo misto de visitantes. Troco de roupa, pago ao dono do armazém para que cuide de minhas coisas e vou para a quadra.

O sol já sumiu, mas queima, há um vento forte que vai nos fazer suar em bicas. Matam a gente de porrada, mas resistimos bem e no primeiro tempo terminamos em zero a zero. Descansamos por vinte minutos e voltamos ao campo. Um louco me pega pela frente e quer trocar socos com o árbitro. Há um tumulto. Mas a coisa prossegue. O louco me dá um trompaço e eu arrebento seus dentes com o cotovelo. Se não fizer isso, ele me arranca a cabeça. Somos expulsos os dois e ficamos uma partida sem poder entrar. De vez em quando, bebo água e verifico as mensagens atrás do placar do armazém. No meio da tarde, seguimos no jogo, gritam de tudo para nós. O patrão precisa interferir para devolver ao lugar a rótula de um caminhoneiro de Avellaneda. Nós rimos, vaiamos. Continuamos como podemos e ficamos nas semifinais. Peço uma cerveja e um sanduíche de milanesa, e vejo como os mais hábeis e resistentes batem-se no duelo como se fosse a vida. Começa a anoitecer e caem pingos gordos, visto o casaco porque a temperatura despencou. Tem um sujeito esquelético que precisa ser acompanhado até a saída para que o SAME o leve para o Hospital Piñero. Quando vou saindo, em bando, esbarro no Serralheiro, que sem parar para me cumprimentar revira o forro dos bolsos, balança o tecido vazio e me faz um gesto. Respondo resignado: por enquanto não tem trabalho. Ao chegar à Belgrano, encho a banheira e tiro de uma caixa no armário o estojo de veludo e o colar de pérolas que roubamos da Mona Lisa. Levo o colar para a banheira e o olho de perto. Depois jogo a cabeça para trás e fecho os olhos, como se fosse dormir. E coloco o colar de Nuria na cara e faço uma coisa que me dá muito ressentimento: eu me masturbo pensando nela.

A dama branca leva quatro dias inteiros para se recuperar da febre. Nesse meio-tempo, não telefona nem dá sinais de vida. Os vigias informam que só entrou uma vez uma médica da emergência e Wila duas vezes, com pastas de trabalho, mas que tiveram de atender a várias entregas da farmácia e de comida oriental. No quinto dia, ela me pede que a leve ao escritório: reaparece pálida e magra, e não tira os óculos escuros por todo o trajeto. Mas faz um leve esforço para conversar comigo. Insolitamente, pergunta como estou e o que fiz durante a folga. Respondo aos grunhidos e com frases curtas. Desde que voltamos de Madri, ela tenta uma aproximação cheia de culpa, mas não tem o temperamento necessário para que a estratégia dê resultado.

No escritório, ela é esperada pelos especialistas em empresas fantasmas e há muito trabalho administrativo acumulado. Nesta mesma tarde, sugerem que se envolva em um negócio de móveis antigos e nos dias seguintes eu a levo em visita a antiquários e brechós. Vamos com Wila a Entre Ríos e Rosario para entrevistar empresários da madeira. Depois Cálgaris fala com Pico para avaliar a possibilidade de fazer uma remessa misturada com móveis de estilo e utilizando uma cobertura com espelhos para burlar os scanners portuários. Escoram os trabalhos da engarrafadora numa marcenaria de grande porte que entrou em queda livre comercial e tem galpões em Lanús. O estado de espírito de Nuria durante essas semanas é instável. Em alguns momentos, parece mais retraída e cheia de pudores. Mas há outros dias em que se mostra eufórica, com vontade de ouvir o som da própria voz. Improvisa monólogos sobre os mais diversos assuntos, de direito comercial a política nacional, e o que nunca acontece: conta anedotas jurídicas vividas nos tribunais espanhóis. Sua relação comigo obedece a um novo roteiro, lampejos de confiança com um distanciamento elegante. Ordena que eu troque de roupa e me leva a uma alfaiataria. Mas age em nome de uma tática de marketing:

— Tenho você ao lado o tempo todo. Não quero que pareça um guarda-costas, mas um executivo de uma multinacional.

Diverte-se como uma criança com seu boneco: primeiro me impõe dois ternos escuros, várias camisas brancas, seis gravatas e três pares de sapatos.

É tão meticulosa na escolha das roupas que torra a paciência de três empregados dentro de uma loja especializada em presentes na linha "esporte elegante". Não sei quantas vezes entro e saio do provador, sinto um cansaço crescente. Paga tudo com seu cartão diamante. Além disso, tenho de acompanhá-la em seus caprichos: é capaz de tremer de emoção por uma safira ou por uma estola.

Somos avisados de que em breve o Cessna trará do céu um carregamento menor. Obrigo-me a deixar que o saltenho cuide de toda a operação, mas reclamo proteção direta de Bragoni a partir de Trenque Lauquen. No escritório de Cálgaris, desenhamos a rota, partindo da Siete Alazanes até Neuquén Capital e depois de volta por dentro até Santa Rosa. Ao passar por Pellegrini, em uma parada, estará esperando um patrulheiro com três bonaerenses que abrirão caminho. O saltenho protesta um pouco, mas aprende muito bem a lição. De Buenos Aires, e por telefone, monitoro todos os movimentos. O segundo caminhão chega sem novidades ao galpão em Lanús. Um dos contadores de Nuria se encarregou da empresa, já investigamos a equipe com Palma, não passa de cinco pessoas humildes, e o coronel recorreu a um legislador que é o chefe político da região para que ninguém aporrinhe. Entrego ao chefe uma maleta cheia de dólares em uma churrascaria de General Rodríguez. Três dias depois, Wila telefona muito preocupada a Nuria e conta que Rossi desapareceu dos lugares que costumava frequentar. Falta ao trabalho há três dias, não atende aos telefonemas no celular e a encarregada da pensão de Liniers afirma que ele não dormiu em seu quarto pelo menos nas duas últimas noites.

Palma tenta localizar o celular, mas o resultado é negativo. Em compensação, manda algumas gravações feitas com a escuta. Enquanto ouço em meu notebook, Cálgaris ordena à base San Luis que faça uma visita às três mulheres do químico. Encontram duas rapidamente: juram que Rossi continua preso e telefona muito de vez em quando do presídio. A terceira é a mais nova e foi morar em Formosa com um viajante. Dos dez filhos, só é possível falar com os maiores: um de vinte e outro de dezoito anos. Praticamente não conhecem o pai. Entre os amigos, só ficaram boas lembranças e umas dívidas que não podem ser cobradas. Os velhos companheiros de farra não sabem de nada, e se soubessem não iam soltar nem um pio.

Depois de ouvir conversas festivas com prostitutas, mentiras açucaradas, gemidos sexuais e promessas delirantes, só o que consigo anotar é uma série de nomes: María, Laura, Betty, Mónica, Samantha e Yésica. Pergunto por elas a um barman da rua Ventura Bosch. Depois de um tempo e uns trocados, lembra-se muito bem de Rossi e me leva a uma madame com site na internet e ligações na região de Liniers. Em vez de gastar com ela, gasto com seu chefe, um subcomissário dos mais amáveis. Não querem confusão, então colaboram. A madame leva quatro garotas à delegacia e eu as interrogo uma por uma. Não são de rua nem acompanhantes, estão em uma zona intermediária e deprimente da profissão, embora riam o tempo todo. Rossi lhes parece um idiota terno e generoso, que contava histórias inacreditáveis e dava a si mesmo uma importância que não tinha. Como ele chegou a elas? A madame tem quase certeza de que foi por meio de sua página de sucesso na internet. O barman está quase certo de que a primeira vez que apareceu na Ventura Bosch, foi de braço dado com uma senhorita. Betty tem quase certeza de que a senhorita era ela mesma:

— Eu estava com outro cliente e seu amigo insistiu em passar para me buscar no lugar porque queria ver onde eu trabalhava.

De Yésica, não tem referências, nem notícias. Deixo-as com o subcomissário e do banheiro da seccional telefono para Wila. Rossi usava o computador do escritório? Wila tem quase certeza que sim. Ligo para Palma e ordeno que abandone tudo e vá depressa à engarrafadora.

— Não precisa, mano — diz ele. — Ativamos um Spyware em novembro.

— Então que merda está esperando para invadir? — grito. — Quero todo o histórico.

Rossi navegava alegremente pela pornografia mundial e frequentava sites de encontro com perfis falsos. Yésica era uma garota com quem trocava mensagens: diálogos mais ou menos recentes cheios de sedução e dissimulações, escritos com uma ortografia horrorosa, repletos de declarações de amor. Ela dizia servir bebidas em um bar de Lomas del Mirador, perto da avenida Arieta, e estar apaixonada pelo corpo desse cavaleiro que a cortejava em uma cumbia e a comia em Liniers.

O gerente do bar me conta que Yesi se demitiu de uma hora para outra e que ele está pasmo e aflito. Com certa hesitação, entrega o endereço de sua casa, parte de uma comunidade pobre perto de San Martín e General Mosconi. O pai de Yesi me recebe com suspeita e temor: a filha viajou a Jujuy para visitar os primos, não tem telefone. O sujeito está de camiseta sem manga e me olha através de uma tela. Não tenho muito tempo, abro o casaco e mostro a Glock. Começa a gaguejar. Não entendo nada do que diz.

— Saia daí — ordeno.

Lá dentro, na sombra, o velho fala com sua mulher, ouço gritos e pedidos de silêncio; finalmente, vai para a calçada. Vestiu uma camisa, mas usa sandália e tem os pés sujos, há dias não se barbeia e é possível que jamais tenha usado um pente em toda a vida. Fede a álcool e a cigarro. Ofereço um Parisienne, que ele aceita como se fosse um cigarro explosivo. Mostro a ele uma foto de Rossi.

— Não estamos interessados em Yesi — explico.

— Este eu não conheço, senhor — responde ele. — Deve ser o sujeito que saía com ela, o comerciante de Liniers.

— Nunca veio aqui?

— Jamais, senhor. Nós dizíamos a ela que não trouxesse homens para cá. Cada coisa em seu lugar.

— O que houve com Yesi?

— Eu contei a verdade, foi a Jujuy.

— Ela abandonou o emprego. Isso é estranho.

— Os primos têm uma loja, há algum tempo vêm propondo que ela se mude para lá. Juro por ela que não estou mentindo.

— Está mentindo, cara. É mentira.

— Juro que não é.

— E por que decidiu viajar de um dia para o outro?

— Isso eu não sei, senhor.

— Sabe sim, cara. E se não me disser, terei que meter você em um calabouço.

— Por favor, eu lhe peço. Sou asmático e tenho família.

— E deve ter antecedentes também.

— Mas há anos que eu ando na linha, senhor. Juro por minha família.

— Não chore. O que Yésica lhe contou?

— Estava com aquele filho da puta, não sei se é o seu amigo. E uma turma caiu em cima dele.

— Civil ou policial?

— Civil, não pareciam canas. Mas estavam armados. Levaram os dois em dois carros e deram um passeio.

— Um em cada carro?

— Sim.

— O que disseram a ela?

— Nada.

— O que aconteceu depois?

— Eles a soltaram em Camino Negro, deixaram a bolsa e disseram que voltasse para casa, que não dedurasse e se possível que fosse pra puta que pariu. Que nunca mais queriam vê-la. Ficamos mortos de medo, senhor. Nós a colocamos em um ônibus.

— Não chore. Eram argentinos?

— O cara que falava era argentino, os outros me parece que não.

— O que Yesi pensa disso?

— E vai pensar o quê, que o namorado se meteu com alguém barra-pesada. Mas ela sabe muito pouco do namorado. Só que é comerciante e ganha muito dinheiro em Liniers.

Os vizinhos são muito solidários neste bairro de Lomas del Mirador. Vão se aproximando cautelosamente para ver se o pai de Yésica tem algum problema. Passam, olham o forasteiro com atenção e contemplam com desejo seu 4×4. Jogo o cigarro no meio-fio e o apago. Desse mato não sai coelho. Dou um tapinha no braço do velho e entro no carro. Sinto que todos me olham, como ele. Parece um filme de zumbis. Saio da rua pensando no assunto. Não é um sequestro com extorsão, se fosse já teriam entrado em contato. Não se trata de Bragoni, porque ao ex-comissário não é conveniente romper tão depressa com os novos sócios. Serão os antigos colegas colombianos de Rossi? Os mais próximos continuam presos, mas e os chefes? E os chefes dos chefes? E os concorrentes de Belisario?

Coloco o celular no viva-voz e dou as más notícias ao coronel, que está bebendo Talisker em seu apartamento na Recoleta. A conversa dura uma hora, e a essa altura já estou na Belgrano. Decidimos esperar um pouco e informar Nuria. Cálgaris desliga e telefona para ela. E logo em seguida Nuria liga para mim. Está bebendo licor na Juncal enquanto escuta Norah Jones. Quer saber como vai a novela.

— Não sei — respondo. — Mas seja o que for, será rápido.

É um chute e eu acerto. Wila telefona às oito da manhã. Encontrou a porta arrombada na engarrafadora. Rossi está sentado em uma cadeira giratória no escritório. Tem a cabeça caída, como se estivesse morto, e pinga sangue pela boca. Deixaram-no pelado e amarrado com arame nos pés e nas mãos; o corpo cheio de hematomas e a carne queimada. Peço que ela não toque em nada e não avise a ninguém. Informo Cálgaris e telefono para o médico da Casa para que mande uma ambulância e consiga um leito hospitalar na área. O médico se encarrega de tudo, chega inclusive à engarrafadora antes de mim e já faz um primeiro exame nele.

— Está vivo — informo a Wila, que toma um chá num canto afastado da fábrica, onde o pessoal começa a se reunir. Baixo a voz. — Está vivo, mas cortaram a língua dele.

Wila fecha os olhos e tenta processar a mágoa. E o faz com tanta dignidade e circunspecção que não posso deixar de admirá-la. Ambulância, internação, terapia intensiva, primeiras manobras de auxílio, curativos. Wila acompanha o calvário como se fosse a viúva dele.

Logo às cinco da tarde Nuria é informada do que aconteceu. Cálgaris faz uma visita a seu escritório e lhe dá um relato detalhado e uma análise da situação. Nuria não leva a questão tão bem como Wila. Parece prestes a vomitar, embora se mantenha estoica.

— Por que não havia vigias na engarrafadora? — Ela o desafia.

— Porque é inativa e legal, e porque precisamos de apoio em Lanús — responde o velho sem se abalar. — Não muda a história em nada. Teriam jogado o homem de um carro em movimento, ou poderiam deixá-lo de presente na calçada da Juncal. Daria exatamente no mesmo.

— Quais são os planos? — pergunta ela depois de decifrar a mensagem.

— Reforçar sua segurança — diz o coronel, que não tira os olhos de seu cachimbo de cedro. — E outra coisa, que não é de minha incumbência.

— Fale.

— Abrir um canal de diálogo. Viajar a Bogotá, a Medellín, a Cali. Negociar.

— Tenho ordens de não negociar com os inimigos, coronel.

— Neste caso, senhora, nada nos resta senão nos proteger mais e melhor, e esperar uma escalada.

Nuria olha para mim, procurando uma explicação.

— É um aviso — digo. — Na próxima vão matar.

— Também pode recorrer a Bragoni e pagar a ele para ter uma resposta — continua Cálgaris. — Não conhecemos esse negócio a fundo, doutora. O verdadeiro especialista é seu sócio principal.

— Meu "sócio principal" não deve ser incomodado por esses contratempos — diz Nuria, destacando cada palavra, e volta a olhar para mim. — O que você faria em meu lugar, Remil?

Já falei: ela é daquele tipo de mulher que em algum momento parece desamparada. Com essa simulação sutil, consegue que os homens prometam o que não têm. É um contrato secreto entre a donzela em perigo e o espadachim invencível. Entre a fraqueza irresistível e a onipotência suicida. Se eu não a tivesse ouvido se revirar com aquele porco naquela casa do litoral cantábrico, agora mesmo estaria dando um passo à frente. Mas engulo tudo e no fim me encaixo no molde. Nem mesmo a contesto. Que venha agora Belisario Ruiz Moreno, e Roldán, e Balduin, e todos esses caras espertos, e te comam, Mona Lisa. Porque eu sou apenas o seu guardião.

Cálgaris se aproxima da janela e olha a rua. Vem ao resgate de todos:

— Se quiser, posso buscar o protetor de seus concorrentes — diz e coça a nuca. — Chegar por cima e não por baixo. Para ganhar tempo. Algum colega deve estar dando escolta e garantias. Posso perguntar e ver quem é, e trazer a informação para que a senhora tome as decisões.

O coronel se volta para ela e olha sua expressão grave e severa. Nuria se limita a assentir com a cabeça e pegar o telefone. É tarde em Madri, mas Roldán atende à emergência. Ela se retira para o antigo escritório de Wila para falar com mais privacidade. Cálgaris sorri e coça o olho do derrame. Depois bate o cachimbo no cinzeiro, em golpes leves.

— Vou recomendar que ela saia de circulação — antecipa a mim. — Pelo menos até que a coisa se esclareça.

— Terá de desmontar a engarrafadora. Está queimada.

— Não vamos fazer nada até saber quem são eles — ele me contradiz.

Ficamos sem falar, enquanto ouvimos os ecos do outro escritório. São sussurros rápidos. A voz de Nuria não vacila, mas me parece irreconhecível. É a voz do medo.

— Deixe a operação por minha conta — ouço Cálgaris falar comigo e levanto a cabeça, vendo que ele examina algumas pastas. — Você se concentre em mantê-la com vida.

Cálgaris não gosta que a dama queira me dar importância. "O que você faria no meu lugar, Remil?" Incomoda a ele que eu pense por mim mesmo e ameace sua liderança. Entendo de imediato e me retiro simbolicamente desse canto que eu jamais quis e que hoje quero menos do que nunca.

A morena volta sem uma resposta contundente. Senta-se em sua cadeira e brinca com a Montblanc. Conta alguns trechos da conversa. Há uma angústia mal dissimulada no tom que ela adota. Cálgaris reforça seus conselhos e fala sobre a conveniência de que se afaste por uns dias. Para Nuria, tudo parece mais ou menos razoável, em vista das dúvidas imensas do caso. Tinha planejado viajar e conhecer El Calafate. Quando Cálgaris vai embora, ela me pergunta se tenho roupa de inverno.

— Eu me refiro a uma roupa apresentável — acrescenta com um meio sorriso confuso.

Está abalada, mas não afundou, esta noite vai tomar uma dose dupla de clonazepam e ainda assim é mais provável que não consiga evitar a insônia. Entra na internet, reativa o voo e as reservas, acrescenta meu nome e minha identidade. Fica uma hora concentrada no trabalho, sem desgrudar os lábios, com um estranho ricto na boca e uma ruga de preocupação na testa. Depois se espreguiça e olha o relógio. Ainda dá tempo de passar em Alto Palermo. Eu a levo no Audi e ela me pede para fazer uma escala técnica em um bar do segundo andar: pede um uísque duplo com gelo e ri quando trazem para mim uma Coca Light. Está distraída, intranquila, desconfiada. Acende um Camel apesar de ser proibido e me pergunta o que o coronel fez durante a ditadura militar. No início não me parece uma pergunta inocente, mas depois de falar um pouco, percebo que ela nem mesmo me ouve. Lembro que desde jovem Cálgaris foi um garoto mimado do serviço secreto do Exército. Foi enviado para aperfeiçoamento nos Estados Unidos e também esteve no Panamá, no programa do Latin American Training Center, Ground Division.

Teve como companheiros alguns dos criminosos de lesa-humanidade mais conhecidos da região, mas o governo o destinou à rede europeia de espionagem e só passou a operar na Argentina no final da guerra com os ingleses, quando a Casa o requisitou para recrutamentos em missões especiais. É por isso que não tem acusações nem processos por violação aos direitos humanos. Nuria me olha como que anuviada. Apaga o cigarro.

— Espero que este problema não esteja acima de suas possibilidades — diz ela, e seca o fundo do copo. Não respondo. Parece alterada, a cor voltou às maçãs do rosto. Pega sua bolsa e usa a escada rolante.

A loja está lotada de clientes de última hora. A galega quer comprar dois casacos forrados com pena de ganso e alguns acessórios. Começa pela seção feminina. Mais uma vez testa a paciência das vendedoras, fazendo descer vinte casacos acolchoados e não se satisfaz com modelo nenhum. Enfim experimenta dois, um casaco preto e outro azul, e calças para caminhar pela ladeira sul do Aconcágua. Pede que eu segure seu casaco e a bolsa, e que não fique longe. Mantenho-me o mais perto possível, do outro lado da cortina, enquanto ela se fecha no provador. Entram outras mulheres no local e eu vigio todas como se fossem assassinas profissionais. Logo Nuria abre brevemente a cortina e me pergunta como fica com a roupa. Olho o espelho e vejo que vestiu o casaco azul, então descubro que por baixo está apenas com uma lingerie preta mínima. Nossos olhos se encontram nesse espelho, enquanto em volta de nós soa a balbúrdia das clientes e das vendedoras cansadas.

É um daqueles momentos em que a mulher sabe de tudo e o homem não sabe de nada. Nuria dá uma volta devagar; parece um toureiro. Dá um passo até mim com uma lentidão desesperadora e segura minha mão. E assim permanece por segundos intermináveis. Parece que queria beijá-la, mas o que faz é espantoso: leva minha mão à xota. Leva como se a mão fosse dela, como se fosse um acessório recém-comprado no shopping com seu cartão de crédito. E a mão não faz nada além de obedecer: mete-se entre o tecido e a carne, fecha-se e dá um puxão, e Nuria joga a cabeça para trás e geme pela primeira vez. Precisa se apoiar com os dois braços estendidos nas paredes finas porque tem medo de perder o equilíbrio. Minha mão não a solta. Penetra ainda mais. Balança. Afrouxa e aperta. E é surpreendente como a cara de Nuria fica transtornada e se decompõe, e como morde os lábios para reprimir o grito final. Porque acaba rápido. Tão rápido que me deixa frio. Acaba com um estremecimento, e ela recua, fecha automaticamente o casaco e se senta no banquinho, como um animal que recua até o fundo da caverna e se esconde no escuro. Não levanta a cabeça, está tremendo, e eu me retiro, fecho lentamente a cortina, dou as costas para ela e fico de pé no meio da clientela.

Com a cabeça cheia de estrelas e a mão molhada.

Não demora muito e são confirmadas as primeiras suposições de Cálgaris.

— Se ninguém telefonar, doutora, não é preciso revirar mais o assunto: o próprio Rossi é o recado.

O coronel visita com Maca o convalescente e o interroga com a ajuda de um notebook. Rossi não faz ideia de quem lhe cortou a língua e o espancou, mas pode contar muitas coisas de seus sócios e empregadores anteriores. Cálgaris resgata o antigo expediente judicial e comprova que, embora o negócio tenha se desarticulado, a rota do tráfico continua intacta e fluente. Faz mil perguntas e finalmente dá com o capanga que protege as novas remessas. É um chefão da Gendarmaria que joga golfe em Ranelagh. Ele o acompanha pelo gramado por toda uma manhã de sol, fumando vários cachimbos, e no dia seguinte o gendarme o avisa que ele é esperado em Assunção, no Paraguai. O local é um hotel butique em frente ao shopping Mariscal López. Cálgaris leva uma maleta Samsonite com um milhão de euros, como prova de boa vontade, e conversa por dois dias com três colombianos muito amáveis. A essa altura, García Roldán já precisou recuar e entender que sem negociações haverá uma guerra sangrenta, e que é melhor perder um pouco agora e amolecer do que arruinar o sigilo com tantos tiros e tanta publicidade.

— Talvez tenha certa razão, precisamos de massa crítica, haverá tempo para represálias — ele disse a Cálgaris por telefone, num tom cansado. — Procure uma trégua.

O velho volta a Buenos Aires com uma solução provisória, sem a menor ilusão. Compraram alguns meses de discrição e uma paz precária. Mas nada além disso. Em algum momento os compatriotas de Belisario vão querer progredir e ficar com uma parte do leão. É assim que funciona o capitalismo.

Teremos todas essas notícias ao voltar do sul, embora o advogado espanhol antecipe as mudanças de estratégia em dois telefonemas curtos, que Nuria recebe nua e cercada de lençóis ingleses. Ficamos hospedados no hotel Los Sauces, especificamente na Casa del Viento.

Mesmo depois do episódio no provador, a morena não dá outros sinais de cumplicidade, nem faz a menor alusão à fronteira que cruzamos, e pede no balcão, ao pousar em El Calafate, que cancelem a reserva que ela mesma fez para me confinar, longe e totalmente sozinho, na Casa del Bosque. Cancela com a voz segura e normal e anuncia que dividiremos a suíte Eva Perón. Nem mesmo olha para mim para ver como recebo a notícia. Continua absorta, examinando os móveis e as instalações. Fazemos o registro e nos levam em carrinhos através de trilhas, rotundas, parques e riachos até uma casa patagônica de pedra e telhado de duas águas. Pelo caminho, divisamos gansos-de-cabeça-ruiva, curicacas, patos e quero-queros. O ar é limpo e a tarde, luminosa. A suíte é cheia de quadros de Evita. O primeiro é uma versão pop meio impressionante, porque a mulher de Perón recebe a todos com um sorriso triste. Revisto rapidamente este local dominado por azul-celeste e branco, onde há flores falsas e livros de sucesso, uma sacada com vista panorâmica e um banheiro com hidromassagem. Quando termino de verificar se está tudo em ordem, o mensageiro já se retirou e a porta 507 é trancada.

Nuria deixa em um sofá a bolsa de viagem de couro, a bolsa e as luvas, atravessa a soleira do quarto e por alguns instantes sai de meu campo de visão. Eu a espero de braços caídos, sem frio nem calor, com o casaco acolchoado desabotoado e a Glock no coldre. Não sei exatamente o que vai acontecer, nem que papel terei de desempenhar. Mas olho fixamente a porta interna, aberta de par em par, e no fundo a cama branca e os travesseiros. Ouço a voz de Nuria perguntando como tenho certeza de que o quarto está livre de microfones. Explico, sem me mexer, que um técnico da Casa fez uma varredura horas atrás. Não há resposta, nem barulho, e então tenho um pressentimento. Tiro o casaco e ponho cuidadosamente a arma em um aparador, e ao voltar os olhos para o quarto eu a vejo, completamente nua, passando da esquerda para a direita, desfazendo a cama, metendo-se entre os lençóis. Não é uma manobra rápida, nem lenta; tem a mesma cadência e serenidade de uma modelo experiente andando em uma passarela. Tenho de admitir que minha pulsação palpita como se estivesse em um beco sem saída com nove barras-pesadas sedentos. Nuria vira-se para mim e me olha. Tem um leve sorriso nos olhos pretos e todo o cabelo levemente arruivado cai para um lado, no braço que a escora: pôs o cotovelo esquerdo no travesseiro e apoia o rosto com essa mão. Parece me dizer: está esperando o quê? E por dentro, ainda acredito, irracionalmente, que como das outras vezes me fará chegar ao limite e baterá a porta na minha cara. Avanço ainda assim, tirando o suéter e desabotoando a camisa, e quando estou a três passos, ela joga as cobertas para o lado e por fim me mostra o corpo branco e o curto pelo pubiano no meio de um oceano de sardas. Sei o que ela quer de forma intuitiva. Quer que eu passe por essa alfândega antes de me conceder a boca. Estou na suíte Eva Perón para cumprir uma tarefa que não aparece no contrato de serviço, mas que não rompe o acordo básico de ama e escravo. Inclino-me sobre ela, como me pede, e no início a lambo com extremo cuidado, enquanto sinto que ela arqueia o corpo e geme, mas logo passo meus braços por baixo de suas pernas, prendo-as como se fosse uma luta greco-romana, apoio o queixo na xota e lambo seu clitóris sem lhe dar descanso. Ouço-a gritar sufocada e ainda assim não largo, continuo para cima e para baixo, passando da delicadeza à pressa, da suavidade à firmeza, enquanto empapo minha cara toda. Ela goza muitas vezes antes de me pegar pelo cabelo. Precisa ser penetrada com extrema urgência. Não me dá tempo nem de tirar a calça. Abro o zíper e meto com força. Ela me abraça, mas não de forma amorosa: procura um novo ponto de apoio e uma trave onde se pendurar. Seu rosto continua distante do meu, mas está vermelho de excitação. Sei que goza com facilidade, mas preciso provar que posso comer essa mulher com eficiência, sem jamais perder o controle, sem permitir intervalos, em uma escala ascendente para que uma explosão leve a outra e a mais outra. Se conseguir isso sem ejacular e sem perder a ereção, se puder dobrá-la com o pau e lhe baixar o facho, talvez tenha uma oportunidade.

O treinamento aeróbico me ajuda um pouco, porque Nuria Menéndez Lugo exige muito de mim. E o faz sem palavras, com alaridos e movimentos da pélvis, cravando as unhas em meus ombros e nas costas. Fica tão inclinada que em dado momento interpõe um pé e me afasta, e me toca o peito como se o coração estivesse a ponto de explodir em mil pedaços. Isso me permite retirar o pênis por uns segundos para tirar a calça e o resto da roupa com movimentos desajeitados. Livre de tudo, inclusive do medo, giro seu corpo sem nenhum cuidado e lhe chupo a auréola do cu. Faço com suavidade, mas não me detenho muito porque receio perder o vigor. Penetro na vagina, firmando-me em seus quadris, e tento manter a lucidez em meio ao prazer mais absoluto, como se estivesse no rio prendendo a respiração e regulando a energia. Nuria se desgarra de vez em quando, mas não permito que se recupere, continuo metendo sem parar, e me atrevo a agarrar seu cabelo com uma só mão e a puxar como se fosse uma rédea. Lembro-me neste momento dos sites do PornHub.com detectados pelo Spyware de Palma. Lembro a palavra *anal* e penso se estará em minhas atribuições explorar essa via. Não me atrevo a fazer. A cama guincha e os gritos de Nuria devem ser ouvidos até no saguão. De repente ela se põe de joelhos e se separa, ofegante e brilhando de suor. Ficamos assim, grudados, peito com costas, minha cara em sua nuca. E avanço com prudência, como se ela ainda pudesse se arrepender e dar por encerrada a função. Contorno seu corpo e pego seus peitos, acaricio os mamilos, Nuria joga a cabeça para trás e respira com esforço. Respira enquanto acaricio profundamente os peitos, a barriga, de novo a xota. Temos toda a pele unida, e a essa altura, justo ali, a doutora gira a cabeça e me entrega a boca aberta. Estamos cheios de saliva e de calor e sinto que finalmente consigo atingir o ápice da torre, conquisto o terraço inexpugnável: agora eu sou o amo e ela a escrava.

O que acontece em seguida não tem importância, porque é mais do mesmo. Trepamos sem parar, ela por cima e eu por baixo, sem intervalos e de olhos bem abertos. Depois fico de novo por cima, fechando suas pernas e trabalhando com arremetidas curtas. E recomeça, e nunca ouço uma frase ou um pedido. Um estranho trabalho mudo alinhavado por seus gritos desatados. Sem perder a cabeça, percebo que quando ela goza de verdade, grita e não fala, e deduzo, por comparação, que quando finge precisa preencher os silêncios aflitivos com clichês obscenos e elogios desmedidos. Se é assim, não houve um só instante de sinceridade na seção escandalosa que Belisario e sua cadela tiveram no segundo andar daquela casa no Cantábrico.

Sei que é noite quando ela se levanta e traz duas garrafas geladas de Evian. Olha para mim de lado enquanto bebe toda a água deliciosa em três longos goles. O que posso dizer? Apesar de ser uma mulher normal, nua ela é linda. Quando volta do banheiro, percorre meu corpo com a língua. Lambe as cicatrizes, as tatuagens e meu pau. Pretende me fazer gozar com um boquete, mas depois de um tempo não posso ceder com tanta facilidade a seus desejos, e assim aproveito a ressurreição para empalá-la de novo, e avançamos pelas horas, sem trocar nem um insulto. Por várias vezes, precisamos parar porque ela treme como se tivesse Parkinson, e também porque parece mais uma vez prestes a ter um infarto. Tem orgasmos múltiplos, e eu não tenho interesse em ejacular. Somos um par perfeito, porque Nuria não quer meu leite, nem mesmo interessa a ela sentir que me derrota. Entretanto, no fim ela de repente se reprime: deixa de gozar e monta em mim, prendendo a respiração. E eu descarrego dentro dela, correspondendo à gentileza, mas de dentes trincados, sem dar a ela o gosto de soltar um gemido. Ao perceber o espasmo, a morena cobre meus olhos com a mão, como quem não quer ser visto nesse instante íntimo, e solta tudo o que tem com um rugido de fera.

Quase de imediato ficamos de barriga para cima, recuperando o fôlego, no escuro da cama. Não sei o que ela pensa; talvez, como eu, tenha a mente em branco. Com tantos perigos em que pensar, pressinto que para ela agora não importam os colombianos, nem a sentença de morte que significa a enorme grosseria de ter traído seu chefe com um guarda-costas. Também não consigo medir as consequências de desobedecer a Cálgaris e provocar Pablo Escobar. Estamos na mais completa inconsciência, neste doce mar onde por um momento parece que a vida tem algum sentido. Mas não nos tocamos, nem nos olhamos. Não dizemos absolutamente nada. Ficamos um tempo incalculável protegidos pelo aquecimento e pelo silêncio da natureza. E só mudamos de posição para acender cigarros e fumar um pouco.

Depois Nuria suspira, levanta-se e vai nua para o banheiro tomar uma ducha quente. Sai vinte minutos depois de roupão e chinelo, enxugando as pontas do cabelo com uma toalha, e olha para meu corpo de um jeito novo. Assente, sem abrir a boca, como se estivesse confirmando alguma teoria, e solta ao passar:

— Estou com fome.

Tomo o desejo como uma ordem, salto da cama, tomo um banho e me visto em cinco minutos. Ainda tenho de esperar por mais meia hora, até que ela esteja pronta. Jantamos juntos no La Comarca. É um restaurante gourmet, está meio vazio e Nuria conversa um pouco com o chef. O assunto são o caranguejo, o atum flambado com xerez, o caldo de ostras e o gaspacho de laranja e camarão. Tomo conhecimento de que ela quer fazer um curso de culinária em Buenos Aires e se deixa convencer a fincar o dente em uma merluza negra sobre creme de bisque. Eu escolho um risoto de funghi, para não destoar, mas cairia de boca num churrasco completo.

Quando voltamos a ficar a sós, não me resta alternativa senão brindar sem nenhuma vontade com um torrontés com sabor de notas florais, frutas e mel. Não sei se já contei a vocês, mas para mim vinho branco não é vinho. Jantamos sem conversar, como num casamento antigo e tedioso da vida. Mas quando voltamos à suíte, ela fica rapidamente de corpete e calcinha e se serve de um uísque. Termino de tirar sua roupa e volto a comê-la com um entusiasmo calado. Não sei em que momento deixamos de trepar para adormecer completamente. Mas sei que nem nessa mixórdia Nuria se confunde: me dá as costas e abraça um travesseiro que parece ficar na ponta de um cais.

A morena descarta as excursões e passamos muitas horas na cama e algumas no spa e na academia. Os hóspedes são poucos e nossas conversas são unicamente operacionais. Nada mudou em nossa relação: a intimidade dos corpos não atravessa jamais a fronteira proibida; o agradecimento do prazer carnal que costuma subir dos genitais para o coração sofre a lei da gravidade e não surte efeito. Permite ao centurião deitar-se no leito da imperatriz com a missão de satisfazê-la, mas não deve jamais se perder e acreditar que tem novos direitos. Só aumentaram suas obrigações.

O último telefonema de García Roldán convence a dama branca a prolongar a estada. Percorremos oitenta quilômetros à beira do lago Argentino, através da estepe da Patagônia, e visitamos a geleira Perito Moreno. Subimos por trilhas, passarelas e escadas, e vemos de sacadas diferentes aqueles gigantes de gelo. Esperamos testemunhar algum colapso, mas hoje os deuses não estão tão dóceis. Depois nos registramos no safári náutico e navegamos por uma hora pelo Brazo Rico. Não consigo deixar de, durante todo o percurso, desviar os olhos da paisagem e espiar Nuria com seu casaco acolchoado, os óculos Gucci estilo aviador e o chapéu preto com uma faixa. Parece intelectualmente feliz, sem excessos, nem espantos. Nesta noite, pede que eu a coma pelo cu e antes de dormir me parece que sufoca o choro. Mas é um palpite, porque me deu as costas de novo e não me atrevo a perguntar se ela está bem.

No outro dia, partimos cedo num catamarã do porto Punta Bandera e deslizamos pelo braço norte até o canal Upsala. Nuria parece mareada e meio indiferente. A barreira de gelo, a vista panorâmica, as outras geleiras, o canal dos Témpanos e a baía Onelli. Nesta noite, não quer nada além de ver um pouco de televisão e dormir cedo, como se estivesse esgotada. Fico acordado no escuro, enredado em nosso destino, como se ele existisse.

A última jornada acontece numa fazenda localizada a vinte e dois quilômetros, na frente do cerro Cristal e da cordilheira dos Andes. Tem curral de ovelhas, tosquia, vistas, essas coisas. Somos homenageados com cordeiro patagônico e querem nos obrigar a ver um espetáculo de folclore e tango. Nuria rejeita e voltamos ao hotel. Está irritada, com tédio, grita com um empregado, entra na hidromassagem com uma champanhe e ordena que eu lhe dê um banho. Tiro completamente a roupa para fazê-lo, e ao penetrá-la me dá um tabefe e outro com as costas da mão, e eu a ataco com raiva. E é extraordinário como fode e chora, e me dá cotoveladas sem força no peito, e como goza com um grito que evolui para um choro compassado e arrasador. Fica derrubada. Por fim me abraça, desolada, como um náufrago abraça uma tábua no meio das ondas do rio. E eu a aperto contra mim, apanho-a nos braços e a tiro da água, e a enxugo com uma toalha. Deito-a na cama e a cubro até as têmporas, e velo sua dor e seu medo fumando e zapeando pela televisão sem nada enxergar.

Já de volta a Buenos Aires e inteirada dos detalhes da trégua frágil obtida pelo coronel em Assunção, Nuria Menéndez Lugo recupera a postura. Dedica-se nessas semanas à rede de empresas fantasmas e aos circuitos financeiros de retorno que trazem e retiram fundos, e que conferem força econômica às três construtoras. São as empresas que ganharam licitações públicas em várias províncias. A senadora Parisi dá garantias. Ela e Fierrito jantam com Nuria no apartamento de Cálgaris. A influência do jornalista mostra um grande progresso: a rainha do peronismo caviar fala na frente de

Fierrito sem papas na língua, embora unicamente com relação a novas estradas e projetos habitacionais. Nem eu nem seu porta-voz são integrados ao diálogo, só assistimos às conversas do trio trocando de vez em quando olhares irônicos. Fala com eufemismo dos radares do Escudo Norte, e Cálgaris sente-se na obrigação de explicar por que seria arriscado usar os métodos do varejo. As fronteiras terrestres são uma peneira, mas também são muito indiscretas. A competência tem antenas sensíveis.

— O barato sai caro — diz Nuria com sotaque portenho e sem olhar a senadora, que aceita o desafio.

Nunca ouvi Tana referir-se em voz alta ao negócio verdadeiro. Se alguém estiver nos gravando, não vai encontrar nem meia frase que possa ser utilizada em um tribunal. Apenas silêncios elegantes, dados sobre sentenças, piadas sobre os feudos provinciais e evocações da Austrália.

O Cessna Citation 500 faz vários voos nos meses que se seguem, o piloto inclusive se sente tão seguro que usa o Hércules duas vezes. O saltenho não decepciona, comanda as operações com uma eficiência prussiana. A mercadoria é abundante e variam os métodos de exportação; alguns são muito criativos. O fluxo é industrial e por enquanto o armistício conseguido em Assunção parece inalterável. Os fatores externos são tão positivos que até a engarrafadora volta a funcionar. A gorda Maca fica muito ocupada na recuperação de Rossi, em duas ocasiões viaja a San Luis como acompanhante terapêutica para que ele reencontre as ex-mulheres e os filhos. E o coronel promete ao químico que pagarão por uma cirurgia: existem muitas inovações na questão, parece mentira o que se consegue usando a pele do braço. Com uma resignação muda, Rossi volta a trabalhar nas garrafas de malbec.

Enquanto isso, o escritório de Nuria é transformado em um grande ninho financeiro. Vemo-nos obrigados, depois de investigá-los de cima a baixo, a pegar cinco "aviões". Os rapazes de sempre já abriram seiscentas empresas falsas, com sede em quatro paraísos fiscais, e viajam o tempo todo a Montevidéu para despachar fundos para a Suíça. Sempre em contas pequenas, que não passam dos dois milhões de dólares. Armam triangulações e têm centenas de truques para lavar o dinheiro, para fragmentá-lo, para fazer com que desapareça ou para reinseri-lo no sistema. Um testa de ferro de Rada faz investimentos em clubes campestres, em arrendamentos agrícolas e em veículos de alta qualidade. Nuria é acionista de fato ou verbal: não há o perigo de que o sindicalista queira ficar com um troco, sabe que estaria colocando sua cabeça na guilhotina.

São organizados vários almoços no bunker do caçador de pombos com Javier Pico e o capitão Ahab. O empresário da pesca reclama o tempo todo das comissões. Nuria administra com naturalidade as ambições e os desequilíbrios, fica muito ocupada o dia todo com a comercialização e às vezes sente que o volume está passando dos limites.

— Temos uma crise de crescimento — ouço-a dizer a García Roldán.

Pede que ele viaje para lhe dar uma ajuda, mas o advogado garante que é impossível e sugere que ela aprenda a lidar com o estresse. A Mona Lisa redobra o esforço e faz um curso de culinária *criolla* em Palermo. Um plagiador de Gastón Riveira ensina a preparar bondiola de porco maturada com pesto e purê com mostarda, e moela com pera e espumante. Sente-se insegura e volta para um curso básico de quinze aulas. Acrescenta a confeitaria, que é mais cômoda: pode experimentar em seu apartamento na Juncal. Massas batidas de estrutura aerada e cremosa, massas podres, bolos clássicos, merengues e massa folhada.

Quando fica estressada demais, a outra tática consiste em me mandar uma mensagem de texto com uma senha: "Vem". Essa ordem curta e autoritária só significa uma coisa. Que tomou duas doses e está nua. Os últimos feitos do Calafate, que foram muito emocionais, não criaram confiança. E durante os capítulos posteriores, a dama branca também não se permitiu descer à confissão ou à linguagem amorosa. Ao retomar especificamente a rotina comercial, jamais teve um único gesto de aproximação. Nem um olhar insinuante, nem um telefonema, nem um e-mail, nem mesmo o roçar da mão ao passar. Mas não se trata apenas de termos um segredo perigoso e de não podermos deixar a menor pista. Trata-se, mais uma vez, de que o sexo contínuo ainda não altera nosso pacto inicial. Dizem que as mulheres não sabem separar uma coisa da outra, mas a Mona Lisa não é uma mulher qualquer. No máximo pode, no auge do entusiasmo, me chamar de "soldadinho", quando está a ponto de estourar. Pode até me fazer experimentar uma receita que ela está testando, depois de me chupar de joelhos. Mas o vínculo jamais passa a outra instância, fica adormecido nessa primeira estação.

Estamos naqueles espasmos sexuais e gastronômicos quando o saltenho me telefona para comunicar que feriram um segurança e roubaram um caminhão nosso. O contratempo aconteceu em Neuquén e meu camarada está tremendamente envergonhado. Deixou o Volkswagen climatizado, como de costume, no depósito, pôs um vigia noturno e foi dormir na pousada vagabunda. Acordaram-no para anunciar os problemas. O motoqueiro tem um ferimento a bala em uma das coxas e querem levá-lo ao Hospital Regional. O veterano de Goose Green o examina, leva-o para o depósito, retira o projétil com sua faca de paraquedista e ajuda com seu kit de comando. Não houve testemunhas, a polícia não interferiu, ele não sabe o que fazer. Mando aguentar e se entocar. Aviso Cálgaris, para que este alerte um amigo da Casa, e pego o primeiro avião. Quando chego, encontro a situação relativamente controlada. O saltenho me apanha no aeroporto com um carro alugado; garante que o motoqueiro se recupera em um lugar de confiança e que não faz ideia de quem o baleou. Atiraram a meia distância, na escuridão da rua, e em seguida ficou fora de combate. É um bairro distante, adjacente a uma favela, e os tiroteios não são incomuns. Ninguém percebeu nada. O motorista de Rada nos recebe no depósito e dá para ver que está assustado. Examinamos de perto os tiros na parede e na porta dupla, depois os furos nos pneus.

Tomamos um mate enquanto tentamos entender quem pode ter visto a entrega. Vizinhos?, pergunto. É uma região agreste, mas sempre existem vizinhos ambiciosos. Já foram vários carregamentos e talvez tenham levantado suspeita. Talvez nem mesmo isso: piratas do asfalto que não sabem do conteúdo. É o mais provável, penso para não pensar em uma trairagem. Cálgaris me ensinou que, em princípio, nunca devemos subestimar o criminoso comum nem imaginar problemas muito sofisticados. Os criminosos, até que se prove o contrário, são medíocres e cometem atos elementares. Os espertos são uma minoria, embora o cinema venda a ideia contrária. Antes de pensar no cartel de Sinaloa, penso então em vizinhos traíras que vendem informações, em piratas que levam um caminhão pensando que contém tênis, e em ladrões que pagam dízimo em alguma delegacia. Suponhamos que esta noite um filho da puta tenha nos declarado zona livre e que quem o fez não seja um policial qualquer, mas o mesmo chefe do dia. Uma vez por semana, um cana da cidade fica de guarda e é o chefão por vinte e quatro horas. Telefono a nosso agente local, que acompanha a recuperação do motoqueiro, e pergunto se ele pode me arranjar um nome, endereço e telefone. Leva trinta minutos para encontrar o sobrenome: Tarifeño. Ligo para seu celular, mas está desligado. O cara deve estar dormindo, teve uma guarda cansativa. Atravessamos a capital, andamos por ruas de terra e chegamos a uma casa em uma vila militar. Sua mulher, uma garota azeda e medrosa, confirma que o leão está descansando. Eu digo, com um sorriso de hiena, que vamos esperar.

— Olha, às vezes ele vai direto até a tardinha — ela explica, tentando me dissuadir.

— Não importa — digo. — Perdemos uma coisa, temos muita paciência.

Ela fecha lentamente o portão de ferro e nos recostamos no capô do carro, acendendo cigarros. O saltenho não gosta de falar e eu não tenho nada para dizer, assim fumamos como suspeitos prestes a roubar uma loja.

Tarifeño não demora nem quinze minutos para subir as persianas e aparecer de soslaio. É um homem precavido, tem apontada a 9 milímetros por trás da cortina. Eu me aproximo da cerca, dou boa-tarde e informo que nos roubaram um caminhão Volkswagen branco. Ele poderia se fazer de bobo por um tempo, mas tem muita experiência: o aspecto marcial do saltenho, que fica seis metros atrás, e meu semblante de pugilista o convencem a cooperar. Entro para tomar um café e no capacho faço uma cortesia: tiro com muito cuidado o coldre com a Glock e entrego à mulher de Tarifeño como quem entrega o chapéu e o casaco. Isso não impede que o marido continue agarrado à arma enquanto entro na sala e me sento em um sofá. A mulher deixa minha ferramenta na mesa de jantar e some na cozinha. O sujeito se apoia no encosto de uma poltrona. É um moreno de bigode grisalho e pança de cerveja, que ficou calvo dez anos atrás. Explico com extrema diplomacia que os garotos roubaram a pessoa errada. Não preciso argumentar muito. Percebo que ele já está inteirado da natureza da carga e que adivinha a confusão em que se meteu. Pode ser que eu pertença a uma agência de inteligência ou que faça parte de um simpático grupo de traficantes de drogas, ou as duas coisas ao mesmo tempo. Seja como for, a questão se complicou e está muito acima de sua alçada. A mulher traz um cafezinho intragável na bandeja e fica escutando. O comissário se senta de frente e deixa a pistola na mesa de centro como prova de boa vontade. Descreve quem são e como agem. Uns pivetes cautelosos, mas ainda assim uns pivetes. Gente de Cipolletti. Okupas. O caminhão deve estar escondido numa chácara abandonada. A mulher pega papel e lápis, e Tarifeño desenha para mim um mapa para que eu não me perca. Depois me devolve a arma. Despedimo-nos com um aperto de mãos. Sem rancor. Parece ter se livrado de um grande peso; não me surpreenderia se fosse tirar a sesta.

Tomamos o caminho e atravessamos a ponte da estrada. É uma área que fica no limite com Fernández Oro. Demoramos bastante para encontrá-la nesse labirinto porque o mapa de Tarifeño é apenas um esboço feito à mão, aproximado. No fim, encontramos a porteira carcomida. Uso o binóculo para examinar o terreno e ver se os pivetes são cautelosos. Não vejo nada além de uma casa torta e um cavalo pastando. Mas tem cachorros, eu ouço, e isso vai tornar tudo mais fodido. Combinamos uma estratégia com sinais. Meu companheiro coloca o silenciador em sua Smith & Wesson MP9 se tivermos de agir sem alarido e prepara a Itaca 37.

Deixamos o carro embaixo de uma árvore afastada, avançamos de gatinhas por cinquenta metros, depois nos arrastamos como se estivéssemos no Campo de Mayo. Ouço os primeiros latidos. O saltenho corta uma cerca de tela lateral e se enfia pelo terreno pela esquerda. Eu pulo a porteira e corro agachado pelo mato até a parede de um depósito. Os latidos aumentam, os cães estão histéricos. De minha posição, vejo que há movimento na varanda, preparo a Glock e espero agachado. É uma tarde fria e úmida no campo, e por alguns minutos não ouvimos nada além de cães e passarinhos. Ainda não aparece ninguém, embora eu acredite notar alguma atividade na casa. De repente os cachorros ficam mudos e os passarinhos se calam. Um pivete sai para a varanda. Não deve ter mais de vinte anos, tem o cabelo amassado como se tivesse acabado de se levantar da cama e um rifle de cano duplo no braço. Observo pelo binóculo e descubro que tem os olhos remelentos e atentos. Dá alguns passos sem tirar os olhos do lugar para onde os cachorros latiram. Depois olha em volta, com medo, suspeitando de más notícias. Então levanta o rifle, coloca na altura do quadril e retrocede, ofegando como se tivesse taquicardia. Não chego a ouvir o que ele grita, mas imagino que esteja alertando os companheiros. Apareço pela direita e disparo. Acho que são quatro tiros em meio segundo. Um deles o acerta e o faz rodar no ar, mas não consegue derrubá-lo. Ele responde com um disparo que nem mesmo roça em mim, e recebe outro tiro de lado que o levanta, perfura, empurra-o como um boneco e o derruba. Ouço a metralhada da Itaca do saltenho e também gritos vindos de dentro da casa. Aproveito esse momento de confusão e pânico para correr de um depósito ao galpão: agora a casa está ao lado, o saltenho de frente para ela. Começam a disparar lá de dentro, mas sem ter ainda uma ideia concreta de quantos somos, nem onde estamos. Meu companheiro devolve a bola e os mantém ocupados: tem a mochila cheia de cartuchos. Enquanto isso, eu me arrasto pela calçadinha, me esgueiro pela parede e sigo até a parte dos fundos; posiciono a cabeça com cuidado e vejo um pequeno barranco, com um galinheiro e uma horta destruída. Deste ângulo, não consigo distinguir a porta dos fundos e a janela, mas sei que ainda assim ficam ali.

Parecem muito ocupados mais adiante, e assim que experimento me pôr de pé, aproximo-me da fechadura e a arrombo com três tiros. Solto o pente e encaixo outro com um estalo. Meto o pé na porta com toda a força e entro disparando sem mirar. Não encontro ninguém, e então ponho as costas na parede que divide a cozinha do resto da casa. É uma cozinha velha e desmantelada, suja e cheia de louça usada e abandonada ao acaso. Alguns pratos voam aos pedaços, outros saltam enlouquecidos. Estão atirando em mim com a mesma metralhadora com que pegaram o motoqueiro. Espero até que o atirador use tudo o que tem, e quando faz uma pausa para recarregar, apareço no corredor sem vê-lo, coloco o joelho no chão e aponto com as duas mãos. Estou transpirando. Mal ele reaparece, meto bala. Bang, bang, bang. E o garoto por fim parece ter sido atingido e sai de circulação. Não sei se, ao virar o canto, eu o encontrarei jogado em uma poça de sangue, ou se estará vivo e disposto a me arrebentar o saco. Viro-me, correndo o risco, e o faço disparando às cegas. Entretanto, nada disso foi de fato necessário. O pivete está caído e ensanguentado, nos últimos estertores. É mais velho que o primeiro, usa tênis, moletom e camiseta. Os braços são repletos de tatuagens da prisão. Não lhe restam olhos nem para me ver. Arremato para que não sofra.

Há então um breve silêncio. A casa é grande e imunda, e embora Tarifeño tenha me avisado que eram quatro, talvez sejam mais. Talvez até tenham visita: não é todo dia que alguém ganha na loteria. Talvez tenham festejado até muito tarde e trouxeram prostitutas e amigos da pesada. Melhor viver cinco dias como rei do que trinta anos como gado. Ofereço-lhes uma saída. Grito que estão cercados e que já caíram dois, que a vida deles não nos interessa, e sim nosso caminhão, e que eles se entreguem. Respondem com palavrões e risos, e com uma saraivada de tiros. Abriram um dos pacotes do Dragão e estão trincados, cheios de coragem. Procuro refúgio em um quarto de guardados e dali continuo disparando, mas fico de olho na casa. O tiroteio às vezes é intermitente e, em outras ocasiões, ensurdecedor e muito denso. Lembro que o saltenho anda sempre com duas granadas de mão quando ouço a primeira explosão. Vou de novo ao corredor e avanço, amparado pela poeira e pelo barulho. Parece que um pivete quer se entregar, mas não larga a pistola, e então a Smith & Wesson silenciosa o pega à queima-roupa. Encontro duas putas nuas num banheiro, que gritam de pavor. Tranco-as ali para que não fiquem no meio dos tiros. O saltenho avisa que vai usar a segunda granada. Morre de vontade de fazer isso e os garotos já imaginam. Restam três, que jogam as armas e saem de joelhos com as mãos para cima. O herói de Goose Green afasta os escombros e aponta para eles como se fosse fuzilá-los, enquanto eu examino os outros cômodos. Não tem mais ninguém, só camas imundas e restos de cocaína para todo lado. Um garoto está enroscado, chorando, diante da cara impassível de meu companheiro. Pergunto em seu ouvido onde está o caminhão. Ele me diz sem demora que o esconderam em um terceiro depósito, que parece um celeiro e fica abaixo do barranco, atravessando o riacho. O saltenho me entrega a Itaca 37 e vai buscá-lo. Fico sozinho, sem permitir que vejam meu rosto, falando com eles como um pai: o melhor que vocês podem fazer, pivetes, é enterrar esses pentelhinhos na horta e continuar com os roubos de carga como se não tivesse acontecido nada aqui, porque se abrirem o bico, Tarifeño vai fichar vocês e depois ganhar uma merecida condecoração. E se ele não se encarregar disso, nós mesmos vamos assumir a tarefa. Não pensem que não temos vontade de acabar com tudo agora mesmo. Pensem bem.

O saltenho demora dez minutos para voltar. Assente com as sobrancelhas e eu devolvo seu canhão. Amarramos os pés e as mãos dos três mudinhos e das duas putas, metendo os cinco em um quartinho sem janelas. Conseguimos uma corrente e dois cadeados. Vão sair, mas terão de botar os bofes pra fora a fim de consegui-lo. Abro a porteira e o saltenho tira o caminhão. Eu o sigo no carro até Neuquén Capital. Ninguém nos para na ponte. Nesta noite durmo no Hotel del Comahue e no dia seguinte vou para casa. Cálgaris vai me buscar no Aeroparque para que eu o informe detalhadamente sobre o incidente. Quando saio do chuveiro no apartamento de Belgrano R, leio uma mensagem de texto. De novo aquela senha curta e categórica: "Vem".

Ao sair do elevador, noto a segurança especial, reconheço até o rosto de um velho companheiro. Homens de preto interconectados e armados com pistolas ocultas. A porta dupla do salão de festas está trancada, mas deixa passar um rumor de vozes e certa vibração sonora. Lançados sobre uma mesa de canapés, fotógrafos e cinegrafistas comem e falam de futebol. Apoiado na mesa dos cartões e protegido por promotoras bulímicas, Fierrito se esforça para explicar aos jornalistas que a senadora Parisi fará nesta noite um discurso sobre o modelo de desenvolvimento australiano e seu potencial na Argentina. Promete uma cópia do discurso no final da reunião e cochicha, *off-the-record*, informações íntimas sobre o peronismo. Mas quem cobre o acontecimento trabalha mais nas revistas de celebridades do que nos jornais, e assim as perguntas assumem um tom mais frívolo. Tomo conhecimento de que se trata de um encontro beneficente e que os mil e quinhentos na plateia são empresários, políticos, atores e atletas. A *crème de la crème*. O fato de que Elena Parisi ocupa um lugar de destaque no pódio mostra o reconhecimento político que está obtendo. Ou pelo menos é o que o porta-voz da rainha do peronismo caviar, palavra por palavra, solta em meio aos fofoqueiros. Eles, no toma lá dá cá, perguntam que vestido a senhora escolheu para ocasião tão importante. Fierro ri, está em seu melhor momento. Trata-se de uma obra de arte, o mesmo modelo de Valentino que Julia Roberts usou na entrega do Oscar. Uma peça minimalista com uma franja vertical que percorre o vestido e se transforma em um decote em V.

— Dali saem duas tiras que realçam as costas de forma espetacular e uma sobressaia de tule branca e preta — explica. — Um toque *old Hollywood*. Querem ver?

Admiro seu profissionalismo. Abre uma folha da porta, colocando um dedo nos lábios para que eles olhem em absoluto silêncio, e os corvos acompanham a brincadeira. Quando fecha a porta de novo, uma jornalista desbocada solta:

— Não é um vestido para uma velha. — E o sorriso de Fierrito se apaga. A mulher arremata, sem sentimentos: — Tana está em forma, mas é um vestido para uma mulher que não tem ruga, nem pelanca. Teria de usar aquele que Julia Roberts vestiu depois, o Armani preto, que era mais fechadinho.

Fierro me vê e dá de ombros. Responde a duas ou três perguntas e pede licença. Dá instruções à chefe das promotoras, que tem prontas as fotocópias do discurso, e me faz um sinal. Andamos juntos pelo corredor atapetado até um elevador de vidro que leva às suítes.

— Não vai ficar para quando os loucos partirem pra cima? — pergunto.

Subimos dois andares, vejo que ele tira os óculos e guarda no bolso do peito. Continua usando aqueles dois anéis pretensiosos no dedo mínimo.

— Faltam quinze minutos, e quando esta porta se abrir, os lobos vão cair em cima dos famosos da televisão, isso sempre dá mais ibope — explica ele. — Você vai ver Parisi deixar que façam algumas fotos e saiam daqui sem nenhum problema. Os políticos não vendem exemplares.

Pergunto a ele então para que tanto esforço.

— É preciso dar material a eles para quando escreverem as legendas, para que tenham algo com conteúdo — responde. — As leitoras gostam fundamentalmente de ver fotografias e criticar outras mulheres. Às vezes só podemos aspirar a contrabandear algo da política. Que fique na cabeça delas que esta senadora tem glamour, mas também tem miolos, entendeu?

A suíte que o hotel destinou a Elena é ampla, sóbria e elegante. Das janelas da sala de estar, podemos apreciar as luzes do Dique 3 e a Puente de la Mujer. Sentamos em poltronas cinza. Fierrito pega a cigarreira de metal e me oferece um Benson. Prefiro os meus. Sorrimos quando ele aproxima de mim seu Zippo de ouro. Chegamos para trás e fumamos um pouco.

— E como está nas pesquisas? — pergunto.

— Bem — responde ele. — Mas você já sabe que tudo depende da província de Buenos Aires. E aqui não é qualquer um que entra. Rada está ajeitando tudo. Não parece impossível.

— Eu a imagino na Casa Rosada. O modelo australiano e todo esse papo.

— Não se deixe enganar. Ela acredita verdadeiramente nisso.

— Sim, claro. — Eu rio. Aponto o dedo para ele. — E você, vejo na Secretaria de Comunicação. Ali tem muita grana.

— Já você, eu vejo como diretor de contrainteligência.

— Que pena.

— Sabe como Tana chama você?

— Estou morto de curiosidade.

— O brutamontes da égua.

— Ora vejam só.

— Talvez possamos conseguir para você um lugar no Granaderos a Caballo. Mas trabalhando de cavalo.

— Você está ostentando, Fierrito. Nesse ofício, não é bom ostentar. Dá azar.

A rainha do peronismo caviar e o caçador de pombos nos tiram desse duelo. De perto, Elena é deslumbrante. Mais pelos olhos azuis e pelo porte de rainha egípcia do que pelo vestido de Valentino. É uma figura tão imponente que não dá para entrar nos detalhes da idade e das roupas. Ela dá boa-noite e tira os saltos altos. Não se dá ao trabalho de estender a mão para mim ou perguntar como vão as coisas. Os pés estão doendo e quer se sentar. Acontece algo parecido com Rada. Veste um traje clássico que fica apertado nele e se vê obrigado a abrir o botão da camisa e afrouxar a gravata porque o pescoço de hipopótamo não aguentará tanta pressão. É um homem da classe trabalhadora: a etiqueta não lhe cai bem. Abre uma cerveja e se joga em uma cadeira; bebe da lata, sem oferecer a ninguém. Por via das dúvidas, apagamos os cigarros. Sentada em seu trono, a rainha cruza as pernas e se recosta no braço esquerdo da poltrona.

— Cálgaris está em Miami, falei com ele esta manhã — diz ela sem rodeios. — Garantiu a mim que você cuidaria de tudo.

— E a mim ele disse que a senhora me explicaria do que se trata.

Agora parece decepcionada. Pela primeira vez, vejo os estragos da idade abaixo das maçãs do rosto e em volta da boca, como se a maquiagem de repente tivesse se diluído.

— Sabe como gosto de Javier. Como ele é importante para mim. Gosto dele como de um filho.

— O que houve com ele?

— A mulher o abandonou. Assim. De uma hora para a outra. E foi embora com aqueles dois cachalotes. Não sabemos para onde. Parece que a terra engoliu os três.

Fico em silêncio. Parisi passa a mão na testa como se sentisse dor.

— Sempre me pareceu uma mulher conflitada — acrescenta. — Com dúvidas, pruridos morais, opiniões vacilantes. Uma imbecil. Uma grande idiota que me odeia. E eu disse isso a Javier. Eu disse a ele. Mas homem nenhum resiste a uma chave de buça.

Faz outra pausa. Sua voz é irreconhecível. Todo o resto foi um espetáculo, pura atuação. Aqui está a verdadeira, com seu linguajar depreciativo e hostil. O celular de Rada toca, ele atende, deixa a cerveja e se tranca no quarto. Fierrito não dá um pio. Vanessa Redgrave suspira:

— O que mais chamou a nossa atenção foi o desaparecimento. Javier me disse que deixou os cartões de crédito e os celulares dela e dos cachalotes. Não podemos rastrear. Sumiu. Não sabemos aonde foi.

— Pode estar com a família — tento com cautela.

— Ela se dá muito mal com a família. Javier procurou por todo lado. Está desesperado, é um idiota.

Está vulgar e magoada. Eu não gostaria de ter meu nome na lista de seus inimigos.

— Não pode ter saído do país — raciocino. — Um subdiretor da Alfândega teria sabido.

— Não saiu, meu bem. E, com toda franqueza, não podemos nos dar ao luxo de ter solta por aí uma esposa magoada. Você sabe como as mulheres zangadas são perigosas.

— Pico dormia com outras?

— Desde sempre, meu bem, mas a questão não é essa. — Ela me despreza. — Ela fazia vista grossa. A última discussão foi muito feia, na frente dos meninos. Tinha medo dos negócios que Javier fazia comigo e com vocês.

— Arrá.

— É um problema grave. Pode ser que não aconteça nada e ela volte mansinha. Mas pode ser que faça uma surpresa para nós. E isso me deixa muito nervosa, Remil.

— Não é para menos — concordo.

Ela crava os olhos azuis em mim.

— E então, deixo em suas mãos?

Concordo com a cabeça e ela se levanta. Fazemos o mesmo com muita civilidade. Rada volta para sua lata de cerveja. A entrevista acabou. De repente vejo como a rainha desliga a irritação e volta para a conversa política que tem pendente com seu agente de campanha. Fierrito me acompanha ao elevador de vidro e cita Woody Allen:

— Na minha casa quem manda sou eu, mas minha mulher toma todas as decisões. — Ele ri enquanto desço e vejo que me olha, abrindo e fechando o Zippo de ouro. Sinto que afundo enquanto a barata perfumada fica no alto, alegre e triunfal.

No 4×4, coloco o telefone no viva-voz e ligo para Cálgaris. Passou a tarde toda no Museu Bass da Park Avenue e agora descansa no hotel repassando as páginas ilustradas de um livro de Hans Makart. Fala com admiração da *Valquíria*, explica o esteticismo e várias outras besteiras. Ouço com impaciência. Enfim vamos ao que interessa. O velho também não tem certeza de que a loura vá nos denunciar, mas concorda com Elena Parisi: é melhor prevenir do que remediar. Estaciono na Juncal, encerro a chamada e ligo para Palma. Peço que grampeie os telefones de Pico e que invada seu correio eletrônico. Também aviso que passarei para buscá-lo de manhã cedo e sugiro que leve o equipamento portátil para uma inspeção. Antes de sair do carro, digito o número do tenista e pergunto se ele pode nos receber às nove da manhã em sua casa de San Isidro. Aceita, balbuciando. Apago tudo, cumprimento o porteiro e subo para o décimo quarto andar.

Nuria está descalça e com uma camiseta comprida que mal lhe cobre as nádegas, o cabelo está preso por um elástico e ela cozinha um frango ao creme de limão. Toca uma música de Diana Krall. Tomou três taças para relaxar. Me dá uma prova do molho, que tem azeite, cebola, curry, noz-moscada e caldo Knorr Suíço. Não me parece nada do outro mundo, mas garanto que está delicioso. Satisfeita, ela pega uma faca e começa a trinchar o frango. Tem outras duas armas brancas na bancada. Avisa que a mais importante é aquela que segura: a faca de legumes. E explica didaticamente como os nós dos dedos devem ser posicionados para picar, fatiar, cortar em cubos. Depois me mostra a faquinha de descascar, destinada a trabalhos de precisão, e finalmente a faca de serra, para alimentos moles ou delicados. Em toda a vida não preparou nem um hambúrguer, mas aquele curso em Palermo Hollywood a deixou alucinada. Conto de forma resumida meu encontro com a senadora, o sumiço da valquíria e a inquietação dos sócios. Acompanha o relato com extrema atenção e quando me calo, pisca de uma forma estranha. Aproxima-se como se fosse me beijar; até sinto seu hálito suave com uma mistura de chili e Cristal.

— Você tem tesão nela? — pergunta-me de repente.

— Em quem? — Fico desconcertado. — Parisi?

— Não, naquela loura burra — diz ela, sorrindo. É um sorriso ameaçador.

— Não, não tenho tesão nela — respondo, meio confuso.

A situação é insólita. Nuria me encurralou ali. Sinto seus peitos em meu corpo e não posso evitar uma baita ereção.

— Tem tesão nela — confirma e encosta no meu pescoço o gume da faca de legumes. — Tem tesão, filho de uma puta.

Sem pensar, passo a mão por baixo de sua calcinha e a acaricio. Está molhada. Agora pisca, mas de prazer, embora a lâmina afiada não saia de minha jugular. O ritmo se acelera e tenho medo de que ela corte minha garganta em um arrebatamento. Quando goza pela primeira vez, deixa a faca cair e apoia a cara em meu peito. Ouço o barulho e os ecos da arma quicando no piso e sinto sua respiração agitada.

— Filho de uma puta — repete sem erguer os olhos.

Giro seu corpo lentamente, baixo as calças e a pego por trás. Ela se apoia na bancada e agarra as bordas para me receber. Eu também estou muito excitado. O inaudito me excita: esse caprichoso ataque de ciúmes.

É uma noite longa, sem jantar, e antes de adormecer lembro aquela rivalidade feminina que Nuria destilava no rio Carapachay diante da magnífica mulher de Pico. Era, então, uma luta entre mulheres. Nós, homens, pouco ou nada podíamos fazer naquele embate. Essa reação de agora pouco pode ser apenas uma sequela. Ou não. Pode ser mais alguma coisa. Quando acordo, essas dúvidas não me perturbam mais. Seja o que for, gosto de fazê-la sofrer um pouco.

Procuro Palma num bar do centro, onde toma o desjejum com leite e muffins de baunilha e chocolate, enquanto ouve Metallica no iPod. Veste uma camiseta do John Carpenter e tem uma mochila do Disney Channel, e passa todo o percurso até San Isidro conectado a seu tablet, navegando pela realidade virtual. A mansão dos Pico tem um portão, um jardim e dois andares. Quando estaciono na calçada, arranco um fone da orelha de Palma e pergunto que resultados os grampos deram. Ele desliga o iPod, meio sobressaltado com a interrupção, e fala:

— Só o que consegui foi grampear o telefone e entrar de madrugada em seu e-mail. As mensagens de Pico são um pé, pura burocracia.

Pergunto pela loura.

— Não me deu tempo, eu preciso dormir cinco horas, Remil. Posso não ter vida, mas tenho sono — responde. Fico uns instantes olhando para ele, com vontade de lhe dar uma cotovelada na boca. — Por que viemos tão cedo? — Ele se desculpa, dando de ombros, e aponta a mansão trancada. — Aqui tem tudo o que precisamos. — Ele tem certa razão, mas não vou ceder; mando que desça e toque a campainha.

O tenista nos faz entrar; está pálido e despenteado. Sem as roupas de tênis, nem a raquete, sem seu traje de alpaca nem o sorriso hábil, o bonitão parece um paciente que se recupera de uma cirurgia no pâncreas. Entro com o 4×4 pelo caminho de cascalho e paro atrás de um Pathfinder. A fila inclui um cupê Alfa Romeo e um Bugatti conversível. Combina mais com Javier Pico do que com Nuria. A porta principal dá em um salão, com várias áreas de estar de estilos diferentes que terminam em uma área de lazer com piscina, gazebo e quadra de tênis. Tem uma escada de carvalho que vai ao segundo andar, onde ficam os três quartos, o quarto de hóspedes, o estúdio e duas salas de jogos. É evidente que os computadores ficam em cima. Não deve haver menos de meia dezena e não levaram nenhum.

Dividimos a tarefa: Pico acompanha Palma ao andar de cima e eu entrevisto as empregadas uniformizadas na cozinha. São primas, peruanas e com família em Junín, mas moram em La Cava. Gente simples e ignorante, assustadiça. Sento-me à mesa e aceito o mate. Uma delas ajudou a patroa a preparar as malas, que não eram muitas, e levavam roupas leves, como de quem vai tirar férias breves de verão. A outra estava de folga, e assim sabe menos que todo mundo. A patroa costuma ficar lá dentro, nunca fala muito com elas; para falar por telefone, sempre vai a seu quarto ou ao jardim. Os cachalotes são rebeldes e mal-educados, mas não soltaram nada. No dia anterior ouviram a menina dizer a uma amiga que a mãe queria lhe fazer uma surpresa e que ela e o irmão estavam chateados porque isso estragava os programas que tinham para o fim de semana. A empregada que ficou recebeu a ordem de sair para fazer as compras mensais de supermercado: a patroa sempre a mandava de táxi. Demorou duas horas e quando voltou não havia ninguém em casa. Estranhou muito, mas só decidiu alertar o patrão quando viu algo esquisito na mesa de escritório: estavam arrumados, como em uma exposição, todos os cartões de crédito da patroa, os quatro notebooks, os dois smartphones e os dois celulares dos meninos. Imagino o que Pico pensou ao descobrir que haviam viajado, que não o avisaram e deixavam esse presente de despedida. O recado para mim era claro: "Não procure por mim". Pergunto a elas se usavam sempre o mesmo serviço de táxi. Uma das empregadas me mostra seis imagens presas à geladeira.

— Não se dê ao trabalho — ouço a voz de Javier, que entrou e está roendo as unhas. — Liguei para todos e ninguém sabe de nada.

Olho seu semblante para detectar alguma ideia, mas só me ocorre perguntar se é possível que a mulher tenha outro celular. Ele dá de ombros, mas a empregada que teve folga me informa que acha ter visto um preto, menos moderno e mais básico. A patroa o esqueceu umas semanas atrás na pia do banheiro principal, e quando a empregada devolveu, ela ficou histérica. Se deixou os smartphones, significa que os telefonemas principais não foram feitos desses aparelhos; sabe muito bem que poderíamos rastrear seus contatos e até localizá-la com nosso software de GPS. Já planeja a fuga há tempos. Não é impossível descobrir aonde foi; nesta época de tecnologia, não é tão fácil sumir. Temos um protocolo para esses desaparecimentos voluntários, mas não quero perder tempo. É imperativo encontrá-la rápido, porque se a coisa é como suspeita Elena Parisi, os danos podem ser explosivos e irreparáveis.

Subimos às duas salas de jogos, repletas de brinquedos e dispositivos eletrônicos. Trabalhar na Alfândega tem lá seus privilégios. Palma fica animado com as novidades e as maravilhas, distraído com seu funcionamento. Lambe-se como se fosse uma criança de doze anos e me oferece um pirulito de Coca-Cola. Vejo-me obrigado a recordar sua missão. Os quartos dos cachalotes são idênticos e sobrecarregados. Palma explica que já deu uma olhada rápida nas chamadas recebidas e feitas, e naquelas que foram perdidas; nos históricos, e-mails e conversas que guardaram. Bobagens, onomatopeias, namoricos, romances platônicos e pornografia. Só uma última frase do menino: "Vamos sair com a mamãe por uns dias, depois te conto". Para fazer um trabalho decente, teria de dedicar noventa horas. Um luxo que não podemos ter. Por sorte, não precisamos levar as CPUs, porque Palma já encontrou as senhas, invadiu os sistemas e se infiltrou neles. E também nos computadores portáteis e nos dois Mac de mesa que o tenista confiscou no porto. Palma abre para mim o notebook mais utilizado pela mulher, estamos a três metros da cama king size onde os tenistas jogavam a partida de sua vida. Pergunto-me o que acontecia realmente entre os lençóis. Examino as mensagens da loura e me parecem tão diplomáticas e lacônicas que me dão sono. Também não parece uma garota muito afeita à internet: usa o Google só para entrar em sites de notícias e em lojas virtuais, e o YouTube para ver finais antigas e lendárias de Wimbledon e Roland Garros. Mas me chama um pouco a atenção que goste tanto dos animais. Pergunto por quê.

— Estudou veterinária por dois anos, mas depois abandonou — conta o marido amante. — Eu não aguento ter nem um cachorro e meus filhos também são assim.

Encontro vários vídeos e documentos sobre o jaguar, o tapir e as águias selvagens. Penso naquelas malas cheias de roupa de verão. Anoto mentalmente a informação para verificar. Podem ser duas coisas: pode ser uma pista, ou uma tremenda besteira.

Javier não se incomoda que eu olhe dentro dos armários, nem que meta a mão nos bolsos das roupas penduradas nos cabides. Nem que vá a seu estúdio e leia suas planilhas do Excel. Vejo-me ali com uma estante sem livros. Está cheia de álbuns de fotos. Abro vários ao acaso: viagens, aniversários, cenas familiares. Muitos animais: alguns domésticos, outros selvagens. Fumo enquanto passo de um álbum a outro; Pico olha o jardim como se olhasse seu próprio horizonte. Noto que tem alguns espaços vazios, fotos que foram arrancadas da página. Pergunto ao bonitão por que estão ausentes. É a primeira vez que ele repara nesses detalhes. É um homem muito ocupado, nada nostálgico, e as imagens são um capricho de sua mulher. Não consegue se lembrar quem aparece nessas fotos arrancadas. Continuo a sondagem em outros álbuns e Pico por fim me diz uma novidade:

— Quero que você jure para mim que tudo vai se limitar a uma busca. Elena me prometeu.

— E que outra coisa poderia ser? — respondo sem erguer os olhos das fotos.

Percebo que ele hesita antes de continuar.

— Algo mais drástico — solta.

— Não sou um matador de aluguel.

— Eu não quis dizer isso. — Ele se assusta. Imagino que está pensando no motorista de Bragoni e no garoto de Cipolletti. Talvez acredite que já sou um matador, mas nem eu sabia disso. — Ela é frágil, tem suas contradições, mas nunca faria uma merda comigo. Sou o pai dos filhos dela.

— Como foi aquela última discussão?

Há um longo silêncio, ele me pede um Parisienne. Há dez anos que ele não fuma. Tosse um pouco; é estranho vê-lo com um cigarro entre os dedos. Volto aos álbuns. Ele me conta que sua mulher é inteligente e que tem horror aos negócios. Que a preocupação foi crescendo. Que escaparam deles palavras muito fortes e começaram a desabafar tudo. E não perceberam que os dois cachalotes estavam em casa. Crise de nervos.

— Tive de dormir lá embaixo, no sofá. Saí cedo, sem vê-la. Quando a empregada telefonou, entendi que havia algo errado. — Faz outra pausa. — E fiquei louco quando descobri que ela me abandonara.

Ele se interrompe para chorar um pouco, ou melhor, para esconder o choro na mão, com um gesto viril, cheio de pudores. Os cavalheiros da alta sociedade não se entregam ao dramalhão com tanta facilidade.

— Não contratou nenhum outro cartão de crédito? — pergunto sem piedade.

— Que eu saiba, não. — Ele se recupera. — Além disso, ela levou o que havia no cofre.

— Quanto?

— Muito.

— Mas quanto?

— Não sei, setenta mil dólares. Mais ou menos.

— É dinheiro para um bom tempo.

— Olha — ele soluça —, eu fiz tudo por ela, Remil. Para que ela me visse com orgulho.

Fico calado. Que lindas mentiras dizemos quando estamos de joelhos. Pico fez tudo para mudar o mundo e ao mesmo tempo para mudar a si mesmo. A loura sempre foi uma música de fundo nesse filme. Mas agora por acaso ela era a prima-dona, o motivo de todo o seu esforço.

Desço a escada com o álbum das fotos arrancadas e mostro às primas. Olham os espaços e o contexto, trocam olhares e uma delas declara timidamente que poderia ser a sra. Delfina.

— Quem é Delfina? — pergunto a Pico.

O tenista abre a boca com uma mistura de espanto e pânico. Volta a mim, como um raio, a cena da loura naquele hotel do Tigre. Naquela noite havia uma garoa e ela estava tão entediada ou angustiada que me contou uma história muito inconveniente. A amiga do secundário que não sabia perder. "Sempre me agredia. A casa, a roupa, meu marido, os meninos. Ao mesmo tempo, não deixava de ser carinhosa. Era tudo misturado e, embora discutíssemos, nunca íamos ao fundo da questão. Piorou quando comecei a ganhar. Às vezes sem fazer esforço. Eu lhe dava uma surra e isso me envergonhava. Ao mesmo tempo, eu queria lhe dar uma boa lição por ser tão cretina, tão competitiva. Mas duvidava. E havia dias que eu simplesmente a deixava ganhar. Fazia com sutileza, para não passar recibo. Meus outros amigos me contavam que ela andava dizendo por aí que Javier era um corrupto e que eu era uma louca frígida que não ligava para nada. Jamais consegui confrontá-la. Só que um dia permiti que a coisa se agravasse. Para ela perceber que eu era infinitamente melhor e que pegava leve para não humilhar. E justo isso foi tão humilhante que ela jogou a raquete longe, pegou a bolsa, atravessou o clube, entrou no carro e deu no pé. Não respondeu a meus e-mails, nem aos telefonemas. Nunca mais a vi. Só para você ter uma ideia, isso já faz dois anos. Três meses depois denunciaram Javier por improbidade administrativa e enriquecimento ilícito. Ele era um deputado da oposição, mas havia informações sobre nós que não eram do conhecimento de ninguém. Ninguém exceto ela."

— Também não foi assim — diz Pico. Agora estamos sozinhos, sentados na última área de estar. — E nunca pensei que Delfina tenha passado informações àquele filho da puta radical. Mas é certo que ela nos questionava moralmente e que minha mulher ficou triste e indignada com a atitude da amiga. Acho muito estranho que ela tenha contado isso a você.

— Estávamos falando de Nuria — respondo a ele, tentando me lembrar. — Imagino que sua esposa estivesse meio impressionada com a possibilidade de o senhor aceitar o negócio.

— Havia algo assim. — Ele concorda com a cabeça e fica absorto. — O que Delfina pensaria se estivesse ouvindo essa proposta indecente. Sim, é verossímil. Tinha algo assim.

— Onde posso localizar essa boa mulher?

Pico sai de seu estupor e pega as agendas, mas não encontra o número. Ela foi apagada da história deles. Recorremos às listas telefônicas, mas não aparece ninguém com esse nome. Ele explica que há dois anos ela era sócia de uma butique em Palermo Soho. Devolvo o álbum, solto um grito para Palma e me viro para a saída. Com o portão aberto, quando estou dando a ré no 4×4, Pico se aproxima e coloca a mão no meu braço.

— Elena me prometeu — repete.

Aperto o botão e o vidro sobe, separando-nos. Saio rapidamente, pego a Panamericana e volto para a capital.

— Vamos dar prioridade absoluta a essa putaria — aviso a Palma.

— Não se preocupe, vou ficar acordado três dias até que ela seja encontrada. — Ele responde com ironia e me mostra os smartphones que afanou. — Você nem sabe os tesouros que esses dois garotos tinham. Quisera eu morar naquela sala de jogos. Será que o Pico vai querer me adotar?

Deixo-o numa esquina do centro financeiro e vou para a base na Chacabuco. Um técnico me ajuda a localizar Delfina. Existem vários homônimos que nos atrasam. Dou telefonemas. Enfim, aparece uma pessoa de nome e sobrenome idênticos que figura em uma sociedade anônima. Essa sociedade tem uma cadeia de lojas de bairro e seu presidente é um famoso estilista de roupas. Finalmente consigo encontrá-la. Apresento-me como um comissário da Polícia Federal. Marca comigo, meio atordoada, na loja da rua Borges. Eu a visito com meu casaco da PFA e credenciais falsas. Tomamos um café na calçada. Ela é uma ruiva de feições angulosas demais. Desconfio de que a competição com a loura não se limitou às quadras de tênis. Deve ter sido muito difícil esta vermelha suportar por tantos anos a companheira levando vantagem no terreno da beleza. Nessa área, são de fato incomparáveis: a ruiva não dá nem para o começo.

Ela está tensa e na defensiva, mas a Federal sempre produz esse tipo de reação. Pergunto pela loura, e enquanto ela responde telegraficamente, cruza os braços, toca o nariz, coça um olho e dá uns puxões no lóbulo da orelha direita. Todo esse gestual aparece no manual das pessoas que mentem. Conheceram-se no secundário, foram ótimas amigas e ela frequentou sua família, mas estão afastadas há anos. Por nada em particular, são coisas da vida. Vou ao que interessa: ela abandonou inesperadamente o marido e a estamos procurando porque corre perigo de vida. Ela arqueia as sobrancelhas e se remexe na cadeira. Tenho uma intuição e a pressiono para que solte a verdade ou aguente as consequências. Ajo com uma diplomacia que não é característica minha, mas ela entende muito bem que, se não desembuchar, terá de me acompanhar agora mesmo à delegacia. Então ela murcha. A velha amiga rompeu o gelo e telefonou para ela três semanas atrás. Foi uma surpresa. A loura estava em Angra dos Reis, para onde havia viajado com o marido em um fim de semana prolongado. No sábado, pediu licença argumentando não se sentir bem e Javier Pico embarcou com os outros em uma excursão por Ilha Grande e Paraty. A loura telefonou para a ruiva do quarto que ocupava e ficaram quatro horas falando de tudo. Acertaram os mal-entendidos e diferenças do passado e a loura sugeriu que estava com medo. Não disse por quê, não ia falar por telefone, mas a ruiva entende que o medo se devia às atividades comerciais do marido, a quem ela pessoalmente detesta, acha que é esperto e escroto. Faço cinco ou seis perguntas seguidas para ver se ela está mentindo, mas me dá a impressão de que diz a verdade. Agora cravo fundo a espada: voltaram a se comunicar desde aquela vez, se encontraram, sabe onde ela pode estar? A vermelha se desmancha em negativas e juramentos. De novo parece sincera. Não voltaram a se comunicar, não se encontraram, não sabe onde ela pode estar. É uma pista falsa, um beco sem saída.

Vou buscar Nuria para levá-la à Juncal. O sol baixou e ela está com Wila analisando alguns planos e relatórios do Cadastro. Passa pela cabeça delas a ideia de investir em um novo pedaço de um condomínio particular que faz esquina com outro de Cardales: cinquenta lotes para um público de classe média alta. Wila pergunta, já com a bolsa na mão, se ela pensa em ir a Madryn para ver as baleias. As duas riem.

— Sou a gringa absoluta, não? — confessa a morena, acendendo um Camel: seria uma oportunidade perfeita para aceitar os convites insistentes do capitão Ahab, que quer lhe mostrar in situ como funciona a filial de sua empresa pesqueira.

Nas últimas semanas, vários caminhões guiados pelo saltenho passaram por lá e descarregaram no sul do sul. Mariscos e cocaína para o continente negro. Ahab está em alta, comprou três juízes e pôs dinheiro na campanha de um governador da Patagônia. Sabe que a dama branca, entre outros pontos fracos, não resiste ao turismo. E que fantasiou com Wila uma escapada ao reino da baleia-franca-austral. Nuria, porém, lança-me um olhar fugaz e diminui um pouco as esperanças de sua assistente. Um dia, porque agora há muito trabalho no escritório. Wila também me olha de forma fugaz, como se tivesse descoberto a ligação secreta, e diz:

— Até logo, até amanhã.

Não se percebe nada em seu rosto, ela se retira como quem anda na ponta dos pés. Pergunto-me se a velha lealdade amorosa com Roldán lhe dará a alternativa de avisar a ele nesta mesma noite que a chefe e o guarda-costas enfim têm intimidades. Imagino a mulher debatendo-se entre as fidelidades. Mas talvez Wila seja simplesmente uma informante do advogado, uma segunda voz narrativa que o mantém a par de tudo e que sempre revela a ele o outro lado das coisas. Não seria incoerente com a concepção particular que Roldán tem das ligações executivas.

Levo a Mona Lisa a seu apartamento, e quando estaciono na Juncal, ela me pede para subir e experimentar algo que deixou no forno. Não é um prato sofisticado. É um assado, com um pimentão vermelho e outro amarelo, batatas médias, uma cebola grande, cenoura, vinagre, azeite, sal, pimenta, chili em pó, ervas e limão. Copiou de um livro de culinária amadora. Enquanto ela toma um banho, leio o prólogo de Ana D'Onofrio: para a cozinheira, é imprescindível que uma mulher saiba preparar bem este prato simples e prosaico. "É um prato com o qual é possível conquistar ou perder um homem. Se o assado sai mal, tudo pode acabar mal." Leio esse trecho duas vezes, meio inquieto, e encho minha taça de vinho.

Nuria volta nua, penteando o cabelo úmido, e exige que eu conte minuto a minuto minha incursão na terra dos Pico. Não me deixa falar de generalidades, interroga com crueza para conhecer cada detalhe, da cara de Javier à decoração do quarto principal, enquanto coloca um avental e arruma o jogo americano, os pratos e os talheres na mesma bancada. Retira o assado do forno e com sua faca de legumes afiada corta dois pedaços e serve. Está ansiosa para que eu prove seu experimento, mas não me permite fazê-lo até acrescentar um pouco mais de molho. É extraordinário, digo. Só então sorri abertamente e se serve da própria porção. Comemos de pé, comentando as peculiaridades desse casamento destruído e especulando sobre a fuga da loura. A cada vez que falo no nome dela, Nuria se dedica a criticá-la. Ela a odeia.

Mais tarde, insiste que nos deitemos no divã. Há meses comprou um documentário sobre as baleias em Puerto Pirámides. É tão longo e didático que chega a dar tédio. As melhores tomadas são as mais realistas: baleias dando saltos de surpresa, mostrando a cauda e as calosidades, passando por baixo da embarcação e a sacudindo com suavidade, ou expulsando o ar pelos espiráculos. A doutora cochila com uma taça de Anís del Mono na mão. Tiro para que não caia no chão. E ao levá-la para a cozinha, vejo no caminho seu computador aberto. De longe, verifico se a dama está dormindo e examino seu histórico: esteve apostando e gastando fortunas em quinquilharias, mas abandonou o PornHub. Escreveu em um arquivo do Word uma longa lista dos lugares que pretende visitar nos próximos meses. O Chile e o sul do Brasil estão na mira. Descubro em várias anotações rápidas a letra R, embora não haja uma frase sentimental em lugar nenhum.

Ao voltar ao sofá, fico observando-a por um tempo. Parece inconcebível que essa mulher bonita e indefesa seja tão dura e se dedique a um empreendimento tão perigoso. Não posso ir embora e deixá-la nesse estado, e assim mais uma vez levo-a nos braços para seu quarto. Ela não abre as pálpebras, mas, por instinto, envolve meu pescoço, como uma garotinha. Tiro o avental e a cubro com o edredom. Ainda fico sentado na beira da cama, incrédulo com os acontecimentos, como naquela vez no Calafate. E quando enfim vou me levantar, ela me impede.

— Fica — diz entre os sonhos.

Depois de pensar por um momento, tiro a roupa. Ela não acorda, não fazemos sexo nem nos abraçamos. Só dormimos um junto do outro, em uma estranha comunhão, em um novo rapto de intimidade insustentável. Sonho com ela. Vamos no Audi a duzentos por hora. Atravessamos as estepes da Patagônia e de repente a Mona Lisa manda que eu pare em uma rotunda inóspita.

— Me ensina — pede.

Saímos do carro e andamos alguns metros pelo deserto, e então saco a Glock e entrego a ela. Nuria segura essa arma preta e terrível, mas o faz com muita familiaridade. Afasta-se um pouco, procurando um alvo, e por fim escolhe um matagal que fica a sessenta metros. Está toda de preto, com seus óculos escuros e o batom violentamente vermelho. Ensino a se postar, abrir bem as pernas e segurar a pistola com as duas mãos. Dou instruções, mas sinto que ela já sabe, de memória. Dispara com uma pontaria irregular, e quando o pente cai vazio, faz algo insólito: abaixa-se para pegar uma por uma as cápsulas dos projéteis.

O zumbido de meu próprio celular me assusta e me devolve a Buenos Aires. Sento-me no travesseiro e atendo. São três horas da manhã, é Palma.

— O cachalote está conversando com um amigo que mora em Martínez — ouço-o falar com a voz animada. — A mãe o proibiu de entrar na internet, mas o bobalhão não conseguiu resistir nem três dias. Está no saguão de um hotel de Puerto Iguazú, escrevendo besteira. Não sou um gênio?

Encerro a ligação pensando que sou um imbecil: o jaguar, o tapir e as águias selvagens. A área ecológica protegida, as cataratas.

— O que foi? — pergunta Nuria com os olhos vagos.

— Vou sair, preciso pegar um avião de manhã cedo — informo. — Nós os encontramos. Estão em Misiones, quase na fronteira.

A dama branca quer mais informações. Dou enquanto me visto.

— Eu vou com você — diz ela, afastando os lençóis e o edredom de penas.

Fico petrificado.

— Ficou louca? Para quê?

— Não quero perder nada — diz ela, acendendo todas as luzes.

Demoro vários segundos para reagir. Nuria abre o armário embutido, desce uma mala e começa a carregá-la com movimentos velozes e econômicos. De quantos lugares ela teve de sair às pressas?, penso, admirando sua destreza, e fico pestanejando um pouco. Pergunto a mim mesmo se está certo que ela participe de uma incursão operacional.

— Cálgaris não vai gostar disso — alerto.

— Não dou a mínima — responde ela.

Depois penso se esse impulso na realidade não obedeceria à sua voracidade para o turismo.

— Pode ficar tranquila, não viajo com expectativa amorosa — digo com um sorriso.

Ela para um momento para me olhar. Mas não sorri. Sei o que passa por sua cabeça: dar na minha cara. Mas volta à bagagem e eu coço a nuca; debato-me entre o alarme e o regozijo. Depois verifico os voos, sairá um bem cedo, mas está lotado. Ficamos na lista de espera. Entramos no 4×4, pegamos a Libertador e depois a Costanera, e finalmente estaciono no aeroporto. Faço o check in, obedeço ao procedimento especial para enviar a Glock e tomo duas xícaras de café puro enquanto Nuria lê um exemplar da *Vanity Fair*. Quatro passageiros não compareceram a seu compromisso da manhã, assim embarcamos para Puerto Iguazú, e o voo é agradável. Ao chegar, a mudança do clima tem impacto em nosso peito e no nariz, a umidade é elevada. Não visto roupas adequadas para essas férias tropicais, mas para Nuria isso não importa em nada. Pelo contrário: fica entusiasmada. Obriga-me a comprar no centro duas mudas de roupas leves, uma para bater e outra mais elegante e noturna, e mocassins, tênis, sandálias e chapéu. Diverte-se muito quando me vê transformado. Pareço um espião de Fleming ou Greene. Pegamos um táxi e percorremos vários quilômetros até um hotel metido em uma selva cheia de tucanos, macacos, araras, jaguares e jaguatiricas. É um estabelecimento cinco estrelas dominado por piscinas, cascatas artificiais e árvores frondosas. Hospedamo-nos em uma suíte máster decorada em rosa, bordô e terracota. A Mona Lisa sente calor e quer dar um mergulho de imediato. Aproveito para descer e examinar os arredores, e depois para falar de homem para homem com o recepcionista, que adota a indiscrição quando vê minha carteira policial falsa. A loura e os filhos estão hospedados em um quarto de outro andar; hoje partiram depois do café da manhã para as ruínas de San Ignacio. Têm reserva até depois de amanhã. São pessoas discretas: ela joga tênis com qualquer hóspede e faz muitos exercícios na academia;

eles são mais sedentários: é um custo para a mãe arrancá-los das espreguiçadeiras e levá-los às excursões. Está previsto que voltem lá pelas seis da tarde. Não fizeram amizade com ninguém, não receberam telefonemas, nem visitas. Agradeço pelas informações e pelo tato. Também vou me exercitar e correr na pista que entra pela mata. Corro por uma hora e meia, acossado pelo sol e pelos mosquitos, e me jogo na piscina para me refrescar. Nuria já saiu da água, enxugou-se e agora está sentada a uma mesa com guarda-sol, tomando uma bebida refrescante aos golinhos. Lambuzou-se de repelente e protetor solar e está lendo a *Vogue*. Baixa os óculos Versace para me olhar de corpo inteiro, com minhas cicatrizes e tatuagens da prisão, e ri.

— Não tenha ilusões, Remil, você não faz o gênero dela.

Um camareiro coloca em minha mão um suco de laranja.

— Ilusões? — eu me surpreendo. Nuria vira uma página da *Vogue* e fala:

— Até uma sonsa em dificuldades sempre consegue ser comida.

Seu temor, sua suscetibilidade me atingem como uma maré doce, como uma droga injetável e irresistível. Ver uma mulher dominadora bruscamente dominada pela vulnerabilidade erótica é um espetáculo mais imponente do que as cataratas do Iguaçu. Sem dizer mais nada, ela olha seu Rolex Presidente e empina o queixo. Não sente fome, mas quer que eu a acompanhe ao quarto para tirar uma sesta. Obedeço. Lamento ter gastado tanta energia na academia, porque Nuria exige tudo de mim e mais um pouco. Ela me devora como se quisesse decapitar qualquer fiapo de outro desejo. Às seis e meia da tarde, vou à janela e descubro os dois cachalotes dentro da piscina. Estão queimados do sol desses dias e brincam com uma bola de plástico. Não há sinais da valquíria. Tomo uma ducha rápida e desço ao saguão, mas não a encontro. Subo a seu quarto e bato na porta. Ela abre sem cautela e fica lívida e espantada. Está vestida de branco e usa uma munhequeira Nike, como no dia em que a conheci. Estava se preparando para pegar a Wilson e bater uma bola na quadra. Tem até o cabelo preso num rabo de cavalo. Os dentes muito brancos, as feições clássicas, os peitos; as coxas flexíveis e douradas, a cintura de modelo. Leva as duas mãos ao rosto e respira fundo duas ou três vezes, como se fosse desmaiar. Empurro suavemente a porta enquanto ela recua, e a fecho a minhas costas. Estamos sozinhos em um quarto decorado em tons de azul. A raquete Wilson, guardada em sua bolsa, espera na cama.

Pego um cigarro e acendo. A loura continua recuando mecanicamente e encontra uma cadeira. O impulso a faz se sentar. Tira as mãos dos olhos, olha transtornada para mim, depois se fixa na ponta dos tênis. Eu me apoio em um móvel e espero que ela fale.

— Só estou de férias — ela fala.

É tão ridículo o que ela diz que nem respondo.

— Precisava me afastar, pensar — muda.

— Precisa pensar muito bem em tudo, senhora — admito. — Pelo bem de sua família.

Ela rói uma unha. Algo impróprio em uma mulher tão bonita.

— Não espero que um homem como você me entenda. — Parece falar consigo mesma.

— Está se referindo a um brutamontes como eu, senhora?

— Eu não quis dizer isso.

— E o que quis dizer?

— Uma coisa é a política, que é suja, outra muito diferente é esta… merda. — Acentua a última palavra com uma indignação meio exagerada.

— Isto é a política, não se engane — esclareço. — Todo dirigente deste país está metido na luta pelo Estado. Dividem e disputam o Estado, senhora. Manhattan para os Tattaglia, Brooklyn para os Corleone. É só isso que importa.

— Não quero meus filhos crescendo com isso — diz e parece uma monja seduzida e abandonada. Posiciona as mãos em concha, como se "isso" pudesse caber nessa tigela mínima.

— Lamento lhe dizer que já é meio tarde demais.

Seus peitos sobem e descem no ritmo da respiração agitada e da raiva. Os olhos encontram os meus. Noto que quer baixar os decibéis. Vem a cento e oitenta e em uma queda violenta chega a sessenta e cinco.

— Eu jamais comprometeria Javier. — Ela me garante.

— Sim, a senhora o faria. Trocaria a imunidade por informações. Não me diga que não pensou nisso. Não minta para mim.

— Eu nunca faria isso com Javier.

Desata a chorar, desconsolada. Ela pensou, é claro. Mas está entre a cruz e a caldeira.

— Acho que, pelo bem de toda sua família, deveria reconsiderar a questão. Não pode se dar ao luxo de ser infantil aqui.

Ela enxuga as lágrimas e o muco com uma toalhinha para o suor que leva no bolso da saia de jogadora. A ideia de se sacrificar pelos filhos a convence um pouco. Ofereço então, seguindo o manual, que ela dê uma chance a Pico. Prometo que tudo vai voltar ao normal.

— Ao normal? — Ela me censura: quando se irrita, não fica tão bonita.

— Dentro do possível.

— E como seria esse normal?

— Uma liberdade vigiada, senhora. Até sabermos que podemos confiar outra vez na senhora.

Fica como que ausente, imaginando talvez como seria essa vida monitorada dia e noite, e também que alternativas lhe restam, agora que foi descoberta. Ficamos novamente em silêncio, desta vez mais prolongado. Por fim, apago o cigarro, pego o telefone sem fio e me aproximo dela. Fica com o aparelho no colo, meio confusa, e me olha, procurando uma sugestão ou instrução. Mas me calo por tática e porque não quero gastar saliva. A valquíria ainda demora dois minutos para entender o rumo que deve tomar. Quando o faz, digita o prefixo e o número, e fala com uma das peruanas. Abro a porta e me retiro; deixo-a a sós com seu conflito. Na recepção, converso com meu amigo e lhe passo algumas notas para que ele me mantenha informado dos movimentos da loura; pode ser que ela tenha uma crise de dignidade de última hora e fuja com os filhos para o Paraguai ou o Brasil.

Entardeceu nos jardins, mas as pessoas não saem da água. Nuria conversa languidamente com os cachalotes, que a reconheceram. Estão devorando duas porções de lulas gordurosas com uma cascata de batata frita. A valquíria deveria ficar mais preocupada com o colesterol de seus filhos do que com a cocaína. Mas só aparece quando é hora do jantar, e uma banda toca covers do Yes e do Queen. A morena e a loura se cumprimentam com frieza a vinte metros de distância. Telefono para Pico de meu celular. Seu tom de voz já não é o mesmo. Está agradecido e entusiasmado. Chegará pela manhã para uma reconciliação.

— Terei de puxar muito o saco dessa mulher — adianta a mim.

O conflito conjugal não é da minha conta. Depois falo com Fierrito.

— Avisa a sua chefe que o brutamontes da égua encontrou a desaparecida — comunico e encerro a ligação sem dar tempo de ele perguntar nem responder. Por fim, digito o número de Palma e aviso que deve manter grampeado para sempre os celulares, os telefones fixos e, com o Spyware, os computadores de todo o clã. Ele resmunga, mas aceita.

Quando termino esse passeio mágico e misterioso, Nuria me espera com duas caipirinhas no balcão. Está morrendo de vontade de me beijar e se pendurar em meu braço. Não por razões amorosas, mas para esfregar a conquista na rival. Mas felizmente se contém. A seu pedido, conto as novidades. Mas noto que não acompanha minha exposição, só a forma de meus lábios. Está desesperada para voltar para a cama e eu estou desesperado para pregar o olho. Como sempre, o centurião acaba fazendo o que deseja a imperatriz. Durmo desassossegado, e na verdade desço às três da manhã à recepção para perguntar se por acaso a loura saiu, e às sete para constatar que continua em seu quarto: bato na porta, e quando ela vem atender, insone e meio bêbada, minto que estou montando guarda no corredor. Ela dá de ombros e fecha a porta. Volto para a cama e consigo dormir umas duas horas. Tranquiliza-me ver que a loura e os cachalotes tomam o café da manhã continental no salão do térreo. A valquíria tem os olhos avermelhados e a cara inchada. Esse fracasso não escapa a Nuria, que está fresca como uma rosa.

Pico chega ao meio-dia e, antes de ver a esposa, me pergunta se eu poderia cuidar dos meninos. Não sou uma babá, mas minha vontade está um tanto limada. Nuria e eu levamos os cachalotes à Garganta do Diabo, que eles já visitaram e agora olham com certa apatia. A Mona Lisa anda com graça pela passarela de aço e no mirante se deixa conquistar pela paisagem, o barulho ensurdecedor da queda-d'água e o frescor que nos atinge e nos molha. Os cachalotes recuperam parte da alegria quando descemos para embarcar numa lancha e nos metemos embaixo do aguaceiro. Passamos o resto da tarde fazendo um safári no parque nacional, olhando borboletas e plantas gigantescas, e sendo perseguidos por uma chuva intermitente.

Só existem sombras quando chegamos ao hotel. Os cachalotes vão diretamente à piscina e Nuria para a espreguiçadeira. Eu procuro os bobões e os encontro em um dos bares. Olho os dois de longe. Pico ainda está recitando seu monólogo, carregando todo o peso da conversa. A loura está cabisbaixa e desanimada; passa o dedo pela boca do copo. Esta noite enfim consigo dormir, e ao despertar percebo que Nuria me abraçou enquanto dormia. O fato mínimo, inédito e impensado me enche de uma felicidade ridícula. É má notícia. Porque ser feliz não está em meus planos.

x. O colapso

Custa meia hora e muita lábia convencer o diretor administrativo de que é preciso reforçar a segurança na terapia intensiva. O diretor do sanatório por fim autoriza dois homens por turno quando consegue entender que é um pedido oficial da Presidência da República. Coloco os dois primeiros na elegante sala de espera, que fica no segundo andar, e vou ver o doente. Está alojado em um quarto particular da ala de cardiologia e o chefe da guarda me explica que teve um infarto. Um clássico "ataque de novela": dor no peito, transpiração, palidez, angústia e náuseas. É a melhor das possibilidades, porque um infarto maciço é fulminante, silencioso e traiçoeiro: parece uma indigestão e não dá avisos. Agora o paciente está estabilizado, mas certamente vai para cirurgia e será de peito aberto. Em sua idade, com esse peso desmesurado e os pulmões fracos por tantas décadas de cigarro, é um procedimento muito arriscado. Entendo. Agradeço a ele e me aproximo: Rada está deitado e entubado com soro, vendo um jogo do Barcelona em um televisor pequeno. Aperta o controle remoto com uma das mãos e com a outra maneja os botões que sobem e descem o encosto da cama. Tem a pele lívida e uma expressão desmoralizada e tímida. Só se vira para ver quem veio visitá-lo, mas volta a fixar a atenção no jogo: não se dá ao trabalho de responder a meu cumprimento. Sento-me na cadeira, como se fosse parente dele, e olho um pouco as evoluções dos jogadores. Ficamos assim mais vinte minutos, até que o primeiro tempo termina. Quando vem o intervalo, Rada me fala:

— Pode ser que eu saia do açougue, mas não acredito que consigam que eu pare.

Não existe drama em seu tom de voz, mais parece um prognóstico clínico. Se o tonto não se aquietar durante a cirurgia, o caçador de pombos ficará em coma induzido até que os pulmões consigam retomar o controle por conta própria. As perspectivas não são auspiciosas. Alguns pacientes conseguem e seguem em frente. Outros vão definhando dia após dia, até que ficam só pele e osso, e até que uma infecção hospitalar os mande para o paraíso, o purgatório ou o inferno.

— Não há motivo para ser otimista — acrescenta, e tenho certeza de que não suportaria uma palavra de consolo de minha parte. E assim, não o incomodo. Ele olha para uma das mãos peludas e gorduchas, e solta: — A verdade é que não foi tão ruim. Não sabe os calos que tinha quarenta anos atrás. Era um pobretão trabalhador. Quem diria que o pobretão chegaria tão alto e tão longe?

— A senadora nos pediu para protegê-lo — informo.

Agora ele me olha e esboça um sorrisinho cruel.

— Quanta consideração — diz, e volta os olhos para a televisão. Quer ver os replays. — Nem mesmo me telefonou.

Olho seu pescoço tomado de verrugas e pelos duros. Fico em meu lugar. Rada ouve meu silêncio e continua.

— Assim é o peronismo, companheiro. Só sucesso. Se você cai por fazer uma merda ou por doença, os elefantes te atropelam. Os perdedores são os únicos que verdadeiramente nos dão asco, Remil.

— Pensei que o senhor fosse seu mais fiel servidor.

— Para os fiéis, existe um Dia da Lealdade. — Ele ri. Mas os olhos não abandonam a televisão nem esse véu sombrio. — Também não vai se iludir. Ela acredita que pode comprar tudo com dinheiro. E às vezes eu também acredito nisso. Não imagina as coisas que compramos com dinheiro na província. Mas depois vem a onda. Quando vem, ela te leva ou te arrasta. E acho que Tana não chega, companheiro. Não chega, por mais que pague sem parar, e não sei quem vai ter o atrevimento de dizer isso, nem sei como a mulher vai reagir.

Vemos os comerciais, ouvimos a música, o segundo tempo começa.

— Me proteger. — Ele ri de novo. — Aqui não podem me proteger de nada.

Eu me levanto e lhe dou um tapinha no ombro. Ele nem mesmo vira a cabeça. Saio por onde entrei, volto à Belgrano R e tomo uma vodca, e outra para acalmar a pulsação. Sento-me para ver o History Channel, mas não consigo acompanhar a ação nem o fio dos argumentos. Por algum motivo, a morte certa de Rada me parece um mau presságio. Penso em coisas que nunca passam por minha cabeça: o cadáver de Lali, a cara de espanto do rottweiler, os estertores do pivete de Cipolletti. Sinto-me aflito, como se tivesse febre. Procuro entender o que está acontecendo. Tento imaginar o que Maca pensaria desse sentimento suspeito e o que contaria depois à amante pelo Skype: "Estou muito preocupada, amor, os animais preveem a tempestade. Conseguem senti-la no próprio corpo quando ainda não chegou". Sirvo-me de outra vodca com gelo e passo a mão pelo estojo de veludo bordô que certa vez roubei de Nuria. "Talvez seja a hora de devolvê-lo, Remil", ouço a voz de Maca em minha cabeça. "Não sei quantas outras oportunidades você terá. Ninguém sabe do dia de amanhã." É difícil manter a temperança do nadador de águas abertas quando já não causa tanta indiferença continuar vivo. Como a vontade fica vulnerável nessas situações.

Quinze dias depois, quando estamos numa festa em Pilar, avisam-me que Rada esticou as canelas. Uma das empresas Menéndez Lugo fechou contratos para a construção de um condomínio particular e Nuria quis comemorar em um salão para eventos com um terraço cálido, onde fumo encostado, vendo a festa. Tem dança, champanhe e alegria. Nuria está vestida de preto com brilhos e Wila de verde. Parecem duas adolescentes comemorando o fim do período letivo; seus empregados dançam com elas e fazem brincadeiras. Alheio ao barulho, o coronel me chama para me dar a notícia fúnebre e ordenar que retire os guardas. Não foi convidado à comemoração e parece meio ressentido. Ou talvez seja simplesmente preocupação por esse contratempo que os pulmões do caçador de pombas nos legaram.

Dou um telefonema operacional, depois um passeio para verificar se o círculo de segurança em volta do salão está funcionando bem. Há muitos desconhecidos na festa e isso me deixa meio nervoso. Quarenta minutos depois, volto ao terraço e aceito uma Coca-Cola com limão. Nuria se aproxima de mim, suada e desinibida. Nesse estado, ela pode ser um perigo. Observo a meu redor para constatar que não daríamos um espetáculo e descubro o olhar afiado de Wila, de longe. Procuro fazer com que Nuria não revele nosso segredo com um simples carinho. Ela se encosta na balaustrada e me pergunta por que eu sempre pareço azedo.

— Rada morreu — conto, sem rodeios.

Ela fica quieta, com o rosto no escuro do jardim, e logo dá um soluço e uma gargalhada. Cobre a boca para reprimir o soluço e pede desculpas, desculpe-me, e continua rindo. Depois se vira e respira, procurando um pouco de ar e seriedade.

— Desculpe-me — repete e solta outro soluço e outra gargalhada mal contida. De repente consegue ficar absolutamente séria, até parece sóbria. — Quero que me coma — diz ela, mandona. — Como vocês chamam boceta? Ah, sim. A xota. Que palavra mais sem graça, tão pouco obscena. Muito bem, Remil, eu tenho o coração na xota. Vai nessa? — Eu olho, sem entendê-la. — Quero que me coma, aqui e agora — insiste. Sorrio e balanço a cabeça.

— Isto não é possível, doutora — digo.

— Você verá que é — ela responde e pega minha mão.

Meus olhos procuram os de Wila, mas não os encontram. Solto sua mão e a acompanho escada abaixo, dobramos por um corredor e saímos no estacionamento, que é enorme e coberto. Amparados pelos vidros polarizados, trepamos no banco reclinado do 4×4: é a coisa mais imprudente e mais idiota que fazemos em todos esses meses. Entretanto, parece a ela uma travessura deliciosa. Ela goza sem parar com o vestido na cintura e me ordena aos gritos que a emprenhe, que eu goze dentro dela. Custa algum esforço acatar essa ordem, e ela então me dá dois ou três tabefes. Eu a agarro pelo pescoço, como se fosse estrangulá-la, e gozo bestialmente. Em seguida ficamos abraçados por um tempo impreciso. Até que ela me diz no ouvido:

— Que merda é a morte.

Depois pede que eu a leve para casa.

Estamos em outro estacionamento, na saída de um shopping, quando volto a pensar naquela frase. Duas semanas se passaram desde a morte do caçador de pombos e saímos do carro cheios de sacolas, no subsolo do edifício. Andamos até o Audi prata. Estamos chegando de uma tarde de compras irracionais e soporíferas, e eu tenho um mau presságio. Imagino que seja uma reação a determinado som, talvez um ato reflexo provocado por uma imagem fragmentada. Algo me diz que a moto barulhenta está rápida demais e que tem algo de estranho no sujeito da garupa e no companheiro que a pilota. É uma coisa inespecífica, a forma como viram e freiam, aqueles casacos aparatosos, o jeito desafiador como nos olham. Pode ser o reconhecimento mútuo da ameaça; a experiência do perigo. "Que merda é a morte", penso enquanto jogo o corpo por cima da dama de branco. É um ataque violento que a derruba.

Não consigo enxergar, porque o Audi está nos cobrindo, mas imagino que seguem o procedimento habitual: o gorila da garupa desce e dispara, enquanto o gorila da frente fica preparado para dar no pé. Sei que atira com duas pistolas, pelo barulho que fazem os projéteis ao pegar a carroceria blindada, ao perfurar outros carros, ao ricochetear nas colunas. Dois calibres bem diferentes, uma barulheira que nos deixa aturdidos. Ouço gritos distantes: clientes apavorados, pessoal da segurança. O gorila dá alguns passos até nossa posição. Tudo acontece em milésimos de segundos: se eu não agir rapidamente, ele encontrará um ângulo e nos fuzilará no chão. Já tenho a Glock na mão, não sei como foi parar ali. Levanto a cabeça o mínimo e disparo às cegas em um arco da direita para a esquerda, e volto a me esconder. Deixo cair o pente e encaixo o segundo. Abandono a Mona Lisa, que parece ter desmaiado, e ando dois metros de joelhos. Vejo no espelho quebrado de outro carro destruído pelas balas que o gorila tenta contornar o Audi em sentido contrário. Está muito perto, por um triz de encontrar o ângulo. Levanto-me de vez, colocando-me na mira do piloto da moto, que olha e espera, engatilhando sem precisão. Não consigo meter nem uma bala que seja no atirador, mas a saraivada é tão grande que o faz recuar. É nesse momento que noto que ele tem medo. Retrocede disparando, mas está apavorado. Procura a moto.

— Vamos, vamos — grita ao piloto.

— Escroto, filho da puta! — berra para mim seu parceiro, que também é um cagão.

Livro-me do segundo pente e insiro o terceiro e último. O gorila montou na moto e eles escapam cantando pneu. Lanço uma chuva de chumbo para cima deles, mas os caras saem como um torpedo, viram e sobem a rampa.

Nesse instante, não me serve de consolo o fato de que acabamos de nos salvar. Sinto que sou um verdadeiro inútil por não ter previsto o ataque e por não ter sido capaz de dar cabo desses dois bandidos. Com essa impotência, volto ao Audi para ver Nuria, que não mostra reação nenhuma. Tenho pânico de que uma bala perdida a tenha apanhado, e ao dar a volta vejo que está de olhos abertos e faz uma careta de dor. Eu a toco e a examino com brusquidão, procurando desesperadamente um ferimento, mas não encontro sangue em lado nenhum, então pergunto se ela consegue me ouvir, se está bem. Preciso perguntar mais duas vezes, porque ela parece em choque. E então ela recupera a lucidez e cai aos prantos, e eu a aperto em meu peito para que possa desabafar. Em seguida ela se afasta e me diz, embora eu não a entenda, que seu braço esquerdo dói muito. Precisa repetir com mais lentidão para que eu a compreenda: ela caiu em cima desse braço e é possível que o tenha quebrado. Que engraçado: seu guarda-costas causou mais danos que os matadores que vieram executá-la.

Aparecem vozes histéricas ao redor; pego o celular e tento fazer uma ligação, mas não tem sinal no subsolo. Eu me identifico como policial e peço que chamem uma ambulância. Há uma correria, ordens e solidariedade. Pego Nuria nos braços e a levo para um lugar iluminado. Ela é sentada em uma cadeira e as pessoas a abanam: está lívida, sua pressão caiu. Peço um telefone de linha fixa. Tem um a dez metros. Faço uma ligação curta: digo ao coronel que temos uma emergência total e explico onde estamos.

— Ai, Zeus — xinga ele. E põe mãos à obra. Começando pelo princípio: localizar um comissário da departamental que seja amigo da Casa para que ele intervenha de forma direta e limpe o terreno; depois enviar toda uma equipe de seguranças chefiada pelo saltenho e nosso médico numa ambulância falsa do SAME para que cuide da ferida. Mais tarde, quando a manobra já estiver em andamento, agirá sobre o tribunal e acertará com dinheiro e contatos a estrutura para que não seja aberto inquérito e o episódio seja transmitido à imprensa como uma simples tentativa de roubo. Cálgaris é especialista em apagar rastros. Ficará ocupado o dia todo.

Os primeiros policiais falam com o chefe de segurança do shopping e me interrogam de má vontade. Nuria nem mesmo responde a eles; segura o braço e aguenta a dor, de cara franzida. Há uma grande roda de curiosos e me sinto nu e irritado. Por sorte, o chefe da departamental chega rapidamente, acompanhado por um colega da Polícia Federal: Cálgaris mandou o Sétimo da Cavalaria. O shopping fica no limite entre a capital e a província, e ele não quer conflitos de jurisdição. Uma funcionária de uma loja se aproxima de Nuria com um copo de água. Os chefes conversam comigo em um canto. Encarregam-se da operação e autorizam que a ambulância entre no estacionamento subterrâneo e nosso médico examine a vítima. O saltenho aparece, tudo é mais lento do que aparenta. Ou mais rápido, segundo o ponto de vista. Injetam um tranquilizante na mulher e a deitam numa maca. Dou instruções ao saltenho, que organiza a caravana. Aperto as mãos dos comissários e vou no interior da ambulância, que dispara com as luzes e a sirene ligadas até uma clínica de Núñez. O médico tenta tranquilizar a paciente:

— É uma fratura leve, não se preocupe. — Tiro seu cabelo da testa e ela pestaneja como se estivesse adormecendo.

É recebida por um ortopedista que dá uma olhada e ordena uma radiografia de emergência. Só me separo de Nuria por alguns minutos para organizar a vigilância: temos um exército postado nos corredores, no térreo, nas entradas e saídas, e na calçada. Fico com a impressão de que hoje não acontecerá muito mais do que isso, mas não há como ter certeza. Talvez os colombianos queiram terminar imediatamente o serviço fracassado da tarde.

Quando volto, um médico me conta que engessaram o braço, colocaram numa tipoia, deram um ibuprofeno e a alta hospitalar. Peço que preparem um quarto para que ela durma na clínica esta noite. Precisamos pensar um pouco melhor nas coisas.

Quando ela sai da ortopedia com o gesso e a tipoia, parece ter recuperado certa calma. Empurro sua cadeira de rodas até o quarto e a ajudo a tirar a roupa.

— Por que não posso voltar para a Juncal? — ela me pergunta baixinho. Não reclama, só está surpresa.

— Porque agora nenhum lugar é seguro — digo com sinceridade.

Ela apoia a nuca no travesseiro, olhando o teto baixo, e uma lágrima escorre pelo seu rosto. Eu a enxugo.

— Olha meu pulso — diz ela, levantando o braço saudável: a mão ainda treme. Penso em Rada, naquela conversa do hospital, naquele pressentimento.

Nuria dorme e escrevo uma mensagem de texto para o saltenho. Quero que mande uma equipe à rua Juncal, verifique se o apartamento está em ordem e o mantenha protegido. O companheiro de Goose Green se apresenta e lhe entrego as chaves. Normalmente ele não tem sentimentos, mas desta vez revela-se mais nervoso do que durante a batalha de Cipolletti, quando teve de trocar tiros de rifle. Reflito um pouco sobre essa inquietação. Tem lógica. O submarino atravessou a linha de pressão e pode explodir em mil pedaços. Descemos demais e não temos como voltar. O casco range e está entrando água. A trégua acabou, dirá Cálgaris. Será a terceira guerra mundial.

Acordam Nuria para lhe trazer o jantar, mas eu o rejeito. Peço a um de nossos rapazes que compre comida confiável num restaurante japonês e um merlot para tornar mais digerível a tragédia.

— Não estou com fome — teima a galega.

Mesmo assim eu a obrigo a se sentar e a comer algumas peças de sushi, que levo à sua boca com os palitinhos. Quando bebemos o vinho em copos de plástico, ela me pergunta o que vamos fazer. É uma pergunta genérica, que pode ter muitos significados.

— Esperar o coronel — respondo. Ela me olha de um jeito estranho. Como se estivesse a ponto de me perder. Depois volta a se recostar e a chorar.

Recebo uma mensagem de Wila. Telefono para ela, resumo a situação e passo para a amiga. As duas conversam; Nuria fala como se tivesse perdido dois litros de sangue. Meia hora depois, chega o coronel, tem um derrame no olho direito e hálito de uísque. Tenta transmitir serenidade. Conto as medidas que foram tomadas para o controle da crise. Ele sugere ligar para García Roldán e elaborarmos juntos um diagnóstico e um plano de ação. Nuria fica indiferente. Acompanho Cálgaris até o corredor. Embora seja proibido fumar ali, acende o cachimbo e enche o ambiente de fumaça.

— Espero que Bragoni leve o que merece — opino.

Ele nega com a cabeça.

— Não precisamos nos precipitar, são nossos sócios que tomam as decisões. — Em seguida, me encurrala: — Eu te falei para não ir para a cama com ela, idiota.

Contenho a irritação. Pode ser desencadeada uma espécie de discussão, mas percebo que em todo caso não será neste momento, nem neste lugar.

— Estamos brincando com explosivo — comenta ele, antes de ir embora.

Volto ao quarto, tranco a porta por dentro e tomo outro golinho de merlot. Nuria abre os olhos e diz:

— Vem.

Mas desta vez não se trata de um pedido sexual. Tiro os sapatos, subo na cama e a abraço. É só isso. A não ser pela madrugada, quando ela roça os lábios em mim e muda de posição, como se sentisse dor no braço. As horas passam devagar quando alguém lida com a insônia e os fantasmas.

Na primeira hora da manhã, transferimos a Mona Lisa para seu apartamento. Parece um destacamento do Grupamento de Segurança e Inteligência da Casa Militar. Está abatida e não consegue sorrir. Tranca-se em seu quarto para falar por três horas com a Espanha. Depois recebe um telefonema de Nova York. Não comenta as deliberações comigo, me mantém à margem. Também não liga para Cálgaris a fim de informá-lo. Só distribui instruções a seus funcionários por telefone e pede que Wila venha na parte da tarde para lhe dar uma ajuda. Quando termina tudo, é mais ou menos meio-dia. Ela se deixa cair no sofá e suspira. Baixa a cabeça como se estivesse criando coragem e quando a levanta, faz uma careta de desgosto.

— Vou amanhã para Madri — anuncia ela com frieza. — Vou sozinha e não sei quanto tempo demorarei para voltar. Talvez não volte nunca. — Avalia minha expressão para ver que impacto a notícia causou. Depois sorri pela primeira vez: — Bom, talvez eu tenha sido um pouquinho alarmista. É claro que vou voltar. — Não manifesto o que sinto; fico calado e indiferente como um cachorro de pedra.

Wila lhe dá um calmante, ajuda a preparar as malas e escreve uma lista com os pedidos, as ordens e as sugestões de sua chefe. Nuria telefona para o capitão Ahab, Pico e Parisi. São diálogos curtos e comerciais, carregados de subentendidos. À noite, recebe Cálgaris para o jantar. Comemos os quatro na Juncal, tendo como música de fundo os solilóquios do velho. Só quem ouve atentamente é Wila. A imperatriz e seu centurião têm a cabeça em outro lugar. No final, acompanho a assistente e o coronel até o térreo, despeço-me deles na portaria e procuro no porta-luvas do 4×4 algo que guardo ali há dias, sem motivo aparente.

— Vou ficar aqui — anuncio a Nuria em tom profissional. Ela me pede que tire sua roupa e que seja muito suave. Mostro o estojo de veludo bordô, abro e coloco o colar de pérolas em seu pescoço. Ela chora, e assim continua do primeiro ao último orgasmo. E nem são muitos; basicamente trocamos carinho por toda essa madrugada, dormindo e acordando, falando bobagens aos sussurros.

— Espere por mim — diz ela meio adormecida. — Não telefone, não escreva, não vá até lá. Só espere por mim. — É uma ordem. Ela segura meu pau, diz que vai sentir muita falta. Cochila até que toca o despertador, e então ela entra no banheiro.

Vai para a sala de estar vestida e maquiada, mais ou menos recomposta. A Nuria de sempre, a não ser pelo gesso e pela tipoia que a ajudo a colocar, e certa careta de dor. Durante a ida para o Ezeiza, que fazemos com escolta especial, ela não fala nem uma palavra. Usamos o circuito VIP e fico a seu lado até o último minuto, até a última porta. Vejo as maçãs altas de seu rosto pela última vez. Os olhos pretos, a boca carnuda. Muito rímel e batom. Um casaco ajustado de lapelas largas, blusa e saia na mesma cor, um cinto largo de couro para destacar a cintura, o colar de pérolas sobre o preto brilhante, a bolsa Louis Vuitton. Me dá dois beijos no rosto, à espanhola, como se eu fosse quem sou: ninguém. Mostra seu passaporte e o cartão de embarque e se afasta com os outros passageiros da primeira classe.

Nessa hora fria, tenho esperança de que ela vá se virar para me cumprimentar, ou me enviar uma mensagem de texto antes de decolar. Mas isso não acontece e fico ensimesmado por demais: o saltenho precisa vir me despertar para perguntar se dissolve a operação e dá folga à tropa. O que vou fazer com tanto tempo livre?, pergunto a mim mesmo. Autorizo a debandada e fico examinando uma das livrarias do Ezeiza: compro treze edições de bolso e me pergunto se terei concentração para ler. Dirijo ouvindo o que Nuria não gosta: tangos de Pugliese e Troilo; música de fossa de Buenos Aires. Pretendo levantar peso na Belgrano R, mas me falta vontade e força. Dedico-me à vodca e fico sentado.

Tento recuperar minha vida anterior no café da manhã: preparo um café, um suco de laranja, faço umas torradas com queijo branco e leio os jornais, sublinho os parágrafos com marcador amarelo. Olho de vez em quando o relógio e imagino o itinerário do avião da Iberia. Não falta muito para pousar no Barajas. García Roldán vai buscá-la. Terá dormido um pouco, o que estará pensando?

No decorrer desse dia, vivo olhando o telefone e os e-mails. Visito o escritório para ver se reiniciaram as atividades e se Wila está no comando dos negócios. Pergunto por Nuria, mas nem ela tem novidades. Depois passo pela base Chacabuco para saber como vai a operação de varredura e limpeza. Cálgaris está sereno, já jogou todas as cartas. Informa que García Roldán deu a ordem de não responder à agressão e por enquanto desativar as remessas. Entramos em um impasse.

— Espero que você se divirta um pouco — diz ele, sondando-me com seus olhos azuis. Sugere que eu procure agora mesmo Maca. Leio sua mente: a síndrome do guarda-costas. Mas quando me apresento em seus domínios, por acaso a gorda não está; saiu para comer. Aproveito sua ausência para fugir do divã. Estou muito fraco, quero me encolher.

Também não se comunica no dia seguinte. Evito ficar grudado no celular e no correio eletrônico, dedicando-me ao corpo: corro no circuito dos maratonistas. Hoje pelo trem de la Costa, amanhã por Agronomía, depois de amanhã pela Costanera Sur. Vinte quilômetros. E depois aparelhos, abdominais, pesos. Três vezes por semana, vou à academia de Saavedra e na sexta-feira até luto dois assaltos muito combativos com um campeão que está treinando para o torneio provincial. Se não me tiram de lá, eu acabo com ele. Perguntam se estou louco.

No sábado, sem ter a menor notícia da Espanha, visto o traje de neoprene e o snorkel, e nado no rio, apesar de haver alerta de vento sul. Sinto pontadas nas costas e a marola fica intensa. As ondas me sobem e baixam, e às vezes não consigo divisar a margem. Dou braçadas afastando-me com a percepção de que seria interessante recuperar a indolência perdida. Luto bravamente com a correnteza e o pânico, e tenho a impressão de que percorri uma distância perigosa. Agora fico boiando debaixo da garoa, vejo relâmpagos no céu e avalio seriamente se é possível chegar à margem. É possível que desta vez eu tenha cruzado a linha que não tem volta. Veremos. Nado para a margem num ritmo bom, tentando regular a energia que vai diminuindo, e na metade do caminho começo a sentir câibras: são duas feras invisíveis que mordem a perna esquerda e a barriga. Boio um pouco mais para ver se passam. Faço massagem, mas não adianta: as dores e as contrações não cedem. Sigo adiante, mas perco o estilo. Avanço como posso: crawl, peito, *over*. Faço um esforço sobre-humano e quando ergo os olhos, por acaso a margem ainda parece longe demais. Se eu perder a calma estou liquidado, assim penso em Nuria, no ódio profundo que me dá sentir sua falta. Na ferida que essa fragilidade desconhecida produz em mim.

É a raiva que me mantém na rota. Uma fúria infinita contra mim, contra ela, contra todos. Dou braçadas potentes e agonizantes com essa raiva. E por várias vezes vejo se dá pé, sem sucesso. Consigo quando estou prestes a desfalecer e me abandonar, e me é tão custoso alcançar a margem que cambaleio, caio de joelhos, arrasto-me pela fadiga e pelo barro, finalmente me jogo de barriga para cima, derrotado pelo rio.

No domingo, é minha intenção visitar Rosita, mas ela tem um namorado e festeja seu aniversário. Cumprimenta-me com alegria e afeto, mas não me convida a Tolosa. E assim, passo a tarde lendo *A carta esférica* e bebendo vodca com gelo e limão. Perto do amanhecer de segunda, leio uma linha de diálogo: "Se acontecer alguma coisa", disse ela de repente, "não me deixe morrer sozinha". E me levanto do sofá para ver se tem alguma coisa no e-mail. Mas não tem nada.

A semana seguinte a essa é idêntica. Toda noite vou para a cama com os ossos e os músculos moídos, mas não consigo pregar o olho. Ou afundo em pesadelos, como se tivesse febre. Há noites em que sonho com Nuria Menéndez Lugo, que sempre desliza, trai, desaparece. De dia a imagino em seu apartamento do Paseo de la Castellana; à noite, gritando o prazer e as mentiras a seu velho amante naquela casa misteriosa à beira do mar.

Essa sopa grossa e tortuosa se estende por mais dez dias. Em uma sexta nublada, meu celular toca e noto que é Wila; mas a ligação é encerrada quando atendo, depois telefono dez vezes para o celular e o fixo e também para a engarrafadora. Ninguém atende, assim digito o número do chefe de sua segurança: está tomando um vermute em Mataderos; o coronel suspendeu o serviço nesta mesma semana. Telefono a Cálgaris para saber que merda está acontecendo e por que sou o último a tomar conhecimento disso. Cálgaris me atende apressado e ordena que eu me apresente na segunda-feira de manhã cedo na Chacabuco:

— Enquanto isso, não apareça aqui, nem faça nenhuma idiotice — acrescenta antes de desligar.

Sei que está acontecendo algo muito grave e que estou metido nisso. Entro no 4×4 e vou para o escritório, mas não consigo chegar porque a rua está interditada pela Polícia Metropolitana. Passo ao largo de mau humor e ligo o rádio para saber se levantaram a lebre, mas ninguém faz a menor referência. Não me aguento com meu gênio e me meto no segundo cordão da Grande Buenos Aires. Encontro a engarrafadora fechada a chave e cadeados, embora sem segurança. O coronel também suspendeu o serviço: prevê que de uma hora para a outra a Federal dará uma batida. Vou à pensão de Liniers, mas Rossi saiu faz uma hora. Não demoro muito para encontrá-lo em um bar da estação. Está manso e tranquilo na frente de uma cerveja. Sugiro que ele pegue um ônibus para o norte e se reporte diariamente. Não pergunta o que está acontecendo porque é uma raposa velha e porque não tem como falar, mas me faz um gesto com a polpa dos dedos: dou a ele todo o dinheiro que tenho comigo. Se Cálgaris se inteirar dessa transgressão, vai arrancar minhas unhas com um alicate.

Durante todo o sábado, fico postado diante dos canais de notícias, ouço rádio, espero e me desespero. De madrugada, cometo outra imprudência e percebo que não estou em meu juízo perfeito. Estaciono o 4×4 a dez quadras da Juncal e ando no escuro com a esperança de subir ao décimo quarto andar, entrar no apartamento de Nuria, vasculhar suas roupas, ouvir seus discos e levar para casa um frasco de Chance Chanel. Mas tem um patrulheiro na frente do prédio e dois vigias com armas pesadas e colete à prova de balas fumando na rua.

Na noite do domingo, o sinal vermelho se acende. Um procedimento em uma engarrafadora da província de Buenos Aires: "Traficantes tentavam exportar quatrocentos quilos de cocaína em garrafas de vinho". Uma hora depois, vem um repórter transmitindo ao vivo. De cada três informações que ele verbaliza com dificuldade, duas são incorretas. O comissário disse que não foi confiscado cloridrato de cocaína no lugar, mas que encontraram elementos técnicos e químicos para sua diluição: são idênticos aos que foram utilizados em Munro durante aquela famosa investigação de 2004. A fonte garante que a essa mesma hora estão dando outras batidas em um galpão de Lanús e no porto de Mar del Plata.

Subo pelas paredes, xingo em todas as línguas, me borro de medo. Espero com ansiedade os jornais da manhã, visto-me e vou pegá-los na banca da Virrey del Pino. A notícia não tem muita importância, exceto para o *Crónica*, que a edita com um estardalhaço e fotos do interior da engarrafadora. O jornalista anônimo afirma que no Departamento de Drogas Perigosas é chamada de "Operação Dama Branca", embora ainda não se tenha entendido qual é o motivo. Eu rio sob a ducha gelada. Não consigo acreditar. Depois visto a roupa preta que foi presente de Nuria e um impermeável, porque está chuviscando, e me dirijo cheio de ansiedade à Casinha. Quando entrego a Glock para passar pelo detector de metais, o oficial da guarda me pede que traga assinado o formulário G quando sair. Pergunto às secretárias de Cálgaris o que eles querem. Estão muito ocupadas destruindo documentos nas cinco fragmentadoras Dasa. Mas uma delas, a mais feia, para a fim de olhar uma pasta e pegar um papel para mim. O formulário G: como pude me esquecer? É a planilha que assino sempre que devolvo a arma regulamentar e me entregam uma nova. Um recibo com a história completa de minhas ferramentas, como mudança nos modelos, marcas e calibres, como o passar dos anos. Imagino que desta vez não haverá troca. Que a partir do depoimento, para a Secretaria de Inteligência, sou oficialmente um agente desarmado.

Assino, jogo na mesa de centro meus pentes e entro no gabinete do velho fumando um Parisienne. Até nos piores momentos, toca Mingus. Também flutua o aroma de cem cachimbos. Cálgaris está impassível, porém despenteado, e tem os sapatos sujos. Vejo que toma um copo de Talisker e pressinto que passou a noite toda acordado, destruindo a papelada confidencial. A CPU de seu Mac está guardada em uma bolsa esportiva e outra guarda pen drives, discos, pastas e fotografias. Tem em sua mesa a maleta, a nécessaire e sua 38 Special, que não está registrada no formulário G.

— Operação Dama Branca — solto com sarcasmo.

Ele não abandona as folhas de um caderno com capa de couro. Vai de um lado para o outro, como se procurasse uma anotação. Mas faz isso de pé, à luz de uma lâmpada e com os óculos bifocais.

— Estamos cercados — diz, e continua folheando as páginas. — Cercados de inúteis e filhos da puta.

Gostaria de lhe dar um tiro na têmpora, mas mantenho a compostura. Ele balança a cabeça e se dá por vencido. Coloca o caderno na mesa e começa a arrancar as folhas. Não é uma tarefa fácil: ele fica vermelho. Depois joga para mim e faz um sinal para que eu o destrua. Enquanto o destruo, ele toma outro gole de uísque.

— Vamos começar pelo início. — Ele me surpreende. — Eu te falei para não ir para a cama com aquela mulher.

— E o início é esse?

Ele dá um soco na mesa.

— Não, imbecil, isso é só uma cagada! Uma tremenda cagada!

— De novo? Que relação tem com toda essa confusão?

Ele fica me olhando por uns segundos, como quem brande uma foice.

— Nuria desapareceu há sete dias — diz por fim e tira os óculos. — Sete. E há três pediram resgate. O que acha disso?

Não saio de meu espanto, sinto algo parecido com uma náusea.

— Quem? — pestanejo.

— Sei lá. — Ele dá de ombros. — Concorrentes. Aparentemente a pegaram na rua. Estava em Vigo. Ia almoçar com os sérvios e não chegou ao local. Roldán pensou que seriam matadores de aluguel e que estavam terminando o trabalho do shopping. Mas não. Mandaram para ele uma prova de vida e pediram um milhão de euros. Mas pensamos que não se trata de grana, mas de outra coisa.

Solto o ar que tenho nos pulmões; o cigarro apaga entre meus dedos. Vem à minha cabeça as imagens de Nuria sob o jugo do terror. Sinto uma dor nas costelas, como se tivesse uma lança cravada ali.

— Não entende? — diz ele, revirando a lança. — Dormir com aquela mulher não saiu de graça. Tudo tem um preço.

Ele termina o uísque de um gole só e volta ao banheiro para urinar ou trocar de roupa. Me dá tempo de tentar me recompor. Ainda estou nisso quando ele sai transformado em um marinheiro de água doce: calça preta, camisa branca, lenço no pescoço, casaco de linho, tênis náuticos.

— É evidente que o sequestro está relacionado com essa jogada dos federais — digo para ganhar seu respeito. — Não pode ser uma coincidência.

Ele tira do gancho um sobretudo preto e o veste.

— Isso é óbvio, o óbvio não adianta de nada — responde. — A verdade é que não sabemos onde pisamos. Estamos enrolados.

Ele me ordena que leve as bolsas e lembra às secretárias que elas têm até o meio-dia para acabar de destruir os papéis. Depois virá o intendente, cortará a eletricidade e lacrará os andares. As mulheres laconicamente desejam boa viagem. Descemos em silêncio até o subsolo e colocamos sua bagagem no 4×4. Não preciso que me diga o destino final: é o porto de Olivos.

— Alguém passou os dados e não nos deu tempo de frear inteiramente a operação. — Ele se lamenta. — A federal perguntou no Ministério e deram carta branca. Depois tudo se acabou. Mas eu te garanto que eles sabiam muito bem o que procurar quando entraram no escritório. Foram rápidos e precisos. Prenderam Wila e os outros, e conseguiram que o juiz os autorizasse a dar uma busca em três contêineres de merluza que estávamos transportando.

— Quanto foi perdido?

— Mil quilos, mas isso não é nada. — O coronel abre um pouco a janela e acende o cachimbo. Passamos a vida nos preparando para situações inesperadas, mas quando elas chegam, mal podemos com elas. — O mais delicado é que na central estão muito irritados comigo. Por ora, vamos desativar a Casinha até que a poeira baixe. Ninguém sabe que nível de profundidade tem essa merda.

— É um ataque surpresa — digo.

O chuvisco passa a uma chuva forte. Penso em Wila, tenho pena de seu infortúnio. Lembro como Wila nos olhava naquela festa de Pilar. Deduzo que o telefonema que não consegui atender era um pedido de socorro: a polícia apareceu com uma ordem judicial e ela não sabia a quem recorrer. É evidente que algumas horas antes alguém da Casa soprou o que aconteceria a Cálgaris, por isso o coronel conseguiu levantar os guardas que havíamos posto.

— Se ainda entendo um pouco do riscado, vão tentar nos deixar à margem do processo por todos os meios — acrescenta com uma baforada. — Mas veremos, Remil. Veremos.

Tenho cem perguntas, mas não posso verbalizar nenhuma. A chuva não passa de uma pancada; diminui quando chegamos a Olivos. O *Aubrey* balança no ritmo da maré. Levo as bolsas a bordo e as acomodo no segundo camarote.

— Sabe qual foi a prova de vida? — pergunta ele a mim. Está preparando um café expresso. — Uma foto com o jornal do dia. Ela aparece calma, mas perdeu vários quilos. A primeira coisa que me perguntei é se era a cara de alguém que sofreu tortura. Não me pareceu.

— Não entendo — confesso com franqueza.

— Nuria era candidata a ser a informante. É raptada e canta sob tortura: não me parece despropositado. Mas não se preocupe, não vai incomodar.

— Isso não me preocupa — irrito-me.

— Sei que há uma sequência nisso tudo, mas não consigo decifrar qual é a pedra de toque. — Ele parece furioso.

Tomamos o café quente, sentados à mesa onde Nuria e eu mostramos as cartas pela primeira vez. "O que mais o desqualifica são essas medalhas por heroísmo. E que no íntimo você pense ser um herói infame, soldadinho."

— Se a Casinha cair, a Casa cai com ela — acrescenta o coronel como se fosse um trava-língua. — E é aqui que está nossa força. Mas isto sim: somos obrigados a nos desligar, a sair do palco, a ficar mudos. Sumir do sonar.

— E o que isso quer dizer exatamente? — Sinto o café queimando minhas entranhas.

Cálgaris faz algo que me surpreende: morde com força a piteira, a parte e cospe, e joga o cachimbo inútil na parede. Depois parece recuperar a calma que o caracteriza.

— Estamos desmobilizados, Remil. Sumimos por um tempo para que eles não possam sumir com a gente.

— Eles virão atrás de mim?

— Sinceramente, não sei.

Terminamos o café sem saber o que dizer. O velho se levanta com dificuldade e me avisa que vai soltar as amarras. Subimos ao convés e, juntos, vemos o horizonte limpo. Parou de chover, mas a temperatura caiu. Faz muito frio.

— Some, Remil — diz ele, como despedida. — Some.

Não o abraço, nem estendo a mão, nem me curvo, nem o olho. Desço a terra, ando pelo píer e me sento em um tronco. Fumo um pouco com as golas do impermeável levantadas. O veleiro sai lentamente do porto. Sinto uma solidão opressiva.

XI. O FUNDO DO POÇO

A PRIMEIRA ATIVIDADE DA MANHÃ consistia em injetar um vírus destrutivo no computador da Belgrano R e depois preparar a mala, retirar os pen drives do rodapé secreto e esconder tudo na traseira do 4×4. Por enquanto não vou a lugar nenhum, mas fui treinado para prever qualquer contingência. Vou à filial do Banco Francés, na esquina da Cabildo com a Pampa, e peço para ser levado ao subsolo, onde estão os cofres de segurança. Guardo em uma pasta as cópias de meus arquivos digitais, que contêm muitos segredos de Estado e que são um verdadeiro seguro para negociação, e enfio na cintura o velho revólver 357. Tem um coldre e duas caixas de balas dentro de um cofre. Volto a sentir de corpo e alma o peso dessa bazuca no rim esquerdo.

Em um café da esquina, olho os jornais, mas só destaco com o marcador os textos ligados a meu interesse particular. Não são muitos. Quase todos os editores tomaram a notícia como ponto de partida para uma série de artigos sobre o avanço do narcotráfico na região e também sobre os motivos pelos quais a Argentina se transformou em um dos principais exportadores de cocaína do mundo. Detenho-me em um boxe que fala do juiz responsável pelo processo: é da Federal, mas há anos ajeitamos para ele um conflito incômodo que tinha com um cunhado. Em um jornal de economia de cor salmão, leio duas vezes o comunicado do capitão Ahab à mídia, onde se isenta de toda responsabilidade pelos procedimentos policiais realizados em um barco de sua empresa. O barco estava atracado em um píer do porto de

Mar del Plata. De fato, o capitão se dá ao luxo de sugerir nas entrelinhas que a pista era falsa: os detetives não encontraram nada em seus contêineres. E se encontraram — penso eu com um sorriso forçado —, ficaram com a mercadoria e meteram a viola no saco. O juiz não os chamou para interrogatório, nem mesmo para testemunhar. Ahab se salvou por pouco, mas tenta limpar seu bom nome e sua honra, e curar a saúde.

Fumo ao sol, enquanto peço outro americano, e me pergunto até onde essa merda vai subir. A Casa está ocupada em acobertar o problema, porque tem suas próprias maracutaias para esconder e porque é politicamente responsável por Cálgaris. E os detidos não sabem muito: Nuria sempre compartimentalizou seus negócios e lidou com células desconexas em toda sua empresa de transporte. Os "aviões" e os armadores de empresas fantasmas podem fazer a lavagem de dinheiro, mas não têm ideia da origem da cocaína. Nem como chegava e por onde saía. A equipe de transporte e segurança montada pelo coronel e apoiada pelo falecido Rada foi retirada da rua bem a tempo: o piloto, os motoristas e os vigias estão fora e mais ou menos a salvo. E Elena Parisi não pode ser tocada. Talvez nem mesmo saibam realmente que ela esteja relacionada com o tráfico. Um juiz federal intui o perigo. E uma senadora nacional que vota na promoção dos juízes do Conselho da Magistratura merece pelo menos uma distração.

O lado mais fraco ainda é Wila. Se ela ceder, vamos todos em cana. Porque, perante um testemunho de tal calibre, um juiz assustado pode subtrair dos autos parágrafos comprometedores ou divergentes num golpe de caneta, mas não pode fazer ouvidos moucos ao núcleo: Nuria, Roldán, Balduin, Pico. Será o poder de Parisi suficiente para proteger Javier Pico? E será verdadeiramente possível que o juiz ignore o sujeito que trabalhou diante de gregos e troianos como o guardião da Mona Lisa? Não há motivos para ser muito otimista.

Nestes dias de clandestinidade, abandono minha rotina. Apago os circuitos habituais e tiro da cabeça a ideia de lutar com qualquer um no ringue de Saavedra. Procuro uma academia simples na periferia e passo seis horas levantando pesos, pedalando na bicicleta ergométrica e lendo sem muita vontade romances sobre cartagineses e gregos. Estaciono o 4×4 e tiro uma sesta prolongada. À noite fico acordado, sóbrio e atento, com o revólver à mão, assistindo aos noticiários da TV a cabo e vigiando os movimentos da rua. Nessas horas, penso em Nuria, evoco o sabor de sua pele e os quatro ou cinco tons de sua voz, e me vêm imagens de nossas viagens e de nossas conversas. Procuro montar um quebra-cabeça. Desenvolvo minhas ideias num bloco, com um lápis e uma borracha. Escrevo e apago sem conseguir fechar o círculo, e de madrugada sempre chego às mesmas hipóteses. São duas. A primeira me faz tremer: um falso sequestro. Belisario e Roldán acreditam que as coisas foram longe demais, que os colombianos não vão ceder até arrebentar com ela e então abortam o negócio, tiram-na do país e queimam tudo pelo caminho. Entregam informações como quem divide carne entre as feras, para que fiquem satisfeitas. E sacrificam Wila. Correm o risco de ser envolvidos, mas talvez imaginem que podem conseguir com suborno uma pena menor e retirá-la o quanto antes. É uma hipótese ridícula: ninguém dá um tiro no próprio pé. Ninguém que chegou tão longe se assusta com tanta facilidade. Ninguém que se dedicou a articular um sistema de proteção e de lavagem de dinheiro se retira entregando todo mundo.

A segunda teoria parece um pouco mais sólida. Os colombianos que não conseguiram liquidar Nuria a sequestram em Vigo para negociar uma indenização e fazer seu chefe entregar os pontos. Ao mesmo tempo, alertam a Polícia Federal sobre o funcionamento da organização. Matam três coelhos com uma cajadada: comem a rainha, o rei é acossado e seus bispos e peões, destruídos. Xeque-mate. Mas me parece estranho e bombástico. Não tenho ingenuidade suficiente no sangue que me permita engolir esse filme inteiro. Deve haver outra variante, mas não consigo chegar a ela e termino riscando o bloco e mordendo os lábios.

Os jornais do fim de semana trazem reportagens muito longas sobre a "Operação Dama Branca". A mesma fonte espalhou as mesmas informações. Reflito sobre o que está escrito, parágrafo por parágrafo mas não consigo acreditar em quase nada. Não falam em Nuria Menéndez Lugo, mas fazem alusão a ela como uma traficante de drogas espanhola temível e misteriosa que fugiu para o exterior. Em uma lan house, passeio pelos portais dos jornais de Madri; só a descoberta tem cobertura. Parágrafos, notas de pé de página, pouca relevância. Há anos que descobrem esse tipo de operação: que diferença faz uma mancha a mais no tigre?

Quando cai a noite de domingo, insiro o cartão em um caixa automático para sacar dinheiro e descubro que está cancelado. Com a boca seca, telefono para o 0800, mas não podem me dar informação nenhuma. Janto sem vontade um frango xadrez em um restaurante do bairro chinês e tento pagar com três cartões diferentes. Nenhum dos três tem crédito. Ligo para Palma de um telefone público da Juramento com a Obligado, e ele me passa com pressa um número direto e pede que me comunique em duas horas. Ando cinquenta quadras, tomo uma cerveja na Colegiales, volto à área de Álvarez Thomas e por fim dou o segundo telefonema.

— Você está grampeado — diz ele rapidamente e aos sussurros. — Precisa se livrar de tudo. Também do notebook. O 4×4 está limpo, mas é melhor não confiar. A Caverna não pode te ajudar. E não volte a telefonar para nós. Fico muito triste com isso, é sério. Somos amigos. Mas não volte a telefonar, ou eu te entrego.

Vou ao 4×4 e prendo o cinto de segurança. Dirijo com cuidado, olhando o retrovisor, cheio de paranoia e de raiva, até o canto final da Costanera Norte. Piscam luzes no rio; as carrocinhas já fecharam. Jogo o notebook na água com toda a força, depois faço o mesmo com os dois celulares que levo comigo. Atravesso a General Paz, desço uma ladeira, viro para a direita e estaciono embaixo de uma tília. Pretendo dormir, mas o cérebro não para de rodar e os vidros ficam embaçados. A merda vai me afogar, penso. E sinto rancor e um gosto metálico na língua, uma nova acidez no estômago. Ligo o rádio e ouço os jornalistas lendo em voz alta os jornais e tirando conclusões precipitadas. Tomo o café da manhã em uma pizzaria e olho o relógio umas cem vezes. Pressinto que me coloquei em evidência ao me desconectar: se eu fosse meu perseguidor, conseguiria uma ordem judicial para dar uma busca no apartamento. Ponho gasolina em um posto de Maipú e toco para o centro. Primeiro passo na frente do escritório, que tem um policial uniformizado na soleira; depois passo pela Chacabuco só para confirmar que o prédio ainda está fechado e às escuras; enfim insisto com a Juncal, vendo-me na mesma paisagem cercada e desoladora. O giro pela cidade termina na Belgrano R: são três patrulheiros, um carro de assalto e dois veículos civis. Não tenho trabalho, nem cartões de crédito, nem casa, amigos ou refúgio. Tudo que um dia ganhei, eu perdi. E isto é só o começo.

Toco para o sul, usando mecanicamente o plano B, e dirijo entre raivas e ódios. Também com a sensação de ter sido abandonado à própria sorte. Quem sou eu agora, sou um proscrito? Quem vai ficar comigo, agora que não tenho armadura? Engulo a saliva, admito que a garganta dói um pouco. Se eu fosse meu perseguidor, pediria imediatamente ao juiz meu mandado de prisão. A Casa não pode permitir que minha cara apareça na mídia: estaria violando a lei de Inteligência e o regimento interno. Mas não poderia fazer muita coisa diante de uma ofensiva judicial dessa envergadura. Imagino com perfeição o teor das discussões dos diretores de Contrainteligência e de Operações na sala oval. O melhor que pode nos acontecer é Remil não mostrar a cara. Pelo menos até que o entusiasmo passe e possamos manipular o escritório e amortecer os efeitos colaterais. A Federal vai aproveitar para jogar a culpa em nós. Estão loucos por isso. Muito bem: se Remil é tão idiota de se deixar caçar, que pelo menos deixe a vida tentando. O fuzilamento, neste caso, é mais conveniente para nós do que a prisão.

Percebo que é uma guerra fria e surda, e que os ganhos e as perdas serão computados acompanhando a saga pelos jornais. Não restará outra alternativa ao governo senão negociar discretamente para não ser manchado pela porqueira. E a oposição vai pisar em ovos quando souber que Cálgaris está acossado nas cordas: o coronel fez favores sem discriminar partidos nem bandeiras. Essa visão do conjunto, porém, não melhora minha situação pessoal. Posso ser moeda de troca, isto é: variável de ajuste e bode expiatório. Eu valho mais morto do que vivo.

É perto do meio-dia quando chego a La Plata. As persianas do chalé da esquina continuam abertas e noto que Rosita mandou pintar a fachada. Coloco o 4×4 na rampa da garagem e toco a buzina duas vezes. Há um movimento em uma janela, depois ela abre a porta. A viúva vem pelo caminho do jardim com um sorriso curto; enxuga as mãos no avental. Observo que tingiu o cabelo e não o usa mais preso.

— Que milagre — está dizendo.

Pergunto se posso guardar o 4×4. É claro. Volta segundos depois e sai com o chaveiro. A garagem cheira a desinfetante. Nós nos cumprimentamos com um beijo no rosto e um abraço assexuado e amistoso.

O interior do chalé já não me parece tão sombrio. Rosa trocou os móveis de lugar, comprou alguns novos e redecorou os quartos. Aquele onde morreu o meu sargento está irreconhecível. Sento-me à mesa da cozinha e ela me pergunta se quero comer uma lentilha requentada. Retira do freezer e a põe no micro-ondas. Abre um vinho barato.

— Vendi o Peugeot e o terreno na Gonnet — explica Rosita. — E decidi dar uma sacudida. Esta casa precisava de uma levantada, e eu também.

— Esse visual fica lindo em você — digo, com cansaço.

Ela dá de ombros enquanto arruma o jogo americano e os talheres.

— Cada um se arranja como pode, Remil.

Vejo através da tela o quintal, a parreira e as plantas floridas.

— Está com um namorado.

— Um senhor de Tandil — confirma. — Representante comercial. Separado, três filhos. Uma boa pessoa. Vou apresentar a você.

— Não acho que seja necessário.

Ela me olha por dez segundos para entender minha resposta, depois me serve o prato enquanto põe o dela para esquentar.

— Vai comendo, não espere por mim. Come, senão esfria.

Provo a lentilha, que tem pedaços de presunto, toucinho e chouriço vermelho. Está gostosa, mas não tenho muito apetite.

— E seu namorado é do tipo falador, ou calado? — pergunto.

Antes de me responder, Rosita pensa um pouco. O apito do micro-ondas a desperta. Ela retira seu prato fumegante e se senta de frente para mim. Sopra um pouco a lentilha antes de provar. Ataca a primeira colherada e assente.

— Calado.

Há muitos anos não tomo um vinho tão ruim. A boa vida me estragou. Coloco soda do sifão.

— As coisas vão mal? — Ela me pergunta.

— Muito mal.

Rosita viu e viveu o suficiente para encerrar o assunto e não fazer perguntas idiotas.

— Nós nos vemos nos fins de semana — diz apenas. — Um aqui, outro lá. Posso dizer a ele que tenho parentes e que prefiro ir a Tandil dois sábados seguidos.

— Mas eu não sou parente seu.

— Ele é ciumento.

— Entendo.

Não falamos muito mais durante o resto do almoço. Ela fica lavando os pratos enquanto vou à garagem e pego a mala. Monto o forte num quarto lateral que dá para os fundos. Visto uma roupa esportiva, coloco o 357 no coldre da mesa de cabeceira e vou para o quintal. Rosita fumiga umas flores. Deito-me na rede paraguaia e me balanço. Ela está falando do bairro e de novidades miúdas, e acabo dormindo com esse arrulho banal e familiar. Ao acordar, entendo que a sensação de segurança é completamente enganosa. Olho pela janela à direita e à esquerda com o binóculo para saber se não há movimentos estranhos, mas tudo me parece muito tranquilo. Noto que Rosa me observa e fujo de seu olhar. "Que cagada te trouxe aqui?", ela está tentada a perguntar. Mas sabe que, nessas paragens, é melhor não saber.

Só conversamos um pouco de banalidades enquanto vemos televisão e tomamos mate. Noto que quando estamos sentados juntos no sofá da sala de jantar, ela se afasta o máximo que pode, cruza os braços e as pernas, nunca toca no cabelo, e olha para mim de forma errática. Somos treinados na linguagem não verbal: Rosita, inconscientemente, repete o gestual clássico. Mas não precisa de tantos para-choques, porque não tenho ânimo de trepar com ela, nem com ninguém.

De noite, na sobremesa, ela me fala um pouco do namorado. Não cai nunca na vulgaridade, mas me dá a entender que é um projeto importante. Pergunto se posso ir ao bunker. É claro. Mas antecipa que o tesouro do sargento foi consideravelmente reduzido. Empurro com o ombro a cristaleira do aparelho de jantar; encontro o fecho prateado, puxo, abro o alçapão e me agacho para acender a luz do sótão. A escada apodrecida range quando desço. Acendo outra lâmpada e também o sol da noite que fica pendurado em uma viga.

Como não tenho pressa, passo a mão na farda de combate e nas medalhas. Experimento a Fal, que está travada e estragada pela ferrugem, e passo algum tempo olhando as fotos de Monte Longdon. Quase não me reconheço em uma delas, junto do sargento e de outros sete rapazes. Quase não reconheço aquela expressão imberbe e aquele corpo magro e comprido. Parecia um adolescente disfarçado de soldado.

Mais tarde, coloco em uma bolsa Adidas o AK-47S, os pentes curvos, todos os cartuchos que cabem e algumas balas de ponta oca para a Magnum 357. Dentro da maleta, reencontro os maços de euros e dólares. Diminuíram, mas ainda há alguma coisa. Pego também os três passaportes e separo especialmente o que pertence ao falso professor Conde para dar uma olhada: minha foto tem barba e o cabelo cortado à escovinha. Conseguir essa barba vai me consumir sete dias; talvez Rosita tenha a máquina para o corte militar, porque o sargento raspou a cabeça até sua morte. Fecho tudo, apago as luzes e subo com o armamento. Depois baixo o alçapão, que é muito difícil de detectar, e empurro a cristaleira de volta. Levo a bolsa para a garagem e troco pelo traje de neoprene, o snorkel e os pés de pato. Não vou poder nadar no rio nesta primavera. Tiro uma chave de fenda da caixa de ferramentas e troco a placa atual, que também é falsa, por outra que pertence ao carro de um constitucionalista. Preciso preparar o 4×4 como se fosse uma casa sobre rodas, porque não sei quando terei de sair, mas sei que quando a hora chegar será tudo rápido e não haverá muito tempo para juntar as mochilas. Os três passaportes vão para o porta-luvas.

Programo o despertador para as quatro e meia da manhã e durmo desassossegado. Quando por fim caio no poço do sonho, não troco tiros com a polícia, nem vago pelas trincheiras de Monte Longdon, nem mesmo converso no "paiol" com o fantasma de meu sargento-mor. Sonho com Nuria, e são cenas domésticas, sem significado nenhum. Mas, ao acordar, tenho uma nova angústia. Uma vez ouvi em um documentário dedicado ao funcionamento do cérebro que em certas ocasiões lembramos para esquecer. Passamos de vez em quando sobre os sulcos do mesmo disco a fim de apagá-los. Como se a repetição eliminasse a memória em vez de preservá-la. Talvez eu esteja tentando esquecer a Mona Lisa para sempre, fazendo uma espécie de duelo íntimo quando fico obcecado por aqueles dias.

Preparo uma mochila e saio para correr de tênis e moletom. Corro dez quilômetros de ida e dez de volta entre a escuridão e os primeiros raios do sol. A essa hora, quase não cruzo com ninguém, e compro quatro jornais em uma banca. Paro a trezentos metros e avanço com cuidado, atento para evitar o nascer do sol e que a entrada no chalé seja o mais rápida e discreta possível. Rosita me espera com um café coado e biscoitos amanteigados.

Tomamos o café da manhã, repassando as notícias. Não há nenhuma referência à Operação Dama Branca. Sempre há um descarrilamento de trem, com seus mortos, ou falam das sequelas trágicas das enchentes, ou revelam casos de corrupção, e assim umas calamidades cobrem as outras e a vida nacional segue seu rumo.

Leio os jornais por horas a fio, como se escondessem uma verdade oculta, e à tarde me dedico aos abdominais e às flexões. Fico exausto. E Rosita me prepara um banho de banheira. Dentro da água e do vapor, a portas fechadas, flutuo em uma terceira hipótese. Belisario descobriu que Nuria o traía comigo, enlouqueceu de vingança, assassinou-a e cancelou todo o negócio. Saio da banheira com a certeza de que isso é uma bobagem. Mas fico acordado até tarde, virando-me na cama. "Todos nós estamos envolvidos por motivos pessoais de ordens distintas", pensava Roldán. "Nuria precisa de uma lealdade que vá além dos negócios." A filosofia *wakashudo*: os grandes xoguns e seus jovens amantes dispostos a dar a vida pelos senhores no campo de batalha. Ao voltar a correr na madrugada escura, me pergunto se não estaria nos planos de todos, inclusive na cabeça de seu velho amante, o fato de que o guarda-costas se envolveria com a rainha. E se não foi uma exibição de raiva, ciúme e resignação aquele espetáculo barulhento que o chefe máximo dedicou a mim na casa vazia do Cantábrico. Ele sabe que ela terá de me receber entre os lençóis, ele mesmo ordenou, mas não permite que o faça sem antes marcá-la com seu pau. Como faz um macho animal ou um cafetão.

Na volta, estou tão distraído que não consigo ler bem os jornais. Nuria fingiu sua paixão? Para ela, foi tudo uma questão de lealdade e dinheiro? A dúvida dói em mim o suficiente para que eu me castigue como nunca na malhação. Digo a Rosita que não sinto fome quando ela vem anunciar que a mesa está servida, e continuo até a exaustão. Ofegante, deito-me na rede e penso, envolto em suor e endorfinas, que gente como Belisario Ruiz Moreno jamais deu fim a um empreendimento milionário por um mero impulso hormonal. Não, não. Vamos repensar tudo. É possível que Nuria tenha cumprido a missão de me colonizar com seu corpo e que depois a brincadeira tenha saído do controle. Só o que é certo é que a sequestraram e ao mesmo tempo delataram a organização.

De banho tomado e razoavelmente acordado, vigio a rua com o binóculo, depois entrego a Rosa todos os maços de dinheiro do subsolo. Peço que guarde a metade que lhe corresponde e que amanhã mesmo trocarei o resto em uma casa de câmbio. Que procure usar no mercado negro para que nem mesmo fique registrado seu documento. A viúva aceita o pedido com submissão e enche meu prato de macarrão. Há dias não tenho apetite, sinto dor no estômago, mas devoro a comida por educação e também por conveniência nutricional. Esta noite, levo os jornais para a cama e desmaio sem ter lido. Nem nesse dia nem nos dias que se seguem, aparece notícias de meu interesse. Só se fala, em uma breve nota de boato, que Elena Parisi viajou com o marido à Austrália para receber uma condecoração por seu trabalho longo e contínuo no fortalecimento da amizade entre os dois países.

Na sexta-feira, a viúva não sai da cozinha. E à noitinha me diz, tirando as luvas de borracha, que deixa na geladeira para mim comida para os três dias de ausência. Pegará um ônibus pela manhã e voltará na terça-feira. Imagino que seria justo agradecer a ela por todo o incômodo, mas não estou disposto a isso. Jantamos com a televisão servindo de fundo, cheios de muitas vozes que não são as nossas. Quando volto de minha maratona de madrugada, ela já partiu. É estranho o silêncio na casa. Depois dos exercícios, tento ler um livro sobre Nefertiti, mas ainda não tenho a paz interior necessária. Ando pelo chalé como um tigre enjaulado, olhando gavetas e passando a mão em objetos. Descubro que Rosita guarda no armário de seu quarto o relógio Omega do sargento e a caderneta com sua última vontade. Também vejo pela primeira vez, em um quarto de cacarecos, a cadeira de rodas dobrada. Algo me leva de volta ao sótão, talvez o tédio pela nostalgia. Fico a tarde toda sentado, lendo jornais velhos sobre as Malvinas. Também recortes da imprensa sobre a batalha de Monte Longdon. O major Carrizo Salvadores se comunica com seus chefes de Puerto Argentino: "A situação é crítica. Ordeno ao tenente Hugo Quiroga um contra-ataque. Outra luta corpo a corpo. Há baixas de ambos os lados. Foi possível estabilizar a frente de ataque inglês, mas o fogo da artilharia inimiga continua. Os projéteis estão por toda parte, a metros de onde tínhamos o comando. Os ingleses estão nos cercando. Peço reforços e chega uma tropa sob o comando do tenente Raúl Castañeda. Faz um contra-

-ataque pelo setor noroeste. São três horas da madrugada. Castañeda tem sucesso. Os ingleses batem em retirada".

Repasso cada dia, cada evolução e cada morto como se o sargento estivesse do meu lado pedindo que eu recitasse a velha lição. Mais tarde volto à realidade: se a Casa não conseguir manipular a investigação judicial, nem impedir a influência dos federais, este chalé pode ser descoberto com certa facilidade. O que acontecerá com esse arsenal se o acharem? Para começar, Rosita ficaria comprometida até as tampas por posse de armas militares.

De imediato, entendo o que devo fazer. E o propósito é tão pesado que me distrai por quatro horas e me enche de um entusiasmo raro. Terapia do trabalho para um preso. Enrolo as armas, a munição e os explosivos em sacos de lixo e lacro a vácuo. Transfiro a mercadoria para o 4×4 em várias viagens e procuro picareta e pá no quintal. Janto algo leve, espero pela noite fechada e abro as portas. Dirijo com extrema cautela e vou para a rua. Faço trinta quilômetros e me desvio por uma estrada secundária, depois por outra, atravesso uma antiga porteira e estaciono debaixo de uma árvore. É o descampado que usamos tantas vezes como estande de tiro. Só ouço os grilos sob a lua minguante. Procuro uma área de terra mole, tiro o casaco, o pulôver e a camisa, e ilumino o lugar com uma pequena lanterna de acampamento. Então, começo a abrir a cova. Um buraco considerável que me consome três horas de picareta e pá. Quando termino, estou todo suado e dolorido. Xingo a mim mesmo em voz alta ao sentir a sede arrasadora e perceber que não trouxe nem uma garrafinha de água. Coloco os sacos, que a essa altura pesam uma tonelada, e também a mala com o pen drive e os discos do rodapé e do cofre; vão para dentro de um náilon preto, com uma Smith & Wesson carregada, por precaução. Um cara como eu nunca sabe quando precisará de uma segunda opção. Só sabe que precisa estar preparado para quando isso acontecer.

Levo mais duas horas para tapar o fosso retangular e longo, piso o terreno e encho sete sacos com a terra que sobrou. Olho o trabalho com certa objetividade e de diferentes ângulos, e me convenço, talvez erroneamente, de que, se por acaso alguém andar por esse campo intransitável, não notará nada de estranho. É um lugar sumamente inóspito, com ondulações e de relevo irregular; teria de possuir as informações precisas para saber onde cavar, e isto só pode ser arrancado de mim sob tortura.

Ainda fico um tempo contando os passos a partir de um barranco até uma corticeira inclinada. Procuro memorizar essas coordenadas, na esperança de um dia voltar e desenterrar tudo. Enxugo o tronco e os braços com uma toalha e me visto. Depois avanço quatrocentos metros com o 4×4 e espalho a terra do primeiro saco. E sigo adiante. Depois de cada trecho, paro e repito a ação: vou espalhando os restos ao longo de vários quilômetros de serranias e de nada. O pó que volta ao pó. Quando entro na cidade, paro em uma caçamba e me livro dos sacos. É quase dia e estou despedaçado, sem energia nem tempo para correr, para fazer flexões ou abdominais. Tomo um banho e durmo até as seis da tarde. E no domingo retomo a rotina. Os jornais não publicam uma única linha sobre a dama branca. Penso em Nuria. Hora após hora, inclusive quando durmo. Não consigo tirá-la da cabeça. Janto uma carne com batata que me faz lembrar suas experiências gastronômicas. E cai tão mal que tenho um pesadelo: sonho que alguém está parado em um furgão com a porta aberta observando como eu sonho com ela. E que ao me sentar na cama, com o 357 na mão, descubro que é o meu sargento. Um espectro cadavérico e afundado em sua farda de combate roída. Acordo coberto de um suor frio e olho a porta com uma apreensão de menino. O coração bate a mil por hora.

Aquela sombra, aquele mau presságio, aquele episódio infantil incomodam até segunda, quando descubro nos jornais que houve um assalto violento à casa de Javier Pico.

A notícia aparece em um texto curto metido no pé de uma página par, e é registrada apenas pelo jornal mais conservador de todos. Crimes, acidentes e brutalidades mais espetaculosas enterram a notícia com o peso do dia. No fim das contas, foi apenas uma desgraça com sorte: ninguém bateu as botas, nem saiu ferido, e para a agência que escreveu a notícia com informação oficiosa, a mulher que foi assaltada é apenas uma vizinha anônima de San Isidro. Três sujeitos portando armas longas tocaram a campainha, renderam as empregadas e as trancaram no banheiro; depois apontaram a arma para a patroa e a obrigaram a entregar joias e dinheiro. Escaparam com o butim num cupê Alfa Romeo e em um Bugatti conversível, que pertencem à família. Um jardineiro daquele quarteirão viu movimentos estranhos e avisou um vigilante, que deu queixa à polícia. Do marido da dona de casa, só se sabe que está viajando: ninguém liga a valquíria a Pico. Vê-se que a Bonaerense foi especialmente instruída a diminuir a importância da questão. E é bem improvável que ela cresça, a não ser que um editor com muito faro intua alguma coisa ou um sabujo da imprensa escrita tropece em uma informação precisa. Mas ainda assim: estão muito ocupados com os tubarões para prestar atenção nas sardinhas.

Medito longamente sobre o episódio e sobre o destino da loura. Antes se dizia "que pareça um acidente", mas em uma sociedade com tal nível de violência nas ruas, hoje é mais prático dizer: "que pareça um assalto". Tento adivinhar quem ordenou o ataque. Ocorrem-me várias alternativas, mas nenhuma tão segura quanto Elena Parisi. Fico tentado a fazer uma burrice e passo seis horas ruminando, esforçando-me para não cometê-la. Mas enfim lembro-me da voz da loura: "Não espero que um homem como você me entenda". E então visto o casaco, meto o revólver na cintura e, depois de verificar se há vizinhos ou desconhecidos nas calçadas, tiro o 4×4 de ré, fecho a porta da garagem e pego a rua no sentido contrário, para a capital.

É um dia nublado, mas como a clandestinidade costuma ser surda e monocromática, a cidade agora me parece barulhenta e colorida Por várias vezes, penso ver Nuria atravessando uma rua, ou na traseira de um ônibus. Morenas elegantes que não chegam nem aos pés dela, mas à primeira vista são a morena única, a mulher perdida. Contorno o parque Lezama e paro em uma rua de San Telmo, em frente a um cibercafé. Numa cabine telefônica, ligo para o celular de Fierrito. Como ele não atende, deixo um recado amável:

— Atende, idiota, ou te corto os bagos.

Sei que vai reconhecer minha voz, não esquece facilmente. Continuo digitando seu número, com uma paciência de estatístico, até que ele aperta a tecla correta e ouço sua respiração.

— Remil, querido — cumprimenta ele.

— Me dá um número fixo — ordeno.

Não concorda, está em um hotel seis estrelas; me dá o número do quarto. Procuro no Google as informações de que preciso; volto à cabine telefônica e a ouvir sua vacilação aflautada.

— Pegue o carro e suba a Panamericana acesso norte — indico. — Entre na Uruguay, e depois que pegar à direita tem um cemitério. Em frente, você vai ver um pátio ferroviário cheio de vagões enferrujados. Espere por ali um tempo, batendo punheta.

Ele se escandaliza:

— Tem que ser agora mesmo?

Respondo com brusquidão:

— Deixe o celular no quarto e não demore. Falo isso para o seu bem.

Ele pede que eu repita o caminho, está tomando nota. Encerro a ligação para reforçar sua angústia.

Evito os pedágios e as câmeras e desço o pé pelo Bajo, atravesso a General Paz e, chegando na Olivos, subo para Maipú. É um percurso mais lento, porém mais seguro. A avenida vai mudando de nome até Victoria, entro à esquerda e atravesso as pistas, passo na frente dos dois cemitérios de almas e trens, e sigo viagem até um posto de gasolina que fica no cruzamento da rua. Vou ao banheiro, compro um sanduíche de salame e uma garrafa de água aromatizada e espero dentro do 4×4, explorando o trânsito com o binóculo. Não sei em que carro Fierrito virá. Se em sua vida infeliz teve dinheiro para procurar um. Mas deduzo que a senadora não o tenha deixado a pé, agora que é um colaborador tão importante. Assim, verifico cada motorista que roda por ali e me entretenho por meia hora com essa roleta-russa. Já penetra em mim uma espécie de inquietação violenta, quando o localizo dentro de um Toyota creme que passa de longe. Vejo que ninguém o está seguindo e que não há movimentos furtivos, e faço uma manobra para ficar na cola dele. Ao chegar ao prédio onde me embolei com Jean Claude Van Damme, encontro o Toyota estacionado na sombra. A barata perfumada fuma um Benson, encostada no capô. Usa seu ridículo paletó branco e brinca com a cigarreira de metal: parece calmo, mas tem os nervos à flor da pele. Paro a seu lado e abro o vidro da janela.

— Vamos — ordeno.

Ele dá de ombros:

— Não podemos conversar aqui? — resiste.

— Vamos — repito.

Ele joga o Benson fora, guarda a cigarreira, ativa o alarme do carro e sobe, resignado, no 4×4. Saio em zigue-zague para Tigre e o rio, enquanto o apalpo de cima a baixo com uma das mãos.

— Ei, babaca — ele reage. — Não estou grampeado, está pensando o quê?

Ele não mente, mas fico com seu isqueiro. Olho pelos retrovisores, decido não perder tempo.

— O que está acontecendo? — pergunto.

— Você está fodido — responde ele. — Mas a culpa não é minha.

— O que você sabe de minha patroa?

— Não muito. Parece que estão pedindo mais do que ela vale.

— Quem?

— Os colombianos?

Ele dá de ombros.

— Não têm pressa. Lembre-se das Farcs. Mas só estou chutando.

— E Tana?

— Vai ter de baixar a bola, porque está na mira da Casa Rosada.

— Ela manipula ou não o juiz?

— Mesmo que o manipule, se o governo pressiona, o cara vai com tudo contra a senadora. Não tem alternativa.

— Rada dizia que a candidatura não ia pegar.

— E não vai. Mas o governo não está tranquilo. Tana terá de tranquilizá-lo e baixar a bola. E ela sabe disso. Perdeu. Tem outra coisa.

— E a mulher de Pico?

— Não faço nem a mais remota ideia.

Agarro os poucos cabelos de sua nuca e arrebento a ponte de seu nariz no porta-luvas. O baixinho sangra como um porco. Uiva de dor, surpresa e fúria. Dirijo por ruas meio vazias. Começo a brincar com o Zippo de ouro. Abrindo e fechando. Clic, clac, clic, clac. Fierrito coloca um lenço no nariz e joga a cabeça para trás, tentando estancar a hemorragia. Os filetes vermelhos jorram como lágrimas e mancham o paletó branco. Ele chora um pouco.

— Eu posso te levar a um lugar escuro e dar no teu couro por seis dias — digo. — Também posso te encher de gasolina e te queimar vivo. Entendeu?

Acendo o isqueiro e aproximo a chama de um olho dele. Ele afasta a mão com um gemido. Fecho o Zippo com o punho e lhe dou duas ou três bifas para amolecer sua vontade. Ele suja o vidro, o estofamento e o tapete. Não paro, continuo rodando por Tigre e San Fernando, ida e volta, para cima e para baixo, fugindo dos fardados e dos quarteirões mais povoados.

Estranho um pouco o silêncio obstinado de Fierrito. Não é um homem de convicções, nem de resistência firme. Entretanto, está calado, engolindo o muco ensanguentado. De repente entendo tudo.

— Bragoni? — pergunto.

Ele ainda não responde. Agarro-o de novo pela nuca e meto seu focinho no porta-luvas. Agora ele chora aos berros, tapando a boca com o braço dobrado.

— Foi Bragoni? — insisto.

Ele assente como pode, nauseado e confuso.

— Fala, escroto! — grito. — Fala!

A barata limpa o sangue com a manga, perto de uma síncope cardíaca e da hiperventilação. Engole saliva, sangue, orgulho.

— Voltou a ficar nervosa — diz ele, fazendo um esforço entrecortado e louvável. — Quis chamar a Departamental.

Reincidente, louca, incontrolável. Deram um corretivo nela para se redimir. Agora rodamos calados. Parisi e Bragoni: formaram uma dupla. Claro, claro, as pontas soltas. Não sei de quem devo ter mais medo, se de Bragoni ou da Justiça argentina.

Fierrito lança outro espirro ensanguentado. Deixo-o em um hospital municipal:

— Sai, escroto — convido-o, e devolvo o isqueiro.

Ele fica na calçada, falando com um enfermeiro. Volto do norte para o sul pela Libertador, com a cabeça fervendo de ideias. Levo duas horas para chegar a La Plata, guardar o 4×4 e jogar um jato de água por dentro para limpar os fluidos da surra.

Não consigo esperar o amanhecer e a volta de Rosita para casa. Deixo nos ímãs da geladeira um papel com uma só frase: "Precisei sair rápido". Visto moletom, macacão e tênis; escolho as roupas mais rústicas da mala e passo a uma bolsa de tamanho médio que Rosita comprou em La Salada. E olho a bolsa Adidas onde guardo o Kalashnikov, os pentes curvos, as caixas de cartuchos e as balas soltas de ponta oca. Em um bolso interno, enfio os maços de dinheiro que trouxe da casa de câmbio e os passaportes falsos. Ponho tudo no banco do carona, dou uma olhada geral no chalé para ver se me esqueci de alguma coisa e apago todas as luzes. Antes faço um xixi longo e espumante no banheiro grande e descubro dentro do armário os remédios velhos do sargento e um objeto inesperado: a máquina de cortar à escovinha. Guardo no bolso e saio. Não são dez horas quando chego a Barracas e paro o 4×4 no estacionamento. Saio com as bolsas e negocio com o empregado velho, a quem convenci que sou policial. Às vezes até aparecia com o casaco e o gorro azul da PFA. Pago um mês adiantado em dinheiro e lhe dou uma propina suculenta. Não vou deixar a chave com ele porque não quero que fique fuçando o 4×4, assim preciso deixá-lo em um lugar discreto e que não atrapalhe ninguém. O velho manobra vários carros do fundo e me aponta um canto privilegiado. Estaciono entre dois veículos empoeirados e agradeço a ele.

Entro a pé na favela com as bolsas, olhando para os quatro lados e ouvindo, ao longe, uma cumbia. Passo na frente da igreja e sigo pela rua da morte até o armazém, que está para fechar. Quando o patrão me vê chegar, abre uma cerveja gelada e se senta comigo à mesa de fórmica. Há dois bêbados retardatários que animam o ambiente. Dou a ele umas notas de dinheiro e digo em voz muito baixa o que preciso. Que ele avise ao Serralheiro e me arrume um celular com carga. Está acostumado a não se meter onde não é chamado, vai ao balcão e dá um telefonema enquanto prepara para mim um especial de presunto e queijo. Já comi tudo quando entra o Serralheiro, que está mais gordo e menos enrugado. Dá uma risadinha e toma um gole da minha bebida.

— O que está fazendo por aqui tão tarde? — pergunta ele com alegria. Sempre teve faro para os negócios.

— Preciso me esconder.

— *Decí, por Dios, qué me has dao, que estoy tan cambiao, que no sé más quién soy.*[*] — Ele se diverte e desafina: — *El malevaje extraño me mira sin comprender.*[**]

— Por alguns dias.

— Tem aluguel barato — continua ele.

Faço que não com a cabeça. Ele come os amendoins com voracidade.

— Um cafofo, algo que não chame a atenção.

Parece pensar com uma seriedade imobiliária.

[*] "Por Deus, diga o que deu em mim, que estou tão mudado, que não sei mais quem sou." (N. T.)
[**] "O valentão, surpreso, olha-me sem entender." (N. T.)

— Não posso te hospedar porque minha mulher me mata — diz ele por fim, enquanto o patrão traz outra garrafa e outro copo. — Mas a Velha pode te dar uma luz.

Sirvo seu copo até a boca e a espuma transborda. Ele se empertiga e seus lábios ficam brancos. Arrota ruidosamente.

— Sim — diz ele, limpando-se com o dorso da mão —, vai precisar pagar aos paraguaios, porque por aqui a fofoca corre rápido e essa gente é cheia de melindres.

— Eles vão aceitar um braço?

— Uma arma é sempre necessária — diz ele. — Deixa eu falar com eles e vamos ver.

Eu o acompanho por vielas estreitas e miseráveis, onde espiam e esperam fofoqueiras e piranhas, até a mansão de folha de flandres e madeira que guarda as múmias de fuça queimada. A raposa bate palmas e entra sem permissão no barraco da rata, que está tomando mate junto de um aquecedor, cercada de outros moleques. Mais para o fundo, o compadre caolho que teve meia orelha arrancada joga cartas com uma coisa que parece uma mulher. Um cheiro mais repulsivo do que o futum da prisão e o suor das feras humanas, uma coisa nauseabunda do corpo e da alma se concentra neste cômodo, onde só o que brilha é a televisão. Um aparelho de plasma recém-saqueado que transmite no volume máximo um desfile de moda em Punta del Este.

— Olha quem apareceu no pedaço, Velha — cumprimenta o Serralheiro, e ela se levanta com dificuldade. É a primeira vez que a vejo sem as calças de lona e os tênis. Está de vestido e sandália, e as pernas são uma cartografia completa de varizes, cicatrizes, escaras e perebas.

Os moleques da lata olham minhas duas bolsas com cobiça. O Serralheiro pega a sócia pelo braço, a puxa de lado e conversa com ela em voz muito baixa, como se não confiasse nos presentes. De vez em quando, a Velha dá uma olhada em mim como se estivesse assimilando a notícia. No fim, aproxima a boca da orelha direita do Serralheiro e lhe despeja quatro ou cinco frases. Então a raposa lhe dá um tapinha no ombro e solta uma de suas gargalhadas.

— Eu falei que a Velha podia te dar uma luz, bobão — anuncia ele. — Mas nem pensei em tanto assim.

A rata manca até uma cômoda desmantelada e procura em uma gaveta. Interrogo o Serralheiro com os olhos.

— A casinha daqui de trás é de um sujeito que está na cadeia — revela. — Os filhos dele também e a mulher morreu há dois meses. A Velha ficou cuidando de tudo. Tem de pagar a ela o aluguel adiantado. O cara morre de fome na penitenciária de José C. Paz.

A Velha volta com umas chaves, junta os dedos da mão, faz um gesto de comer e passa a mão na barriga.

— Pro estomo — ela me diz e sorri com sua cara gorducha: vejo as gengivas escuras e de poucos dentes. Esfrego o polegar no indicador: quanto? Ela dá de ombros e joga uma cifra. Com esse dinheiro, eu poderia alugar um apartamento de dois quartos em Santa Fé e na Callao, mas não posso pechinchar. Também preciso comprar seu silêncio. Ponho a mão no bolso e pago três meses para que não encha meu saco. A velha conta de novo as cédulas e guarda o maço na calcinha. Por uma porta dos fundos, saímos no jardim, um quadrado chamuscado onde dormem sua carroça de catadora de papelão e três cães sarnentos. A poucos metros dali, esconde-se uma casa de tijolo e folha de flandres, fechada a cadeado e correntes. A velha abre caminho e entramos para ver meu novo lar: um quarto de tamanho médio, um banheiro mínimo e um fogão a gás. O ambiente é sufocante e deprimente, e está cheio de roupa e de quinquilharias inúteis. Tem uma cama de casal e dois catres. Tenho certeza de que os lençóis estão sujos e têm pulgas.

— É melhor se apressar com as compras, o patrão não espera nem por Deus — a raposa me aconselha, entregando-me a chave, as correntes e o cadeado: sugere que tranque bem tudo sempre que sair. Obedeço. O material que guardo na Adidas vale ouro em Villa Costal. Voltamos juntos pelas vielas e o Serralheiro se despede numa curva. Eu continuo andando e compro no armazém detergente, desinfetante e provisões para vários dias. Também duas garrafas de gim barato, uma caixa de cerveja e três maços de cigarros. O patrão tira de uma caixa pequena um celular com carregador:

— Leva o meu, eu não ligo nunca — diz ele sem emoção na voz. — Ainda tem algum crédito e está gravado o número da minha casa. Mas use apenas numa emergência.

Quero pagar também por esse favor, mas ele rejeita: só me cobra os produtos de limpeza, a bebida e os comestíveis. Passo duas horas limpando e tentando deixar decente o chiqueiro do amigo da rata, e ligo o rádio enquanto lavo os lençóis e a colcha à mão, estendendo em frente à única janela, um buraco demarcado por grades de prisão.

Não sinto fome, mas certa depressão no ânimo, e assim me sirvo um copo de gim e vou bebendo aos golinhos em cima do colchão descoberto. Antes da meia-noite, o Serralheiro reaparece, deixo-o entrar e ele pega dois copos para recuperar o ânimo. Nunca sai de graça visitar os chefões da favela.

— O paraguaio é chamado de Guitarrista — ele me informa. — Tem cinco irmãos, todos iguaizinhos. Parecem retardados mentais, mas é melhor não confiar. Cortam você em pedacinhos e fazem uma empanada.

A noite é nublada, custamos a nos acostumar com a escuridão mais completa. Penetramos no centro do labirinto, mais à frente das casas decentes e limpas e também das primitivas e detonadas. Vamos a um trecho inexpugnável, no coração da favela. Não tem muita gente na rua e chegam os ecos de cumbias e polcas de todos os pontos cardeais. No interior dos barracos e das casas, tagarelam os televisores e os fiéis ardorosos de Gauchito Gil.

Peço à raposa que me avise quando faltarem duzentos ou trezentos metros. Não posso entrar armado no quartel-general. Ele me avisa quando passamos em frente a um prédio de três andares que está em plena construção. Escondo o 357 atrás de uma coluna e seguimos apressadamente, sabendo que estamos expostos ao pior. Cinco minutos depois, dois magricelas nos param, portando metralhadoras. O Serralheiro os cumprimenta e eles nos apalpam, procurando armas. Um deles põe a mão na boca como um megafone e grita algo em guarani. Vem nos buscar das trevas um urso vestido de couro e nos introduz por uma porta em uma casa de teto baixo e cômodos improvisados e sucessivos. No penúltimo, há mulheres e garotos com lenços na cabeça cortando e embrulhando droga atrás de uma cortina de plástico transparente, e na última bebem uísque e fumam um baseado dez ou quinze sujeitos escarrapachados. No meio do escritório de ladrilhos, o Guitarrista faz cálculos sob uma luz mortiça. É um garoto envelhecido que tem um par de dentes de metal e unhas muito compridas. Dá para reconhecer seus cinco irmãos, idênticos e bovinos: estão jogados em poltronas rasgadas e cuidam de suas costas com pistolas metidas no cinto. O Guitarrista não ergue os olhos nem quando o Serralheiro me apresenta num tom inseguro. Só o que ouço é uma música chata: *No sé qué voy a hacer sin vino ni mujer*. Aproveito para me adiantar e largar na mesa quatro maços de notas de cem. Vejo ali que o Guitarrista tem à mão uma pistola Beretta 92 para atiradores de elite. De quem teria roubado? Volto e espero, sem transmitir submissão nem insolência. A música do bêbado continua e o teclado parece uma galinha que estão estrangulando. Pergunto como um guitarrista de unhas tão grandes pode suportar semelhante afronta à música.

O sujeito olha o dinheiro, arrebenta o elástico e conta as notas. Cheira. Depois deixa de lado e continua com sua calculadora.

— Uma vez, quatro anos atrás, quase arrebentei a perna no campinho — diz unicamente, sem desviar os olhos dos números. Tem voz de cantor melodioso, estragado pelo cigarro. — Parece que você tem colhões, cana.

Os irmãos estão muito sérios, olhando-me de cima a baixo, mas dois ou três sócios riem no fundo, onde corre o álcool e a fumaça cobre tudo. O Guitarrista mexe os dedos, como quem diz: "Vaza, que estou ocupado", e o Serralheiro me pega pelo braço e me tira pelo buraco por onde nos metemos. Voltamos pelas mesmas vielas, seguidos de longe pelo urso, que nos abandona um pouco depois. Bem a tempo de eu entrar no prédio em construção e recuperar o 357. A raposinha solta o ar como se tivesse prendendo a respiração durante uma hora. E se despede rapidamente em um terreno baldio, quando percebe que já posso encontrar sozinho o hotel cinco estrelas do amigo da rata. Encontro e me tranco por dentro com a corrente e o cadeado, mas também com a mesa bamba que empurro e escoro na porta. Tiro da bolsa o Kalashnikov e encosto junto à mesa de cabeceira, e faço uma pilha com os pentes curvos ao pé da cama. "Nada de futebol, nem de passear, porque posso ser reconhecido", penso. "Preciso me entocar e não meter nem um dedo para fora." Apago a luz e tento dormir, mas é impossível não comparar essa angústia com aquela que senti na primeira noite na UP 63, e então a insônia me acossa. Estou ressentido e desanimado. Procuro me adiantar aos acontecimentos e imaginar os possíveis desfechos dessa enorme cagada. Tento também não jogar a culpa em Cálgaris ou em Nuria. Ouço a palavra *vem* de forma intermitente, como se estivesse atacado de febre, e logo me levanto de um salto e digo a mim mesmo que seu sequestro deve ser uma mentira cabeluda. Mais tarde já não tenho tanta certeza. Bebo do gargalo da garrafa um longo gole de gim e me pergunto o que posso fazer para descarregar a energia e manter a mente ocupada. Olho as posses dos honrados donos da casa e encontro uma bolsa comprida e furada pelas traças e pelo uso. Se eu encher de roupa, pode servir de saco de pancada. Encontro uma corda e uma caixinha onde só tem alguns pregos grossos e um alicate. Procuro o lugar adequado, que fica na porta do banheiro, subo na única cadeira e dou alguns golpes para cravar três pedacinhos de ferro no teto. Depois passo a corda e me penduro nela para saber se vai resistir. Como a viga não vem abaixo, espremo a roupa dentro da bolsa, fecho e a penduro com um nó de marinheiro. É um saco de pancadas tosco, mas não sou um pugilista muito pretensioso. Passo uma hora dando murros às cegas, como se estivesse na academia de Saavedra, depois faço uma longa sessão de flexões e abdominais. Termino com demasiada rapidez e não tenho muito mais o que fazer. Então penso. Outra vez me vejo pensando em tudo que aconteceu, às vezes cochilo, em outras ocasiões ligo a televisão velha e corro os canais abertos e cheios de chuvisco onde só dá para ouvir as vozes dos atores, dos fantasmas e finalmente dos jornalistas, que dão notícias triviais. Trouxe dois livros de história das guerras púnicas, mas não tenho vontade e não me atrevo a pedir à Velha para comprar os jornais: chamaria muito a atenção se os pentelhinhos fossem todo dia buscá-los na banca da avenida. Esses cretinos são um perigo em potencial, porque se acabam cheirando cola e porque nem mesmo a Velha consegue controlá-los.

À medida que os dias transcorrem sem nenhuma alteração, aumenta minha paranoia. De vez em quando, o Serralheiro vem tomar um mate e falamos de cavalos e fofocas da favela. Ele me traz provisões desnecessárias e umas revistas gastas para que eu não fique entediado. Todo contato humano se limita a essas visitas curtas. O resto é abulia, fastio, pena, raiva, especulação, ginástica, o ruído televisivo e tiros distantes que ouço ao amanhecer. O encarceramento e a tristeza deixam uma pessoa inapetente. Me dá uma enorme preguiça cozinhar, e quando o faço, quase não como. Sei que estou emagrecendo e experimento uma estranha sensação de abandono pessoal. Até os exercícios começam a pesar em mim. Noto uma nova fraqueza; não tenho forças nem para tomar um banho frio. Pego gripe e fico quatro dias acamado, delirando acontecimentos monstruosos e sentimentos contraditórios. Quando me recupero para me levantar, cometo uma ousadia: saio às três da madrugada, caminho sigilosamente pela favela adormecida, cumprimento o vigia do estacionamento e entro no 4×4. O cheiro de limpeza produz em mim o efeito de um pico de cocaína: os bancos confortáveis, o brilho dos espelhos, a música de Troilo, o ronco do motor que responde depois de duas ou três tentativas e que logo fica arquejando como um cavalo fiel. Minha antiga vida. Um toque de irrealidade que me arranca por algumas horas da cela.

Repito essa pequena folga como quem tem de volta um vício: não é conveniente que eu o faça e até pode acabar comigo, mas sou incapaz de largar essa pequena felicidade temporária. De vez em quando acordo de uma sesta pesada com a falsa ideia de que Cálgaris vigiou meu sono e agora está sentado ao meu lado: "Está tudo arranjado, Remil, vamos voltar para casa." Como aquela manhã no hospital Churruca. Mas desta vez não passa de uma alucinação. Quem sabe como está o coronel, quem sabe se um dia voltarei a vê-lo? Há momentos em que a última esperança me faz fantasiar que sou como aqueles soldados japoneses que ficaram escondidos na selva durante décadas, sem saber que a guerra tinha acabado. Mas depois raciocino e chego à conclusão de que, se pudesse vir à superfície, Cálgaris já teria entrado em contato. Teria concluído que me escondi no submundo da favela e localizaria o Serralheiro. Não aconteceu nada disso; a sentença de morte não foi suspensa.

Como perco a noção dos dias que fico escondido, não sei com certeza se é quinta ou sábado quando a raposa me avisa que os guitarristas precisam de mim esta noite. Com certa lerdeza, visto a jaqueta e me olho no espelho: cabelo comprido e sujo, barba crescida de qualquer jeito e gordurosa, um esqueleto com olhos injetados e assassinos. Alguém irreconhecível. Até o revólver pesa uma tonelada.

Desta vez o encontro é em uma casa pobre de portas abertas que funciona como centro comunitário. O Serralheiro faz sinal para o bookmaker e o Guitarrista, que tomam vinho lado a lado e fazem negócios, enquanto retumba o ensaio geral de uma murga. De imediato, um dos irmãos dele me reconhece e o alerta. Estão ali os cinco, em um raio de vinte metros, postados como se fossem guarda-costas presidenciais. O Guitarrista me deixa esperando um pouco, depois apaga o cigarro e vem andando devagar, como um galo esnobe. Antes de chegar, joga para mim um chaveiro, que não consigo pegar no ar. Essa disfunção fugaz me deixa alarmado, sinal de que estou embotado e lento. Preciso me abaixar para pegar as chaves e quando me levanto sinto uma leve vertigem. O Guitarrista parece perceber que algo não vai bem.

— Andou fumando, cana? — ele me provoca com um sorriso de metal. — Olha que aqui não é como o tribunal. O bombeiro não vai te salvar. Aqui, quem vai ao ar perde o lugar.

Concordo com a cabeça, sem responder: não me ocorre nada; estou perdendo a capacidade de elaborar uma frase e pronunciá-la sem titubear. Passo dias inteiros sem falar com ninguém e hoje me sinto doente. Mas não posso permitir que esse carniceiro perceba.

— Na avenida, vai encontrar um Fiat, levantamos hoje de manhã — ele me informa e continua me olhando fixamente. A murga berra e tenho dificuldade de ouvir bem sua voz. — Você deve trazer um filho da puta. — Ele me dá um papel. — Meus irmãos não podem ir porque eles já sabem da tramoia — diz ele, balançando-se. — Você vai ter de se fazer de cliente. Entendeu?

Mexo de novo a cabeça e sinto dor. Pergunto-me por um instante se não estão pondo veneno na minha comida. Por cima da batucada, alguém copia uma declamação: *Si la timba y la fiesta es de unos pocos, para este murgón de locos las penas se han acabado*[*]. No papel, consigo ler, borrado, um nome (Alcides) e dois sobrenomes, e um endereço de um prédio na avenida Garay. O garoto toca o Rolex.

— Atende até tarde, vai da parte de dona Tula, e vai devagar porque é da turma.

Agora o Guitarrista sorri e cospe um catarro amarelado. Enfio o papel no bolso e olho na diagonal: sinto nas costas os olhos desdenhosos e desconfiados dos seis.

[*] "Se o jogo e a festa são para poucos, para esse bando de loucos, as punições acabaram." (N.E.)

Por várias vezes, tenho de esfregar as pálpebras para ter uma visão mais clara. É um grande risco sair da tumba e dirigir à noite um carro roubado, e ainda por cima nesse estado de anestesia geral. Mas não tenho alternativa. Ultimamente, todos decidem por mim: perdi, entre muitas outras coisas, a faculdade de assumir as rédeas. Caí no fundo do poço.

O Fiat Uno está muito amassado. Dirijo como se fosse um aluno da academia Oscar, totalmente inseguro de meus reflexos, pela noite iluminada. A clandestinidade, insisto, sempre é monocórdia; a rua então está infestada de cores furiosas. Mas o passeio não me restitui a confiança. O apartamento de Alcides fica num prédio velho e úmido com rachaduras à mostra. Toco o porteiro eletrônico e pronuncio a senha. Quem será dona Tula? Abrem de imediato para mim. Fica no segundo andar, pela escada, e bem no fundo. A luz do corredor não funciona e espero sinceramente que minha figura não o espante. Pela janelinha, uma garota me olha e abre a porta sem tomar precauções. É uma secretária de sexo ambíguo. E este lugar parece um pequeno consultório: uma mesa com fichas e computador, oito cadeiras vazias. Preciso preencher um formulário elementar com duas perguntas enigmáticas: crença religiosa e signo do zodíaco. Preencho os espaços em branco com bobagens e disparates, usando um nome falso e uma letra de forma capaz de desorientar qualquer perito. Depois me deixo cair em uma cadeira com um cansaço insólito, como se tivesse vindo a pé de Luján. Olho as paredes e descubro que tem vários quadros com desenhos do tarô e que a mesa de centro está cheia de revistas sobre ocultismo e fenômenos paranormais. Olho o teto. Arrá. Um vidente. O xamã dos traficantes de drogas. Alguns colombianos e paraguaios trazem de suas terras para "se proteger" e para saber quais são os dias adequados: quando os astros estarão de melhor humor para transportar a droga e para resgatá-los dos inimigos, do azar e do desastre. Cobram caro e sabem muito, mas às vezes o truque falha, ou os chefões descobrem que o "mestre" virou a casaca e passa informações à polícia ou diretamente a um concorrente. Então, não tem bruxaria que os salve da degola. Alcides traiu ou meteu a mão, e o Guitarrista de Villa Costal quer fazer umas perguntinhas a ele.

A dedução devolve-me um pouco do vigor perdido, mas é só uma ilusão passageira. Continuo esperando e afundando no esgotamento. Meus olhos ardem e as pernas não respondem; sinto palpitações. Não estou certo de que possa fazer hoje o que sempre faço sem tirar um fio de cabelo do lugar. Sou um velhinho de oitenta e cinco anos fingindo ser um jovem assassino sem sentimentos.

A secretária me olha com curiosidade por cima dos óculos. Penso no que fazer com ela; talvez trancá-la no banheiro. De repente ouço um barulho atrás da porta e enfim ela se abre: primeiro vejo uma mulher apergaminhada que sai fazendo o sinal da cruz, e atrás dela um careca de camiseta preta esportiva, com joias douradas no pescoço e anéis nos dez dedos: Alcides em pessoa. Como a mulher caminha com lentidão, o xamã pede a sua assistente que a acompanhe até lá embaixo. Depois, olha para mim em cheio, uma encarada penetrante e incisiva. Tem muita intuição, quem sabe o que está detectando nesse cliente barbudo e maltrapilho na sala de espera. Alcides é atarracado, mas tem bíceps e uma boa caixa torácica, e além disso reconheço nos braços várias tatuagens místicas e de prisão. Pega minha ficha na mesa, enquanto a senhora e a assistente atravessam a soleira, e dá uma lida rápida. Tento me apresentar, mas ele não aceita minha mão.

— Como está dona Tula? — pergunta, levantando o queixo. É um tom supostamente cordial, mas transpira receio. Respondo com uma evasiva: enrolo, porque posso me meter em encrenca. De chofre, ele estende a palma da mão esquerda na minha frente e pisca:

— Um homem abatido.

Tento sacar o revólver, mas ele me impede. Em um segundo, Alcides percebe a fraude: empurra-me aos gritos e volta para sua cova. Eu perco o equilíbrio, caio nas cadeiras e rodo pelo chão, fazendo um barulho espantoso. É como se o xamã tivesse a força de dez homens. Tento me levantar o mais rápido possível, mas sinto que estou tremendamente lento. Quando consigo, vejo que perdi o revólver. Procuro como um velho gagá que perdeu a dentadura em uma orgia, e estou nessa tarefa quando o bruxo vem com tudo para cima de mim. Tem um cassetete ou um bastão, me achata um minuto na parede e bate com fúria em meu corpo. Por sorte, não fica ali para terminar a luta, abre a porta e desata a correr. Os golpes doem em minhas costelas e no quadril. Recupero o 357 e tento segui-lo pelo corredor escuro e descer a escada. Sinto-me entorpecido e fora de forma, e ouço gritos do térreo. A assistente e a senhora seguram a porta de vidro e estão pálidas. Eu as empurro e saio na Garay, corro pela avenida. O careca corre com vontade e calculo que não será fácil alcançá-lo. Corro atrás dele por sessenta metros e viramos uma esquina a toda. Alcides agora corre entre os carros e eu aponto a Magnum para ele. Um idiota que vem numa moto se assusta e dá uma guinada, o xamã é arrastado de lado e patina. Cai e se levanta como uma mola e tenta retomar a correria, mas eu já estou mais próximo.

— Sou da polícia! — grito para que ele seja interceptado, mas não existe uma merda de herói solidário em todo o bairro de Monserrat.

Chegamos quase juntos na outra esquina e então acontecem duas coisas ao mesmo tempo. A primeira é que tomo consciência de que nesse estado jamais vou alcançá-lo. A segunda é que um aprendiz da Metropolitana o para de repente. O xamã vacila um instante e tenta se desvencilhar. Dá inclusive uma cacetada no imberbe, que fica confuso e aturdido. Ainda assim, continuam absurdamente agarrados quando meto um chute no bruxo do Guitarrista. Mas preciso dar mais dois ou três murros para que ele afrouxe. Quinze dias atrás, eu o teria deixado fora de combate com um tabefe, mas agora tenho punhos de algodão e chumbo nas pernas. Não me resta alternativa senão derrubar também o garoto da Metropolitana, porque não posso dar explicações oficiais. Pego o garoto no fígado com a arma e o deixo sem ar, enroscado no meio-fio. Causamos tumulto na calçada ímpar, à vista dos pedestres noturnos. Chuto o bastão como se fosse uma bola e levando Alcides pela camiseta: está mais grogue do que eu; pego o homem pelo braço e ponho o 357 em suas costas. Andamos juntos como dois bêbados por cem metros, e outros cem até o Fiat Uno. Sem energia nem paciência, jogo-o no banco traseiro e lhe dou um pouco mais de tranquilizante: ele tem a camiseta manchada e do ouvido brota um rio vermelho. Quando arranco, vejo pelo retrovisor que o imberbe vem correndo sem o gorro e agitando a arma regulamentar. Torço para que não tenha colhão para disparar e saio chispando. Dez quarteirões adiante, diminuo a velocidade e dirijo como se fosse uma velha: até buzinam para mim, para que eu me apresse nos sinais. Entro com o Fiat na rua da morte e dou mil voltas até encontrar o centro comunitário. Nem o pessoal da murga está mais lá. Mas um "soldado" entende o que está acontecendo e vai correndo dar a notícia. Examino o xamã, que está de barriga para baixo. Apoio-me no capô e procuro um Parisienne: encontro todos amassados e rasgados. Localizo o mais inteiro e tento acender com o único fósforo que me resta. Não preciso dizer que não acende e acaba quebrando na tentativa. Estou rendido, curvado pelo cansaço e pela sonolência. Estou fedendo a sujeira e suor; sou o homem mais pessimista do continente americano.

O Guitarrista e três irmãos chegam a passo lento. Há mosquitos e traças na noite, mas parecem fugir deles. O moleque avantajado se aproxima e dá uma olhada dentro do carro. Depois me fita com objetividade e me dá fogo com um isqueiro de prata. Nós dois entendemos tudo. Eu paguei o salvo-conduto e para mim, acabou. Volto a pé pelas vielas e mijo em um descampado entre duas casas de cortiço. Depois me tranco em meu calabouço e tomo meio litro de gim. Passo outros três dias na cama, sem querer comer, nem tomar banho. O Serralheiro me convence a jantar macarrão na manteiga. Nessa madrugada, sou atacado por um bando de baratas, luto com elas e me sinto picado e alérgico: estou apodrecendo neste retângulo esquecido. Ando com a mente confusa. Misturam-se em mim os desejos por Nuria, o que vivi e cada uma das vantagens de ter sido alguém. Agora voltei a ser ninguém. Nas ilhas, era dono de uma identidade e de uma ilusão reluzente, e nos pavilhões cumpri uma missão secreta, mas nesses dias de sombra rodo por esse barranco completamente sozinho e às cegas, sem futuro nem orgulho. Sem tranquilidade de espírito.

Dois ou três dias se passam em que me encho de machucados e picadas, e durante os quais fico tomado de autopiedade. Até que uma noite, sentado no 4×4 e ouvindo baixinho Pugliese, encontro a ponta de um novo sentimento. Não tem nada de altruísta nem de profissional. Preciso me desvencilhar dessa corrente eterna. Saber o que aconteceu na realidade e quem são os responsáveis. Fazer com que paguem, custe o que custar, e que eu seja indenizado. É um momento interessante porque logo me restitui o apetite e, por acaso, como consequência, a vontade de fazer flexões e de esmurrar o saco de pancada. Soco dia e noite, como se não houvesse outra coisa neste planeta.

Todo tipo de pensamentos infantis me assalta durante esse despertar e levo uma semana inteira para recuperar certo nível de energia. É uma nova temporada de clausura da qual não poderei lembrar quase nenhum detalhe, porque será muito parecida com nadar como um louco por cinquenta horas no rio, sem outra intenção senão continuar e não perder o impulso. Com a mesma convicção com que dou braçadas para a praia, sabendo que se afrouxar, as ondas vão me sepultar.

Em um anoitecer impreciso, os cachorros latem e alguém bate na porta. Eu me aproximo e vejo por uma fresta que é a Velha. Afasto a mesa, meto a chave no cadeado, retiro a corrente e abro. Nós nos olhamos por alguns segundos de frente: ela está vestida de catadora de papelão e eu ainda estou ofegante. Há algo de estranho em seu olhar, completamente desconhecido para mim, como se ela quisesse entrar. Imagino, grosseiramente, que traz um recado ou pretende renegociar o aluguel. Mas de repente descubro algo mais grave: ela traz um bolo nas mãos. Um bolo com cobertura de chocolate, um presente de boa vizinhança. Pisco três vezes antes de entender, e então meto o pé em seu peito e grito:

— Filha da puta! — E tento fechar a porta.

Já estão metralhando a casa.

XII. A LONGA MARCHA

AS RAJADAS CHEGAM DE FRENTE E DE LADO. Os vidros estilhaçam, as paredes retumbam e os objetos ganham vida: voam aos pedaços e dançam por toda a casa. Abrem buracos nos ladrilhos e a porta de latão afunda com a violência das balas. Sei que parece meio extravagante, mas nesse momento limite só o que sinto é uma espécie de alegria. Corro agachado até o Kalashnikov e me viro, disparando na entrada para deter seus passos e distraí-los. Tiro o celular do estojo, coloco os pentes curvos na Adidas e penduro a bolsa com a alça atravessada no peito. Imaginei isso em minhas muitas insônias: eles vão esperar que eu fique entrincheirado e perca rapidamente a munição. Não conseguem conceber que eu me suicide. Que eu esteja disposto a tanto, saindo desta ratoeira para queimá-los vivos. Atrás do bolo de chocolate, entraram de chofre um ou dois para acabar comigo, e agora devem estar divididos pelos arredores, protegidos na carroça, metidos nas laterais e no muro. Não estou cem por cento, mas a adrenalina é uma droga potente. Troco de pente, empurro a porta esburacada e me protejo: chegam trinta obuses da escuridão. Vê-se bem que nunca estiveram em uma verdadeira batalha; esse esforço todo é para nada.

Quando o tiroteio para por um segundo, apareço e paro na noite. O AK-47S é mortal a essa distância. Dou três passos e me jogo no chão, porque calculo que varrerão a área com tiros na altura do peito. Eles não me decepcionam: parece um fuzilamento. Avanço com o corpo na terra por dois metros e localizo, pelo brilho dos disparos, o primeiro franco-atirador: está perto de mim, vejo sua silhueta. Saco o 357 e aperto o gatilho. Uma, duas, três vezes. A penúltima bala acaba com seu futuro.

Ouço gritos e palavrões, ordens nervosas. Todos os tiroteios são longos e idênticos. Continuo me arrastando pelo negror, escapando da faixa de luz da janela da velha, e a diviso agachada em um canto, com o revólver na mão, como se além de ser uma alcaguete filha da puta, estivesse prestando serviços especiais. Gostaria de matá-la com um tirambaço. Estou eufórico. Inexplicavelmente, rio ao entrar em sua casa e pegar a direita por precaução. Ouço que um moleque me entrega e por um escrúpulo pequeno-burguês não lhe arrebento a cabeça. Os direitos das crianças estabelecidos pelas Nações Unidas causaram muitos danos a meu trabalho. Um dos irmãos do Guitarrista, que acompanhava o franco-atirador, entra correndo por onde entrei agachado e o faz de forma despropositada, abusando da metralhadora. O Kalashnikov o parte ao meio. Imagino que o moleque avantajado não vai me perdoar nunca por essa lição.

Troco o pente e volto a correr. Agora paro e atravesso o barraco a seis passadas e saio pela parte da frente aos tiros, por via das dúvidas. Em meio ao barulho, sinto um beliscão na pele, mas não dou importância: vou a uma viela em meio às trevas, corro dez metros e me viro para atirar. Percebo o traçado das balas que procuram por mim e o repique do chumbo nos ladrilhos e chapas de metal. Para despistar, viro à direita, depois à esquerda, mas é um passo em falso porque alguém mete bala em mim. Não acabou comigo porque uma fração de segundo antes adivinho de onde vêm os tiros e porque consigo me esconder atrás de um muro de esquina. De dia, com o sol a pino, já teriam acabado comigo. Os combates noturnos não são para qualquer um.

Ando agachado na penumbra, tentando não fazer barulho, movimentando-me de costas por uma viela oblíqua que dá em outra. Como não tem ninguém me dando cobertura, corro de novo, agacho-me e olho. Uma sombra furtiva se agita ao longe, aponto para ela e a faço voar. Em cinco segundos estou a seus pés: outro irmãozinho do cara de dentes de metal. Uma família acabada. Sou atacado pelo outro flanco e obrigado a me mexer e a trocar o pente da arma. Ainda tenho dois, então, Deus me ajude. Saio em uma rua perseguido por passos e tiros e me protejo atrás de um carro sem rodas. Logo percebo que vêm dois por essa viela e um terceiro numa diagonal. Tenho vontade de rir. Tudo isso é muito engraçado. Vem, Guitarrista, tenho uma vara para você e seus irmãozinhos. Os tiros atingem a carcaça do carro e tiram faísca. Aproveito para recarregar o 357 e enfiar mais balas de ponta oca no bolso da calça. Estou nessa operação quando percebo que sangro profusamente e sinto uma ardência no quadril. Não tenho tempo de ver a perfuração, mas intuo que logo vai me deixar sem combustível. Já me aconteceu várias vezes: no início, não se sabe exatamente a gravidade do problema, mas aprendemos a avaliar depois quanta autonomia de voo ainda resta. Vamos juntos para o inferno, Guitarrista escroto, veremos quem vai arder primeiro e quem é mais metidinho. Volto a aparecer, mas desta vez atirando com critério, cuidando da munição. Fico dividido entre a diagonal e a boca da viela. As gentilezas são devolvidas como se tivessem projéteis para dar de presente. O sujeito da diagonal até se joga para mudar de posição, e essa imprudência de amador me permite varrer suas pernas com a última rajada. Acabou-se. Agora é só dar no pé. Deixo o Kalashnikov cair, arrasto-me por dez metros e disparo com a Magnum sem outra intenção além de garantir a retirada. É meio custoso me levantar e continuar correndo: enfim o chumbo que levo no corpo me provoca dor e me obriga a mancar. As casas e casinhas estão trancadas e os vizinhos metidos ali dentro, rezando um rosário. A favela é uma cidade fantasma, interrompida pelos tiros, que agora são mais esporádicos. Não gritam mais: agora meus perseguidores tomam o cuidado de não antecipar em voz alta seus medos e estratégias. A morte ensina, é muito didática. Eles vêm calados. Cheios de medo, incredulidade e fúria. Entramos juntos em outro descampado sem um fiapo de luz, uma boca de lobo onde chapinhamos em água e barro, arranhados pela vegetação crescida. Andamos tanto e sem rumo nesse pântano que de repente estamos no meio da completa cegueira. Não há nem mesmo uma estrela para nos salvar ou orientar. Paro e tento apurar o ouvido. No início não percebo nada, um silêncio pesado nos cerca. Porém depois de um lapso mais ou menos curto, ouço alguém chorar. É um choro desatado e viril. Um fenômeno que me pega de surpresa.

Fico um tempo em silêncio, sentindo esse soluço inusitado neste campinho impiedoso, e logo entrevejo o relâmpago do primeiro disparo. Respondo e me desloco, e voltam a atirar em mim. Esvazio o tambor e recorro às últimas balas do bolso. Meu assassino também atira e se move; às vezes para um lado, às vezes para o outro. Passo a manga pelo rosto suado e disparo por alto, especulando os movimentos do rival, que aceita o jogo da roleta e faz o mesmo que eu. Erramos nossos últimos cartuchos e ficamos às escuras e sem palavras. Bate um vento insalubre que curva os arbustos. Não sei se acertei ou se meu inimigo ainda está ali cravado, prendendo a respiração. Recuo com muito cuidado, como se pudesse acalmar inteiramente a manobra. Desconfio de que pode ser um truque e que o cara ainda tem uma bala na recâmara, mas não me deixo sugestionar. Retrocedo e tropeço, levanto e sigo para trás, e saio na rua, confundo-me com a sombra de uma árvore. É possível que seja o Guitarrista e que já esteja morto. Também que seja muito astuto e esteja armando uma emboscada para mim. Meu coração martela e preciso apoiar uma das mãos no ferimento para comprimi-lo, porque continua vertendo sangue e dói pra caralho. Então deixo o 357 vazio ao pé de uma árvore e ando colado a um muro. O Guitarrista não aparece e minha confiança cresce um pouco. Desemboco em uma viela e, depois de umas voltas, saio na rua da morte. Minha boca está seca e a situação já não me perturba tanto. Paro na frente da igreja para recuperar o fôlego, faço o sinal da cruz involuntariamente e sigo em marcha desanimada até a avenida. A cada vinte metros, viro a cabeça para saber se sou seguido. Fui atingido e estou desarmado, e não sei muito bem aonde vou. Acho que ao estacionamento. Se é para morrer, é melhor que seja dentro do carro, com o cheiro da decência e com aqueles tangos.

Não me espanta que o vigia não esteja em seu posto; talvez tenha ido dormir no escritório dos fundos. Arrasto os pés e vejo que vou deixando um pequeno rastro de sangue. Minhas pálpebras caem e a sede é insuportável. Ao chegar ao 4×4, apoio-me e procuro atrapalhado a chave nos bolsos internos da Adidas. Parece que vou encontrá-la quando alguém sai dos fundos e me mete um chute. É tão violento e certeiro que sou jogado no capô e caio de joelhos. Mal levanto os olhos e já metem o pé no meu queixo. Literalmente vejo estrelas; fico estendido de barriga para cima, desarmado e arruinado, e tento colocar a cara em foco, mas não consigo. Por sorte meu torturador fala e eu o reconheço:

— Eu disse ao Guitarrista que não errasse com você, Pássaro — fala Bragoni. — Mas vejo que ele não me levou a sério.

É difícil entender por que quero rir de novo. Imagino que sejam os nervos, ou a ironia de morrer sem glória, como um cachorro perdido neste lugar insignificante. Agora sinto na língua e no paladar o sabor de sangue novo. Ainda sou incapaz de distinguir as feições desse barrigudo imundo, porque aparece à contraluz e porque, do chão, é um gigante. Um lutador de catch com uma arma curta na mão e a convicção feliz de que as peças pretas dão xeque-mate em uma só jogada. Lembro vagamente do rio, das ondas, da margem, do traje de neoprene. E então junto os últimos vestígios dessa bateria, coloco-me de lado, como se tentasse o estilo *over* que tantas vezes me salvou de morrer afogado, e me arrasto, desesperado. Agora é Bragoni quem ri, porque parece uma fuga sem destino. Avanço com dificuldade como se fosse um paralítico sem cadeira e ele desce o coturno no meu corpo. Não ligo para a dor, porque estou dando braçadas na água e ali tudo é uma questão mental: nadar para a margem, negando-me a fadiga, lutando contra esses demônios íntimos que sempre querem me convencer de que tudo está perdido e que é melhor se render. Arrasto-me por vinte, mais trinta centímetros. Cada centímetro é um triunfo infinito, e no fim me agarro na carroceria, dando impulso para o 4×4 a fim de usar o chão como teto e me proteger do último golpe, que desta vez atinge minha perna direita. O comissário bate em mim com toda a alma; não sei se o perônio se quebrou. Mas não posso me dar ao luxo de parar nessa trivialidade que me arranca um grito: estico o braço e tento alcançar o compartimento invisível que se abre por pressão, o local onde tantas vezes deixei o chaveiro imantado. Estou quase tocando quando sinto as mãos do lutador em minhas calças: puxa com força para me retirar do refúgio e terminar o serviço. E a potência de suas mãos me catapulta para trás, fazendo-me voltar várias casas no tabuleiro do jogo. Não consegue me tirar de debaixo do 4×4 porque me agarro e porque tenho muita massa muscular nos braços. Volto a recuperar distância e arranho a caixa secreta, mas nesse momento sinto que Bragoni me dá um puxão de tubarão-branco e que não conseguirei resistir ao próximo. Grito como se tivesse uma hérnia e como se todas as veias do pescoço fossem arrebentar, e por fim aperto a tampa, que salta e se abre. A pequena Walther P99 cai no mesmo instante em que os dedos da outra mão cedem à pressão do comissário, que vai me arrastar para fora deste refúgio. Faz isso em um segundo, e pela primeira vez vejo a cara achinesada e triunfal, e as frestas pretas e extasiadas. Está tão satisfeito que não percebe que solto a trava, puxo o gatilho e meto uma bala em seu pomo de adão. Tudo acontece com rapidez e em um só movimento instintivo, como me ensinaram nos treinamentos. Bragoni abre os olhos como quem descobre que o melhor amigo vai matá-lo, põe a mão no pescoço e começa a engolir sem parar, como se estivesse entalado com chumbo. E como se pudesse se desfazer do projétil com a saliva, como tentamos nos livrar pateticamente de uma espinha de peixe. Até recua alguns passos, tomado de estupor e vertigem, e finalmente cai de bunda. Tento me sentar como posso e usar um ponto de apoio no 4×4, mas não tiro os olhos dele. Agora estamos frente a frente, separados por quatro ou cinco metros, suados e sangrando, sem outra atividade senão ver a cara um do outro pela última vez na vida. Ao longe, ouço as sirenes das viaturas e também das ambulâncias do SAME, mas no estacionamento está tudo a meia-luz e em completo silêncio. Então, Bragoni levanta as sobrancelhas, como quem pergunta que horas são. E eu lhe dou um tiro na testa, porque não me agrada deixar um homem sem respostas.

Olho para ele com orgulho, sem encontrar um sentimento unificador, num pântano de esgotamento feliz. Depois tento olhar para mim mesmo, um trapo humano, e como que por mágica começam a me voltar aos poucos todas as dores: a perna, o quadril, o queixo, a nuca, os dedos da mão esquerda. Sou uma enorme dor ambulante. É tremendamente custoso colocar-me de pé com essas lacerações múltiplas, cansado e esvaziado como me encontro; vacilo pelo menos duas vezes até que consigo parar na frente do 4×4. Depois passo um minuto inteiro procurando o maldito chaveiro dentro da bolsa, acreditando sinceramente que se perdeu durante a fuga e o tiroteio. Mas o encontro; estava onde eu o havia deixado. Subir no carro e sentar-me ao volante se transforma em um tormento paulatino. Experimento para saber se o pé da perna atingida funciona e constato que ainda me obedece, embora as cãibras subam até a virilha. O motor rateia e outra vez desconfio, derrotista, que não conseguirei ligar. Mas ele não afoga e liga. Assim, engreno a primeira e piso com prudência no acelerador até bater de lado em um carro que bloqueia a saída. É um carro japonês novo em folha; vai ficar amassado.

O 4×4 faz força, os pneus cantam e o pobre carro se deixa empurrar contra sua vontade. Freio e manobro com dificuldade para sair desse engarrafamento e empurro para a frente outros dois carros para me livrar, descer a rampa e ir para a rua. As sirenes ainda berram e entendo com toda lucidez que minha única chance consiste em escapar dos patrulheiros e procurar a saída mais rápida da cidade. Durante os dias de insônia, pensei muitas vezes a quem recorrer se ficasse à deriva. Sei o que fazer, mas também sei que corro o risco de morrer de hemorragia antes de chegar lá. Não solto o acelerador nem por um instante, mas atravesso as ruas com muito cuidado. Só paro junto ao meio-fio em uma passagem desconhecida quando me vem um suor frio, os ruídos esmaecem e a visão fica opaca. Apago todas as luzes e pego o celular. Minhas mãos tremem. Não sei como desbloquear o teclado e tenho medo de desmaiar antes de conseguir dar o último telefonema. Devo ter apertado alguma tecla, porque logo fico em condições de digitar. O patrão do armazém tem poucos contatos. Um deles se chama "Casa". Atende ao primeiro toque:

— Onde você está?

Vou confiar no patrão, isso também já decidi de antemão. Se eu estiver errado e o amigo resolver me entregar em troca de dinheiro ou por defesa própria, estou ferrado. Mas o que vou fazer? Fiquei sem cartas, não tenho escolha. Revelo a ele a altura da rua principal e o cruzamento. Ele diz que conhece, adivinha de imediato o problema:

— Não desmaie.

Tento obedecer a essa ordem, mas é realmente muito difícil. Nem mesmo as dores conseguem me manter desperto. Tenho vontade de dormir para sempre, de acabar com tanto sofrimento. Respiro fundo e penso no Monte Longdon. Até parece que ouço as vozes deles: "A situação é crítica. Ordeno ao tenente Hugo Quiroga um contra-ataque. Outra luta corpo a corpo. Há baixas dos dois lados". O céu de Puerto Argentino está coberto de fogos de artifício e lembro das caras escurecidas de meus companheiros. "Retire-se, *hijo de remil putas*!", ordena meu sargento-mor e fica rouco. Estou quase dormindo quando alguém bate no vidro do 4×4 e o susto me desperta. É o patrão, que olha para todo lado e pede com as mãos que eu abra a porta. Ao abrir, a luz interna é acesa e o dono do armazém de Villa Costal entra pela porta do carona e examina rapidamente o estrago. O que mais o preocupa é o buraco no quadril. Ele levanta minha camisa ensopada de sangue e me toca: dói como se me queimassem com um maçarico. Fecha a porta e ficamos de novo no escuro. Noto que trouxe sua própria bolsa esportiva e pega uma pequena lanterna. Olho pelos retrovisores: nem as árvores se mexem. Ele acende a lanterna e me examina de cima a baixo, tocando aqui e ali. Volta a se concentrar na ferida mãe: pega algodão e álcool e tenta limpar, para saber de sua exata dimensão. Mordo os lábios para não gritar. O patrão apalpa, pressiona, sacode a pele e as lágrimas brotam em meus olhos. Ele explica aos sussurros que é superficial, um buraco com entrada e saída, parece que roçou em mim e mais nada. Mas a sutura é feita sem anestesia. E ele precisa me costurar agora mesmo porque, caso contrário, não vou durar nada. Viro a cara e deixo que ele manipule e meta em mim sua agulha de estofador. Estou em carne viva, prestes a ter um ataque cardíaco. O patrão é um açougueiro gentil, mas ainda assim um açougueiro: não passa uma semana sem que um fugitivo bata na sua porta à noite e peça uma reparação clandestina. Ele sabe o que faz, embora o faça sem afetação, nem concessões. Como diz a piada, há uma boa e uma má notícia. A boa é que ainda não vou morrer, a má é que fui deixado na sala de tortura. Naturalmente, desfaleço. Perdoem-me pela fraqueza, envelhecer nesta profissão é algo obsceno e indigno. Deixo que as ondas me devorem e me levem para o fundo arenoso. Quando recupero a consciência, está perto do amanhecer e o patrão se limpa com água oxigenada. O interior do 4×4 é um chiqueiro de sangue, suor e lágrimas. Ele me deu dez pontos de cada lado, pôs uma atadura de gaze dobrada e prendeu na cintura uma faixa larga e forte. Estou nu e não me atrevo a me olhar no espelho.

— Não arrebentaram a perna — anuncia ele. — Em circunstâncias normais, você teria de ir direto para a radiografia. Mas acho que vai se ajeitar com repouso, tomando sifuguenta.

Olho para ele sem entender:

— Sifuguenta?

— Se fodendo e aguentando — diz ele sem rir. E pede que eu mexa o pé e me faz várias perguntas: é um ortopedista amador, mas tem mais perícia que um veterano de hospital público. — Vai ficar preto e você vai andar como um cavalo manco — diz ele, guardando suas coisas. — Saiu barato para você, garoto. A favela está pegando fogo. Polícia pra todo lado. Até vieram com helicóptero. Vamos aparecer na televisão.

Quer ir embora antes que o sol nos pesque nessa rua suspeita. Vê o martírio em meu rosto melancólico.

— Não tenho injeção — ele se desculpa. — Nem comprimidos. Você terá de se esconder e conseguir antibióticos. E, se puder, tomar uma antitetânica. — Meus olhos desabam. — Vai se safar — determina ele. — Mas meu amor acaba por aqui.

Fica claro, são as regras. Devolvo seu celular, que está sujo de sangue seco, e tento lhe dar algum dinheiro que me resta. Mas ele não quer pagamento.

— São muitos anos, garoto — diz ele e abre a porta. Agora fala sem olhar para mim. — Boa sorte. Vai precisar dela.

Sai do 4×4 e anda com a bolsa no ombro, virando a esquina. Vejo-o partir feito uma chaga, pensando, com o que me resta da capacidade de raciocínio, que em meu mundo os anjos são tão infames e misteriosos como os heróis.

Mais tarde faço um esforço de atenção e me ajeito como posso ao volante. Qualquer posição é dolorosa. Dirijo gritando através do início da manhã, saio na Libertador e sigo reto, protegido da curiosidade alheia pelos vidros polarizados. Em um sinal de trânsito, divido a segunda fila com uma viatura da Federal, mas os dois agentes parecem indiferentes a tudo, como se tivessem fumado maconha com o café com leite. Chego a Acassuso antes das sete, quando já existe certo movimento no quarteirão onde mora Holguín. Estaciono o 4×4 atrás do carro oficial, que está recém-lavado, e buzino. Sai o velho policial da Bonaerense que faz as vezes de guarda-costas e de motorista. Tem a expressão solícita quando deveria ter desconfiança. Ele se aproxima e desço um pouco o vidro da janela: fica na altura de meu nariz.

— Preciso falar com o chefe — eu o cumprimento. — É uma emergência.

Ele está velho e fraco, mas percebe que há algo errado. Fecho a janela para que ele não olhe o interior, que está um verdadeiro desastre. E o bobão fica um momento na calçada, talvez confuso. Toca pensativamente a lateral do corpo, onde está a pistola invisível, depois entra na mansão.

Reclamo em voz alta, agora que ninguém pode me ver nem ouvir. É um gemido longo, o mugido de um touro, e fico ofegante, passando a língua pelos lábios rachados. Sede, suplício e uma extrema insegurança. Holguín aparece de camisa e gravata e se aproxima sem cautela, seguido por seu Remil da terceira idade. Volto a abrir a janela, mas agora abro toda, para lhe mostrar o triste espetáculo. O barão fica espantado, mas não perde a linha. Sente o problema, porque é muito esperto, e ordena ao ancião da pistola que abra o portão. Entro com o 4×4 por um caminho que margeia a casa e termina em um galpão de ferramentas. Três pessoas me ajudam a descer, porque ao grupo junta-se uma empregada doméstica. Holguín manda que tudo seja feito no maior silêncio. Estou tão entorpecido pelos ferimentos e pela comoção que não consigo reter a expressão dessas pessoas. Mas posso imaginar a careta de surpresa e o medo. Levam-me para um quarto de serviço cheio de tralhas e me acomodam em uma cama pequena. A empregada me traz um copo de água e me ajuda a beber um longo gole. Depois, tira meus sapatos e tenta ajeitar o lugar para que eu fique confortável. Holguín vai à cozinha e dá um telefonema de seu celular. O guarda-costas me vigia, desassossegado. Quando o barão volta, temos uma breve conversa. O médico do partido é compadre dele. Sanitarista, mas de uma discrição absoluta. Que remédio? Estou nas mãos dele. Holguín é um intendente vitalício, tem portanto a lealdade dos mafiosos. Confio mais nesse tipo de lealdade do que na fidelidade da moral elevada.

Ele não sai de meu lado até que o médico se faz presente, e enquanto isso ordena ao motorista que tire minhas calças rasgadas. Dói até o último osso. O médico é um homem elegante que passaria por locutor dos anos 1950, a não ser pela halitose. O barão o segura no jardim e depois o conduz ao quartinho. Cumprimenta-me, mas fala o mínimo possível. Isso me agrada, porque não quer saber de nada. Qualquer informação pode comprometê-lo. Ele examina o buraco e a costura, e volta a me cobrir. Em seguida me ausculta e olha no fundo dos meus olhos; também mede minha pressão. Quando acaba toda essa rotina inútil, pede gelo em uma bolsa de borracha e ordena que eu aplique na boca: devo ter o rosto deformado pelo chute. É menos expedito que o patrão do armazém, mas no fim das contas repete mais ou menos os mesmos exames. Pergunta apenas o necessário para entender o que sinto, como os sinais vitais reagem e que partes foram machucadas. Prescreve quatro receitas diferentes, algumas com cópia, e Holguín manda o guarda-costas à farmácia.

— O costureiro fez um bom trabalho — confirma ele. E pede à empregada um pouco de chá quente.

Ouço de longe sua voz misturada com a de Holguín: conversam na cozinha. Estou tão maltratado e as dores são tão agressivas que não consigo pregar o olho. O guarda-costas volta com um pacote. O médico prepara duas injeções com seringas hipodérmicas de plástico e belisca meus glúteos. Só então retira a bolsa de gelo de minha boca e me dá dois comprimidos com um copo de leite.

— Agora procure dormir — sugere.

É um lugar comum, mas desabo como um prédio em demolição. Sem sonhos nem sobressaltos, entro em um coma induzido. A empregada me acorda em algum momento da tarde para pedir que eu tome uma sopa rala, e me deixa em paz. Essa segunda parte tem um primeiro lapso de umas oito horas, com outros dois comprimidos e um novo copo de leite no meio, e em seguida um cochilo muito longo que termina em noite fechada, quando volto a mim e me levanto lentamente para urinar no pequeno banheiro ao lado. Enquanto mijo, sei que Holguín não me venderá e que seu amigo guardará sigilo médico por uns dias. Mas, ao mesmo tempo, sei com clareza que preciso sair desta casa o quanto antes, porque sou procurado e porque uma reles fofoca no bairro pode desencadear a catástrofe.

Volto para a cama e penso um pouco na mulher do barão. A senhora do Mini Cooper e do silicone. Recordo a última cena, naquele hospital, quando a boneca olhou para mim com medo, escárnio, fúria, surpresa, aceitação. Como será que digeriu minha atuação da época? Terá alguma gratidão por mim ou precisará ainda se vingar? Em todo caso, não poderá se dedicar à revanche enquanto o marido me refugiar em seu próprio lar. A não ser que seja capaz de queimar também Holguín. Não, essa mulher não suporta um escândalo. Vai ficar de boca fechada até que eu dê o fora daqui.

As dores diminuíram bastante e isso me autoriza a pensar em Nuria. Várias semanas se passaram desde que me despedi dela no Ezeiza, mas me parece que transcorreu uma década. Há ocasiões em que tenho seu rosto e sua pele despida em primeiro plano, com uma nitidez crível, e em outras não consigo me lembrar da tonalidade exata de seu cabelo arruivado, nem alguns detalhes do corpo cheio de sardas. A memória é uma coisa estranha.

Não consigo engolir que ela foi sequestrada, parece-me conversa para boi dormir. E o assunto me intriga tanto que daria qualquer coisa para deslindar o enigma. Já pareço um desses maridos cornos que querem a todo custo se deleitar com os vídeos pornôs do adultério. Nuria. Camel e Anís. "Não telefone, não escreva, não venha. Só espere por mim." E sua mão segurando meu pau, a boca me dizendo que vai sentir muito minha falta. O iludido não vê a praga da verdade.

Pela manhã, chega pontualmente o médico da halitose para um exame de rotina. Virá por dez dias seguidos, sempre calado e às nove em ponto. A cada quarenta e oito horas, cauterizará o ferimento e trocará os curativos, e controlará o progresso da perna, que mostra um hematoma de meio metro. No terceiro dia, permitirá uma ducha rápida, porém conscienciosa, para que eu me livre da crosta de sujeira que trago há tempos. E vai variando a frequência dos comprimidos, que são anti-inflamatórios e analgésicos, que devo alternar com antibióticos de última geração. No início mastigo sem nenhum apetite os pratos preparados para mim pela empregada, para recuperar a energia e para que tantos remédios não perfurem meu estômago, mas confesso que aos poucos como tudo o que colocam diante de mim e o faço com um descontrole incomum. Já consigo andar, mas prefiro não sair do quartinho de serviço, para que ninguém me veja. Passo praticamente o dia todo lendo livros de história que Holguín comprou para mim em Yenny: depois de atravessado o Rubicão, parece que recuperei a capacidade de me concentrar. Também leio com preguiça e sem marcador alguns jornais de circulação nacional que me trazem. Não há a menor referência à Operação Dama Branca, que o jornalismo parece ter esquecido definitivamente, mas ainda ficam fiapos da sangrenta escaramuça entre traficantes que aconteceu em Villa Costal. O lamentável falecimento de Bragoni foi publicado em uma nota curta, sem ligação com a rixa e relacionado com um suposto roubo de carros seguido de morte.

O barão passa as noites na mansão, mas nesta temporada sua mulher está na residência oficial, onde cuida das roseiras, brinca com os cachorros e suponho que receba seus novos amantes. O intendente explicou a delicada emergência que tem em Acassuso e a conveniência de que ela não se misture com esse problema. Em algumas noites, Holguín me convida à sala de estar e me oferece uma Coca Light enquanto se serve de um uísque. Conversamos em voz baixa sobre o país e a vida, mas nunca mostramos as cartas. Na penúltima noite, ele me vê recuperado e pergunta se posso subir a seu quarto. Subo com cuidado a escadaria, com aquela manqueira crônica que adquiri, e então meu benfeitor me abre seu armário e pede que eu escolha e experimente casacos, camisas, calças e sapatos. Tornou-se um homem barrigudo e recurvado, mas tem minha estatura e certa vez teve uma estrutura corporal semelhante. Também desce uma mala Samsonite e dá a mim. Não é difícil perceber o que isso significa. Aproveito para lhe pedir que pergunte, por intermédio de algum companheiro da política, pelo destino de Cálgaris e, com muito cuidado, por Nuria Menéndez Lugo. Ele me promete que o fará amanhã mesmo e esclarece desnecessariamente que seu motorista lavou o 4×4 e encheu o tanque.

À hora de sempre e em uma manhã de chuva, o médico chega, tira meus pontos e me entrega uma maleta com os curativos de que preciso e com uma ração importante de analgésicos. Também me dá alguns conselhos clínicos e se despede apertando com cerimônia minha mão. Está na hora da sesta, ouço entrar um carro, estacionado atrás do 4×4, e em seguida vejo pela fresta a esposa de Holguín. Elegante e insinuante, com seu decote eficaz cheio de sardas e um brilho de ironia nos olhos claros.

— Faria um último favor para mim? — pergunto sem me mexer.

— Se eu puder — responde ela em suspense, divertindo-se.

Tiro do bolso o passaporte falso e a máquina de raspar o cabelo de meu sargento-mor. Ela pega o documento aberto, lê o sobrenome e olha a foto.

— Eu pareço o professor Conde? — pergunto retoricamente.

A mulher pega a máquina, sopesa e sorri:

— Tenho cara de cabeleireira?

Dou de ombros e noto que ela me lançou um olhar de apreciação, como se estivesse calculando o que aconteceria se fosse para a cama com esse personagem condenado. Mas é apenas um pensamento fugaz, no segundo seguinte ela liga a máquina e põe mãos à obra. O professor Conde tem o cabelo cortado à escovinha na nuca e uma barba bem-feita. A cabeleireira de Acassuso pede à empregada uma tesoura, uma escova e um pente. Diverte-se raspando minha nuca e aparando o cabelo na frente. Também apara a barba a tesouradas. Quando termina a tarefa, traz um espelho para que eu me compare com a foto. Olho para mim, sem reconhecer; o cansaço de meus olhos me derruba.

— Meu marido disse que chegará cedo e que seria um prazer compartilhar um lombo com mostarda — informa ela da soleira. A última ceia, penso.

Duas horas depois, dividimos a mesa com toalha azul e vinho de San Juan. Visto as roupas velhas e elegantes do anfitrião. A mulher do silicone mostra seus atributos com um decote enfeitado por esmeraldas. Holguín não tirou o paletó, nem a gravata oficial.

— Cálgaris continua fora do país — ele me informa. — E a agência continua fechada. Corre o boato de que deram parecer negativo na Balcarce 50. Mas minha fonte não conseguiu averiguar mais do que isso.

A carne está vermelha no meio e se desmancha na boca. Pergunto por Nuria e a esposa me olha com mais atenção. As mulheres têm um radar infalível para essas coisas; às vezes penso que conseguem detectar o interesse masculino a muitos quilômetros de distância, como aqueles rastreadores que farejam sua presa quando o vento muda ou preveem a chegada de um predador distante pelos ruídos íntimos da terra. Holguín agora se remexe na cadeira, como se fosse picado na bunda. Toma um gole do vinho e se concentra no talher de prata que espera a sobremesa. Olha sem ver, manuseia a colher, por um instante parece ver a si mesmo em seu reflexo brilhante.

— Falaram de um problema com gente da Colômbia — resmunga. — De um sequestro e de alguém que não aceita pagar o resgate. Não sei, parece uma novela.

Tento ajudá-lo.

— É uma conversa para boi dormir.

Ele retribui meu olhar e ergue as sobrancelhas. Sua mulher interpretou meus sentimentos corretamente. Enche de novo minha taça, que deixarei intacta.

— Posso? — pergunto.

Chegam um cinzeiro para perto de mim. Acendo o Parisienne e o ofereço. Só ela aceita um. De repente não há mais fome nem sede. O jantar acabou. Fumamos com os cotovelos na mesa, pensativos. Holguín solta a colher e pede licença. Sobe a escada como se tivesse o coração pesado. A mulher me pergunta se quero experimentar o tiramisu. Declino com um gesto e então ela pede à empregada que traga apenas uma porção. Está saboreando essa delícia quando o barão volta ao andar térreo. Traz uma pasta volumosa. Coloca na quarta cadeira. Põe os nós dos dedos na mesa e me diz com uma autoridade suave:

— É só o que posso fazer por você.

Não vou a seu encontro, fico olhando a última cinza se apagar. Depois me levanto, deixo o guardanapo e pego a pasta.

— Estamos quites — digo. E não pretendo me despedir, nem cumprimentá-los.

Acabo de fazer a mala e ouço que o guarda-costas abre o portão, tira o Mini Cooper e roda o carro oficial. De novo, é noite fechada. Parou de chover, mas o jardim está molhado. O 4×4 cheira a excesso de lavanda e a detergente aromatizador: guardo a maleta, a pasta e o kit de medicamentos. Depois prendo o cinto de segurança e vou de ré até a calçada. O motorista de Holguín se aproxima da janela aberta e me cumprimenta.

— Boa viagem — deseja.

Dirijo outra vez como um cavaleiro, fugindo dos cruzamentos vigiados e dos pedágios e procurando ruas secundárias. Dirijo a noite toda, inteiramente desperto e com foco, ouvindo tangos de Pugliese e Salgán, e de vez em quando algum noticiário. Em meio à planície escura, paro em uma ponte e apago as luzes. Ouço que por baixo corre um rio caudaloso. Rasgo o papel e a caixa do presente, pego a querida Walther P99: desarmo e jogo peça por peça na água veloz e funda. É uma arma ligada a um homicídio e aonde vou não posso levá-la. Dirijo até o amanhecer, entro em uma cidade de tamanho médio e procuro um estacionamento onde deixar o 4×4 por um longo tempo. Encontro entre duas fábricas de maquinaria agrícola: o encarregado é quase mudo; pago em dinheiro. Aproveito para perguntar onde fica o terminal de ônibus e se ele sabe de algum que me leve a Río Negro. Ele me dá instruções meio vagas, que na verdade importam muito pouco para mim. O que importa é que depois o boneco possa repetir essa pista falsa.

Tomo o café da manhã na rodoviária e pego um ônibus para a capital de Córdoba, e dali outro a Salta la Linda, mais tarde um terceiro para o Departamento de Orán. Durmo sentado, ainda meio dolorido, como sanduíches de queijo e presunto nas paradas e não me separo nunca da pasta.

Em Aguas Blancas, fujo do controle do posto de fronteira, que qualquer pessoa pode cruzar sem que os gendarmes se deem ao trabalho de fazer um registro, e pago quatro pratas a um barqueiro para que me leve a Bermejo com sua chalana. Não me detenho nas festividades nem nas convocações do Festival Internacional del Lapacho: compro um nécessaire em uma drogaria e vou a uma casa de câmbio para ter alguns bolivianos. Contrato um táxi interprovincial e não regateio no preço: precisa me transportar até Tarija Capital por abismos, morros, fazendas e túneis, até aquele vale final de clima temperado. Mas a paisagem não me distrai. Só penso em como encurtar o trajeto sem levantar poeira. Estou seguindo uma rota de fuga de emergência, o protocolo clandestino idealizado nos escritórios da Casinha. Só posso usar o passaporte do professor Conde a partir da cidade de La Paz porque tem um carimbo apócrifo de entrada na Bolívia a partir de Buenos Aires. Seria muito fácil pegar um voo em Tarija, mas isso dobra as chances de dar algo errado e me prenderem. Até atravessar Migraciones em Barajas, não estarei completamente seguro se o passaporte funciona e ainda está ativo. Não posso descartar que tenha sido denunciado por meus chefes, nem que a Interpol tenha pedido a captura internacional também sob esse documento paralelo. Meus chefes. É um eufemismo. Só Cálgaris sabe exatamente que sou o professor Conde e que usarei esta saída em caso extremo. Será que Cálgaris me trairia? Fico revirando essa grande dúvida. Sim, ele poderia me trair. Joga xadrez com as pessoas e está acostumado a sacrificar um peão quando é imprescindível. Onde terá se escondido esse velho filho da puta?

Em Tarija, encontro um motel barato e fico para passar a noite. Como não consigo conciliar o sono, conto os dólares da pasta: são oitenta mil, a generosa caixa de despesas do barão de Acassuso. Também preciso ter muito cuidado na hora de trocá-los: deve ser feito em La Paz e, se possível, na mesma agência de viagem onde comprarei a passagem de ida e volta. Tenho o pressentimento de que será uma viagem sem retorno, porque morrerei tentando, mas em Madri é muito raro que olhem quem entra com uma passagem simples.

Às sete da manhã, estou na rodoviária. São oito horas até Potosí, seis até Oururo e mais três até La Paz. Sugerem que eu compre um cobertor e um frasco de Sorojchi Pills para a altitude. Obedeço. O ônibus sai às oito e meia e tento ler um livro, mas sinto dor de cabeça e esgotamento. É uma travessia longa e tediosa, embora aconteça sem sobressaltos, e chego a La Paz em uma noite quente. Recomendam um albergue decente para mim e não resisto. Tenho a bunda dolorida pelo vaivém interminável dessa viagem e volto a sentir dores no ferimento das costas. Uso o kit médico para me sedar e durmo várias horas. A primeira coisa que faço ao acordar é me dirigir à melhor agência de turismo, reservar o voo, pagar com dólares e me forrar de euros. Apesar do medicamento, sinto o mal-estar da altitude, e por alguns momentos o confundo com depressão

Manco a tarde toda pelo centro histórico para esticar as pernas, mas faço sem interesse turístico e sem ânimo. Janto algo leve, uma truta do lago Titicaca, e reservo um táxi para de manhã cedo: preciso chegar a El Alto mais ou menos às cinco. O quarto não tem rádio nem TV de plasma, e assim olho o teto e penso em Nuria. Lembro-me de seu sarcasmo e de sua ênfase sexual, aqueles dias em que não conseguíamos sair da cama, as viagens onde tudo parecia suspeitosamente perfeito. É inútil, a sorte não aparece aos amaldiçoados. Será que Nuria poderia me trair? Claro que poderia, e mais rápido ainda do que o coronel. O sexo excita, mas não cria fidelidade. Não acredito que tenham te sequestrado, galega. Não acredito nem um pouquinho nessa farsa. Mas estou disposto ao que for para saber o que está acontecendo e em que cárcere você se meteu. Disposto até a passar pelo scanner de dois aeroportos cheios de policiais e milicos.

Em El Alto, pego uma mulher arruivada e bonita que me examina e me faz posar para uma fotografia. Esses segundos de espera, enquanto ela verifica a tela do computador, parecem duas noites e dois dias. No fim, ela carimba com condescendência o passaporte do professor Conde e um avião da Iberia o leva ao outro lado do Atlântico. O voo acaba sendo com turbulência e pressão no ouvido, e um pouso com aplausos em terras espanholas. Também reparam no professor Conde na imigração e me ocupo de ver se alguém me seguiu ao sair do Barajas. Ninguém. Só ecos e fantasmas, e a empolgação afiada com a verdade.

Não considero um grande risco voltar ao albergue do bairro de Chueca. Mas o telefonema para o escritório do Palacio de las Cortes eu faço de uma cabine pública. A srta. Luciana Flores está de férias; digo ao recepcionista que venho da Argentina e que se trata de um assunto de vida ou morte. Ele me pede um celular, mas explico que tenho fobia: voltarei a telefonar dali a algumas horas. Ligo, mas o recepcionista foi substituído e o novo não tem orientação nenhuma. São sete horas da noite e tenho tempo de sobra. Pego um táxi para a Librería del Prado e dali ando três quarteirões até a cervejaria. Passo um bom tempo bebendo e comendo petiscos, na esperança de que a loura oxigenada entre pela porta com seu penteado moderno e roupa do Corte del Inglés. Mas desta vez não acontece. Talvez tenha até saído de Madri. Não estou com minha agenda e por ordem da Casinha os agentes não devem aparecer com seu nome verdadeiro nas listas telefônicas.

Ando com minha manqueira e sorrio para o verme refletido em uma vitrine da rua de Alcalá. Sou outro homem. Alguém muito mais cansado e vulnerável. Passei do abatimento para a convalescença, e dali diretamente para a pena, a vertigem da altitude e o jet lag. A folga e a clandestinidade contínuas desgastam muito mais do que a prisão. Por um instante, fantasio olhar o apartamento que Nuria tem no Paseo de la Castellana, mas de imediato descarto a ideia. É um disparate: deve estar mais vigiado do que o palácio real. Continuo mancando pela cidade iluminada. E penso de novo em Flores, que ficou em seu posto, apesar de desconectada e sem referências. Não pode ter saído de férias nessas circunstâncias. Vou me deitar com essa fantástica certeza e me levanto com um toque de otimismo. Volto a telefonar ao recepcionista do Palacio de las Cortes, mas ele me atende como se não tivesse falado comigo. Explico novamente que é uma emergência e sua indiferença e minha exasperação são tantas que abandono a identidade do professor Conde.

— Diga a ela que é o Remil — ordeno. — Ela vai entender.

Ele não me promete nada. Só me deixa em suspenso. Não posso correr, nem fazer exercícios devido ao precário estado de saúde em que me encontro, e assim compro um livro sobre as desventuras de Cola di Rienzo que começa em Avignon, quando aqueles três cardeais o condenam à morte. Da Plaza Mayor telefono ao recepcionista do turno da tarde apenas para acalmar a ansiedade, mas ainda não tem notícias nem o menor interesse nas urgências estúpidas de Luciana Flores. Meu otimismo diminuiu bastante: janto no Museo del Jamón e me embriago com um Rioja. A mistura de comprimidos e álcool acaba comigo e de manhã a azia me perfura. É a terceira vez que telefonarei a esse analfabeto social que atende no templo sagrado dos legisladores espanhóis. Para minha surpresa, o analfabeto me avisa que a srta. Flores exige um telefone de contato. Hesito, xingando intimamente, pensando com rapidez nos riscos. De novo percebo que não me resta alternativa senão corrê-los e me entregar ao destino. Dou o número do albergue do bairro de Chueca. E peço que ela ligue para mim. Compro uma bolsa em um camelô africano e volto para meu quarto. Ali guardo os maços de dinheiro, o passaporte, o nécessaire, uma camisa e uma muda de roupas. O mínimo indispensável para escapar, se der azar. Depois estudo detidamente o jardim dos fundos do albergue, a altura do muro, a chance de fugir pelos fundos. Estou preparado e nervoso, dependendo do telefonema e dos movimentos da rua e do corredor. Por fim, a recepção me passa o telefonema:

— Quem é você? — pergunta Flores do outro lado da linha.

— Já sabe onde moro — respondo com calma. — A cinquenta metros, tem um bar de cidra com mesas na calçada. Não demore.

Fica quase na esquina e tem uma visão tão ampla que permite antecipar uma armação. Levo a bolsa e fecho a porta como se me despedisse para sempre da Samsonite e do passado. A cidra aumenta minha azia e é por isso que a combato com um petisco. Os madrilenhos vêm e vão. E nenhum me parece por demais perigoso. Relaxo um pouco ao descobrir que Flores chega ao local com a gorda Maca. As duas vêm de braços dados, parecidas mas diferentes, vestidas como duas matronas de Madri, com botas de salto alto. Levanto-me para beijá-las. Elas também olham em volta, desconfiadas e tensas. Não estão felizes em me ver. Dou uma olhada atrás de suas costas com o olhar experiente e não consigo detectar nada de estranho. Não aceitam a cidra, pedem taças de vinho e umas comidinhas para não ficar enjoadas. Ofereço o cigarro, mas as duas rejeitam. Maca rompe o silêncio constrangedor contando-me que recebeu a ordem de não ter contato com membros da Casinha e até de se manter distante. Sua sinceridade e sua insubordinação me agradam.

— O que está fazendo aqui? — Flores pergunta com olhos de cigana e a voz baixa. — Ficou louco?

— Lá eu sou persona non grata — respondo, soltando a fumaça.

— Aqui também.

— Tem contato com o coronel?

— Não sei se não está preso. — Ela se empertiga.

— A firma diz que não está.

— Foi tudo muito complicado — diz ela, apertando os maxilares. — E nós estamos limpas. Não queremos confusão.

— Veio a Madri por causa de Nuria, não é? — intervém Maca. Vagabunda gorda.

— O que vocês sabem dela?

— O mesmo que você — interfere Flores.

— O namorado não quer liberar a grana?

— É o que parece.

— Essa eu não engulo — declaro e refresco a garganta. — Onde está García Roldán?

Flores sopra a mão como se quisesse fazer sumir no ar um objeto com um truque de prestidigitação. Fumo enquanto o garçom serve as taças. Quando se retira, vejo que Flores tenta retomar a conversa, mas Maca põe a mão em seu braço.

— Interrogaram a mulher dele e a família — diz. — Acredita-se que saiu da Espanha e que está em algum lugar da Sérvia. Mas Luciana tem um palpite.

— Por quê? — pergunta Luciana, furiosa.

— Porque sim — responde a gorda com uma firmeza tranquila. Ficam se olhando nos olhos e depois bebem, cada uma com a cara virada para um lado diferente da rua.

— Até nós, heróis infames, merecemos uma chance. — Eu rio.

— Eu meteria essa taça no seu cu. — Flores se enfurece.

— É possível abandonar a mulher legítima, mas alguém resiste à tentação de cortar a comunicação com uma amante secreta? — pergunta Maca e me pede um cigarro. Eu o acendo, agradecido e satisfeito. — Ninguém sabe quem ela é, muito menos se ele montou casa em Chamberí. Só Luci conseguiu descobri-la e levou meses de trabalho árduo, que vocês não souberam valorizar.

— Ai, pelo amor de Deus — suspira a dita-cuja, que está aflita e aborrecida. Agora Maca faz carinho em sua mão.

— E Balduin? — pergunto.

— Aposto que está exilado em Barcelona — diz de repente Flores, em tom de desafio. — Procuram por ele, mas não encontram.

— De Balduin, não temos informações, nem ideia — fala Maca, pingando limão em uma lula.

— E de García Roldán, nem um pio — digo.

— E é aí que a jurupoca vai piar. — Ela sorri de pálpebras caídas. Admiro sua eficácia. Lamento muito não ter lido Lacan.

— Preciso de mais uma coisa — confesso.

— Eu te falei! — Ela censura Flores.

Houve muita discussão em casa antes de vir a um encontro tão importante, e a loura ainda está muito aborrecida. A primeira impressão é de que Flores manda e Maca obedece. Mas se analisarmos as sutilezas da relação, percebemos que na realidade é exatamente o contrário.

— O coronel pediu que você escondesse a cabeça em um poço, Remil — tenta argumentar o macho alfa. — E você sempre foi leal a esse pai. Sabe por que está desobedecendo agora?

— Só o que sei é o que você pensa saber — respondo com um carinho histórico. — Não preciso de sua interpretação psicológica. Preciso de algo mais concreto.

As duas ficam caladas. Como se oscilassem entre o dever e um sentimento indefinível. Por fim, Flores abre sua bolsa Hermès e estende para mim um volume por baixo da mesa. Pego, enfio-o na bolsa africana e bebo o resto da taça de cidra. Em seguida Maca abre a carteira e me entrega uma folha de papel. Leio antes de guardar no bolso do casaco de couro de Holguín. Proponho um brinde ao paraíso perdido, mas elas preferem ir embora. Antes disso, Maca esclarece que aquário deve vencer muitos obstáculos nesta semana e que jamais deve se deixar seduzir pelas fantasias. Fala isso com completa seriedade, e estou tão fraco que não consigo lhe retribuir um sorriso.

Pago minha conta na recepção, retiro a Samsonite e procuro de táxi outro hotel barato pelo bairro de Pilar. Quando fico sozinho, tranco a porta e desfaço o embrulho. Examino a Glock clonada e sem numeração, os dois pentes completos e o coldre. E ao aderir tudo isso a meu corpo, de imediato sinto recuperar um pouquinho do que fui.

XIII. Os filhos do dragão

— Com as mulheres, nunca se sabe — solta o motorista, que não leu Chase, mas tem visto de tudo nesta bendita terra. É galego de Orense e há trinta e quatro anos trabalha em Vigo. Imagina que sou vítima de uma mulher infiel e que procuro provas para o divórcio. Encontrei sua agência nas páginas amarelas da cidade (carro de aluguel com motorista) e pedi que estacionasse a Mercedes Benz preta a duzentos metros daquele restaurante de polvo bom que fica nos arredores do Ayuntamiento. Olho o relógio e dou uma última espiada no telefone da Olhos Verdes para ver se chegou uma nova mensagem pelo Whatsapp: nada desde que eu mesmo disse, fazendo-me passar por ela, que estava na área. Os amigos de García Roldán não demoraram a chegar. O advogado é incapaz de deixar sua amada plantada ali.

Por acaso era uma mulher superior. Uma alemã de olhos verdes e corpo espetacular vagamente parecida com Wila, embora seja uma versão cem por cento melhorada. Foi muito fácil entrar em seu apartamento de Chamberí. Os europeus são pessoas confiantes e irresponsáveis: vão para a rua e batem a porta sem verificar se foi fechada. Basta estar atento e ser rápido nesses segundos retardados para deter a porta no último instante e entrar no vestíbulo. O apartamento que Roldán deu de presente à amante fica no último andar de um prédio limpo e nobre. Ela mesma me atende ao primeiro toque da campainha e logo percebo que é meio ingênua, que engoliu a história de que sou policial e que está sozinha em casa. Veste uma blusa larga e jeans apertados, e prende o cabelo num coque baixo. Anda descalça e livre pelo carpete.

Nós nos sentamos na sala de estar e explico que nos seria de vital importância localizar urgentemente o dr. García Roldán. É uma conversa cômica: primeiro não sabe quem é, depois não o vê há um ano, por fim não tem ideia de onde ele está. O tom do diálogo vai subindo, e então ela por fim se irrita e quer me expulsar. Dou-lhe um tapa e a derrubo. Agarro-a pelo cabelo e a arrasto até o quarto, e arranco sua roupa aos puxões. Como quer gritar, meto sua própria calcinha na boca e lhe amarro o sutiã na cara como uma mordaça. As lágrimas do rímel mancham suas bochechas: ela tem certeza de que vou estuprá-la. Não é para tanto, madame. Pego a Glock e meto entre suas pernas. Agora a Olhos Verdes tem certeza de que vou violar sua vagina. Isso também não é verdade. Cerco o pescoço de cisne com a mão e a levanto até que ficamos três centímetros um do outro. Quase posso sentir o cheiro da adrenalina do terror que lhe sai pelas narinas. Todas são valentes até a barata voar.

Muito vermelha e trêmula, ela pede para falar. Tiro a mordaça por um momento e apoio o cano da pistola em seu olho esquerdo: solto a trava para que ela ouça este som inconfundível. Se fizer besteira, eu te mato, neném. Fala. A alemã canta em voz alta. E canta que o advogado lhe deu de presente um celular novo e que eles se comunicam através de um chat. Ele pede máximo sigilo, mas isso não é necessário: ela sempre foi muito discreta. Desde que deixou aquela secretaria executiva (agora é tradutora) no escritório García Roldán y Asociados, jamais apareceram juntos. As geminianas podem ser muito introspectivas. Roldán está apaixonado por ela, garante a Olhos Verdes com uma candura comovente, mas por enquanto ele não pode se dar ao luxo de entrar em conflito com sua mulher, nem com sua mãe. E agora tem uma confusão grossa com um sócio pesado; por isso eles mal conseguem se ver. Mal? Viram-se duas vezes. Combinam por Whatsapp e ela vai de trem a Vigo, espera que a peguem e levem a um restaurante próximo do Ayuntamiento. Uma taberna com reservados?, pergunto. Ela concorda com a cabeça. Nunca é García Roldán que vai buscá-la, mas um de seus secretários. Dois barbudos sérvios de jaqueta?, pergunto. Ela mexe a cabeça como se ainda estivesse com a mordaça. E aonde levam você? A um povoado perto de Pontevedra, uma área rural junto de um rio, não tem muita certeza. Roldán mora sozinho em uma casa antiga, bem afastada de tudo. Puentecaldelas?, pergunto: lembro que mencionou esse ponto geográfico e uma fábrica secreta perto de um parque industrial chamado O Campiño, onde faziam o aquecimento e a filtragem do vinho e da cocaína. Ela volta a me dizer que não tem certeza: eles passam o fim de semana sozinhos e trancados, e na segunda-feira os sérvios a levam de novo a Vigo no carro do sócio. Uma BMW Essential Edition Serie 1.

Abro a mão que a segura pelo cangote e deixo que se jogue no travesseiro e no edredom. Reflito um pouco enquanto procuro cordas para amarrá-la na cama. A alemã me pede em voz muito baixa que poupe sua vida. Trago da sala de jantar o celular e vejo as mensagens. Ficaram todas registradas: são diálogos picantes e quentes; o desejo dos amantes que se procuram e se encontram depois de tantos dias de solidão e abstinência. Pergunto se ela conhece Nuria. Por acaso até trabalhou algumas vezes com ela. Sabe alguma coisa de seu paradeiro? Mora na Argentina. Tem empregada ou faxineira? A moça vem ao meio-dia e entra com a própria chave. Esperamos alguma visita, você é esperada em algum lugar? Ela jura que não.

Suspiro longamente e deixo sua mão direita livre. Quero que ela entre em contato com Roldán. Que faça todos esses joguinhos de desespero erótico e imponha uma visita higiênica. Está tão morta de medo que nem preciso voltar a mostrar a Glock: manda duas mensagens e fica esperando. É a hora da sesta, o advogado demora muito a responder. Isso me dá tempo de ir à cozinha e cortar umas fatias de presunto. Como na frente de um programa de televisão vagabundo, sentado na cama, enquanto a Olhos Verdes fita o vazio. Às cinco, me espreguiço e preparo um café forte. Às cinco e meia, Roldán responde com uma frase curta. Vamos, incito sua amante. Eles se escrevem com frenesi; a alemã sabe como me agradar: não aceitará um não como resposta. Jura que fez a mala e já comprou a passagem de trem. Roldán tenta contê-la, mas não consegue. Mais ou menos na hora do jantar, acaba aceitando a pressão. No lugar de sempre, ao meio-dia. Te amo, te quero, estou louca para trepar com você, meu amor, até amanhã. Guardo o celular, amarro a mão livre e recoloco a mordaça. Apago todas as luzes do apartamento e, antes de sair, informo em seu ouvido que se tentar escapar, avisar Roldán de algum modo ou chamar a polícia, vou voltar e lhe meter um tiro na xota. Dou o alerta enquanto circulo seu mamilo com a ponta da pistola. Ela estremece como uma criatura, com soluços entrecortados de choro.

Tranco a porta girando a chave duas vezes e consigo um táxi que me leve ao albergue do bairro de Pilar. Enfio na bolsa africana mais duas camisas e deixo o quarto pago na recepção por uma semana. Ficarei ausente por alguns dias e não posso levar a Samsonite, nem abandoná-la. Além disso, agrada-me a ideia de deixar montada uma base mínima de operações em Madri. Compro uma passagem noturna em Chamartín e viajo umas dez horas: tomo um comprimido e durmo profundamente. Encontro Vigo nublada e chuvosa. Compro um gorro na estação e provo o café com churros no bar do porto. O garçom me empresta a lista telefônica e o telefone. Contrato a Mercedes Benz do motorista de Orense, que vem me buscar. Sutilmente, dou a entender minhas suspeitas conjugais. Mas é um grande tagarela e tem muitas histórias de casais desfeitos e desenganados.

Aqui estou com o sujeito, na frente do restaurante, aguardando que os sérvios passem para pegar a encomenda. Para reforçar o local, acabo de mandar a Roldán uma nova mensagem pelo Whatsapp. Não posso fazer nada além de ter paciência.

Os minutos passam lentamente e começa a chover. Primeiro chegam umas gotas, depois cai um temporal. O motorista liga o limpador de para-brisa e baixa um pouco mais o rádio, que transmite sucessos musicais de dignidade duvidosa. Me inquieta um pouco que a água reduza a visão de campo. De repente chega uma mensagem no celular da Olhos Verdes: "Chegaremos em um minuto". Não quero abusar dessa conversa, posso me enganar e deixá-lo de sobreaviso. Guardo o celular e continuo atento ao ambiente. Gente correndo, vendedores de guarda-chuvas chineses, trânsito congestionado. Passo a mão pela perna machucada: parece que a umidade vai me fazer piorar. Um carro para na frente do restaurante. Mas é alarme falso: uma mulher com um poodle nos braços, que corre para entrar e não se molhar, e o marido, que deseja deixá-la plantada e ir embora. Acho até que ouço um trovão. E o guia me diz:

— Há muito tempo não chovia tanto, amigo. O senhor trouxe a tempestade.

Quando a BMW Essential Edition Serie 1 preta finalmente chega a seu destino, parece uma ilusão de óptica. Mas não é. Ali estão os sérvios: um, que sai do carro com guarda-chuva e gestos rápidos, outro que fica ao volante.

Concentro-me no relógio, vendo como o ponteiro dos minutos avança lentamente. O porco passa meia hora ali dentro: imagino que esteja sentado em um reservado, com os cotovelos na mesa, diante de uma bebida, olhando também o relógio, enviando uma mensagem a seu irmão e, depois de um tempo prudente, outra a Roldán. De repente, ouço o celular da Olhos Verdes soltar um peido musical e leio as mensagens: "Onde você está?", quer saber o advogado. Não respondo e logo vem outro peido com zumbido. Por fim, Roldán perde a paciência e telefona, mas também não atendo. O motorista me olha por cima do ombro. A chuva não dá uma trégua. Agora o rádio está desligado e só ouço a batida intrépida dos limpadores de para-brisa. O que estarão pensando? O óbvio: terá havido um acidente? Por que ela não atende e não vai foder? García Roldán não quer ligar para ela no telefone fixo, não pode deixar rastro. Mas talvez corra o risco de mandar que seu capanga lhe faça esse favor. Bom, suponhamos que ele telefone ao apartamento de Chamberí. Em teoria, falta uma hora para que a faxineira meta a chave na fechadura e encontre a novidade. Portanto, o telefone toca longamente, até cair na secretária eletrônica, mas a alemã não se levanta. Ouve tudo isso com resignação, amarrada e amordaçada; ou talvez até tenha dormido de tanto fazer força e se agastar. Seja como for, todo esse silêncio deixa Roldán agitado. Ele ordena aos gêmeos de barba cerrada que abortem a missão. Há algo errado, rapazes, levantar acampamento. E então o sérvio paga a conta e sai, passa os olhos experientes pela paisagem, depois entra na BMW. Saem às pressas e viram a esquina.

— Lá vamos nós — anuncia o motorista e liga o motor. — Esses dois são aves de rapina, senhor. É melhor seguir de longe.

Dou a ele minha hipótese: estão indo a Puentecaldelas. O veterano se alegra com a informação, conhece perfeitamente o terreno e como segui-los sem se entregar. Essa segurança dele age como um milagre quando os perdemos. Não sei se realmente vão para Puentecaldelas, é só uma dedução. Pode ser que a fábrica fechada fique nesse povoado e pode ser também que a toca de Roldán esteja localizada em outro. O certo é que os sérvios são espertos, na verdade acabam de escapar de nós e ainda assim ficamos empacados em pensamentos positivos e ingênuos. Atravessamos municípios, comarcas verdes e igrejas rurais, e seguimos por estradas com pedágios, bifurcações e trevos. De Pontevedra a Puentecaldelas pela PO-532, com uma chuva forte e o horizonte enevoado.

Entramos na cidadezinha com a ideia de dar voltas sem descer do carro, em busca da BMW preta. É uma comunidade tranquila, varrida pelo aguaceiro, de casas e construções com ruas arborizadas, pontes e praças imponentes. Percorremos a cidade de uma ponta a outra e voltamos pelos limites, recomeçando. Mas não temos sorte. Os sérvios podem estar em qualquer canto, talvez nem mesmo tenham entrado nos limites dessa cidade.

O motorista quer colocar gasolina em um posto e eu quero dar uma boa mijada. Aproveitamos para comprar um lanche e comemos olhando o trânsito lento e raro, como vaqueiros que procuram um cavalo especial em um rebanho esquálido. Parou de chover, mas o céu ainda está nublado. Olho o celular da Olhos Verdes para saber se tem alguma atividade, mas vejo que o Whatsapp e as mensagens morreram e que a bateria está arriando. O motorista cobra por hora e isso, em plena crise econômica, é uma bênção, mas faz algum tempo que está em silêncio: não gosta nem um pouco de se ver metido com esses dois valentões e já desconfia de que minha aflição com a infidelidade feminina é inventada. Procuro fazer com que ele não me deixe na mão justo nessa hora em que o barco aderna, e começo uma longa frase amistosa quando noto que ele ergue a vista. Viro-me com meio sanduíche na mão e consigo ver um Peugeot 2008 passando lentamente a cem metros, da esquerda para a direita, como quem sai de uma rua que vem do morro. O Peugeot é branco e radiante e não tem vidros polarizados. Os gêmeos vão distraídos e meditativos. Jogo o lanche fora e me ergo: quando estamos de novo no interior de nosso carro, o motorista me avisa que não quer seguir esses dois gorilas.

— Já vivi o bastante para saber aonde essas coisas vão dar — anuncia ele, olhando-me nos olhos pelo espelho. — Mas farei por você algo razoável, amigo.

Arranca com o carro, manobra e nos coloca na mesma rua de onde surgiu de surpresa o Peugeot branco. A rua se transforma em uma estrada menor. E vemos então passar várias propriedades e casas de pedra dos dois lados do caminho. De repente, o motorista para e dá a ré: acho que vê algo de relance. Os guias têm um sexto sentido. Ele para no acostamento e sinaliza para mim, de longe, o vulto preto que se destaca no verde.

— Quer dar uma olhada? — pergunta. — Se quiser, antes precisa me pagar, porque vou embora. Estou com frio e com pressa para chegar em casa, amigo. Não se ofenda.

Aceito o trato: pago em dinheiro e agradeço. Ainda caem alguns pingos esporádicos e o céu está escuro. Estamos no meio do campo galego e não se vê um cristo em nenhum dos quatro pontos cardeais. O motorista parte sem tumulto e eu me enfio na folhagem molhada e escorregadia. Saco a Glock e corro. Estou percorrendo na transversal um terreno cheio de lama e arbustos. É custoso avançar porque se trata de um mato fechado e selvagem, mas por fim aparece um muro baixo, e ao me aproximar vejo a BMW. A seu lado, há uma pegada recente. Eu me agacho e desço. Os sérvios chegam à casa de seu senhor e este os envia a Vigo no carro que a amante conhece bem: ela pode reconhecê-lo até em uma fábrica de carros idênticos porque parte do romance secreto transcorreu nesses bancos reclináveis e por trás dos vidros polarizados. Patrão, o que pode ter acontecido, perguntam eles ao voltar de mãos abanando. Refletem juntos, traçam algum plano. Agora sabem que cometeram um erro: não convém telefonar ao apartamento da Olhos Verdes de nenhum dos celulares, porque podem ser rastreados por equipes de tecnologia. Teria de ser feito no máximo de um telefone público de outra província e insistir até que alguém levante o fone. É só isso que pode explicar a imprudência de o dr. García Roldán ainda não ter saído de seu covil: se a Olhos Verdes tivesse contado de minha visita, já estaria viajando para o ostracismo. O advogado ainda não sabe com exatidão que merda aconteceu com a alemã que chupa seu pau. Rói as unhas e manda os mastins verificarem, mas decide ficar quieto e esperar notícias. Está aí dentro, provavelmente esquentando a cueca com o aquecedor a lenha e bebendo um conhaque; talvez vendo as armas com que pode contar, se tiver de resistir aos tiros. Eu me pergunto, aliás, por que a amante não o avisa: o relógio indica que ela já está acordada e livre. Ainda não se atreve, está morta de medo. Teme reencontrar a voz do monstro que prometeu voltar para arrebentar sua xota com uma bala.

Não consigo mais avançar de cócoras pela parede baixa, porque sinto dor na perna e o ferimento no quadril acaba comigo, e assim recuo mais uma vez até aquela selva de arbustos emaranhados e procuro o jeito mais longo de contornar o terreno e alcançar os fundos da casa. Ao chegar ao objetivo, surpreendo-me com um pátio detrás que tem uma porta de correr: as cortinas me impedem de espiar o interior. Mas tem uma escada de granito que dá acesso a uma porta protegida por um telhadinho. Subo os degraus como se não quisesse deixar pegadas na maisena e experimento a maçaneta: estou em uma cozinha estreita e comprida que cheira a café. Passo por ela com movimentos felinos, desemboco em um corredor e chego a uma grade. É um salão amplo com lareira e poltronas de leitura, tem várias luzes acesas, apesar de ainda nem ter chegado a hora de dormir, e um aparelho digital toca uma bachata*: *Dile a la mañana que se acerca mi sueño. Que lo que se espera con paciencia se logra. Nueve horas a París viajé sin saberlo y crucé por Rusia con escala en tu boca***. Onde estará Roldán? Hesito entre descer ou ficar nessa atalaia. Mas enfim desço, porque a impaciência me ataca. Um, dois, três, quatro, cinco degraus, e quando paro obtenho um novo ângulo e uma nova perspectiva: a sombra do advogado vai e vem por um cômodo adjacente. Não consigo compreender o que está fazendo. Continuo descendo até o tapete e atravesso o salão. *Sueños de arena en las olas. Besos me dava tu boca. Tengo estrellas y rosas, niña, cantando en Fukuoka****. Grudo um ombro na parede e tento decifrar as sombras e os barulhos metálicos. Só quando estou convencido do que se trata verdadeiramente aquela brincadeira, viro no vão e me permito ver. O advogado tem uma sala de aparelhos e está suando com os pesos. Salta com um grito de medo, solta os pesos e tropeça: atrás, tem um rifle de caça. Por um segundo, olhamo-nos nos olhos. Nessa posição desvantajosa e suada, García Roldán não parece o criminalista infalível, mas um pobre infeliz. Perdeu o encanto e a sofisticação; restam-lhe

* Ritmo musical dançante que teve origem na República Dominicana na década de 1960. (N.E.)
** "Diga-lhe pela manhã que meu sonho se aproxima. Que aquilo que se espera com paciência se torna realidade. Viajei nove horas até Paris sem sabê-lo e cruzei a Rússia com uma escala na sua boca. (N.E.)"
*** "Sonhos de areia nas ondas. Beijos que tua boca me dava. Tenho estrelas e rosas, menina, cantando em Fukuoka." (N.E.)

os braços e os dedos compridos, a cara de cavalo jovem, o nariz longo e o queixo proeminente.

Nem mesmo aponto, só mostro a ele a Glock. Não faça nenhuma asneira, doutor, aconselho sem abrir a boca. E ele olha o rifle, que dorme a um quilômetro e meio, e pestaneja sua hesitação. Aguenta tudo aquilo imerso em pensamentos, depois solta um suspiro longo e ruidoso, como se retomasse seu papel de homem racional e mundano.

— O famoso Remil — diz por fim, embora com a voz trêmula. — Nossa, você era o último que eu esperava, filho da puta. Me deu um baita susto.

Ele pega uma toalha de rosto e passa pela cara e pela nuca. Fico na soleira e ele avalia minha intenção. Experimenta:

— Até onde sei, estamos do mesmo lado, não é?

Coço uma costeleta com o cano da pistola. Explico:

— Às vezes, no front, reina a confusão e os soldados mudam de lado.

Ele me observa como se calculasse minha altura e meu peso; embola a toalha e a deixa cair. Pergunta se pode fumar. Aponta uma estante onde há três celulares, uma lata de cigarrilhas e um isqueiro de ouro. Jogo para ele a lata e o Dupont, e vigio seus movimentos como se ele tramasse alguma coisa. Mas só o que faz é acender o cigarro e soltar uma baforada fedorenta.

— Achei que você estava desativado e escondido. — Ele se defende, num tom mais firme. — Nunca imaginei que voltaria a vê-lo, muito menos aqui.

— Onde está Nuria?

Ele ri, mas sem convicção. Continua me olhando como se precisasse elucidar um enigma: o que quer esse pé-rapado insignificante, para quem ele trabalha, o que está fazendo em Puentecaldelas.

— Se eu pudesse responder a essa pergunta, seria imensamente rico — diz. Mesmo assustado, tem colhões, não será nada simples arrancar a verdade dele.

— Os colombianos. — Sorrio, piscando com a fadiga.

Agora ele franze um pouco a testa e acusa um tique rápido, como se tivesse levado um projétil de isopor na cara.

— Ah, mas então você não acredita em uma palavra de Cálgaris, não é verdade? — fala como se fosse toda uma descoberta. Minha desconfiança o anima um pouco, talvez acredite ter detectado um erro, e isso o incha. — Pois eu tenho uma má notícia para você, Remil. Nuria está sendo guardada pelos antigos sócios de meu chefe. Ele negociou dia e noite com eles, e são um osso muito duro de roer. No fim, me pediram que saísse da reta.

— É sempre melhor tratar diretamente com o patrão.

— Exceto quando o patrão não abre a carteira. — Ele me surpreende. — É que eles não querem uma coisa só, querem tudo, Remil. Na Europa e na América. Quem força demais a linha corre o risco de parti-la. Gosta da pesca em alto-mar?

— Achei que ela era mulher do seu chefe — sondo, sem ironia. — E que era um homem apaixonado.

Ele dá uma gargalhada e aponta o cigarro para mim. Depois assente como se tivesse ouvido uma boa piada. Uma brincadeira refinada.

— Então tanta insistência com os vínculos e lealdades para além dos negócios, toda essa filosofia do xogum era puro papo furado — digo a ele.

Agora Roldán brinca com a lata e o isqueiro, sem desviar os olhos.

— Nossa — repete ele e arrasta as sílabas —, então você está sozinho nisso.

Fico calado. Tento dissimular a comoção íntima. Não é possível que Nuria permaneça sequestrada. É inconcebível. Ao mesmo tempo, se for assim, onde eu fico em toda essa confusão? García Roldán fuma e pensa: seduzido e abandonado. Como devo lhe parecer idiota e primário. Acreditou de verdade, mesmo que por um momento, que Nuria se entregou por outro motivo além de torná-lo incondicional, soldadinho? Vê se te enxerga; como você ficou ridículo. Não se atreve a pronunciar essas reflexões ofensivas, mas posso ler sua mente.

Eu me aproximo e de repente meto a pistola em sua têmpora. Pego o homem tão desprevenido que ele tem uma convulsão e cai de lado como uma bolsa. Amarro-o a um aparelho de musculação com as cordas da academia e o deixo tonto. Levo o rifle ao salão e subo a escada até a cozinha. Visto as luvas de borracha como se fosse lavar a louça e em um armário metido ao lado da geladeira encontro um ferro de passar a vapor. Ligo e preparo uma vodca com gelo para mim. Nuria. Puta merda. Bebo um copo e preparo outro. Depois volto à academia e meto um tabefe nele.

— Está me ouvindo? — chamo. Ele assente, ainda em choque. — Leu Sêneca na universidade, doutor? — pergunto. — Li um romance barato em que Sêneca dizia uma frase inesquecível, talvez seja falsa. — O rio de sangue desce pelas sobrancelhas e pelo nariz de Roldán. — Que a dor não nos espante: ou terá fim, ou acabará com você.

Em seguida, tiro sua camiseta. Seu tronco muito magro e trabalhado fica exposto ao ar. Aplico o ferro na carne peluda e sinto seu corpo se retesar em um grito. Não restam mais bachatas que afoguem tanto sofrimento. Ele jura, chorando, que está disposto a me dar tudo que preciso, mas não quero que me entenda mal. Sua situação não é negociável. Interrogo-o a fundo enquanto vou queimando seu peito, a barriga, os braços e, depois de arrancar sua calça de moletom, também os ovos. Nuria foi raptada e Belisario cortou toda a comunicação. O advogado recebeu a ordem de não escrever nem telefonar, de se isolar e esperar instruções: Belisario fez com Roldán o que o coronel fez comigo. Agora o advogado não sabe onde está seu chefe, sempre foi esquivo e paranoico. Teria de fazer sinais de fumaça pela internet para conseguir um telefonema ou um local inevitável em algum povoado pequeno da Espanha, França ou Portugal. Vive desconfiado e perseguido, e nem os mais íntimos sabem como localizá-lo. Sempre que Roldán e Nuria viram o velho, tiveram de combinar as coordenadas de antemão e se encontrar antes com Manolo, o centro-americano do furgão e da Uzi. Balduin é outra coisa. O corretor tem acesso direto.

O ferro vai perdendo a eficácia. Deixo que ele descanse um pouco e procuro um alicate. Encontro, em vez disso, uma tesoura de poda. Roldán está branco feito mármore de Carrara e tiritando como se estivesse pelado numa pista de esqui.

— Onde está Balduin? — pergunto. Demora a responder, como se a língua estivesse queimada. Balduin seguiu o protocolo; ao tomar conhecimento da Operação Dama Branca, saiu de Nova York e se refugiou na mãe pátria. O manual de emergência os obriga a não tocar em telefones nem e-mails. Em tempos de paz, o advogado teria como localizar rapidamente o corretor fora da Espanha, e de fato tinham um diálogo permanente. Viram-se em uma infinidade de ocasiões: sempre em países latino-americanos ou em Manhattan. Nas vezes em que estiveram cara a cara em Madri, Balduin se hospedou no Ritz da Plaza de la Lealtad. Mas o advogado nunca soube onde ele dormia fora da capital, embora intua que o corretor tenha um apartamento em Barcelona. Por duas vezes, encontrou-se com Balduin nesta cidade e nas duas vezes foi para comer na Casa Calvet.

— A família dele era de Valencia — recordo.

— Sim, mas ali não ficou nada nem ninguém — apressa-se a responder, com a voz nasalada. — Nuria interferiu há quatro anos, pouco depois de se associar a nós, e contratou detetives de divórcio para que localizassem os familiares da mãe. Alguns morreram de velhice, outros emigraram. Não ficou nada de pé, só algumas tumbas. Balduin soube da pesquisa e por muito pouco não a matou.

Vejo que nessa empresa ninguém confia nos sócios e que a chave é manter um esconderijo às escuras na retaguarda e, à primeira alteração na maré, cortar os elos da corrente.

Medito sobre as respostas. Têm sentido, embora sejam superficiais. Nota-se que ele nunca foi torturado e que está morto de medo, mas sinto que da mesma forma tenta ganhar tempo, me enrolando. Os sérvios podem voltar de uma hora para a outra. É nisso que aposta García Roldán, que seja salvo pelo gongo. Se eu contasse com dois dias inteiros de ferro de passar e agulhada, poderia ter completa certeza de que ele não está mentido. Mas isso é impossível. Tenho muita pressa. Agarro o homem pela vara e fecho nela o gume duplo da tesoura de poda. Mas não corto, apenas a deixo em suspenso: um apertão e adeus masculinidade, doutor. Bye, bye à alemã e à boa vida. Roldán grita um "não" a plenos pulmões, mas já está rouco de dor e agonia.

— Desembucha, doutor, ou juro que te corto o pau — eu o atropelo com um grito.

Ele tem espasmos, os olhos inchados e as veias a ponto de estourar. Faz que não com a cabeça, para que eu tire a tesoura da vara, mas não lhe dou esse prazer. Toma ar como um peixe fora d'água. Pela segunda vez, a língua não reage. Ele a umedece e diz algo em um murmúrio. Como não entendo bem, ordeno que não seja um babaca e que fale como um homem.

— Balduin é filho dele — diz o *castrato*, assumindo seu futuro, e joga a cabeça para trás como se estivesse tudo acabado. Essa confissão ao acaso me deixa desconcertado. Osvaldo Balduin é filho de Belisario Ruiz Moreno? Talvez um bastardo com o sobrenome da mãe, ou com nome falso. Em todo caso, que importância tem essa informação? Retiro a tesoura da pica ilesa e examino os celulares na estante. Um dos três acusa várias ligações. Os sérvios telefonaram para a Olhos Verdes de outra província e agora voltam a toda, temendo o pior. Largo a tesoura de poda, vou para o salão e abro a porta da frente. A BMW tem a chave na ignição. Volto para dentro da casa, pego minha bolsa e subo à cozinha para limpar as digitais na maçaneta, na geladeira, na garrafa e no copo. Desço limpando o corrimão com uma flanela e continuo fazendo o mesmo com o rifle, o ferro, o isqueiro, a lata de cigarrilha, as cordas e o aparelho de musculação. É uma tarefa exagerada, levando-se em consideração que nem García Roldán nem seus sócios podem me denunciar à polícia. Mas cumpro metodicamente, como me ensinaram, é melhor caprichar naquilo que me cabe. Estou nesse ofício inútil quando sinto um raio nas vísceras. O advogado parece adormecido, mas, por intuição, sei que de repente está morto. É apenas um pressentimento, o reflexo brusco da experiência. Tiro uma das luvas e tomo a pulsação na carótida. Mas que pena, doutor, o bobão morreu na praia e isso depois de ter se cuidado tanto com as saladas e a malhação. Que pena.

Limpo essas últimas digitais da pele do pescoço e volto a vestir a luva amarela. Olho pela última vez o corpo derrotado, as marcas do ferro, o escroto murcho, e volto a sentir o zumbido do celular na estante. Não há tempo para uma resposta, doutor, vou te deixar com seus amigos. Entro na BMW preta e rodo até a estrada. É uma nave elegante e majestosa. Decido pela direção segura, que consiste em cruzar a cidade e obedecer à sinalização. Avanço devagar porque o asfalto ainda está úmido e porque de uma hora para a outra receio topar com o Peugeot branco. Atravesso em sentido contrário os mesmos municípios e comarcas e, pela PO-532, chego a Pontevedra sem ser interceptado. Abandono o carro em uma rua distante, livro-me das luvas e do celular da Olhos Verdes, pergunto pela rodoviária e vou a pé até a avenida Calvo Sotelo. Sei que existem meios terrestres e aéreos mais diretos para chegar a Barcelona, mas prefiro dar uma longa volta para apagar os rastros. Cem minutos depois, estou comprando uma passagem de trinta e nove euros em Vigo. Tenho a Glock no coldre da cintura, e assim os arcos de metal não a detectam. O trem da Renfe é moderno e confortável e relaxo quando parte e atinge duzentos quilômetros por hora. Só então volto a pensar em García Roldán e nas implicações de sua confissão. Se Nuria foi de fato sequestrada, a questão toma um curso novo e delirante. Seria verossímil em Caracas ou em Buenos Aires, mas pode estar acontecendo bem na Europa? Tento imaginá-la em cativeiro e simplesmente não consigo uma fotografia convincente. Se me dessem a realização de um único desejo na vida, pediria para vê-la e arrancar dela a verdade. A dela e a nossa. Depois penso no corretor. Gay, elegante, careca e reluzente, óculos redondos, anéis de metal nos dedos, visual informal. Boca muito vermelha, barba rala, andar felino, problemas de timidez e de expressão, um sujeito evasivo e perigoso. "Minha mãe morreu no parto." Aquela cavalgada na Siete Alazanes. "Um grande ausente, embora sempre estivesse presente como uma sombra. Severo. Muito severo. Exigindo tudo de mim. Veja bem, ainda me esforço para que ele goste de mim." Sobreponho suas feições com as de Ruiz Moreno. Tudo pode ser verdade e tudo pode ser mentira.

Cochilo por algumas horas e tomo o café da manhã olhando o amanhecer e revirando o dilema dos sérvios: o que fazer com o cadáver. Podem telefonar para a polícia anonimamente e lavar as mãos. Mas não parece uma boa opção: haverá uma investigação e eles ficarão no raio de tiro. Talvez tenham de guardá-lo até segunda ordem, enquanto me procuram por céus e terra. Mas talvez também tentem me esquecer, uma alternativa que acabará sendo mais saudável e econômica para eles a longo prazo. Quando a manhã se consolida, traço uma espécie de plano para Barcelona. A única pista que tenho é a Casa Calvet: se Balduin mora na cidade e ainda é um habitué, talvez eu possa armar uma cilada para ele. Mas o que vai acontecer se o corretor continuar escondido e não aparecer nem para tomar um sorvete? Calculo que seu nome não aparecerá na lista telefônica, nem mesmo tenho uma foto para mostrar nos hotéis e nos bares. Como encontrar um homem invisível em uma cidade de mais de um milhão e meio de habitantes?

Na estação, encontro um taxista disponível e peço que me recomende onde alugar um quarto no bairro gótico. Ele me leva às imediações da Plaza Real, a poucos metros de Las Ramblas. É um edifício de pé-direito alto e sacadas francesas; os quartos são individuais, mas têm banheiro compartilhado. Jogo-me na cama e sinto que os músculos relaxam pela primeira vez em muitos dias. Sem que fosse essa minha intenção, tiro uma longa sesta. Depois olho o ferimento, que de vez em quando dói. Troco de camisa e sopeso os maços de dólares que ainda levo na bolsa africana. Preciso de duas coisas: trocá-los definitivamente por euros e comprar uma maleta para melhorar um pouco a fachada. Saio na tarde lotada de catalães e turistas orientais e procuro um banco aberto. Folheiam o passaporte do professor Conde e colocam duas páginas sob scanners e lupas, mas no fim de todas essas manobras burocráticas, não aparece nenhum inconveniente. "Seus euros, senhor, e tenha um bom dia." Tomo uma bebida na beira da Plaza Cataluña e entro em uma loja de bolsas. A maleta preta faz conjunto com o casaco de Holguín. Solicito no escritório de turismo um mapa e pergunto pelo Casa Calvet. Dizem que não estou longe. Manco até Carrer de Casp: mais que um restaurante, é um museu. Entro em um cibercafé da área e tomo conhecimento de que se trata de uma obra de Gaudí. Não sei muito de sua arte, mas lembro vagamente de um romance policial que fazia conjecturas a respeito de sua vida. O livro não valia grande coisa, mas ficou gravado em minha mente o fato de que o arquiteto havia construído para uns ricaços apartamentos inspirados no Nautilus. Não cometo a insensatez de digitar o nome de Osvaldo Balduin no Google porque uma vez fiz isso em Buenos Aires e foi tudo em vão: não aparece em site nenhum. Além disso, qualquer informação delicada poderia ser rastreada por Palma ou seus rivais. Mas peço à garçonete uma lista telefônica e verifico, contrariando toda lógica. Nada.

Mato o tempo passeando pelo centro histórico, mas não consigo me concentrar nos detalhes arquitetônicos, nem na paisagem. Olho estupidamente a multidão na esperança irracional de localizar meu garoto. Ninguém nem mesmo é parecido com ele. Então vago um pouco mais pelo bairro gótico e depois subo para meu quarto, tomo um banho no banheiro comunitário, enfio os maços de euro na maleta e deixo a bolsa africana em uma cadeira. Enfrento o espelho: pareço um civil, um cavalheiro respeitável e mais ou menos inofensivo. Permito-me o luxo de um primeiro jantar de exploração, mas já vi os preços e sei que a partir de amanhã terei de me contentar em montar guarda na calçada.

A noite é fresca e barulhenta. A essa hora, o labirinto gótico já está aceso e me atrasa com suas vielas intermináveis. Não consigo resistir à súbita tentação de entrar em uma livraria antiga, nem de folhear um livro ilustrado que fala do esoterismo de Gaudí e do culto do dragão. Pago com prazer para colocá-lo na maleta e apresso o passo. Chego às nove da noite ao Casa Calvet e no incrível vestíbulo pergunto se tem mesa. Levam-me a uma mesa para dois que fica perto da entrada. É um ambiente sensual e intimista, a meia-luz, tomado de detalhes e relevos. Deixo a maleta na cadeira de estofado vermelho e vou ao toalete só para dar uma olhada geral e ver se o filho da puta do patrão janta hoje no templo. Mijo em um mictório que fica embutido em uma parede decorada com maiólicas de figuras coloridas e estranhas, e ao voltar acabo constatando que o corretor brilha por sua ausência. Uma mulher que parece uma mistura de maître e sommelier me oferece uma carta de vinhos e sugere um em especial. Aceito para lhe dar esse prazer e ganhar sua confiança, depois decido começar por uma salada morna de camarão, alface, aspargos, fundo de tomate e vinagrete de ervas finas. Como prato principal, sou aconselhado a um leitão ao forno, cristalizado e crocante. Mas declino com simpatia e fico com o carré de cordeiro com panqueca de espinafre e alho macio, aioli de beterraba e um molho de xerez e alecrim. Deixo claro que sou argentino e que um velho e querido amigo me recomendou o lugar: Osvaldo Balduin. O nome não lhe diz nada, assim, não insisto. Pego o livro sobre Gaudí e me concentro nas imagens. Procuro especificamente um monstro apocalíptico que seja mais parecido com a tatuagem do corretor e o selo tosco dos tijolos de cocaína. É o mesmo dragão, e por acaso estamos na cidade dos dragões. Existem centenas deles, construídos em toda sorte de materiais: pedra, cerâmica, mosaicos trencadís, ferro forjado. Ferozes e amistosos, os dois mais famosos ficam no Parc Güel. Olho detidamente Ladão, um guardião insubornável dos jardins das Hespérides, que foi assassinado por Hércules: goela e dentes recortados, asas de morcego e rabo em espiral. Tem certa semelhança com aquela tatuagem, mas não é idêntico. E se me pressionassem, eu não poderia assinar embaixo, nem garantir sob juramento.

No fim das contas, é claro que o carré e o vinho são deliciosos. Fazem-me lembrar dos tempos de prosperidade e do sorriso de Nuria. Entraram e saíram muitos casais durante o jantar, mas nada de Balduin. Não virá esta noite. A mulher tenta me convencer a experimentar uma sobremesa catalã, mas resisto e aproveito para puxar assunto. Falamos do tango e do malbec, e de alguns clientes famosos que ela atende. Aproveito para insistir com meu irmão de espírito:

— Éramos muito unidos, mas perdi o contato com ele desde que voltou de Nova York — explico num tom de confidência. — Até fechou sua conta no Facebook. Só o que sei é que está em Barcelona e costumava frequentar o Casa Calvet.

A mulher me serve a última taça e responde:

— Deixe-me ver, como é mesmo o nome dele? — Procura sem parar em um livro da entrada, e depois em outro que ficou na gerência, para ver se o nome aparece na lista de reservas. Lamentavelmente, não. Faço uma última tentativa: descrevo sua aparência. Faz cara de impotência, lamenta sinceramente.

A noite não se apagou quando volto a ela. Ainda tenho tempo de procurar um tatuador profissional e lhe fazer algumas perguntas. Encontro um perto do Palau de la Música. Tem um antro pequeno e aberto ao público, cabelo comprido e branco em um pequeno rabo de cavalo e a figura de Bob Marley no braço direito. Está desenhando uma caveira dentro de um coração em chamas em uma menina de piercings e palidez cadavérica. Conta que o trabalho foi massificado, que existem colegas e cursos por todo lado e galerias que parecem clínicas particulares. E que os dragões são um lugar-comum. Mostro Ladão e tento descrever os traços de que me recordo. Tira os óculos para me ver melhor e explica que qualquer bom artesão pode ter traduzido essa imagem clássica na pele.

— Já vi em milhões de ocasiões, amigo, e a cada vez é diferente — esclarece. — Depende da mão e do conceito. Os gringos pedem muito. Eu mesmo o tatuei e sempre faço com desenhos simplificados e pessoais. Mesmo que você tivesse a foto da tatuagem, seria difícil localizar o autor da obra.

Tento voltar às flexões em meu quarto, mas ainda sinto dor nos quadris e na perna, e assim fico pensando durante a insônia, de barriga para cima. As probabilidades de encontrar o corretor são baixas. Já me vejo parado na calçada em frente ao Casa Calvet todo meio-dia e toda noite, com um gorro metido até as sobrancelhas, fumando cigarrilhas pretas e perdendo tempo. De fato é exatamente o que faço por dois dias seguidos, com o resultado esperado, embora durante o resto das horas eu fique andando por bairros exclusivos e solitários, ou sentado em bares com uma vista ampla, observando pateticamente a multidão.

Ao passar por Las Ramblas, na altura do teatro principal, vejo as obras de um retratista sem clientela que come um churro ao lado de uma estátua viva. Sobre um painel, exibe versões aceitáveis de Michael Douglas e Paul McCartney. Eu me aproximo e pergunto se ele poderia fazer o retrato de meu irmão, que morreu na guerra das Malvinas. Não tenho fotos, mas posso orientar como se fosse um retrato falado. Ele dá de ombros. Não perde nada por tentar e me cobrará cinquenta euros, independentemente do resultado. Tem um cavalete, uma caixa com lápis, carvão, tinta a óleo e vinil. É um pau para toda obra, para o que mandarem fazer. Sento-me a seu lado e começo a ditar as características do careca reluzente com lábios muito vermelhos e óculos redondos. Custamos muito a chegar a um nariz adequado e preciso parar três vezes para ver o desenho em perspectiva e descobrir que o formato do crânio não é o mesmo, ou que o queixo está saliente demais. Uma ou outra vez, experimentamos com as maçãs do rosto e ele leva um bom tempo para conseguir aquele olhar felino. Quando termina e eu pago, um pouco cansado das instruções, avalio o trabalho inclinando a cabeça para o lado e chego à conclusão de que alcançamos uns sessenta por cento da aparência original. Uma infinidade de homens parecidos poderia se sentir representada por esse desenho rudimentar feito à mão. De qualquer modo, servirá para o objetivo modesto.

Entro em um lugar que tem fotocópias a laser e peço seis reproduções em papel ofício. Depois roubo um guia comercial de um bar e me sento em uma praça, marcando os endereços de todos os hotéis de Barcelona. É uma tarefa hercúlea e ridícula, mas não me ocorre nada melhor. Também circulo com uma esferográfica os anúncios de tatuagens. Não abandono a vigilância do Casa Calvet, mas passo quinze horas andando pela rua, perguntando por Osvaldo Balduin a porteiros e mostrando o retrato, e falando com tatuadores de toda sorte, que respondem ignorando a figura e na maioria dos casos com prevenção ou indiferença. Invento várias histórias de irmãos separados pela vida toda, mas ninguém parece se comover com isso. Faço o mesmo em restaurantes de luxo e em bares. À medida que os dias avançam iguais, vou perdendo o ânimo para o combate. Numa tarde, entro no Aquarium e fico longos minutos no túnel subaquático, vendo os tubarões e raias-manta passando a centímetros do vidro, sobrevoando. Jamais vou encontrar Balduin. Posso ficar até que acabe o último euro e ainda assim fracassar na busca.

Não há como saber se ainda está em Barcelona, nem se está jantando agora mesmo a cem metros daqui, protegido por milhões de turistas chineses, em um quiosque barato. É mais fácil procurar uma só presa em mar aberto.

Sinto-me entristecido, inapetente e sem vigor como me senti no cafofo de Villa Costal. Vago sem rumo pelas avenidas e pelos cantos do bairro gótico e às vezes me perco em lojas, antiquários e comércio de artesanato. Toda manhã, compro os jornais procurando alguma informação útil, sobretudo a respeito de um advogado assassinado na Galícia, e vejo pela internet os jornais argentinos para saber como vai a Operação Dama Branca, mas não encontro nem uma coisa, nem outra. Obrigo-me a comer e entro em La Boquería, tentado pelo atum vermelho. Saboreio lentamente em uma mesa alta e me entretenho com um exemplar de *La Vanguardia* que alguém abandonou na cadeira. Tem uma página inteira dedicada à história cultural do tamanco. Não é o texto que me chama a atenção, são as fotografias. A cena fica gravada em minha mente: um chaveiro vazio pendurado em um prego, duas figuras que parecem tamancos pequenos de prata, com um A microscópico entalhado no interior. O único objeto estranho em uma casa deliberadamente impessoal, aquele chalé localizado a cem metros do mar, para onde nos transferiram às cegas, dentro da Kombi, a fim de nos encontrar cara a cara com o senhor mistério.

Agora leio com avidez a aula de história. Um calçado para trabalhar no barro, usado nas áreas rurais, e fabricado com madeira verde de carvalho, faia, nogueira, castanheira, álamo ou salgueiro. Um artesão explica que na sua terra se chamam *madreñas*, e que são feitas de uma só peça e levam um salto bem marcado, e dois tacos dianteiros na sola. Admite que andar com as *madreñas* é uma arte: se não forem bem manejadas, há o risco de torcer o tornozelo. Em outras localidades, tem outros nomes: *albarca*, *abarca*, *galocha* ou *zoca*. A do chaveiro pertence a Astúrias ou Aragão? Esses tamancos são usados indistintamente nas duas regiões e também na Galícia, Cantábria e no País Basco, e nas áreas montanhosa de León, Castela e na Catalunha. Preciso consultar o Google Maps, assim termino a cerveja e espero minha vez para ocupar um computador em um cibercafé escuro onde berra uma música do Iron Maiden. O problema não pode ser mais simples: Aragão fica no vale do Ebro, entre os Pirineus centrais e as Montanhas Ibéricas. Não tem uma praia sequer. Em contrapartida, os asturianos desfrutam de um longo litoral cantábrico, da província de fronteira de Lugo ao conselho de Llanes. Lembro-me de Manolo e de seu sotaque da América Central, as joias de ouro nos pulsos e no pescoço de touro, e como nos levou naquele furgão, dando voltas para nos despistar. Quanto tempo se passou? Cinco, seis horas? Suponhamos que tenha acrescentado mais duas ou três além do necessário, para nos confundir. Exatamente o que eu teria feito: um longo passeio terra adentro, em zigue-zague, para que perdêssemos o senso de orientação e nos entediássemos. De Vigo a Oviedo são somente duzentos e sessenta e cinco quilômetros em linha reta, mas pela estrada são mais de quatrocentos. Estudo a linha do Cantábrico: é lógico pensar que a casa ficaria em algum ponto entre Navia e Gijón. Mais de cem quilômetros de litoral irregular. Eu teria de alugar um carro e avaliar a questão com muita calma. Mas isso equivaleria a me dar por vencido com Balduin. Procuro um bar perto do Museo de Cera e bebo uma vodca para pensar melhor nesse pepino. Barcelona foi um erro, outro beco sem saída. Talvez seja melhor seguir as digitais do patrão e deixar seu amado filho neste emaranhado de ruas e gente. Mas o que vai acontecer se eu não encontrar a casa de praia, ou se for simplesmente um chalé abandonado? Afasto essas dúvidas porque só levam ao desânimo, e porque não tenho saída senão ir até o fim. Só há uma pessoa que pode me levar a Nuria: aquele animal bochechudo com implantes de apresentador de TV que a comeu no andar de cima e depois me disse: "Você sabe que nesse negócio é preciso ter colhões, mas não um pau".

Está tomada a decisão, mas faço uma última sondagem às oito da noite, antes de o Casa Cavet abrir as portas. Levo à sommelier o retrato de Balduin na esperança de que o corretor tivesse reservado alguma mesa com nome falso e mostro o desenho para ver como a moça reage. Não reconhece o sujeito em questão. Nem os garçons, que a ajudam com uma cordialidade moderada: passam clientes demais por ali para que eles retenham as feições de alguém em particular. Processo esse último fora como um gesto definitivo: preciso abandonar a roleta. Já me livrei da maleta e do quarto e tenho uma passagem noturna para Gijón. Um táxi me leva à estação e passo a noite em claro atravessando de novo o norte da Espanha, sacudindo pelas ferrovias, de um lado a outro da península. Sinto-me um imbecil.

É uma viagem muito longa e ao chegar não tenho outra preocupação senão alugar um carro. Juro aos atendentes das locadoras que perdi a carteira de habilitação, mas ofereço a eles um sinal gordo e o passaporte do professor Conde. Ninguém quer infringir as regras. Um motorista me sugere confidencialmente que telefone a seu cunhado, que está desempregado e tem um Seat. Me custa quinhentos euros adiantado e uma saraivada de advertências. Enfim, fica com o passaporte, entrega-me as chaves e me dá alguns conselhos. Saio o mais cedo possível de Gijón e faço o percurso pelos povoados litorâneos do Cantábrico. Paro em Avilés, uma cidade industrial, e pergunto em uma imobiliária por uma casa de dois andares localizada a uns cem metros de uma praia solitária: pedra, cimento e madeira. Eles têm um álbum digital com fotos. Existem várias nos arredores que atendem aos requisitos; algumas já foram vendidas. Visito essas casas, contorno-as, fico um tempo falando com os vizinhos, pergunto por um gordo com uma Kombi. Sigo meu caminho sem ter certeza de nada.

Castrillón é um município de três rios, sete praias e dezoito quilômetros de mar. Também vou às imobiliárias e a casas isoladas e pergunto por Manolo e seu furgão. Almoço uma fabada e arroz com canela, e refaço o trajeto até Cudillero, que fica em um pequeno vilarejo litorâneo, descendo diretamente a ladeira da montanha às escarpas e à areia. Dois ou três chalés próximos encaixam-se na descrição, mas são habitados e os asturianos conhecem uns cinquenta Manolos, mas nenhum com sotaque do Caribe.

Vou e volto pelos trechos intermediários, procurando casas remotas, pontos geográficos que não aparecem no mapa e locais abandonados à natureza e ao isolamento. Uma velha de vestido preto, lenço na cabeça e tamancos nos pés me recomenda não me prender à estrada, porque a velocidade e a altura me impedem de desfrutar a paisagem. Pego o trecho tortuoso da estrada nacional 632, que segue um antigo traçado e passa por vinte localidades. Paro em algumas para cumprir a rotina; passo ao largo de outras. Há pequenas casas na beira da estrada e o gado nos pastos é pouco. Fico obcecado pelas casas fechadas, mas vou descartando uma por uma, por pura intuição.

Às vezes a estrada corre em paralelo à rodovia, serpenteia, entra em planícies e desce, seguindo o limite do Cantábrico. Está anoitecendo, mas de qualquer forma há uma estranha luminosidade. Vejo plantações de milho à beira de precipícios, bandos de gaivotas e grupos de ciclistas. Não faz mais sentido continuar. Passo a noite em um povoado de pescadores, que tem um hotelzinho onde servem corvina. Sinto o peso de não ter dormido durante a viagem de trem, e essa lenta jornada de marchas, contramarchas e observações me deixa de cama. Para ser sincero, devo confessar que posso ter passado na frente do chalé de Belisario Ruiz Moreno sem ter percebido. Talvez de fato eu o tenha deixado para trás. Preciso me convencer da ideia dolorosa de que chegarei a Navia e voltarei lentamente uma ou três vezes, se for necessário. Estou na área, mas é um itinerário tão complexo e detalhado que será como remar em doce de leite. Apago por nove horas e ainda preciso tomar três xícaras de café puro para recuperar a consciência.

Levo cem minutos de perguntas e entradas inúteis em aldeias vizinhas para chegar a Luarca e a seu anfiteatro de antigo porto baleeiro, com as embarcações e as flores. Estaciono o Seat em uma rua estreita e ando um pouco, procurando as imobiliárias. Distraio-me em uma vitrine e, ao erguer os olhos, vejo a Kombi pelo vidro. Ou uma muito parecida. Está estacionada na frente de um supermercado, em uma calçada de movimento intenso. Meu coração bate na garganta e automaticamente recuo para me proteger atrás de um caminhão de obra que deixaram perto de uma esquina. Será mesmo o furgão? Puta que pariu, todas as Kombis brancas parecem iguais. Por reflexo, levo a mão à Glock, mas vejo alarmado que não está em seu lugar: ao sair, guardei-a no porta-luvas e não posso andar trezentos metros para pegá-la. Manolo não é uma carmelita descalça. Se houver ação, vou precisar da pistola.

Ainda assim, por suposição, alimento a possibilidade de que o dono da Kombi acabe sendo um camponês asturiano ou um distribuidor de presunto. Preparo-me psicologicamente para outra decepção e me mantenho protegido, fingindo que sou um turista à espera de uma mulher ou de um amigo.

O suspense dura cerca de meia hora. Ao final dessa eternidade, não é Manolo quem sai do supermercado carregando sacolas. Também não é Manolo o homem que abre a porta traseira da Kombi e guarda a carga. É Osvaldo Balduin.

Pergunto-me se não será uma miragem no meio do deserto de frustrações e da sede de novidades, uma vez que o careca está de chapéu de aba larga e uma jaqueta de couro marrom, jeans azul e botas de camurça, e esconde parte do rosto com óculos de sol. Mas mesmo que estivesse de elmo ou escafandro, eu não teria me confundido: anda e se move com a elegância graciosa e predadora dos gatos. É ele.

Hesito entre ficar para ver como ele sai e avança pela ruazinha perpendicular, ou desatar agora mesmo a correr. Suponho que devo continuar em meu esconderijo até saber se vai virar à esquerda ou à direita, uma informação importante. Mas enquanto ele liga a seta, parto numa correria. Passei várias semanas sem treinar e me sinto fora de forma, mas mesmo assim faço três quarteirões em noventa segundos com a adrenalina ao máximo. Por sorte, o Seat não me deixa na mão. Manobro em alta velocidade, para surpresa de pedestres, motoristas e comerciantes, e pego a rua até o fim, depois viro à esquerda e subo, procurando dos dois lados. Diviso o furgão subindo uma ladeira com calçamento de pedra e tiro o pé do acelerador: vamos devagar, Osvaldo. Muito devagar. Sou um morador a caminho do trabalho.

A satisfação proporcionada pela conquista é inusitada. Parece que me deram uma injeção de heroína pura. Se você não tem pressa, eu também não tenho, careca; o dia está do caralho para dar um passeio. A Kombi vai para a estrada e chega a no máximo sessenta por hora. Agrada-me que o corretor seja um motorista com tanta consciência. Eu o sigo atrás de um ônibus da ALSA e adivinho que logo vai virar para o mar. Vamos em direção a Navia e Balduin se desvia para chegar a sua casa. Paro a uma distância prudente para não incomodá-lo: está estacionando o furgão na garagem de um chalé de pedra com telhado de duas águas, parecido com outras centenas, que ignorei olimpicamente em minha batida paranoica. Desligo o motor do Seat e tiro a Glock de dentro do coldre e do porta-luvas. Manolo é o guarda-costas pessoal de Belisario, mas também é viável pensar que Balduin está sozinho. Porque se o gordo passou a noite ali junto com o filho do dragão, teria feito as compras ou pelo menos o acompanharia a Luarca. De todo modo, não dá para confiar. Deixo o Seat embaixo de uma árvore e me aproximo a passos largos. Corto caminho pela grama de um terreno afastado e me dirijo à parte dos fundos, prendendo a respiração. Com alegria, noto que Balduin não trancou a porta automática e continua no andar de cima. E também que na pressa para chegar à geladeira com as sacolas do supermercado, deixou aberta a porta da Kombi e subiu a escada interna até a cozinha. Entro lentamente com a Glock na mão naquela oficina cheia de ferramentas e subo a escada de lado. Aquele salão com móveis de castanheira e carvalho, que parecia tão sem charme, foi convertido em um escritório cheio de planilhas, revistas jogadas pelo chão e desordem geral. Apuro o ouvido para saber se Balduin tem companhia: não há outros ruídos além do trabalho silencioso do corretor na despensa e o rumor distante da praia. Ainda espero dois ou três minutos inteiros para que Balduin termine sua tarefa e saia da cozinha, desça os degraus, feche a porta do bendito furgão e baixe a porta automática da garagem. Estou escondido em um pequeno banheiro de serviço que fica entre a cozinha e o salão. Ouço Balduin cantarolar uma música e vejo por uma fresta que agora pendura o chapéu e a jaqueta em um cabideiro abarrotado de roupa antes de descer para terminar seu serviço. Enquanto isso, passo do banheiro para a cozinha, que parece o quarto de um adolescente, e o espero encostado na bancada. Ainda está pendurado naquele prego o chaveiro vazio com os tamancos de prata; guardo no bolso como se fosse um troféu.

Balduin volta pela escada a passos pesados e com um assovio despreocupado. Traz também uma caixa com vidros de molhos e geleias, que cai de suas mãos quando ele me encontra. Não, não, não, não, grita e agarra a cabeça. Tem a pele tão branca que a boca parece pintada. Não, repete e fecha os olhos, e desanda a dar pontapés e socos nos objetos, nos eletrodomésticos e nas paredes. Por um instante, parece um menino dando um ataque de birra, ou um doente num surto psicótico. Deixo que ele desabafe porque é arriscado contê-lo, mas, na dúvida, mantenho o indicador no gatilho. Logo depois começa a se lamentar muito e apoia as costas na parede, segurando a mão ferida. Está aos prantos, escorrendo muco, escorrega até o rodapé e fica sentado no ladrilho xadrez como um boneco sem pilha.

Pego um vidro de mel que ficou intacto e coloco contra a luz. Intimamente, tento compreender se esse ataque de choro é sincero. Imagino que alguém capaz de confessar que não resiste à dor a um estranho em uma cavalgada deve necessariamente se dar por perdido ao primeiro contratempo. Não suportará o tormento, confessará até a morte de Sinatra, depois será duplamente culpado: por se deixar apanhar e por vender o pai sem impor resistência. Por isso Osvaldo Balduin chora, porque é o início do fim.

Esforço-me de todo jeito para que a euforia não turve meu raciocínio. Coloco o mel na bancada e lhe dou um chute nas costelas. Nada do outro mundo. Só para que ele se mexa. Ele grita como quem é eletrocutado. Agarro-o pelo cangote, levanto-o como se fosse de papelão e o arrasto para o banheiro de serviço.

— Senta aí — ordeno.

Ele se senta chorando no trono e eu o tranco com a única chave. A porta abre para dentro: nem em um milhão de anos ele poderia derrubá-la. E me parece bem improvável que esse inseto chorão se atreva a tentar em um arrebatamento de valentia.

Vou ao segundo andar para revistar os quartos, que estão vazios mas caóticos, e abro as gavetas da cômoda do quarto principal: ansiolíticos, um gel íntimo, vibradores e algemas. Separo as algemas e passo à mesa de cabeceira: um telefone por satélite com antena dobrável. É um IsatPhone Pro da Inmarsat. Não tem armas. Só um passaporte com sua foto, mas em outro nome, e a bagunça típica de um solteiro.

Só então devolvo a Glock ao coldre. Enquanto Manolo não visitar a casa de Luarca, não há perigo nenhum; posso cuidar de Balduin com a mão esquerda amarrada nas costas. Levo um tempo considerável para encontrar um ferro de passar, descer e ligá-lo. Tiro uma cerveja da geladeira e me premio com ela: está semicongelada e tem gosto de glória.

Muito mais tarde, abro a porta do banheirinho e mando Balduin sair. Continua sentado e chorando, a cara está toda molhada e ele se mexe de trás para a frente como se fosse um catatônico ou estivesse ninando a mão machucada. Preciso elevar a voz para que ele me atenda. A um sinal meu, sai como um cordeirinho e se senta em uma das poltronas.

— Há quanto tempo não metem um ferro no teu pau, imbecil? — pergunto e sei que ele me entende.

Vira a cabeça para a cozinha; desse ângulo, vê o ferro esquentando. Olha para mim apavorado. Receio que esse cagão também não dê em nada. É evidente que não precisarei do ferro, mas gosto de tê-lo sempre presente. Acendo um cigarro e me sento num braço do sofá. Balduin enxuga as lágrimas, mas elas voltam a brotar, tenta compor um pensamento e quando consegue pronunciar meia frase, sai ofegante, babando e com um tom de súplica:

— Se eu soubesse exatamente o que você precisa.

— Preciso que telefone para seu papai. — Eu o interrompo.

Ele pestaneja de surpresa e consternação, mas não se atreve a me negar o óbvio. Está inteiramente destruído, acredita que vou torturá-lo todo santo dia e que depois vou lhe meter uma bala no crânio. E então, com toda sua velocidade mental de corretor, tenta se salvar da tortura, seja como for.

— Não posso me comunicar com Belisario — gagueja ele, de forma atropelada —, mas posso ligar para o guarda-costas dele. Tenho um telefone especial em meu quarto.

— Manolo. — Concordo com a cabeça.

— Claro, Manolo, é claro que você já conhecia — responde rapidamente, tentando sorrir, em vão. A careta é tão tétrica e fugaz que não pode ser chamada de sorriso. Pergunto-me se os sérvios passaram a notícia adiante. Acho que não tem como. Decido enterrar o bisturi:

— Posso acreditar que o advogado do diabo não saiba onde o patrão está escondido, mas não entra na minha cabeça que seu filho também esteja por fora.

— Você não conhece Belisario. — Ele fica empertigado, como se fosse um goleiro defendendo um pênalti. — Quando ele some, só existe uma pessoa que consegue localizá-lo. E eu sou o único que pode ligar para essa pessoa, entendeu?

— Que pai desnaturado.

Há uma pausa, estamos nos medindo. Balduin volta a enxugar as lágrimas com a manga úmida da camisa.

— Onde está Nuria? — pergunto.

— E como vamos saber? Todas as negociações foram interrompidas.

Suspiro, porque essa tapeação me enche. Talvez, afinal, eu tenha de usar o ferro.

— Não acredita em mim? — Ele fala de forma atabalhoada, alarmado. — Acha que tudo isso é um embuste? Para quem você trabalha?

Balduin reproduz o raciocínio angustiado de García Roldán. Está percebendo que não trabalho mais para ninguém.

— É a mulher de Belisario, mas ele não está disposto a perder tudo por ela — ele solta e parece sincero. — Juro pelo que você quiser que estou dizendo a verdade.

A trilha se abre para dois lados: posso passar um pouco sua roupa, ou posso optar pelo saudável. Apago a guimba do cigarro em um cinzeiro, examino de qualquer jeito a mão inchada e coloco as algemas nele. Agora ele fecha os olhos, como se adivinhasse minha decisão, e vejo que seus ombros se mexem no ritmo do choro. Tranco-o de novo no banheiro de serviço, desligo o ferro eu vou buscar o IsatPhone, que está com a bateria completa. Da janela do segundo andar, examino a área dos fundos, é ampla e se mistura com a natureza. É um lugar inóspito, protegido da curiosidade dos motoristas, e também por uma formação de pinheiros, que isola a casa de possíveis pedestres. Esse tipo de telefone precisa ser operado a céu aberto ou em uma área com sinal. Calculo que Balduin vai a esse quintal para falar com o gordo. Abro o banheiro e o obrigo a descer até a garagem e a levantar a porta. Durante todo o trajeto, Balduin se comporta como se eu fosse fuzilá-lo. Fala, geme, chora e argumenta enquanto vou empurrando-o para o sol pleno e a planície. Entrego-lhe o celular quando acredito que estamos bem situados. Eu poderia soltar as algemas de Balduin, mas ele tem as mãos na frente do corpo e pode muito bem ativar o IsatPhone, se quiser. E não há dúvida a esse respeito: sua vida está em jogo.

O corretor ajeita as mãos para segurar o telefone na vertical e levantar a antena. O aparelho procura o satélite e se conecta com a rede. Em segundos, ouvimos um ruído ritmado e breve, e na tela aparece a legenda *Ready for service*. E então Balduin digita zero duas vezes, os códigos de país e de área, e o resto do número. Pressiona o botão verde e leva o aparelho à orelha. Saco a Glock e abro todos os botões de minha camisa para que ele veja cada tatuagem e costura em meu tronco. Balduin assente enquanto o celular chama: estou dando provas de que não tenho nenhum microfone oculto. Quando Manolo atende, coloco o cano da pistola entre suas sobrancelhas. As pernas de Balduin tremem, assim como as mãos e os lábios muito vermelhos. É uma conversa telegráfica. O corretor informa sua situação de refém, fala com convicção de que estou sozinho e por minha conta, e transmite a condição fundamental para ser devolvido são e salvo: um encontro cara a cara com Ruiz Moreno. Tiro o telefone por satélite de sua mão e cumprimento Manolo:

— Presta atenção, gordo babaca, fala pro teu macho que não dou a mínima pra esse escrotinho, mas que, antes de acabar com ele, vou lhe queimar o pau e o cu, e ele vai ficar uivando três dias seguidos.

O silêncio se dilata tanto que há uma fração de segundo em que realmente penso que ele desligou na minha cara. Mas sua voz caribenha e cavernosa volta de repente:

— O que você quer? — Bom, não é tão imbecil como acreditei.

— Nem dinheiro, nem trabalho, nada disso — revelo com precisão. — Quero Nuria.

Cada palavra encerra um significado oculto e sei que o recado será transmitido com fidelidade ao patrão. Desligo o celular, abaixo a antena e guardo o aparelho no bolso interno de meu casaco.

— Vamos dar um passeio — anuncio a Balduin, e volto a empurrá-lo. — Seu amiguinho pode querer bancar o herói e tentar te salvar. Essa casa não é mais segura.

Eu o obrigo a entrar na Kombi e fecho a algema no banco. Por experiência própria, sei que esse caixão branco fecha-se hermeticamente por fora e se converte em um calabouço. Abotoo a camisa e tiro o furgão de ré. Depois, entro com o Seat na garagem e pego minha bolsa africana. Dou uma última olhada por todo o chalé antes de fechá-lo e sair, e no fim dirijo a Kombi em silêncio e volto a pegar a estrada, mas em sentido contrário. Quilômetros e mais quilômetros de alerta e reflexo. O código de país digitado pelo corretor é da Espanha e o código de área, das Astúrias. Manolo está perto e Belisario também. Se eles não ligarem logo, terei de decepar uma orelha dele e colocá-los ao telefone para que aprendam. Passo por muitos caminhões e finalmente entro em Castrillón e escolho uma sombra tranquila. Já sei usar o IsatPhone, ando procurando sinal e aperto o botão de rediscagem para cumprimentar meu amigo. De repente, encontro a voz de Belisario Ruiz Moreno:

— Essa ruivinha virou tua cabeça, soldado. — Suas críticas sexuais não me interessam.

— Será uma troca de prisioneiros — respondo com ironia. — Uma mulher por um filho. Parece um trato justo.

Ouço a risada dele; não a interrompo.

— Manolo telefonará para você daqui a algumas horas, mas deixa eu esclarecer uma coisa — ele diz. — Se você machucá-lo, não haverá buraco onde se esconder, seu monte de merda.

Interrompo a ligação. Tento imaginar o que ele pensa: se tudo isso é uma farsa e Nuria está ao lado dele, como se a galega fosse efetivamente sequestrada, eu devo parecer um agente dos colombianos ou um ET. Estou inclinado a esta última possibilidade. A xota da galega virou minha cabeça. Por outro lado, o chefão é imune a essas paixões e sentimentalismos. Só parece vulnerável à possibilidade de cair em uma tragédia grega: sacrificar o filho no altar da fortuna.

Compro frios, pão e cerveja, e rancho com Balduin no calabouço. O corretor parou de chorar, mas não tem fome, apenas bebe da garrafa em pequenos goles. Lembro que é vegetariano.

— Como fez para me encontrar? — Ele quer saber. — No que eu errei?

Mostro a ele o chaveiro com os tamancos de prata. Ele observa, sem entender; faz para mim um gesto de incompreensão sinuoso.

— Seu velho vai te censurar sempre por isso — digo. — Mas me parece que desta vez a culpa foi de Manolo. Limpou qualquer vestígio pessoal da casa e se esqueceu deste suvenir. Dá para perdoar essas coisas em um filho, mas em um profissional, nunca, jamais.

Balduin não consegue desviar os olhos dos tamancos, passa a unha naquela letra maiúscula. De repente começa a mexer a cabeça, como se agora entendesse. No fim, bebe outro gole e fala.

— Belisario é implacável com os erros. E com os filhos.

— Ele tem muitos?

— Vários — responde de forma enigmática e desta vez o sorriso vence o pânico. — Mas todos são legítimos e respeitáveis. Neste negócio, só os bastardos prosperam, como eu. E de todos eles, só eu estou vivo e bem. É um negócio muito desgastante.

— E acha que ele vai deixar você morrer? — pergunto, e ele volta a ficar tenso. — Vai permitir que eu te mutile com uma gilete?

— Só o que sei — começa ele, vacilando — é que ele não pode te entregar Nuria.

— Mas?

— Mas talvez exista outro jeito de fazer a troca.

— Não há nenhum outro jeito.

— Você não entende nada — diz ele e volta a cair aos prantos. — Nunca entende nada, Remil.

A noite cai sobre Castrillón e eu me acomodo ao volante para dormir e vigiar. Às onze, penso em dar o último telefonema. Avanço pelo descampado e levanto a antena. Desta vez quem atende é Manolo; fala rapidamente e não espera respostas nem questionamentos: somos esperados amanhã às dez em La Pizarra, um café que fica junto da catedral de Oviedo. É um lugar central e movimentado; não poderíamos trocar tiros, mesmo que quiséssemos. Olho o céu estrelado. Gostaria de entender de astros e constelações, mas nunca passei de alguns documentários tediosos do Discovery Channel. Volto à cabine e tento conciliar o sono. Não chego a sonhar com Nuria, porque nunca consigo alcançar a fase profunda, mas vêm a meu cérebro imagens dos meses que passamos juntos, palavras que eu não me lembrava de ter ouvido, aromas da intimidade.

Às oito, verifico se o refém ainda respira e arranjo para ele um café de máquina. Seus olhos estão vermelhos e inchados, a mão intumescida. Conto sobre o local ao qual iremos em pouco tempo. Não me parece muito alegre, nem iludido. Oviedo é uma cidade movimentada, limpa e elegante. Pergunto ao guarda de trânsito por La Pizarra, ele me dá inclusive sugestões de onde estacionar a Kombi. Fica no epicentro do centro histórico e devemos ir a pé. Solto as algemas de Balduin e aviso que andaremos uns tantos metros como dois amigos, segurando-o pelo braço. Se ele tentar fugir ou soltar um grito de socorro, quebro sua clavícula com os dedos.

— Garanto que dói muito, e que antes de você desatar a correr por essas ruas, eu meto um tiro na sua cara — aviso. — Pode ser que você sobreviva, mas será o homem elefante.

Desnecessariamente, o corretor confessa que não fará idiotice nenhuma e que a coragem não é o seu forte. Fala com frieza, é quase matemático. É uma questão de somas e subtrações. Não é conveniente arriscar o pescoço na reta final.

Cumprimos o acordo. Os sinos da catedral saúdam os fiéis na praça pavimentada de pedra. A cafeteria é um lugar comprido e deliberadamente escuro, cheio de fotografias de escritores. Um bar acolhedor e discreto, que a essa hora está quase vazio. Ficamos em um canto afastado do balcão, bem no fundo. Sentamos do mesmo lado, como se fôssemos namorados e quiséssemos nos tocar por baixo da mesa. Pedimos cappuccinos e roscas e aguardamos sem fazer comentários. Tenho Balduin contra a parede e a Glock na mão, se a coisa se complicar.

A família do corretor se atrasa quarenta minutos. Quem entra pela porta não é Belisario, mas seu centurião. O gordo mal-humorado avança por entre as mesas e se senta de frente para nós. A borda da mesa se enterra na cintura cósmica do sul. Ainda é uma imprudência ambulante, com sua postura de matador centro-americano, mas pelo menos não vemos a Uzi, que ele esconde em um casaco para obesos.

— Está sozinho e limpo — Balduin avisa a ele. — Não vale a pena irmos os três juntos ao banheiro: não tem fio nem aparelho nenhum nele. E nem os cães nos seguiram.

Acho bom que o filho do dragão prepare o caminho. Manolo não está muito convencido; tem ordem de eliminar todas as suspeitas.

— Desta vez, não vou deixar a Glock com você, seu gordo escroto — digo com muita suavidade. — Mas não é problema para mim que pegue de volta seu furgão.

Entrego as chaves. Balduin acrescenta o chaveiro de prata com os tamancos.

— É esperto demais para você, Manolo — diz ele com amabilidade. — Encontrou a casa de Luarca com sua inestimável ajuda.

Manolo olha o suvenir das *madreñas* com certo estupor. Tenho a sensação repentina de que se Balduin recuperasse a autoestima e a liberdade, mandaria matar a tiros imediatamente o matador de seu pai. Sua fraqueza é relativa e tem relação exclusiva com a desvantagem circunstancial. O choro não torna ninguém menos perigoso.

Manolo titubeia por uns instantes, mas no fim pega os dois chaveiros. Não pergunta onde abandonei a Kombi branca. Isso quer dizer que estava nos espionando e que antes examinou os arredores para saber se eu estava sozinho: sabe exatamente onde o furgão está estacionado. Leva outra meia hora para regressar. Tenho certeza de que deu uma busca por ele, procurando grampos, e que telefonou a Belisario para informar que fez contato e a situação não parecia uma tocaia.

— Vou te falar como faremos — informa ele, sentado de novo à mesa. — Sairemos todos juntos e esqueceremos o furgão. Tenho um carro a trezentos metros. E ordens de levá-los a Gijón. Eu dirijo e Osvaldo vai no banco do carona. Você ficará atrás com sua pistolinha e sem ficar nervoso. E no porto subimos a bordo de um veleiro e vamos para o mar aberto. O chefe não quer testemunhas, nem intromissões.

Parece-me um plano razoável, porque o porto é movimentado e posso andar, como apaixonado ou bêbado, agarrado a meu escudo humano. Será que Belisario contratou um franco-atirador? Pode ser. E de fato a ideia me corrói brevemente o córtex cerebral. Mas parece algo sofisticado e despropositado: não pode arriscar o próprio filho e ainda por cima gerar escândalo em um ponto nevrálgico. Dou de ombros, seja o que Deus quiser. Já é tarde demais para recuar.

O dia está ensolarado e ventoso, de céu azul. E o carro do matador é um Volkswagen Polo vermelho vivo com placas novas. Demoramos vinte e cinco minutos de silêncio na clausura até chegar a Gijón. A última parada é o porto desportivo. Diques, docas, passeios, cais marítimos e turistas. Dezenas de embarcações atracadas e em trânsito. E um veleiro branco e verde de fibra de vidro que balança, orgulhoso: *Ladón*. Ladão. Gostaria de sorrir, mas estou ocupado demais cuidando para não ser surpreendido por uma mira telescópica. Subo a bordo abraçado a meu amante carinhoso e ardente, e o gordo pede que a gente desça ao interior. É um veleiro Sun Odyssey menor e mais estreito do que o *Aubrey* do coronel. Parece-me uma ironia que a história de Nuria tenha começado em um veleiro e termine em outro, e que em uma ponta do novelo esteja Cálgaris e na outra Belisario Ruiz Moreno. O destino gosta das simetrias. Da mesma forma, percebo que este veleiro não serve para nada além de viagens rápidas: as cabines são muito estreitas; ficar vários dias nesta lata de sardinhas não parece confortável, nem viável. As dimensões parcas sugerem que a cova do dragão deve ficar em outro ponto deste litoral, e que deve ser isolado e paradisíaco.

Sentamo-nos de novo juntos à única mesa oval, em um divã circular e leve instalado de frente para uma mobília completa com bancada, cozinha, pia e armários. Pego a Glock, puxo a trava e deixo à mostra e ao alcance. Quando abrir a porta do único camarote, Belisario não poderá deixar de vê-la. Em nossas circunstâncias, espremidos nessa casinha de anão, a espera dessa aparição fabulosa me parece totalmente forçada e teatral. Ouço barulho e percebo movimentos acima de nós: o timoneiro da Uzi ajeita tudo para zarpar. Quando liga o motor, a porta se abre. O velho fazendeiro do norte do Valle del Cauca aparece de camiseta preta e bermuda. Tem seu anel de ouro e titânio e seu Girard Perregaux Opera Three de quinhentos mil dólares, mas abandonou os sapatos italianos: agora exibe alpargatas gastas e inapropriadas. Os olhos pretos não cabem em seu rosto. E só tem olhos para mim: nem mesmo dedica uma rápida olhada ao filho. Talvez não possa fazê-lo sem lhe dar um esporro. Balduin está cabisbaixo, definitivamente alheio à química do encontro.

Quando sorri, Belisario fica meio parecido com um Armando Manzanero com caxumba. Mas não fala versos de bolero:

— Filho da puta — ele me diz e assente, apreciando. Encosta o ombro na soleira e cruza os braços. Inclina a cabeça de leve para a esquerda. Mexe o queixo: — Pode guardar essa arma, ainda sou seu patrão.

— Não tenho mais patrão, nem chefe, nem pai, nem pátria — exagero.

— Tem toda razão. — Ele fica satisfeito. — Nunca pensei que o coronel ia te abandonar malparado.

— Não vamos falar do coronel — respondo. — Mas de Nuria.

— Não seguiu o meu conselho, soldado.

— Papo furado. O senhor contava que a mulher ia se agarrar a meu pau. Era uma questão funcional para os negócios.

— É verdade, para que negar agora? — Ele dá de ombros. — Mas não acredite que fiquei indiferente a isso. Não sou feito de madeira. Naquela tarde, tomei óleo de rícino.

— Nuria está viva?

— Por que você não pergunta a meus antigos sócios? — Sério; contém a fúria. — Há três semanas que não há diálogo. Tentam me desgastar com truques de negociação.

Nego para obrigá-lo a mover suas peças.

— É triste e engraçado que não acredite em mim. — Ele sorri. — Posso lhe oferecer um suco de laranja? Se incomoda se eu me servir de um?

O veleiro se desloca lentamente, manobrando entre lanchas e barcos menores. Balduin rói as cutículas e não levanta a cabeça. Belisario tira uma garrafa do frigobar e serve um só copo. Nem mesmo oferece ao corretor. Se eu fosse ao convés e deixasse os dois a sós, aposto que o velho se dedicaria a lhe quebrar as costelas aos chutes em trinta segundos de loucura.

— Quando Manolo me falou que você queria uma troca, fiquei comovido — diz ele depois de beber todo o copo de um gole só. — Percebi que você era de fato inofensivo. Não teria ido tão longe se não fosse por isso, Remil. Poderia ter matado este completo inútil e ainda assim não conseguiria falar comigo. Também não é verdade que não me importo com nada. Já te falei que não sou de madeira. Mas teria podido viver inclusive com esse remorso. Tenho uma consciência, como direi, hospitaleira.

Agora dá para perceber que a lata de sardinhas tenta alcançar uma velocidade de cruzeiro.

— O que está tentando me explicar?

— Sou capaz de sacrificar um filho, soldado. Consegue entender, você que entende tanto da guerra? Pode imaginar que não vou entregar tudo por uma mulher. Por melhor e mais eficiente que seja.

— Quantas Nurias existem pelo mundo?

— Algumas e todas são igualmente perigosas. Sabem demais, valem muito.

— Mas não valem tanto.

— Não, ninguém vale tanto, soldado.

O *Ladón* segue sua marcha, veloz e discreto. Abaixo, há movimentos cautelosos e um torneio de olhares perdidos. O abutre do Cauca me encara.

— O que os colombianos vão fazer quando descobrirem que o senhor não está pensando em arriar as bandeiras? — pergunto.

— Algo mais destrutivo do que matá-la.

— Entregá-la à DEA.

— Nuria só dirigia uma de minhas trinta empresas. E é uma empresa que já está em crise judicial. Posso cortar essa mão e seguir em frente.

— Quem são eles?

— Velhos conhecidos dos cavalheiros de Cali.

— Não o deixarão em paz.

— Pode ser — concorda, e se ergue como um galo de briga. — Sabe o que mais esses frouxos invejam em mim? Eu aprendi a ser invisível. Todos são fichados, sempre com a corda da extradição no pescoço. E seus herdeiros são grossos e negligentes, valentões de segunda, sem senso de administração.

Olha pela vigia e me explica que em mais alguns minutos poderemos subir para tomar ar fresco. Apoia meia nádega na bancada minúscula e balança a perna. Forma-se nele uma barriga de sete meses de gravidez. A digestão mental de toda essa informação me deixa mudo. Por que, apesar de tantas provas, continuo sem acreditar nesse sequestro de cinema? Por que ao mesmo tempo sinto que Ruiz Moreno está sendo mais ou menos franco e sincero?

— Estou curioso para saber como conseguiu furar nosso cerco — confessa ele. — Que facilidades meu reverendíssimo filho deu a você?

— Não há nenhuma outra forma de resgatá-la? — respondo com uma pergunta.

Agora ele dá uma gargalhada que o faz tossir; as bochechas ficam vermelhas.

— Essa é boa — balbucia, ficando por algum tempo sem voz e sem fôlego.

Balduin ergue pela primeira vez os olhos baços: tem um toque de atenção e de espanto. Adivinho o que ele pensa. Estamos nas mãos de um psicopata; é capaz de tentar nos trocar pela mulher. Eu não tinha pensado nisso.

Nesse instante, ouvimos o toque do interfone. Belisario levanta o indicador, como quem pede permissão. Depois atende. Estamos tão próximos e o retorno é tão alto que o corretor e eu ouvimos o gordo dizer:

— Suba, por favor, temos um problema.

A testa de Belisario se franze. Dez ou quinze segundos se passam sem que ninguém pense em se mexer. Ele está esperando que minha Glock o autorize. Eu a pego e me levanto. O veleiro balança pelas ondas. O pai sobe primeiro pela escada, eu o acompanho, mas tomando algumas precauções. Passo o braço pela goela de seu filho e levo a pistola apontada.

Não é sacanagem comigo: Belisario e seu piloto estão perto da proa, usam binóculos e têm uma preocupação maior do que me varrer do mapa. O cheiro puro do mar e suas cores me açoitam. Sigo a linha dos binóculos. No horizonte, há um buque ou uma lancha de patrulha, que vem levantando espuma. Sua direção é transversal e não desperta dúvidas, mas certezas. Ouço vozes que surgem de um aparelho VHF instalado junto ao leme. Nem Belisario nem Manolo respondem às ordens metálicas. Percebo, em meio ao distúrbio e à emoção, que o corretor vira a cabeça para a esquerda, abalado pela intuição do olho, e que agora está boquiaberto. Agora acompanho essa outra linha: a estibordo, uma lancha rápida também se aproxima. A diferença é que, para esse lado, o sol não nos confunde e a visibilidade é completa. É a guarda costeira com lanchas de interdição e abordagem. Operações Especiais, penso por instinto. Minha boca fica seca.

Manolo pega o comunicador e retribui as saudações. Aqui fala *Ladón*, aqui fala *Ladón*. Câmbio. À medida que a segunda lancha de patrulha se aproxima, é possível ler com mais precisão os dizeres ALFÂNDEGA e o logotipo da AEAT e da vigilância aduaneira. Belisario pode ler melhor do que nós, uma vez que repassa esses dizeres detalhadamente com o binóculo de apostador de cavalos. De repente o deixa de lado e dá um soco no ar. Está vermelho, espumando. Está se borrando de medo.

— A toda força! — ordena ele em um grito desesperado a seu gorila, que arranca o comunicador com um puxão e se firma no leme. As velas ainda não estão abertas e não há tempo para nada além de inclinar-se a bombordo e baixar fundo a alavanca. Não conheço muito de navegação, mas me parece que é uma regata impossível. E que precisamos nos proteger, porque nossos perseguidores abrirão fogo de alerta se desobedecermos à ordem.

O vento e a velocidade nos pegam de lado. Empurro Balduin contra a amurada e ordeno que ele se enrosque. Ouvimos, ainda amortecido pela imensidão, um megafone ao longe. Belisario se vira para mim com as veias do pescoço quase arrebentando e me aponta o dedo indicador.

— Judas filho de uma puta, você me entregou!

Como ele não conta nem mesmo com um revólver, concentro-me no gordo, que pode se virar e tentar fazer peneira de mim com uma rajada. Mas o piloto está tão dedicado à fuga que não pode ter nem mesmo essa distração mínima. Descubro então que o rubor violento de Ruiz Moreno dá lugar à palidez e que os músculos afrouxam. Está mudo, contemplando algo localizado pouco atrás de minhas costas, por cima de meus ombros. Não resisto ao impulso de girar meio corpo e ver do que se trata. É um Eurocopter Dauphin, que veio rente ao mar e ganha altitude.

XIV. Nada mais que a verdade

Não existe treinamento civil nem militar que prepare alguém para perder a guerra. Durante os cursos militares intensivos, ensinam você a lidar com sua cabeça caso caia prisioneiro e também a resistir razoavelmente à tortura física e psicológica. Mas não existe um método humano para o completo desastre. Por isso caíam lágrimas de sangue dos soldados profissionais mais experientes das Malvinas depois da rendição. Eles também voltaram cabisbaixos e deprimidos, escondendo dos outros seu mal-estar íntimo e interminável. Lembro-me daqueles camaradas rudes e sujos tentando esconder esse sentimento e ao mesmo tempo experimentando certa vergonha por sua fraqueza. Nós, os recrutas, por nossa vez, não tínhamos tanta reputação a defender e chorávamos sem muito recato.

Não tenho testemunhas de quem me esconder. Há muito tempo não falo com ninguém, então sei que posso chorar tranquilo. Fui confinado a uma cela individual: tanto as quatro paredes como o chão são revestidos de concreto reforçado com liga de aço, como em Guantánamo, e além de um catre tem um vaso sanitário e uma pia. E uma pesada porta de ferro com uma portinhola para as refeições e uma vigia. Não recebo luz natural, nem ouço ruídos, exceto quando me dão comida ou me observam de fora depois de cada troca da guarda. Ninguém me visitou nem me dirigiu a palavra desde que me encarceraram, e eu teria perdido a noção dos dias e das noites se não fosse pelas bandejas.

Imagino que estou preso há três dias e também que me encontro no subsolo de um prédio oficial de Madri, porque quando abriram as portas do furgão em que me trouxeram algemado, captei de banda o relógio de um milico: cinco horas haviam se passado desde que começamos a viagem e estávamos no interior de uma espécie de garagem circular; obrigaram-me a ficar de cabeça baixa e me fizeram descer pelo menos dois andares em um elevador para transporte de carga. Já haviam me despojado de todos os pertences em Gijón, durante a prisão: só o que fizeram antes de me meter na cela foi retirar o cinto e os cadarços dos sapatos. Durante todo esse trajeto, meus guardiões mantiveram-se em completo silêncio.

É meio estranho que não tenham dado início aos interrogatórios e que até agora não tenham me obrigado a assinar algum tipo de declaração. Mas talvez estejam interrogando primeiro os peixes grandes e tenham me deixado para o final, eu que não valho grande coisa. Belisario e Balduin, onde quer que estejam, viajaram em um veículo separado, protegidos por um exército formado de diferentes forças, e Manolo ficou internado em um hospital de Astúrias, sob vigilância severa, porque na última hora quis se fazer de macho com a Uzi e recebeu dois tiros: um na cara e outro no rim.

No mar, não foi apenas a vigilância aduaneira que atuou. Havia gente da DEA e policiais de outras forças. Um pequeno festival. Nem mesmo havíamos deixado muito para trás o porto desportivo quando nos cercaram e vieram para cima de nós. Belisario ficou a ponto de se armar para resistir, ou me dar um tiro, obcecado como estava por minha culpa. E o piloto quis ser mais papista que o papa. Nós todos nos agachamos porque o tiroteio foi breve, mas barulhento. E os caras das Operações Especiais, que vinham na lancha de estibordo, continuaram disparando para o ar, fazendo soar as sirenes e dando um ultimato pelo megafone, enquanto o helicóptero nos imprensava. Agachado sobre o corretor, percebi que Ruiz Moreno avaliava, histérico e fora de órbita, a ideia de se atirar ao mar. Mas foi apenas um momento de dúvida e desespero. Depois puxou a alavanca, desligou o motor e levantou as mãos. Joguei a Glock pela borda e fiz o mesmo. Balduin e Manolo estavam enroscados, um sangrando feito um porco e o outro, abatido e convulso. Pensei em cem coisas diferentes enquanto subiam a bordo e nos rendiam. Quando nos algemaram de barriga para baixo, vi a cara bochechuda do dragão: seus olhos haviam perdido toda a vida.

Em terra firme, cada um teve seu algoz. A mim, couberam três mastodontes com uniforme da SWAT que só grunhiam. Pelo caminho, na escuridão, tentei entender como conseguiram nos pescar. Ainda rodo a charada em minha cabeça. É evidente que houve um X9 e também que nos deixaram sair em mar aberto para não precipitar um tiroteio naquela área de lazer marítima cheia de civis e turistas orientais. Eu ainda ruminava quando me trouxeram por aquele monte de portas e estalos até este quadrado onde não tenho forças nem para fazer flexões. Foragido da Justiça argentina, com captura internacional recomendada, suspeito de formação de quadrilha, homicídio e contrabando de entorpecentes. Cai o pano. Algo que começou em Monte Longdon termina aqui, nos subterrâneos de Madri. É o fim da peça, amigos. Cai o pano e as luzes podem ser acesas.

Penso mais uma vez em Nuria Menéndez Lugo. Como saber se o sequestro é real? Por mais que se acumulem testemunhas, algo no fundo me diz que não aconteceu nada como foi contado. Mas onde ela está? O que estará fazendo? Por uma estranha associação de ideias, penso também em Lali, que está morta, em Wila, que está presa, e em Rosita, que talvez tenha sobrevivido à busca de Bragoni. Todas as mulheres parecem uma só nessa vertigem sem dimensão que confunde o prisioneiro.

Chega a primeira bandeja do dia: um desjejum sóbrio com um café fraco e abominável que me parece igualmente uma bênção. Ouço estalos e golpes de metal e então acredito que virão retirar o refrigério antes do tempo, mas tenho a surpresa de abrirem a vigia e um vozeirão me ordena ficar de pé, em posição de sentido, junto do catre. Obedeço como se fosse a ordem de meu sargento. A porta de metal gira nas dobradiças e aparecem dois carcereiros vestidos de azul-marinho. Trazem unicamente garrotes antimotim, e um deles brande o seu para o caso de eu querer me rebelar.

Não me rebelo e eles me dão a ordem de ir para o corredor. Um deles segura meu braço e o outro vai um passo atrás, disposto a me bater, mas ainda assim é curioso que não coloquem algemas em meus pulsos, nem correntes nos pés. Avançamos por um corredor de celas até um canto, e ao virar à esquerda damos com uma porta de vidro blindado. Do outro lado,

lado, monta guarda um agente que porta uma arma de eletrochoque e gás pimenta, e que digita a senha a um sinal do cara do garrote. Ouço um zumbido e a porta de vidro corrediço se abre para nós. É preciso digitar outra senha no elevador para que nos leve à superfície, subindo. Descubro no espelho que estou pálido e enrugado, e que a barba bem cuidada do professor Conde agora é um matagal selvagem e grisalho. Não me deram um macacão laranja, nem nenhuma outra vestimenta de prisão; ainda estou com a roupa de Holguín, embora tenham me tirado o casaco de couro enquanto me retiravam do furgão. Agora o encontro no gancho de um escritório vazio, em algum lugar do andar térreo. Saímos do elevador, à esquerda, em um salão enorme com divisórias, computadores e funcionários de camisa e gravata que falam ao celular, discutem, escrevem e têm reuniões. Alguns têm na cintura um coldre com uma pistola ou revólver de cano curto. Em frente fica esse escritório, que é uma sala limpa e sem espelhos, com uma mesa, duas cadeiras e uma fila de arquivos trancados a chave. Mandam que eu me sente e espere, e me deixam a sós com minha ansiedade. Vão me interrogar? Tenho algo para negociar?

Então entra um veterano com sotaque andaluz e estende para mim o que traz em uma caixa quadrada de plástico. Minha pulsação volta a se acelerar. São meus pertences pessoais: a carteira, o mapa, os cigarros, o isqueiro, o cinto e os cadarços.

— Falta seu equipamento — anuncia, e aproxima de mim uma planilha para que eu ponha minha assinatura. — Não se preocupe, já vão trazer.

Demoro vários segundos para assinar, porque estou assombrado. Depois engulo em seco e assino. Aponto o cinto e pergunto inocentemente se posso colocar.

— É claro — responde ele e fecha a porta ao sair. Abro os braços e dou de ombros, permanecendo nesta insólita posição por mais alguns segundos, como um pássaro recurvado de asas abertas e com uma cara de idiota incrível. Depois coloco o cinto e amarro os cadarços. Tento deduzir que tipo de trapaça está acontecendo, mas a injeção de otimismo é tão grande que não me permite recuperar a lucidez.

Por fim, tudo se esclarece. Entra Leandro Cálgaris e põe na mesa a bolsa africana. Chega enfeitado com um blazer e uma gravata no mesmo tom, as abotoaduras verdes, o chapéu de aba curta e um exemplar do *El Mundo* debaixo do braço.

— A boceta da senhora sua mãe! — exclamo, erguendo os olhos para o teto baixo. Passo as mãos pela nuca e bufo como uma égua agitada. Puta que pariu. O coronel sorri, mas só com os olhos aquosos.

— Vamos — diz de maneira cortante e gesticula com a cabeça para a saída. Não consigo nem me mexer. Estou dormente. — Anda, imbecil, antes que se arrependam — insiste ele e toca o bigode grisalho.

Visto o casaco e penduro a bolsa. Sigo de maneira atordoada por outro corredor. Agora é Cálgaris que precisa assinar os documentos. Cumprimenta afetuosamente em inglês um gringo e atravessamos várias soleiras até dar numa rua residencial. O ar da manhã é magnífico, mas me agarro a uma árvore e fico ofegante como se sentisse náuseas. Nada que costumava ser duro e impermeável ainda é assim. Tenho vontade de rir e de chorar, de abraçar o coronel e de enforcá-lo com um arame farpado. Cálgaris me empurra para seu carro, que estacionou em diagonal: é um Nissan de alta classe. Quando estamos ali dentro e surge a música, quero fazer a primeira pergunta, mas ele me impede, levantando a mão.

— É Ben Webster — avisa. Para ele, parece um pecado capital trocar frases por cima desse sax tenor.

Cruzo os braços e olho com arroubo as avenidas e as cenas cotidianas de Madri. O local para onde nos dirigimos não fica muito longe. Rua General Martínez Campos. Uma residência amarela e antiga, com jardim e um guichê para pagar a entrada. Uma casa museu que a essa hora só é visitada por um grupo de crianças com suas duas professoras.

— Sorolla — ele me diz, como se me desse a senha que desperta os mortos. Acompanho a brincadeira porque estou feliz e desnorteado demais para replicar. Ele põe os óculos bifocais e me mostra uma gravura que reproduz uma morena nua e apoiada de costas em lençóis cor-de-rosa.

— Clotilde, a melhor bunda da história da pintura clássica — anuncia ele em voz baixa. Depois passa os dedos pelas curvas ondulantes e conta que se trata da mesma esposa do pintor, e que a tela a óleo é uma homenagem à *Vênus no espelho* de Velázquez. — Mas Clotilde é muito melhor — acrescenta. — Clotilde acabou de trepar e está abandonada àquela plenitude do repouso. Não tem rosto, mas tem essa carne lustrosa e esse traseiro redondo tão sublime.

Olho sem ver a gravura mais uma vez e Cálgaris me segura pelo cotovelo e me leva pelo pátio de vasos e flores onde soa a água das fontes e os passarinhos.

— Sempre que passo pelo Prado, fico muito tempo parado nela, depois mais cedo ou mais tarde tenho de vir buscá-la nesta casa, onde morou com Joaquín e seus três filhos — diz ele, procurando minha cumplicidade. — Preciso ver as diferentes caras de Clotilde. É um caso antigo.

Ele ri, inclusive com os olhos. Subimos uma escada e entramos em uma sala de paredes vermelhas. Há um enorme quadro a óleo de um garotinho nu tirando do mar um cavalo branco que acaba de banhar. Mas o coronel vai diretamente a um retrato de Clotilde García del Castillo, desta vez vestida de preto. Nem mesmo me parece bonita, mas o velho a olha detidamente. Pergunto-me se o assunto traz algum ardil ou metáfora, se ele está querendo me dizer alguma coisa de forma indireta. Vamos de uma sala a outra e tenho de me armar de tolerância e interesse. Ele fala didaticamente do branco refulgente, dos meios-tons e dos contrastes da luz, da água de um azul tão fino e da vibração luminosa. A volta da pescaria, os pescadores, as velas, os barcos, os meninos e essa mulher retratada do cavalete cavado na areia ou do interior desses mesmos cômodos.

— Ele não dava a mínima para a vanguarda — observa Cálgaris, como quem fala sozinho. E eu não dou a mínima para Sorolla, mas não contesto. Os olhos de Clotilde se multiplicam e nos veem passar e parar ao longo de todo o percurso.

O passeio é curto, mas nos toma mais de uma hora. Ao sair, sentamos em um banco debaixo de uma árvore e perto de outra fonte barulhenta e cristalina. Cálgaris pega o cachimbo, enche-o e o acende com uma paciência refinada.

— Que mulher singular — resmunga.

Curvo-me para a frente, com os cotovelos apoiados nas pernas, e espero que comece de uma vez.

— Minha relação com os gringos já tem trinta anos — começa. — Cursos, viagens, provisões, doações. São bons pagadores.

Ele solta uma baforada e sinto o cheiro familiar de cereja. Essa combinação de Virginia suave com um toque de Burley.

— Enfim, uma coisa sempre leva a outra — continua ele. — A colaboração é intensa e recíproca. Mas eu diria que nesse toma lá dá cá com eles, não conheço ninguém que receba mais do que dê. Sabe quando essa operação realmente começou? Há doze anos. Em Miami, me contaram que Parisi fazia suas lavagens com os corretores de Ruiz Moreno. Ainda não havia colocado Balduin na roda. Aliás, não entendo como você conseguiu que Belisario afrouxasse a mão em troca da devolução do garoto.

Revelo simplesmente que Balduin é filho bastardo do dragão. Ele joga o chapéu para trás e balança a cabeça.

— Incrível, um dado fundamental — reconhece. — Quando ele apareceu em cena, investigaram sua família, mas a mãe tinha morrido fazia tempo e nada indicava relação nenhuma. Deve ter sido uma relação clandestina que começou e terminou quando Ruiz Moreno ainda não aparecia no mapa.

Ele fica com a vista toldada por um momento, depois acende novamente o cachimbo, que tinha se apagado no transcurso dessa surpresa fenomenal.

— O filho do patrão, puta merda — retoma ele e lança a fumaça pelo nariz. — Eu nunca teria imaginado. Belisario fugia de muitos moldes. Aprendeu em Cali que os padrinhos subiam e caíam, alcançavam o topo, depois despencavam aos pedaços: ou os matavam, ou eram presos. Quis lidar com as coisas de outra maneira. À distância e de fora. Um cartel de produção e transporte com células fechadas, a cargo de um padrinho invisível. Os ianques demoraram um pouco para perceber e vinham seguindo o homem desde então.

— Pediram ao senhor que se aproximasse de Parisi.

— Para protegê-la e ganhar sua confiança — ele confirma. — Na hora da verdade, foi ela quem assinou as garantias a Belisario. Ela e uns amigos que o dragão tinha nos Estados Unidos.

— Mais amigos dos ianques do que do colombiano.

— Não existem amigos nesse negócio, Remil.

— Quem no governo sabia que íamos armar uma rede e que o objetivo final era chegar à cabeça?

— Só um contato de nível máximo na Casa, mais tarde um funcionário da Presidência que se senta à mesa da mulher. Os gringos se comunicavam pessoalmente com os dois. Porque não era possível confiar nos outros. Alguns protegem e lucram com o tráfico de drogas paraguaio. Você sabe bem disso. Durante todo esse tempo, estiveram nos espionando, doidos para que fizéssemos uma cagada e para cobrar de nós. Tivemos de pagar alguma coisa. Mas se ampliássemos o círculo de informações, o segredo correria perigo.

— Não é divertido ser um infiltrado sem saber — declaro e pego um cigarro. — Pelo menos na prisão eu tinha alguma consciência de minha situação.

— Não vou discutir isso com você, Remil. — Ele tosse e parece que vai cuspir um pulmão inteiro. — Não se discute tática com os soldados.

Acendo o cigarro e me pergunto se esse jardim lendário não será uma zona livre de fumaça. Agora os olhos aquosos de Cálgaris estão fixos em mim:

— Depois os rivais de Belisario em Medellín rompem a trégua e tentam matar a mulher dele. Não tivemos nada a ver com isso. Mas aproveitamos a oportunidade. Belisario decide tirar a sócia da frente e escondê-la em Madri por algum tempo. Mas os ianques não perdem a chance e a capturam.

Todos os pelos de meu corpo ficam eriçados. Olho minha silhueta ampliada no piso de Sorolla. É a sombra de uma sombra.

— A DEA — sussurro. — Meu Deus.

— De um chalé civil nos subúrbios e com a ajuda de um chefão que descende do Valle del Cauca.

— E isso?

— Às vezes é preciso usar uma fera para caçar outra — diz ele. — Você será recompensado. Além disso, é irresistível que você seja convocado para destruir seu principal concorrente.

— Quem avisou a Federal em Buenos Aires?

— Quem você acha que foi?

— Fomos todos presos.

— Todos que pudemos prender. Sempre com alcaguetes e por intermediários.

— Mas Belisario não abria o bico.

— Sim, uma coisa relativamente inesperada. — Ele dá um muxoxo. — E a pressão não surtia efeito. Roldán desaparece, não sabemos onde Balduin está, os telefones são cortados. Enfim, tudo parece empacado. O desânimo se espalha.

— Até que aparece um idiota.

— O espião que veio do frio. — Ele ri. — King Kong subindo no Empire State para resgatar Jessica Lange em pleno tiroteio.

Acho que ele até pode soletrar meus pensamentos. Postar-me atrás dele, cercar seu pescoço e quebrá-lo com um movimento seco e preciso. Depois deixar Cálgaris sentado ali, como um aposentado numa praça, de chapéu baixo e jeito de quem está dormindo.

— Eu te falei para se afastar — diz ele em sua defesa. — Mas você não deu atenção.

Quinze ou vinte garotos com uniforme de colégio particular descem a escada e correm para a saída. As professoras vão atrás sorrindo e conversando sobre questões muito distantes da pintura.

— Não sabia que dinâmica a causa tomaria — confessa ele. — Sabemos como essas coisas começam, mas nunca como terminam. Eu não podia prever, por exemplo, que a senadora colocaria você entre a cruz e a caldeira. Não sou Moriarty. Alguns temas são planejados, outros improvisados no processo. A Casa se assustou. Não queria ser envolvida, e nosso contato não podia mudar o rumo dos acontecimentos sem revelar tudo. Por isso permitiu que fechassem a Casinha. Pediram-me que desse no pé e isso combinava com a mensagem que Ruiz Moreno receberia e com a comédia geral. Calculei que você ia se virar bem, eu poderia voltar para te resgatar quando resolvêssemos a confusão e limpássemos o escritório.

— Calculou mal — digo. — Mas desde o início eu entrei na previsão dos danos colaterais, não é?

— Seria assim, com ou sem Nuria — protesta ele. — É assim desde que tirei você do Campo de Mayo. Lembra? Qualquer soldado entende que pode ser sacrificado em uma missão. Qualquer um é uma baixa inevitável no campo de batalha. Você também.

Sorrio com certa tristeza. Sei que o coronel tem razão, e ainda assim lanço a ele censuras de filho. Ele percebe, dá um tapinha na minha perna e limpa o fornilho com a vareta.

— Roldán negocia e depois some — retomo a conversa.

— Tínhamos a pista da amante, mas não queríamos usá-la, para não correr o risco de que estourasse tudo, e além disso estávamos convencidos de que Roldán negociava, mas em um compartimento estanque: não ia nos levar a Belisario, nem a lugar nenhum. Nisso entra você, telefonando para Flores. E ela liga para mim. Vivo perto das Cibeles.

— Arrá, Flores.

— Convenço os ianques de que não perdemos nada te dando passe livre. — Ele desconsidera minha observação. — O que não podíamos fazer, você poderia, porque conhecia muito bem os personagens. Eles me pedem garantias. Penso na Glock. Sei que vai pedi-la. Implantam um chip de localização. Uma tecnologia muito superior à nossa.

— Flores parecia estar em conflito — lembro.

— Isso foi ideia de Maca. — Ele ri. — Sabe exatamente que botões internos tem que apertar para ter você na mão.

Gorda vagabunda.

— Pedi que entregassem a você também os dados iniciais, só o que tínhamos — insiste ele, e acompanha com os olhos o voo rasante de um pássaro branco. — Foi um plano audacioso, mas o que tínhamos a perder? Estávamos fodidos.

— Podiam ter me seguido.

— Você teria notado.

— Fui monitorado dia e noite com um rastreador. — Era uma ideia forte, chocante e muito difícil de assimilar.

— Víamos por onde você andava e depois o pessoal da rua seguia suas pegadas. Foi assim em Puentecaldelas e em Barcelona.

— Encontraram o cadáver de Roldán?

— Não havia cadáver, só tudo revirado. Mas tínhamos uma ideia aproximada do que você havia feito.

— E os sérvios?

— Imagino que na República da Sérvia. Não se preocupe. Não vamos cavar em nenhum jardim para procurar o corpo do advogado. Oficialmente, ele se exilou.

— Barcelona sempre esteve no GPS.

— É verdade, os ianques tinham fracassado antes de você. Deixamos que você desse voltas e mais voltas. Houve um momento em que pensei: "Não vai dar em nada, esse idiota se meteu numa enrascada". A verdade é que não sei por que diabos você mudou de rumo.

— Me lembrei de uma bobagem.

— O quê?

— Não tem importância — resisto.

— Ora essa, achei que estávamos mostrando as cartas.

— Eu não tenho nenhuma, coronel, o senhor ficou com o baralho todo.

O pássaro pode ser uma narceja. Pousa em um corrimão e fica nos observando com curiosidade.

— Astúrias, pátria querida, Astúrias de meus amores — ele canta baixo e volta a seu catarro e a seu lenço. — Lembrei daquela vez que te deixaram confinado. Tinha de ser isso.

— Era.

— Os ianques montaram uma base em Gijón e mandaram uma equipe pela estrada. — Ele guarda o cachimbo e o isqueiro no bolso, e enrola o jornal como se fosse me dar um golpe carinhoso. — Enquanto uns entravam na casa de Luarca, os outros avistavam o veleiro *Ladón*.

— Manolo é muito exibido.

— E era fichado. Manolo Herrera Sanchís, principal assassino e pau para toda obra. Ativaram as Operações Especiais e ficaram na expectativa, em silêncio de rádio e alerta máximo. Quando tiveram certeza, pediram apoio das forças policiais. O resto você já sabe.

Uma atmosfera de silêncio e abstração nos envolve. As palavras se acabaram e sou atravessado por sentimentos conflituosos: alívio, surpresa, constrangimento, assombro, raiva, pena, gratidão. Um pouquinho mais e tudo teria ido para o inferno, nosso exército teria capitulado e não haveria futuro, e agora estou são e salvo de novo em terra firme, e então me debato na vertigem de não saber como me acomodar a tantas voltas. Preciso de tempo a sós para assimilar as informações, para colocar cada peça em seu lugar, para examinar minha própria viagem com essa nova perspectiva. Fui enganado, e isso sempre é um golpe na autoestima e na onipotência. Além disso, a Mona Lisa é uma luz que se apaga no oceano escuro. Penso em todos esses matizes dramáticos enquanto ficamos sozinhos no jardim de Sorolla.

Deduzo que Cálgaris escolheu este lugar público e ao mesmo tempo sossegado para amortecer as notícias e evitar o perigo de uma reação violenta. Acredita que neste ambiente alheio e idílico não me ocorrerá ter uma crise pós-traumática.

— Leia isto — ele me sugere, batendo o jornal em mim. Desenrolo como um papiro e volto a enrolar: a operação conjunta de Gijón está na primeira página. Minhas mãos ficam sujas de tinta. — Vamos? — escuto ele perguntar. O chapéu voltou a cobrir por completo a testa vermelha e seu pássaro branco alçou voo.

Ele me leva no Nissan até o albergue do bairro do Pilar. Ben Webster com Billie Holiday e não sei que filarmônica preenchem a ausência de conversa. O coronel estaciona na porta do albergue e avisa que terei de dar vários depoimentos e também assinar alguns documentos delicados.

— Você será orientado por um assessor jurídico para não trocar os pés pelas mãos — diz ele. — Vai levar pelo menos duas semanas para colocar tudo em ordem e arrematar o bordado em Buenos Aires. Precisam suspender sua interdição, porque não podemos chegar no Ezeiza sem nada de concreto. Quero que você descanse e desfrute da cidade, e sobretudo que passe despercebido e não se meta em nenhuma confusão. Sei onde localizá-lo, se precisar.

— Como está Nuria? — pergunto, olhando a calçada. Passam distraídos um homem com um pão embaixo do braço e um cachorro salsicha.

— Bem — responde ele num tom estranho. — Instalada em um chalé muito confortável, em La Navata. Um batalhão a vigia por fora e três agentes mulheres moram com ela no interior e se revezam para lhe fazer companhia.

— Mas como está ela? — Eu teimo.

Ele suspira e segura o volante.

— Medicada; dão a ela doses altas de clonazepam. Não é fácil. Sabe o que espera por ela.

— O tédio.

Ele me lança um olhar extremamente agudo.

— A extradição e provavelmente a prisão perpétua.

— Mesmo que colabore?

— Não vai se safar, Remil. Não tem como se safar.

— Mesmo que tenha dado um testemunho secundário?

— Está perguntando se com Belisario preso poderiam prescindir do testemunho dela? Poderiam. Mas não vão fazê-lo.

— Ela está a par de tudo?

— Hmm, em parte, mas tem muita imaginação.

— O que ela faz o dia todo?

— Propuseram que praticasse esportes e fizesse ginástica, mas não quis. Distrai-se cozinhando. Picando cebola e alho e preparando pratos ibéricos. Não ficam ruins. As agentes estão encantadas e ela está um pouco mais cheinha.

— Não vou embora sem vê-la, coronel — aviso. — Pode considerar uma indenização.

Ele reflete sobre essa questão por um bom tempo. Os prós e os contras. O custo que essa visita representaria para ele.

— Vamos ver — diz no ar e sustento seu olhar.

Mas como continua impassível, como não há nada além de uma promessa distante de pensar nisso, saio do carro e entro no albergue. O quarto está exatamente como o deixei, apesar de alguns detalhes microscópicos confirmarem que foi revistado. Tiro a roupa e abro o chuveiro. Não sei quanto tempo fico embaixo da água. Aproveito o barulho, o vapor e a intimidade para chorar, e depois me dedico a meditar longamente na cama. Os perfumes, o colar de pérolas, a primeira vez que ouvi sua voz gravada. "Não deixe que eu morra sozinha." Adormeço. Durmo quinze horas seguidas e quando acordo não consigo descer ao tapete. Pareço alguém que ressuscitou depois de uma longa catalepsia.

Nos dias que se seguem, volto a sentir aquela fraqueza sonífera tão parecida com a depressão. Uma baixa no ânimo e na energia, como se ainda estivesse escondido em Villa Costal ou como se a radioatividade de Chernobyl tivesse me alcançado. Não consigo correr, nem levantar peso; qualquer treinamento físico é insuportável para mim. Ando pelas calçadas de Madri com a cabeça no ar e entro em sebos procurando um romance sobre Messalina que li uma vez e perdi há anos. Acabo comprando outros que deixo pela metade ou simplesmente não consigo abrir. Termino na internet: há um exemplar meio amarelado, mas cuidadosamente restaurado pela própria dona, uma ex-professora de história a quem visito em seu apartamento de Moratalaz. Folheio com avidez os epílogos trágicos da esposa de Cláudio para saber se a memória combina com as recordações. "Messalina, filha minha, precisarás deste punhal que te trazem." Um melodrama sem exatidão histórica, mas com um caráter romano muito teatral. Uma mistura de Robert Graves com Corín Tellado.

Meu único trabalho, durante quinze dias abúlicos, consiste em deixar que o coronel me empurre a dependências e tribunais e em narrar acontecimentos com habilidade e com numerosos truques de evasiva penal. Sou filmado e gravado, e me dedico a colocar minha assinatura nos documentos do escritório e em formulários confidenciais.

Uma tarde, no centro do bairro Serrano, às costas da porta de Alcalá, tenho a impressão repentina de ver Nuria. Está parada numa esquina, prestes a atravessar na faixa de pedestres. Nós nos olhamos de frente, como se nos conhecêssemos, e avançamos um para o outro amparados pelo sinal vermelho e pelo trânsito provisoriamente parado. É muito parecida com ela. Pelo menos com a Nuria que conheci em Colonia, naquela noite em que ela entrou pela porta do restaurante do Yatch Club de Pescadores com uma saia de antílope que chegava ao peito do pé e suas botas de couro e casaco elegante. À medida que avançamos, porém, os traços se distanciam e percebo que no máximo é a Nuria que poderia ter sido, e não a que realmente é. Seguimos de longe, cada um para sua calçada, e nos perdemos no tumulto madrilenho. Sinto a necessidade de parar em um café e pedir no balcão duas vodcas para acalmar o coração.

Numa terça-feira de chuva fina, Cálgaris encontra-se comigo na Casa Lucio. É um bar de Cava Baja onde o coronel pede ovos fritos e eu despacho sem apetite um saboroso robalo ao forno. No meio de sua dissertação sobre Sorolla, o coronel me entrega o passaporte do professor Conde, resgatado de uma delegacia de Gijón onde foi denunciado pelo dono do Seat.

— Pelo menos devolveram o carro ao bom homem? — Me interessa saber.

— Sem um aranhão nem uma mancha — responde ele em triunfo e aponta seu garfo para mim. — Vamos embora amanhã mesmo. Saímos de Barajas à tardinha. Deram sinal verde.

Em outra mesa, há dois deputados do PP de quem comensais de terno de vez em quando se aproximam para cumprimentar ou para fazer algum comentário sarcástico. Ambos comem coração de alcachofra com azeite e presunto e conversam sobre os ventos furiosos da União Europeia.

— Desconfio que me deixará sem indenização — digo sem desviar os olhos deles.

— Eu poderia lhe dizer que é impossível, que me negaram — responde Cálgaris, limpando o canto dos lábios com o guardanapo. — Mas não seria certo. Nem justo.

O senso de justiça nunca foi o forte de Leandro Cálgaris. Não acredito nada nele, até que depois de um passeio tedioso e inútil por Madri e suas cercanias, enquanto nos calamos com nossos próprios pensamentos e também com o piano de Oscar Peterson, chegamos às proximidades do rio Guadarrama. Ainda roda um bom trecho até encontrar um chalé afastado de ladrilho na fachada e colunas de granito, protegido por vários carros de vidros polarizados, um caminhão para tropas de assalto e uma pequena Kangoo com placa de ambulância. Não há movimentos à vista, mas imagino que os novos guardiões da Gioconda devem estar divididos pela frente, pelas laterais e pela parte traseira da casa, que dá em um uma área de lazer e uma piscina. E também imagino que ela não deve ter permissão de atravessar mais de dois ou três cômodos do meio desse chalé: digamos o quarto com banheiro, uma sala de estar para ver televisão e a cozinha para se divertir. Uma jaula de ouro dentro de um zoológico protegido. Meu ritmo cardíaco se acelera ao atravessar a primeira soleira, que efetivamente dá em uma sala de jantar tomada de armas, rádios, mochilas e meia dezena de camaradas entediados: alguns jogam cartas e se divertem com um Playstation, outros tiram sestas dissimuladas, jogados nas poltronas e nos sofás. Só fica alerta um técnico que nos obriga a passar por um detector de metais. E o oficial encarregado, que nos recebe com impecáveis terno e gravata e com um castelhano duvidoso. Conversa alguns minutos com Cálgaris em voz baixa e em seguida avisa pelo rádio. Uma policial ou algo parecido, com uma grotesca gravata-borboleta e coque redondo, abre uma porta e nos deixa entrar. O coronel fica para trás na última fração de segundo. A mulher me leva por um corredor e me apresenta a uma colega: uma senhora menos marcial e mais magra, porém igualmente rigorosa. Porta uma Jericho prateada. Propõe que eu entre em um banheiro e tire toda a roupa. Até a cueca. Não resisto. Ela passa a ponta dos dedos pelo cabelo e especialmente pela nuca; obriga-me a levantar o saco e, é claro, revista meu reto para ver se não levo uma arma branca ou uma cápsula de cianureto. Depois, enquanto me visto, não perde tempo contemplando minhas tatuagens e cicatrizes. Examina página por página o livro sobre Messalina, procurando um sublinhado, uma mensagem, uma anotação; vira o volume para saber se cai algo além do pólen literário e da poeira da biblioteca. Abre-o repetidas vezes como se fosse destruí-lo, e até solta um pouco a lombada para examinar a cola e seus cantos sob a luz da claraboia.

— É um presente — informo, e ela me olha com frieza. Não dá a mínima. Eu a entendo profundamente; o amor não é imprescindível.

— Tem uma hora — ela avisa numa espécie de espanhol de Bogotá. — Lá dentro está minha companheira, que ouvirá tudo o tempo todo. A sra. Menéndez sabe da visita e está cozinhando. Aviso que à menor anomalia tenho ordem de entrar e lhe dar um tiro na cabeça. — É sempre bom ser bem-vindo.

Vamos a uma porta branca e, ao ser transposta, a primeira coisa que me chama a atenção é a luz fluorescente e as persianas arriadas nas janelas. Depois a aparência da terceira guardiã, uma gigante desmazelada de quase dois metros, que está sentada em uma banqueta e apoia o cotovelo na bancada de aço inox. Tem na cintura uma espécie de cassetete e o cabelo curto e masculino. No meio há uma ilha para cozinhar e vejo que Nuria está de costas, vestida com uma blusa, calça de brim e um avental branco, e que tem o cabelo preto e arruivado preso num rabo de cavalo. Vira-se ao perceber a maçaneta e os passos, e eu, ao vê-la, controlo a expressão e prendo a respiração. Não parece a mesma pessoa. Parece uma irmã gêmea que levou uma vida campestre e ecológica, ou algo pior: uma paciente que sofreu eletrochoque de psiquiatras.

É claro que ela sorri, mas sem muito entusiasmo, de um jeito lento. Em minha comoção cardíaca, tento entender por que ela perdeu tanta beleza em tão pouco tempo, e depois descubro que quase todo seu encanto tinha refúgio no olhar pervertido. Sem essa malícia, a cara de Nuria é menos sugestiva e sensual. Ela toma minhas mãos e me dá dois beijos no rosto. As mãos estão frias e os lábios não são úmidos. O romance que levo embaixo do braço cai, e quando me abaixo para pegá-lo, penso na vez em que ela cozinhou com sua camiseta comprida, ouvindo Diana Krall. O sabor de curry e noz-moscada que tinha sua boca e o modo como se agarrou à beira da bancada para ser penetrada.

— É para fugir do tédio — digo e entrego a Messalina.

Ela pega o livro com certa surpresa, como se eu a estivesse presenteando com um castor embalsamado. Contorno a ilha sem desviar os olhos dela: parece mentira que esta mulher domesticada ainda seja a grande dama branca. Começa uma dor de cabeça, bem entre os olhos, como se a magra já tivesse entrado e disparado em mim um tiro de sua Jericho 941. Nuria murmura um "obrigada" de praxe, com um novo sorriso pueril, e deixa o romance de lado.

— Estou cozinhando bacon com chucrute, vai querer? — ela me informa e o tom parece grave.

— Vou.

Nas tábuas, há um toucinho defumado com o couro e um repolho roxo. Tem em volta dela temperos e frascos, e as três lâminas afiadas que lhe ensinaram a usar em seu curso de Palermo Hollywood.

— Progredi muito — comenta, animada.

Não precisa da serra nem da faquinha para descascar; só a faca de legumes. Corta em cubos o toucinho e o põe no forno para que perca lentamente a gordura e fique crocante. Em seguida pega o repolho, parte ao meio e fatia em tiras finas. Tac, tac, tac. Coloca em uma panela com manteiga e acrescenta vinho tinto, sal e açúcar. E enquanto o faz, não pronuncia nem mesmo meu nome. Eu também não sou capaz de interromper com uma frase. Dizer o quê, Nuria? Por acaso já não está tudo dito? Saí do poço, atravessei o mar e te procurei por metade do país para este único momento, e agora de repente não há nada? Absolutamente nada? Procurava uma verdade, Nuria, mas já me foi revelada no jardim de Sorolla. Existe outra verdade por trás dessa verdade? Uma verdade última? Sim, seus olhos novos, que não precisam mais de especulações, nem de malícia. Pela primeira vez, posso vê-la como é na realidade, e não como precisava ser vista. É claro que entendo você, as coisas nunca são tão lineares. Às vezes nos confundimos com o papel que representamos. Acontece com todo mundo. Até o mais insignificante tem seu pequeno papel nesta obra.

Olho de banda a guardiã gigantesca que está bocejando e percebo que falar íntima e sinceramente nesta cozinha seria fácil como ter um orgasmo em uma sala de cirurgia. Mas entendo que, mesmo que recuperássemos aquela liberdade, não conseguiríamos tirar a roupa. É um erro contar com a felicidade. É algo inadmissível para gente como nós, Nuria. Um grande erro.

— Podia ter apressado em uma frigideira, mas teria sido uma pena — reclama ela, enquanto continua excessivamente atenta ao forno e ao cozimento. — E também teria precisado de um bom malbec.

— Tem mais quinze minutos — berra a gigante desmazelada com voz de menina.

Incrível como o tempo passa rápido dentro desta cozinha. Ao mesmo tempo, me espanta ter de ficar aqui mais um quarto de hora passando a mão na barba do professor Conde, olhando meus pés e sentindo um furacão de emoções confusas. Suponho que a impotência seja isto: desejar alguém desesperadamente, tê-lo tão perto e sentir tão longe, tão vazio, tão derrotado. Por exemplo, eu poderia dar-lhe de presente aquele malbec que trouxemos a Vigo, mas imagino que ela não queira nem mesmo ser tocada por esses fantasmas. Se tocada, poderia se desequilibrar, revirar-se num chilique, desatar a gritar, tentar me matar com sua faca de picar. Nuria não é mais Nuria, e eu me pergunto se alguma vez foi assim. Em poucos dias, retiraram todos esses privilégios e a levaram a uma prisão de segurança máxima, depois haverá uma lenta peregrinação por presídios infectos, onde vão querer estuprá-la e matá-la nos pavilhões. Na pior das hipóteses, ela se transformará numa velha encanecida e desdentada, uma rata desnutrida no fundo de um corredor tétrico.

— Está na hora de você sair — anuncia a desmazelada.

— Mais dez minutos, por favor! — Nuria dá um salto, de repente alterada. — Mais dez minutinhos e sirvo o prato!

Ela pede juntando a palma das mãos, como quem reza. Depende dessa decisão como se fosse de vida ou morte, como se disso dependesse seu destino na Justiça.

— Sinto muito, Nuria — nega a mulherona, inflexível. — São as ordens.

Então Nuria abre as mãos e põe a cara nelas. Está chorando. É terrível que não possa servir seu bacon. Terrível. Contorno lentamente a ilha em sentido contrário e tento abraçá-la, e por um momento consigo. Mas ela rapidamente me empurra, pega um pano de prato e enxuga as lágrimas.

— Tudo bem, tudo bem, Remil. Nem esse bacon você pode comer. Precisa ir embora e me deixar em paz. — Tento consolá-la novamente, mas ela grita: — Me deixa em paz, filho da puta! — E me dá as costas de novo.

A magra da Jericho prateada e a gorda da gravata-borboleta sufocante me acompanham ao salão principal. Tenho os maxilares tão apertados que sinto dor, e as pontadas no crânio passaram da testa para a nuca. Cálgaris me acompanha ao Nissan e fica em silêncio durante toda a volta ao albergue. Só saio deste quarto quando ele vem me buscar com um táxi no dia seguinte, e ainda estou de ressaca. Viajamos na primeira classe. Quando decolamos e nos trazem um uísque, formulo ao coronel a única pergunta que me resta:

— Agora vamos nos dedicar a quê?

— Agora? — É como se ele precisasse de alguns segundos. Dá de ombros. — Não sei, aprendemos muito. Seria um desperdício não usar todo esse know-how.

Olho pela janela sem conseguir ver nosso futuro.

— Messalina. — Ouço-o dizer. — Uma grande pecadora. É decapitada pela guarda pretoriana por ordem do César.

— Mas antes tem a oportunidade de morrer com honra.

— Sim, oferecem a ela um punhal. — Ele admite com um relincho. — Mas não consegue, não tem coragem para isso.

Por cima das nuvens, só vemos algumas estrelas; a lua esta noite terá de ser dada por perdida.

— Quem sabe, coronel — resmungo apenas. — Quem sabe.

Agradecimentos

A Arturo Pérez-Reverte, meu amigo e mestre, que leu em segredo o primeiro e o segundo esboços deste romance. E que um dia, a ponto de voltar a Madri, e para que não caísse em mãos inimigas, molhou o original na banheira de seu quarto do hotel Alvear, destruiu as páginas até que ficassem irreconhecíveis e deu sumiço nelas. Garante não ter feito assim por repugnância, mas por medo do plágio e também por ter seguido o procedimento dos agentes secretos da Guerra Fria.

A Oscar Conde, meu irmão, com quem sonhei esses romances quando tínhamos quinze anos.

A Martín Fernández, meu filho, que fez uma revisão técnica exaustiva do texto e me salvou de muitos erros.

Este livro, composto na fonte Fairfield,
foi impresso em papel Pólen Soft 70 g/m², na gráfica cromosete.
São Paulo, setembro de 2016.